A CAÇADORA

KATE QUINN

A CAÇADORA

Tradução
Rogério Alves

1ª edição
Rio de Janeiro-RJ / Campinas-SP, 2021

VERUS
EDITORA

Editora
Raïssa Castro

Coordenadora editorial
Ana Paula Gomes

Copidesque
Lígia Alves

Revisão
Cleide Salme

Diagramação
Mayara Kelly

Título original
The Huntress

ISBN: 978-65-5924-013-5

Copyright © Kate Quinn, 2019
Todos os direitos reservados.
Publicado mediante acordo com HarperCollins Publishers.

Tradução © Verus Editora, 2021
Direitos reservados em língua portuguesa, no Brasil, por Verus Editora.
Nenhuma parte desta obra pode ser reproduzida ou transmitida por qualquer forma
e/ou quaisquer meios (eletrônico ou mecânico, incluindo fotocópia e gravação) ou arquivada
em qualquer sistema ou banco de dados sem permissão escrita da editora.

Verus Editora Ltda.
Rua Benedicto Aristides Ribeiro, 41, Jd. Santa Genebra II, Campinas/SP, 13084-753
Fone/Fax: (19) 3249-0001 | www.veruseditora.com.br

CIP-BRASIL. CATALOGAÇÃO NA PUBLICAÇÃO
SINDICATO NACIONAL DOS EDITORES DE LIVROS, RJ

Q64c

Quinn, Kate, 1981-
  A caçadora / Kate Quinn ; tradução Rogério Alves. - 1. ed. - Campinas [SP] : Verus, 2021.

  Tradução de: The Huntress
  ISBN 978-65-5924-013-5

  1. Ficção americana. I. Alves, Rogério. II. Título.

21-69978

CDD: 813
CDU: 82-3(73)

Leandra Felix da Cruz Candido - Bibliotecária - CRB-7/6135

Revisado conforme o novo acordo ortográfico.

Seja um leitor preferencial Record.
Cadastre-se no site www.record.com.br e receba
informações sobre nossos lançamentos e nossas promoções.

Atendimento e venda direta ao leitor:
sac@record.com.br

Para meu pai...
Quanta saudade!

Prólogo

Outono de 1945
Altaussee, Áustria

Ela não estava acostumada a ser caçada.

O lago se estendia, azul e brilhante. A mulher o contemplava com as mãos apoiadas nas coxas. Ao lado dela, um jornal dobrado ocupava um lugar no banco. Todas as manchetes anunciavam prisões, mortes, julgamentos próximos. Os julgamentos aconteceriam em Nuremberg, ao que parecia. Ela nunca tinha estado em Nuremberg, mas conhecia os homens que seriam julgados lá. Alguns apenas pelo nome, com outros já tinha brindado à amizade com taças de champanhe. Estavam todos condenados. Crimes contra a paz. Crimes contra a humanidade. Crimes de guerra.

Com base em qual lei?, ela queria gritar, batendo os punhos fechados contra a injustiça de tudo aquilo. *Com base em qual direito?* Mas a guerra tinha acabado, e os vitoriosos ganharam a prerrogativa de decidir o que era crime e o que não era. O que era humano e o que não era.

Aquilo que eu fiz, ela pensou, *foi humano. Foi por piedade.* Mas os vitoriosos nunca aceitariam isso. Passariam todo o julgamento em Nuremberg e o tempo depois deliberando sobre quais atos cometidos sob as leis do passado significariam a derrocada de um homem.

Ou de uma mulher.

Ela tocou a garganta.

Fuja, pensou. *Se eles a encontrarem, se perceberem o que você fez, vão colocar uma corda no seu pescoço.*

Mas para onde ir em um mundo que tomou tudo o que ela amava? Este mundo de lobos caçadores. Ela já havia sido a caçadora, agora era a presa.

Então se esconda, pensou. *Esconda-se nas sombras até que eles desistam de você.*

Ela se levantou, andando sem rumo na beira do lago. Isso a fez se lembrar dolorosamente do lago Rusalka, seu paraíso na Polônia, agora arruinado e perdido para ela. Forçou-se a se manter em movimento, colocando um pé depois do outro. Não sabia para onde ir. Sabia apenas que se recusava a se acomodar naquele lugar, paralisada de medo, até ser descoberta e submetida à falsa justiça deles. Aos poucos, a solução se consolidava dentro dela.

Fugir.

Esconder-se.

Ou morrer.

A CAÇADORA
por IAN GRAHAM
Abril de 1946

Seis tiros. Ela atirou seis vezes à margem do lago Rusalka, sem tentar esconder o que fez. Por que teria agido assim? O império do sonho de Hitler ainda precisava desmoronar para então mandá-la para as sombras. Naquela noite, sob a lua polonesa, ela podia fazer o que desejasse, e assassinou seis almas a sangue-frio.

Seis tiros, seis balas, seis corpos nas águas escuras do lago.

Eles estavam se escondendo perto da água, tremendo, os olhos arregalados de medo. Eram fugitivos de um dos trens que iam para leste, talvez, ou sobreviventes de um dos expurgos periódicos que aconteciam na região. A mulher morena os encontrou, confortou-os, disse-lhes que estavam seguros. Ela os levou para sua casa no lago e os alimentou, sorrindo.

Então os levou para fora... e os matou.

Talvez ela tenha ficado ali, admirando o reflexo da lua na água, sentindo o cheiro de pólvora.

O massacre noturno de seis pessoas durante a guerra foi apenas um dos crimes que ela cometeu. Houve outros. A caçada a trabalhadores poloneses nas densas florestas transformada em jogo. O assassinato, perto do fim da guerra, de um jovem inglês que fugiu do campo de prisioneiros. Quem sabe quais outros crimes ela guarda na consciência?

Eles a chamavam de *die Jägerin*, a Caçadora. Era a jovem amante de um oficial da SS na Polônia ocupada, a anfitriã de grandes festas no lago, um tiro certeiro. Talvez fosse a *rusalka* que dá nome ao lago — o espírito letal, malévolo, da água.

Penso nela enquanto estou sentado entre os jornalistas no Palácio da Justiça em Nuremberg, assistindo ao desenrolar dos julgamentos dos crimes de guerra. A roda da Justiça gira, e os homens cabisbaixos na bancada dos réus serão punidos. Mas e os peixes menores, aqueles que se escondem nas sombras enquanto todos os holofotes estão virados para esta corte? E a Caçadora? Ela desapareceu quando a guerra terminou. Não era alguém que valesse a pena perseguir — uma mulher que tem as mãos sujas com o sangue de apenas uma dúzia de pessoas ou algo assim, enquanto os assassinos de milhões precisavam ser descobertos. Havia muitos como ela, peixes pequenos, que não valia a pena pescar.

Para onde eles vão?
Para onde *ela* foi?
Alguém vai retomar a caçada?

PARTE I

1

Jordan

Abril de 1946
Lago Selkie, três horas a oeste de Boston

— Quem é ela, pai?
Jordan McBride fez a pergunta no momento certo: seu pai atrapalhou-se, surpreendido, bem quando lançava sua isca de pesca, que acabou no galho de uma macieira, e não dentro do lago. A câmera de Jordan fez *clique* e registrou a expressão cômica no rosto dele. Ela riu enquanto o pai dizia três ou quatro palavras que depois pediu para ela esquecer.

— Sim, senhor. — Ela já tinha ouvido todos aqueles palavrões antes, é claro. Acontece quando se é a filha única de um pai viúvo que a leva para pescar nos fins de semana da primavera no lugar do filho que não teve. O pai de Jordan levantou-se na ponta do pequeno deque e cortou a linha. Jordan levantou sua Leica para fazer outra fotografia da silhueta dele emoldurada pelo movimento das árvores e da água. Mexeria na imagem na sala escura depois, tentaria conseguir um efeito para deixar as folhas das árvores borradas, para que parecesse que ainda estavam se movendo na foto...

— Vamos, pai — ela disse. — Vamos ouvir a história da mulher misteriosa.
Ele ajeitou seu boné do Red Sox.

— Que mulher misteriosa?

— Aquela com a qual sua secretária me contou que você estava saindo para jantar nas noites em que alegou que tinha ficado trabalhando até mais tarde. — Jordan prendeu a respiração, esperando. Não se lembrava da última vez que o pai tinha tido um encontro. As mulheres estavam sempre acenando os dedos com luvas na direção dele depois da missa, nas raras vezes em que ele e Jordan tinham ido à igreja. Mas, para desapontamento da filha, ele nunca tinha mostrado interesse.

— Não é nada, na verdade... — Ele se contorceu todo tentando se desdizer, mas não conseguiu enganar Jordan nem por um instante. Ela e o pai eram muito parecidos. Ela tinha tirado fotos suficientes para perceber a semelhança: narizes retos, sobrancelhas uniformes, cabelo loiro-escuro cortado curto, debaixo do boné do pai, e preso num rabo de cavalo descuidado, no caso de Jordan. Tinham até a mesma altura agora que ela estava quase chegando aos dezoito anos: estatura média para ele e alta para uma garota. Mas, para além das semelhanças físicas, Jordan *conhecia* o pai. Eram apenas os dois desde que ela tinha sete anos e sua mãe morrera, e ela sabia quando Dan McBride estava querendo lhe contar alguma coisa importante.

— Pai — ela disse. — *Desembuche*.

— Ela é viúva — por fim seu pai começou. Para diversão de Jordan, ele estava ficando vermelho. — A sra. Weber apareceu na loja pela primeira vez há três meses. — Durante a semana, usando terno de três peças, seu pai ocupava o posto oficial atrás do balcão da McBride Antiguidades, próxima da Newbury Street. — Ela tinha acabado de chegar a Boston para vender suas joias e conseguir pagar as contas. Eram algumas correntes e medalhões de ouro, nada fora do comum. Mas havia um colar de pérolas cinza, uma peça muito bonita. Tudo transcorria bem até que ela começou a chorar quando chegou a hora de se despedir das pérolas.

— Deixe-me adivinhar. Você então as devolveu, galantemente, e ajustou o preço das outras peças para que ela saísse com o mesmo valor, como se tivesse vendido as pérolas.

Ele enrolou sua linha de pesca.

— Ela também saiu com um convite para jantar.

— Olhe só, Errol Flynn! Continue!

— Ela é austríaca, mas estudou inglês na escola, então fala quase perfeitamente. O marido morreu em 1943, em combate...

— De qual lado?

— Esse é o tipo de coisa que não deveria mais importar, Jordan. A guerra terminou. — Ele colocou uma nova isca. — Ela conseguiu os documentos para vir para Boston, mas a vida tem sido difícil. Ela tem uma filha...

— Ela *tem*?

— Ruth. Quatro anos. Ainda não aprendeu a língua. Uma coisinha doce — continuou, dando um puxão no boné de Jordan. — Você vai adorar a menina.

— Então já é sério — Jordan observou, surpresa. Seu pai não teria conhecido a filha dessa mulher se não fosse sério. Mas *quão* sério?

— A sra. Weber é uma boa mulher. — Ele lançou sua linha. — Gostaria que ela fosse jantar em casa na semana que vem. Ela e Ruth. Nós quatro.

Ele lhe lançou um olhar tímido, como se esperasse a reação negativa da filha. E parte dela reagiu dessa forma, Jordan admitiu. Dez anos sendo apenas ela e o pai, tendo uma *amizade* que poucas de suas amigas tinham com os pais... Mas, fora essa reação possessiva, era um alívio. Ele precisava de uma mulher em sua vida, Jordan sabia disso havia anos. Alguém com quem conversar, alguém para fazê-lo comer verdura. Alguém mais com quem ele pudesse contar.

Se ele tiver mais alguém na vida, talvez não seja tão cabeça-dura sobre deixar você ir para a faculdade, o pensamento chegou sussurrando, mas Jordan o afastou. Era o momento de seu pai ser feliz, não de torcer para que as coisas acontecessem em seu próprio benefício. Além disso, ela *estava* feliz por ele. Vinha tirando fotos de seu pai havia muitos anos, e, não importava quanto ele sorrisse para a lente, as linhas do rosto que saíam destacadas do fluido de revelação diziam *solitário, solitário, solitário*.

— Não vejo a hora de conhecê-la — disse Jordan, com sinceridade.

— Ela vai trazer Ruth na próxima quarta às seis horas. — Ele tinha um ar inocente. — Convide Garrett, se quiser. Ele é da família também, ou pode ser...

— Sutil como um trem descarrilado, pai.

— Ele é um bom garoto. E os pais dele adoram você.

— No momento, ele está preocupado com a faculdade. Talvez não tenha muito tempo para garotas da escola. Mas você poderia me mandar para a Universidade de Boston com ele — começou Jordan. — Os cursos de fotografia que eles oferecem...

— Boa tentativa, senhorita. — Seu pai olhou para o lago. — Os peixes não estão mordendo a isca. — E ele também não.

Taro, a labrador preta de Jordan, levantou o focinho de onde estava tomando sol no deque quando a menina e o pai voltaram para a margem. Jordan fotografou suas silhuetas lado a lado sobre a madeira úmida, pensando em como ficariam *quatro* silhuetas. *Por favor*, Jordan pediu, pensando na desconhecida sra. Weber, *por favor, me deixe gostar de você.*

Uma mão elegante se estendeu enquanto os olhos azuis sorriam.

— É um prazer finalmente conhecê-la.

Jordan apertou a mão da mulher que seu pai tinha acabado de levar para a sala de estar. Anneliese Weber era pequena e esbelta e estava com o cabelo escuro preso em um coque lustroso na nuca. A única joia que usava era um colar de pérolas cinza. Usava um vestido florido sóbrio e luvas cerzidas, mas impecáveis. Uma elegância discreta com toques de imperfeição. O rosto era jovem — tinha vinte e oito anos, segundo o pai de Jordan —, mas os olhos pareciam mais velhos. Claro que pareciam. Ela era uma viúva de guerra, mãe de uma criança e estava recomeçando em um país diferente.

— Um prazer conhecê-la — Jordan disse sinceramente. — Esta deve ser a Ruth! — A criança ao lado de Anneliese Weber era uma graça, trancinhas loiras, casaco azul e uma expressão grave. Jordan estendeu a mão, mas Ruth escondeu a dela.

— Ela é tímida — Anneliese se desculpou. A voz dela era clara e baixa, quase sem nenhum sotaque alemão. Apenas um leve toque nos Vs. — O mundo de Ruth tem estado um pouco agitado.

— Na sua idade eu também não gostava de estranhos — Jordan disse à menina.

Não era exatamente verdade, mas algo no rostinho desconfiado de Ruth fez Jordan desejar deixá-la à vontade. Ela também queria muito tirar uma foto de Ruth. Aquelas bochechas gordinhas e as tranças loiras tomariam conta das lentes. O pai de Jordan pegou os casacos, e ela se apressou até a cozinha para ver o bolo de carne. Quando voltou, arrumando o pano que tinha enrolado na cintura para proteger seu tafetá verde de domingo, o pai servia as bebidas. Ruth estava sentada no sofá com um copo de leite enquanto Anneliese Weber experimentava o xerez e examinava a sala.

— Uma casa adorável. Você é tão nova para cuidar da casa para seu pai, Jordan, mas faz isso muito bem.

Bondade dela mentir, aprovou Jordan. A casa dos McBride sempre parecia desarrumada: uma construção estreita de tijolos de três andares no lado classe média ao sul de Boston, onde as escadas eram íngremes, os sofás gastos e confortáveis, os tapetes sempre desalinhados. Anneliese Weber não parecia o tipo de pessoa que aprova coisas desalinhadas, considerando a coluna ereta e o cabelo todo arrumado, mas passou os olhos pela sala demonstrando aprovação.

— Você que tirou? — Ela fez um gesto para uma fotografia do parque Boston Common envolto em névoa e registrado de um ângulo que o fazia parecer de outro mundo, uma paisagem de sonho. — Seu pai me disse que você é uma... Como é a palavra? Uma fotógrafa?

— Sim — Jordan assentiu. — Mais tarde posso tirar uma foto sua?

— Não dê corda a ela. — O pai de Jordan conduziu Anneliese para o sofá com um leve toque em suas costas, sorrindo. — Jordan já passa muito tempo vendo tudo através de uma lente.

— Melhor do que ficar olhando para um espelho ou uma tela de cinema — Anneliese respondeu inesperadamente. — As meninas deveriam ter mais do que batons e fofoca na cabeça, ou vão deixar de ser garotas bobas para se tornarem mulheres mais bobas ainda. Você faz aulas... de fotografia?

— Sempre que posso. — Desde os catorze anos, Jordan se matriculava em aulas de fotografia que podia pagar com seu dinheiro, além de se enfiar nas aulas da faculdade sempre que conseguia encontrar um professor que fizesse vista grossa para a presença de uma jovem do ensino médio sentada na última fileira. — Eu faço cursos, estudo por conta própria, pratico...

— Precisamos levar a sério as coisas que queremos fazer bem — Anneliese opinou, em aprovação.

Um calor começou a tomar conta do peito de Jordan. *Levar a sério. Fazer bem.* Seu pai nunca tinha visto as fotografias de Jordan dessa maneira. "Fica perdendo tempo por aí com uma câmera", ele dizia, balançando a cabeça. "Bom, você ainda vai largar mão disso." "Não vou largar mão", Jordan respondera aos quinze anos. "Serei a próxima Margaret Bourke-White."

"Margaret o quê?", ele retrucara, rindo. Fora uma risada amável, indulgente, mas ainda assim uma risada.

Anneliese não riu. Ela olhou para a foto de Jordan e fez um gesto de aprovação. Pela primeira vez Jordan permitiu-se pensar na palavra: *Madrasta...?*

Na mesa de jantar que Jordan tinha arrumado com a porcelana de domingo, Anneliese fez perguntas sobre a loja de antiguidades enquanto o pai de Jordan enchia o prato dela com pedaços bem escolhidos de tudo.

— Conheço um truque excelente para deixar vidro colorido brilhando — ela disse, enquanto ele falava sobre um conjunto de abajures da Tiffany que tinha conseguido em um leilão. Ela corrigiu sutilmente o jeito de Ruth segurar o garfo enquanto ouvia Jordan falar sobre o baile da escola. — Você certamente tem um namorado, uma menina bonita assim.

— Garrett Byrne — disse o pai de Jordan, antecipando-se. — Um bom rapaz, alistou-se para ser piloto no fim da guerra. Mas nunca viu o combate. Recebeu dispensa médica quando quebrou a perna durante o treinamento. Você vai conhecê-lo no domingo, se quiser nos acompanhar à missa.

— Eu gostaria, sim. Tenho tentado muito fazer amigos em Boston. Vocês vão toda semana?

— Claro.

Jordan tossiu em seu guardanapo. Ela e o pai não iam mais que duas vezes por ano à missa, na Páscoa e no Natal, mas naquele momento, sentado à cabeceira da mesa, ele irradiava devoção. Anneliese sorriu, também irradiando devoção, e Jordan refletiu sobre o comportamento dos casais. Ela via aquilo todos os dias nos corredores da escola. E, aparentemente, a geração mais velha não era diferente. Talvez existisse um ensaio fotográfico sobre isso, uma série de fotografias comparativas de casais de todas as idades flertando, com destaque para as semelhanças que transcendem a idade. Com os títulos e as legendas certas, talvez fosse uma obra forte o bastante para oferecer a uma revista ou jornal...

Os pratos foram esvaziados, o café servido. Jordan cortou a torta Boston cream que Anneliese tinha levado.

— Embora eu não entenda o motivo de vocês chamarem isto de torta — ela disse, os olhos azuis brilhando. — Isto é um bolo, e não tente convencer uma austríaca do contrário. Nós conhecemos bolos na Áustria.

— Seu inglês é muito bom — Jordan elogiou. Ela não podia dizer nada sobre o de Ruth, que não tinha falado uma palavra sequer até aquele momento.

— Estudei inglês na escola. E meu marido falava por causa dos negócios, então eu praticava com ele.

Jordan queria perguntar como Anneliese tinha perdido o marido, mas seu pai lhe lançou um olhar de aviso. Ele tinha dado instruções claras: "Não vá perguntar para a sra. Weber sobre a guerra ou sobre o marido. Ela já deixou bem claro que foram tempos dolorosos".

"Mas não queremos saber tudo sobre ela?" Por mais que Jordan quisesse que seu pai tivesse alguém especial em sua vida, precisava ser a pessoa *certa*. "Por que é errado?"

"Porque as pessoas não são obrigadas a expor velhas feridas ou lavar a roupa suja só porque você quer saber", ele respondeu. "Ninguém quer falar sobre uma guerra depois de ter sobrevivido a ela, Jordan McBride. Por isso, não cutuque feridas que podem magoar, e sem histórias malucas também."

Jordan ficou vermelha. *Histórias malucas...* Era um mau hábito voltando dez anos no tempo. Ela não se lembrava quando, mas sua mãe tinha ido para o hospital, e a pequena Jordan de sete anos ficara com uma tia estúpida e bem-intencionada que lhe disse: "Sua mãe foi embora", e não contou para onde. Então Jordan inventava uma história diferente a cada dia: "Ela foi comprar leite. Ela foi ao cabeleireiro". Quanto mais sua mãe demorava a voltar, mais fantásticas as histórias ficavam: "Ela foi ao baile como Cinderela. Ela foi para a Califórnia ser uma estrela de cinema". Até que seu pai chegou em casa chorando e disse: "Sua mãe foi morar com os anjos", e Jordan não entendeu por que a história dele tinha de ser a real, então continuou criando as próprias. "Jordan e suas histórias malucas", sua professora brincava. "Por que ela faz isso?"

Jordan poderia ter dito: *Porque ninguém me contou a verdade. Porque ninguém me falou: "Ela está doente e você não pode vê-la porque pode se contaminar", então eu inventei alguma coisa melhor para pôr no lugar.*

Talvez por isso ela tenha se agarrado de tal maneira à sua primeira Kodak aos nove anos. Não havia *lacunas* nas fotografias; não havia nenhuma necessidade de preenchê-las com histórias. Com uma câmera, ela não precisava contar histórias; podia contar a verdade.

Taro entrou na sala de jantar, interrompendo os pensamentos de Jordan. Pela primeira vez ela viu Ruth se animar.

— *Hund!*

— Em inglês, Ruth — sua mãe corrigiu, mas a menina já estava no chão estendendo as mãos tímidas.

— *Hund* — repetiu, coçando as orelhas de Taro.

O coração de Jordan derreteu.

— Vou tirar uma foto — ela anunciou, saindo de sua cadeira e indo buscar a Leica na mesa do hall.

Quando voltou e começou a clicar, Taro estava no colo de Ruth enquanto Anneliese falava calmamente:

— Se Ruth parece muito quieta ou age de maneira estranha... bem, vocês precisam saber que em Altaussee, antes de virmos embora da Áustria, tivemos um encontro bastante desagradável à beira do lago. Uma refugiada tentou nos roubar... Isso deixou Ruth ainda mais desconfiada e estranha perto de pessoas desconhecidas. — Aquilo parecia ser tudo que Anneliese diria.

Jordan guardou suas perguntas para si antes que o pai lhe lançasse outro olhar. Ele estava perfeitamente correto quando comentou que Anneliese Weber não era a única pessoa que não se interessava em discutir a guerra; ninguém se interessava. Primeiro todos tinham celebrado, e agora tudo o que queriam era esquecer. Jordan achava difícil acreditar que naquela mesma época no ano anterior ainda existiam notícias sobre a guerra e estrelas penduradas nas janelas, hortas de guerra e meninos na escola se perguntando se tudo estaria terminado quando tivessem idade para se alistar.

Anneliese sorriu para a filha.

— O cachorro gostou de você, Ruth.

— O nome dela é Taro — disse Jordan, tirando fotos: a menininha estava com seu pequeno nariz sardento encostado no focinho úmido da cachorra.

— Taro — Anneliese saboreou a palavra. — Que nome é esse?

— De Gerda Taro... a primeira fotógrafa a cobrir um front de guerra.

— E ela morreu fazendo isso, então já chega de mulheres tirando fotos em zonas de conflito — retrucou o pai de Jordan.

— Deixe-me fazer algumas fotos de vocês dois...

— Por favor, não. — Anneliese virou o rosto com um gesto de timidez. — Eu odeio ser fotografada.

— São só registros para a família — Jordan assegurou. Ela gostava de closes espontâneos mais que de fotografias formais. Tripés e equipamento de iluminação deixam pessoas que têm vergonha da câmera ainda mais incomodadas. Elas vestem uma máscara, e a foto não fica *real*. Jordan preferia ficar rondando até que a pessoa esquecesse que ela estava lá, até que esquecesse a máscara e relaxasse mostrando o que realmente era. Não há como esconder de uma câmera o que você é.

Anneliese se levantou para tirar a mesa, o pai de Jordan ajudava com a louça pesada enquanto a garota se movia silenciosamente e clicava. Ruth foi convencida a se afastar de Taro e a recolher a manteigueira. Logo o pai estava descrevendo o chalé de caça deles.

— É um lugar muito agradável. Meu pai construiu. Jordan gosta de fotografar o lago. Eu vou para pescar e dar uns tiros.

Anneliese se afastou um pouco da pia.

— Você caça?

O pai de Jordan pareceu um pouco ansioso.

— Algumas mulheres odeiam o barulho e a bagunça...

— De jeito nenhum...

Jordan largou sua câmera e foi ajudar a lavar os pratos. Anneliese se ofereceu para secar, mas Jordan a afastou para que ela tivesse oportunidade de admirar a habilidade de Daniel McBride com um pano de prato. Nenhuma mulher deixaria de se encantar por um homem que sabe secar a louça corretamente.

Anneliese se despediu logo depois. O pai de Jordan deu um beijo em sua bochecha, mas seu braço envolveu a cintura dela por um instante, fazendo Jordan sorrir. Anneliese então apertou a mão de Jordan calorosamente e Ruth esticou a ponta dos dedos dessa vez, bem melecados pela língua afetuosa de Taro. Elas desceram a escada íngreme para a noite fria de primavera, e o pai de Jordan fechou a porta. Antes que ele pudesse perguntar, Jordan lhe deu um beijo na bochecha.

— Gostei dela, papai. De verdade.

Mas ela não conseguiu dormir.

O prédio alto e estreito de tijolos tinha um pequeno porão com uma saída particular para a rua. Jordan tinha que andar pelo lado de fora da casa, depois descer as escadas mais íngremes até a portinhola que ficava abaixo do nível da calçada, mas a privacidade e a falta de luz tornavam aquele lugar perfeito para os propósitos dela. Quando tinha catorze anos e estava aprendendo a revelar os próprios negativos, seu pai tinha deixado que ela limpasse a sujeira e montasse ali uma sala escura.

Jordan parou na porta, sentindo o cheiro familiar dos produtos químicos e dos equipamentos. Aquele era o *seu* espaço, muito mais que o quarto aconchegante que ficava no andar de cima, com a cama estreita e a escrivaninha. Naquele cômodo, ela deixava de ser Jordan McBride, com seu rabo de cavalo desarrumado e sua bolsa de livros escolares, e se tornava J. Bryde, fotógrafa profissional. J. Bryde seria sua assinatura algum dia, quando ela se tornasse uma profissional como seus ídolos, cujos rostos a olhavam das paredes da sala escura: Margaret Bourke-White ajoelhada com sua câmera sobre a cabeça maciça de uma águia estilizada no alto dos sessenta e um andares do edifício Chrysler, imune à altura; Gerda Taro agachada atrás de um soldado espanhol, apoiada em uma pilha de escombros enquanto procurava pelo melhor ângulo.

Em um dia normal, Jordan teria gastado algum tempo para cumprimentar suas heroínas, mas alguma coisa a estava incomodando. Ela não tinha certeza do que era, então começou a arrumar as bandejas e os produtos químicos com a velocidade de quem tem bastante prática.

Pegou os negativos das imagens que tinha feito durante o jantar, transferindo uma por vez para o papel. Fazendo o filme deslizar pelo revelador sob o brilho vermelho da luz de segurança, Jordan viu as imagens surgirem através do fluido uma a uma, como fantasmas. Ruth brincando com o cachorro; Anneliese Weber fugindo da câmera; Anneliese de costas, lavando louça... Jordan passou as folhas pelo fluido interruptor, pelo fixador, deixou escorrer os líquidos em suas bandejas, transferindo as impressões para a pequena pia para serem lavadas e então penduradas na corda para secar. Ela examinou as imagens atentamente.

— O que você está procurando? — Jordan se perguntou em voz alta. Ela tinha mania de falar sozinha quando estava ali. Gostaria de ter um colega fotógrafo para dividir a conversa da sala escura. Seria perfeito se fosse um correspondente de guerra húngaro atraente. Examinou as imagens penduradas de novo. — O que chamou a sua atenção, J. Bryde? — Não era a primeira vez que ela tinha aquela sensação estranha sobre um clique mesmo antes de a imagem estar impressa. Era como se a câmera tivesse visto alguma coisa que ela não vira, incomodando-a até que ela enxergasse com os próprios olhos e não apenas através das lentes.

Na metade dos casos, é claro, a sensação não tinha razão de ser.

— Esta. — Jordan se ouviu dizendo. A imagem de Anneliese Weber na pia, meio virada para a máquina. Jordan aproximou os olhos da imagem, mas estava muito pequena. Então ela a revelou novamente, ampliando-a. Meia-noite. Ela não se importava. Trabalhou até que a impressão ampliada estivesse pendurada na corda.

Jordan deu um passo para trás, as mãos nos quadris, olhando para a imagem.

— Objetivamente — ela disse em voz alta —, esta é uma das melhores fotos que você já fez. — O *clique* da Leica tinha capturado Anneliese emoldurada pelo arco da janela da cozinha, pela primeira vez meio virada em direção à câmera, e não fugindo dela. O contraste entre o cabelo preto e o rosto pálido estava muito bonito. Mas...

— Subjetivamente — Jordan continuou —, esta maldita foto ficou assustadora. — Ela não falava assim sempre, seu pai não tolerava aquela linguagem, mas, se tinha uma ocasião que merecia um "maldita", era aquela.

Era a expressão no rosto da austríaca. Jordan tinha ficado sentada na frente daquele rosto a noite toda e não vira nada além de um interesse educado e uma dignidade tranquila, mas na fotografia surgiu outra mulher. Ela sorria, mas não era um sorriso agradável. Os olhos estavam semicerrados e as mãos seguravam o pano de prato fechadas com uma força fora do comum. Durante toda a noite Anneliese parecera gentil e frágil e agira como uma dama. Mas não parecia desse jeito naquela foto. Ali ela parecia adorável e inquietante e...

— Cruel. — A palavra saiu de sua boca antes que Jordan soubesse que estava pensando nela. Ela chacoalhou a cabeça. Porque *qualquer um* pode tirar uma foto ruim: tempo ou iluminação errados podem deixar a pessoa com os olhos meio fechados e dar uma aparência maliciosa, ou então pegá-la com a boca aberta e deixá-la parecendo boba. Fotografe Hedy Lamarr do jeito errado e ela se transforma de Branca de Neve em Rainha Má. As câmeras não mentem, mas podem certamente enganar.

Jordan se aproximou do prendedor que segurava a imagem e sentiu aquele olhar afiado.

— O que você estava falando exatamente nesse minuto? — O pai de Jordan havia comentado sobre o chalé...

— *Você caça?*

— *Algumas mulheres odeiam o barulho e a bagunça...*

— *De jeito nenhum...*

Jordan chacoalhou a cabeça novamente, fazendo um movimento para jogar a imagem longe. Seu pai não gostaria daquilo: ele pensaria que ela estava distorcendo a imagem para ver alguma coisa que não estava lá. *Jordan e suas histórias malucas.*

Mas eu não distorci, Jordan pensou. *É ela que é assim.*

Ela então guardou a foto em uma gaveta. Mesmo que a confundisse, ainda era uma das melhores fotografias que havia tirado. Não conseguiria jogá-la fora.

2

Ian

Abril de 1950
Colônia, Alemanha

Em cerca de metade das vezes, eles tentavam correr.

Por um momento o parceiro de Ian Graham o acompanhou, mas, embora Tony fosse mais de uma década mais jovem que Ian, era um palmo mais baixo, e os passos longos de Ian o empurravam para a frente em direção à presa deles: um homem de meia-idade vestindo um paletó cinza que se esquivava desesperadamente, desviando de uma família alemã que se afastava da área de banho da praia ainda com as toalhas molhadas. Ian acelerou o máximo que pôde, sentindo o chapéu voar longe, sem pensar em gritar para que o homem parasse. Eles nunca paravam. Correriam até o fim do mundo para se livrar das coisas que tinham feito.

Sem entender nada, a família alemã parou, observando. A mãe carregava brinquedos de praia — uma pá, um balde vermelho transbordando de areia molhada. Desviando, Ian pegou o balde da mão dela com um grito "Perdão...", diminuiu o passo o suficiente para mirar e o atirou com força nos pés do fugitivo. O homem tropeçou, cambaleou, colocou-se de volta em movimento, e, nesse momento, Tony ultrapassou Ian e se jogou sobre ele, derrubando-o. Ian diminuiu o passo enquanto os dois homens rolavam um sobre o outro, sentindo seu peito se abrindo como um fole. Ele recuperou o balde e o devolveu à assustada mãe alemã com um agradecimento e um meio sorriso.

— Ao seu dispor, senhora.

Virando-se em direção à presa, ele viu o homem embolado no chão, choramingando, enquanto Tony se dobrava sobre ele.

— É melhor você não ter dado um soco nele — Ian avisou ao parceiro.

— Foi o peso dos pecados dele que o derrubou, não o meu punho. — Tony Rodomovsky endireitou-se: vinte e seis anos, pele bronzeada, olhos escuros intensos próprios de um europeu e a insolência desordenada de um norte-americano. Ian o conhecera depois da guerra, um jovem sargento com sangue polaco-húngaro criado no Queens que vestia o uniforme mais malpassado que Ian já tivera o desgosto de ver.

— Boa bola curva com aquele baldinho — Tony continuou, animado.

— Não vá me dizer que você jogou nos Yankees.

— Fui arremessador contra o Eton, jogando em casa em 1929. — Ian recuperou seu chapéu, apertando-o sobre o cabelo negro, que estava salpicado de cinza desde a praia de Omaha. — Você assume a partir daqui?

Tony olhou para o homem no chão.

— E então, senhor? Podemos continuar a conversa que estávamos tendo antes de eu mencionar determinada floresta na Estônia e suas atividades nela, quando você decidiu praticar os cinquenta metros rasos?

O homem começou a chorar, e Ian olhou para o azul do lago combatendo a sensação habitual de anticlímax. O sujeito que se acabava em lágrimas no chão tinha sido um *SS Sturmbannführer* no Einsatzgruppe D, que ordenara a morte de cento e cinquenta homens na Estônia em 1941. *Mais que isso*, Ian pensou. Aqueles esquadrões da morte orientais haviam derrubado centenas de milhares nas trincheiras rasas. Mas ele tinha documentação sobre cento e cinquenta em seu escritório em Viena e o testemunho de um par de sobreviventes de rosto cinza e mãos trêmulas que haviam conseguido fugir. Os cento e cinquenta eram suficientes para levar o homem a julgamento, talvez até pôr uma corda no pescoço do monstro.

Momentos como aquele deveriam ser gloriosos, mas nunca eram. Os monstros sempre pareciam comuns e patéticos ao vivo.

— Eu não fiz nada — o homem soltou em meio às lágrimas — dessas coisas que você disse que eu fiz. — Ian se limitou a olhar para ele. — Só fiz o que os outros fizeram. O que me mandaram fazer. Estava dentro da *lei*...

Ian apoiou um joelho ao lado do homem, levantando o queixo dele com o dedo. Esperou até que seus olhos vermelhos encontrassem os dele.

— Não quero saber se eram ordens — ele retrucou calmamente. — Não me interessa se era legalmente permitido na época. As suas desculpas não me interessam. Você é um lacaio sem alma que puxou o gatilho, e eu vou vê-lo enfrentar um juiz.

O homem se curvou. Ian levantou e se virou, engolindo a raiva vermelha e crua antes que ela explodisse e o fizesse bater no homem até acabar com ele. Era sempre a maldita fala sobre as *ordens* que lhe dava vontade de rasgar gargantas. *Todos falam isso, não falam?* Era quando ele queria afundar as mãos ao redor do pescoço deles e olhar dentro de seus olhos confusos enquanto morriam asfixiados por suas desculpas.

Julgamento, fugiste para as bestas brutais, e os homens perderam a razão...* Ian respirou devagar e de maneira controlada. *Mas não eu.* O controle é o que separa os homens das bestas, e *eles* eram as bestas.

— Fique de olho nele até que seja preso — ordenou, tenso, para Tony e voltou para o hotel para fazer uma ligação.

— Bauer. — A voz estava arranhando.

Ian ajustou o aparelho na orelha direita, cuja audição não tinha sido afetada por um desastroso ataque aéreo na Espanha em 1937, e falou em

---

* Trecho de *Júlio César*, de William Shakespeare. (N. do T.)

alemão, que ele sabia ainda ter sotaque britânico apesar de todos os anos no exterior.

— Pegamos o homem.

— Ótimo! Vou começar a pressionar o procurador do Estado em Bonn, forçar para levar o *Hurensohn* a julgamento.

— Fique na cola do procurador, Fritz. Quero esse filho da puta na frente do juiz mais duro de Bonn.

Fritz Bauer grunhiu. Ian visualizou seu amigo sentado atrás de uma mesa em Braunschweig, os tufos de cabelo cinza ao redor da careca, fumando seus cigarros eternos. Ele tinha fugido da Alemanha para a Dinamarca e a Suécia durante a guerra, antes de ter uma estrela amarela colada no braço e ser enviado de navio para o leste. Ele e Ian tinham se conhecido depois do primeiro dos julgamentos de Nuremberg — e alguns anos depois, quando as equipes de investigação de crimes de guerra estavam sendo desfeitas por falta de fundos e Ian tinha começado a própria operação com Tony, ele procurara Bauer.

"Nós encontramos os culpados", Ian propôs, entre um copo de uísque e metade de um maço de cigarros, "e você os faz ser processados."

"Não vamos fazer amigos", Bauer tinha avisado com um sorriso sem alegria, e ele estava certo. O homem que tinham detido naquele dia poderia ir para uma cela por seus crimes, poderia se livrar com um gesto, ou poderia nunca ser julgado. Quem se importava em punir os culpados? "Deixe-os em paz", um juiz tinha aconselhado Ian não fazia muito tempo. "Os nazistas estão vencidos e acabados. Preocupe-se com os russos agora, não com os alemães."

"Você se preocupa com a próxima guerra", Ian tinha respondido. "Alguém precisa limpar a sujeira da última."

— Quem é o próximo da sua lista? — Bauer perguntou ao telefone.

Die Jägerin, Ian pensou. *A Caçadora.* Mas fazia anos não havia pistas de por onde ela andava.

— Há um guarda de Sobibor que estou acompanhando. Vou atualizar o arquivo dele quando voltar a Viena.

— Seu grupo está ganhando reputação. Terceira prisão este ano...

— Nenhum peixe grande. — Eichmann, Mengele, Stangl... os grandes nomes estavam muito longe do alcance limitado de Ian, mas isso não o incomodava muito. Ele não podia pressionar governos internacionais, não podia lutar por deportações em massa, mas *podia* procurar os criminosos de guerra menores que andavam pela Europa. E havia muitos: escriturários, guardas de campo e funcionários que tinham participado da grande máquina da morte durante a guerra. Não poderiam ser todos julgados em Nuremberg; não existiam pessoas, dinheiro ou mesmo *interesse* em nada em escala tão grande. Por isso, alguns foram a julgamento — embora muitos coubessem no banco dos réus em alguns casos que Ian considerava difíceis e sombriamente irônicos —, e os outros simplesmente tinham ido para casa. Voltaram para a família depois da guerra, penduraram o uniforme, talvez tenham trocado de nome ou mudado de cidade se fossem cuidadosos... Mas na verdade tinham simplesmente voltado para a Alemanha fingindo que nada daquilo havia acontecido.

Perguntaram algumas vezes para Ian por que ele tinha abandonado o glamour corajoso do trabalho como correspondente de guerra pela busca obstinada e enfadonha de criminosos de guerra. Uma vida perseguindo a próxima batalha e a próxima história para qualquer lugar que ela levasse, do governo de Franco na Espanha até a queda da Linha Maginot e daí para tudo que se seguiu: escrever uma coluna às pressas curvado debaixo de uma lona que mal o protegia do sol do deserto, jogar pôquer em um hotel bombardeado enquanto esperava por transporte, sentar em uma embarcação com água do mar e vômito até as canelas ao lado de soldados verdes de enjoo... Do terror ao tédio, do tédio ao terror, sempre oscilando entre os dois em prol de uma manchete de jornal.

Ele trocou tudo isso por um pequeno escritório em Viena repleto de listas, por entrevistas intermináveis com testemunhas que estiveram presas e refugiados enlutados, por uma vida sem manchetes. "Por quê?", Tony tinha perguntado logo depois de começarem a trabalhar juntos, fazendo um gesto para as quatro paredes do escritório. "Por que deixar tudo aquilo por isto?"

Ian deu um breve sorriso de canto. "Porque é o mesmo trabalho, na verdade. Contar ao mundo as coisas terríveis que aconteceram. Mas, quando eu escrevia as colunas durante a guerra, o que todas aquelas palavras conseguiam? Nada."

"Ei, conheci rapazes nas fileiras que adoravam sua coluna. Diziam que era a única, além da do Ernie Pyle, que falava diretamente com os soldados que estavam com as botas na terra, e não com os generais nas barracas."

Ian deu de ombros. "Se eu tivesse morrido no bombardeio sobre Berlim quando acompanhei a tripulação de um Lancaster, ou tivesse sido acertado por um torpedo quando voltei do Egito, haveria centenas de outros escribas para ocupar meu lugar. As pessoas *querem* ler sobre a guerra. Mas hoje não há guerra, e ninguém quer falar de criminosos de guerra soltos por aí." Ele fez o mesmo gesto para as quatro paredes do escritório. "Não escrevemos manchetes agora, nós as *fazemos*, uma prisão por vez. Uma gota de tinta de jornal por vez. E, ao contrário de todas aquelas colunas que eu escrevi sobre a guerra, não há muita gente interessada em fazer este trabalho. O que fazemos aqui? Conquistamos algo mais importante que qualquer coisa que eu já consegui dizer assinando meu nome no jornal. Porque ninguém quer ouvir o que temos a dizer, e alguém tem de fazer as pessoas nos ouvirem."

"Então por que você não escreveu sobre nenhuma das nossas prisões?", Tony atirou de volta. "Mais pessoas ouviriam se vissem sua assinatura estampada."

"Cansei de escrever em vez de fazer." Ian não tinha escrito uma palavra desde os julgamentos de Nuremberg, embora fosse jornalista desde os dezenove anos, um garoto que deixara a casa do pai gritando que trabalharia para viver e não gastaria sua vida tomando uísque no clube e comentando sobre como o país estava cada vez pior. Foram mais de quinze anos debruçado sobre a máquina de escrever, polindo e afiando sua prosa até conseguir que ela cortasse como a lâmina de uma navalha, e agora Ian achava que nunca mais colocaria seu nome em uma matéria de jornal.

Ele piscou, dando-se conta de há quanto tempo estava devaneando com o telefone na orelha.

— O que disse, Fritz?

— Eu disse que três prisões em um ano é algo que precisa ser comemorado — Fritz Bauer repetiu. — Tome um drinque e durma bem.

— Eu não durmo bem desde a Blitz — brincou Ian e desligou.

Os pesadelos daquela noite foram particularmente ruins. Ian sonhou com paraquedas enroscados em árvores pretas e acordou com um grito na escuridão do quarto de hotel.

— Nada de paraquedas — balbuciou, quase não conseguindo se ouvir em razão das marteladas de seu próprio coração. — Nada de paraquedas. Nada de paraquedas. — Caminhou nu para a janela, abriu a veneziana para deixar entrar o ar da noite e acendeu um cigarro que tinha gosto de óleo. Ian tragou a fumaça, inclinando-se sobre o peitoril para olhar a cidade escura. Tinha trinta e oito anos, havia seguido duas guerras por metade do planeta e ficou até de manhã pensando no desejo cheio de raiva de uma mulher às margens do lago Rusalka.

— Você precisa dormir com alguém — Tony aconselhou.

Ian o ignorou, martelando um relatório rápido para Bauer na máquina de escrever que carregava desde que corria pelo deserto atrás dos meninos de Patton. Eles estavam de volta a Viena, cinzenta e desolada, com a concha da casa de ópera queimada ainda testemunhando a passagem da guerra, mas mostrando um grande avanço em relação a Colônia, que tinha sido destruída por um bombardeio e ainda parecia apenas um terreno baldio ao redor de uma cadeia de lagos.

Tony fez uma bola de papel e atirou em Ian.

— Está me ouvindo?

— Não. — Ian jogou a bola de volta. — Jogue isso no lixo, não temos uma secretária para ficar recolhendo coisas do chão.

O Centro de Documentação de Refugiados de Viena, em Mariahilferstrasse, não tinha muitas coisas. As equipes de investigação com as quais Ian trabalhara logo depois da guerra necessitavam de oficiais, motoristas, interrogadores, linguistas, patologistas, fotógrafos, datilógrafos, peritos... uma equipe de pelo menos vinte pessoas, bem direcionadas e pagas. (Não que as equipes já *tivessem* contado com tudo isso, mas pelo menos tentavam.) O Centro ali tinha apenas Tony, que atuava como motorista, interrogador e linguista, e Ian, que ocupava o cargo de datilógrafo, recepcionista e fotógrafo muito pobre. A pensão que recebia pela morte de seu pai, havia muitos anos, mal dava para o aluguel e para as despesas comuns. *Dois homens e duas mesas, e queremos mover montanhas,* pensou Ian, sarcástico.

— Você está melancólico de novo. Sempre fica assim depois que fazemos uma prisão. Você entra em um período azul, como um maldito Picasso. — Tony examinou uma pilha de jornais em alemão, francês, inglês e alguma coisa em cirílico, que Ian não lia. — Tire a noite de folga. Tenho uma ruiva em Ottakring, e ela tem uma colega de quarto de arrasar. Leve-a para sair, conte algumas histórias para ela sobre dar tiros com Hemingway e Steinbeck depois de Paris ter sido libertada...

— Não foi nem um pouco pitoresco como você faz parecer.

— E daí? Floreie! Você tem glamour, chefe. As mulheres adoram os caras altos, sombrios e trágicos. Você tem um metro e oitenta de histórias heroicas de guerra e um passado triste...

— Ah, pelo amor de Deus...

— ... todo abotoado em um terno inglês e um olhar distante do tipo *você não entenderia as coisas que me assombram.* Isso é um chamariz para as mulheres, acredite...

— Já terminou? — Ian arrancou a folha de papel da máquina e balançou a cadeira em duas pernas. — Vá ao correio, depois pegue o arquivo sobre o assistente de Bormann.

— Bem, então morra feito um monge.

— Por que eu aguento você? — Ian disse. — Maldito yankee molenga.

— Inglês filho da mãe mal-humorado — Tony devolveu, vasculhando os arquivos no armário. Ian escondeu um sorriso, sabendo perfeitamente bem por que suportava Tony. Durante suas passagens por três fronts levando uma máquina de escrever e um bloco de anotações, Ian tinha conhecido milhares de Tonys: homens muito jovens usando uniformes amarrotados e caminhando em direção à boca das armas. Garotos americanos amontoados em navios e verdes de enjoo, jovens ingleses voando em Hurricanes com uma chance mínima de voltar para casa... Depois de um tempo, Ian não aguentava olhar para nenhum deles muito de perto, sabendo exatamente quais eram suas chances de conseguir sair dali com vida. Foi logo depois do fim da guerra que ele conhecera Tony, que trabalhava como intérprete na equipe de um general americano que claramente queria que o garoto fosse mandado para a corte marcial e morto por insubordinação e negligência. Ian entendia o sentimento, agora que o sargento A. Rodomovsky trabalhava para ele e não para o Exército dos Estados Unidos, mas Tony foi o primeiro jovem soldado com quem Ian conseguiu fazer amizade. Ele era barulhento, piadista e irritante, mas, quando Ian apertou sua mão pela primeira vez, pensou: *Este não vai morrer.*

A não ser que eu o mate, completou o pensamento agora, *da próxima vez que ele me der nos nervos*. Era uma possibilidade.

Ele terminou o relatório para Bauer e levantou, esticando-se.

— Melhor pegar seus protetores de ouvido — aconselhou, alcançando o estojo de seu violino.

— Você tem consciência de que não tem nenhum futuro como violinista? — Tony mexeu na pilha de correspondência que tinha se acumulado na ausência deles.

— Eu toco mal, mas com muito sentimento. — Ian posicionou o violino no queixo, começando um movimento de Brahms. Tocar o ajudava a pensar, deixava suas mãos ocupadas enquanto seu cérebro analisava as questões que surgiam com toda nova perseguição. *Quem é você, o que você fez e para onde iria para se livrar disso?* Estava tocando as últimas notas quando Tony assobiou.

— Chefe — ele disse sem se virar —, tenho novidades.

Ian baixou o cotovelo.

— Novo alvo?

— Sim. — Os olhos de Tony brilhavam, triunfantes. — *Die Jägerin*.

Um alçapão se abriu no estômago de Ian, uma longa queda no poço sem fundo da raiva. Ele guardou o violino de volta no estojo com movimentos lentos e controlados.

— Eu não te passei esse arquivo.

— Este é o arquivo que fica no fundo da gaveta e que você olha quando acha que eu não estou prestando atenção — disse Tony. — Acredite, eu li.

— Então você sabe que não há pistas. Sabemos que ela estava em Poznan em novembro de 1944, mas isso é tudo. — Ian sentiu uma excitação começando a surgir, mas cautelosa. — E então, o que você descobriu?

Tony sorriu.

— Uma testemunha que a viu depois de novembro de 1944. Depois da guerra, na verdade.

— *O quê?* — Ian estava pegando o dossiê sobre a mulher que era sua obsessão pessoal e quase o deixou cair. — Quem? Alguém da região de Poznan ou da equipe de Frank?

Fora durante o primeiro julgamento de Nuremberg que Ian tinha sido fisgado por *die Jägerin*; aconteceu durante um testemunho contra Hans Frank, o governador-geral da Polônia ocupada e que Ian, mais tarde (como um dos poucos jornalistas autorizados a entrar na sala de execução), viu balançar em uma corda pelos crimes de guerra cometidos. Em meio às informações sobre os judeus que Frank estava despachando de navio para o leste, o escriturário tinha dado um testemunho sobre uma visita a Poznan. Um dos oficiais graduados da SS dera uma festa para Frank perto do lago Rusalka, em uma grande casa ocre...

Àquela altura, Ian já tinha uma boa razão para procurar a mulher que vivera naquela casa. E o escriturário no banco das testemunhas tinha sido um dos convidados da festa, da qual a jovem amante do oficial da SS fora a anfitriã.

— Quem você encontrou? — Ian perguntou a Tony, sua boca seca com uma esperança repentina. — É alguém que se lembra dela? Um nome, uma maldita fotografia... — Era o mais frustrante beco sem saída no dossiê: o escriturário em Nuremberg disse ter encontrado a mulher apenas uma vez e estava bêbado durante a festa toda. Não se lembrava do nome dela, e tudo que conseguia descrever era que se tratava de uma mulher jovem, cabelo escuro, olhos azuis. Era difícil achá-la sem saber nada além de seu apelido e a cor de seu cabelo. — O que você *encontrou*?

— Pare de me interromper, caramba, que eu conto. — Tony bateu os dedos no dossiê. — O amante de *die Jägerin* foi para Altaussee em 1945. Não há nenhum sinal de que a tenha levado de Poznan... mas agora parece que isso aconteceu. Eu localizei uma garota em Altaussee cuja irmã trabalhou perto da mesma casa em que o companheiro da nossa Caçadora se escondeu com Eichmann e o restante do pessoal em maio de 1945. Ainda não encontrei a irmã, mas ela aparentemente se lembra de uma mulher que parecia *die Jägerin*.

— Isso é tudo? — A onda de esperança de Ian enfraqueceu enquanto ele se lembrava da bonita estação de águas à beira de um lago verde-azulado aos pés dos Alpes. Um esconderijo perfeito para os nazistas mais graduados quando a guerra terminou. Em maio de 1945 a cidade estava cheia de americanos fazendo prisões. Alguns fugitivos se submeteram às algemas, outros conseguiram escapar. O oficial de *die Jägerin* preferiu a morte por uma saraivada de balas a ser pego... E não havia sinal de sua amante. — Já vasculhei Altaussee procurando pistas. Quando eu soube que o amante dela tinha morrido ali, comecei a investigar. Se ela também tivesse estado naquela região, eu teria encontrado o rastro dela.

— Olha, você provavelmente chegou como o Cão do Inferno da Inquisição Espanhola e todos se calaram de medo. A sutileza não é sua característica mais marcante. Você chega como uma bola demolidora que estudou em Eton.

— Harrow.
— Dá na mesma. — Tony procurou seus cigarros. — Tenho feito algumas investigações mais leves. Sabe aquela viagem que fizemos para a Áustria em dezembro para procurar o guarda de Belsen que acabamos descobrindo que tinha ido para a Argentina? Tirei os fins de semana e fui para Altaussee, fiz algumas perguntas. Sou bom nisso.

Ele era. Tony podia falar com qualquer um, na maioria das vezes na língua da pessoa. Era isso que o fazia ser bom naquele trabalho, que tantas vezes dependia de informações obtidas tranquilamente de pessoas desconfiadas e cautelosas.

— Por que você dedicou tanto do seu tempo particular a isso? — Ian perguntou. — Um caso frio...

— Porque este é o caso que você *deseja*. Ela é a sua baleia branca. Todos esses canalhas... — Tony fez um gesto com a mão para os armários atulhados de documentos sobre criminosos de guerra. — Você quer prender todos, mas quem você *realmente* quer é ela.

Ele não estava errado. Ian sentiu os dedos apertarem a borda da mesa.

— Baleia branca — ele conseguiu dizer com ironia. — Não me diga que você leu Melville.

— Claro que não. Ninguém lê *Moby Dick*. Ele só é adotado por professores fanáticos. Fui ao escritório de recrutamento um dia depois de Pearl Harbor. Foi assim que me livrei de *Moby Dick*. — Tony balançou seu cigarro, os olhos pretos não piscavam. — O que eu gostaria de saber é: por que *die Jägerin*?

— Você leu o dossiê dela — Ian desconversou.

— Ah, ela é repugnante, não estou discutindo isso. Aquela história de ter matado seis refugiados depois de tê-los alimentado...

— Crianças — Ian falou baixo. — Seis crianças polonesas, entre quatro e nove anos.

Tony parou no meio do gesto de acender o cigarro, visivelmente tocado.

— Seu artigo fala apenas em refugiados.

— Meu editor considerou o detalhe muito asqueroso para incluir na matéria. Mas eram crianças, Tony. — Tinha sido um dos artigos mais difíceis que Ian se forçara a escrever. — O escriturário no julgamento de Frank disse que, na festa em que a conheceu, alguém contou a história de que ela havia dado cabo de seis crianças que provavelmente tinham escapado de ser enviadas para o leste. Uma anedota divertida na hora dos drinques. Eles então fizeram um brinde com champanhe, chamando-a de *A Caçadora*.

— Meu Deus — Tony disse baixinho.

Ian fez um gesto com a cabeça, pensando não apenas nas seis crianças desconhecidas que tinham sido suas vítimas, mas em duas outras. Uma jovem frágil presa a uma cama de hospital, com olhos fundos e sofridos. Um garoto de dezessete anos, todo animado: "Eu falei para eles que tinha vinte e um, embarco na semana que vem!" A mulher e o menino; ela agora desaparecida, ele morto. *Você fez isso*, Ian pensava na caçadora sem nome que tomava conta de suas noites de insônia. *Você fez isso, sua cadela nazista.*

Tony não sabia deles, nem da mulher, nem do jovem soldado. Mesmo anos depois, Ian achava aquilo difícil. Ele começou a escolher as palavras, mas Tony já estava escrevendo um endereço, passando da discussão para a ação. Ian deixou-o seguir, os dedos soltando a beirada da mesa.

— Aqui é onde mora a garota em Altaussee, aquela cuja irmã pode ter visto *die Jägerin* — Tony disse. — Acho que vale a pena ir até lá para uma conversa.

Ian concordou. Valia a pena correr atrás de qualquer pista.

— Quando você conseguiu o nome dela?

— Há uma semana.

— Diabos, há *uma semana*?

— Tínhamos a perseguição de Colônia para finalizar. Além disso, eu estava esperando uma confirmação. Queria dar mais boas notícias para você, e agora eu posso. — Tony pegou a carta de sua pilha e bateu as cinzas do cigarro. — Isto chegou enquanto estávamos em Colônia.

Ian passou os olhos sobre a carta sem reconhecer os garranchos pretos.

— Quem é essa mulher e por que ela está vindo para Viena...

Ele leu a assinatura no final da carta, e o mundo parou.

— A única testemunha que encontrou *die Jägerin* cara a cara e sobreviveu — Tony explicou. — A polonesa... Consegui a declaração dela e os detalhes no dossiê.

— Ela emigrou para a Inglaterra, por que você...

— O número do telefone estava anotado. Deixei uma mensagem. Agora ela está vindo para Viena.

— Você não devia ter contatado Nina... — Ian disse baixinho.

— Por que não? Além da possível pista de Altaussee, ela é a única testemunha ocular que temos. A propósito, onde você a conheceu?

— Em Poznan, depois da saída da Alemanha, em 1945. Ela estava no hospital quando fez seu relato com todos os detalhes de que podia se recordar. — Ian se lembrava com vivacidade da jovem frágil sobre a cama, as pernas parecendo gravetos debaixo do avental da Cruz Vermelha polonesa. — Você não devia tê-la arrastado por metade da Europa.

— Foi ideia dela. Eu só queria falar pelo telefone, ver se conseguia mais algum detalhe sobre a nossa presa. Mas, se ela quis vir até aqui, vamos aproveitar.

— Acontece que ela também é...

— O quê?

Ian ficou em silêncio. A surpresa e a inquietação estavam sumindo, substituídas por um lampejo inesperado de travessura. Ele raramente via seu parceiro perplexo. *Você preparou uma surpresa dessa para mim*, Ian pensou, *merece uma também*. Ian não teria trazido a flor alquebrada que era Nina Markova ao longo de meio continente, mas ela já estava a caminho, e não havia como negar que sua presença seria útil por um bom número de razões, incluindo dar o troco em Tony, coisa que Ian não tinha orgulho de admitir que gostava de fazer. Especialmente quando seu parceiro começava a mexer em casos pelas suas costas. Especialmente *esse* caso.

— Ela é o quê? — Tony perguntou.

— Nada — respondeu Ian. Além de puxar o tapete de Tony, seria bom rever Nina. Havia assuntos a tratar entre eles que não tinham nada a ver com o caso. — Apenas lide com ela com cuidado quando ela chegar — ele acrescentou, nada além da verdade. — A guerra foi ruim para ela.

— Vou ser gentil como um cordeirinho.

Passaram-se quatro dias, e o escritório recebeu um fluxo de testemunhos de refugiados que precisava ser catalogado. Ian se esqueceu da visitante que estava chegando, até que se ouviu um guincho estridente no corredor.

Tony tirou os olhos da declaração que estava traduzindo do ídiche.

— A senhoria está criando confusão de novo? — disse enquanto Ian se dirigia à porta do escritório.

A visão que tinha do corredor estava bloqueada pelo volume impressionante de *Frau* Hummel em seu vestido florido, que apontava para algumas pegadas de lama no chão. Ian percebeu de relance que havia uma mulher menor atrás da senhoria, e então *Frau* Hummel pegou no braço da recém-chegada, com seus sapatos sujos de terra. Os guinchos da senhoria se transformaram em gritos quando a mulher tirou da bota uma navalha e a movimentou, deixando claro que se tratava de um aviso. O rosto da recém-chegada estava escondido por uma mecha de cabelo loiro. Tudo o que Ian pôde ver foi a navalha sendo segurada por um punho terrivelmente determinado.

— Senhoras, por favor! — Tony saiu para o corredor.

— *Kraut suka* disse que ia chamar polícia por minha causa... — a recém-chegada estava rosnando.

— É um grande mal-entendido — disse Tony rapidamente, levando *Frau* Hummel para longe e fazendo um gesto para que a estranha fosse na direção de Ian. — Se puder direcionar as suas questões para o meu parceiro aqui, *Fräulein*...

— Por aqui. — Ian a conduziu até a porta, mantendo um olho na navalha por precaução. Era raro um visitante fazer uma entrada assim tão dramática. — A senhora tem negócios a tratar com o Centro de Documentação de Refugiados, *Fräulein*?

A mulher dobrou sua navalha letalmente afiada e a enfiou de volta na bota.

— Cheguei faz menos de uma hora — ela anunciou, em um inglês sofrível. O sotaque era estranho, de algum lugar entre o inglês e algo mais a leste de Viena. Só quando se endireitou e arrumou o cabelo, tirando-o da frente dos olhos azul-claros, o coração de Ian começou a pular.

— Ainda não me conhece por causa de Tom, Dick ou Ivan? — ela perguntou.

Caramba, Ian pensou, congelando. *Ela está diferente.*

Cinco anos antes ela jazia, quase morta de fome, em uma cama de hospital da Cruz Vermelha, em um silêncio delicado e com grandes olhos azuis. Agora parecia decidida e compacta usando uma calça desgastada e botas até os joelhos, balançando um infame boné de pele de foca em uma das mãos. O cabelo, que ele lembrava ser castanho apagado, estava loiro brilhante com raízes escuras, e seus olhos tinham um brilho alegre e ferino.

Ian forçou as palavras através dos lábios entorpecidos:

— Olá, Nina.

Tony voltou fazendo barulho.

— *Gnädige Frau* já se acalmou. — Lançou um olhar para Nina. — Quem é nossa visitante?

Ela pareceu irritada.

— Eu enviei uma carta. Você não recebeu? — *O inglês dela melhorou*, Ian pensou. Cinco anos antes, eles mal conseguiam conversar; ela quase não falava inglês e ele não sabia praticamente nada de polonês.

A comunicação entre os dois durante esse período tinha sido feita exclusivamente por telegramas. O coração dele ainda estava batendo forte. Era *Nina*...?

— Então você... — Tony parecia confuso, em dúvida, pensando na descrição que Ian tinha feito de uma mulher que precisava ser tratada com cuidado. — A senhora não é exatamente como eu imaginava, sra. Markova.

— Não é sra. Markova. — Ian passou a mão no cabelo, querendo ter explicado tudo quatro dias antes, desejando não ter tido o impulso de dar o troco em seu parceiro. Mesmo porque, se alguém naquela sala tinha recebido trocos na vida, era Ian. *Maldição.* — O dossiê ainda traz o nome de solteira dela. Tony Rodomovsky, esta é Nina Graham. — A mulher na cama do hospital, a mulher que tinha visto *die Jägerin* cara a cara e sobrevivido, a mulher que agora estava na mesma sala que ele pela primeira vez em cinco anos, com uma navalha na bota e um sorriso frio nos lábios. — Minha esposa.

3

Nina

Antes da guerra
Lago Baikal, Sibéria

Ela nasceu da água do lago e da loucura.
    Era esperado que tivesse o lago em seu sangue. Todos tinham, qualquer pessoa nascida às margens do Baikal, o vasto lago de fenda no limite oriental do planeta. Qualquer bebê que chegasse ao mundo à margem do enorme lago esticado como um segundo céu sobre a taiga conhecia o sabor ferroso daquelas águas antes de conhecer o gosto do leite de sua mãe. Mas o sangue de Nina Borisovna Markova estava marcado pela loucura, como as estrias profundas que se formam no gelo do lago no inverno. Porque os Markov eram loucos, todo mundo sabia disso... todos eles arrogantes e de olhar selvagem como lobos.
    — Eu gero lunáticos — o pai de Nina dizia quando estava mergulhado profundamente na vodca que ele produzia na sua cabana de caça atrás da casa. — Meus filhos são todos criminosos e minhas filhas todas prostitutas... — Então ele saía com seus enormes punhos fechados, e suas crianças sibilavam e eram arremessadas como pequenos animais de garras afiadas, e Nina talvez recebesse um golpe extra por ser a única pequena de olhos azuis em um grupo de irmãs altas de olhos escuros e irmãos ainda

mais altos e de olhos mais escuros. Os olhos do pai quase se fechavam quando ele a encarava. — Sua mãe era uma *rusalka* — ele rosnava, embrulhado na camisa coberta até a metade pela barba escura.

— O que é uma *rusalka*? — Nina finalmente perguntou quando tinha dez anos.

— Uma bruxa do lago que vem para a margem com seu longo cabelo verde, atraindo os homens para a morte — seu pai respondeu enquanto dava um soco de que Nina se esquivou. Esta era a primeira coisa que um Markov aprendia: se esquivar. Depois aprendia a roubar, lutando pela sua própria porção de *borscht** ralo e pão duro, pois ninguém compartilhava, nunca. Então aprendia a lutar. Enquanto nos outros vilarejos os garotos aprendiam a pescar com rede e a caçar focas e as garotas aprendiam a cozinhar e a remendar as redes, os meninos Markov aprendiam a lutar e a beber, e as meninas aprendiam a lutar e a se reproduzir. E isso levava à última coisa que aprendiam: ir embora.

— Consiga um homem que a leve embora — disse a irmã mais velha de Nina. Olga estava juntando suas roupas, seu corpo se arredondando aos quinze anos, os olhos ainda presos na direção de Irkutsk, a oeste, a cidade mais próxima, horas além do horizonte siberiano. Nina não conseguia imaginar como era uma *cidade*. Tudo o que já tinha visto era um aglomerado desorganizado de cabanas que mal poderia ser chamado de vilarejo, barcos de pesca prateados e pungentes, o lago sem fim. — Consiga um homem — Olga repetiu —, porque esse é o único jeito de sair daqui.

— Vou sair de outro jeito — disse Nina. Olga lhe deu um arranhão rancoroso e se foi. Nenhum dos irmãos de Nina jamais voltou; era cada um por si, e ela não sentiu falta deles até que o último irmão partiu, e ficaram apenas ela e o pai.

— Pequena *rusalka* vagabunda. — Ele perseguia Nina em volta da cabana enquanto ela se esquivava e arranhava a mão enorme que agarrava seu cabelo selvagem. — Eu devia devolvê-la para o lago.

---

* Sopa de beterraba típica do Leste Europeu. (N. do T.)

Ele não assustava muito Nina. Não eram todos os pais como o dela? Ele parecia tão grande no mundo dela quanto o lago. De certa forma, ele *era* o lago. Os moradores algumas vezes chamavam o lago de Velho. Um velho se estirava azul e ondulava na porta de casa, e o outro velho lhe dava pancadas na cabana.

Ele não era sempre violento. Quando estava sóbrio, cantava antigas canções sobre Ded Moroz e Baba Yaga, afiando a navalha invariavelmente enfiada no cinto. Nesses momentos, ensinava Nina a curtir a pele das focas que ele matava com o velho rifle que ficava pendurado da porta; levava-a para caçar com ele e a ensinava a se movimentar na neve em perfeito silêncio. Então não a chamava de *rusalka*; ele puxava suas orelhas e a chamava de pequena caçadora.

— Se eu puder te ensinar alguma coisa — ele sussurrava —, que seja a se mover pelo mundo sem fazer nenhum som, Nina Borisovna. Se não te ouvirem chegando, nunca vão pôr as mãos em você. Ainda não me pegaram.

— Quem, papai?

— Os homens de Stálin — ele cuspia. — Aqueles que te colocam na parede e atiram por você ter falado a verdade... que o camarada Stálin é um mentiroso, um porco assassino que caga nos homens comuns. Eles matam você por dizer coisas assim, mas só se te encontrarem. Por isso, mantenha os pés silenciosos e eles nunca vão caçar você. Você é quem vai *caçá-los*.

Ele seguia assim durante horas, até Nina cochilar. *O camarada Stálin é um suíno da Geórgia, o camarada Stálin é um assassino de merda.*

— Faça-o parar de dizer aquelas coisas — a senhora que cuidava das roupas sussurrou para Nina quando ela foi fazer compras. — Não estamos tão longe, tão na beira do mundo a ponto de os ouvidos errados não nos ouvirem. Seu pai vai acabar levando um tiro, assim como os que estão perto dele.

— Ele diz que o tsar era um assassino de merda também. — Nina apontou para fora. — E os judeus, e os nativos, e qualquer caçador de foca que abandone carcaças na nossa parte da margem. Ele pensa que tudo e todos são uma merda.

— É diferente falar isso do camarada Stálin.

Nina deu de ombros. Ela não tinha medo de nada. Era outra maldição sobre a família Markov: nenhum deles temia sangue ou escuridão ou mesmo a lenda da Baba Yaga que se escondia entre as árvores.

— Baba Yaga tem medo *de mim* — disse Nina para outra criança do vilarejo quando estavam destruindo ferozmente uma boneca velha. — É melhor você ter medo de mim também. — Ela pegou a boneca e a empurrou para a mãe das crianças, que fez o sinal da cruz da maneira antiga, como as pessoas faziam antes de aprender que a religião era o ópio das massas.

— Não tem medo de nada, então — concluiu o pai de Nina quando soube. — É por isso que meus filhos vão morrer antes de mim. Se você não teme nada, fica estúpido. É melhor temer *uma* coisa, Nina Borisovna. Concentre todo o medo nessa coisa, e isso vai deixá-la suficientemente cuidadosa.

A menina olhou para seu pai, curiosa. Ele era tão enorme, selvagem como um lobo, por isso ela não conseguia imaginá-lo com medo de alguma coisa.

— Qual é o seu medo, papai?

Ele aproximou os lábios da orelha dela.

— O camarada Stálin. Qual outra razão para viver num lago do tamanho do mar, tão distante a leste que alguém só passaria por aqui antes de cair para fora do mundo?

— E qual é o ponto a oeste mais distante para onde se pode ir antes de cair? — O sol ia para o oeste para morrer, e a maior parte do mundo estava a oeste dali, mas além disso Nina pouco sabia. Existia apenas um professor no vilarejo, e ele era quase tão ignorante quanto as crianças que ensinava. — O que há a oeste *toda a vida*?

— A América? — O pai de Nina deu de ombros. — Demônios sem Deus. Piores que Stálin. Fique longe dos americanos.

— Eles nunca vão me pegar. — E batia os dedos dos pés. — Pés silenciosos.

Ele brindou àquilo com um gole de vodca e um de seus raros sorrisos afiados. Um bom dia. Seus bons dias sempre se tornavam ruins, mas aquilo nunca a incomodou, porque ela era rápida e silenciosa e não temia nada e sempre podia ficar fora de alcance.

Até o dia em que completou dezesseis anos e seu pai tentou afogá-la no lago.

Nina estava na margem, no crepúsculo puro e frio. O lago estava congelado com uma camada de vidro verde-escuro, tão transparente que se via o fundo abaixo. Quando a superfície de gelo esquentava durante o dia, rachaduras se abriam, quebrando e caindo como se a *rusalka* estivesse lutando uma guerra nas profundezas. Perto da margem, pedaços de gelo turquesa se levantavam uns sobre os outros em blocos maiores que Nina e eram empurrados para a margem pelo vento de inverno. Alguns anos antes, as ondas geladas foram para tão longe das margens que a estação Tankhoy fora completamente engolida pelo gelo azul. Nina estava com seu velho casaco de inverno, as mãos enfiadas nos bolsos, perguntando-se se ainda estaria ali para ver o lago congelado no próximo ano. Ela estava com dezesseis anos, todas as suas irmãs tinham saído de casa antes de chegarem àquela idade, quase todas com a barriga inchada. *Sempre a mesma coisa, irmãs Markov*, sussurravam no vilarejo. *Vão todas para o mau caminho.*

— Não me importo de ir para o mau caminho — Nina falou em voz alta. — Só não quero uma barriga grande. — Não parecia que existisse alguma coisa mais que as irmãs pudessem fazer a não ser crescer, começar a se reproduzir e partir. Nina chutou a margem incansavelmente, e seu pai saiu cambaleando da cabana, nu até a cintura, ignorando o frio. Confusos dragões e serpentes desenhados se contorciam sobre seus braços, e seu corpo soltava uma fumaça colérica. Ele estivera em um de seus encontros com os amigos, bebendo vodca e falando coisas ruins durante dias, mas agora parecia lúcido novamente. Olhou para ela, vendo-a pela primeira vez naquele dia. Seus olhos tinham um brilho estranho.

— O Velho quer você de volta — ele disse.

E ele a estava caçando como um lobo, embora Nina tenha acelerado em direção às árvores antes que as mãos gigantescas alcançassem seu cabelo e a levantassem. Ela bateu no chão tão violentamente que o mundo escorregou para os lados. Quando tudo se endireitou, estava deitada de costas, as botas deixando marcas no chão enquanto seu pai a arrastava para o lago transparente.

O gelo naquela época do ano era tão grosso quanto a altura de um homem, mas existiam trechos em que era mais fino. O professor do vilarejo, menos ignorante sobre as coisas do lago que sobre a maioria das coisas que ensinava, havia explicado algo sobre canais de água mais quentes subindo das profundezas, em um movimento capaz de fazer buracos na superfície. E então seu pai a arrastou ao longo do gelo até um dos buracos, ajoelhou-se, quebrou a crosta fina e afundou a cabeça dela na água gelada.

O medo dominou Nina, estranho e dolorido como o gelo que acaba de se formar. Ela não teve medo ao ser arrastada através do lago pelo cabelo; tudo tinha acontecido muito depressa. No entanto, quando a água escura a engoliu, o terror tomou conta dela como uma avalanche. O frio da água a congelou. Ela viu as profundezas do lago, azul-esverdeadas e insondáveis, então abriu a boca para gritar, mas o punho de ferro do lago acertou-a na boca com outra explosão de frio.

Na superfície, seu corpo se debatia contra seu pai, que a segurava pelo cabelo. Sua mão dura como pedra mantinha a cabeça da filha no fundo, mais fundo, mas ela conseguiu soltar uma perna e acertou um chute nos rins dele. Ele a trouxe de volta xingando-a, e Nina puxou o ar, que penetrou em seus pulmões como facas quentes. O pai a xingava confusamente. Ele soltou o cabelo de Nina e a virou de costas, segurando-a pelo pescoço.

— Volte para o lago — ele sussurrou. — Vá para casa.

E mais uma vez a cabeça dela foi para baixo da água. Agora ela enxergou através do gelo, viu o céu crepuscular além de seu pai. *Vá para lá*, ela pensou incoerentemente em outra lufada de medo, *apenas suba lá*... e esticou a mão cegamente... Mas não era o céu que seus dedos buscavam. Era a navalha aberta balançando no cinto do pai.

Ela não sentiu os dedos ao redor da navalha. O frio a tinha em suas mandíbulas, puxando-a para baixo. Mas ela se viu mover através do gelo do lago que a estava afogando, assistiu a sua mão soltar a navalha e trazê-la num movimento selvagem nas mãos de seu pai. Então ele se foi, e Nina saiu gritando da água, um pedaço de gelo quebrado na borda escorregando ao longo de sua garganta, mas ela estava com a navalha na mão e estava livre.

Eles ficaram deitados, tossindo, em lados opostos do buraco no gelo. Seu pai fechou a mão que Nina tinha cortado quase até o osso, soltando faixas escarlates no lago congelado. Nina se encolheu de lado, tomada por tremores profundos de frio e terror, cristais de gelo já se formando nas sobrancelhas e no cabelo, e no pescoço uma faixa de sangue escorria do corte que fizera no gelo. Ela ainda mantinha a navalha estendida na direção do pai.

— Se me tocar de novo — ela disse entre os dentes que batiam —, eu mato você.

— Você é uma *rusalka* — ele balbuciou, parecendo surpreso com a fúria da filha. — O lago não vai te machucar.

Um tremor violento tomou conta dela. *Eu não sou uma* rusalka, ela queria gritar. *Morrerei antes de deixar a água cobrir minha cabeça de novo.* Mas tudo que ela disse foi:

— Vou matar você, papai. Acredite.

E ela conseguiu cambalear de volta para a cabana, trancou a porta, tirou as roupas cobertas de gelo, acendeu o fogo e enfiou-se, nua e tremendo, debaixo de uma pilha de peles de foca cinza-prateadas. Se fosse inverno profundo, o choque do frio a teria matado, ela se deu conta depois, mas o inverno já estava caminhando para a primavera, e ela conseguiu sobreviver. Seu pai dormiu fora, na cabana de caça, enquanto Nina ficou deitada tremendo debaixo de suas peles, ainda segurando a navalha, soluçando sempre que pensava na água cobrindo seu rosto e enchendo sua boca e nariz com um gosto metálico.

Eu tenho meu único medo, ela pensou. Daquele dia em diante, para Nina Markova, se não fosse morte por afogamento, não valia a pena ter medo. *Saia daqui*, ela pensou, deixando as peles apenas o tempo suficiente para encontrar a vodca do pai e dar goles enormes no líquido oleoso e apimentado. *Saia.* O pensamento lhe abateu. *Ir para onde? Qual é o oposto de um lago? Qual é o contrário de afogamento? O que há a oeste toda a vida?* Perguntas sem sentido. Nina se deu conta de que estava meio bêbada. Então se enfiou de novo sob as peles, dormiu como um cadáver e acordou com uma crosta de sangue na garganta onde os dedos gelados do lago tinham tentado matá-la, e aquele pensamento claro, frio e único.

Saia daqui.

4

Jordan

Abril de 1946
Boston

— Eeeeeeee vai para longe! A bola a meia altura passa pelo mergulho de Johnny Pesky...
— Garrett — Jordan falou para o namorado enquanto o burburinho aumentava ao redor deles e por todos os cantos do parque Fenway. — Eu sei que Johnny Pesky não pegou o lançamento a meia altura. Estou bem aqui, olhando a bola a meia altura passar por Johnny Pesky. Você não precisa narrar para mim.
Era um dia de primavera perfeito: o cheiro da grama, o murmúrio e a pressa da multidão, os lápis rabiscando as cadernetas. Garrett sorriu.
— Admita, você sentiu falta dos nossos encontros de beisebol enquanto eu estava em treinamento. Até da minha narração. — Jordan não resistiu a levantar a Leica para um retrato. Com suas covinhas, seus ombros largos, o boné do Red Sox e o cabelo castanho curto, Garrett parecia o típico americano bonito de anúncio da Coca-Cola. Ou de um pôster de recrutamento: ele se alistara no fim de seu último ano na escola, dera a Jordan seu anel de formatura, mas uma perna quebrada durante o treinamento para piloto e o fim abrupto da guerra contra o Japão logo depois

acabaram interrompendo sua participação na aeronáutica. Ela sabia que Garrett sentira aquilo. Ele sonhava com batalhas aéreas sobre o Pacífico quando se alistara, não com uma dispensa médica antes mesmo de ir para o estrangeiro.

— Claro que senti falta dos nossos encontros de beisebol — Jordan disse em tom de brincadeira. — Talvez não tanto quanto senti falta de Ted Williams rebatendo uma bola de três pontos durante a guerra, mas...

Garrett jogou uma casca de amendoim no rabo de cavalo dela.

— Aposto que eu ficaria muito melhor num uniforme da aeronáutica que Ted Williams.

— Tenho certeza que ficaria, porque Ted Williams é um fuzileiro naval.

— Os fuzileiros foram inventados só para que as forças armadas tivessem alguém para levar ao baile.

— Eu não falaria isso para um fuzileiro.

— Muito burros para entender a piada.

O Yankee seguinte foi rebater, e Jordan preparou a Leica. Apenas na sala escura ela saberia se perdera o ponto ótimo do balanço do taco. Timing impecável, todo fotógrafo precisa disso.

— Almoça com a gente no domingo? — Garrett revolveu seu saquinho de amendoins. — Meus pais querem ver você.

— Eles não estão torcendo para que você comece a namorar alguma caloura da Universidade de Boston no outono?

— Vamos, você sabe que eles te adoram.

Eles a adoravam, assim como Garrett, e isso deixava Jordan surpresa. Os dois estavam juntos desde que ela entrara no colegial, e desde o começo ela estava determinada a não deixar seu coração se partir se ele a largasse. Os alunos do último ano vão para a faculdade ou para a guerra, ou seja, partem de qualquer jeito. E tudo bem quanto a isso, pois Jordan achava ridículo esse negócio de se casar depois da graduação com sua paixão da escola (por mais que seu pai dissesse que tinha funcionado perfeitamente para *ele*). Não, Garrett Byrne a trocaria por outra garota em algum momento, e o coração de Jordan ficaria um pouco machucado, mas então ela levantaria a cabeça, penduraria sua Leica no pescoço, iria trabalhar nas zonas de guerra europeias e teria casos com homens franceses.

Mas Garrett não a tinha abandonado. Ele voltara da licença médica, ainda engessado, e mantinha os encontros de beisebol e almoços de domingo com seus pais, que paparicavam Jordan tanto quanto seu pai paparicava Garrett. O peso da expectativa dos pais parecia querer tudo tão firme, tão *sólido*, que o plano de uma viagem pelas zonas de guerra europeias para tirar fotos para a *Life* parecia um projeto de viagem para a Lua.

— Vamos. — Garrett passou um braço ao redor da cintura dela e falou em seu ouvido do jeito que a deixava com as pernas moles. — Almoço de domingo. Depois podemos sair para passear de carro, estacionamos em algum lugar...

— Eu não posso — Jordan disse, pesarosa. — Missa com o papai e a sra. Weber.

— Deve ser sério. — Garrett sorriu de novo. — Então, como é essa *Fräulein* do seu pai?

— Ela é muito boa pessoa. — Tinha acontecido outro jantar, dessa vez no pequeno e impecável apartamento de Anneliese Weber. Ela os recebera de um jeito caloroso e preparara schnitzel frito e um tipo de bolo austríaco com cobertura cor-de-rosa mergulhado em rum. O pai de Jordan tinha sido todo delicado enquanto Anneliese o servia, e Jordan já adorava a pequena Ruth, que tinha lhe perguntado em um sussurro como estava *der Hund*. Tudo tinha corrido bem, perfeitamente bem.

Jordan não sabia a razão, mas ficara pensando na fotografia. O olhar de Anneliese Weber, por alguma estranha combinação de luz e lente, parecia tão leve e receptivo quanto a lâmina afiada de uma navalha.

— Ela é muito boa pessoa — Jordan repetiu. O Sox perdeu de 4 a 2, e em pouco tempo Jordan e Garrett saíram do Fenway com os outros torcedores, pisando em cascas de amendoim e papéis. — É o nosso ano — Jordan comentou. — Este ano vamos ganhar tudo, estou sentindo. Me acompanha até a loja? Prometi ao papai que passaria lá.

De mãos dadas, os dois seguiram no meio do público e finalmente viraram na Commonwealth, Jordan esticando o passo para acompanhar Garrett, que ainda mancava um pouco. Era *o dia*, ela pensou, o dia de primavera chegando repentinamente depois de um longo inverno. Quando viraram em direção ao shopping center na Commonwealth, parecia que Boston inteira tinha abandonado os casacos pesados e saído de casa, rostos pálidos de inverno olhando felizes para o céu enquanto cambaleavam embriagados pelo calor. Era por isso que Jordan amava Boston — havia algo com os moradores, que pareciam curiosamente unidos, como se fosse uma cidade pequena. Todos pareciam se conhecer, saber os segredos e dores uns dos outros... E isso fez Jordan franzir as sobrancelhas.

— Eu queria saber mais sobre ela — ouviu-se dizendo.

— Sobre quem? — Garrett estava falando das aulas que teria no outono.

— A sra. Weber — Jordan disse, brincando com a alça da Leica.

— O que você gostaria de saber? — ele perguntou, ponderado. Os dois estavam passando pelo Hotel Vendome, e Jordan quase entrou na frente de um cupê da Chevrolet. Garrett a segurou. — Cuidado.

— Isso — Jordan disse. — Ela é cuidadosa. Não fala muito sobre si mesma. E eu captei uma expressão muito estranha no rosto dela em uma das fotografias.

Garrett riu.

— Você não deixa de gostar de alguém só por conta de uma expressão engraçada.

— As garotas fazem isso o tempo todo. De vez em quando você pega um garoto olhando para você na entrada da escola, quando ele acha que você não está vendo. Não quero dizer olhar para garotas do jeito que todo garoto faz — Jordan esclareceu. — Quero dizer olhar para você de um jeito que lhe dá calafrios. Ele não quer que você o veja, e talvez a expressão só dure um segundo, mas é o bastante para fazer você pensar: *Não quero ficar sozinha com esse sujeito*.

— As garotas pensam assim?

— Não conheço nenhuma garota que já não tenha pensado isso — Jordan explicou. — Só estou dizendo que às vezes você flagra o olhar errado no rosto de alguém, e isso te desencoraja. Faz você não querer arriscar, não querer conhecer a pessoa.

— Mas não estamos falando de um garoto rondando o portão da escola com um olhar malicioso. Estamos falando de uma mulher que seu pai convidou para jantar em casa. Você *precisa* dar uma chance a ela.

— Eu sei.

— Seu pai está levando isso a sério. — Garrett mexeu no rabo de cavalo de Jordan. — Talvez aí esteja todo o problema.

— *Não estou* com ciúme — Jordan retrucou. E então completou: — Está certo, talvez eu esteja. Um pouco, *um pouquinho*. Mas quero que o papai seja feliz, quero mesmo. E a sra. Weber é boa para ele. Eu percebo isso. Mas, antes que eu confie nela com meu pai, quero saber mais.

— Então pergunte a ela.

A McBride Antiguidades ficava na esquina da Newbury com a Clarendon. Não era o melhor distrito comercial de Boston, mas era suficientemente distinto. Todas as manhãs, pelo que Jordan se lembrava, seu pai percorria a pé os quase cinco quilômetros de casa para a loja, que tinha sido do pai dele, subia os degraus gastos de pedra em direção à porta com sua aldrava de bronze e abria as venezianas da grande vitrine com o nome da loja em dourado.

Jordan franziu as sobrancelhas ao ver a vitrine naquele dia, percebendo que os abajures e o mancebo vitoriano tinham sido substituídos por um manequim com um vestido de noiva de renda antiga e um mostruário de anéis cabochão brilhantes em um suporte de veludo. Jordan subiu a escada na frente de Garrett, ouvindo o sininho assim que abriu a porta. Ela não ficou realmente surpresa ao ver o pai ao lado do longo balcão segurando a mão de Anneliese Weber com um ar de proprietário.

— Tenho novidades maravilhosas, senhorita!

Jordan não conseguiria descrever a confusão de emoções que tomou conta dela — por que seu coração ficou apertado com alegria sincera ao ver a felicidade no rosto de seu pai olhando para a mão esquerda da viúva austríaca com seu aglomerado de pedras e pérolas antigas... E por que, ao mesmo tempo, seu estômago ficou apertado quando ela deu um abraço na futura madrasta.

Pergunte a ela, Garrett tinha dito. Jordan teve uma oportunidade dois dias depois, quando a sra. Weber a convidou para comprar roupas para o enxoval quando chegasse da escola. Enquanto caminhavam pela Boylston Street, Jordan ainda estava tentando encontrar um jeito casual de entrar nas perguntas que gostaria de fazer quando a sra. Weber tomou a iniciativa.

— Jordan, espero que não se sinta obrigada a me chamar de... bem, não *Mutti*, imagino que para você seria *mãe* ou *mamãe*. — Um sorriso tomou conta da expressão de Jordan. — Na sua idade isso parece ridículo.

— Um pouco.

— Bem, você certamente não precisa me chamar assim. Não pretendo ocupar o lugar da sua mãe. Seu pai me contou sobre ela, e ela me pareceu uma mulher encantadora.

— Não me lembro dela muito bem. — *Apenas de sua ausência quando ficou doente, na verdade. E todas as razões que eles não me contaram, então eu as desenvolvi por conta própria.* Jordan gostaria de se lembrar de mais que isso. Olhou de lado para Anneliese, deslizando em seu casaco de primavera azul, a carteira nas mãos enluvadas, os saltos quase não encostando na calçada. Jordan se sentiu grande e desengonçado ao lado dela, nua sem a câmera.

— Acho que poderíamos ir à Priscilla of Boston — Anneliese sugeriu. — Eu normalmente costuro minhas próprias roupas, mas para um casamento precisamos de algo especial. Não sei se seu pai discutiu os planos com você. Os homens podem ser muito vagos sobre os detalhes do casamento. Achamos uma data tranquila para a cerimônia em três semanas, só nós quatro na capela e alguns poucos amigos de seu pai.

— E do seu lado?

— Ninguém. Não estou em Boston há tempo suficiente para ter feito amizades.

— É mesmo? — Para uma mulher que disse que estava se esforçando para fazer amigos no novo país, e cujo inglês era tão bom, parecia estranho. — Nem mesmo um vizinho ou alguém da loja de produtos de beleza, ou alguma mãe do parquinho?

— Acho complicado falar com estranhos. — Ela tentou sorrir. — Você gostaria de ser nossa dama de honra?

— Claro. — Apesar de Jordan não conseguir parar de se questionar. *Meses em Boston e você não tem nem mesmo um conhecido?*

— Seu pai e eu planejamos um fim de semana de lua de mel em Concord — continuou Anneliese —, se você puder tomar conta de Ruth.

— Claro. — O sorriso de Jordan saiu sem esforço dessa vez. — Ruth é uma gracinha. Eu já gosto dela.

— Ela tem esse efeito sobre as pessoas — Anneliese concordou.

Jordan respirou fundo, silenciosamente.

— Aquele cabelo claro lindo ela puxou do pai?

Uma pausa.

— Sim.

— Como você disse que era o nome dele... Kurt?

— Sim. Que cor você gostaria de usar no casamento? — Anneliese se virou para as portas da boutique, movendo-se entre vestidos de noiva brancos e trajes floridos para as daminhas, dispensando as vendedoras. — Este azul? Combina com sua cor de pele.

Ela tirou as luvas para sentir o tecido nos dedos, e Jordan olhou para as mãos dela, sem nenhum anel a não ser o conjunto de pedras de compromisso. Ela tentou se lembrar se já tinha visto Anneliese com um anel de casamento e estava certa de que não.

— Pode colocar seu anel antigo, você sabe — ela arriscou, tentando um caminho diferente.

Anneliese pareceu surpresa.

— O quê?

— Papai nunca se incomodaria se você continuasse usando o anel do seu marido. Ele foi parte da sua vida... Espero que não ache que nós desejamos que você o esqueça.

— Kurt nunca me deu um anel de casamento.

— Não faz parte dos costumes na Áustria?

— Não, é um costume. Ele... — Anneliese soou quase irritada por um momento. — Nós éramos muito pobres, é isso.

Ou talvez você tenha mentido quanto a ter sida casada, Jordan não conseguiu evitar o pensamento. *E essa talvez não seja a única coisa sobre a qual você mentiu*

A voz do pai dela, repreendendo-a: *Histórias malucas*.

— Acho que você está certa sobre este vestido. — Jordan olhava para o azul-pálido, todo rodado e simples. — Ruth ficaria muito bonita de azul também, com aqueles olhos escuros. A maioria das loiras tem olhos azuis como os seus. Ela deve ter os olhos do pai também.

— Sim. — Anneliese passou os dedos na manga de um tailleur rosa-claro, o rosto tranquilo de novo.

— Bom, é muito impressionante. — Jordan tentou pensar em para onde puxaria a conversa. Não era apenas em Ruth ou no primeiro marido de Anneliese que estava interessada. Queria saber tudo... mas alguma coisa sobre o anel de casamento tinha perturbado o equilíbrio de Anneliese. — Ruth chegou a conhecer o pai, ou...

— Não, ela não se lembra dele. Ele era muito bonito, a propósito. Assim como seu namorado. Você gostaria de convidar Garrett para o casamento?

— Ele vai estar trabalhando, se a cerimônia acontecer durante o dia... Está cumprindo algumas horas para o chefe do pai dele até as aulas começarem na Universidade de Boston, no outono. Os pais querem que ele faça parte do negócio, apesar de ele só querer saber de pilotar aviões. Garrett nunca viu um combate. Ele quebrou a perna durante o treinamento e a guerra acabou antes que se recuperasse, então foi dispensado. Seu marido esteve na guerra?

— Sim. — Anneliese pegou um chapéu de palhinha creme e examinou a faixa azul. Jordan tentou fazer então uma pergunta sobre a família de Anneliese, mas ela pareceu não estar ouvindo. — Você planeja acompanhar Garrett para a Universidade de Boston no outono? — ela perguntou.

— Bem... — Jordan piscou, disfarçando. — Eu gostaria, mas papai não quer saber dessa ideia. Com um negócio na família, ele acha que a faculdade não é necessária. — *Especialmente para uma garota.* — Ele nunca frequentou uma faculdade e sempre diz que não se arrepende.

— Tenho certeza que não. Mas você tem o direito de buscar seu próprio caminho, como qualquer jovem. Talvez tenhamos que tentar mudar a opinião dele, você e eu. Mesmo o melhor dos homens às vezes precisa de um direcionamento. — Anneliese deu um sorriso conspiratório, arrumando o chapéu na cabeça de Jordan. — É lindo. Por que você não experimenta o vestido? E, para mim, esse tailleur rosa...

Jordan entrou no provador para desviar da conversa. Ela primeiro pensou em uma madrasta como algo maravilhoso para seu solitário pai — mas, considerando tudo o que não sabia sobre aquela mulher e sua vida, sentia-se incomodada com a maneira como a sra. Weber estava entrando na vida deles. Jordan nunca tinha pensado que uma madrasta poderia ser... bem, uma aliada. *Talvez tenhamos que tentar mudar a opinião dele, você e eu.* Isso a fez sorrir ao fechar o vestido azul de cintura ajustada e saia rodada, ouvindo o barulho de tecido enquanto Anneliese se trocava do outro lado da parede. *Você quis dizer isso mesmo?*, Jordan se perguntou. *Ou estava tentando evitar que eu fizesse mais perguntas sobre você?*

— Lindo — Anneliese elogiou quando Jordan saiu. — Neste azul, sua pele parece pêssego com creme.

— Você ficou muito bem também — Jordan disse, honestamente. Pequena e elegante em um tailleur rosa-bebê, Anneliese girou diante do espelho triplo. Uma assistente trouxe alfinetes, e Jordan se aproximou, esticando a manga de Anneliese. — Você realmente me ajudaria com o papai tentando fazê-lo mudar de opinião sobre a faculdade? A maioria das pessoas me diz que é besteira tentar, porque tenho um bom namorado e um lugar na loja me esperando. Já estou trabalhando no caixa nos fins de semana.

— Que nada. — Anneliese ajustou o tailleur na cintura. — Garotas inteligentes como você... outro alfinete aqui?... devem ser encorajadas a querer mais, não menos.

— Foi assim com você quando tinha a minha idade? — Jordan não conseguiu segurar a pergunta que saiu depois. — Você disse que foi para a faculdade. Onde estudou?

Os olhos azuis de Anneliese encontraram os dela no espelho em um momento de reflexão.

— Você não confia totalmente em mim, Jordan — ela declarou por fim, em seu inglês quase sem sotaque. — Não, não proteste. Está tudo bem. Você ama seu pai, quer o melhor para ele. E eu também.

— Não é que eu... — Jordan sentiu as bochechas queimarem. *Por que você tem de investigar as coisas?*, ela se culpou. *Por que não consegue simplesmente se comportar como uma garota normal em uma loja de roupas para casamentos?* — Eu não desconfio de você. Eu só não a conheço e...

Anneliese deixou-a debater-se em silêncio.

— Eu não sou uma pessoa fácil de conhecer — ela disse por fim. — A guerra foi difícil para mim. Não gosto de falar sobre ela. E nós, alemães, somos mais reservados que os americanos, mesmo nas melhores épocas.

— Pensei que você fosse austríaca — Jordan não pôde se conter.

— Eu sou. — Anneliese se virou para examinar a bainha da saia na vitrine. — Mas me mudei para Heidelberg quando era jovem... para a universidade, respondendo à sua pergunta. Lá estudei inglês e conheci meu marido. — Um sorriso. — Agora que você sabe um pouco mais sobre mim, podemos fazer nossas compras e procurar um vestido para Ruth? Tem uma loja de roupas infantis aqui perto.

As bochechas de Jordan estavam quentes quando saíram da loja com seus pacotes. *Sou um verme*, ela pensou, mortificada, mas Anneliese não parecia guardar rancor, balançando sua bolsa e esticando o nariz para sentir a brisa.

— Meu ex-marido diria que o clima está bom para caçar — ela exclamou, lembrando-se. — Não sou boa em caçar, mas sempre gostei de entrar na floresta em dias assim. A brisa da primavera trazendo todos os aromas diretamente para as nossas narinas...

Jordan se perguntou por que seu estômago apertou de novo quando Anneliese voltou a falar de um jeito perfeitamente normal. *Porque você está com ciúme*, ela disse para si mesma, desanimada. *Porque você não quer dividir seu pai e se ressente por isso. Esse é um sentimento mesquinho, desagradável, Jordan McBride. E você vai superá-lo agora.*

5

Ian

Abril de 1950
Viena

— Você tem uma esposa? — Tony arrastou Ian para o canto para uma rápida discussão. — Desde quando?

Ian contemplou a mulher sentada a sua escrivaninha, as botas apoiadas na mesa, partindo bolachas diretamente na lata.

— É complicado — ele falou finalmente.

— Não, não é. Em algum momento você e essa mulher ficaram juntos e falaram um monte de coisas sobre *amar e respeitar,* e os dois disseram *sim.* É bastante definitivo. E por que você não me contou isso quatro dias atrás, quando eu te avisei que ela estava vindo para cá? Simplesmente *esqueceu?*

— Chame isso de um impulso tristemente deslocado de fazer uma piada com você.

Tony lhe lançou um olhar ameaçador.

— A parte sobre ela ser uma flor de fragilidade também era uma piada?

Não, isso acabou sendo uma piada comigo. Ian se lembrava de Nina se atrapalhando com as palavras estrangeiras durante o casamento, balançando sobre os pés de tanta fraqueza. Toda a cerimônia durou menos de dez minutos: Ian se apressou para falar seus votos, colocou a aliança no dedo anelar de Nina, onde ficou pendurado como um arco, levou-a de volta para sua cama no hospital e depois seguiu para preencher os documentos e terminar a coluna sobre a ocupação de Poznan.

Agora, cinco anos depois, ele via Nina lamber os farelos de bolacha dos dedos e percebeu que ela ainda usava o anel. Servia bem melhor.

— Conheci Nina em Poznan, depois da partida dos alemães — disse Ian, dando-se conta de que seu parceiro estava esperando respostas. — A Cruz Vermelha polonesa a resgatou quase morta, com pneumonia dupla. Ela ficou morando na floresta depois de encontrar com *die Jägerin*. Parecia que uma brisa poderia matá-la.

Não era apenas seu estado físico. Seus olhos estavam tão assustados que pareciam a um passo de se fechar. Logicamente, Ian entendeu que ela tinha mudado nos últimos cinco anos, mas não conseguia evitar tentar comparar a mulher que estava em seu escritório com a garota frágil que tinha na memória.

Tony ainda parecia incrédulo.

— Você se apaixonou à primeira vista pela única vítima que sobreviveu à nossa Caçadora nazista?

— Eu não... — Ian passou a mão no cabelo, pensando em por onde começar. — Eu estive com Nina exatamente quatro vezes. No dia em que a conheci, no dia em que fiz o pedido, no dia do casamento e no dia em que a coloquei no trem para a Inglaterra. Ela não tinha nada no nome dela e estava desesperada para ir para o mais longe possível da zona de guerra.

— Eles mal conseguiam se comunicar, mas o desespero dela não precisava de tradutor. Isso tinha tocado o coração de Ian. — A região estava uma bagunça completa, ela não tinha identificação, e não havia muita coisa que eu pudesse fazer para tirá-la do limbo em que estava. Então eu me casei com ela.

Tony olhou para ele.

— Muito cavalheiresco da sua parte.

— Eu tinha uma dívida com ela. Além disso, pretendíamos nos divorciar assim que ela conseguisse a cidadania britânica.

— E por que não fizeram isso? E como trabalhamos há tantos anos juntos e esta é a primeira vez que eu ouço sobre a sua esposa?

— Eu disse que era complicado.

— Não param de cochichar — Nina interrompeu. — Já acabaram?

— Sim. — Ian se jogou na cadeira do lado oposto e olhou para ela, sua esposa. Sra. Ian Graham. *Que diabo.* — Pensei que você estivesse trabalhando em Manchester — ele observou. Tinham trocado telegramas pela última vez havia quatro meses.

— Seja para quem for que você trabalhe — completou Tony, pegando uma xícara de chá para Nina. Ele ainda parecia desconcertado, e Ian teria se divertido com aquilo se também não estivesse.

— Trabalho para piloto inglês. Ele deixa RAF, começa pequeno aeroporto. Eu ajudo. — Nina mexeu seu chá. — Tem geleia? — Ela não estava sendo exatamente rude, Ian concluiu, mas abrupta. Devia ter o que, trinta e dois anos?

Os olhos dela passaram por ele. *Os olhos azuis*, ele pensou... *não mudaram.* Muito, muito atentos.

— Por que você está aqui? — ele perguntou calmamente.

— A mensagem. — Ela fez um gesto de cabeça para Tony. — Ele pediu para eu ajudar a encontrar a Caçadora. Eu ajudo.

— Você largou tudo e pegou o primeiro trem para cruzar metade da Europa só porque ouviu que talvez tenhamos uma pista sobre *die Jägerin?*

A mulher de Ian o encarou como se ele fosse um idiota.

— Sim.

Tony pegou o pote de geleia, depois se apoiou na mesa.

— Espero que me conte mais sobre você, sra. Graham. Seu dedicado marido não tem ajudado muito.

— Nina. Sra. Graham é só para passaporte.

— Nina é um nome bonito. Você é polonesa?

Ele trocou de idioma, perguntando alguma coisa. Nina respondeu, depois voltou para o inglês.

— Eu falo inglês agora. Quem é você mesmo? Esqueci de anotar o nome.

— Anton Rodomovsky. — Tony pegou a mão livre dela e a saudou, todo o seu charme aflorando. — Antes era sargento Rodomovsky, do Exército dos Estados Unidos, mas tanto eu como o país concluímos que foi um experimento que não deu certo. Agora sou apenas Tony: intérprete, burocrata, faz-tudo.

Ela estreitou os olhos.

— Intérprete?

— Crescendo no Queens em meio a tantas *babuschkas*, acabamos aprendendo alguns idiomas. — Mais ou menos. — Polonês, alemão, húngaro, francês. Um pouco de tcheco, russo e romeno...

Nina olhou para Ian.

— Intérprete — ela disse, como se Tony não estivesse ali. — É útil. Quando partimos?

— Como? — Ian estava petrificado pelo jeito como ela colocava colheres de geleia de morango na xícara de chá. Nunca tinha visto alguém fazer aquilo com uma inocente xícara de chá. Caramba, aquilo era bárbaro.

— Ajudo a procurar a puta — Nina falou, sem se alterar. — Quando partimos e para onde vamos?

— Há uma testemunha em Altaussee que deve ter informações sobre o destino de *die Jägerin* depois da guerra.

Nina tomou seu chá com geleia em três grandes goles, depois se levantou e se esticou como um pequeno gato. Ian também ficou em pé, sentindo-se enorme; ela mal conseguia alcançar os ombros dele.

— Partimos amanhã — ela disse. — Onde posso dormir?

— Seu marido mora no andar de cima — explicou Tony. — Posso levar suas coisas? — Ian lhe lançou um olhar feroz. — Como? Sem encontro romântico? — ele falou, fingindo inocência.

— Muito engraçado — disse Ian, sem achar graça. Tinha sido a coisa mais difícil de explicar para Nina cinco anos antes, quando ele fizera o pedido de casamento... que ele não esperava nada dela, que estava honrando uma dívida e não buscando pagamento. Só a ideia de exigir atenção física de alguém fraco e doente, uma pessoa destruída pela guerra, fazia-o se sentir um devasso dos romances de Dickens. Nina tinha passado a noite de núpcias na cama do hospital, e ele tinha ocupado seu tempo preenchendo documentos com o nome de *Nina Graham* para que ela pudesse ir para a Inglaterra quando fosse liberada.

— Duvido que nossa senhoria aceite bem você debaixo deste teto — Tony alertou. — Eu alugo um quarto a duas quadras daqui, de uma boa dona de casa. Eu a acompanho. Vamos ver se consigo colocá-la no quarto que está vago.

Nina concordou, indo em direção à porta. Considerando seu jeito e suas pernas desengonçadas, ela se movia sem fazer absolutamente nenhum som. Ian também se lembrava daquilo de cinco anos antes; sua noiva, mesmo trêmula de fraqueza, se movia no hospital silenciosa como as raposas no inverno.

Tony segurou a porta para ela, o brilho especulativo de volta em seus olhos.

— Então, me conte... — ele disse enquanto fechava a porta.

Ian se virou, contemplando o escritório. Uma breve visita tinha transformado o lugar em um caos: pegadas de lama, círculos de chá nos documentos, uma colher pegajosa manchando o móvel. Ele balançou a cabeça, meio irritado e meio surpreso. *É isso o que você ganha por ter esquecido os documentos do divórcio, Graham.* O casamento estaria acabado dentro de um ano. Ele e Nina tinham acertado, em uma mistura de inglês, polonês e gestos enquanto voltavam do cartório, se divorciarem assim que a cidadania britânica estivesse finalizada. Mas havia demorado muito e ele tinha estado fora com as unidades de investigação de crimes de guerra, enquanto Nina tentava se acostumar com a Inglaterra racionada, e o tempo passara. A cada seis meses, ou perto disso, Ian lhe mandava um telegrama perguntando se precisava de alguma coisa. Ele podia não *conhecer* sua esposa, mas sentia certa responsabilidade sobre ter certeza de que a frágil mulher que ele tirara da Polônia não estava perdida no novo país. Na maioria das vezes ela recusava ajuda, e na maior parte do tempo ele se esquecia de que era casado. Ele certamente não tinha uma mulher em sua vida no lugar de Nina.

Ele já tinha arrumado a bagunça e voltado para seus dossiês quando Tony retornou.

— Você tem uma esposa interessante — ele declarou, sem preâmbulos. — Me diga que já sabia que ela não é polonesa.

Ian piscou.

— O quê?

— Ela não é uma falante nativa. A gramática dela é terrível e o sotaque ainda pior. Não percebeu que ela voltou para o inglês assim que pôde?

Ian se inclinou para trás, enganchando o cotovelo no assento da cadeira e reavaliando tudo mais uma vez. Quantas surpresas o dia estava reservando para ele?

— Se ela não é polonesa, é o quê?

Tony pareceu pensativo.

— Você sabe quantas avós e tias-avós me batiam com a colher de pau quando eu estava crescendo? Todas aquelas senhoras usando xales, perturbando suas filhas e discutindo sobre receitas de *goulash*?

— Poderia ir direto ao ponto?

— Centenas, porque as mulheres na minha família vivem para sempre. E, se você somar os padrinhos e os agregados, não apenas os Rodomovsky, mas os Rolska e os Popa e os Nagy e *todo o resto*, que chegaram de navio de todos os lugares a leste do Reno. Havia uma bruxa velha em particular, prima da minha avó, que falava sobre o inverno em Novosibirsk e colocava geleia no chá... — Tony balançou a cabeça. — Não sei sobre mais o que a sua esposa está mentindo, mas, se ela é da Polônia, eu torço pelo Red Sox. Conheço um russo quando ouço um.

Ian sentiu as sobrancelhas se erguerem.

— *Russa?*

— *Da, tovarische.*

O silêncio tomou conta do ambiente. Ian girou uma caneta lentamente entre dois dedos.

— Talvez isso não importe — ele disse, mais para si mesmo que para o parceiro. — Ela era uma refugiada quando a conheci em Poznan, e refugiados dificilmente têm um passado feliz. Duvido muito que a história dela seja mais bonita por ter começado na União Soviética e não na Polônia.

— Você conhece a história dela?

— Na verdade, não. — A barreira do idioma tinha tornado muito difícil a troca de informações além do básico. E Nina não tinha sido uma fonte que ele interrogara para conseguir uma história. Ela era uma mulher com problemas. — Ela estava desesperada, e eu lhe devia. Foi simples assim.

— Devia o quê? — Tony perguntou. — Você nunca tinha encontrado a mulher antes, como podia lhe dever algo?

Ian respirou fundo.

— Quando fui à Cruz Vermelha polonesa, estava procurando por outra pessoa. O nome dele era Sebastian. — Um menino em um uniforme que não lhe servia, tinha dezessete anos na última vez que Ian o vira. *Eu falei para eles que tinha vinte e um, embarco na semana que vem!* Mesmo naquele momento, a lembrança fazia Ian respirar dolorosamente. — Seb era um prisioneiro de guerra desde Dunkirk, estava no campo perto de Poznan. Não o encontrei, mas encontrei Nina. Ela estava com a identificação dele, o casaco. Ela o conhecia. E me contou como ele morreu.

— Como você sabe que ela disse a verdade sobre ele? — Tony perguntou calmamente. — Ela mentiu sobre ser soviética. Pode ter mentido sobre qualquer coisa. *Todo o resto.*

Ian girou a caneta de novo.

— Acho que preciso conversar com a minha esposa.

Tony concordou.

— Depois de Altaussee?

— Altaussee primeiro. — A testemunha, a caça, *die Jägerin*. Nada vinha antes disso.

— Você não respondeu a minha pergunta — Tony insistiu. — O que você devia a Nina para se casar com ela sem um segundo de hesitação para que ela fosse para a Inglaterra?

— Seb tinha prometido que a levaria para lá. Mantive a promessa por ele. — Ian olhou para o parceiro. — Ele era meu irmão mais novo. A única família que eu tinha. E Nina viu *die Jägerin* assassiná-lo no lago Rusalka.

Mas a dúvida envenenada tomou corpo. Se ela tinha mentido sobre uma coisa, por que não sobre isso? Naquela noite, quando Ian se sentou no quarto escuro com a cabeça tomada por uma mulher, não era a Caçadora. Ele se debruçou sobre o parapeito da janela com seu cigarro pela metade, olhando para a luz da lua sobre Viena e se perguntando: *Com quem diabos eu me casei?*

6

Nina

Maio de 1937
Lago Baikal, Sibéria

Nina quebrou o pescoço do coelho com uma torção rápida, sentindo a última batida do coração dele na ponta dos dedos. A primavera tinha chegado ao lago, o ar estava vivo com os gemidos e rosnados do gelo se quebrando sobre a superfície da água em pequenos fragmentos de arco-íris. Estalactites pingavam e gotículas batiam nas margens enquanto o ar ficava mais quente, mas massas de gelo ainda se deslocavam nas profundezas. O Velho tinha o controle de seus filhos do mar e mantinha o inverno presente.

Nina rearmou a armadilha debaixo das árvores. Ela tinha dezenove anos, seus olhos azuis vagavam cautelosos sob o gorro de pele de coelho sem forma, e mantinha a navalha sempre perto da mão. Seu pai, na maior parte do tempo, estava bêbado demais para fazer armadilhas e ficar de tocaia, então Nina o fazia. O coelho que estava na mão dela ia para a panela, e a pele poderia dar um par de luvas ou ser vendida. Caçar a tornava capaz de viver sem precisar de um homem, mas Nina ainda assim olhava incansavelmente através do lago. Fazia três anos que estivera deitada sobre o gelo, ofegante, os cílios congelando colados um no outro e olhando para o céu, pensando: *Saia daqui*. Três anos acordando asfixiada com a sensação da água gelada sobre a cabeça, a horrível sensação de afogamento. Mas para onde poderia ir uma mulher como ela? Pequena e selvagem, sem saber nada além de ficar de tocaia e matar e se locomover silenciosamente.

Ela não sabia, mas tinha de encontrar um lugar ou morreria ali. Fique, e Nina sabia que o lago a levaria no final.

Ela ficou em pé, balançando pelas orelhas o coelho morto e considerando suas perguntas inúteis, como já tinha feito em tantas manhãs, e o dia deveria acabar como tantos outros: com ela voltando para casa e rondando o pai, que dormia e roncava. Naquele dia, porém, Nina ouviu um barulho vindo do céu.

A gornaya?, ela se perguntou. Mas ainda não era época do vento da montanha vindo do noroeste, chicoteando o lago em um frenesi e provocando ondas três vezes maiores que um homem. Além disso, aquele parecia um som mecânico que brotava de todos os lugares. Nina fazia sombra sobre os olhos procurando o barulho estranho, e seu queixo caiu quando uma forma surgiu lustrosa e sombria no horizonte e seguiu deslizando sobre as árvores. *Um avião?*, ela pensou. Os negociantes da vila que estavam em Irkutsk afirmaram ter visto um, mas ela nunca. Poderia ser um pássaro de fogo renascido dos mitos.

Ela pensou que ele cruzaria os céus e desapareceria, mas houve um barulho em seus motores. Nina viveu um momento de terror pensando que a máquina cairia no lago. Mas aquilo desceu firme, atrás da linha das árvores, e Nina começou a correr. Pela primeira vez não se preocupou em se mover em silêncio, foi se jogando através dos arbustos e da lama. Em algum momento se deu conta de que tinha perdido o coelho, mas não se importou.

O avião tocou o solo em uma extensa clareira na taiga. O piloto estava ao lado do cockpit com uma caixa de ferramentas, xingando, e Nina o encarou. Ele parecia tão alto quanto um deus em seu uniforme e quepe de aviador. Ela não se atreveu a chegar perto, apenas se postou de pé e ficou olhando-o trabalhar no motor. Não conseguia tirar os olhos do avião, suas linhas longas e asas orgulhosas.

Levou um bom tempo para reunir coragem e se aproximar. Ela saiu de trás dos arbustos, devagar. O piloto se virou e encontrou Nina bem debaixo de seu nariz.

Ele deu um pulo para trás, as botas escorregando na lama congelada.

— Puta que pariu, você me assustou. — Seu russo era amarrado, com um sotaque estranho. — Quem é você?

— Nina Borisovna — disse, com a boca seca. Ela levantou a mão para cumprimentá-lo e viu os olhos dele passarem sobre o sangue seco do coelho debaixo das unhas dela. — Eu moro aqui.

— Quem vive num monte de lama como este? — O piloto a olhou um pouco mais. — Você é uma selvagem de verdade, não é? — E voltou a mexer em suas ferramentas.

Nina deu de ombros.

— Aqui nem chega a ter o tamanho de Listvyanka, não é?

— Não. — Até Listvyanka era maior que o vilarejo dela.

O piloto xingou mais um pouco.

— Horas fora do curso partindo de Irkutsk...

— Aviões nunca pousam aqui — Nina conseguiu dizer. — De onde você é?

— Moscou — ele grunhiu, batendo as ferramentas. — Eu faço a rota dos correios, Moscou-Irkutsk. A maior rota da pátria — ele completou, ereto. — Perdi Irkutsk no meio da neblina, tive um problema com o motor. Nada sério. Posso levar esta garota para casa com uma asa só se for preciso.

— Que tipo... quer dizer... — Nina queria parar de gaguejar e corar. Ela era capaz de devorar os garotos locais no café da manhã, mas ali estava, errando as palavras como uma garota apaixonada. Só que não estava apaixonada por um homem, e sim por uma máquina. — Que tipo de aeronave é essa?

— Uma Pe-5.

— Ela é linda — Nina sussurrou.

— É uma fortaleza — o piloto falou, distraído. — Uma boa fortaleza soviética. Ei, para trás, garotinha! — ele latiu quando Nina se aproximou da asa.

— Não sou uma garotinha — ela retrucou. — Tenho dezenove anos.

Ele riu e voltou a trabalhar. Nina queria entender o que ele estava fazendo. Ela podia abrir um coelho ou uma foca ou um veado e conhecia todos os órgãos e ossos, mas o interior de uma Pe-5 lhe era desconhecido. Concentrações de fios e engrenagens, o cheiro de óleo. Ela respirou fundo como se fossem flores do campo.

— Onde você aprendeu a voar?

— No aeroclube.

— Onde há aeroclubes?

— Em todos os lugares de Moscou a Irkutsk, *coucoushka*! Todo mundo quer voar. Até as garotinhas. — Ele piscou. — Já ouviu falar de Marina Raskova?

— Não.

— Uma aviadora que acaba de estabelecer o recorde de distância. De Moscou a... bom, algum lugar. O camarada Stálin pessoalmente mandou os cumprimentos. — Outra piscadela. — Provavelmente porque ela é bonita. Raskova é.

Nina fez um gesto com a cabeça. Seu coração parou de batucar e manteve um ritmo decidido.

— Me leve com você — ela pediu quando finalmente ele parou de mexer em sua caixa de ferramentas e se levantou. Não se surpreendeu quando ele soltou uma gargalhada. — Só uma ideia. Eu sou boa de cama — ela mentiu. Nunca tinha dormido com ninguém. A maioria dos homens que conhecia ficava nervosa perto dela, e, de qualquer forma, Nina era cuidadosa demais quanto a uma gravidez. Mas dormiria com ele ali mesmo naquela clareira se ele a colocasse no avião.

— Boa de cama? — O piloto olhou para o sangue debaixo das unhas dela. — Você palita os dentes com os ossos do parceiro depois? — Ele balançou a cabeça, arrumando as ferramentas. — Boa sorte, *coucoushka*. Você vai precisar, enfiada aqui no fim do mundo.

— Não vou ficar aqui por muito mais tempo — Nina disse, mas ele estava subindo no cockpit e não ouviu. Antes que ele ligasse os motores, ela se aproximou e apoiou a mão na asa. Pareciam aquecê-la, pulsando debaixo de sua palma como uma coisa viva. *Olá*, o avião parecia dizer. — Olá — Nina suspirou de volta e saiu antes que o piloto pudesse gritar com ela. Ela correu para a beira da clareira enquanto o som ensurdecedor da máquina enchia o ar e fazia os passarinhos saírem rodopiando das árvores. Então olhou, encantada, enquanto o avião virou devagar para a cabeceira da pista que tinha menos vegetação e começou a ganhar velocidade. Sua respiração ficou presa quando ganhou altura, subindo para a piscina azul a oeste. Nina ficou ali até muito tempo depois que o avião desapareceu, chorando um pouco, porque finalmente tinha respostas.

Qual é o oposto de um lago?

Céu.

Qual o contrário de afogamento?

Voar. Porque, se você estiver voando livremente pelo céu, a água nunca vai se fechar sobre sua cabeça. Você pode cair, pode morrer, mas nunca vai se afogar.

O que há a oeste toda a vida?

Um aeroclube. Talvez não fosse *tão* a oeste, mas algumas horas a oeste ficavam todas as coisas de que Nina não sabia que precisava.

Ela correu todo o caminho até a casa com os pés tão leves que parecia quase levantar voo, então guardou tudo — algumas roupas, seus cartões de identificação, a navalha — em uma pequena sacola. Sem hesitação, tirou todos os copeques do pote que seu pai usava como cofre.

— Eu juntei mais dinheiro — disse para seu pai, que roncava na cama suja. — Além disso, você tentou me afogar no lago.

Ela se virou para pegar a sacola. Quando olhou de volta, viu um olho de lobo aberto, examinando-a silenciosamente.

— Para onde você vai? — ele balbuciou.

— Para casa — ela se ouviu dizendo.

— O lago?

Nina suspirou.

— Não sou uma *rusalka*, papai.

— Então para onde você vai?

— Para o céu. — *Nunca soube que eu podia ter o céu*, Nina pensou. *Mas agora já sei.*

Ele voltou a roncar. Nina quase se curvou para dar um beijo na testa dele, mas em vez disso pegou a garrafa de vodca pela metade que estava na cozinha e deixou ao lado da cama. Então pendurou a sacola no ombro e caminhou até a estação em Listvyanka. Dormiu na plataforma esperando o próximo trem. A viagem foi fria e fedorenta, e a deixaria em Irkutsk no crepúsculo. Em qualquer outro momento ela teria ficado sem ar diante da encardida grandiosidade da *cidade*, diferente do vilarejo caindo aos pedaços — havia mais pessoas em um piscar de olhos do que estava acostumada a ver em uma semana inteira. Mas ela estava determinada e afiada como sua navalha a fazer apenas uma coisa. Levou a noite toda, mas, depois de rirem dela ou de ser afastada por metade dos habitantes de Irkutsk, ela encontrou: um galpão horroroso perto do rio Angara.

Ao amanhecer, o diretor do aeroclube chegou ao trabalho bocejando e descobriu que alguém tinha chegado antes dele. Enrolada em seu casaco, com os olhos azuis quase totalmente cobertos entre o gorro de pele de coelho e o cachecol, Nina Markova estava curvada como uma bola no alto da escada.

— Bom dia. É aqui que ensinam a voar?

7

Jordan

Maio de 1946
Boston

— Você merece uma lua de mel mais longa — Dan McBride disse.
— Um fim de semana em Concord é tudo de que precisamos — Anneliese insistiu. — Não seria justo deixar as meninas sozinhas por tanto tempo.

Jordan e Ruth estavam se transformando em *as meninas*. Jordan via o sorriso de seu pai se intensificar toda vez que ele ouvia aquilo. Qualquer coisa valia a pena para vê-lo assim feliz. Na verdade, Jordan também estava feliz. Ela mergulhou nos preparativos para o casamento: limpar o armário do pai para abrir espaço para as coisas de Anneliese, passar a roupa dele para o casamento. Anneliese dormiria na noite da véspera no quarto de hóspedes com Ruth, e então dois táxis os levariam para a igreja pela manhã.

— Você não pode ver sua noiva vestida para o casamento, pai. Você pega o primeiro táxi, e Anneliese, Ruth e eu vamos em seguida.

— Como quiser, senhorita. — Ele apertou a bochecha dela. — Estou orgulhoso pela maneira como você cuidou das coisas. Não existem muitas garotas de dezessete anos em quem eu confiaria para cuidar da sua nova irmã sozinha durante o fim de semana. — Ele mexeu na velha aliança de casamento. — Eu me preocupava em não ter feito tudo certo com você depois que a sua mãe morreu. Não fiz tudo como deveria.

— Pai...

— Eu não fiz. Uma garotinha com muita imaginação, sofrendo pela morte da mãe... Tive medo de não ser capaz de educar você direito. — Ele a tomou para si, com ar de aprovação. — Não sei se fiz algo certo ou se foi você sozinha, mas olhe para você agora. Está crescida e tem a cabeça no lugar.

Não sinto da mesma forma, Jordan pensou. Toda vez que encontrava os olhos azuis opacos de Anneliese à mesa de jantar, a especulação começava a se revirar dentro dela, por mais que Jordan se censurasse. *Isso é ridículo, J. Bryde. Você gosta de Anneliese.* (Realmente gostava.) *Ela nem comentou com seu pai quando você foi grosseira a ponto de bisbilhotar o passado dela.* (Não mesmo.) *Então por que você ainda está...?*

Porque você ainda está com ciúme, ainda tentando encontrar uma falha, Jordan falou para si mesma, dando-se um chute mental e fazendo o melhor que pôde para acabar com aquela sensação.

— Você está tão distraída — Garrett comentou alguns dias antes do casamento, quando o pai de Jordan já não precisava de ajuda e pediu que ela parasse de faxinar e saísse para namorar. — Quer mesmo continuar com isto?

— Na verdade não — ela confessou, e Garrett se sentou enquanto Jordan arrumava o cabelo. Dez minutos de beijos no banco traseiro do Chevrolet dele a tinham despenteado. — Desculpe.

— Você está me matando — ele disse com olhos carregados, mas saiu do banco de trás procurando as chaves. Não era um daqueles rapazes que insistiam depois que a garota já tinha dito não. Ele gemeu, mas recuou.

Talvez este ano nós..., Jordan pensou, divagando.

— Em que você está pensando? — Garrett perguntou enquanto eles se arrumavam no banco da frente e ele começou a dirigir para casa. — Coisas do casamento?

— Será mais fácil quando tiver acabado — admitiu Jordan. Com certeza seria. Anneliese Weber seria Anneliese McBride, sua madrasta. Eles seriam uma família. Fim de papo.

O dia do casamento amanheceu brilhante e bonito. Jordan foi a primeira a acordar, e teve de forçar seu pai a engolir uma torrada. Ele estava graciosamente nervoso quando ela colocou uma rosa-branca em seu paletó e sorria debaixo das sobrancelhas retas e loiro-escuras, exatamente como as dela.

— Pensei que eu é que conduziria você pela igreja.

— Ainda não, pai. — Ela se afastou. — Aqui.

— Você tem sido maravilhosa por receber Anneliese desse jeito. Significa muito para mim.

— Melhor pegar o seu táxi — Jordan conseguiu dizer apesar da garganta fechada. — Se o padre Harris aparecer um pouco alto, sirva café para ele. Não adie esse casamento. Não vou fazer você se enfiar nesta roupa de novo!

Ela tirou algumas fotos e viu seu pai entrar no táxi antes de ir para o quarto de hóspedes.

Ruth abriu a porta, fazendo Jordan sorrir.

— Ruthie, você parece uma princesa! Dê uma voltinha para mim? — Ruth rodou solenemente, o cabelo loiro penteado para trás por cima da gola de renda de seu vestido de veludo azul. *Vou arrancar um sorriso seu neste fim de semana, nem que seja a última coisa que eu faça*, Jordan prometeu.

— Aí está você. — Anneliese estava na frente do espelho passando pó de arroz no rosto e no pescoço, perfeitamente elegante em seu tailleur rosa e chapéu creme de abas largas. Não demonstrava nenhum nervosismo de noiva. — Estamos quase prontas.

— Você está linda — Jordan disse. — Papai vai ficar sem palavras.

— Você também está. — Anneliese se virou, examinando Jordan em seu vestido azul, e pela primeira vez pareceu falar impulsivamente. — Não vejo a hora de *fazer* coisas para você, Jordan. Eu faço todas as nossas roupas do dia a dia, as de Ruth e as minhas. Posso fazer um vestido de verão para você, se quiser. Algo que não seja espalhafatoso, você não é uma garota espalhafatosa. Comprimento médio, nada de estampa floral... — Anneliese parou com uma risada, e de repente pareceu arrependida. — *Du meine Güte*, eu tinha jurado que não começaria a me oferecer para vestir você, como se você fosse uma criança! Ao contrário, entenda bem... seria um prazer fazer um vestido para alguém que *não é* uma criança que quer tudo cheio de babados.

Jordan ficou surpresa e soltou uma risada genuína.

— Acho melhor arrumarmos o solário para você como ateliê de costura, então. Mas primeiro... — Procurou em sua bolsa azul por alguma coisa que queria dar a ela havia alguns dias, mas não conseguira. — Achei que você poderia gostar de usar isto hoje. — E entregou a Anneliese um bracelete que seu pai tinha lhe dado quando ela completou dezesseis anos.

— Eu ficaria honrada — Anneliese disse, suavemente.

O último nó no estômago de Jordan se desfez.

— Agora você tem uma coisa emprestada...

— Uma coisa antiga... — Anneliese colocou o colar de pérolas cinza ao redor do pescoço.

— Uma coisa nova... — Jordan prendeu o bracelete no pulso de sua madrasta. — Sua roupa cor-de-rosa...

— E uma coisa azul — Anneliese terminou, levantando um buquê de rosas cor de creme com as hastes amarradas em uma fita de cetim azul-claro.

Jordan sorriu.

— O táxi está esperando.

Anneliese endireitou seu chapéu e deslizou pela escada. Entrou deslizando na capela com a mesma graça silenciosa, e Jordan viu lágrimas nos olhos de seu pai. *Isso faz tudo valer a pena*, ela pensou. A voz do padre Harris ecoou pela capela, e estava tudo resolvido.

Houve bolo e champanhe na sacristia logo depois. Rolhas pulavam com a chegada dos amigos. Logo os recém-casados pegariam um táxi para a South Station e partiriam para a lua de mel. Jordan já tinha preparado saquinhos com arroz para jogar neles. Anneliese conversou com alguns vizinhos, e o pai de Jordan colocou Ruth no ombro.

— Você quer segurar o buquê da sua mãe?

— Não. Ela vai deixar cair — Anneliese falou.

— Ela vai tomar cuidado, não vai, senhorita? — Ele pegou o buquê das mãos de Anneliese e o colocou nas de Ruth. Jordan tirou uma foto adorável da menina nos braços dele, afundando o rosto nas rosas, parecendo cautelosamente animada com sua nova vida.

Mais copos esvaziados, mais risadas. O pai de Jordan colocou Ruth no chão ao ouvir um amigo chamá-lo. A garotinha olhou ao redor, mordendo o lábio, e Jordan pegou sua mão.

— O que você quer, Ruthie? Ah... — Ruth fez um gesto dobrando levemente os joelhos. — Eu levo você ao banheiro.

Ruth reclamou quando Jordan tirou o buquê de suas mãos.

— A mamãe falou para não soltar...

— Você não consegue ir ao banheiro com isso!

Ruth desapareceu na cabine, e Jordan apoiou as rosas diante do espelho, tirando uma foto em close das flores. A fita de cetim azul-claro estava quase se soltando; Jordan começou a arrumá-la, mas havia algo duro entre as hastes. Alguma simpatia para ter sorte no casamento? Ela mexeu entre as rosas e pegou o objeto. A pequena peça de metal estava em sua mão, brilhando sob a luz do banheiro, e Jordan congelou.

Uma medalha de guerra. Não uma medalha americana, mas mesmo assim Jordan reconheceu. Durante toda a guerra, os atores de Hollywood a usavam sempre que interpretavam os vilões nazistas. Uma Cruz de Ferro, com a suástica negra brilhante.

Ela a deixou cair como se fosse ferro quente. Estava entre as rosas e a fita azul-clara como uma gota de veneno. *Uma coisa antiga, uma coisa nova*, Jordan pensou, ondas de horror percorrendo sua espinha, *uma coisa nazista, uma coisa azul.*

A descarga fez barulho; Ruth logo sairia. *Anneliese* poderia entrar a qualquer momento. Sem muita consciência do que estava fazendo, Jordan levantou a Leica. *Clique...* a suástica espreitando entre as flores do casamento. Que tipo de mulher entrava na cerimônia de casamento com uma suástica? Por que ela se arriscaria a fazer aquilo? Rapidamente, Jordan arrumou as rosas, enterrando a Cruz de Ferro exatamente onde a encontrara, então amarrou novamente a fita. Suas mãos tremiam.

Ruth saiu, correndo para a pia a fim de lavar as mãos. *Quem é a sua mãe?*, Jordan pensou, olhando fixamente para a menininha. Ela colocou as rosas de volta nas mãos de Ruth, olhou-se no espelho e viu marcas coloridas em suas bochechas. *Sorria*, disse para si mesma, *sorria...* e saiu.

— Aí estão vocês! — Anneliese exclamou, recuperando rapidamente seu buquê. — Ruth pega minhas flores e simplesmente desaparece. *Mäuschen*, eu avisei para...

Jordan segurou a manga do pai e o puxou de lado.

— Pai...

— O táxi chegou — ele avisou, pegando a mala de Anneliese. — Você tem o telefone do nosso hotel em Concord se surgir algum problema. Embora eu não imagine que tipo de problema minhas duas meninas teriam em apenas duas noites.

Acho que podemos estar metidos numa grande encrenca.

— Pai — Jordan disse, segurando mais forte sua manga.

As pessoas já estavam arrastando os dois para fora. Ele puxou Jordan junto.

— O que foi?

A boca de Jordan ficou seca. O que ela faria, destruiria o buquê de Anneliese nas escadas da igreja? O que isso provaria?

Anneliese exclamou, rindo atrás dela:

— Jordan, pegue!

A jovem se virou no alto da escada da igreja e o buquê veio voando para suas mãos.

— Para minha dama de honra. — Anneliese resplandecia enquanto os convidados aplaudiam. — O trem, Dan, vamos nos atrasar... — Bagagem passando e vestidos voando. Ele deixou as malas no táxi. Anneliese colocou a carteira embaixo do braço. Jordan congelou de novo. Porque pôde sentir claramente que não havia nenhum objeto de metal entre as hastes das flores. Anneliese devia ter tirado a medalha antes de jogar o buquê.

Deve ser algo muito precioso, Jordan pensou, *para ela ter arriscado trazer consigo hoje e tirar daqui somente no último momento.*

Ou nunca esteve lá, outro pensamento sussurrou. E, por um momento terrível, Jordan pensou que estivesse ficando louca. *Jordan e suas histórias malucas.* Ela criava do nada as teoria mais loucas que se podia imaginar. E dessa vez sua mente estava construindo uma prova.

Mas a alça da Leica lhe deu tranquilidade. A Cruz de Ferro *estava* ali; ela tinha fotografado. Desceria para a sala escura assim que chegasse em casa. Já estava tremendo, imaginando os braços negros da suástica surgirem como uma caveira através do fluido. Uma prova.

De quê?, pensou, olhando fixamente para Anneliese enquanto seu pai abria a porta do táxi. *Sozinha ela não prova nada.*

Exceto que aquela mulher estava escondendo alguma coisa.

Ruth abriu seu pacotinho e jogou arroz por todo lado. Depois de uma nova sessão de abraços, o pai de Jordan e sua nova esposa pegaram o táxi. Os convidados gritaram quando eles partiram, enquanto confusão e terror tomavam conta de Jordan.

Papai, ela pensou. *Ah, papai, o que você trouxe para nossa família?*

8

Ian

Abril de 1950
Altaussee

Nina não estava feliz por ser deixada para trás em Viena.
— Não. Vou com você.
— Tenho de convencer uma garota em Altaussee. — Tony ostentava seu sorriso mais persuasivo. — Como vai ser se eu já tiver outra garota comigo?

Nina deu de ombros. Estava por dentro de muitas coisas da perseguição que logo poriam em prática e visivelmente ansiosa para começar. Ian tentou ajudar.

— Precisamos de alguém que cuide do nosso escritório.
— Você sai para perseguir a Caçadora e eu fico atendendo telefone? — Nina resmungou. — Que merda.
— Sim — disse Ian. — Mas preciso ter uma conversa franca com você antes que eu a leve para a caçada mais importante da minha vida, Nina. Como não temos tempo para isso agora, você fica no escritório.

Seus olhos azuis se estreitaram. Ele a encarava fixamente, sem piscar, e a impaciência pulsava. O trem partiria em uma hora.

— Tudo bem. — Nina ainda estava fuzilando-o com o olhar. — Eu fico *desta* vez, mas na próxima vocês me levam.

— Tente não destruir o prédio enquanto eu estiver fora. — Ian pegou seu chapéu gasto, ignorando o olhar de Nina. Logo depois ele e Tony partiram pela Mariahilferstrasse em um táxi. Viena deslizava do lado de fora. Tinha marcas deixadas pela guerra, mas ainda assim era adorável. *É uma cidade linda*, pensou Ian, *mas não é minha casa*. Ele na verdade não tinha uma casa desde a morte de Sebastian. Casa não é apenas um endereço.

— Bom — disse Tony, falando inglês para que o motorista não entendesse. — Outro dia, outra caçada.

— Esta é diferente — Ian respondeu, ainda pensando em seu irmão. Joelhos marcados, inteligente, onze anos mais novo... Com tanta diferença de idade, não era para terem sido tão próximos, mas foram. Talvez porque a mãe deles morrera muito cedo, logo depois do nascimento de Seb, e a casa tivesse se tornado um mausoléu. O pai deles não se interessava por nada a não ser almoços longos no clube e agia como se a família Graham ainda tivesse dinheiro. "Você é a única coisa boa de vir para casa nas festas", tinha dito Seb com sinceridade aos treze anos, ao voltar da escola em um verão. "Você é o único motivo pelo qual me dou o trabalho de vir para casa nas festas", respondeu Ian, então com vinte e quatro, havia bastante tempo morando longe da casa do pai. "Vamos pescar antes que o velho comece a tagarelar que eu não devia ir para a Espanha perder tempo com comunas."

Ian *tinha* ido a Barcelona não muito tempo depois daquela conversa, com seu bloco de anotações e máquina de escrever, para cobrir a ascensão de Franco. Mas mesmo quando voltou, queimado de sol e bem mais magro, tivera tempo para seu irmão mais novo. Ensinando Seb a pular sobre as pedras do lago, Seb lhe mostrando o canto dos pássaros. Os dois falando dos boatos na Alemanha...

Sebastian morto na Polônia, sem ver o fim da guerra.

— Esta caçada é diferente — Ian repetiu, e sua fome de pegar *die Jägerin* era tão grande que poderia engolir o mundo.

Tony folheou o dossiê a respeito do próximo alvo enquanto o táxi seguia.

— Você tem sorte, sabia?

— Sorte? — Ian olhou para ele. — Meu irmão teria mais ou menos a sua idade se estivesse vivo, mas não está. *Não tenho* meu irmão, Tony. Aquela cadela nazista o tirou de mim.

— Você tem apenas uma pessoa para culpar. Uma. — Tony olhou Ian nos olhos, encontrando as chamas do ódio que ele provavelmente podia ver ali. — Muitos de nós não temos isso.

— Nós?

— Minha mãe tinha família na Cracóvia, grupos inteiros de primos e tias e tios judeus que não emigraram como os pais dela decidiram fazer — continuou Tony. — Eu não os conheci, mas prometi para minha mãe que os procuraria se por acaso fosse à Polônia. Quando fui desmobilizado, saí em busca deles... — Ele soltou o ar longamente. — Mortos. Todos eles.

A raiva de Ian desapareceu.

— Entendo. — Ele já sabia do passado de Tony, é claro; seu parceiro tinha lhe contado no dia em que começaram a trabalhar juntos. "Eu posso ser um garoto católico nascido e criado no Queens, mas pelo lado da minha mãe sou judeu polonês. Isso vai ser um problema, Graham?" "Não", Ian respondera, e foi isso. Ele sempre se questionara se Tony tinha perdido a família no horror dos campos, mas nunca perguntou. Não se pergunta assim sobre esse assunto. Você apenas escuta se alguém decide lhe contar. — Sinto muito — ele disse simplesmente.

— A engrenagem os engoliu... a máquina. Não há ninguém para encontrar e acusar. Tudo o que posso fazer é ir atrás deles todos, os milhares que trabalharam para a máquina, e não tem como pegar todos os filhos da mãe. — Tony deu um sorriso apagado. — Mas você, você tem sorte. Você sabe exatamente quem matou seu irmão. Uma pessoa. E nós temos uma pista de onde ela está.

— Você está certo — concluiu Ian. — Isso é sorte.

Ficaram em silêncio até o táxi parar em frente à estação de trem. Uma multidão agitada tomou conta das escadas: homens de negócios austríacos com chapéu de feltro, mães arrastando crianças em roupas típicas. *E nós*, Ian pensou, *na pista de uma assassina*. Por mais que tentasse evitar o otimismo, ele estava, de repente, completamente seguro. Iriam achá-la. Sebastian podia ter partido, mas sua história seria contada nas peças sem emoção de um tribunal — sua história e a história das crianças que *die Jägerin* tinha assassinado antes mesmo de cruzar o caminho de Seb.

O mundo vai saber o seu nome, Ian disse a ela, seguindo a primeira migalha de pão que o destino tinha deixado em seu caminho. *E isso é uma promessa*.

Eles encontrariam Helga Ziegler e sua irmã na margem sul do lago Altaussee ao meio-dia.

— Atue no modo "quase polícia" — Tony pediu enquanto seguiam pelo caminho, as montanhas com os picos cobertos de neve atrás. — Eu flertei com Helga e ela gosta de mim, mas a irmã dela deve ser mais cautelosa. Vai ser melhor se elas pensarem que estamos procurando testemunhas para interrogar, não criminosos de guerra para algemar. Os austríacos se fecham se pensam que são suspeitos de serem ex-nazistas...

— O que nenhum deles nunca foi, naturalmente — Ian ironizou.

— Se essa for a alegação delas, aceitamos sem pestanejar.

— Já fiz isso antes, você sabe. — Várias vezes, na verdade. — Papéis normais, Tony. Você será o charmoso, eu o impositivo.

— Certo. — Tony mediu Ian do casaco cinza balançando na altura dos joelhos até o olhar severo e frio que ele adotava nessas ocasiões. — É tão óbvio que você é um britânico íntegro que está sempre do lado dos corretos que ninguém sonharia em lhe pedir credenciais.

Ian arrumou o chapéu em um ângulo ainda mais severo.

— Se tiverem a impressão de que somos aliados da polícia, não vou corrigir isso. — Os dois já tinham jogado algumas vezes aquela carta, considerando que o Centro de Documentação de Refugiados ocupava uma terra de ninguém em termos legais: um serviço independente sem alinhamento com nenhuma nação e sem autoridade de governo. Ian tinha contato com pessoas de dentro da polícia, do Judiciário e da burocracia, mas não havia nenhum caminho legal para forçar uma testemunha a cooperar com a investigação. *E, sem dinheiro*, ele pensou com um sorriso irônico, *não podemos oferecer recompensas gordas para fazer essa gente soltar a língua.*

Chegaram ao banco combinado na margem sul, de onde podiam ver toda a extensão do lago. Tony apontou:

— Lá vêm elas.

Duas mulheres se aproximaram pelo caminho. Enquanto caminhavam, Ian viu a semelhança entre elas: ambas eram loiras e rosadas, a mais jovem usando um traje rosa típico e camisa branca, com um brilho nos olhos ao ver Tony. A outra era mais alta e mais reservada e usava um casaco verde leve. Ela puxava pela mão um menino de cerca de dois anos, trotando em suas calças curtas. Ian agradeceu quando Tony fez as apresentações, com algumas palavras quase enganadoras sobre o Centro. Ian manteve o semblante autoritário, abrindo a carteira para apresentar uma identificação inglesa sem validade, mas que parecia bastante oficial.

— *Grüss Gott*, senhoras.

— Esta é minha irmã — respondeu Helga, com a mão já apoiada no braço de Tony. — Klara Gruber.

O olhar da mulher mais velha cruzou com o de Ian.

— O que quer saber, *Herr* Graham?

Ian respirou fundo, vendo pelo canto do olho Tony assentir discretamente.

— Maio de 1945. A senhora era empregada da família que morava no número 3 da Fischerndorf?

— Sim.

— Percebeu a família que morava no número 8?

— Difícil não notar — disse Klara Gruber, sarcástica. — Americanos entrando e saindo o tempo todo.

Ian mencionou o que ela estava evitando.

— Efetuando prisões?

Ela confirmou com um gesto de cabeça enquanto alisava o cabelo do filho.

— E depois que as prisões aconteceram?

— A maioria das mulheres foi para outro lugar, mas *Frau* Liebl e os filhos ficaram.

— Você quer dizer *Frau* Eichmann — Ian disse tranquilamente. A mulher de Adolf Eichmann. Ele e outras lideranças nazistas voaram para a Áustria depois do caos provocado pelo suicídio de Hitler. Entre eles o amante de *die Jägerin*, o oficial da SS Manfred von Altenbach, que morreu resistindo à prisão. Alguns de seus companheiros foram presos; outros, como Eichmann, conseguiram fugir. De qualquer forma, todos eles deixaram esposas e namoradas para trás.

— *Frau* Liebl — Klara corrigiu. — Ela voltou a usar o nome de solteira depois da guerra. Assim ninguém comentaria.

— *Frau* Liebl ainda está aqui? — Tony perguntou, em tom casual.

— Sim. — Helga deu de ombros. — Agora que assumi o trabalho de Klara no número 3, vejo os filhos dela correndo para cima e para baixo a tarde toda, brincando.

— E o pai das crianças? — Ian não conseguiu deixar de perguntar. Adolf Eichmann era um peixe muito maior do que aqueles que o Centro tinha recursos para perseguir, mas, se conseguissem alguma coisa ali, talvez no futuro...

As duas irmãs balançaram a cabeça em negativa.

— Você não está querendo incomodar *Frau* Liebl, está? Isso tudo aconteceu há muitos anos.

Uma chama de raiva tomou o peito de Ian. As desculpas que as pessoas estavam dispostas a dar, as coisas que estavam dispostas a esquecer, tudo em razão do fato de ter acontecido *há muitos anos*.

— Não tenho a intenção de incomodar *Frau* Liebl. — Ele sorriu. — É outra pessoa que me interessa. Eu sei que em 1945 um grupo de mulheres esteve no número 8. Uma delas tinha olhos azuis, cabelo escuro, era pequena, na casa dos vinte anos. Ela tinha uma cicatriz atrás do pescoço, vermelha, recente.

O coração dele bateu forte, e Ian pensou que fio tênue era aquele. Quantas mulheres poderiam ser descritas daquela forma? Quem garantia que uma cicatriz podia ser vista?

— Eu me lembro dela — afirmou Klara. — Só falei com ela uma vez, mas notei a cicatriz. Uma linha rosa atrás do pescoço, debaixo do colarinho.

— Qual era o nome dela? — A boca de Ian ficou seca. Sentiu Tony ao lado dele se retesar como um fio de cobre.

— Ela dizia se chamar *Frau* Becker. — Um sorriso fraco. — Não era o nome real dela, todos sabíamos isso.

Ian não conseguiu manter a objetividade na voz.

— Você nunca lhe perguntou?

— Ninguém perguntava. — Ela puxou o filho para mais perto, acariciando seu cabelo. — Não durante a guerra.

Nenhum nome. Ian engoliu em seco, desapontado, ouvindo Tony pressionar.

— Alguma coisa mais que poderia nos contar sobre ela, *gnädige Frau*? — Ele fez um gesto sutil em busca de sua carteira. — É muito importante localizarmos essa mulher. Ficaríamos *muito* agradecidos.

Klara Gruber hesitou, observando as cédulas que Tony pegou. O Centro podia não ter dinheiro suficiente para pagar grandes recompensas, mas Ian estava disposto a acabar com o orçamento do jantar para agilizar as coisas. Ela assentiu com a cabeça e guardou o dinheiro rapidamente, como se nunca tivesse estado ali.

— *Frau* Becker passou alguns meses na casa dos Liebl depois de... Bem, depois de tudo. — Um gesto vago que para Ian significava *as prisões, os americanos, o fim da guerra*. As coisas desagradáveis que eles podiam fingir que não tinham acontecido. — Ela era reservada. Eu a via no jardim algumas vezes no caminho para o supermercado. Eu a cumprimentava, ela sorria. — Pausa. — Acho que *Frau* Liebl não gostava dela.

— Por quê?

Ela deu de ombros.

— Duas mulheres na mesma casa, a escassez do período de guerra precisando ser administrada. Todos olhando para elas, sabendo quem eram seus maridos. Acho que *Frau* Liebl pediu para ela ir embora... Ela deixou Altaussee no outono de 1945. Em setembro, talvez.

O gosto amargo voltou à boca de Ian.

— Você sabe para onde ela foi?

— Não.

Ele realmente não achou que ela saberia.

— Mas *Frau* Becker me pediu uma coisa no dia em que partiu. — Klara Gruber segurou seu filho ao lado do quadril. — Ela me chamou do jardim do número 8 assim que voltei do mercado. Deve ter percebido que eu passava todos os dias no mesmo horário da manhã, pois estava me esperando.

— O que ela pediu?

— Para entregar uma carta dali a alguns dias. Perguntei por que ela não postava antes de viajar, e ela disse que ia sair da Áustria quase imediatamente. — Uma pausa. — É por isso que acho que ela e *Frau* Liebl não se davam bem. Se gostassem uma da outra, ela não teria entregado a carta para uma desconhecida na rua.

— Uma carta para quem? — O coração de Ian batia forte. Tony estava de volta à postura retesada.

— Para a mãe dela, em Salzburgo. *Frau* Becker falou que me pagaria para entregar pessoalmente, não pelo correio. Ela não confiava no correio. — Um movimento de ombros. — Eu precisava do dinheiro. Peguei a carta de *Frau* Becker, fui ao endereço em Salzburgo na semana seguinte à que ela partiu, coloquei-a por debaixo da porta e não voltei a pensar naquilo.

— Você não *viu* a mãe dela, certo? Havia um nome no envelope ou...

— Nenhum nome. Fui orientada a colocá-la debaixo da porta, não bater. — Uma hesitação. — Ela estava sendo bastante cuidadosa, acredito. Mas todos estavam, *Herr* Graham.

Helga acrescentou, na defensiva:

— O senhor não sabe como era isto aqui em 1945. Todo mundo atrás de vistos, documentos, comida. Todos guardavam sua vida para si.

Porque nenhum de vocês queria saber, Ian ponderou. Esse tipo de pensamento tinha tornado fácil para *die Jägerin* encobrir seus passos.

Sem esperança, ele perguntou:

— Suponho que você não se lembre do endereço. — Quem se lembraria de um endereço estranho visitado uma única vez cinco anos antes?

— Lindenplatz, número 12 — Klara Gruber disse.

Ian a encarou e pôde sentir Tony fazer o mesmo.

— Como...?

Ela deu o primeiro sorriso verdadeiro da conversa.

— Quando voltei para a praça em frente à casa, um jovem de bicicleta me derrubou. Ele se desculpou e se apresentou. O nome dele era Wolfgang Gruber. Quatro meses depois ele me levou para aquele mesmo lugar para me pedir em casamento.

Que diabo, Ian pensou. Eles tinham acabado de tirar a sorte grande.

— Senhoras — disse Tony com um sorriso acolhedor, distribuindo mais algumas notas de dinheiro. — Já ajudaram mais do que podem imaginar.

— Helga corou, mas sua irmã mais velha parecia apreensiva.

— Vocês vão incomodar *Frau* Becker? — *Agora você pergunta*, pensou Ian, *depois de ter embolsado nosso dinheiro*. — Ela não pode ter feito nada de errado. Uma mulher tão boa...

— É uma investigação relacionada a outra pessoa — Tony explicou, sua resposta padrão tranquilizadora quando ouvia a objeção inevitável: *Ela é incapaz de fazer mal a uma mosca.*

Mas Ian olhou para Klara Gruber durante um longo momento e perguntou:

— O que lhe dá a certeza de que ela era uma boa mulher?

— Bom, o senhor sabe. Ela tinha um jeito bonito de falar. Era uma *dama*. E não é culpa da mulher se o marido se envolveu com tudo aquilo.

— Envolveu-se com o quê? — Ian perguntou. — Com o Partido Nazista?

As irmãs se contorceram. Ninguém tinha falado aquela palavra ainda. Ele sentiu o olhar de repreensão de Tony.

— Ninguém da nossa família era membro do partido — Helga respondeu rapidamente. — Não conhecemos ninguém que tenha sido.

— Claro que não. — O sorriso de Tony transparecia sinceridade.

— Claro que não — ecoou Ian, esticando a mão em direção ao filho de Klara Gruber. Ele balbuciou, tentando pegar, e Ian sentiu os dedos da criança agarrarem seu polegar. — Uma gracinha o seu menino. *Frau* Becker matou um não muito mais velho que ele. Uma bala na nuca. Ele provavelmente era uma graça de menino também.

As duas mulheres ficaram imóveis, perderam um pouco a cor. Helga levou a mão à boca. Klara puxou seu filho para perto, e Ian viu o brilho nos olhos dela que já tinha visto tantas vezes. Um tipo de raiva rabugenta, obstinada. *Por que você quis que eu soubesse disso?*, os olhos dela perguntavam. *Eu não queria saber.*

Ele sorriu, tocando seu chapéu:

— Obrigado mais uma vez, senhoras.

— Você consegue ser um verdadeiro filho da puta de vez em quando — disse Tony, com ar descontraído.

Ian deu de ombros.

— Os olhos das duas vão ficar um pouco mais abertos a partir de agora.

Eles estavam voltando ao hotel em que tinham reservado quartos. Ian teria seguido direto para Salzburgo, mas Tony queria fazer perguntas para *Frau* Liebl pela manhã. Ian achava que a mulher de Adolf Eichmann seria muito mais cautelosa que duas empregadas ao falarem com homens desconhecidos. Mas Tony estava certo: eles não podiam sair dali sem explorar essa opção.

— Vou comprar o jantar — ele avisou, já que Tony ainda estava com um olhar de reprovação.

— Não, tenho de sair com Helga Ziegler esta noite, fazê-la se divertir. E ela está de cara feia graças a você, então esse compromisso vai exigir todo o meu charme.

— Por que vai sair com ela?

— Depois de semanas jogando charme na garota, largá-la quando se obtém a informação que se espera... elas tendem a se sentir usadas.

— Isso porque ela *foi* usada, Tony. E também foi paga.

— Ainda assim, ninguém gosta de ser dispensado no minuto em que não é mais útil. E ela não é de se jogar fora. A irmã também não. — Pausa.

— Elas não estão erradas, você sabe. As coisas eram complicadas durante a guerra. Sobreviver em territórios ocupados nunca é preto no branco, como você pode imaginar.

— Elas ajudaram a resistência? Abrigaram refugiados? Passaram informações para os Aliados? Fizeram *alguma coisa* para combater o que estava acontecendo ao redor delas? — Ian fez uma pausa. — Se a resposta for não, então, pelo que entendo, elas têm parte nisso. E eu me recuso a fingir que não.

— Não sabemos o que elas podem ter feito para ajudar. Não podemos deduzir.

— Pela reação delas, posso imaginar.

Tony ensaiou uma saudação irônica.

— Que mundo atraente o seu. Sem nenhuma zona cinzenta para atrapalhar.

— Você perdeu muita gente da sua família em parte porque algumas pessoas, pessoas como as irmãs Ziegler, estavam dispostas a enterrar a cabeça na areia — Ian retrucou. — Acho difícil ver zonas cinzentas nisso.

— Não seja um juiz tão severo. Estamos pisando nos escombros de uma guerra sem igual. Se não nos esforçarmos mais para ver as zonas cinzentas envolvidas, vamos nos ver no meio de outra batalha.

— Pode me chamar de juiz severo se quiser. Eu testemunhei os enforcamentos depois de Nuremberg e dormi tranquilamente à noite.

— Mas você não tem dormido muito bem desde então, tem? — Tony provocou.

— Não, mas não tem relação com ver o certo e o errado como uma questão de preto no branco — disse Ian, dando a última palavra antes de os dois se despedirem. Ele olhou por sobre o ombro enquanto Tony balançava a cabeça e se afastava com as mãos nos bolsos. Eles tinham opiniões diferentes, Ian e seu parceiro, mas isso não os impedia de trabalhar juntos. Ele se questionou se algum dia impediria.

Ian não voltou para o hotel. Ele caminhou até se ver diante do número 8 da Fischerndorf. Cinco anos antes, teria visto *die Jägerin* na porta? Com um envelope nas mãos, talvez, esperando que a empregada passasse pela rua?

Posso não ter o seu nome, Ian pensou, como se falasse com a figura desaparecida, *mas tenho o endereço da sua mãe em Salzburgo. E, se você mandou uma carta para ela antes de sair da Áustria, certamente contou para onde estava indo.* Ele tinha pegado mais de um criminoso de guerra desse jeito nos anos anteriores. A maioria acha difícil cortar laços com a família.

Um menino estava na frente da casa, brincando com pedrinhas. Um dos filhos de Adolf Eichmann talvez, de uns dez anos. Seb era alguns anos mais velho quando foi para Harrow, magro e nervoso. Tinha sobrado para Ian levar Seb e suas coisas para a estação. O pai deles precisava que o mundo soubesse que *Meus filhos vão para Harrow, igual ao velho deles!*, mas detalhes como o horário dos trens não lhe interessavam. "A escola é um inferno, mas administrável", Ian explicou a Seb com sinceridade. "Bata em quem lhe disser desaforos, como eu ensinei. E, se os garotos maiores te provocarem, vou fazer uma visita especial só para arrastá-los para trás da quadra de críquete e dar uma lição neles."

"Você não pode bater em todo mundo que se meter comigo", Seb argumentou.

"Posso sim. Promete que vai escrever?" E Seb escrevia. Longos textos sobre observação de pássaros e eventualmente um trecho entusiasmado citando Pushkin chegavam para Ian na Espanha enquanto ele acompanhava a Brigada Internacional, aconselhando-o a ser mais cauteloso quando um ataque aéreo perto de Málaga tirou a audição do seu ouvido esquerdo por quase uma semana. Então as cartas de Seb o seguiram para Paris, aonde Ian fora escrever sobre a conferência de Munique, e, um ano mais tarde, os dois passaram quinze dias juntos depois que o pai deles morreu em um acidente de carro. Seb tinha dezesseis anos e ficou bêbado pela primeira vez, Ian teve de levá-lo para a cama... até que chegou o dia, nem seis meses mais tarde, em que Seb apareceu na porta de Ian em Londres, onde estava escrevendo sobre os U-boats alemães afundando um destróier britânico perto de Orkney, e disse que tinha saído da escola e se alistado.

"Seu *idiota*", gritara Ian.

"Só porque você não pode lutar não quer dizer que eu não possa", Seb irrompeu. A audição do ouvido esquerdo de Ian já tinha quase voltado depois de Málaga, mas não o suficiente para ele poder se alistar. Seb viu o olhar do irmão e falou: "Desculpe. Não quis dizer isso..." Foi a única discussão entre os dois, encerrada antes mesmo de começar.

"Ainda assim você continua sendo um idiota por se alistar", Ian devolveu. "Todo aquele negócio de observar pássaros deixou você com cérebro de passarinho."

Ele se perguntava agora se seu irmão mais novo tinha procurado pássaros no céu naquela manhã de maio quando foi capturado, alguns meses mais tarde. Se ele desejou ter asas quando seu batalhão foi forçado a se render, sem armas e mal equipado, na estrada Doullens-Arras. Se ele se deu conta, quando se tornou prisioneiro, de que sua guerra tinha acabado ali, de que ficaria o restante da batalha em uma gaiola, como um pássaro cativo.

Mesmo assim você lutou, Ian pensou. Sebastian Vincent Graham escapou do campo de prisioneiros, procurou fugir da Polônia ocupada e morreu tentando... morreu nas mãos de *die Jägerin*. *E você a fez pagar.*

Seb tinha sido o responsável pela cicatriz no pescoço dela.

Pelo menos foi isso que Nina tinha contado na sua quase incompreensível combinação de inglês ruim e gestos de mão. Ian não tinha certeza de como ela e Seb haviam se encontrado, como haviam se deparado com a casa ocre no lago Rusalka — Nina não conseguia explicar isso claramente —, mas houve uma briga, houve tiros, houve facadas. Seb armou uma luta heroica para que Nina conseguisse fugir.

Se é que ela me contou a verdade, Ian pensou enquanto se afastava da casa de Eichmann.

— Vamos ter aquela conversa agora, Nina — ele disse em voz alta para o crepúsculo.

9
Nina

Junho de 1941
Irkutsk, Sibéria

Quando a guerra chegou à União Soviética, Nina estava fazendo um Polikarpov U-2 dar tudo de si, sentindo a brisa sobre Irkutsk. Não que um U-2 alcançasse muita velocidade. Era um biplano com cabine dupla aberta, feito de fibra sobre madeira, que voava a uma velocidade tão calma que os novos aviões, mais velozes, teriam parado se tentassem acompanhá-lo. Mas o velho pássaro era manobrável, podia seguir pela lâmina de uma navalha sem se cortar. Nina tinha ficado feliz de levar a máquina para um giro solo a fim de checar os aspectos mecânicos e conferir se os controles precisavam de ajustes.

Tinha sido em um U-2 que Nina voara pela primeira vez, logo depois de entrar para o aeroclube. Uma excitação quando o instrutor deixou que ela assumisse o controle e fizesse sua primeira manobra tranquila. O avião respondeu balançando, como se consciente das mãos pouco seguras que o estavam conduzindo... Agora fazia quatro anos que tinha feito a primeira manobra, já tinha um número impressionante de horas de voo acumuladas e dava loopings e rolava com o U-2 entre as nuvens. O céu era o lago de Nina. Ela tinha tido essa sensação na primeira vez que mergulhara no ar como uma *rusalka* de cabelos verdes mergulhando no lago. Mergulhando para cima, não para baixo, com um sentimento de *Estou em casa*. Ela gritou naquele primeiro voo, as lágrimas embaçando seus óculos de voo.

Não tinha sido fácil ir para o ar.

"Vai precisar de mais que isso, garota", o diretor do aeroclube disse quando Nina empurrou sua ficha e os documentos na mesa dele. "Você vai precisar de um atestado médico, um certificado escolar, referências do Komsomol,* e só depois poderá submeter suas credenciais ao comitê para que sejam consideradas. Você conhece alguém em Irkutsk?"

"Não." Nina não tinha ninguém que pudesse mexer os pauzinhos para conseguir os documentos e aprovações necessárias, mas, por sorte, o líder do Komsomol local tinha gostado dela. "Aqui se vê o epítome do espírito proletário", ele declamou depois de ler os antecedentes cheios de dificuldades de Nina. "Uma garota que, nos dias tsaristas, teria derramado o próprio sangue nos campos agora busca os céus! A glória do Estado está na habilidade para crescer de seus trabalhadores..." Depois disso, houve muitos outros chavões e Nina pôde se submeter ao Komsomol e a todas as suas entrevistas e exames de formação política. Ela não sabia muito de história política, mas sabia anuir fervorosamente sempre que alguém perguntava se desejava exaltar a Pátria participando do recente desenvolvimento aeronáutico para se igualar ao declinante Ocidente. Além disso, ela era de uma linhagem impecavelmente camponesa. *A primeira vez que meu pai me fez um favor*, Nina refletiu. Se ele tivesse sido um próspero *kulak* ou um membro da *intelligentsia* em vez de um camponês siberiano cujo nome mal valia um copeque, o Komsomol teria torcido o nariz. Mas uma camponesa ambiciosa sem formação era vista positivamente para receber um cartão de membro, e com ele muitas portas se abririam. Garotas do Komsomol eram requisitadas, vistas como aspirantes a membros do Partido Comunista. Nina não se interessava por política ou por partidos políticos, desde que pudesse voar.

---

* União Juvenil do Partido Comunista da União Soviética. (N. do T.)

E ali estava ela, dançando nas nuvens.

Nina voltou de sua espiral, alinhando-se ao aeroclube logo abaixo. Nada de errado com os controles de combate daquele velhote. Ela começou a descida, sentindo que não havia diferença entre ela e o avião. Era como se seus braços tivessem se esticado ao longo das asas e seus pés ao redor dos trens de pouso, o sol aquecendo seus cabelos como fazia com a fibra sobre a estrutura de madeira.

Ela conduziu o U-2 para baixo suavemente, como um floco de neve caindo na água escura — um pouso perfeito em três pontos, nem mesmo um solavanco — e sorriu ao sentir a cauda deslizando até o avião parar. Talvez essa fosse outra razão de Nina gostar do U-2: ele tinha sido concebido sem freios. *Assim como eu.* Ela saiu do cockpit e se sentou na beirada do avião enquanto tirava o gorro de pele de coelho. Nina Borisovna Markova tinha vinte e três anos, ainda era pequena, compacta e forte como uma ginasta. Tinha óleo debaixo das unhas em vez de sangue, e respirava fumaça em vez de água do lago. Ainda era um pouco maluca, tinha consciência disso, pois todos os Markov eram, mas pelo menos tinha conseguido um lugar no mundo por conta própria, um lugar em que usava suas asas, não seu corpo. Ela sabia o que amava, sabia o que temia, e o que temia não importava, porque não havia nenhum lago por perto no qual pudesse se afogar. Nina permaneceu sentada no avião por algum tempo, com o rosto virado para o sol, depois escorregou sobre a asa e para o chão em um único movimento.

Olhando ao redor, percebeu que algo estava errado.

A pista deveria estar repleta de estudantes, mecânicos, pilotos. Mesmo em Irkutsk, voar estava na moda, e o aeroclube estava sempre cheio. Mas Nina não viu ninguém, e até o movimento da cidade ali perto — o barulho das ruas, o som das vozes e dos pés dentro das botas de produção em massa que batiam no chão a caminho do trabalho — parecia mudo. Confusa, ela seguiu o procedimento de segurança — realizou o processo de checar as tomadas e os carregadores, os controles de voo e cuidou das amarras, tudo tão automático quanto respirar — e seguiu para o hangar mais próximo. O sol estava bem no alto, meio-dia de um domingo de junho perfeito.

Encontrou uma multidão em silêncio lá dentro. Pilotos, estudantes, colegas instrutores, estavam todos reunidos com o rosto levantado em direção ao alto-falante na parede. Óculos e latas de óleo pendurados nas mãos, e ninguém fazia um som. Todos ouviam o fluxo monótono de palavras que vinha do rádio.

— ... *na medida em que o governo alemão decidiu declarar guerra contra a União Soviética...*

Nina prendeu a respiração. Indo em direção aos que estavam na frente do grupo, viu o cabelo preto como carvão de Vladimir Ilyich e se posicionou ao lado dele — ele era o melhor piloto do aeroclube além de Nina, e os dois tinham dormido juntos algumas vezes.

— Houve algum ataque? — ela sussurrou.

— Os malditos Fritzes* bombardearam Kiev, Sebastopol, Kaunas...

Alguém pediu silêncio. Nina apontou para o alto-falante, a cadência monótona de quem estava falando. Vladimir fez o movimento dos lábios sem emitir som: *Camarada Molotov*.

O comunicado público continuou:

— ... *agora que o ataque à União Soviética foi realizado, o governo soviético ordenou que nossas tropas rechacem o ataque predatório e levem as tropas alemãs para fora do território do nosso país...*

Adeus, Pacto Germano-Soviético, Nina pensou. Na verdade, ela não estava surpresa. A guerra pairava no ar como o cheiro de dinamite havia alguns meses. Então, agora estava ali. Todo mundo sabia que Hitler e seus fascistas eram malucos, mas loucos o suficiente para atacar o camarada Stálin?

— ... *o governo da União Soviética expressa sua confiança inabalável de que nosso valioso exército e marinha e os bravos falcões da Força Aérea Soviética terão um desempenho honroso...*

A Força Aérea Soviética. Nina fez uma conta rápida. Ela tinha mais horas de voo que a maioria dos pilotos no clube, tinha dedicado dois anos a

---

* Maneira pejorativa como os alemães eram chamados pelos soldados britânicos na Primeira e na Segunda Guerra Mundial. (N. do E.)

um treinamento avançado na escola de pilotagem mais próxima e voltara como instrutora de voo. Já havia rumores de novos aviões de combate saindo das fábricas; entrar no cockpit de um deles...

— *Esta não é a primeira vez que nosso povo tem de enfrentar o ataque de um inimigo prepotente. Na época em que Napoleão invadiu a Rússia...*
— Assobios e gritos afogaram a voz do camarada Molotov. Nina tentou imaginar a suástica de Hitler sendo destruída sobre o Velho no fim do mundo e balançou a cabeça demonstrando um desprezo divertido. Aquela terra era demais para os estrangeiros; Napoleão poderia dizer. Gelada demais, grande e implacável demais com qualquer um que não estivesse ligado a ela desde o nascimento. Um pequeno fascista com um bigode escovinha achava que podia marchar sobre Moscou? Ele teria mais sorte esvaziando o Baikal com um balde.

O camarada Molotov, era evidente, concordava com ela, exaltando-se no alto-falante.

— *Será o mesmo com Hitler, que em sua arrogância proclamou uma nova cruzada contra o nosso país. O Exército Vermelho e todo o nosso povo vão novamente lutar uma guerra vitoriosa para a Mãe Pátria...* — Novos gritos ecoaram, e Nina mal conseguiu ouvir o final: — *O inimigo deve ser vencido. A vitória será nossa.*

A multidão explodiu, alguns correram pelo campo para levar as notícias para outros, alguns se abraçavam. Talvez, nas ruas, houvesse choro e medo, Nina pensou, mas ali era o aeroclube. Se a guerra estivesse ali, todos estariam no ar, e não havia outro lugar onde gostariam de estar. Vladimir Ilyich voltou-se com um sorriso, e Nina o beijou com tanta força que os dentes deles bateram.

— Vou me alistar amanhã — ele disse quando saíram para tomar ar.
— Eu também. — O sangue dela estava correndo tão quente quanto gasolina. Não conseguia fechar os olhos, mesmo depois que ela e Vladimir voltaram para o quarto dele e passaram a noite bebendo vodca e rolando nos velhos lençóis. Ela se deitou ali com o braço de Vladimir em volta dela, olhando para a escuridão, ouvindo um casal discutir do outro

lado da parede, imaginando uma cadeia de massas de gelo se deslocando pela superfície do Velho, uma depois da outra no horizonte azul. O trem de seu vilarejo para Irkutsk tinha sido o passo da margem para a primeira banquisa enquanto pensava: *Eu posso voar*. Naquele momento estava ali o degrau para a segunda banquisa, enquanto ela pensava: *Eu posso lutar contra os alemães*.

— A guerra não é um jogo — a colega de quarto de Nina, Tania, disse quando ela voltou para casa apenas para trocar de camisa. Elas tinham sido designadas para morar juntas, dividiam um quarto de onze metros quadrados em um apartamento comunal com outras oito pessoas. Nina achava aquilo um buraco, mas Tania considerava que tinha sido sorte conseguir o lugar. — Você não deveria estar sorrindo e cantando como se estivesse saindo para dançar.

Nina deu de ombros. Tania era uma aspirante a membro do partido, uma crente fiel na ordem e na virtude e no Estado. A única coisa que ela e Nina tinham em comum era o quarto.

— Guerras são terríveis, mas precisam de pessoas como eu.

— Pessoas como você. — Tania pegou sua bolsa, pronta para seu turno como operadora de alto-forno. — Você é individualista.

— O que isso significa?

— Você não se oferece para fazer trabalho externo. — Tania estava sempre se voluntariando: recolhendo citações da procuradoria, conduzindo exercícios para melhorar a disciplina de trabalho nas fábricas. — Você não participa das reuniões do Komsomol. Vejo você sentada cuidando da sua carta de navegação! Você não faz nenhum esforço para participar da vida proletária...

— Não vale o esforço.

— Viu? O Estado não tem espaço para o individualismo. Tente se alistar, e eles não vão aceitá-la — Tania disse, com alguma satisfação.

— Vão sim. — Nina sorriu da maneira que, ela sabia, irritava sua colega. — Eles precisam de pessoas que são um pouco loucas. Pessoas loucas se saem bem na guerra. — O pai dela falava isso sempre que sussurrava histórias dos tsaristas que ele tinha matado na revolução. Fazia tempo que ela não pensava no pai... não o via desde que saíra de casa. Sempre se perguntava se abandoná-lo tinha significado matá-lo, se ele tinha bebido vodca barata até morrer sem ninguém que pudesse levá-lo para casa. Aquilo dava uma pontada de remorso em Nina, mas ela não voltaria para casa nunca mais, não para um pai que tinha tentado afogá-la. Mesmo assim se perguntava, de tempos em tempos, como ele estava, se estava vivo. *Espero que esteja*, ela pensou, *porque, se os hitleristas passarem pelo meu avião, se tomarem o caminho para o Velho, então haverá apenas um velho para fazê-los parar.* Ela podia ver seu pai deslizando entre as árvores com sua espingarda, suas facas, seu sorriso de dentes afiados que era igual ao de Nina, cortando a garganta dos alemães em completo silêncio.

— Não só uma individualista, mas uma vagabunda — murmurou Tania, saindo com passos duros. — Eu sei que você estava com Vladimir Ilyich novamente ontem à noite...

— Você quer se juntar a nós da próxima vez? — Nina provocou enquanto a porta se fechava. Ela saiu pela mesma porta alguns minutos depois, encontrou Vladimir e mais dois de seus colegas pilotos do aeroclube. Eles cantavam enquanto seguiam pela rua, lembrando uma velha marcha do trabalhador que Nina nunca tinha aprendido quando criança. Eram tantas coisas que ela nunca tinha aprendido, crescendo quase em isolamento total perto do lago. Esse era o tipo de coisa que determinava uma distância entre ela e a maioria das pessoas que conhecia. Era melhor para Nina no aeroclube que entre as garotas do Komsomol, como Tania. Pelo menos no aeroclube eles tinham em comum a paixão por voar. Mesmo assim, pessoas como Vladimir e seus amigos tinham crescido sabendo como era uma cidade, conheciam a história do partido e conseguiam recitar os discursos mais famosos do camarada Stálin, porque tinham estudado todos os assuntos obrigatórios de Estado. Crescer como uma camponesa era um bônus, mas crescer como uma completa selvagem era problemático. Não era a primeira vez que Nina chegava a essa conclusão.

Nunca mais. Enquanto Nina e os outros entravam na fila do lado de fora do escritório de recrutamento, que já se estendia pela rua abaixo, ela viu a sensação de distância diminuir. Os quatro falavam animados sobre os novos planos, os combatentes que colocariam os Messerschmitts e os Fokkers de Hitler no chão, e Nina *fazia parte* disso. Ela não pôde evitar um sorriso.

No entanto, quando os quatro saíram do escritório de recrutamento, seu sorriso tinha desaparecido. Vladimir colocou a mão em seu braço.

— Você ainda pode fazer a sua parte...

— Não como piloto! — O oficial que recebera as inscrições tinha sido rude: mulheres não eram aceitas nas unidades aeronáuticas. "Tenho mais horas de voo que qualquer um deles!", Nina protestou, fazendo um gesto em direção a Vladimir e os outros.

"Seu entusiasmo em servir ao Estado não será desperdiçado. Precisamos de enfermeiras, operadoras de comunicações, artilharia antiaérea..."

"Por que não posso ser uma *piloto*?" Procurando argumentos, Nina apelou a Stálin. Ninguém argumentava com o chefe. "O próprio camarada Stálin elogiou o trabalho das mulheres pilotos. Sou instrutora de voo há..."

"Então faça seu trabalho, moça", o oficial respondera, duro. "Haverá bastante treinamento a ser dado." E seguiu para o próximo da fila.

Vladimir tentou passar um braço ao redor da cintura de Nina.

— Não seja amarga, *dousha*. Venha comemorar conosco! — Nina se irritou e voltou para seu quarto compartilhado, onde tinha fixado no espelho um recorte de jornal de três anos antes: Marina Raskova, Polina Osipenko e Valentina Grizodubova em frente aos seus bimotores Tupolev ANT-37, sorrindo como demônios porque tinham acabado de bater o recorde de distância. Quase seis mil e quinhentos quilômetros em vinte e seis horas e vinte e nove minutos. As heroínas de Nina, as heroínas de todos. Até do camarada Stálin, pois ele concedera o título de Heroínas da União Soviética a elas e discursara: "Hoje estas mulheres vingaram os pesados séculos de opressão feminina".

Não vou vingar os pesados séculos de nada sendo uma maldita enfermeira, pensou Nina. Mas nenhuma das outras garotas que voavam no aeroclube conseguiu se alistar como piloto, mesmo quando os homens se pareciam mais com garotos cheios de espinhas.

— O que você esperava, Ninochka? — Vladimir deu de ombros. — Apenas um entre quatro pilotos do aeroclube é mulher.

— Mas eu sou melhor que qualquer um dos homens que eles aceitaram — rebateu Nina, sem rodeios. — Sou melhor que você.

Ela disse aquilo como a constatação de um fato, não um insulto, mas ele se sentiu ofendido.

— Continue falando assim, *dousha*, e não vou me oferecer para casar com você antes de partir.

Nina arregalou os olhos.

— Desde quando você quer se casar comigo?

— Todo homem quer uma mulher para acenar em despedida quando vai para a guerra. Podemos simplesmente descer para o escritório, seria fácil. — Ele jogou um braço ao redor dela. — Você não me ama?

— Você é bom de cama, Vlodya, e é um bom piloto, mas não melhor que eu — disse Nina. — Eu só me apaixonaria por alguém que voasse melhor que eu.

— Puta. — Ele saiu batendo os pés para passar as últimas noites na cama de outra mulher.

Durante o verão, o fluxo no aeroclube diminuía. Os dias já iam em direção ao outono e os jornais reportavam assassinatos de bebês e tortura de mulheres soviéticas no front ocidental pelo exército bárbaro, vestido com a suástica de Hitler. A onda de patriotismo aumentou até mesmo na longínqua Irkutsk, no extremo oriental. As notícias de guerra tinham um sabor especial quando tratavam de uma vitória soviética ou provocavam fúria se falavam de um avanço da Alemanha traiçoeira, e a frustração de Nina a engolia viva. Nenhuma unidade da força aérea a aceitaria. Não havia um oficial que lhe desse um avião, não havia utilidade em tudo aquilo que Nina fazia melhor. Ela passava seus dias treinando garotos de dezessete anos que mal ouviam o necessário para receber horas de voo antes de se alistar. Toda a conversa no rádio e nos discursos do camarada Stálin sobre as mulheres e a Mãe Pátria provarem seu valor... Em que isso tinha se transformado? Seja uma enfermeira ou treine os homens.

E setembro chegou. As forças de Hitler avançavam implacáveis para o leste, e Nina caminhava ao longo do rio Angara, olhando sobre as grades para a faixa azul que atravessava a cidade. Mentalmente ela voava em uma das novas máquinas, gritando nas nuvens a uma velocidade que fazia seus ouvidos sangrarem... De repente, sentiu algo na pele entre as omoplatas, e sabia que estava sendo seguida. Ela fingiu precisar arrumar a bota e pegou sua navalha, abrindo-a na manga antes de se virar com uma expressão tranquila, pronta para qualquer coisa. Qualquer coisa, mas não o sorriso afiado que a cumprimentou.

— Pequena caçadora descuidada — seu pai disse. — Eu a segui por todo o caminho desde o aeroclube.

Eles apoiaram as costas na grade, encarando-se. Nina deixou bastante espaço entre eles para se esquivar, apesar de os olhos dele não estarem com o brilho lunático que tinham da última vez que ele tentara matá-la. Ainda assim ela manteve a navalha entre os dedos. Seu pai sorriu novamente quando viu.

— Minha... — ele começou.

— É minha agora. O que você está fazendo em Irkutsk?

Ele mostrou uma mochila a seus pés.

— Um bom ano de caça. As peles especiais valem mais na cidade.

— Como me encontrou?

— Eu consigo rastrear lobos, garota. Você acha que não consigo rastrear minha filha bruxa do lago?

— Bruxa do céu agora — Nina devolveu.

— Eu soube. Eles deixam garotas voarem?

— Três *garotas* bateram o recorde de longa distância. — Nina examinou seu pai, que parecia bem. — Pensei que já estivesse morto. Afogado em sua própria vodca.

Um movimento de ombro.

— Era mais fácil deixar você encher o prato quando estava em casa. Espera-se que as garotas cuidem dos pais. Mas isso não significa que não posso fazê-lo eu mesmo.

— Não me arrependo de ter vindo embora.

Um sorriso frio.

— Você roubou todos os copeques que eu tinha quando foi embora. Se arrepende disso?

— Não.

— Putinha ladra — ele disse com uma espécie de sinistra diversão, e Nina sorriu. Tão estranho vê-lo ali. Ele parecia fora de lugar como um lobo pareceria debaixo das lâmpadas das ruas.

— Estou feliz que não esteja morto — Nina admitiu, surpresa por perceber que realmente estava. Ela podia facilmente odiar o homem que tinha tentado afogá-la. Mas ainda gostava do homem que a ensinara a caçar e que lhe contava histórias, e tinha um respeito precavido pelo homem que parecia feito de ferro. Os sentimentos estavam um ao lado do outro, separados e confortáveis, sem necessidade de ordená-los. Se algum sentimento em relação ao pai vinha primeiro, era a necessidade de não ficar de costas para ele.

Seu pai falava alguma coisa sobre a guerra, lamentando ser muito velho para se alistar e matar alguns fascistas.

— Me pergunto se eles morrem mais fácil que os tsaristas. Já te contei sobre o moscovita filho da puta cujo fígado eu destruí com uma espada?

— Algumas vezes, papai.

— Você sempre gostou dessa história. — Ele a olhou por debaixo das sobrancelhas desgrenhadas. — Eu deveria ter pelo menos um filho nesta guerra matando alemães. Seus irmãos estão todos presos ou em gangues, e suas irmãs são todas putas. Você vai?

— Eles não aceitam mulheres nas unidades aeronáuticas.

— Acham que elas são muito frágeis? — Ele soltou uma gargalhada. — Vi mulheres na revolução que podiam arrancar a cabeça de um homem sem piscar.

— As revoluções falam claramente sobre as mulheres serem iguais aos homens — Nina disse. — Agora, quando você pede permissão para se alistar, eles dizem para você ser uma enfermeira.

— Aí está o seu problema. Pedir. — O pai se inclinou em sua direção, e Nina sentiu o cheiro selvagem de sua respiração. — Haverá uma chance, Nina Borisovna. Não peça quando a vir. Simplesmente *pegue* a porra da coisa.

— Isso mostra um calculado desdém antissocial pelos princípios do coletivismo — Nina repetiu a besteirada que Tania estava sempre matraqueando. — Antitético diante dos princípios da vida proletária.

— Foda-se a vida proletária.

Contra a vontade, Nina estremeceu.

— Continue falando coisas assim nas ruas da cidade e você vai estar encrencado, seu idiota maluco. Vai acabar com uma bala na orelha.

— Não, porque eu sou um Markov. As encrencas sempre nos encontram, mas nós as engolimos vivas. — Seu pai mexeu na mochila e lhe ofereceu algo macio e volumoso. Nina pegou, surpresa. Pele de foca do lago, e era linda, cinza, firme, com um brilho que parecia gelo, macia como a neve. — Faça um gorro novo se vai para a batalha — ele disse, mexendo a sobrancelha em direção ao velho gorro de pele de coelho que ela usava.

— Este parece uma merda.

Nina sorriu.

— Obrigada, papai.

Ele colocou a mochila no ombro.

— Não volte para o lago — ordenou em despedida. — A próxima vez que eu me embebedar com vodca vou afogá-la de verdade, pequena *rusalka*.

— Ou eu corto a sua garganta dessa vez, e não sua mão.

— Um dos dois. — Ele fez um gesto em direção à navalha, ainda entre os dedos dela. — Mate um alemão por mim com isso aí.

Ela esperou até que ele não pudesse mais ser visto, aquela forma desgrenhada deslizando pela multidão silenciosamente, como se sumisse na taiga ao redor do Velho. *Eu o verei de novo?*, pensou, e por alguma razão achou que não. Havia certo alívio naquele pensamento, algum arrependimento, algum prazer. Não era necessário classificar as sensações.

Ela estava sentada de pernas cruzadas em sua cama naquela noite, cortando cuidadosamente a pele de foca para fazer um gorro novo, quando Tania ligou o rádio.

— Estão transmitindo um encontro de mulheres contra o fascismo em Moscou. — Nina mal ouviu, cortando a pele de foca. Um gorro apropriado para voar, com abas laterais por cima das orelhas e amarradas embaixo. Necessário para voos em cockpits abertos.

— *A mulher soviética está entre as centenas de motoristas, operadoras de tratores e pilotos prontas para entrar na máquina de combate e mergulhar na batalha.*

Nina fez uma pausa.

— Quem é?

— Marina Raskova — disse Tania. Nina olhou rapidamente para a fotografia no recorte de jornal que estava em seu espelho. A mulher à direita, de cabelo escuro, olhos brilhantes, relaxada e competente diante de seu Tupolev ANT-37. Nina tinha devorado todas as palavras de Raskova, mas nunca tinha ouvido um discurso seu. A voz dela vinha pelo rádio, calorosa e íntima, clara como cristal. Nina teria seguido aquela voz se a mandasse pular de um penhasco.

— *Queridas irmãs!* — Marina Raskova gritou. — *Chegou a hora da revanche! Engrossem as fileiras pela liberdade!*

Diga-me como, Nina pensou.

A resposta veio não naquela noite, mas em algumas semanas, no dia em que as tropas soviéticas foram levadas de volta para a Linha Mozhaisk, a apenas oito quilômetros de Moscou. O mesmo dia em que outra notícia tomou o aeroclube: o camarada Stálin tinha ordenado a formação de três regimentos para serem treinados para o combate por Marina Raskova, Heroína da União Soviética.

Três regimentos de *mulheres*.

— O Komsomol local ficou encarregado de selecionar e entrevistar voluntárias — Nina ouviu uma colega piloto dizer. — Já submeti toda minha documentação. Apenas as melhores recrutas serão enviadas a Moscou.

Como fazer para que eles me escolham?, pensou Nina. Uma bárbara da taiga nada instruída com um traço de individualismo, enquanto mulheres por todo lado estariam clamando para se alistar — mulheres com curso universitário, registros impecáveis, conexões com o partido.

Há uma chance, Nina Borisovna, dissera seu pai. *Não peça quando a vir. Simplesmente pegue a porra da coisa.*

Ela não se preocupou em preencher os documentos. Em vez disso, foi para casa reunir o essencial: passaporte, cartão de membro do Komsomol, certificados de conclusão do treinamento de piloto e planador. Então enfiou algumas roupas na mala, ajeitou o cabelo dentro do novo gorro de pele de foca e correu debaixo do céu de ferro de outubro para a estação de trem. Jogou todos os rublos que tinha no balcão e pediu:

— Só ida. Moscou.

10

Jordan

Maio de 1946
Boston

Um dia depois que o pai de Jordan partiu com Anneliese em lua de mel, Jordan levou Ruth para o Jardim Público. Nada como sorvete e uma volta no pedalinho de cisne para fazer uma menininha sorrir... e falar.

— Chocolate ou morango? — Ruth mordeu o lábio, indecisa. — Os dois — Jordan decidiu. — Você merece. — Aquilo provocou um sorriso tímido em Ruth, que ainda estava segurando a guia de Taro como se fosse um cabo de segurança, mas parecia estar se abrindo em algo como confiança.

E você está tirando vantagem disso, Jordan pensou, sombria, mas deixou o pensamento de lado. *As pessoas não são obrigadas a expor velhas feridas ou lavar a roupa suja só porque você quer saber.* Seu pai tinha lhe falado isso havia não muito tempo, mas ele estava em lua de mel com uma mulher que levara uma suástica para o altar, e a *necessidade de saber* estava consumindo Jordan.

Tomando seus sorvetes, Jordan e Ruth caminharam para o lago dos patos, Taro abanando o rabo entre elas. A água refletia os turistas de verão jogando migalhas da ponte, mas pela primeira vez Jordan não teve vontade de captar o momento em uma foto.

— Está vendo aquilo tremulando ali, Ruth? É uma libélula. Você via libélulas no lago em Altaussee? — Ruth pareceu confusa. — Era onde você estava, não era? Antes de vir para cá.

Movimento afirmativo de cabeça.

— Do que mais você se lembra, passarinha? Eu gostaria de saber mais sobre você. — Ela apertou a mão de Ruth. — Do que você se lembra antes de vir para Boston?

— O lago — Ruth disse com sua voz macia. O traço de sotaque alemão já estava desaparecendo. Com suas tranças loiras e seu suéter azul, ela poderia ser uma menininha americana. — Ver o lago todos os dias pela janela.

— Todos os dias? — Anneliese não contou que ficaram em Altaussee por muito tempo. — Quantos dias?

Ruth deu de ombros.

— Você se lembra do seu pai? Como ele morreu?

— Mamãe falou que ele foi para o leste.

— Para onde?

Deu de ombros de novo.

— Do que mais você se lembra? — Jordan perguntou da maneira mais gentil que conseguiu.

— O violino — a menina disse ainda mais baixo. — Mamãe tocando.

Jordan piscou.

— Mas ela não toca violino.

— Ela tocava. — As sobrancelhas de Ruth se uniram, e ela estendeu as mãos nas costas macias de Taro. — Ela tocava!

— Eu acredito, Ruthie...

— Ela *tocava* — Ruth repetiu, decidida. — Ela tocava para mim.

Anneliese nunca contara que sabia tocar algum instrumento. Ela também nunca pediu para ligar o rádio para ouvir música. E não tinha um violino. Jordan tinha visto as coisas dela chegando para serem desembaladas depois da lua de mel, e não havia estojo de instrumento. *Talvez tenha precisado vender?*

Jordan olhou para Ruth.

— Sua mãe contou que aconteceu alguma coisa no lago em Altaussee. Uma mulher refugiada que, hum, não foi muito boa com vocês.

— Teve sangue — Ruth sussurrou. — Meu nariz sangrou.

Jordan parou, o coração saltando.

— Se lembra de mais alguma coisa?

Ruth derrubou seu sorvete, parecendo perturbada, e Jordan não pôde continuar pressionando. Ela não conseguia. Por fim, abriu os braços e Ruth se aconchegou neles.

— Não importa, passarinha. Você não precisa se lembrar se não quiser.

— Foi isso que ela disse — Ruth murmurou, agarrada em Jordan.

— Quem?

Uma pausa.

— Mamãe.

Mas a voz dela subiu de tom, como se não estivesse inteiramente certa, e seus pequenos ombros se levantaram. Jordan mordeu a língua para evitar mais perguntas — o que ela podia *perguntar*? — e abraçou sua nova irmã bem forte.

— Vamos dar uma volta de pedalinho. Você vai adorar.

— Mas eu derrubei meu sorvete.

— Fique com o meu.

Ruth se acalmou quando chegaram ao pedalinho. Jordan ainda se sentia um monstro. *Aquilo foi bastante produtivo, não?*, ela disse para si mesma. *Você aborrece sua novíssima irmãzinha para saber que talvez Anneliese tocava violino e que uma refugiada fez o nariz de Ruth sangrar em Altaussee. Isso não prova nada, J. Bryde.*

Anneliese havia levado poucas coisas para a casa, nada suspeito para uma mulher fugindo dos escombros da guerra. Jordan já tinha olhado o armário e as gavetas dela, sentindo-se culpada, mas não havia nada para ser encontrado. Se a nova sra. McBride tinha alguma coisa que a incriminasse, tinha ido com a Cruz de Ferro para a sua lua de mel.

Observe e espere. Por mais que ela quisesse falar com seu pai, Jordan sabia que precisaria de mais que duas fotografias como prova, ou ele apenas balançaria a cabeça dizendo: *Jordan e suas histórias malucas.*

Na segunda-feira, os novos sr. e sra. McBride estavam de volta, cheios de presentes. Jordan não conseguiu segurar um arrepio de alívio ao ver seu pai em ótima forma, mas o que ela temia? Que a graciosa Anneliese lhe fizesse mal? Essa era a ideia mais maluca, com certeza.

— Senti falta das minhas meninas! — Ele acolheu Ruth com um abraço, e o sorriso de Anneliese para Jordan foi tão contagiante que ela precisou sorrir de volta.

— Venha me ajudar a desfazer as malas, Jordan. Vou lhe mostrar o cachecol que encontrei em Concord, é da cor perfeita para você. — Ela era tão amável e acolhedora que Jordan não resistia a se perguntar se teria imaginado a Cruz de Ferro.

— Eu estava me perguntando — Jordan disse casualmente enquanto cuidavam da mala no andar de cima, xales e lenços de renda empilhados ao redor da cama. — Você já tocou violino?

— Não. Por quê?

— Por nada. Ah, o cachecol é lindo, Anneliese. — Ela deixou sua madrasta enrolar as pontas do cachecol ao redor do pescoço dela.

— *Anna* — corrigiu Anneliese, ajustando o cachecol no ombro de Jordan. — Agora que sou uma verdadeira dona de casa americana, quero um nome americano apropriado!

Sim, vamos apagar seu passado, Jordan pensou enquanto Anneliese a levava para se olhar no espelho. *Porque há alguma coisa nele que você não quer que saibamos.*

— Temos uma suíte no Copley Plaza Hotel — Ginny Reilly estava dizendo. — Minha irmã passou a lua de mel lá, é formidável. Na noite de núpcias, Sean vai entrar no quarto me carregando...

— Você que devia carregá-lo — Jordan observou, mantendo um ouvido na cozinha, onde Anneliese estava secando a louça. — Sean é uma vareta.

— Cale a boca, é a minha fantasia. — Risadas abafadas das meninas, que estavam na sala de visitas com uma pilha de revistas. — Ele abre o champanhe enquanto eu visto uma camisola. Cetim cor de marfim com corte enviesado...

Mais risadas abafadas, até que Ginny terminou com um sussurro:

— Quando a luz se apaga ele vem e *rasga* a minha lingerie... — Elas explodiram, Jordan rindo também.

Ela pegou a Leica e bateu fotos de suas amigas, mentalmente dando um título para as imagens: *Junho de 1946: Um estudo sobre a frustração feminina*. A formatura veio e se foi depois que Jordan completou dezoito anos, e, agora que a escola tinha terminado, ela estava sentada com algumas boas amigas que queriam planejar suas fantasias de casamento... e de noites de núpcias. Eram todas meninas comportadas e de família, então ninguém ali tinha Feito Aquilo, mas *falavam* sobre Fazer Aquilo. O que mais teriam para fantasiar agora que a escola tinha terminado? Ginny trabalhava na Filene's, e Susan iria para o Boston College no outono, mas já tinha avisado que só estudaria até ficar noiva. E Jordan, que tinha torcido para o ensino médio acabar, agora se via questionando qual era o sentido daquilo. O pai dela não mudaria de ideia sobre a faculdade; ela tocara no assunto na semana anterior. "Vou falar com ele mais tarde", Anneliese sussurrara depois, com um sorriso de cumplicidade que provocara em Jordan um remorso cheio de culpa.

— Sua vez, Jor. — Ginny riu. — Como vai ser sua primeira vez?

Jordan desistiu de se preocupar por um momento.

— Tudo bem, aqui vai. — Era tudo muito idiota, mas era a vez dela de ser idiota, não era? — Estamos em guerra contra os soviéticos, e estou registrando o bombardeio de Moscou. Encontro um francês charmoso que trabalha para a Reuters e, depois do bombardeio, ele me arrasta para um tanque abandonado...

— Você quer Fazer Aquilo em um *tanque*?

— As balas passam voando. É bem romântico. Então minha foto do bombardeio vai parar na capa da *Time*...

— Se eu tivesse o Garrett, não ficaria sonhando acordada com franceses — Susan brincou. — Ele vai te dar o anel da faculdade?

— Ele só vai ter um quando começar, no outono — Jordan desconversou. Mas Garrett provavelmente *ofereceria* o anel para ela, e, se ela aceitasse, todos esperariam que o usasse ao redor do pescoço, em um cordão, porque essa era a etapa seguinte. O problema com as etapas era que, quanto mais você seguia em determinada direção, mais as pessoas assumiam que você continuaria nela, e Jordan não tinha certeza de que desejava isso. Ela só tinha dezoito anos, como saberia que Garrett Byrne era o Primeiro e Único? Jordan não tinha nem certeza se acreditava completamente na *ideia* de um Primeiro e Único.

Anneliese surgiu com uma bandeja.

— Vocês aceitam um pedaço de bolo?

— Por favor, sra. McBride! — as amigas de Jordan falaram e, quando ela saiu: — Sua madrasta é a melhor.

— Tão elegante... Nunca tem *um fio* fora do lugar. Minha mãe parece sempre tão exausta.

— Ela é maravilhosa — disse Jordan. *Se eu tivesse certeza de que não é uma nazista, ela seria perfeita.*

Só porque ela tem uma Cruz de Ferro..., Jordan argumentou consigo mesma na sala escura depois que as amigas se foram. *Não quer dizer que ela seja nazista.* Tentando ser justa, não tendenciosa, como a sensata J. Bryde, que sempre conseguia encontrar a verdade em meio ao sensacionalismo. *Talvez o marido de Anneliese fosse nazista e a medalha fosse dele. Ela contou que ele lutou na guerra, mas evitou dizer se ele seguia Hitler ou não. É o tipo de coisa que você guardaria para si se se mudasse para os Estados Unidos.*

Perfeitamente razoável. Completamente possível.

Mesmo que ele fosse nazista, não quer dizer que ela fosse. Ela pode ter guardado a velha medalha porque era uma lembrança dele, não porque ela fosse fascista.

Também inteiramente possível.

Além disso, Jordan continuou, caminhando ao longo da sala escura, *talvez ela não esteja mantendo esse passado em segredo. Só porque ela não me contou não quer dizer que não tenha contado para o papai. Ele já deve saber. Um segredinho entre marido e mulher.*

Então pergunte a ele, Jordan pensou. Mas algo bem no fundo a segurou. Anneliese fazia o pai de Jordan feliz; ela vira isso bem claramente ao longo das últimas semanas de observação e espera. A maneira alegre como ele assobiava enquanto fazia a barba de manhã, o saltinho na escada quando chegava do trabalho. E, embora Jordan não quisesse imaginar o que acontecia atrás da porta do quarto de seu pai, *esse* lado das coisas estava indo bem também. Na semana anterior, Jordan tinha batido na porta à tarde e vira Anneliese arrumando a cama enquanto seu pai afivelava o cinto... Jordan vira o sorriso que eles trocaram. Talvez ela fosse apenas uma garota de dezoito anos recém-saída do ensino médio que nunca fora além de tirar a blusa no carro do namorado, mas estava perfeitamente claro que a elegante Anneliese, com seus cuidados impecáveis com a casa e seus lenços engomados, tinha um lado menos impecável e menos engomado. Um lado com que o pai de Jordan estava muito feliz depois de tantos anos dormindo sozinho. E *todo mundo* tem múltiplos lados, de verdade, então será que ela deveria se preocupar com os vários lados de Anneliese?

Jordan franziu as sobrancelhas, lutando contra a sensação de que estava criando histórias malucas de novo — aquela mesma parte dela que teimava em fantasiar com homens na zona de guerra e balas voando em vez de suítes de lua de mel e camisolas de cetim cor de marfim.

— Aí está você — Anneliese olhou para ela de sua máquina de costura enquanto Jordan subia a escada do solário, agora ateliê de costura. — O que acha? — perguntou, balançando um semicosturado vestido lilás de algodão para Ruth.

— Mais babados. Ruth sempre quer mais babados. — Anneliese tinha feito o vestido de formatura de Jordan naquele quarto: seda verde justo na cintura, decote aberto, mangas no cotovelo: o vestido mais impressionante entre as formandas. O pai de Jordan secara os olhos, e Anneliese lhe dera rosas creme para carregar. Jordan sentiu aquela pontada de culpa de novo e debruçou-se sobre a mesa de costura, suspirando.

— Agitada? — Anneliese sorriu. — É um período difícil na vida de uma garota, fora da escola, mas sem ter dado o próximo passo ainda.

— Você vai me dizer para não lamentar e ficar noiva? — Porque o pai de Jordan estava pensando isso, ela sabia.

— Não, porque a última coisa que uma garota na sua idade precisa é... como é a palavra?... *ser mandada*. — Anneliese pronunciou aquilo com precisão; sua busca para dominar o inglês era incansável. — Minha mãe me passava sermão dia e noite quando eu tinha sua idade, e isso só me fez cabeça-dura e ressentida.

— Você é muito boa para mim — Jordan não pôde evitar dizer. *Estratégia ou você é realmente boa como parece?*

Anneliese estava ali, os olhos brilhando.

— Não tenho o *menor* desejo de ser uma madrasta malvada.

Eu fico de olho em você, Jordan pensou desesperadamente, *e você não me dá nada. Nada além de razões para gostar de você.*

Até alguns meses depois, no lago Selkie.

11

Ian

Abril de 1950
Viena

— Aquela vagabunda. — Tony estava com raiva, chutando as pernas das cadeiras na estação de trem. — Aquela cadela nazista. Tenho certeza de que ela *sabe* de alguma coisa.
— Concordo — disse Ian, folheando seu jornal. — Eu apostaria que ela sabe bastante.
A expedição da manhã para o número 8 da Fischerndorf não tinha ido bem. A combinação de meias verdades, o charme de Tony e seu dinheiro não conseguiram extrair muita coisa útil de Vera Eichmann, nascida Liebl. Ela não conhecia nenhuma mulher com cabelos pretos e uma cicatriz no pescoço. Ninguém com aquelas características tinha ficado com ela depois da guerra. Se os vizinhos haviam contado isso, ela não podia ser responsável pelo que eles pensavam. Estavam querendo inventar maldades sobre uma viúva que lutava para pagar as contas. Sim, ela se considerava uma viúva. Não via o marido havia cinco anos. Queria ser deixada em paz. Tinha batido a porta na cara deles.
Ian não esperava que fosse muito melhor, então se manteve otimista, lendo, enquanto seu parceiro se enfurecia. Por fim, Tony parou de ir de um lado para o outro e se deixou cair num banco.

— Teria sido melhor se eu tivesse arrastado aquela mulher para o porão e arrancado a verdade dela.

— Você não faria isso, e você sabe.

— Não faria? — Tony levantou uma sobrancelha. — Eu não sou muito cavalheiro com uma mulher como aquela. Não é como tentar entender os acordos que pessoas como as irmãs Ziegler possam ter feito para sobreviver durante a guerra. A mulher de Adolf Eichmann estava no nível mais alto. Ela tinha de saber *algo* sobre seu marido estar embarcando judeus aos montes para o leste. Acredite, eu poderia jogá-la contra uma parede ou duas e ainda dormir tranquilamente à noite se fosse para conseguirmos as informações necessárias.

— E se não funcionasse? Você começaria a quebrar os ossos dela? Ameaçar os filhos? Onde isso iria parar? — Ian dobrou o jornal, sentindo a brisa fria nos cabelos. — É por isso que não atuamos dessa maneira.

Eles tinham tido a mesma conversa na primeira vez que trabalharam juntos na perseguição a um *Gauleiter* responsável por várias atrocidades cometidas na França ocupada. Depois de uma entrevista particularmente improdutiva, Tony havia murmurado: "Deixe-me arrastá-lo até um beco. Vou fazê-lo falar."

Ian pegou com muita calma o novo parceiro pelo colarinho, aplicou uma meia torção que interrompeu sua respiração e o levantou até que ele ficasse na ponta dos pés, olho no olho. "Você vai escutar com atenção?", ele disse tranquilamente e esperou por um sinal de Tony. "Bom. Nós não batemos em testemunhas. Não agora nem nunca. Se você não consegue aceitar isso, saia agora. Não fui claro em algum ponto?" Ele soltou Tony, e o jovem deu de ombros. "Você manda, chefe."

Agora, Tony olhou para Ian com seus olhos pretos, um ar inquisitivo:

— Não estou dizendo para usarmos de tortura. Há vários graus para isso. Bastaria uma sacudida e alguns tapas...

— Uma pessoa que colaborasse tão facilmente poderia ser persuadida sem violência.

— Não funciona sempre assim, e você sabe disso. Não me diga que nunca ficou tentado a fazer a testemunha botar para fora...

— É claro que já fiquei tentado — Ian respondeu, sem se alterar. — Já fiquei tentado em graus que você não acreditaria. Mas o que nós fazemos não tem a ver apenas com pegar criminosos de guerra. A *maneira* como os capturamos... importa.

— Importa?

Ian apoiou os cotovelos nos joelhos, olhando para os trilhos do trem.

— Trabalhei com uma equipe americana não muito depois de a guerra ter terminado — disse por fim. — Investigando casos em que civis alemães eram suspeitos de assassinar homens da força aérea abatidos. Os americanos costumavam deter o burgomestre local até ele entregar uma lista de testemunhas, que eram colocadas contra uma parede e ameaçadas de morte a não ser que falassem. Elas sempre falavam, pegávamos nosso homem, e nenhuma testemunha era morta. Mas eu odiava aquilo. — Ian olhou para seu colega. — Há mais criminosos de guerra à solta do que jamais poderemos encontrar. Se eu tiver de deixar soltos os que não podem ser encontrados a não ser que nos tornemos torturadores, estarei confortável com a decisão.

— Você ficaria confortável se tivesse de deixar *die Jägerin* livre? — Tony perguntou. — E se a mulher que matou seu irmão e quase matou sua esposa só puder ser encontrada se espancarmos uma testemunha?

Ian pensou com total honestidade: *Eu não sei*.

Ele afastou para longe uma chama instintiva de ódio defensivo, quando viu uma coluna de fumaça se aproximando e se levantou.

— O trem chegou.

Foi uma longa e silenciosa viagem de volta para Viena.

— O senhor está despejado. — *Frau* Hummel os recebeu na porta, vermelha de raiva. — O senhor e esta *Hure* bárbara...

Ela continuou a gritar, mas Ian passou por ela e abriu a porta.

— *Droga*...

Apenas um dia, e o escritório tinha se transformado de oásis arrumado em um completo desastre. Pastas estavam espalhadas por todos os lados em pilhas, montes de papel como neve sobre a mesa e copos vazios apoiados em todas as superfícies. No ar, um cheiro de chá queimado, e o pote de geleia estava atraindo moscas. A autora de toda aquela anarquia estava sentada na cadeira de Ian, balançando os pés descalços, a cabeça loira curvada sobre um dossiê que estava folheando com os dedos sujos de geleia.

— Acabaram os biscoitos. — Nina os cumprimentou sem tirar os olhos do papel. — E o chá.

Ian deu mais uma longa olhada em seu escritório profanado. Tony também avaliou o caos, seus olhos dançando.

— Nina — disse Ian por fim, esperando que ela olhasse para ele. — Por que estamos sendo despejados e *por que você está usando uma das minhas camisas?*

— A minha está secando. — Ela arregaçou as mangas da camisa, balançando o dossiê em uma das mãos. — Este caso, o Schleicher *mudak*... Posso não conseguir ler muito bem, mas me parece que a esposa está mentindo. Por que não ameaçam cortar o nariz dela?

— *Frau* Hummel está realmente nos despejando?

— Ela nos ameaçou. — Nina descartou o dossiê no chão e pegou outro. — Eu disse que arrancaria o nariz dela.

— Maravilha. — Ian suprimiu o impulso de esganar sua esposa exatamente ali onde ela estava sentada. — Nina, você só tinha que cuidar da correspondência e atender o telefone...

— É chato. — Nina pegou sua xícara, procurou uma colher e acabou mexendo o chá com a caneta de Ian. — Revisei suas caçadas antigas, vi como você trabalha. Vai ser útil para quando formos atrás de *die Jägerin*.

— Útil? — Ele cruzou os braços. — Você trouxe o caos para o meu escritório, sua pequena selvagem.

— É meu escritório também. Até que o alvo seja abatido, o que é meu é seu, e o que é seu é meu — Ela bebeu um pouco do chá, depois se levantou e se alongou, a barra da camisa de Ian chegando quase até os joelhos.

— O que vocês encontraram em Altaussee? Aonde vamos agora?

— Salzburgo. — Ian a encarou, furioso. — Devolva a minha camisa.

— *Nu, ladno.* — Ela deu de ombros e começou a desabotoá-la.

— Que droga — ele rosnou de novo e empurrou a porta do pequeno lavabo. Cheirava a peróxido. Era evidente que ela tinha usado a pia para descolorir o cabelo. Um varal improvisado tinha sido pendurado com uma camisa lavada e um conjunto de calcinhas de seda azuis. — Sua camisa está seca — Ian disse, ignorando a roupa íntima.

— É fácil chocar você, *luchik*. É muito engraçado. — Ela bateu no braço dele, divertida, e fechou a porta do lavabo após entrar. Ian se virou para ver Tony gargalhando.

— Ela coletivizou o escritório. Uma russa, sem dúvida.

Ian bufou. O desejo de enforcar sua esposa disputava espaço com a necessidade de rir.

— Bem, me ajude a limpar a bagunça da minha esposa soviética.

— Ela estava jogando fora os dossiês enquanto lia. Não é tão ruim.

— Onde não há ordem, reina a loucura. — Ian acreditava naquilo de verdade. Com a ordem vêm a paz e a lei; sem ela, a guerra e o sangue. Ele já tinha visto o suficiente dos dois para saber que era daquele jeito mesmo.

Ian dispensou o pensamento quando Tony se sentou em seus calcanhares e perguntou:

— Quando iremos a Salzburgo? Vamos levar sua esposa soviética?

— Não sei. — Ian parou. — O que significa *luchik*?

Tony sorriu:

— Pequeno raio de sol.

— O fato de ela ser soviética incomoda você? — Ian sabia que os yankees desconfiavam dos vermelhos. Passados curtos cinco anos depois do fim da guerra, o benevolente aliado Tio Joe* tinha se tornado inimigo de *to-*

---

* Apelido pelo qual Josef Stálin, primeiro-ministro da União Soviética entre 1941 e 1953, era chamado nos Estados Unidos. (N. do E.)

dos, mas os americanos pareciam mais paranoicos com a ameaça comunista que qualquer outra população.

— Ela não saiu por aí citando *O capital*. Ela não fez nada além de profanar o próprio chá e mentir sobre as origens dela. E há muitas razões para as pessoas fazerem isso. — Tony fechou a gaveta da escrivaninha. — Já ouvi muitas mentiras, não apenas de criminosos de guerra. Refugiados e pessoas boas também mentem. Sobre serem judeus ou não, sobre seu histórico na guerra ou na prisão durante a guerra, sobre a própria saúde, a idade, como conseguiram seus documentos. Por boas ou más razões, todos mentem.

— Talvez. — Ian se levantou. — É hora de falar com a Nina. Você tranquilizaria *Frau* Hummel para que não sejamos despejados?

— Quanto glamour neste trabalho — Tony queixou-se amavelmente e seguiu adiante. — Você se torna um caçador de nazistas pela emoção e depois tem de encarar toda a papelada e amansar a senhoria...

Nina saiu do lavabo, jogando a camisa de Ian na escrivaninha e derrubando mais papéis no chão. Ian ignorou aquilo, fixando um olhar determinado em sua esposa.

— Você não é polonesa. Vamos nos livrar dessa mentira primeiro. Você é russa.

Nina olhou para ele, a cautela tomando conta de seu rosto. Então ela deu de ombros.

— Sim.

Ian piscou. Estava tão armado para uma negativa que o reconhecimento o deixou sem ação.

— Você não vai negar?

— Por quê?

— Você me disse que era polonesa. No hospital da Cruz Vermelha...

— Não. — Seus olhos eram tão opacos e insondáveis quanto dois lagos azuis. — Você presumiu. Eu deixei.

Ele tentou se lembrar. Era 1945, o cheiro forte de antisséptico sobressaía ao do sangue. Nina ainda estava meio desnutrida e zonza por conta da pneumonia. Ian seguia desesperado por respostas sobre o irmão. A barreira da linguagem, o caos ao redor. *Não*, Ian pensou, *ela não tinha dito que era polonesa*. Uma moça encontrada perto de Poznan, com o nome Nina, tão comum na Polônia... Todos presumiram.

— Por que deixou todo mundo pensar que você era polonesa?

— Mais fácil. — Ela caiu na cadeira, apoiando as botas infames na mesa. — Eu não ia voltar para casa. Eu digo que sou soviética, e é para onde eles me mandariam.

— Onde é a sua casa, exatamente?

— Siga para o leste através da Sibéria até acabar o mundo, num lago tão grande quanto o céu. É tudo taiga e bruxas da água e estações de trens engolidas pelo gelo. Tudo precisa de você morto, e todos querem partir. — A diversão iluminou o rosto dela. — Você voltaria para um lugar assim?

— Se minha família estivesse lá. — Ele cruzaria a Sibéria descalço se seu irmão estivesse no fim do caminho.

— Minha família não está. — Se havia dor em seu olhar, sumiu rápido demais para Ian perceber. — Passei a vida inteira indo mais ao oeste que eu podia daquele lago. Polônia? Era só a parada seguinte.

— Perigoso. Você estava quase morta quando a Cruz Vermelha te encontrou.

— Sou difícil de matar.

Ian puxou uma cadeira, olhando para Nina do outro lado da mesa. Ela olhou de volta, sem piscar.

— Para onde você estava tentando ir depois da Polônia?

— O mais a oeste que eu pudesse sem encontrar o fim daquele lado. Você me ajudou a chegar à Inglaterra, eu olho ao redor e digo *nada mal*. É feio, tem racionamento, mas o gelo no inverno não te come viva.

— Como uma garota soviética acabou na Polônia, para começar?

— Me alistando. Surpreso? Os soviéticos, eles usam mulheres nas guerras, não só para empregos nas fábricas ou em escritórios.

Ian sabia de algo sobre isso. Uma de suas colegas correspondentes de guerra, uma mulher com nervos de aço, tinha escrito uma matéria interessante sobre soviéticas que dirigiam tanques e trabalhavam na artilharia, enquanto na grande e iluminada América as mulheres ouviam que era preciso fazer hortas de guerra e reduzir as despesas com o bacon. Ian olhou para sua mulher vinda da decadente Sibéria e não foi uma grande surpresa descobrir que ela estivera no front. *Não admira termos ganhado a guerra.*

— Então — ele disse — você desertou.

— Não tão oficial assim, *luchik*. — Ela sorriu. — Você acha que vou a uma embaixada pedir asilo? No caos eu vejo possibilidades, eu agarro.

— Não é muito patriótico — ele não pôde deixar de observar. — Fugir de seus compatriotas no meio de uma guerra.

O sorriso dela desapareceu.

— Meus compatriotas queriam me colocar diante de uma parede e atirar em mim.

— Por quê?

— É o mundo de Stálin, as regras de Stálin. Quem precisa de uma razão?

— Eu.

— Não é da sua conta.

— É, sim. — Ele cruzou as mãos atrás da cabeça, sem deixar de olhá-la. — Você é minha esposa. Eu lhe dei meu sobrenome, você conseguiu a cidadania por causa da minha ajuda. Você e seu passado e tudo o mais que eu ajudei você a trazer para o meu país são muito da minha conta.

Os lábios dela continuavam fechados.

— Meu irmão sabia? — Ian perguntou, mudando de tática. — Quando ele prometeu que a levaria a salvo para a Inglaterra se vocês sobrevivessem, ele sabia que você era soviética?

— Sim. — Nenhuma hesitação.

— Por que ele faria uma promessa dessas? Era um caso? Amor em tempos de guerra? — Ian prendeu a respiração, esperando. Não seria a primeira vez que sabia de mulheres que, desesperadas escapando de zonas de combate, encontravam objetos pessoais de soldados mortos e criavam um romance trágico de guerra quando a família em luto aparecia. Mas Ian tinha certeza de que, para seu irmão, algo do tipo seria pouco provável. Ele esperou Nina pisar na mentira... torcendo, ele se deu conta, para que ela não o fizesse. Até então Nina só o tinha deixado acreditar na própria suposição. Agora, ele percebia como queria que sua esposa *não* fosse uma mentirosa.

— Amantes, Seb e eu? — Nina riu, balançando a cabeça. — Não. Ele gostava de rapazes.

Ian deixou escapar o ar.

— Sim, ele gostava.

Seb tinha lhe contado na noite depois que o pai deles morrera. Ele estava tão bêbado que mal conseguia ficar em pé. Isso não chocara particularmente Ian. Não se passa anos em uma escola pública na Inglaterra sem saber exatamente o que dois homens podem fazer juntos se tiverem interesse. "Você não parece surpreso", Seb tinha balbuciado, não apenas bêbado, mas em lágrimas.

"Não", Ian tinha respondido. Chateado, talvez — ele sabia muito bem como aquilo complicaria e poria em perigo a vida de seu irmão mais novo —, mas não surpreso. "Eu nunca vi você nem mesmo olhar para uma garota, Seb".

"Não sei nada sobre garotas". Uma onda de confusão indicava o ambiente masculino em que eles cresceram, as escolas somente para garotos. "Talvez eu supere isso?"

"Talvez. Se não acontecer, você terá de ser discreto e cuidadoso, mas é mais normal do que pensa."

"É?"

Ian serviu outra dose de uísque para eles e disparou com franqueza uma palestra meio bêbada sobre as várias combinações de sexos que ele já tinha visto arrancarem os cintos nos armários de suprimentos do hospital espanhol ou debaixo dos arbustos do Hyde Park durante os apagões — qualquer puritanismo que Ian tivesse trazido da escola morreu quando ele foi para a guerra. Cinco minutos depois, Seb desmaiou sob efeito do uísque e do alívio.

Eu fui o primeiro para quem ele contou, Ian pensava agora, dolorosamente. E Nina, se ela falava a verdade, foi a última.

— Ele realmente lhe contou?

Movimento afirmativo de cabeça.

— Me conte como vocês dois se conheceram. O que aconteceu? — A voz de Ian soou áspera para seus próprios ouvidos, e ele limpou a garganta. — Eu não tive muitos detalhes a esse respeito, quando falamos sobre isso há cinco anos. Difícil conseguir deduzir muita coisa de uma conversa que é metade pantomima.

— Eu estou na Polônia, me livrando das linhas soviéticas. — Nenhuma pista de como ou por que ela tinha feito isso, e, a julgar por seu sorriso amargo, Ian pensou que era um fato do qual Nina não falaria. Ele a deixou prosseguir. — Entro na floresta polonesa em direção oeste. Evito cidades, pessoas. Não longe de Poznan, encontro Sebastian. Ele tinha acabado de fugir do campo de prisioneiros. — Ela balançou a cabeça. — Garoto da cidade, tropeçando ao redor das árvores. Eu o resgatei.

— Por pura bondade do seu coração? — Ian não conseguia ver, realmente, Nina desmaiando de compaixão por um estranho inglês.

— Dois se saem melhor que um. Eu sei sobreviver. Ele sabe alemão, polonês, russo também. É como a gente conversa.

— Onde ele aprendeu russo?

— Alguns soviéticos no campo dele. Prisioneiros têm muito tempo para conversar. Eles conversam. — O sorriso de Nina se perdeu em pensamentos, o afeto inegável. — Tentando me ensinar inglês, Seb me falava sobre passarinhos. Eu só sei matar passarinhos, e ele perguntando se o lago onde nasci tem papagaios-do-mar. — Ela juntou os polegares e bateu os dedos em sequência. — Papagaios-do-mar! É um pássaro real?

Ian fez um gesto afirmativo com a cabeça. Sua garganta de repente se fechou com a memória de Seb aos nove anos, dedos ligados exatamente naquele gesto que ela descreveu. Um pintarroxo voando. Todas as crianças faziam a mímica do voo, mas não exatamente daquele jeito. *Você sabe que ele gostava de rapazes e conhece os gestos dele*, Ian pensou. *Sim, você deve ter conhecido meu irmão. E mais, ele deve ter confiado em você.*

— Papagaios-do-mar. — Nina suspirou, e afeto e tristeza ficaram evidentes naquele suspiro. — Pensei que ele estivesse fazendo graça. *Tvoyu mat*, o garoto era um piadista.

— Por que você não me contou nada disso antes? — Ian perguntou. — Já se passaram cinco anos, Nina.

— Quando eu tive a chance? Casamos, você me coloca num trem e diz que vai estar em seis meses para tratar do divórcio. Eu penso: *Vou contar depois*. Mas você fica na Europa, trocamos telegramas. Quando eu deveria ter tocado no assunto nesses cinco anos?

— Você tem razão — Ian admitiu. — Devemos tratar do divórcio agora que finalmente podemos conversar.

Ela concordou com a cabeça, era um fato.

— Foi tempo suficiente. Você quer o anel de volta?

— Fique com ele. — O anel de seu pai, de ouro e ornado como se fosse algo que um nobre pudesse usar. Seu pai sempre gostou de dar a entender que havia lordes na família, mas não havia, apenas senhores decadentes ingleses que tinham falido para se misturar com as pessoas certas e se casar com as garotas certas de outras famílias inglesas decadentes. O anel, de alguma maneira, servia na mão queimada de sol de Nina, que se parecia com a de um trabalhador. Ian se sentiu um pouco sarcástico pensando em como seu pai ficaria escandalizado ao vê-lo no dedo de uma comunista loira da Sibéria.

— Me conte mais uma coisa. Só mais uma. — Ian pôs de lado sua meditação, olhando para o quebra-cabeça que era sua esposa temporária. Ela olhou de volta, os olhos azuis não entregando nada. — O que aconteceu com você e Seb e *die Jägerin*? Como você a encontrou? O que...

— *Nyet* — Nina disse rispidamente.

— O quê?

— Não. Não para você. É meu. E de Seb.

— Até que o alvo seja abatido, o que é meu é seu, e o que é seu é meu — Ian jogou as palavras dela de volta. — Eu tenho o direito de saber o que aconteceu no lago Rusalka.

— Não. Eu vivi aquilo. Eu não tenho que contar. Seb luta com ela, corta a mulher, me salva, ela mata Seb. Acontece rápido. Ele morre herói. Isso basta.

— Não basta. — Ian ouviu sua voz sumir num sussurro. — Não é apenas o direito de um homem ouvir como seu irmão morreu. Você está nos ajudando a caçar a mulher que o matou. *Qualquer coisa* que você saiba sobre ela pode ser essencial.

— Eu já falei para você. Como ela é, como se move, como fala inglês, tudo isso. Eu digo tudo sobre ela. Não o resto. É meu — Nina repetiu.

— Se você prejudicar essa caçada por guardar alguma coisa importante...

— Não. O que você quer de mim é reconhecê-la se eu a vir, não é? Me levar quando ela estiver na sua frente, então posso dizer se temos a pessoa certa? — Ian fez um gesto relutante de confirmação com a cabeça. — Isso eu posso fazer. Eu a vi. Reconheço o rosto dela em qualquer lugar. Lembro dela até eu morrer.

Ian olhou para Nina, sentindo uma onda de raiva. Ela devolveu com um olhar de pedra.

Seb salvou você?, ele pensou. *A vida dele valia duas vezes a sua. Como você ousa viver e ele não?* Mas ele segurou o pensamento o máximo que pôde. Não era culpa de Nina que Sebastian estivesse morto; era culpa de *die Jägerin*. Apenas dela.

— Você encontra algo em Altaussee — disse Nina, dispensando o duelo de olhares. — O quê?

Ian poderia segurar a informação, como ela tinha feito com ele, mas reprimiu a necessidade de ser vingativo.

— A mãe de *die Jägerin* mora em Salzburgo, e sabemos onde.

— Vamos para Salzburgo então. Eu vou dessa vez — Nina completou.
— Eu quero a Caçadora morta.

— Não fazemos isso. — Ian pensou na conversa na estação de trem com Tony. Havia limites que não podiam ser ultrapassados. *Quão perto desses limites essa caçada vai te levar?*, o pensamento sussurrou. *Porque você está na beirada de um penhasco muito alto.*

— Se não morta, presa. — Nina deu de ombros. — Eu vou a Salzburgo com vocês.

— Tudo bem. Vamos definir uma abordagem e você fará as coisas do nosso jeito.

— Por quê?

— Porque fazemos isso há anos, e é assim que vai ser. E se o que é seu é meu, assim como o que é meu é agora aparentemente seu, você aceita minhas regras como aceita o meu chá.

Os olhos de Nina de repente brilharam. Ela pareceu subitamente travessa e jovem, as bochechas marcadas por um sorriso contagiante.

— "Minhas regras, meu chá." Marina disse algo assim uma vez.

— Quem?

12

Nina

Outubro de 1941
Moscou

Marina Mikhailovna Raskova, Heroína da União Soviética e a mais famosa aviadora da Mãe Pátria, tinha o cabelo preto, bochechas rosadas e um sorriso branco brilhante. Seus olhos azuis eram como lagos, e Nina caiu neles como se estivesse se afogando.

— Então... — Raskova olhou Nina de cima a baixo, visivelmente entretida. — Você é a garota que tem transformado a vida do camarada coronel Moriakin num inferno nos últimos dias?

Nina assentiu, de repente sem fala. Elas estavam em um escritório emprestado no quartel-general da aeronáutica em Moscou, uma sala feia com uma mesa atulhada de pastas e o tradicional retrato do camarada Stálin na parede. Raskova tinha entrado com um comentário dito por sobre o ombro para alguém que Nina não tinha visto.

— Você não se importa se eu demorar dez minutos, não é, Seryosha? — a voz dela tão acolhedora e cristalina quanto tinha soado no rádio. Nina seguiu a voz para dentro do escritório, tão cegamente quanto a tinha seguido até Moscou em primeiro lugar, e agora esperava em pé torcendo o gorro de pele de foca entre as mãos, tentando desesperadamente lembrar o discurso que tinha praticado durante todas aquelas longas e monótonas horas de trem da Sibéria até Moscou.

— Você vem de Irkutsk? — Raskova disse quando ficou claro que Nina não falaria primeiro.

— Sim. Não. — Nina corou. — Baikal. Depois Irkutsk.

Marina levantou as sobrancelhas.

— Você veio de longe para me ver.

Mais de quatro mil quilômetros. Das janelas dos trens, Nina viu vastos crepúsculos dourados sobre campos de taiga, seguidos de quilômetros infinitos de grandes árvores negras que faziam imaginar a casa da bruxa Baba Yaga movendo-se com passos grandes em pernas de galinha. Estações campesinas em que mulheres com xales floridos pastoreavam bodes para longe dos trilhos eram seguidas de estações urbanas em que oficiais ferroviários andavam apressados em casacos com botões de latão. Terras de fazenda e de pastoreio, fábricas e conjuntos habitacionais, carroças e carros, tudo se movendo diante dos olhos arregalados de Nina.

— Sua primeira vez em Moscou?

— Sim. — O primeiro vislumbre da cidade tinha sido assustador: os prédios parecendo caixas espalhadas, os distantes domos e torres dos velhos palácios imperiais e das catedrais, o espaço da Praça das Três Estações, na qual os trens deixavam os passageiros na cidade. Sua vontade tinha sido voltar no mesmo vagão. *Você não pertence a este lugar*, o pensamento apavorado bateu, olhando para a multidão aterradora de soldados uniformizados, mulheres usando lenços e homens com botas grossas. Não era apenas o tamanho de tudo aquilo, mas o medo pulsando por estar tão mais perto do inimigo que se aproximava. Casas eram cobertas com camuflagem; artilharia antiaérea coroava os telhados como guindastes de pernas longas; as ruas tinham barricadas organizadas com vigas de linha de trem soldadas. Não existia nada daquilo em Irkutsk. *Você não pertence a este lugar, volte para o leste.*

Mas ela não voltaria para o leste, nunca mais. *Você não pertence a este lugar, Nina Borisovna*, ela disse para si mesma, atravessando a multidão.

Você faz parte lá de cima, pertence ao céu. E, se passar por aqui é o único caminho para chegar lá, então é por aqui que você irá. Assim, ela focalizou sua visão, apagou Moscou e caminhou entre o aperto das pessoas de respiração azeda e corcundas de frio para encontrar o quartel-general da aeronáutica.

— Não prestei muita atenção em Moscou — ela conseguiu dizer para Raskova. — Não ficarei aqui tempo suficiente para aproveitar.

— Não ficará?

— Ou me junto ao seu regimento, ou volto para casa. — Apesar de que, com menos de um rublo no bolso, Nina não tinha ideia de como conseguiria voltar para Irkutsk se fosse rejeitada.

Raskova riu, acolhedora e tranquila.

— Por que você não se candidatou pelo seu Komsomol ou seu aeroclube?

— Eles negariam. Estavam escolhendo universitárias, garotas com formação. — Nina ouviu sua voz sair mais forte, mas suas mãos ainda agarravam o gorro de pele de foca. — Então eu vim diretamente a você.

Raskova se inclinou sobre a mesa, tirando as luvas. Ela parecia ter acabado de chegar do aeroporto, ainda com as botas e o macacão. As mãos dela estavam limpas, mas tinham óleo nos nós dos dedos, como as de qualquer piloto.

— O coronel Moriakin disse que você ficou quatro dias numa cadeira do lado de fora do escritório dele até que ele concordasse em recebê-la.

— Foi o jeito mais fácil de conseguir uma entrevista. — Nina ficou surpresa quando Raskova começou a rir. — Ele falou que eu era louca, mas que deveria falar com você, camarada Raskova.

— Você não é a primeira garota que me procura diretamente em vez de usar os canais oficiais. — Raskova cruzou os braços. — Quantas horas de voo você tem?

Nina floreou suas marcas com algumas poucas centenas de horas, apresentando seus certificados e detalhando seu treino. Raskova ouviu com atenção, mas as palavras seguintes dela acertaram Nina no estômago:

— Bons números. Mas você sabe quantas garotas se candidataram com números tão bons ou melhores que os seus?

A esperança de Nina entrou em queda livre, mas ela insistiu.

— Eu nasci piloto. Fui feita para o ar.

— Assim como todas as garotas que escolhi. E também as várias que recusei.

Raskova estava armando uma recusa gentil, Nina podia sentir. Ela deu um passo adiante, afastando o medo.

— Não se trata só de horas de voo. — Ela lutava para encontrar as palavras certas. — As garotas em seu regimento não vão treinar estudantes ou voar as rotas dos correios. Elas vão bombardear fascistas, fazer invasões noturnas, batalhar com Messerschmitts. Suas garotas precisam... — Qual era a palavra, a palavra certa? — Elas precisam ser mais resistentes que botas velhas.

— E você é mais resistente que botas velhas?

— Sim, e você também, camarada Raskova. — Nina levantou o queixo. — Há três anos, cruzando o país para seu voo que bateria o recorde de distância, quando sua equipe não conseguiu encontrar a pista por problemas de visibilidade, você saltou de paraquedas. Ficou separada de sua piloto e copiloto e passou dez dias sozinha na taiga. Sem kit de emergência. Sem comida.

— Eu fiz dar certo — Raskova disse tranquilamente, bem acostumada com garotas alvoroçadas e a veneração pela heroína. Mas, em um momento de repentina lembrança, ela enrugou o nariz. — Ainda me lembro do frio. Como dormir de rosto colado com Ded Moroz.

— Eu cresci na taiga — Nina continuou. — Você sobreviveu dez dias ali. Eu sobrevivi dezenove *anos*. Frio e gelo são paisagens que querem você morta... nada disso me assusta. Voar à noite também não me dá medo, nem as bombas explodindo, ou fascistas querendo me derrubar. Nada me assusta. Sou mais durona que qualquer garota da universidade com um currículo perfeito e milhares de horas de voo.

— Você é? — Raskova a mediu. — Pense duas vezes sobre o que está pedindo, Nina Borisovna. Ir para o front... é muito difícil. Muitos acham um desperdício dar aviões para garotas sendo que já há homens suficientes para pilotá-los. Declarei pessoalmente ao camarada Stálin que minhas mulheres seriam melhores, então elas precisam ser.

— Eu sou melhor. — Nina sentiu o coração bater forte no peito, como uma hélice acelerando. — Me deixe provar.

Outro longo momento. Nina aguardou agoniada. *Haverá uma chance,* seu pai lhe dissera. *Não peça quando a vir. Simplesmente pegue a porra da coisa.* Marina Raskova era a única chance que restava. Fora daquele escritório, não havia mais nada a perseguir. De duas, uma: ou tudo acabava ali, ou começava ali — e, mergulhando nos olhos azuis de Marina Raskova, Nina começou a sentir a desolação asfixiá-la.

A mais famosa aviadora da Mãe Pátria mexeu nas coisas da mesa de seu colega, encontrou uma caneta e alguns papéis que pareciam oficiais e começou a escrever.

— Este é um passe para a Academia Zhukovsky da Força Aérea. Você terá de seguir as regras quando chegar lá — ela avisou com uma piscadela —, mas pelo menos eles têm chá para acompanhar as regras.

Nina sentiu suas asas se levantarem.

— O que mais há na academia?

— O Grupo de Aviação 122. — Raskova pressionou o passe na mão aberta de Nina com um de seus sorrisos encantadores. — Suas irmãs de armas.

Nina ficou um momento parada olhando para a fachada do palácio de tijolos vermelhos da academia e seus portões grandiosos antes de enfrentar bravamente os degraus. Lá dentro, encontrou uma massa de pilotos em treinamento correndo por todos os lados: mulheres com gorros de aviação e macacões, garotas de cabelos cacheados e saltos como se estivessem indo para um baile, oficiais femininas com cigarros e o rosto tenso gritando ordens. Nina mostrou seu passe e identificação para a oficial mais próxima dela e recebeu um rosnado.

— Partimos para o treinamento em alguns dias. Você receberá um uniforme...

— Onde vou dormir? — Nina perguntou, mas a oficial já tinha ido embora. Nina andou sem direção por algum tempo, sem saber para onde ir, ainda zonza com sua conquista. Ela tinha conseguido. Estava lá. Um bocejo de quebrar os ossos tomou conta dela enquanto seguia por um corredor. Depois de dormir quatro noites em uma cadeira, estava desesperada para deitar. Jogou seu casaco ao lado de um aquecedor apagado, enrolou-se e caiu em um sono tão profundo que parecia estar despencando em um buraco negro. Pareceram ter se passado apenas alguns segundos quando uma voz de garota risonha disse:

— Você parece perdida, dorminhoca!

Nina abriu os olhos. Estava tendo um sonho obscuro de uma batalha aérea no meio das nuvens enquanto a voz de Marina Raskova sussurrava em seu ouvido encorajando-a, e perguntou a primeira coisa que lhe veio à cabeça:

— Você é minha irmã?

— O quê? — A voz pareceu ainda mais divertida.

Nina esfregou os olhos. A figura curvada sobre ela era um borrão contra as luzes do corredor.

— Ela disse que minhas irmãs de armas estavam aqui.

— A camarada Raskova falou o mesmo para mim. — Uma mão pegou o cotovelo de Nina. — Bem-vinda, *sestra*.

Era uma palavra que Nina crescera falando, "irmã", mas o sotaque forte de Moscou na voz da garota a fez ficar diferente, um novo tipo de irmã. *Que bom*, Nina pensou, *já que não gosto de nenhuma das minhas irmãs de sangue.* Ela se deixou ser levantada, e a sombra se transformou em uma garota um ou dois anos mais nova que Nina, mas meia cabeça mais alta, uma pele que parecia de porcelana e sorridente, cabelos pretos retintos em uma trança que passava da cintura.

— Yelena Vassilovna Vetsina. Da Ucrânia, mas vim para Moscou com doze anos. Escola de planadores quando tinha dezesseis, depois aeroclube. Eu estava no Instituto de Aviação de Moscou quando houve a chamada para os regimentos. — Ela declinou um número muito impressionante de horas de voo.

Uma candidata com pedigree, Nina pensou. Estudada, histórico impecável, provavelmente um membro modelo do Komsomol. Alguém cuja candidatura teria sido carimbada e colocada no topo da pilha. Um pouco sem jeito, Nina fez um movimento de cabeça.

— Nina Borisovna Markova, de Baikal. Instrutora de voo no aeroclube de Irkutsk.

Uma covinha surgiu no queixo de Yelena.

— Quantas horas de voo você disse a Raskova que tinha?

— Trezentas a mais do que realmente tenho.

— Eu ajustei as minhas em duzentas. Me senti muito culpada, mas então encontrei as outras meninas e me dei conta de que *todas* maquiaram o próprio histórico. Um regimento de mentirosas, é isso que Markova está ganhando. O bom é que todas podemos voar como águias. — A covinha desabrochou em um sorriso completo. — Você desmaiou quando encontrou Raskova? Juro que eu quase. Ela é minha heroína desde os dezessete anos.

Nina não pôde conter um sorriso.

— É minha heroína também.

— Como você está classificada para treinar? Piloto, navegadora, mecânica ou blindagem?

— Navegadora. — Nina queria ter obtido a classificação para piloto, mas Raskova tinha explicado que já existiam pilotos demais. Nina ficara desapontada, mas não discutiria. Já era suficiente estar *ali*.

— Piloto para mim. Não veja a hora de pegar o novo Pe-2. — Yelena olhou para o casaco velho de Nina. — Já pegou seu uniforme?

— Não...

— Vou te mostrar onde se pega. É horrível, o mesmo padrão que dão aos homens. As garotas maiores tudo bem, mas as pequenas como você ficam nadando dentro dele. E estamos todas usando as botas. Minha nova colega de quarto está com os pés parecendo colunas de sustentação.

O uniforme de Nina chegou em um pacote volumoso, e ela começou a praguejar no minuto em que o abriu.

— Até as *roupas íntimas* são de homem? — comentou, abrindo uma grande cueca azul.

— Até as roupas íntimas. — Yelena riu. — Espere até usar isso por algumas horas...

— Ou andar numa pista a zero grau — resmungou outra voz de mulher. — Você não acreditaria nas assaduras. — Muitas outras pilotos em treinamento se reuniram, parecendo interessadas. Sob um coro de "Vamos, vista-se!", Nina entrou em uma despensa vazia e voltou logo depois. Ainda mais garotas tinham se juntado ao grupo enquanto ela se trocava, e todas dispararam a rir ao ver Nina vestida em calças sobrando e botas enormes.

Por um momento, Nina se irritou. Normalmente, quando ela ouvia risada feminina, era de zombaria ou não fazia sentido: garotas como Tania caçoando de seu cabelo ou de seu sotaque provinciano. Mas aquela risada era alegre, e, olhando ao redor, Nina viu que muitas outras garotas estavam ridículas em seus uniformes imensos.

— Podemos costurar a bainha, mas você não teve sorte com as botas. — Yelena chacoalhou a cabeça. — Tem algum pedaço de pano para preencher o bico? — O cachecol de Nina foi para a bota direita, enquanto Yelena pegava o dela.

— Não posso ficar com o seu.

— Besteira! O que é meu é seu, e o que é seu é meu, Ninochka.

Outro acesso de irritação por reflexo. Nina nunca tinha ouvido apelidos carinhosos exceto de homens que tentavam levá-la para a cama. Mas Yelena acabou de preencher as botas de Nina e estava apresentando-a. Todas pareciam se tratar pelo primeiro nome.

— Lidia Litvyak, chamamos ela de Lilia... Serafima é da Sibéria, como você...

— Não de tão longe quanto o Velho! — foi a resposta amiga. Cautelosamente, Nina sorriu de volta. Yelena continuou cantarolando os nomes, e Nina sabia que dificilmente se lembraria deles, mas havia algo de *semelhante* entre as mulheres que Raskova tinha recrutado, não importando quão diferente fosse a aparência. Algumas pareciam não ter dezoito anos, e outras já tinham chegado aos trinta; algumas eram pequenas como Nina, e outras, altas e robustas; algumas tinham sotaque urbano, e outras, resquícios provincianos... Mas todas pareciam estar acostumadas a sentir óleo de motor debaixo das unhas, Nina pensou enquanto elas se aproximavam, animadas e amigáveis, e lhe davam boas-vindas.

Começaram a chover perguntas. Queriam saber como Nina tinha começado a voar.

— Vi meu primeiro avião e me apaixonei por ele. — Todas assentiram.

— Meu pai ficou furioso quando vim para a escola de pilotos em Kherson — uma garota contou. — As mulheres da nossa família trabalham em fábricas de aço.

— Eu disse a minha mãe que voaria um dia — outra revelou. — Ela me perguntou: "Onde, do forno da cozinha para o chão?"

Alguma coisa cresceu no peito de Nina. *Sestra*, ela pensou, dando à palavra o uso que a tinha tornado única quando a ouvira na voz de Yelena. Nina não sentia aquele acolhimento desde o dia em que caminhara cantando com Vladimir e os outros pilotos para se alistar — a sensação confortável de *pertencer*. Com a diferença de que essas mulheres não a deixariam para trás.

Então as colegas pilotos de Nina a arrastaram para procurar comida, sempre falando, e ainda estavam falando três dias mais tarde, na plataforma de trem que saía de Moscou. Iam a algum aeródromo desconhecido para treinar, local em que as primeiras mulheres pilotos da Força Aérea Vermelha aprenderiam a ser letais.

13

Jordan

Outubro de 1946
Lago Selkie

O final de outubro significava a queda das folhas e a temporada de caça aos patos, e Anneliese parecia entusiasmada quando o pai de Jordan propôs passar um dia no chalé. Agora Jordan observava a sua madrasta olhar para as árvores vermelhas e douradas refletidas na superfície do lago Selkie exclamando:

— Que lindo!

— Nossa primeira vez aqui como uma família. — Dan McBride pegou a grande chave quadrada que trancava o chalé. — Achei mesmo que você gostaria.

— Não conte comigo para matar nada — Anneliese avisou. — Não consigo acertar um alvo para salvar minha vida.

— Bom, não acredito nisso...

— Eu mentiria? — Ela fez uma cara de arrependida. — Kurt tentou muitas vezes me ensinar, mas não levo jeito. Você pegará muito mais patos sem mim.

— Patos? — As sobrancelhas de Ruth franziram quando ela desceu do carro depois de Taro. — Patos *mortos*?

— Você não precisa vê-los, Ruthie — Jordan garantiu. — Eles podem ir com as armas para a parte mais afastada do lago, e você fica aqui comigo.

Ruth parecia aliviada. *Ainda muito quieta para uma criança*, Jordan pensou, mas depois das merecidas refeições de verão com sundaes e idas ao cinema, ela pelo menos estava falando e sorrindo à mesa de jantar.

— Que graça! — Anneliese entusiasmava-se enquanto o marido abria o chalé de caça que o pai dele tinha construído. Ele entrou, olhando para o estoque de lenha, as camas estreitas e os cobertores, as lamparinas de querosene. — Tudo de que alguém precisaria se estivesse se escondendo.

— Quem precisa se esconder? — Jordan perguntou, acompanhando-a para dentro.

Ela deu de ombros.

— É o jeito como alguém que já foi um refugiado continua a pensar, mesmo quando o perigo acaba. Deseja um lugar com uma porta que possa ser trancada e alguma coisa com que se proteger. — Fez sinal para a peça que sustentava os rifles de caça na parede. — Suponho que eles precisem ser limpos depois de uma temporada na parede. Era o que Manfred costumava falar.

— Você quer dizer Kurt? — Jordan perguntou.

Pausa.

— Sim, meu pai era Manfred. Ele foi o primeiro a me levar para caçar, antes mesmo de eu conhecer Kurt.

Você chama seu pai pelo nome?, Jordan ficou se questionando. *Ou simplesmente cometeu um errinho?*

Ela queria seguir seu pai e Anneliese, mas não tinha como fazê-lo com Ruth presente. Eles saíram com suas armas desmontadas nos ombros, e Jordan levou a irmã para o deque, onde sentaram com os pés balançando em cima da água, vendo Taro latir para os patos.

— Você sabe que vai se tornar minha irmã de verdade, passarinha? Papai vai adotá-la. Você terá o nosso nome. — Jordan tinha ajudado o pai a organizar os documentos que fariam isso oficialmente: a certidão de nascimento de Ruth e vários vistos e papéis que permitiriam que ela permanecesse no país. — Você será Ruth McBride. — O sorriso largo da garotinha era de tirar o fôlego. *Como posso te amar tanto*, Jordan se perguntou, *se analiso sua mãe como se ela fosse uma criminosa?*

Algumas horas depois, o pai de Jordan e Anneliese estavam de volta, as bochechas vermelhas de frio.

— Fui completamente superada — Anneliese disse, rindo, quando Jordan e Ruth vieram do deque. — Avisei que era péssima atiradora. — Como ela parecia em casa ali na floresta, Jordan pensou. As folhas secas nem pareciam se quebrar debaixo de seus pés. — Você se divertiu, *Mäuschen?* — Anneliese perguntou a Ruth, esticando a mão.

Tinha sangue de pato na palma de sua mão, não totalmente seco. Muito claramente, Jordan viu Ruth se afastar.

— Mamãe — ela balbuciou, mas se afastou de Anneliese, indo de volta em direção a Jordan.

— Ruth... — Mas a menina estava tremendo, nem ouvia a mãe. Simplesmente se agarrou a Jordan, que mexeu em seus cabelos loiros.

— O sangue deve tê-la assustado. — O pai de Jordan colocou o saco com a caça em um braço. — Vou guardar isto, assim ela não vê mais nenhum pato morto, pobrezinha. — Ele foi até o carro, e Jordan olhou de Ruth, que tremia, para Anneliese. Não estava com a Leica para registrar dessa vez, mas ouviu claramente o *clique* de quando bateu a foto da expressão de sua madrasta. Não parecia uma mãe preocupada quando olhou para sua menina chorando, mas tinha os olhos cheios de uma dura e fria constatação. Como um pescador decidindo se o peixe menor deveria ser devolvido para o lago.

Então seu sorriso caloroso voltou e ela se curvou para segurar Ruth gentil e firmemente em seus braços.

— Pobre *Mäuschen. Mutti ist hier...* — murmurou em alemão, e aos poucos Ruth se acalmou, os braços ao redor da mãe novamente.

— Do que ela estava se lembrando? — Jordan perguntou baixinho. — Da refugiada que tentou roubar vocês em Altaussee?

Foi um tiro no escuro, mas Anneliese confirmou com um gesto de cabeça.

— Muito perturbador — ela disse, claramente encerrando o assunto. — Vamos levar Ruth para o carro? Deveríamos estar a caminho.

Jordan concordou, colocando Ruth no banco de trás.

— Aqui está seu livro, passarinha. Vamos demorar só mais um minuto. — O pai de Jordan estava no chalé guardando as armas enquanto Anneliese raspava o barro de suas botas. Seu rosto estava sereno, e Jordan recordou aquela outra expressão. Fria, analítica, dura.

Ela *não tinha* imaginado aquilo.

— O que aconteceu em Altaussee? — Jordan falou baixo e sem rodeios aproximando-se da madrasta, insistindo quando Anneliese fez um breve gesto para se desvencilhar. — Desculpe se pergunto sobre algo desagradável, mas não quero nem de longe chatear Ruth como aconteceu hoje.

Foi a primeira vez que ela forçou de maneira tão franca, mas observar e esperar não tinha funcionado. Jordan levantou as sobrancelhas, deixando claro que queria uma resposta.

— Uma mulher nos atacou — Anneliese disse finalmente. — Estávamos sentadas na beira do lago, fazendo hora até a partida do nosso trem à tarde. Uma refugiada puxou conversa, então tentou pegar nossos documentos e nossas passagens de trem. Ruth foi derrubada, o nariz dela sangrou bastante. A mulher acertou a cabeça dela com muita força.

— Ruth contou que havia uma faca. — A menina não tinha dito isso, mas Jordan queria saber se Anneliese concordaria com ela. *Se ela concordar, vou saber que está mentindo.*

Mas Anneliese apenas deu de ombros.

— Não me lembro, tudo aconteceu muito depressa. A mulher viu o sangue no nariz de Ruth e saiu correndo. Suponho que estivesse desesperada. Muitas pessoas estavam.

— Você não parece muito preocupada — Jordan arriscou.

— Faz algum tempo, eu não me lembro. Pedi para Ruth esquecer aquilo. Um dia ela vai conseguir. Muito melhor para ela. — Anneliese estreitou os olhos, mirando através do lago. — É tão bonito aqui. Por que é chamado *Selkie*?

Não foi a melhor escolha para desconversar, Jordan pensou. *Pela primeira vez eu a surpreendi. Ou foi Ruth. Ela guardou aquilo para mais tarde.*

— O nome veio de colonizadores escoceses. Uma *selkie* é um tipo de ninfa escocesa da água. Como uma sereia ou...

— Uma *rusalka*?

Jordan inclinou a cabeça. Sua madrasta, ela percebeu, quase tinha vacilado. *Nunca vi você vacilar antes, nem uma vez. De todas as coisas para atingir Anneliese, por que isso?*

— O que é uma *rusalka*?

— Um espírito do lago. Uma bruxa da noite que sai da água procurando sangue. — Anneliese fez um gesto com a mão, mas pareceu forçado. — Um conto de fadas terrível, não sei por que fui pensar nisso. Não conte para Ruth, ou ela não vai dormir nunca mais.

— Não contarei.

— Você é uma boa irmã para minha *Mäuschen*, Jordan. — Anneliese tocou sua bochecha, um gesto que chegou fácil. — Vamos para casa.

Ela sorriu, passando por Jordan em direção ao carro. A jovem a examinou, não tinha mais incertezas. Não sabia o que tudo aquilo significava — uma disputa às margens de um lago alpino, violinos e espíritos da água e Cruzes de Ferro. Mas Jordan sentiu uma necessidade repentina de enfiar seu pai dentro do carro e dirigir loucamente, antes de deixar Anneliese entrar com eles.

Quem é você?, pensou pela milésima vez. Em sua memória ela viu Ruth recuando quando percebeu a mão de sua mãe suja de sangue, e a resposta foi sussurrada, plena de convicção.

Uma pessoa perigosa.

Garrett parecia pouco à vontade.

— Eu não sei...

— Apenas a mantenha distraída. — Jordan olhou para a cozinha por cima do ombro dele. Anneliese estava lá, cantarolando feito uma abelha afinada. Ela tinha cozinhado muito durante as preparações para o Dia de Ação de Graças naquela semana. "Meu primeiro Dia de Ação de Graças como uma verdadeira americana!," tinha dito alegremente. A casa cheirava a sálvia e açúcar, e a neve caía do lado de fora atrás das cortinas, completando o cenário do feriado perfeito. Jordan não sentia o espírito do aconchego da data; seu estômago estava revirado.

Garrett passou a mão no cabelo.

— Se você realmente precisa revistar o quarto da sua madrasta...

— Preciso. — Porque Jordan tinha passado as semanas anteriores, desde o lago Selkie, enlouquecendo com teorias conflitantes, e era o suficiente. Tinha mexido nas coisas de Anneliese antes, quando eles estavam em lua de mel, mas não encontrara nada. Dessa vez ela encontraria o que precisava, custasse o que custasse. Ao guardar a Cruz de Ferro, Anneliese mostrava que não tinha superado lembranças do passado. Havia algo para ser encontrado.

Antes Jordan não tinha problema em entrar no quarto do pai tendo o pano de limpeza como desculpa, mas Anneliese pusera um fim nisso. Jordan não estava exatamente proibida de entrar no quarto, mas sua madrasta habilmente delimitara quais linhas não poderiam ser cruzadas. "Eu nem sonharia em entrar no seu quarto sem ser convidada", garantiu a Jordan. "Toda mulher precisa de privacidade. Assim como os recém-casados!" Aquela pequena indireta sobre a intimidade do casal deixou Jordan desconfortável o suficiente para que ela desistisse do assunto. Muito conveniente.

Alguma coisa havia naquele quarto. Certamente não existia nada no *restante* da casa. Jordan tinha passado as últimas semanas secretamente revistando os outros ambientes sob o pretexto de uma faxina de férias: examinou debaixo de espelhos, dentro de molduras de fotos, atrás de gavetas de escritório. Nada.

Garrett ainda estava argumentando.

— Espere pelo menos ela sair de casa...

— Eu tentei há alguns dias, quando ela foi fazer compras. Tive de me esconder quando ela voltou para pegar as luvas. — *Conveniente também*, pensou Jordan. Talvez Anneliese estivesse de olho nela, tanto quanto ela estava de olho em Anneliese. — Mantenha-a distraída. Não vou conseguir fazer isso se achar que ela vai aparecer atrás de mim silenciosa feito um felino.

— Você está realmente assustada, não? — Garrett parecia duvidar. Aquilo a aborreceu, pois mostrou que ele não confiava no instinto dela, mas Jordan não podia culpá-lo. Quando ela falava de todas as suas suspeitas, tudo parecia ridículo. *Jordan e suas histórias malucas.*

— E se você *realmente* encontrar alguma coisa? — Garrett perguntou, mas Jordan fingiu que não tinha ouvido e simplesmente entrou no quarto.

Coloque tudo de volta exatamente como encontrou, ela avisou a si mesma, levantando as peças de náilon dobradas na primeira gaveta com dedos que pareciam pinças. Nada nas gavetas de Anneliese, nada em seus sapatos alinhados... A voz de Garrett flutuou da cozinha. Ele estava contando para Anneliese alguma coisa sobre treinamento de pilotos, como as aulas na faculdade eram chatas em comparação com voar. Anneliese respondeu, uma colher batendo em uma tigela, mas o sangue de Jordan fez com que ela se apressasse.

Os vestidos de Anneliese, suas saias e blusas nos cabides, as caixas de chapéus. Jordan procurou algum relevo em bainhas, levantou cada chapéu e examinou o papel de seda de proteção antes de devolvê-los exatamente para o mesmo ângulo em que estavam, tateou o fundo do armário. As malas de viagem de Anneliese; nada nos bolsos. A mala bateu no fundo do armário, fazendo um som surdo, e Jordan rapidamente saiu do quarto e desceu para o hall, ouvindo com as batidas surdas de seu coração o som dos passos de sua madrasta. *Você realmente está com medo.* Ela se lembrou de Anneliese à margem do lago Selkie, o rosto frio e pensativo.

A voz de Anneliese vinha do corredor:

— É torta Linzer, Garrett. Se você gostar, ensino Jordan a fazer. Ruth, corte uma fatia grande para ele. — Ela soava tão calma e maternal.

Sim, Jordan pensou, *estou com medo*.

O armário não mostrou nada. Ela examinou as mesas de cabeceira, a base dos abajures, consciente de que o relógio estava correndo. Era o tempo de Garrett comer a torta e conseguir manter a conversa. Nada nos abajures, nas gavetas das mesas de cabeceira, entre as páginas da Bíblia de Anneliese.

A *capa* da Bíblia, porém...

Jordan quase a deixou cair, seus dedos de repente trêmulos. Virou a cabeça rapidamente em direção à porta, ainda ouvia as vozes na cozinha. Tão delicadamente quanto conseguiu, Jordan levantou o couro macio da capa da Bíblia. Ali sentiu alguma coisa enfiada entre o couro decorativo e a base mais sólida por baixo. O couro saiu facilmente, acostumado a ser levantado.

Uma fotografia, pequena e gasta. Jordan aproximou a imagem para ver de perto. Era com certeza Anneliese, alguns anos mais jovem e consideravelmente mais descontraída, uma aparência bem cuidada e o cabelo amarrotado, vestida numa roupa de banho. Tornozelos fundos na água, e a ondulação de uma represa ou um lago espalhando-se atrás dela, um homem ao seu lado. Bem mais velho, ombros largos e sorridente, também usava roupa de banho e tinha um braço levantado, como se pronto para acenar para alguém ao longe. No verso, a letra de Anneliese, mas tudo o que havia escrito era "März, 1942".

Uma foto de férias, pensou Jordan categoricamente. Todo esse trabalho e suspeita para encontrar uma foto de Anneliese e provavelmente seu primeiro marido nas férias à beira de um lago. *Muito bem, J. Bryde. Você vai ganhar um Pulitzer por isso com certeza.*

Ela começou a enfiar de volta a fotografia em seu esconderijo, sentindo o desapontamento amargo na língua, e parou. Deu uma nova olhada atenta. A data. *März, 1942.*

März. Março.

E alguma coisa a mais, além da data. Algum tipo de sinal na parte inferior do braço levantado do homem... Uma memória difusa surgiu na mente de Jordan, e ela olhou mais de perto. Definitivamente uma marca. Uma tatuagem? Difícil ter certeza.

Jordan colocou a fotografia na cama, onde a luz era mais forte, e bateu várias fotos cuidadosamente com a Leica. A fotografia de uma fotografia, os detalhes não ficariam tão bons como ela queria, mas não podia levar a original. Se Anneliese a escondera dentro de sua Bíblia de cabeceira, então devia pegá-la frequentemente, mesmo que só para sentir o contorno através do couro. Jordan enfiou a fotografia em seu lugar secreto, ajustou o couro de volta, posicionou a Bíblia e fez uma rápida busca no restante do quarto. Nenhum sinal da Cruz de Ferro. Ou tinha se perdido, ou estava escondida em algum outro lugar, mas Jordan não ousaria ficar mais ali.

Ela saiu do quarto, fechando com cuidado a porta, e entrou no banheiro, trancou a porta e afundou na banheira.

— Jordan? — Era a voz de Anneliese que vinha do hall.

— Um momento! — Rapidamente ela abriu as torneiras e jogou água fria nas bochechas, que, podia ver no espelho, estavam vermelhas. Não de vergonha, de triunfo.

A voz chegou mais perto.

— Pensei em convidar Garrett para ficar para o jantar.

— Claro — Jordan respondeu, enxugando o rosto. No espelho, ela se permitiu um sorriso, ouvindo os saltos de sua madrasta se afastarem. Uma data, uma marca no braço de um homem e uma medalha. Três coisas, todas registradas pela câmera... e câmeras não mentem.

14

Ian

Abril de 1950
Salzburgo

— Gretchen Vogt. Respeitável, viúva, viveu a vida toda em Salzburgo — Tony resumiu a discreta pesquisa que fizera no correio, no arquivo da cidade e com os vizinhos na Lindenplatz. — Uma filha registrada, Lorelei Vogt, com idade para ser nossa garota.

— Alguma fotografia? — Ian perguntou enquanto os três atravessavam os jardins formais do Schloss Mirabell, um pequeno e bonito palácio que parecia um bolo de casamento de mármore rodeado de fontes.

— Não encontrei nenhuma nos arquivos públicos.

— Lorelei Vogt — Ian saboreou o nome, perguntando-se se era realmente a mulher que procuravam. *Die Jägerin*. Ela poderia ter mentido para a garota Ziegler que trouxera a carta até ali. Não havia nenhuma garantia de que Gretchen Vogt fosse sua mãe, mas... — Mesmo que se constate que esse é o nome de batismo dela, não será muito útil. Ela já o terá alterado. Ainda assim, gostaria de ter um nome para ela diferente de *A Caçadora*. — Tirá-la do nível de vilã mítica para uma posição mais comum de *Fräulein* que repetia *Sieg Heil*.*

---

* *Sieg Heil* é uma saudação nazista que significa "Salve a vitória". (N. do T.)

— Nomes, eles são poderosos — Nina concordou. — É por isso que o camarada Stálin não gosta de ser chamado de *Tsar Vermelho*. — Ela parou para pegar uma begônia vermelha de um canteiro de flores e a colocou em sua lapela. *Minha mulher, a Ameaça Vermelha*, Ian pensou com um sorriso.

— Me deixe encarar Gretchen Vogt sozinho — Tony propôs enquanto passavam pelos jardins. A casa dos Vogt ficava do outro lado do rio cor de caramelo, Salzach, perto da Mozartplatz. — Se você e eu formos juntos contra a mãe de *die Jägerin* e nos dermos mal, acabou. Eu vou com a recompensa primeiro. Se eu falhar, você chega pesado com a punição.

— Combinado. Você faz a primeira tentativa. O velho truque da herança?

— Quanto dinheiro podemos gastar?

Ian puxou um pacote de dentro do casaco. Tony contou as notas, sobrancelhas levantadas. Era a pensão inteira de Ian daquele mês, incluindo o aluguel do escritório. Ian fez um gesto com a cabeça.

— Use.

Ele sentiu um arrepio correr por seus nervos que o lembrou das partidas de pôquer com os colegas correspondentes de guerra durante os ataques da Blitz, apostando todas as moedas na mão seguinte porque as bombas estavam chegando perto e a probabilidade de o teto cair era alta. Jogue tudo na mesa. É agora ou nunca.

Não seja imprudente, avisou a si mesmo.

— E se nós dois falharmos, e nem recompensa nem punição funcionarem com *Frau* Vogt?

— Corto os polegares dela fora — disse Nina animada, abrindo sua navalha. — Então ela fala. Recompensa, depois punição, depois navalha. É simples.

— É melhor você estar brincando, porque não é assim que a coisa funciona — Ian a censurou. — *Nada* funciona assim. — Mas Tony estava falando algo para Nina em russo, e ela respondeu com um gesto rude, então Ian aumentou o passo em direção ao alvo, intrigado e irritado ao mesmo tempo. — Vamos.

A Lindenplatz era uma praça pequena ao redor de uma estátua de alguma obscura santa austríaca de rosto amargo, uma linha de árvores verdes velada com folhas novas. Um bairro antigo e gracioso feito para os bem-sucedidos e educados. As famílias ali deviam ir à igreja com chapéus imaculados de domingo, passavam o verão em Salzkammergut e não tinham nenhuma relação com o jazz. O número 12 era um gracioso sobrado branco de esquina: nos fundos, um espaçoso jardim murado; na frente, vasos bem cuidados na janela repletos de gerânios cor-de-rosa. Tony parou no primeiro degrau, chapéu na mão enquanto esperava resposta à sua batida. Nina e Ian olhavam discretamente do centro da praça, em um ângulo em que ficavam atrás da santa esculpida em pedra para quem olhava do número 12.

— Não olhe, Nina — Ian murmurou. — Me dê o braço e se comporte como uma turista. — Ele tinha um velho guia Baedeker na mão, guardado para ocasiões em que precisava esperar sem parecer suspeito. *Áustria, mais Budapeste, Praga, Karlsbad e Marienbad.*

— Santa... — Nina estreitou os olhos para ler a placa de identificação da estátua.

— Liutberga. — Pelo canto dos olhos, Ian viu a porta do número 12 se abrir.

— *Tvoyu mat*, que tipo de nome é esse?

— Uma anacoreta sagrada, de cerca de 870. O que significa *tvoyu mat*?

— Foda-se a sua mãe.

— Que diabo! Essa sua boca...

— Não consigo ver. O que Antochka está fazendo?

— Alguém atendeu a porta. Dona de casa, avental branco. Ele está fazendo o discurso combinado... O que significa Antochka?

— De Anton. Em russo, Anton teria o apelido de Antochka, não Tony. Não entendo como vocês mudam de Anton para Tony.

— Eu também não entendo como você chega a Antochka de Anton — Ian não conseguiu evitar responder, os olhos fixos no parceiro. — Ele está sendo convidado para entrar.

— E agora? — Nina sussurrou.
Ian olhou para a porta inócua do número 12.
— Vamos esperar.
— Quanto tempo?
— Quanto tempo for preciso.
— Ficamos aqui por horas? Você, eu e Liutberga?
— Caçar criminosos de guerra envolve muita espera e documentação. Ninguém nunca fará um filme sobre isso. — Ian a levou para mais longe da estátua. — Vamos perambular um pouco, admirar as árvores...
— O que é *perambular*? Não conheço isso de *perambular*.
— Andar sem rumo, vagar. Fingir que somos turistas. Se ele ficar muito tempo lá dentro, vamos...
Nina puxou sua mão do braço de Ian e cruzou a praça até perto do número 12. O muro de pedra que fechava o jardim dos fundos ia até a lateral da casa; a janela do térreo, que dava para a rua, estava fechada, e Nina ficou estudando o ambiente, como se tivesse pleno direito de estar ali. Ian a alcançou com alguns passos, pegando seu braço e apontando para os vasos na janela, como se tivessem se aproximado para admirar os gerânios.
— Saia daqui antes que alguém a veja — ele disse entredentes.
— Sem janelas deste lado — Nina apontou com o queixo para a casa vizinha —, e ninguém na praça para ver, exceto a estátua de Liutberga. Ela não vai nos entregar, aquela merda feita de pedra.
— Saia daqui... — Ian se interrompeu ao ouvir o som da porta se abrindo do outro lado do muro alto do jardim dos fundos.
— ... discutir isso do lado de fora, meu jovem? — Uma voz de mulher, meia-idade, com sotaque austríaco de vogais preguiçosas. Devia ser *Frau* Vogt. — Está um dia tão bonito.
Tony:
— Eu ficaria feliz, *gnädige Frau*.
Ian hesitou, querendo ouvir ali protegido pelo muro, mas alguém poderia passar e perceber. Ele se virou, pronto para levar Nina de volta à praça, e foi então que percebeu que a janela estava aberta, e as vergonhosas

botas de sua esposa estavam desaparecendo, silenciosas como uma enguia, para dentro da casa.

Tentou pegá-la, mas tudo o que conseguiu foi a mão cheia de renda da cortina. *Saia daí*, ele disse quase sem emitir som, mantendo a atenção no fluxo de simpatia que Tony estava despejando do outro lado do muro. Dentro do corredor escuro, Nina era apenas uma sombra. Ian só conseguia ver o brilho dos dentes dela enquanto o chamava com o dedo, acenando. Então ela seguiu sem fazer nenhum ruído pelo tapete de *Frau* Vogt e desapareceu. O sorriso dela pareceu ter ficado pendurado no ar, como o Gato de Cheshire de Lewis Carroll.

Vou matar minha esposa, Ian pensou. *Vou matá-la antes mesmo de me divorciar dela.* Ele guardou o Baedeker, perguntando-se se *Áustria, mais Budapeste, Praga, Karlsbad e Marienbad* listava "invasão de residência" na seção de atividades locais recomendadas. Depois passou os olhos ao redor para ver se não havia ninguém olhando, não viu nada e então pulou a janela.

Nina estava na sala de visitas, mexendo na correspondência de *Frau* Vogt.

— Isso é invasão ilegal — Ian soltou em um sussurro.

— Antochka confirmou que ela mora sozinha. Ele a está distraindo lá fora. Vamos ver o que achamos.

Isso não é o que fazemos, Ian quis dizer. *Não é o que eu faço.* Ele deveria estar carregando Nina para fora pela janela por onde os dois entraram ilegalmente, ainda que a emoção de estar sendo impulsivo estivesse percorrendo seus nervos como pela manhã. A necessidade de colocar tudo às claras. *Não seja imprudente*, já tinha avisado a si mesmo naquele dia, mas os dois estavam ali, dentro da casa...

— Cinco minutos — ele avisou Nina, recriminando a si mesmo. — Não mexa em nada. Vou manter os olhos no jardim. Diabo! Você é uma péssima influência...

— Nenhuma foto dela. Não adulta, pelo menos. — Nina apontou para a prateleira acima da lareira, onde um retrato de casamento tinha lugar de destaque: *Frau* Vogt e seu marido no estilo da geração passada. Várias fotos menores de uma garotinha de bochechas redondas e cabelo escuro cacheado. Ian procurou o rosto de criança da assassina de seu irmão, se é que era ela, mas, pelo canto de olho, viu um movimento na porta dos fundos.

— ... café? — *Frau* Vogt disse enquanto as dobradiças rangiam. Ian puxou Nina para detrás da porta, ambos congelando até os passos seguirem para o outro lado, com mais barulho de porcelana. — E um pedaço de torta Linzer. Não conheço nenhum rapaz que recuse um pedaço de torta!

Claramente, Tony estava amaciando a viúva muito bem. Ian respirou fundo, dando-se conta de que estava encharcado de suor e sorrindo. Nina sorriu de volta, depois passou por ele para a sala em direção à escada. Ele a seguiu, subindo a escada de dois em dois degraus.

A parte de baixo da casa tinha sido cuidada para manter a aparência de uma vida elegante, mas no andar de cima Ian encontrou tinta lascada, poeira, marcas quadradas na parede onde deviam ter existido quadros. Se *Frau* Vogt estava vivendo em circunstâncias difíceis, aquilo caía bem para a proposta de Tony. Ian passou por Nina, que examinava as fotos no corredor, e foi até a janela para esquadrinhar o jardim dos fundos. Conseguiu ver parte de uma mesa de vime, uma bandeja, o cabelo preto de Tony assentindo e uma parte de *Frau* Vogt: uma mulher com bochechas de boneca vermelhas como maçã em seu avental engomado. Ian prendeu a respiração e abriu o caixilho lentamente.

— ... esse negócio em nome de minha filha, *Herr* Krauss. O senhor a conhecia bem?

— *Krauss?* — Nina sussurrou.

Ian devolveu:

— *O disfarce favorito dele.*

Krauss soava muito alemão, transformando Tony de europeu oriental indesejado em garoto ariano bom e respeitável, um papel assumido com ironia selvagem pelo parceiro judeu de Ian.

— Confesso que não conheci bem sua filha, *gnädige Frau* — Tony disse com séria honestidade. — Só nos encontramos umas poucas vezes. A senhora sabe onde ela está agora?

— Não. — Um toque agudo na voz de *Frau* Vogt. — Ela achou que não seria bom voltar para Salzburgo, que provocaria fofocas. Houve muita conversa quando os americanos chegaram prendendo e acusando.

Pausa. Ian prendeu a respiração.

Frau Vogt continuou:

— Recebi uma carta dela depois da guerra, entregue por um portador. Ela escreveu que seria melhor para mim se ela se mantivesse distante.

Ian queria gritar, dançar, dar socos no ar em triunfo. Então a garota Ziegler tinha sido paga para entregar a carta a pedido de Lorelei Vogt. *Temos um nome. Temos um nome...*

Tony:

— Sua filha lhe contou para onde estava indo?

— Ela disse que não queria que eu fosse obrigada a mentir se as pessoas me fizessem perguntas. Naturalmente, uma mãe sente falta de sua única filha, mas eu sei que ela fez isso por consideração. Nunca *falaram* nada de mim, e sou muito agradecida por isso. Sou apenas uma viúva, vivendo com tranquilidade. A guerra não tem nada a ver comigo. Minha filha fez o que fez para garantir que a coisa ficasse assim.

Desapontado, Ian apoiou um cotovelo na moldura da janela, mantendo-se fora da vista e ouvindo Tony tomar outro caminho.

— Sabe, sua filha e eu falamos sobre livros uma vez, em uma de suas festas em Posen. Acho que ela percebeu que um jovem soldado como eu estava longe demais de casa, então tentou me acalmar. Ela falava um inglês muito bom...

— Sim, ela sempre foi inteligente! — *Frau* Vogt pareceu relaxar. — Estudou literatura em Heidelberg, o pai insistiu em dar instrução para ela...

— Por que ele não está pressionando? — Nina sussurrou. — Qual é o jogo?

— Ela estava ficando na defensiva. Ele está conquistando a mulher, deixando-a falar.

— Esse é o método recompensa? Demora muito. — Nina voltou para o corredor, desaparecendo no primeiro quarto, do qual Ian ouviu o som de gavetas deslizando. No jardim, Tony estava falando de universidade entre um pedaço e outro da torta de *Frau* Vogt.

— ... o sonho de continuar meus estudos, mas a guerra... Fui direto da JH para o exército e então a Polônia. — Tony alcançou a nota certa de constrangimento tácito, seu rosto ansioso debaixo do cabelo desarrumado, que ele tinha aparado com navalha e penteado para trás com óleo, como um rapaz que crescera na Juventude Hitlerista. Não era a primeira vez que ele se apresentava como um ex-soldado do Reich. Isso exigia mais do que um nome alemão e detalhes sobre o regimento. *Está tudo nas coisas não ditas*, Ian pensou. As frases veladas que diziam *Você sabe que não foi minha culpa, não é?*

— A senhora entende, é claro — disse Tony, todo sério. — A guerra também não teve nada a ver comigo, não mesmo. Só cumpri meu dever. Eu era muito jovem.

— Foram tempos difíceis. — *Frau* Vogt mantinha o tom tácito na voz. — As pessoas se esquecem agora. Mais um pedaço de torta?

— Só se a senhora me acompanhar em um aperitivo. Apenas um pouco de brandy para o café... — Tony pegou o frasco que sempre carregava para lubrificar essas entrevistas.

— Ah, eu não devo...

— Claro que deve, *Frau* Vogt! — Tony a repreendeu, e a mãe de *die Jägerin* o deixou acrescentar uma dose generosa à sua xícara. Ele passou a elogiar a porcelana enquanto ela lhe servia uma segunda fatia de torta, e ele a devorou com o mesmo tipo de entusiasmo juvenil que fazia as mães em toda a Europa beliscarem sua bochecha carinhosamente. Ian sentiu a respiração silenciosa de Nina em seu ombro.

— Ele mente melhor que um pescador moscovita — ela sussurrou. — Me ajude a olhar o quarto dela agora...

— Posso ter invadido esta casa, mas não vou vasculhar o quarto de uma desconhecida.

— Apenas observe enquanto eu faço isso — Nina disse, divertida. — Você é um hipócrita, *luchik*.

Ian ergueu uma sobrancelha.

— Prefiro manter o que resta dos meus princípios morais, fique sabendo.

— O que resta dos seus princípios morais está no chão aos seus pés.

— Anotado.

Frau Vogt estava falando livremente lá embaixo. Ian podia apostar que ela não tinha uma plateia tão interessada havia um bom tempo. A solidão tinha o mesmo efeito de soltar a língua que o brandy.

— Minha filha estudou literatura inglesa, apesar de eu ter tido esperança de que ela preferisse Schiller ou Heine, como eu. Foi de Heine que peguei o nome dela, é claro! Lorelei, a ninfa da água. A donzela na pedra.

— Sua Lorelei estava longe de ser apenas uma donzela sentada em uma pedra esperando para ser resgatada. Que tiro perfeito ela tinha. Lembro-me de uma caçada em uma festa...

— Sim, ela puxou ao pai. O pai *dele* foi um *Freiherr* na Bavária, você sabe... Meu marido era o filho mais novo. Ele não herdou o *Wasserburg* da família, mas costumava caçar quando era jovem. Ele ensinou Lorelei a atirar.

— Ela me lembrou a própria Diana. Admito que fiquei de queixo caído!

Frau Vogt suspirou.

— Ela deveria ter trazido um jovem bom como você de Heidelberg. Nem sempre aprovei as escolhas que ela fazia. — Outro silêncio tácito, quebrado por uma fungada. — Seu *Obergruppenführer* era muito distinto, mas tinha idade para ser pai dela, sem mencionar... bem...

Casado. Ian compartilhava do desejo de *Frau* Vogt de que o sujeito tivesse sido mais dedicado, porque, se *die Jägerin* fosse mulher do *Obergruppenführer* Von Altenbach em vez de sua amante, teria sido mais fácil encontrá-la. Documentos voavam feito confete nos casamentos da SS, e seu nome e fotografia teriam sido arquivados em centenas de lugares.

Tony permitiu um silêncio denso, sem dizer uma palavra sobre a filha que tinha se tornado amante de um homem casado. Ele colocou um pouco mais de brandy em ambas as xícaras de café, murmurando:

— O *Obergruppenführer* Von Altenbach era muito admirado. Seu trabalho na Polônia foi exemplar, e sua generosidade, ímpar. Na verdade, foi isso que me trouxe aqui hoje, *Frau* Vogt. — Ajustou a gravata. O jovem homem de negócios finalmente chegava ao assunto que tinha ido tratar. — Antes de sua morte, o *Obergruppenführer* deixou algumas provisões, pensando no futuro. Provisões financeiras para amigos e pessoas queridas. E ninguém, é claro, foi mais importante para ele que sua filha.

Os dedos de Ian apertaram as rendas da cortina. Ali estava...

— O *Obergruppenführer* deixou dinheiro para a sua filha, *gnädige Frau*. Agora a senhora entende por que estou procurando por ela?

Silêncio no jardim logo abaixo. Ian espichou o olhar o mais que pôde, mas tudo o que conseguiu ver foi a cabeça arrumada de *Frau* Vogt, a parada repentina dos ombros dela.

— Dinheiro — ela disse por fim, e os espinhos voltaram para sua voz. — Depois de cinco anos?

— A senhora sabe como as coisas da justiça se movem devagar. — Tony suspirou. — Ninguém tinha certeza de que Lorelei Vogt estava viva, especialmente depois do fim desafortunado do *Obergruppenführer*, em Altaussee. Tantas pessoas desaparecendo, tantos oportunistas. Existia um perigo real de fraude, sem ter como identificar sua filha, mesmo que ela pudesse ser encontrada. Esse é o motivo da demora para achar alguém que a conhecesse. — Ele fez uma modesta reverência. — Naturalmente estou sendo recompensado, mas, na verdade, me deixaria mais feliz saber que pude ajudar sua filha a reivindicar o que é direito dela. Ela foi gentil com um jovem soldado solitário quando ele estava muito longe de casa... Se eu puder ajudá-la a ter uma vida de conforto, como o *Obergruppenführer* desejava, será um prazer.

Não era a primeira vez que Ian e Tony usavam uma herança como isca. No difícil período pós-guerra, todos sonhavam com um dinheiro inesperado aparecendo em sua vida. O sussurro da riqueza dos nazistas mortos era especialmente potente porque todos tinham ouvido falar das fortunas escondidas pelos poderosos e os visionários do Reich. *Não importa que eu nunca tenha encontrado um único criminoso de guerra vivendo no luxo atrás de portões dourados*, Ian pensou, cauteloso. Todo mundo tinha ouvido histórias de contas secretas na Suíça, pinturas de valor inestimável dentro de túneis, ouro guardado em reservas para outras pessoas.

Por que não sua filha?, o tom confidente de Tony provocava. *Por que não a senhora?*

Caramba, você é bom nisso, Ian pensou, com um lampejo de orgulho de seu parceiro.

— Não espero que a senhora aceite minha palavra — Tony continuou, deslizando um cartão sobre a mesa. — A empresa que me contratou teria prazer em tranquilizá-la.

— Uma ligação rápida... — A voz dela era um misto de cautela e apaziguamento. Ela queria acreditar naquele jovem bom e em tudo que ele estava lhe contando... Mas não era uma mulher estúpida.

Tony sorriu, recostando-se.

— Fico feliz de esperar.

Frau Vogt se levantou, agitada por dentro. Ian se preparou para mergulhar atrás da porta mais próxima se ela subisse. Ouviu o som abafado da voz dela assim que pegou o aparelho. Do lado de fora, Ian viu Tony colocar outra dose de seu frasco no café da anfitriã, descartar o seu no canteiro de flores e substituí-lo por um novo café do bule. A voz de *Frau* Vogt vibrou, soando tranquila. Ian reprimiu uma risada, imaginando a voz áspera de Fritz Bauer do outro lado. Não era a primeira vez que ele tinha de colaborar porque a história precisava de verificação.

O aparelho fez clique no andar de baixo, e ela saiu para o jardim.

— Obrigada, *Herr* Krauss. Não desejo dar a entender que o senhor estivesse tentando...

— A confiança de uma senhora precisa ser conquistada — Tony disse com outra risada juvenil. — Espero que *Herr* Bauer tenha conseguido tranquilizá-la. Há também, claro, o assunto sobre sua compensação.

Ela estava indo pegar a xícara de café. Sua mão parou.

— Minha?

— Claro. Os fundos não podem ser liberados para ninguém exceto sua filha, mas seu tempo em nos ajudar a localizá-la seria muito valioso. — Um envelope cruzou a mesa, contendo quase todas as cédulas da conta de Ian. — Até mesmo o menor dos detalhes... nunca sabemos o que pode ser útil. Há alguma coisa que a senhora consiga se lembrar sobre o paradeiro de sua filha?

Silêncio. Ian se mantinha em pé, mal respirando, vendo os ombros de *Frau* Vogt de cima. Ele se deu conta de que Nina estava a seu lado, também sem respirar. *Frau* Vogt tomou um grande gole de café, os dedos ao lado do envelope, e, sem pensar, os dedos de Ian se entrelaçaram aos de Nina e os apertaram forte.

— Eu não sei onde Lorelei está — a mulher disse devagar. — Mas ela começou a escrever cartas.

Nina apertou de volta.

— De onde vêm as cartas? — Tony estava cheio de simpatia.

— E onde estão agora? — murmurou Nina. — Não vejo nenhuma carta aqui...

— Todas foram postadas dos Estados Unidos, ao longo do último ano ou quase isso. — Ian ouviu o desgosto correr pela voz de *Frau* Vogt. — Lorelei queria ficar longe da Alemanha, da Áustria. Os carimbos são todos diferentes, não conheço as cidades. — Tony deu um tapinha em sua mão enquanto ela tomava o restante de seu café batizado. — A última carta de Lorelei chegou há cerca de um mês, veio de um lugar chamado *Ames*... Ela disse que poderia me levar até lá. Não para Ames, mas para uma loja de antiguidades em Boston, seja lá onde for. *McCall Antiguidades*. Ou talvez *McBain Antiguidades*. *Mc-alguma coisa*. Pessoas como eu e ela podemos conseguir documentos lá, identificação, novos nomes e então seguir em frente. Mas como eu seguiria em frente? Eu vivi minha vida inteira em Salzburgo, como poderia ir para os *Estados Unidos*? Todos aqueles judeus e negros...

Estados Unidos. Aquilo acertou Ian no estômago, um golpe nauseante. Sentir que estava chegando perto e descobrir que ainda havia um oceano no caminho... Ele fechou as mãos e se deu conta de que Nina já tinha soltado, batendo os dedos na perna.

— Boston! — Tony mostrou animação, servindo mais café, mais brandy. — Para onde sua filha foi depois de Boston?

— Ela disse que seria melhor eu não saber.

— A senhora sabe o nome que Lorelei usa?

— Ela disse que seria melhor para mim não saber isso também.

Sombriamente, Ian admirou o cuidado de *die Jägerin*, mesmo que a odiasse por isso. Se os criminosos de guerra fossem sempre cuidadosos assim, seu escritório teria acabado em meses.

— Mesmo sem saber os detalhes, deve ser reconfortante ter notícias dela. — Tony empurrou o envelope de dinheiro para a frente. — Muito reconfortante.

— Não tanto quanto você pensa. — A voz de *Frau* Vogt estava começando a ficar confusa. Ela claramente não estava acostumada a tomar brandy à tarde. — Ela nunca fala muito, apenas que está bem e segura, e diz que eu devo queimar a carta depois de ler. Uma mãe... uma mãe gostaria de saber mais. Minha única filha, eu sinto falta da minha *filha*...

Ian sentiu uma ponta de piedade por ela, mas deixou o sentimento morrer. *Eu também sinto falta do meu irmão, mas não tenho o conforto de saber que ele está bem e seguro.* Ele ficou se perguntando se *Frau* Vogt tinha ideia de tudo o que a filha havia feito.

— A senhora queimou todas as cartas? — Tony perguntou com suavidade.

— Lorelei me pediu. As cartas, as coisas antigas dela, todas as suas fotografias tiradas depois de adulta.

— E a senhora fez isso?

Uma pausa.

— Minha filha é muito doce, *Herr* Krauss. Mas ela também pode ser muito enérgica. Eu não... gosto de confrontá-la. — Outra pausa. — Sim, eu queimei tudo.

— Mentirosa.

Nina parou, olhando para Ian. Ele não se deu conta de que tinha falado em voz alta.

— Ela está mentindo. — Ele se curvou para sussurrar no ouvido de Nina, tirando seu cabelo do caminho. — Nenhuma mãe destruiria *todas* as fotos de sua única filha.

— O meu pai sim — Nina sussurrou de volta. — Mas ele tentou me afogar quando eu tinha dezesseis anos, então...

Ele mal a ouvia, andando pelo quarto. Uma fotografia seria de valor incalculável. Não poderia ser usada em uma ação legal, tendo sido obtida pelos meios usados hoje, mas serviria para identificação privada, assim não estariam confiando apenas na memória de Nina quanto à aparência do alvo.

— Deve haver uma foto em algum lugar por aqui.

— Não há. Já procurei. — Nina estava caminhando também. Eles esbarraram os ombros e, quando viu que ela levantou o olhar, Ian também o fez.

No teto do corredor havia uma passagem. Provavelmente para o sótão.

— Vamos, *luchick* — Nina sussurrou. — Me levante... — Mas ele já tinha pegado sua esposa pela cintura e a erguido para o teto. Ele a ouviu segurando-se de maneira desengonçada a uma fechadura e a portinhola ser levantada. Então Nina estava se contorcendo em seus braços como uma serpente, subindo para dentro do telhado. *Você não pode alegar nem mesmo um pingo de princípio moral aqui,* Ian pensou e, naquele momento, não se importou muito. Ele não deixaria aquela casa de mãos vazias.

Uma rápida checagem na janela. *Frau* Vogt tinha empurrado o envelope para longe.

— Eu não tenho mais nada a lhe dizer...

— Dois minutos — Ian falou com a voz baixa para dentro da passagem. Tony estava se levantando de sua cadeira, transbordando garantias. — Está me ouvindo, Nina?

A voz dela flutuou para baixo com o som de roupa farfalhando.

— *Da, tovarische.*

Frau Vogt parecia estar chorando, tomada pelo brandy e pelas memórias. Tony oferecia um lenço...

As botas de Nina apareceram de repente na passagem.

— Me segure.

Ian pegou sua pequena forma robusta enquanto ela se contorcia descendo do teto, segurando-a no alto para que ela fechasse a passagem. Sua mão escorregou e ele quase a deixou cair.

— Desajeitado — ela reclamou, descendo leve como uma gata.

— Você não é exatamente peso-pena, camarada. — Ele viu alguma coisa embaixo do casaco de Nina, mas não havia tempo para perguntar o que era. Ian fechou a janela e os dois desceram a escada, parando fora da vista de *Frau* Vogt, que levava Tony em direção à porta da frente.

— Muito gentil de sua parte ouvir as reclamações de uma velha, *Herr* Krauss — a voz flutuou, definitivamente embriagada. — Eu me sinto muito sozinha. — Nina e Ian cruzaram o corredor em direção à janela que dava para a rua. O coração de Ian não batia tão forte desde que ele tinha saltado de paraquedas no bombardeio de 1945. Parado sobre o vazio, esperando o momento de saltar...

A porta da frente se fechou. Tony estava fora da casa, e *Frau* Vogt deveria estar voltando. Nina estava se arrastando pela janela aberta. Ian se jogou depois dela, sentindo os sapatos tocarem a grama. A parte de trás de sua camisa enganchou no batente.

— *Tvoyu mat*, rápido — Nina sibilou.

— Pare de xingar — Ian disse e se soltou. Nina fechou a janela. Ian a puxou para a lateral da casa, onde deram de cara com Tony.

— Que diabos vocês dois...? Não importa, vamos sair daqui...

Todos partiram rapidamente.

— Nina — Ian chamou quando chegaram ao rio e se encostaram nas grades. — Me diga que encontrou algo.

Os olhos dela tinham um brilho malicioso.

— A *Frau* pode ter queimado as cartas e a maioria das fotos, mas ela tem um álbum.

— Você pegou...

— Não é uma foto recente, ela as jogou fora. Esta é a mais recente que eu vi. — De dentro do casaco, Nina tirou uma foto, claramente arrancada da página de um álbum: *Frau* Vogt e alguns amigos ou parentes diante das escadas de uma igreja, vestidos com suas melhores roupas. — À direita.

Ian ficou sem ar. A jovem à direita usava um vestido estampado floral e mantinha entrelaçadas as mãos com luvas. Pouco mais que uma menina, o ar infantil pendia de seu rosto e de sua figura, um sorriso envergonhado. Séria, jovem, no limite da beleza e da idade adulta. Atenta, seu olhar ia ao encontro da câmera, firme e distante.

— *Die Jängerin*?

Nina fez um leve som, como o de um gato atacando. Havia algo perturbadoramente animal naquilo, Ian pensou, como se o gato não estivesse saboreando apenas o ataque, mas o rasgar visceral que viria depois.

— Lorelei Vogt — Nina disse.

— Pelo menos quinze anos mais nova que hoje. — Tony franziu a testa.

— Estava mais magra quando a vi, mais que aqui — Nina concluiu, batendo na imagem. — Cabelo mais escuro também.

— Então quanto essa fotografia pode nos ajudar a identificá-la se nós cruzarmos com ela? Essa garota cresceu e pode se parecer com qualquer uma.

— Eu a conheço — Nina assegurou. — Eu conheço aquele rosto até morrer, por mais velho que fique. São os olhos.

Ian se fixou nos olhos de Lorelei Vogt. Apenas olhos. Não fazia sentido tentar encontrar maldade em um rosto. Geralmente o mal fica invisível por trás de coisas ordinárias. Mas ainda assim...

— Olhos de caçadora — Nina resumiu, dando um tapinha no rosto sério e doce de seu alvo. — Calmos e frios.

15

Nina

Outubro de 1941
Moscou

O frio bateu no rosto de Nina como uma mão aberta. Estava muito abaixo de zero, o ar congelando tanto a noite escura que parecia a água do lago no inverno, mas as mulheres do Grupo de Aviação 122 estavam com os olhos brilhantes de excitação enquanto andavam pelas trilhas. O pânico devia ter tomado toda Moscou, pois os alemães entrariam na cidade a qualquer momento... mas Nina e suas irmãs finalmente seguiam seu caminho.

— Para onde vão nos mandar de trem? — Yelena perguntou, tropeçando em suas botas muito largas.

— Quem sabe? — Nina deu um pulo tentando ver por cima das garotas que iam na frente. Os vagões estavam abertos e os primeiros grupos subiam.

— Seria bom que fosse para um lugar mais quente que Moscou. — Os cílios escuros de Yelena brilhavam com o gelo; seus olhos lacrimejavam e o líquido tinha congelado nos cílios. — Como pode estar tão frio em outubro?

— Não está frio — Nina mentiu, tentando não tremer. Ninguém da Sibéria admitiria para um moscovita que estava com frio.

— Mentirosa. — Os olhos de Yelena riram. — Seus lábios estão azuis.

— Bom, ainda não é nada comparado com o inverno no Velho. O frio ali vem rolando sobre o lago e nada o para, o filho da puta glacial.

Yelena franziu o nariz.

— O quê? — Nina perguntou.

— Você vai achar que eu sou uma grande puritana.

— O quê?

— Não posso ouvir ninguém xingar. — Yelena corou. — Meu pai não deixava ninguém xingar... Ele acertaria o seu nariz com um peteleco tão forte que seus olhos se encheriam de lágrimas. E isso não apenas no nariz de quem falou, mas no de todos nós que ouvimos. Então, sempre que ouço um palavrão, eu me encolho e espero o golpe no nariz.

Nina deu risada, enquanto seguiam para o próximo vagão.

— Foda-se a sua mãe, Yelena Vassilovna! — Apenas para ver o nariz franzido da colega mais uma vez.

— Pode rir. — Yelena suspirou. — Eu sou uma pequena careta de Moscou e sei disso.

Nina agarrou o apoio ao lado da porta aberta do vagão e se balançou para dentro.

— Pequenas caretas de Moscou não têm tantas horas de voo como você. Vamos, pule!

Yelena pegou a mão estendida de Nina. Um carro de carga, não de passageiro, e tão frio que a respiração delas saía em nuvens brancas. Nina colocou o gorro de pele de foca sobre as orelhas enquanto mais garotas entravam.

— Eu não vou xingar — ela se ouviu dizendo para Yelena —, se você não gosta.

Nunca tinha acontecido de ela se preocupar com o que as colegas pilotos pensavam dela, porque sempre voara sozinha. Mas ela seria navegadora de uma dessas garotas da turma de pilotos, responsável por mantê-la segura e no curso. Elas tinham de confiar nela; ela tinha de confiar nelas. A confiança podia ser simples para Yelena, com seu jeito caloroso e fácil, mas para Nina era como um músculo nunca usado que precisava ser flexionado.

— Xingue quanto quiser, Ninochka! — Yelena riu. — Eu tenho de ser mais durona. Se vou matar fascistas, não posso enrugar o nariz para palavras feias.

Nina sorriu, sentindo aquele músculo flexionar um pouco mais fácil.

— Então diga *Está um frio da porra aqui*.

— Está... — Yelena fez uma careta.

— Fale, fale!

A pequena Lilia Litvyak ria de Nina do outro lado.

— Está excepcionalmente frio aqui — Yelena disse, afetada, vermelha como um tomate, e elas quase caíram de tanto rir enquanto o trem balançava.

Então as notícias chegaram como uma onda sobre uma plantação de grãos:

— Engels, estamos indo para *Engels*...

— ... o aeroporto de treinamento no Volga...

— ... Engels!

Nove dias até Engels. Nove dias lentos e frios: agarradas e balançando ao movimento dos vagões, roendo rações de pão e arenque e engolindo chá amargo, encostadas nas paredes das estações batendo os pés para mantê-los aquecidos enquanto os trilhos eram limpos para os trens de suprimentos passarem. Falando, sempre falando, e era a vez de Nina ficar impressionada. *Elas sabem muito mais que eu*. Uma jovem morena e alta de Leningrado exibia calos por cavar armadilhas para tanques e transportar sacos de areia, mas tinha diploma universitário e falava quatro idiomas. Uma garota de bochechas rosadas dois anos mais nova que Nina estudava educação infantil — "Muito importante dar às crianças um sistema estruturado de brincadeiras que vão desenvolver os instintos de cooperação". Marina Raskova passara uma manhã viajando no vagão com elas, e, quando imploraram para ela contar sobre seu voo recorde no *Rodina*, ela disse que aquilo era notícia antiga e lhes contou que queria ter sido cantora de ópera, cantando um pouco do coro de *Eugene Onegin*. Vozes se juntaram a ela ao longo do vagão, e Nina ficou olhando sem compreender. Ela não conseguia murmurar uma nota de Tchaikóvski, falar qualquer língua a não ser seu russo nativo e nunca tinha participado de brincadeiras estruturadas ou trabalhado seu instinto de cooperação na vida.

Ela sentira uma desconexão similar quando chegara a Irkutsk pela primeira vez aos dezenove anos, mas então estivera tão focada em aprender a voar que adotara as reuniões do Komsomol e outros artifícios da vida civilizada sem nunca pensar neles. Naquele momento, estava cercada por centenas de mulheres para quem essas coisas não eram artifícios para serem desprezados na vida adulta, mas verdades que elas conheciam desde sempre. Elas falavam de palestras marxistas e caminhadas com os Jovens Pioneiros, das tentativas de encontrar sapatos durante os anos de fome que não acabassem depois de serem usados uma única vez. Até sussurravam sobre as vans pretas que levavam as pessoas embora se fossem denunciadas. Yelena tinha um vizinho em Moscou que fora levado: "Ele tinha recebido um quarto maior que o de seus colegas de apartamento, e eles queriam, então fizeram a denúncia de sabotagem", ela disse sem rodeios. "Quando o levaram, os pais também o denunciaram para que não fossem enviados com ele." Ninguém perguntou para onde. Elas sabiam que não deviam perguntar, assim como sabiam sobre palestras e a falta de sapatos, Tchaikóvski e músicas do partido. Era mais que a diferença entre garotas do campo e garotas da cidade, Nina pensou, porque havia os dois tipos ali. Era a diferença entre ser criada civilizadamente e ser criada selvagemente.

— Você não fala muito, Ninochka — Yelena disse em algum momento, remendando seu uniforme. Elas estavam trocando agulhas e linhas havia dias, arrumando as bainhas enquanto conversavam. — Como você foi criada lá em Baikal?

— Não como vocês — a honestidade fez com que Nina falasse.

— Como?

— Vivendo à beira do Velho em um grupo de cabanas muito pequeno para ser chamado de vilarejo... — Nina deu de ombros. — É o fim do nada. Ninguém manda você embora para o mundo selvagem, porque você já vive nele. Ninguém faz fila para comprar sapatos. Se é inverno você vai para a floresta com uma armadilha, mata algum animal e faz sapatos com a pele; se é verão, você faz sandálias com casca de bétula. Não há ninguém para quem denunciar seu vizinho se ele tiver um apartamento maior. Ninguém tem apartamento. Mal temos vizinhos. — Não havia ninguém para ouvir se seu pai informava regularmente ao mundo que o camarada Stálin era um filho da mãe mentiroso da Geórgia, mas Nina sabia que não devia confessar isso. — Talvez uma vez na vida alguém participe de uma palestra marxista — ela continuou. — Se conseguir chegar à cidade mais próxima, a cem quilômetros de distância, e aí vai falar sobre isso até completar cem anos. Há mulheres velhas que estão quase convencidas de que o tsar ainda está vivo. — Ela percebeu os olhares curiosos ao seu redor e corou.

— Você não é uma selvagem — Yelena disse, lendo a mente de Nina.
— Coelhos não são selvagens... — E isso fez todas rirem, porque na tarde do dia anterior elas estavam todas esperando ao lado da estação, a barriga roncando porque o pão e o arenque tinham atrasado, e Lilia Litvyak foi deslizando perto da estação e voltou com os braços cheios de repolho cru de um carregamento de comida esperando transporte. Nina e as outras devoraram o repolho como coelhos. "Se de Moscou ou Leningrado, Kiev ou Baikal", Yelena tinha entoado, "agora somos todas coelhas."

Aquilo ficara marcado.

Por fim, desceram em Engels na umidade congelante. A cidade estava às escuras, o céu derramando uma chuva de gelo. Nina colocou sua mochila no ombro e saiu cambaleando com as outras garotas. Yelena coçou a cabeça sob o gorro.

— Eu tenho lêndeas, eu sei...
— Pare de reclamar, *sestra* — alguém soltou.

Mais uma movimentação de mulheres na escuridão enquanto Marina Raskova ia procurar o oficial de serviço. Quando foram dispensadas para descansar nos beliches, Nina já tinha dormido em pé, balançando como um cavalo cochilando no estábulo. O ginásio tinha sido transformado em dormitório, com filas de camas arrumadas no estilo dos hospitais. Nina desabou sobre a mais próxima sem nem mesmo tirar as botas.

— O que é essa gritaria?

— Raskova — alguém disse, rindo. — O comandante tentou dar a ela um quarto particular com uma cama dupla, e ela está gritando que vai ficar em espaço compartilhado como nós.

— Eu morreria por Raskova. — Nina bocejou, as pálpebras afundando. — Eu arrancaria minha perna por ela. Tiraria um rim.

— Todas nós faríamos isso, *malyshka*... — A última sensação de Nina naquela noite foi de alguém puxando suas botas.

A manhã estava fria e cinzenta, e as mulheres do Grupo de Aviação 122 estavam em pé com o sol pálido, saindo do quarto, arrumando as roupas de cama.

— Quando vamos pôr as mãos nas novas máquinas? — Os homens ficaram olhando quando as mulheres caminharam pela base em seus uniformes. Nina devolveu os olhares de forma tão rude como os recebeu, mas as garotas mais bem-educadas coraram. — Não estou acostumada a receber olhares gulosos — Yelena sussurrou. — Não como esses.

Nina diminuiu os passos para uma caminhada com ar de superioridade, olhando para um mecânico que sorria nas sombras de um avião próximo.

— Acostume-se.

A primeira ordem do dia foi a visita em grupo ao barbeiro da guarnição.

— As tranças e os cachos vão cair, senhoras. São ordens de Raskova, façam fila para as cadeiras — um oficial chamou quando as mulheres se uniram revoltadas, tocando suas longas tranças e murmurando. Nenhuma parecia animada a ser a primeira, e Lilia já estava discutindo com o barbeiro. Nina pegou a navalha em sua bota e a abriu. Olhou ao redor, desafiadora, e, quando teve a atenção das colegas, pegou seu cabelo com uma mão. Estava embaraçado e sujo depois de dez dias sem banho, e com um único golpe ela o cortou. Largou o cabelo no chão do barbeiro. — Vamos, coelhas.

Yelena levantou o queixo, balançando sua longa trança escura sobre o ombro, segurando-a para a navalha de Nina. Nina a cortou e deixou cair na palma da mão de Yelena. As outras garotas começaram a seguir cabisbaixas para as cadeiras do barbeiro, e foi naquele momento que tudo deixou de ter importância, as diferenças que tinham feito Nina ficar retraída no trem. Centenas de mulheres de centenas de mundos diferentes desceram em Engels, garotas do campo, garotas da cidade, as que tinham diploma universitário e as que não tinham nada... Elas eram simplesmente recrutas do Grupo de Aviação 122, identicamente tosquiadas, todos os seus mundos combinados em um único.

— Essa guerra vai acabar antes de estarmos prontas. — Nos arredores de Engels, a batalha passava por elas. Nina se irritava sempre que pensava nos Fritzes rolando livremente sobre todas aquelas armadilhas antitanque cavadas cuidadosamente; na barreira de balões mantida no ar sobre toda a Mãe Pátria e nos trens lotados de crianças aos prantos sendo evacuadas das cidades, metade do tempo se dirigindo diretamente para as linhas alemãs que avançam. Leningrado estava morrendo de fome lentamente no inverno, as pessoas se matando por cartões de alimentos e pão... No entanto, em Engels, o treinamento não tinha fim.

— Vocês têm sorte, garotas — Marina Raskova falava. — Há garotos sendo enviados para os regimentos masculinos com apenas sessenta e cinco horas de voo, nada mais que bucha de canhão. Eu não trouxe vocês aqui para servir de bucha de canhão.

— Mas temos melhores números para sair andando por aquela porta do que os garotos, que estão sendo empurrados através dela — disse Nina.
— Por que *ainda* estamos paradas aqui em Engels?

— Não podemos arriscar uma derrota — respondeu Yevdokia Bershanskaia, com o olhar sensato. Ela era mais velha que a maioria, com quase trinta anos, e já estava direcionada para o comando. Não que quisesse liderar; ela queria pilotar. *Mas todas querem pilotar,* Nina pensou, *então alguém ficará desapontado.* — Somos as únicas mulheres pilotos indo para o front. Estão dizendo que é besteira dar aeronaves para garotinhas quando o número de pilotos homens é mais que suficiente. Para manter os nossos aviões, teremos de ser perfeitas.

Perfeição significava dez cursos diferentes por dia, além de mais duas horas de mecânica, da sala de aula para o campo de aviação e tudo outra vez. À noite elas eram tiradas da cama pelo barulho de uma sirene para entrar em formação no chão congelado. Uma vez Nina tentou colocar o casaco sobre a roupa de dormir para ganhar tempo, mas Raskova, sempre alinhada e com brilho nos olhos não importava a hora, viu a bainha balançando sobre suas botas e a fez dar voltas no campo com o vento gelado castigano suas pernas descobertas. Ela caiu de volta na cama, batendo os dentes e com a pele das coxas azul como mármore. No que pareceu apenas alguns segundos depois, a sirene anunciava o amanhecer, chamando as mulheres do Grupo de Aviação 122 para se levantar e pegar os velhos U-2 para praticar bombardeios sobre o terreno sem árvores onde a pista de decolagem de Engels se esticava lisa e árida, recebendo todas as lufadas de vento que vinham do Volga.

— Vocês ouviram os homens rindo de nós de manhã? — Yelena voltava do dormitório improvisado, o suor congelado em seu cabelo cortado com pontas em todas as direções. — Eles acham que somos uma piada nestes uniformes, zombar da nossa marcha...

— Só estão com inveja porque vamos pegar aviões novos e não carcaças velhas. — Nina se sentou para remendar um buraco em sua luva com linha emprestada de Yelena. As camas delas ficavam lado a lado, e elas dividiam tudo, de meias a agulhas de costura. *O que é meu é seu, e o que é seu é meu,* como Yelena tinha dito no primeiro dia em Moscou, e elas cumpriam aquilo. Do outro lado de Nina, Lilia estava usando a navalha dela para aparar as bordas gastas da manga de seu casaco. — Vocês ouviram Raskova experimentando os Pe-2? — disse Nina.

— Ouvi dizer que os Pe-2 são como ursos para sair do chão — Lilia comentou.

— Melhores que aqueles Su-2 que o grupo de pilotos está usando agora. Eles são uma piada. — Yelena tirou as luvas, movimentando as mãos duras de frio. — Soltam fumaça, vazam e são mais lentos que uma vaca no gelo...

— Vão colocar as navegadoras nos TB-3 e nos R-5 de treinamento no Ano-Novo — Nina observou. — Depois do juramento. Lilia, se você lascar a minha navalha, eu chuto você de volta para Moscou...

— Experimente, sua nanica siberiana.

— Nanica é você!

O juramento militar foi feito em novembro, e Marina Raskova fez um de seus discursos falando de um jeito tão íntimo que parecia estar conversando com cada uma no meio da multidão.

— Na nossa Constituição, está escrito que as mulheres têm direitos iguais em todos os campos de atividade. Hoje vocês estão fazendo o juramento militar. Então, vamos nos comprometer mais uma vez, juntas, a defender até o último suspiro nossa amada pátria. — Todas se cumprimentaram, roucas, e Raskova apertou todas as mãos que se estenderam para ela, beijou todas as bochechas vermelhas de frio que se aproximaram. Ainda que trabalhassem duro, Raskova as fazia trabalhar mais duro. Nina fez um relatório uma tarde de dezembro e encontrou sua comandante cochilando em uma mesa atulhada de documentos.

— Estou acordada — ela disse, quando Nina tentou sair na ponta dos pés, embora seus olhos ainda estivessem fechados. — Faça o relatório.

Nina o fez, agitada.

— Descanse um pouco, camarada major — terminou.

— Vamos descansar quando a guerra acabar.

O ano virou, e o treinamento de voo para as navegadoras começou. Voar à noite, acostumar-se à escuridão ao redor delas no cockpit aberto, voar debaixo de uma lua prateada e gelada e aprender a pousar apenas com iluminação improvisada na pista. Todas sabiam que em pouco tempo Raskova dividiria o Grupo de Aviação 122 entre seus três regimentos: bombardeiros diurnos, bombardeiros noturnos, combatentes. Apenas as melhores estariam entre as combatentes, e Nina já sabia que não estaria entre elas.

Não ser a melhor era uma coisa estranha. Ela tinha sido a melhor durante tanto tempo, certamente a melhor mulher do aeroclube, mas ali havia centenas de mulheres que tinham sido as melhores em *seus* aeroclubes. Três membros de um grupo de acrobacias aéreas tinham se alistado. Elas podiam virar e girar um avião como passarinhos. Lilia era insensível à pressão do ar. Ela levava sua máquina ao limite sem nem mesmo ficar tonta. Yelena conseguia pousar como uma pena na área mais difícil da região. Nina não se comparava a nenhuma delas e sabia disso. Não tinha sido uma constatação muito agradável no começo, para ser honesta... sua boca tinha ficado amarga de inveja, dando-se conta de que estava sendo superada. Mas não demorou muito para que a inveja desaparecesse, triturada pelas pedras do trabalho e da prática. No fim, elas estavam todas combatendo os malditos hitleristas, isso se elas algum dia deixassem aquele maldito campo de voo à beira do Volga. Quando isso acontecesse, Nina queria combater asa a asa com pilotos melhores que ela.

— Você é uma águia de alta classe — Nina disse a Yelena —, e eu sou um pequeno falcão.

Yelena passou o braço pelo dela, dando um aperto caloroso de apoio que sempre encantava Nina. Talvez porque ela nunca tivera uma mulher como amiga antes.

— Você não é um pequeno falcão, Ninochka.

— Eu entendo *como* o avião funciona. Eu empurro o manche de um jeito, o avião se move de um jeito. Você entende *por quê*. Propulsão, alongamento, aerodinâmica... Você voa melhor por saber tudo isso. — Elas estavam cruzando a pista congelada em direção à cantina em uma manhã fria de janeiro. Um grupo de homens vestindo macacão de mecânico soltou assobios zombeteiros, mas Nina os ignorou. — Já eu não consigo captar as coisas da ciência. — Ela bateu na própria testa. — Cabeça-dura siberiana.

Um dos mecânicos estava gritando algo para Yelena, segurando a própria virilha. Ela ainda corava quando ouvia piadas cruas e grosseiras, mas dessa vez estava distraída.

— Não diga que é burra, porque você não é.

— Talvez não, mas nunca vou entender o que faço no ar. Simplesmente faço. — Nina contorceu os dedos. — Mágica.

Yelena riu, mas *realmente* parecia mágica: Nina não tinha ideia de como uma hélice funcionava e o que os cabos faziam, mas, assim que saía do chão, seu corpo inteiro desaparecia no da aeronave. Seus braços se transformavam em manches, seu corpo preenchia o cockpit, seus pés se tornavam trens de pouso. A sensação só aumentava durante o voo noturno; seus olhos se metamorfoseavam e ela não podia mais *enxergar* que tinha se tornado parte da aeronave. Voar no céu noturno era natural para Nina, como uma *rusalka* nadando em seu lago. Ela não tinha a graça de Yelena ou os reflexos de Lilia, mas não tinha medo do escuro e se movia pelo ar como se estivesse em casa. Isso não a fazia ser a melhor, mas a fazia ser muito boa, e para Nina era o suficiente.

Fevereiro chegou a Engels trazendo rumores e corações partidos com o vento gelado. Uma das navegadoras soube que seus pais tinham morrido de fome em Leningrado; uma garota da turma de blindagem tinha um irmão combatendo o avanço alemão que jurara em suas cartas que os Fritzes estavam decorando seus tanques com cabeças de soviéticos. Mas nem mesmo o mais terrível rumor poderia abalar a feroz expectativa com que as mulheres receberam suas missões. Nina ficou sem ar enquanto os nomes eram lidos.

O Grupo de Aviação 122 não existia mais. Existiam apenas o 586, o 587 e o 588. A recém-nomeada tenente júnior Nina Borisovna Markova voaria com o 588.

Os bombardeiros noturnos.

16

Jordan

Ação de Graças de 1946
Boston

— Jordan — Anneliese entrou na sala de jantar e jogou a bomba. — Você andou mexendo nas minhas coisas?

Jordan congelou, as mãos cheias de prataria. Ela olhou por cima da mesa que Anneliese tinha decorado para o Dia de Ação de Graças com porcelanas com detalhes de ouro que só saíam do armário poucas vezes durante o ano. Olhou para sua madrasta, que devolveu o olhar com inocência inquisitiva.

— O que foi? — disse o pai de Jordan, distraído. Ele estava abaixado no aparador procurando a travessa para o peru.

— Eu perguntei a Jordan se ela andou mexendo nas minhas coisas — repetiu Anneliese, ainda com aquele ar de quem não estava entendendo. — Porque eu acho que ela andou.

— Eu estava limpando. — Jordan forçou sua voz a sair com um solavanco que, esperava, ninguém tivesse percebido. *Como você soube?* — Só isso.

— Então por que você mexeu na minha Bíblia?

A foto, Jordan pensou. Ela achava que tinha recolocado a foto exatamente como havia encontrado, mas...

Seu pai se levantou, confuso.

— O que significa isso?

Não era para acontecer assim. Era Ação de Graças, a casa cheirava a sálvia, peru e batatas, fazendo Taro manter a cauda balançando de puro deleite. Ruth estava colocando os prendedores de guardanapos, com as bochechas rosadas pela ideia de ter seu *primeiro Dia de Ação de Graças*. Em breve eles estariam se sentando para comer. Aquele não era o momento que Jordan tinha planejado para tocar no assunto de quem exatamente sua madrasta era e o que estava fazendo. Ela queria esperar até que o feriado terminasse e que tanto Anneliese quanto Ruth estivessem fora da casa. Então falaria com seu pai sozinha, calmamente, como uma adulta, não uma criança com teorias malucas. Ela o convenceria primeiro e então os dois poderiam surpreender Anneliese juntos.

Mas, naquele momento, Anneliese é que a estava surpreendendo, e todas as cartas estavam no ar.

— Não é nada, pai. — Jordan sorriu, tentando contornar. — Vamos ver como está o peru.

Mas Anneliese não arredava pé, parecendo cada vez mais magoada.

— Minha Bíblia é uma coisa *particular*. Por que você...

O pai de Jordan cruzou os braços.

— O que está acontecendo, senhorita?

Ele não cederia, ela sabia.

Então.

Jordan olhou para sua madrasta, frágil e bonita em seu vestido azul, com pérolas que pareciam cinzas congeladas apertando sua garganta. Encarou aqueles olhos azuis e não piscou. Anneliese também não, mas Jordan pensou ter visto surpresa ali — como se a madrasta esperasse confusão, não calma.

— Se você acha que é o momento de falar disso — Jordan se rendeu —, então vamos falar disso. — Ela apoiou a prataria, consciente de que suas mãos suavam. — Ruth, você pode levar a cachorra para brincar no seu quarto? Obrigada, passarinha.

Ela não falaria daquilo se Ruth pudesse escutar. Jordan esperou até ouvir o barulho da porta do quarto se fechando, então virou para sua madrasta.

— Não sei se Anneliese Weber é seu nome verdadeiro — Jordan disse, sem preâmbulos. — Não sei se você realmente nasceu na Áustria, se veio para este país legalmente ou se estava fugindo de alguma coisa. O que sei é que você é uma mentirosa. Você é uma nazista. E não é mãe de Ruth.

A acusação ficou no ar em um silêncio repentinamente eletrificado, quebradiço. Jordan sentiu como se tivesse expirado todo o ar dos pulmões com as palavras. Olhou para Anneliese, tão decorativa e bonita. Imaginou sua madrasta se encolhendo ou recuando... talvez explodindo em risadas ou lágrimas.

Mas nem um músculo do rosto de Anneliese se moveu. Seus olhos azuis não se abriram nem mesmo uma fração de milímetro.

— Meu Deus — ela disse finalmente. — De onde veio tudo isso?

O pai de Jordan parecia a ponto de explodir.

— Jordan...

— Essa não é uma história maluca que eu inventei. — Ela manteve a voz calma, controlada. Não era o momento de ser estridente ou defensiva. — Eu tenho provas, pai. Apenas olhe, é tudo que peço. — Ela mantinha as fotografias enfiadas no forro de sua bolsa, esperando o momento certo de mostrá-las para o pai. Pegou-as rapidamente e colocou a primeira na mesa diante dele. A foto que ela tinha tirado no banheiro depois do casamento. — O buquê de casamento de Anneliese. Ela amarrou uma Cruz de Ferro nele, como um berloque de casamento. Uma *Cruz de Ferro*, e não é da Primeira Guerra. É uma suástica. É uma medalha do Terceiro Reich. — Virando os olhos de volta para Anneliese. — Eu não a encontrei em seu quarto quando procurei. O que você fez com ela?

Anneliese estava silenciosa. O olhar de Dan McBride examinava a fotografia à sua revelia. Jordan continuou, as palavras fluindo como um rio. *Conte tudo. Abra o jogo.*

— Isso não é tudo. Olhe. — A segunda foto, a cópia da imagem da cena de férias que estava na Bíblia de Anneliese: um casal usando trajes de banho, acenando para alguém que não se podia ver. — É o seu marido, Anna?

— Sim — ela respondeu, ainda calma.

— Kurt? Ou Manfred? Porque ouvi você dizer os dois nomes. Kurt Weber consta como pai de Ruth na certidão de nascimento dela. Então quem é Manfred?

Os olhos azuis tremeram, então. O triunfo acertou Jordan. Ela estava chegando a algum lugar. *Sim*.

— A Cruz de Ferro é dele, não é? — ela pressionou. — Porque ele era um nazista. E não me venha com aquela *merda* sobre...

— Jordan! — seu pai ganiu, uma reprovação automática pelo palavrão, mas ele ainda estava olhando para a fotografia. Ela pressionou.

— ... como ser membro do Partido Nazista não fazia de você uma pessoa má, Anna, porque ele não era apenas um nazista. Ele era da SS, não era? — Jordan enfiou um dedo no homem da fotografia, que tinha o braço levantado. — Ele tem uma tatuagem na parte de baixo do braço. Dá para ver aqui. A maioria dos oficiais da SS tinha o tipo sanguíneo tatuado debaixo do braço esquerdo. — Jordan se virou para o pai. — O sr. Sonnenstein nos falou isso, lembra? Ele ajudou a identificar a procedência daqueles quadros que vieram de Hamburgo logo depois da guerra. Ele nos contou que o sujeito que estava vendendo tinha sido da SS, tentando passar por um negociador de arte francês. Que ele tinha sido identificado pela tatuagem. — Olhando de novo para Anneliese. — Seu marido era um oficial condecorado da SS. E vocês não são pais de Ruth, porque a data na foto diz *março de 1942*. Março. Ruth nasceu em abril de 1942, de acordo com a certidão de nascimento, Anna, então por que você não está com uma barriga de oito meses de gestação na fotografia?

Dessa vez o silêncio não estava carregado de eletricidade. Ele cobria a sala como um pesado lençol. O pai de Jordan estava parado como se tivesse se transformado em granito, seu olhar pulava de fotografia em fotografia sobre a mesa. Anneliese estava em pé com as mãos cruzadas olhando para Jordan, e alguma coisa naquele olhar fez o coração de Jordan bater forte, causando uma sensação repentina de medo. Era o olhar que ela tinha capturado na primeira fotografia, naquela primeira noite em que seu pai tinha levado Anneliese para jantar. A mulher que parecia tão frágil e bonita agora se mostrava de alguma forma perigosa.

— É mais do que isso. — Jordan passou a mão sobre as fotografias. — Você conta uma história sobre uma refugiada ter atacado Ruth em Altaussee, mas é de *você* que ela se afasta. Ela se lembra da mãe tocando violino, embora você tenha me contado que nunca tocou. Quem *é* você? — Da cozinha veio o som abafado do alarme indicando que era hora de verificar o peru, mas ninguém se mexeu. — Quem é você? — Jordan repetiu.

— Você já não se convenceu sobre isso? — Anneliese replicou. — Parece ter tanta certeza sobre todo o resto. — Aqueles frios olhos azuis se encheram de lágrimas, e Anneliese de repente tremia e soluçava.

Você não vai escapar desta chorando, Jordan pensou, apertando os lábios com força. Mas o pai dela deu um passo confuso e automático adiante, e Anneliese se virou em um movimento de desamparo, apoiando o rosto molhado na camisa dele.

— Não diga para Ruth — ela sussurrou. — Foi tudo para protegê-la.

— Pare de *mentir* — disse Jordan, mas as lágrimas de Anneliese rolaram ainda mais rápidas. O braço de seu marido passou sobre seus ombros, embora o rosto dele ainda estivesse pálido do choque.

— Agora... — ele murmurou — vamos nos acalmar...

— Acalmar? — Jordan gritou. — Pai, deixamos uma nazista entrar na nossa *família*. Ela pode ter sido qualquer coisa, uma assassina. Quem pode dizer quão perigosa ela é...

— Pare de gritar. Eu não consigo ouvir os meus pensamentos...

— Não fique bravo com Jordan. — Anneliese levantou o rosto, vermelho e molhado de lágrimas. — Por favor, não fique zangado com ela.

— Zangado *comigo*? — A voz de Jordan subiu de tom sem que ela quisesse. — Fui eu que desmascarei *você*. Você mentiu para entrar na nossa...

— Eu menti — Anneliese disse simplesmente. — Não nego nada disso.

Jordan sentiu como se tivesse descido um degrau que não estava ali, os dentes batendo fechados no ar. Ela esperava lágrimas, raiva, evasivas. Não esperava aceitação de todas as acusações, de cara limpa.

— O que você tem a dizer, então? — ela falou e parou para ouvir como soava prepotente.

— Kurt não era o nome do meu marido — Anneliese disse baixinho. — Eu nunca fui casada. O homem na fotografia é meu pai, e o nome dele era Manfred. Ele era um oficial da SS, sim. Eu não sabia nada do trabalho dele, do que nenhum deles fazia. Ele nunca discutiu trabalho comigo, e eu não estava em posição de lhe perguntar. Não sou uma menina moderna como você, Jordan. Fui para a universidade e li poesia inglesa, mas minha mãe morreu e eu voltei para casa para cuidar do meu pai, para obedecê-lo enquanto vivesse com ele. Eu não me envolvia em política, vivia para cuidar da casa. Não ouvi as coisas terríveis sobre a SS até depois da guerra, depois que meu pai já tinha morrido. Você pode imaginar como fiquei horrorizada? Um homem que sempre foi gentil, bom pai, membro de...

Seus olhos se encheram de água novamente. Ela virou a cabeça, como se quisesse enterrar o rosto de volta na camisa do marido, mas com um esforço gigantesco continuou falando, massageando as bochechas com as mãos.

— Eu não queria ter nada a ver com a Alemanha ou a Áustria depois da guerra. Queria um novo começo. É claro que eu não contei para ninguém sobre minha família quando me candidatei para vir para cá. Quem contaria? Eu não seria aceita se as pessoas soubessem. — A voz dela tremeu. — Na minha primeira semana em Boston, um garoto jogou uma pedra em mim porque eu tinha sotaque alemão. O que eles teriam feito se soubessem o que meu pai foi?

— Se você é tão inocente, por que não nos contou?

— Eu queria deixar isso tudo para trás, toda aquela vida feia. O ódio. Pessoas xingando e atirando pedras... Eu não traria isso para sua linda casa. — Ela fez um pequeno gesto de desamparo em direção às quatro paredes, à mesa decorada para Ação de Graças. Gentilmente, sua mão alcançou a do marido. — Eu levei a medalha do meu pai para o casamento. Era a única coisa que eu tinha dele... Eu gostaria que ele me levasse para o altar. Foi errado? — Seus olhos azuis se viraram para Jordan. — Quer saber por que você não encontrou a medalha quando procurou no meu quarto? Eu a joguei em um pequeno lago durante nossa lua de mel. Porque aquela parte da minha vida estava encerrada.

Algo frio e horrível estava crescendo no interior de Jordan, embrulhando seu estômago. Ela ainda tinha a sensação de que havia dado um passo errado, tomado o caminho errado. *Acusação errada*, sua mente alertou, mas ela se firmou com uma respiração profunda.

— E quanto a Ruth? — perguntou, lutando para conseguir um tom de voz razoável. Porque a voz cremosa de Anneliese emanava razão. — Fale sobre Ruth.

Anneliese soltou mais um rio de lágrimas, as mãos sobre o rosto. O pai de Jordan ficou desamparado olhando de sua mulher para a filha, e alguma coisa em Jordan se partiu quando ele estendeu a mão e tocou o cabelo de Anneliese.

— Querida... — Ele não podia ver uma mulher chorando.

Anneliese estava segurando a mão dele, despejando explicações — para ele apenas, sem dar a Jordan nada além de um olhar de relance.

— Deus me deu Ruth. Ele nos deu uma à outra em Altaussee. A guerra tinha acabado e eu estava andando na margem do lago. Finalmente tinha conseguido meus documentos, e minhas passagens estavam ali. Agradeci a Deus pela minha sorte e vi uma garotinha em um banco. Suja, magra, os documentos enfiados no casaco. Tinha apenas três anos. Ela não soube me dizer onde estavam seus pais. Quem sabe o que tinha acontecido com eles? Esperei horas sentada ali com ela. Não sabia o que fazer. Foi então que uma mulher maluca tentou nos atacar. Todos estavam desesperados pelas passagens de barco, pelo dinheiro. Lutei por Ruth como se ela fosse minha, e foi então que eu soube que ela tinha sido enviada para mim. Eu não poderia deixá-la. — Um longo suspiro trêmulo. — Então eu limpei o sangue do rosto dela, pois ela tinha sido atingida, e a levei comigo quando saí de Altaussee. Quando pousamos em Boston, ela já parecia achar que eu era a mãe dela. Na maior parte do tempo, eu esqueço que não sou a mãe de Ruth. Ela era tão pequena, e tudo tinha terminado como um sonho terrível...

Outro silêncio sufocante tomou conta da sala. Os lábios de Jordan se abriram. Ela não conseguia pensar no que dizer.

— Eu não acredito nisso — ela forçou, afinal. — Tudo isso soa... teatral.

— A guerra é teatral, Jordan. Não espero que você entenda, você não viveu aquilo. — A voz de Anneliese estava drenada, sem vida. O buraco gelado no estômago de Jordan apertou de novo. — Aqueles que sobreviveram só estão vivos por um golpe de sorte. Os pais de Ruth foram mortos; ela foi deixada para trás. Meu pai está morto; eu fui deixada para trás. Toda história de sobrevivência é extraordinária. A morte acontece todos os dias; a sobrevivência é um truque teatral.

O pai de Jordan não disse nada. O rosto dele estava cinza e flácido, mas sua mão estava debaixo da de Anneliese.

— Por que você mentiu sobre Ruth? — Jordan atacou, usando a certeza dos fatos como armadura. — *Por quê?*

— Pensei que vocês pudessem não gostar dela... — Olhando para o marido. — Ela é quase com certeza judia. Quantos homens receberiam uma judia em sua casa, dariam seu sobrenome a ela? Eu estava com medo.

Ele se encolheu.

— Eu nunca teria hesitado em...

— Eu enganei você. Me desculpe. — Anneliese esticou a mão, tocando a bochecha dele. — Talvez você não me perdoe. Mas não use isso contra a minha pobre Ruth.

— Pai, escute — Jordan disse, desesperada. — Como podemos acreditar nela? Ela mentiu sobre tudo, você precisa... — Seus próprios pensamentos giravam, confusos. *O que pensar disso tudo?* — Seu nome não é Anneliese Weber, é? — Encurralando a madrasta. — Esse é o nome da mãe de Ruth, está na certidão de nascimento dela, então não pode ser o seu. Você mentiu sobre isso também...

— Abri mão do meu nome por Ruth, assim ninguém pode tirá-la de mim. Eu estava com tanto medo de que me tomassem a menina... — Anneliese secou os olhos. — Não quero meu nome verdadeiro, de qualquer jeito. O nome do meu pai estava manchado. *Weber* era mais fácil para os americanos pronunciarem. Nunca menti sobre o nome.

— Você mentiu...

— Não. — Não foi Anneliese quem falou; foi o pai de Jordan. — Ela me contou no dia em que nos conhecemos que o nome dela era diferente, que ela tinha escolhido algo mais fácil para ser pronunciado pelos americanos. Alguma coisa para lhe dar um novo começo.

O coração de Jordan pulou.

— Pai...

— Não se zangue com Jordan — Anneliese interrompeu, tocando a bochecha dele novamente. — Ela só estava tentando proteger o pai.

Ainda estou tentando proteger o meu pai. Jordan buscou o tremor instintivo de medo que a tinha tocado no início das acusações, procurando os olhos de Anneliese, mas não o encontrou. Anneliese não parecia perigosa. Ela parecia uma boneca quebrada.

— Sinto muito. — Os olhos dela ainda alagados. — Sinto muito mesmo. Eu deveria ter contado tudo.

Os lábios de Jordan se abriram, mas ela não conseguiu falar nada.

— Vocês deviam conversar. — Anneliese olhou de seu marido para Jordan. — Se não quiserem que eu... — A voz dela se quebrou. — *Du meine Güte*, sinto muito...

Ela se apressou para sair da sala, corcunda, como se estivesse esperando um golpe. O primeiro soluço veio logo antes do som da porta do quarto se fechando.

Jordan olhou para seu pai, entorpecida. Ele estava em pé, as mãos ao lado do corpo, vestindo a camisa boa que mandara fazer para o jantar de Ação de Graças. A prata brilhante e as abóboras na mesa pareciam bandeiras comemorativas decorando um naufrágio. Jordan respirou fundo o ar congelado e se deu conta de que estava vindo fumaça da cozinha. O jantar de Ação de Graças estava perdido.

Seu pai a encarou. Ela deu um passo adiante, os olhos desfocados. Sem saber o que dizer. Sem saber o que pensar, exceto que tudo tinha dado terrivelmente errado.

— Pai...

Pai, ainda não sei se acredito nela ou não. Pai, eu só estava tentando proteger você.

Mas ela não conseguiu passar da primeira palavra. Sua garganta congelou, cheia de lágrimas, o cheiro do peru queimado, o Dia de Ação de Graças arruinado. Fracamente, ela acenou para as duas fotografias.

— As fotos não mentem — ela insistiu. — Eu acredito no que vi.

Mas o pensamento reverberava em sua cabeça como um sino agora: *Você viu errado.*

17

Ian

Abril de 1950
Salzburgo

Deveria ter sido uma noite para dormir feliz e triunfante, uma noite para sonhar com *die Jägerin* algemada, mas o pesadelo não deixou. Acordado do sono pelo sonho familiar, Ian tentou se divertir com a previsibilidade dos terrores noturnos, mas estava tremendo demais.

— Por que o paraquedas? — perguntou alto no escuro de seu quarto de hotel, precisando ouvir uma voz, mesmo que fosse a sua. — Por que a droga do *paraquedas*?

Pergunta sem efeito. Um pesadelo era uma agulha penetrando através da rede da memória humana. Ela escorregava por um caminho e encontrava outro, costurando sonhos obscuros tirados de lembranças improváveis. O paraquedas não era a pior coisa que ele tinha visto em sua carreira, então por que sonhar com ele? Por que não a Espanha, aquele dia em Teruel quando teve de carregar seu bloco de anotações por escadas para dentro do prédio republicano do governador civil atacado, enquanto ouvia os terríveis tiros isolados de homens se suicidando? Por que não a escola em Nápoles depois da retirada alemã, os caixões empilhados com flores que não cobriam os pés sujos das crianças dentro deles? Por que não sonhar com a praia de Omaha, por Deus?

— Esse seria o pesadelo mais óbvio para se ter? — Ian murmurou, curvando-se pela janela aberta para inspirar o ar perfumado de gerânios. Agarrado à areia molhada, vendo o sangue como redemoinho nas ondas rasas, surdo pelo fogo alemão, mas sentindo o impacto em seus ossos conforme as bombas caíam por todos os lados... Ele viu o primeiro fio branco em seu cabelo preto em uma semana de praia de Omaha. De fato, *aquele* deveria ter sido o pior sonho no seu arsenal de pesadelos.

Mas não. Era o paraquedas debaixo das árvores verde-esmeralda, balançando pacificamente, e a queda infinita abaixo.

Pare. Ian deu um chute brutal naquele medo. *Não há paraquedas, não há queda. Não há porcaria de pesadelo nenhum, porque você não tem esse direito. Você era apenas um jornalista. Um maldito escritor, não um soldado. Eles carregavam armas; você carregava a caneta. Eles lutavam, você não. Eles sangravam e morriam, você escrevia e vivia. Você não enfrentou os tormentos.*

Ele voltou para a cama, fechou os olhos, arrumou o travesseiro. Virou de costas e ficou olhando para o teto.

— Droga — sussurrou, levantando-se de novo para colocar uma camisa sobre a pele suada, e desceu para a recepção do hotel. Depois de uma discussão prolongada com o sonolento recepcionista noturno, Ian enfim conseguiu contato com o único outro homem com quem poderia contar que estaria acordado àquela hora: — Bauer, o que você sabe exatamente sobre a lei da extradição nos Estados Unidos?

— *Guten Morgen* para você também — Fritz Bauer falou. — Não me diga que está seguindo pistas além-mar.

Ian ficou de costas para o recepcionista.

— Talvez. — As complicações desconcertantes daquilo só tinham começado a ser assimiladas naquela noite, quando ele se sentou com os restos do jantar ouvindo Nina e Tony discutirem as melhores maneiras de encontrar *die Jägerin* agora que tinham um nome, uma fotografia e um destino. — Em que estaríamos nos metendo? — Ele só sabia de maneira geral e podia contar com Bauer para as especificidades.

— Seria um inferno — seu amigo disse sucintamente. Ian imaginou o brilho nos óculos dele enquanto se reclinava em sua cadeira de couro. — Um oceano de burocracia, dinheiro e tempo.

Esse era o motivo por que, Ian pensou, o Centro de Documentação de Refugiados não se dedicava a casos do outro lado do Atlântico. Em comparação com o escasso poder que eles tinham na Europa, teriam ainda menos além-mar. Para uma operação modesta como a deles, os casos que levavam a cruzar o Atlântico se tornavam becos sem saída, exigindo dinheiro e tempo. Quem poderia arcar com isso quando sempre havia alguém para perseguir na Europa? Ian esfregou os olhos, desejando que aquela voz carregada de lógica fria desaparecesse, mas continuou sem nenhum remorso. *Percorrer essa maratona por um único alvo é pura obsessão autoindulgente. Mesmo ela tendo matado seu irmão e quase matado sua esposa.*

A voz rouca de Bauer de novo:

— Detalhes de extradição americana... vão exigir pesquisa. Tenho um ou dois amigos lá. Vou fazer algumas ligações assim que os escritórios deles abrirem.

— Obrigado.

Ian desligou, mas a voz fria e lógica ainda falava.

Existem criminosos na Alemanha que você tem uma chance muito maior de pegar que Lorelei Vogt nos Estados Unidos. Deixe todos eles de lado por uma caçada improvável — uma busca que provavelmente vai consumir tudo o que você tem, incluindo o Centro — e essa busca imparcial por justiça de que você está tão orgulhoso se transforma em uma vingança corriqueira.

E se havia uma coisa em que Ian Graham não acreditava era vingança.

E agora?, ele pensou, mas a noite não tinha respostas. Apenas, finalmente, mais sonhos.

— Há mais para encontrar na Europa antes de ir para Boston — Nina estava dizendo. Ela dividiu o lugar com Ian no compartimento do trem, sentando de costas para a janela, suas vergonhosas botas acomodadas nas coxas dele. Ele as empurrava periodicamente, mas ela apenas as colocava de volta. Sua esposa aparentemente não tinha mais senso de espaço individual que de propriedade individual. — Amigos da universidade em Heidelberg — Nina continuou, mexendo em seu cada vez mais gasto dossiê. — E o amante dela, o *mudak* da SS? Ele está morto, mas e sua mulher? Ela deve estar louca para falar da vagabunda de seu marido...

— A esposa de Von Altenbach está morta também — Tony respondeu. — Ela convivia com a alta sociedade do Reich, amiga de infância de Magda Goebbels quando ela ainda era Magda Ritschel. Esse era o motivo de Von Altenbach não poder se separar dela pela nossa Lorelei. Ele levou a namorada para Poznan e deixou a esposa em Berlim, e esta cometeu suicídio no fim da guerra. Uma das seguidoras fiéis, que não podiam encarar um mundo sem o *Führer*.

— Os amigos de Lorelei na Alemanha. — Ian se concentrou em meio ao borrão cinza da falta de sono, tentando igualar sua energia à de seus companheiros. — Ela pode escrever para os amigos assim como escreve para a mãe, não?

Ele respondeu aos sorrisos com outro sorriso, mas teve de fazer muito esforço para isso. As dificuldades que vinham pela frente estavam se acumulando em sua cabeça como nuvens de tempestade.

Entretanto, não havia tempestade no céu quando desembarcaram do trem em Viena.

— *Tvoyu mat* — Nina murmurou, parando no topo da escada da estação de trem. — Eu queria estar lá no alto... — Ela apontou para as grandes nuvens que deslizavam no céu. — Lá *em cima*!

— Não posso colocá-la naquela altura, mas posso te levar a sessenta e cinco metros do chão. — Tony colocou as mãos nos bolsos. — Já andou na roda-gigante do Prater, Nina?

— O que é isso, *Prater*?

Ian também sorriu.

— Nosso famoso parque de diversões vienense, sua invasora de casas soviética em miniatura.

— Tivemos sorte ontem — Tony exclamou. — Vamos celebrar. Podemos reunir algumas moedas para ir ao Prater.

Ian olhou para Nina, pondo de lado o iminente problema da extradição.

— Nunca tivemos uma lua de mel, você e eu. Posso lhe mostrar alguns pontos de Viena antes de nos divorciarmos?

Pegaram um táxi para o parque de diversões na Leopoldstadt, onde a grande roda-gigante se elevava e as crianças gritavam de excitação, perseguidas por mães carinhosas e aflitas, subindo e descendo pelos corredores com vendedores de comida e galerias de tiro ao alvo. Nina entrou na fila para a roda-gigante, e Tony apostou que ela perderia o controle lá em cima. Ela riu tanto que se desequilibrou e bateu no ombro de Ian.

— Eu não me descontrolo — ela disse, enquanto Ian a endireitava segurando-a pelo cotovelo. — Não a sessenta e cinco metros.

— O que faz você perder o controle? — Ian perguntou, curioso novamente sobre a missão dela no front soviético durante a guerra. Mas Nina tinha ido para a fila e não o ouviu, e Ian deu um passo atrás. — Vão vocês dois, não me dou bem com altura.

— Você vem, *luchik* — Nina assegurou, e de alguma forma ela e Tony pegaram Ian um em cada braço e o estavam levando para a cabine. Quando sentiu o balanço sob seus pés, sua visão se atrapalhou e Ian se virou para sair, mas o funcionário já estava fechando a porta. Foram os últimos a entrar, ficando com a cabine toda para si... e, antes que Ian pudesse pular para fora, a roda-gigante já estava levando-os para o alto.

Sua boca de repente ficou seca como papel, e o mundo soou como se tivesse afundado debaixo d'água. *Não seja covarde, Graham*. Ele não fora sempre apavorado com lugares altos. Quando passou a ter os pesadelos com o paraquedas foi que tudo mudou. *Não seja covarde*.

As cabines do Prater eram famosas: compartimentos compactos com um banco central e janelas ao redor que proporcionavam uma visão panorâmica dos telhados pontiagudos de Viena e dos domos das igrejas, que agora pareciam do tamanho de casas de boneca. Nina caminhava ao redor perto das janelas, enquanto Tony indicava os pontos mais famosos da cidade. Ian sentiu a bile subir pela garganta e a engoliu enquanto a cabine subia mais. Se estivessem subindo as escadarias de uma catedral ou andando próximo ao parapeito de uma cobertura, ele estaria bem — coloque um marco sólido ou um chão fixo entre ele e o vazio e ele ficava bem. Mas balançar pelo ar naquela concha frágil...

Melhor que um avião, ele disse para si mesmo, apertando as mãos com tanta força que os nós dos dedos estavam ficando brancos. *E pensar que uma vez você ficou na fila para ter o privilégio de pular de um bombardeiro sobre a Alemanha.* Agora ele preferiria ser esfolado vivo.

— ... abrir estas janelas? — Nina estava dizendo. — É chato ir para cima e para cima como uma pipa.

— O que você está querendo fazer, subir no teto? — Tony riu, claramente nem um pouco preocupado quando ela abriu o vidro de observação da janela. Nina se enfiou por ela, colocando cabeça e ombros para fora. Estava só tentando ter uma vista melhor, Ian sabia, mas seus nervos não. Ele imaginou a esposa caindo da cabine como um pássaro abatido em voo, o vidro estilhaçado ao redor dela, e se lançou pelo chão oscilante. Segurando-a pela cintura, ele a puxou para baixo tão rápido que Nina quase voou para o outro lado da cabine. Ela caiu sobre o banco e na mesma hora ficou em pé, seus olhos azuis ardendo. Ian se virou de costas, fechando a janela com uma violência que a quebrou. Uma linha prateada de repente cruzou o vidro e ele não conseguiu evitar estremecer ao ver a rachadura e a paisagem de Viena através dela. Estavam no ponto mais alto da roda-gigante, sessenta e cinco metros, cinco vezes mais alto que o dia em que ele...

Ian se afastou e vomitou em um canto.

Quando se endireitou, Nina e Tony estavam olhando para ele. Ele pegou um lenço no bolso e limpou a boca, dando-se conta, com vergonha, de que suas mãos estavam tremendo. Sua voz não estava, pelo menos.

— Salto de paraquedas, 1945 — ele balbuciou quando a cabine começou a descer. — Desde então, pode-se dizer que tenho tido pequenos problemas com altura. Portanto, da próxima vez que eu disser para me deixarem no chão, *me deixem na droga do chão*.

Tony limpou a garganta.

— Desculpe, eu não...

— Eu sei — Ian o interrompeu, desejando que aquele passeio terminasse, que parassem de olhar para ele. Desejando não ser um covarde.

— Eu digo para ir de novo — Nina interveio.

— O quê?

— É o que eu faria. Suba nesta roda-gigante mais cem vezes. O dia todo. A noite toda. Até perder o medo.

— Não — disse Ian. O pensamento de subir mesmo uma única vez mais já o fazia querer vomitar tudo de novo.

— Percorra sua lista de medos. — Os olhos dela tinham uma compaixão distante, como se ela soubesse o que ele estava pensando. — Esmague todos eles, até que sobre apenas um. É bom ter medo, *luchik*, mas apenas um. Acho que o medo que você quer manter é o de nunca encontrar *die Jägerin*, não? Então se livre deste.

Ian olhou para a esposa. Ela estava arrumando o cachecol ao redor do pescoço, uma peça caseira branca bordada com estrelas azuis. Ela sorriu.

— Venha — desafiou, batendo no banco. — Eu vou com você, o tempo que quiser. Vamos matar um medo hoje.

— Fique entre mim e a porta quando pararmos — Ian avisou — e eu te jogo pela janela.

Ele não sabia quanto tempo durara o horrível passeio, mas o restante do tempo foi em completo silêncio.

Quando chegaram ao Centro de Documentação de Refugiados já era o meio da tarde, as mãos de Ian já não tremiam e a humilhação por ter perdido o controle tinha diminuído.

— Certo — ele disse quando entraram no escritório, que cheirava a mofo. — Tenho uma ligação para fazer. Nina, se você puder separar a correspondência. Tony, catalogue e arquive tudo o que for novo. Afinal de contas, temos uma dúzia de outros dossiês abertos além do de Lorelei Vogt. — O ruído de papel sendo manuseado e do apito da chaleira tomou conta do escritório, e Ian pegou o telefone. — O que me diz, Bauer? — *Que sejam boas notícias.*

— Os Estados Unidos naturalmente não têm jurisdição sobre crimes cometidos em outro continente, então, se você encontrar sua Caçadora e provar quem ela foi e o que fez, ela teria de ser extraditada para julgamento. — Ian ouviu o barulho de Bauer mexendo em papel. — Para a Áustria, provavelmente, seu país de origem, ou para a Polônia, onde seus crimes foram cometidos em maior quantidade.

Ian imaginou a corte com poloneses querendo vingança, desejosos de fazer justiça contra a mulher que tinha caçado seus cidadãos nas margens do lago Rusalka.

— O que mais?

— Antes mesmo que você pense em levá-la para um julgamento na Europa, é bem provável que ela tenha de ser julgada nos Estados Unidos por uma corte civil, e você precisará de provas claras dos crimes cometidos por ela.

— Nós temos isso. Testemunhas. — Nina, testemunha ocular do assassinato de Sebastian, e o escriturário que fizera a declaração em Nuremberg sobre a execução de crianças polonesas por *die Jägerin*.

— Ainda assim seria difícil — Bauer avisou e apontou vários detalhes técnicos legais que deixaram Ian zonzo. A equipe precisava de muitas coisas, ele pensou: fotógrafos, motoristas, patologistas, e certamente o mais útil seriam mais especialistas legais. Ian ouviu seu amigo suspirar do outro lado da linha, consciente de que tinha perdido a plateia. — Os Estados Unidos não extraditaram um único nazista por crimes de guerra — Bauer terminou, sem rodeios. — Nenhum. Será que eles têm consciência de que abrigam muitos? Ou talvez a pergunta correta seja: eles se importam?

A sensação de peso voltou para o estômago de Ian assim que ele desligou. A voz de Tony era baixa:

— Quais são as más notícias?

— Estou ponderando a realidade em relação à lei de extradição americana — Ian respondeu. *Die Jägerin*. Conhecer o verdadeiro nome dela não a tinha trazido para a dimensão humana no fim das contas. Ela continuava a ser a Caçadora, distante e inalcançável. Ian forçou as palavras para fora. — É hora de encararmos os fatos. Não vamos para Boston.

Dois pares de olhos fixaram-se nele, desanimados. Um azul russo e outro preto polaco-americano.

— É o fim. — Ian olhou de um para o outro. — Ela escapou.

— Não, ela foi para *Boston* — disse Tony. — Quem sabe para onde depois de lá?

— Não importa. Ela pode ter ido para a Lua. — Ian fez um gesto em direção às quatro paredes do escritório, mordendo as palavras. — Somos três numa sala com duas mesas e quatro armários. Mesmo se a encontrarmos nos Estados Unidos, provavelmente não vamos conseguir fazê-la ser extraditada para julgamento. Não temos poder, dinheiro, a influência e os recursos necessários para uma busca do outro lado do Atlântico. É impossível. Eu esperava que fosse diferente, mas Bauer me convenceu. Acabou.

— Bauer não me convenceu — disse Tony. — Nós não paramos até falharmos, e ainda não falhamos.

— Vamos falhar se continuarmos com isso.

— Tenho que admitir, é um tiro no escuro. Mas podemos conseguir se...

— Isso não é um debate — Ian o interrompeu com a voz glacial. — Eu comecei este centro de documentação, Tony. Eu digo como e onde nós escolhemos nossos alvos.

— E nós dois sabemos que você não teria feito metade de suas prisões se não fosse por mim. Então não vamos fingir que o meu salário irrisório faz de você o meu chefe. — Tony cruzou os braços, e Ian se deu conta de que o americano estava irritado também. — *Podemos* pegar Lorelei Vogt.

— Chega desse seu eterno otimismo yankee! — O temperamento de Ian aflorou para enfrentar o desapontamento de Tony. A raiva machuca, mas pelo menos era uma dor satisfatória. — Este escritório insignificante, que funciona à base de suor e tinta, não tem recursos para...

— Então você está querendo desistir? — Os olhos de Tony perfuraram Ian. — Mesmo ela tendo matado o seu irmão?

— Muitos irmãos foram perdidos nesta guerra — disse Ian. — A minha perda não é mais digna de consideração que a dos outros. E eu não quero queimar tudo na minha vida por vingança.

— Você já queimou tudo na sua vida, Ian. E não por vingança; isso é para os plebeus que nunca foram para Harrow. — Tony deu um sorriso afiado. — Você queimou tudo na sua vida por este escritório, pela cela monástica que chama de casa e por três prisões ao ano.

Ian respirou fundo e esticou as mãos sobre a mesa, inclinando-se para a frente.

— Este escriório pode ser uma bagunça, mas significa alguma coisa. Meu punhado de prisões todos os anos significa alguma coisa, mesmo que seja só um punhado de lembranças para o mundo de que os culpados vão enfrentar a justiça pelo que fizeram. Para mim, vale a pena. — Ele fez um gesto para as quatro paredes de novo. — Se eu for para o exterior e jogar tudo em uma caçada inútil por *die Jägerin*, este centro provavelmente vai acabar. Então eu prefiro ficar aqui e continuar com os casos em que tenho alguma chance de vencer. E farei isso com ou sem vocês.

Nina tinha permanecido em silêncio até aquele momento, balançando o encosto de sua cadeira, abrindo e fechando a navalha, vendo os dois trocarem insultos. Então ela se levantou.

— Eu digo que vamos para Boston.

— Você ouviu alguma coisa do que eu disse? — Ian elevou os olhos para ela. — Mesmo se a encontrarmos, não poderemos levá-la a julgamento.

Nina deu de ombros.

— Então a mataremos.

— Não. — Ian deu a volta na mesa, indo até sua esposa até sua esposa com um único passo. — Não somos uma merda de esquadrão da morte. Somos melhores que isso. Homens mortos não pagam. Eles não sofrem. O mundo não aprende nada com eles. Sem justiça pública, nada tem sentido. *Não matamos nossos alvos.*

— Tudo bem — ela disse. — *Nós* não a matamos. *Eu* mato. Não tenho problema com isso.

— O que acontece com você? — Ian subiu o tom de voz, gritando. — Se você está disposta a matar Lorelei Vogt a sangue-frio, por que acha que é diferente dela?

— Eu não faço isso por diversão, como ela — Nina replicou. — Faço porque ela tentou me matar. Porque eu a vi matando seu irmão. — Nina se aproximou, a cabeça posicionada para mirar bem os olhos dele. — Russos não esquecem como os ingleses.

Ian olhou para sua esposa, perto o bastante para sentir a fúria contida dela o inflamar. Ela olhou de volta, olhos estreitados, o cabelo loiro em ondas selvagens.

— Não vou procurar a justiça para uma assassina implacável unindo forças com outra — ele argumentou por fim. — Saia já do meu escritório.

Nina moveu um dos ombros com desdém e foi em direção à porta.

— Ei! — Tony protestou, colocando-se na frente dela, mas Ian o impediu.

— Eu sempre disse que não trabalharia com ninguém que defende a justiça pelas próprias mãos, Tony. Nem tente me dizer que ela está brincando.

— Não estou brincando. — Nina pegou seu velho casaco no gancho perto da porta.

— Eu sei que não está — Tony respondeu. — Você abriria a garganta de *die Jägerin* de orelha a orelha e sairia andando com um sorriso. Mas você também faria isso, Ian, se se permitisse admitir. — Tony balançou a cabeça. — Você pode saber mais latim que a sua esposa, mas não ache que isso o faz ser melhor que ela. Você tem um lado selvagem também, só finge que ele nunca vai sair da coleira.

— Ele nunca vai sair da coleira — disse Ian. — Porque eu acredito que os princípios devem ser mais fortes que a necessidade de vingança.

— Desculpas certamente são — seu parceiro rebateu. — Você sabe a verdadeira razão de não querer seguir Lorelei Vogt até Boston? Eu sei. Você prefere deixar uma assassina livre a correr o risco de trair seus princípios éticos perfeitos.

Da porta, Nina olhou por sobre o ombro.

— É verdade — ela concordou.

Talvez seja, Ian pensou. *E é por isso que não vou arriscar. Controle é o que separa os homens das bestas.*

— Mande um telegrama quando voltar à Inglaterra — ele pediu a Nina. — Assim eu vou saber onde notificar você sobre os procedimentos do divórcio. Fique à vontade para ir com ela, Tony. Se o conheço bem, você prefere seguir um rabo de saia e um argumento fácil a seguir o que é certo.

— Desde o meu primeiro dia eu me pergunto quanto tempo levaria para você me demitir. — Tony pegou seu chapéu. — Adeus, chefe.

18

Nina

Maio de 1942
Engels

Ele era lindo. Verde-oliva com estrelas pintadas de vermelho, altivo e novo. Nina apoiou a mão na madeira aquecida pelo sol.

Quem é você?, o U-2 parecia perguntar.

— Uma amiga — Nina respondeu. Por todo o aeródromo, as pilotos e navegadoras do 588 estavam examinando seus novos aviões. Voariam em breve para se juntar à Quarta Força Aérea no front do sul, na região da bacia do Donets. Aqueles aviões participariam de um combate.

Yelena estava afastada, com as mãos nos bolsos. Nina se virou, ainda afagando a pá da hélice como se fosse o focinho de um cachorro.

— Sei que você está decepcionada por não ser uma combatente — ela disse, já se sentindo protetora do U-2. Queria tapar os ouvidos do avião, ter certeza de que ele não ouviria que não tinha sido a primeira escolha da piloto. — Mas esse garoto vai nos fazer bem.

— Eu sei. — O sorriso de Yelena tinha um toque melancólico ao se aproximar e bater na hélice. Nina não tinha a expectativa de ser escolhida para combater, mas Yelena havia chorado de desapontamento depois que soube que também tinha sido designada para os bombardeiros noturnos. No fundo, Nina estava aliviada. O regimento dos combatentes chamara a pequena e fogosa Lilia e algumas outras que ela percebeu que tinham se tornado suas amigas. Pelo menos ela não perderia Yelena. A intensidade de seu alívio tinha lhe surpreendido.

— É mesmo tão ruim? — Nina arriscou, com um inesperado nó na garganta. — Pilotar um U-2 comigo?

— Eu queria pilotar um Yak-1, mas... — O sorriso de Yelena desapareceu. — Eu te contei que nasci na Ucrânia, e depois minha família veio para Moscou?

— Sim.

— Meu antigo vilarejo foi atacado pelos alemães — Yelena revelou com a voz suave, e a mão de Nina caiu da hélice. — Mamãe teve notícias pela irmã dela. Todos estavam fugindo, as estradas congestionadas com pessoas carregando trouxas, crianças gritando, cachorros uivando. E os aviões alemães voaram sobre o caminho, metralhando a multidão. Meus avós estão mortos. Meus primos, mortos. — Ela parou, os cílios se fechando e rapidamente em piscadas forçadas. Nina queria colocar um braço ao redor dos ombros de Yelena, mas se segurou. — Eu não me importo se só puder pilotar um U-2 e não um Yak — encerrou Yelena. — Eu pilotaria uma *vassoura*, desde que com isso pudesse lutar contra os Fritzes.

— E você tem a melhor navegadora do 588 — Nina apontou.

Yelena deu um sorriso pálido.

— E a mais modesta também.

Elas voariam bem juntas, Nina sabia. Mariana Raskova tinha determinado todas as duplas pessoalmente, e o coração de Nina flutuara quando ela ouvira onde tinha sido colocada. Yelena era melhor, mas Nina era mais ousada; Yelena tinha reflexos mais acurados, Nina tinha olhos melhores. Elas se completavam perfeitamente.

— Então, camarada tenente Vetsina — Nina começou. — Aqui, meu trabalho é mantê-la viva. Você pilota o avião e eu piloto você, então você precisa fazer tudo o que eu disser — ela falou de brincadeira, mas o lampejo de protetora que havia passado por ela estava estranhamente forte.

Será que as outras navegadoras também estavam tão preocupadas com a segurança de suas pilotos?

— Não se preocupe, camarada tenente. Sou uma criatura boa de ser conduzida. Assim como ele. — Yelena olhou para o U-2, passando um braço sobre o pescoço de Nina, que encostou a cabeça em seu ombro. — Como podemos chamá-lo?

— Eu acho... — Nina deixou escapar uma respiração pensativa, sentindo o cheiro do sabonete que Yelena usara para lavar o cabelo curto e brilhante, contemplando o avião delas. Que bonitas palavras eram aquelas: *nosso avião*. — Acho que ele vai nos avisar quando estiver pronto, não acha?

Elas partiram em uma manhã quente de maio, Raskova na liderança. Ela deveria assumir o comando dos bombardeiros diurnos, mas pedira para acompanhar pessoalmente todos os regimentos para o front primeiro. Subiu como uma águia, com cento e doze filhotes logo atrás, as estrelas soviéticas brilhando no sol de maio. Elas se nivelaram abaixo das nuvens, a cabeça de Yelena movendo-se no cockpit diante de Nina enquanto ajustava o U-2 para entrar em formação. A major Raskova moveu as asas quando o último avião para entrar, e todas acenaram de volta, a ondulação passando pelas asas alinhadas como uma risada. Nina percebeu que escorriam lágrimas de seus óculos. Ela não chorava desde a primeira vez que voara, aos dezenove anos. Yelena tirou a mão do manche e a esticou para trás por cima do ombro, dando um aceno cego para Nina, e ela acenou de volta. Mesmo sem ver o rosto da piloto, ela sabia que Yelena tinha um sorriso de orelha a orelha.

Ninguém estava sorrindo quando pousaram em Morozovskaia.

— Aqueles canalhas — Nina cuspiu. Uma escolta de combatentes da Quarta Força Aérea subiu para acompanhar o 588, mas os homens não se satisfizeram em apenas escoltar, passaram a organizar formações de ataque, como se fossem Messerschmitts inimigos.

— São amigos — Yelena gritou para Nina, que ficou tensa quando viu a primeira manobra de ataque. — Estão apenas brincando... — Ela manteve o curso, mas várias das pilotos mais jovens se atrapalharam e saíram da formação.

— Raskova vai fazer brincos com as bolas deles — Nina falou quando todas já estavam seguras no chão.

— Eles não quiseram fazer mal — argumentou Yelena. — Foi só um trote. Os novos no front sempre recebem algum trote.

— Principalmente por sermos nós — o argumento voltou. — O projeto de bichinhos de estimação do camarada Stálin...

— ... porque somos *garotas*...

— Bem, não demonstrem nenhuma reação — Yelena disse quando começaram a se organizar para sair do campo aéreo. — Cabeças erguidas, senhoras.

Nina manteve os olhos estreitados e o queixo levantado enquanto passavam diante dos homens sorridentes em macacões de voo. Algum exibido no fundo gritou:

— Qual o problema, meninas? Não conseguem distinguir estrelas de suásticas quando as veem em uma asa?

Nina quebrou o ritmo da marcha para lhe fazer um gesto obsceno.

— Já chega — latiu a major Raskova, prestando atenção em tudo, como sempre. — Vocês ficarão em Trud Gorniaka, senhoras. Encontrem suas passagens e não se acomodem. Com o front tão instável, podemos partir a qualquer dia ou hora...

— Os alemães estão próximos — alertou Dusia Nosal, uma garota de rosto fino e alongado, provavelmente a melhor piloto do 588 depois de Yelena. Ela tinha perdido seu bebê recém-nascido em um ataque aéreo alemão no começo da guerra. — Podemos quase sentir o cheiro de *sauerkraut*. Se não recebermos ordens durante a semana...

Mas o comandante do 218 veio para a inspeção do dia seguinte e mal olhou para o regimento.

— *Do que* ele nos chamou? — sussurrou Nina.

— *Recebi cento e doze princesinhas. O que acha que devo fazer com elas?* — Dusia imitou. — Ele estava ao telefone com o general Vershinin, então eu ouvi.

— Ele não falaria isso na frente de Raskova!

Mas Raskova tinha voado de volta para Engels, e o 588 recebia ordens agora da major Yevdokia Bershanskaia.

— Duas semanas de treino adicional — Bershanskaia disse enquanto elas reclamavam. Ela não tinha nada do glamour de Raskova, com seus olhos azuis, mas era determinada, quieta, tinha a energia maternal de uma galinha e nenhuma paciência para retardatárias ou reclamonas. Havia desejado pilotar aeronaves de combate, Nina sabia, mas agora era comandante do 588 e, se estava desapontada, não demonstrava. — A capacidade de voo de todas vocês será testada por um piloto.

— O que eles acham que estivemos fazendo durante todo esse tempo em Engels? — Nina perguntou. — Lixando as unhas? Não podem confiar em nós até que um homem sinalize que sabemos de que lado do manche segurar?

— Ninochka — Yelena disse com um suspiro. — Cale a boca.

Nina, ainda fumegando, subiu friamente no seu U-2 na manhã seguinte com um piloto sardento que parecia ter uns doze anos e jogou o avião para o céu com tanta violência que seu inspetor quase vomitou.

— Aprovada — ele anunciou, com o rosto verde.

O examinador de Yelena era um homem alto e bonito de Leningrado que tinha um sorriso preguiçoso, e Nina teve ódio dele desde que o viu.

— Fazem pilotos muito bonitas em Moscou — ele elogiou, rindo por Yelena ter ficado corada. — Ouvidos virgens, *dousha*? Melhor se acostumar, ou você não vai durar um minuto contra os Krauts*... — Ele continuou falando besteiras, claramente se divertindo com as bochechas vermelhas e brilhantes de Yelena, e, quando enfim a deixou subir no cockpit, Nina fez sinal para ele do lado da pista.

— O que foi, pequena? — ele perguntou, aproximando-se com um olhar incrédulo para a cabeça de Nina, que nem chegava aos seus ombros.

— Com a sua altura, consegue enxergar para fora do cockpit?

---

* Termo pejorativo para se referir a um indivíduo alemão, mais especificamente a um soldado alemão. (N. do E.)

Ele ganiu, então, ao sentir a lâmina de uma navalha siberiana ser pressionada no lado interno de sua coxa. Nina sorriu, mantendo o corpo em um ângulo tal que ninguém podia ver a lâmina entre seus dedos. Yelena acenou do U-2, perguntando claramente o motivo do atraso.

— Minha piloto — disse Nina, docemente — não gosta da porra da sua linguagem, sua mula de Leningrado. Mantenha essa boca limpa perto dela, ou eu vou arrancar suas bolas e enfiá-las no seu nariz.

— Mulheres no ar — ele ironizou. — O mundo está ficando louco entregando aviões para putas como vocês.

— Putas como a minha piloto voam melhor do que você algum dia vai conseguir voar na sua porcaria de vida. — Nina deu outro sorriso doce. — Então leve-a para dar uma volta e mantenha a linguagem adequada, ou eu vou enfiar uma hélice na sua fábrica de merda e girar até sua bunda abrir como sua boca.

— Ele disse que sou uma piloto habilidosa e um trunfo para a Quarta Força Aérea — Yelena contou depois.

— É mesmo? — Nina perguntou placidamente.

Os Fritzes estavam avançando em direção a Stalingrado, supostamente já tinham chegado à curva do rio Don, antes de o 588 receber suas ordens.

— A primeira missão de combate será protagonizada por três aviões apenas. — A mão de Bershanskaia fez um sinal pedindo silêncio antes que as reclamações começassem. — Eu e duas comandantes de esquadrão. Encarem isso como uma saída exploratória, garotas.

— Não vamos ficar com raiva dela — Yelena contemporizou. — Para as comandantes, vai ser apenas trabalho burocrático de agora até o fim. Ela deve ter a honra de voar a primeira missão.

— Não seja tão generosa — Nina rosnou. — Apenas admita que você pisaria sobre a sua própria mãe para entrar em um cockpit agora.

— Eu pisaria sobre a minha própria mãe para entrar em um cockpit agora — Yelena respondeu imediatamente. — Só não sobre uma *sestra*.

Estava uma noite agradável de verão, quente e com brisa. Impossível pensar que o front estava a apenas alguns quilômetros de distância daqueles campos prosaicos e bunkers erguidos às pressas, com ruas esburacadas cheias de caminhões e equipe de solo usando macacão. No horizonte, colunas de fumaça de quilômetros de altura.

— Depósitos de carvão queimando — alguém sussurrou.

Ainda havia um pouco da luz do dia quando o regimento se reuniu na pista para assistir enquanto Bershanskaia e o esquadrão de comandantes iam para seus aviões.

— Vão voar para a pista auxiliar perto do front — o sussurro se espalhou.

— Vão se armar lá, voar a sua missão e depois voltar para cá.

Três aviões decolaram no céu que escurecia. Nina assistiu, as mãos enfiadas nos bolsos, dores no corpo. *Amanhã*, ela pensou. Considerando os rostos ao redor dela, estavam todas pensando a mesma coisa.

— Bom — Yelena anunciou. — Não vou para a cama até elas voltarem. Vamos ouvir música!

Uma garota de Kiev começou uma antiga canção folclórica, com sua voz baixa e cadenciada, e algumas outras a acompanharam, fazendo a harmonia. Uma marcha pelo partido foi feita em seguida, rapidamente e bem afinada, e mais vozes se juntaram quando as estrelas já chegavam aos milhares. O céu se tornou um veludo preto, e Nina surpreendeu a si mesma cantando uma canção de ninar antiga das margens do Velho. Ela nem sabia que se lembrava da música, todos aqueles versos no dialeto do lago, tão antigo, mal parecia ser russo. As outras garotas ouviram com atenção.

— O que era aquilo? — perguntou Yelena. Ela se sentou encostada no galpão mais próximo, mexendo em um tecido apoiado no colo.

— Uma canção sobre o lago — disse Nina. — Todas as canções de Baikal são sobre o lago. Ondas que balançam os barcos e os berços, e a mão da *rusalka* que faz ambos se movimentarem. Depois alguma coisa sobre a lua... Na verdade não faz muito sentido.

— Nada faz sentido — Yelena replicou. — Estamos no meio de uma guerra, e a alguns poucos quilômetros daqui pessoas estão morrendo. Mas nós... nós nunca estivemos tão felizes.

— Sim — Nina concordou, olhando para o luar que brilhava no cabelo de Yelena.

Dusia estava cantando, seu rosto triste sorrindo pela primeira vez, e duas outras garotas começaram a dançar, mexendo-se de braços dados, as risadas aumentando dentro da noite. Alguém chamou Nina, mas ela se jogou ao lado de Yelena e, mexendo a cabeça em direção ao tecido nas pernas da amiga, perguntou:

— Você está *costurando*?

— Bordando meu cachecol de voo. Estrelas azuis em fundo branco. O que você acha? — Yelena colocou o tecido debaixo da luz das estrelas para Nina ver.

— Onde você conseguiu linha azul?

— Descosturei aquelas horríveis cuecas masculinas! — Yelena sorriu, e Nina riu. Elas já estavam voando bem alto em pensamento para o dia seguinte. A ansiedade era tão expressiva que machucava a boca, como o frio do inverno no gelo às margens do Velho.

Elas estavam fazendo planos sobre como celebrariam quando voassem quinhentas missões e se transformassem em Heroínas da União Soviética. "Estrelas de ouro no peito, assim como Raskova!" "Quando você ganha uma medalha, ouvi dizer que tem que jogá-la em um copo de cristal, encher o copo com vodca e beber com um brinde." Foi quando um barulho de serra cresceu à distância: o som do pequeno motor radial barulhento do U-2. As garotas do 588 correram todas ao mesmo tempo em direção à pista.

Um avião tocou o chão, depois outro. As caudas encostaram na grama, fazendo os dois U-2 pararem, e a equipe de solo em serviço se apressou para fazer as checagens pós-voo e prender as asas. Nina viu a forma compacta de Bershanskaia descer do cockpit, saltando da asa para o chão. A primeira comandante do esquadrão veio depois, tirando os óculos. O regimento já estava ao redor delas, dando risada e cumprimentando-as, mas os pés de Nina ficaram lentos. As pilotos que voltavam estavam pálidas, o rosto parecendo de pedra. Nina olhou para o alto e viu as estrelas.

Não se ouvia mais nenhum barulho no ar indicando a chegada de um terceiro avião.

— Onde está a comandante do esquadrão... — alguém começou, mas Bershanskaia interrompeu. Ela não disse nada, apenas balançou a cabeça.

As garotas olharam umas para as outras. Era a primeira noite na ativa, Nina pensou com o estômago revirando e doendo, e o regimento já tinha suas duas primeiras baixas.

Bershanskaia olhou de piloto para piloto, viu o rosto branco da vice-comandante do segundo esquadrão.

— O esquadrão agora é seu, Mariya Smirnova. — O silêncio tomou conta de tudo. — Descansem, senhoras. Amanhã vocês todas vão para o ar.

A maioria das garotas voltou para os quartos, algumas pálidas e assustadas, outras chorando. Yelena foi para a direção oposta, para o campo onde o restante dos U-2 esperava. Nina foi atrás dela, o choque ainda rolando dolorosamente em seu interior. Duas mulheres mortas, duas mulheres que ela conhecia...

— Você deveria ir dormir — Yelena disse.

— Não vou deixar minha piloto. — A necessidade de proteger tomou conta de Nina de novo, dessa vez com um toque de ternura. — É a primeira função da navegadora.

Ela alcançou a mão de Yelena, e os dedos longos se entrelaçaram nos dela. A garganta de Nina se fechou. Seguiram para o U-2 delas e ficaram olhando silenciosamente para o avião. Apenas uma forma escura contra o brilho das estrelas. Não havia um aeródromo perto do front; em uma noite agradável de verão como aquela, os aviões ficam camuflados, em silêncio, formando filas na grama. *Onde estaremos voando no inverno?*, Nina se perguntou. Se o exército alemão ainda estivesse avançando no inverno, isso significaria que Moscou teria caído? Provavelmente Leningrado também, morrendo de fome e cercada, e Stalingrado...

— Quais você acha que serão os alvos amanhã? — A voz de Yelena era macia na escuridão.

— Armazéns e depósitos de munição alemães — Nina arriscou.

Yelena passou a mão na parte de baixo da asa, em que se prendia a bomba.

— Não há muito poder de fogo no U-2.

— O bastante para atrapalhar, incomodar. Como um mosquito... você sabe.

— Mas somos apenas um mosquito em uma grande guerra.

— Um mosquito em uma nuvem de mosquitos — Nina corrigiu. — E uma nuvem de mosquitos pode levar um homem, ou até um cavalo, à loucura, com uma dor que o faça pular no lago e se afogar.

Yelena percebeu o tremor involuntário de Nina com as próprias palavras.

— Que foi?

— Afogamento. A única coisa de que tenho medo. — Ela controlou a respiração, por um momento sentindo o gosto metálico do lago, sentindo a mão de seu pai empurrar sua cabeça para debaixo do gelo. — Qual o seu medo, Yelenushka?

— Ser capturada e torturada. Cair... — Yelena se arrepiou. — E se formos nós amanhã?

Nina ficou em silêncio. Havia apenas a fraca luz das estrelas, mas ela conseguia ver a pele pálida de Yelena. Ela a via claramente, como se fosse dia: os cílios longos e espessos, os lábios firmes pressionados para evitar o tremor, o cabelo escuro que já tinha crescido desde o corte do dia do treinamento em cachos ao redor do pescoço longo. Nina ergueu a mão, segurando o cachecol de voo de Yelena com metade das estrelas azuis bordadas, e a puxou para baixo para que pudessem se ver olho no olho.

— Não seremos nós — ela disse e grudou sua boca na de Yelena. Lábios macios, bochechas macias, os dedos deslizando pelo cabelo macio de Yelena. Um momento de paralisação, um som baixo de surpresa, tudo desaparecendo no calor entre elas. Então os lábios se abrindo, vacilantes. Uma mão delicada na bochecha de Nina, e seu sangue borbulhou.

Os olhos de Yelena estavam bem abertos quando elas se separaram. Nina queria voar. Ela não precisava do U-2 para decolar; poderia sair correndo e alcançar as estrelas. Com uma mão ela bateu no avião, com a outra enlaçou a cintura de Yelena.

— Este pássaro precisa de um nome — Nina disse. — Venha.

As duas vasculharam o quartel-general temporário dos mecânicos, implorando por uma lata de tinta vermelha e pincéis aos poucos que ainda vagavam entre seus aviões, e levaram tudo para o U-2, tirando apenas um pouco da camuflagem para fazerem o trabalho. Yelena fez a pintura enquanto Nina, com sua visão noturna afiada, direcionava a posição das letras.

— A última palavra está muito em cima... baixo, para baixo! Raskova sabe que escolheu uma piloto que desconhece a diferença entre em cima e embaixo?

— Raskova sabe que escolheu uma navegadora que não consegue dar direções simples? — Yelena sujou Nina com o pincel.

Faltava provavelmente uma hora para amanhecer quando terminaram. O último mecânico já tinha ido embora. Nina e Yelena eram com certeza as únicas duas pessoas que não estavam dormindo no quartel. Olharam para o trabalho, Nina sentada na asa mais baixa do U-2 com os pés balançando, Yelena de pé ao lado dela, com a cabeça inclinada. Ao longo da fuselagem, letras vermelhas nítidas diziam: *Para vingar nossas camaradas*, com o nome das duas primeiras baixas do regimento. Do outro lado, estava o novo nome do U-2.

Rusalka.

— Silencioso e imortal — Yelena disse. — Gosto disso.

— Eu também — Nina respondeu e procurou a boca de Yelena para beijar novamente. Sem surpresa dessa vez, moveu-se lentamente para dar a ela a chance de recusar — *por favor, não recuse* —, e ela não o fez. Suas mãos seguraram o rosto de Nina, seus lábios famintos e tímidos. Nina sentiu a pontada no estômago que sempre sentia quando começava a girar com o nariz da aeronave para baixo. O delírio da queda livre.

— Eu não... — Yelena balbuciou sem certeza, os lábios ainda tocando os de Nina, os dedos presos com força no cabelo dela. — Por que eu?

— Porque você é a melhor piloto que eu já vi — Nina respondeu. — Nunca vi nada tão lindo no ar como você.

— Garotas não... não deveríamos...

— Eu não ligo para *não deveríamos* — Nina disse secamente, deslizando da asa para puxar sua piloto para o chão. A sombra debaixo do *Rusalka* era escura como o lago, a grama doce e macia. Atrapalhadas com os macacões... existe algo menos apropriado para se fazer amor que macacões? Nina ainda tinha coerência o suficiente para se perguntar isso. Tudo era pouco familiar e intoxicante. Yelena tinha a pele tão macia, a espinha curva infinita como um colar de pérolas e o que parecia um quilômetro de cintura pálida como marfim. Deveria ter sido estranho, uma dança que elas não conheciam, mas não foi. Elas formavam um par perfeito no céu, moviam-se como um só elemento... e podiam se mover como um só elemento também no chão, com a sombra protetora do U-2 escondendo ambas de vista e o barulho distante de tiros e da artilharia antiaérea sufocando os sons do prazer. *Minha piloto*, Nina pensou, sua mão tocando debaixo do quadril de Yelena. *Minha.*

— Já amanheceu — Yelena sussurrou por fim. — Precisamos voltar.

— Não quero. — Nina bocejou no braço de Yelena.

— Precisamos, coelha. — E beijou a cabeça de Nina. — Hoje à noite vamos voar.

Nina abriu os olhos para o rosa a leste. Já queria as estrelas de novo, queria a escuridão, queria a noite. A noite para embrulhar os três, ela e Yelena e o *Rusalka*, e os mandar fazer o que tinham nascido para fazer. Nina se sentou, sentindo os lábios se abrirem num sorriso.

— Não vejo a hora.

19

Jordan

Ação de Graças de 1946
Boston

Jordan sentou-se sob o brilho vermelho da luz de segurança, movimentando a alavanca da Leica para trás e para a frente. Até a sala escura cheirava a peru queimado. *Não vou chorar,* ela falou para si mesma. Mas sua respiração falhava de tempos em tempos, e nem sequer o ambiente familiar da sala escura a confortava. Talvez no andar de cima Anneliese estivesse soluçando e o pai de Jordan a estivesse consolando, e Ruth estivesse se perguntando por que seu primeiro Dia de Ação de Graças não estava acontecendo. E, em algum momento, Dan McBride desceria ali e diria...

Jordan se contorceu. O olhar sem vida no rosto de Anneliese, o peso da derrota sobre seus ombros quando ela saiu da sala de jantar...

Eu estava certa. Então por que sinto que fiz tudo errado? Os pensamentos de Jordan voltaram-se para as fotografias, a Cruz de Ferro, o pai morto de Anneliese e sua tatuagem e a data incriminadora. Então ela se viu lembrando da expressão de Anneliese ao sair da sala de jantar e a estudou clinicamente, procurando sinais de mentira. De jogo de cena. Seguiu-se um estremecimento profundo: *Você já não fez o suficiente?*

De novo e de novo. As fotografias e as supostas provas e um feriado arruinado. A única coisa que ela sabia é que não tinha mais certeza quanto ao que havia reunido. Não tinha mais certeza de nada.

E finalmente aconteceu... o som da porta da sala escura se abrindo. O clique de um interruptor de luz, o brilho vermelho da luz de segurança engolido pelo branco duro das luzes acima, e ali estava seu pai, descendo os degraus. Jordan se forçou a olhar para ele, deixando a Leica de lado. Ela encontrou o olhar dele, sabendo que seu rosto exibia a culpa, mas não podia evitar. Ele não parecia bravo. Ela tinha se preparado para raiva. Mas ele parecia exausto, triste, desapontado. Uma aparência que a fez murchar por dentro, pois ela preferia morrer a desapontar o pai.

— Anna finalmente dormiu — ele começou. — Eu consegui tirar alguns pedaços para Ruth jantar. Você quer um pouco?

— Não. — O estômago de Jordan estava doendo tanto que ela achava que nunca mais conseguiria comer.

— Eu não sei o que dizer. — Ele parecia tão desanimado, tão derrotado. — Não sei como... consertar isso. Sinto muito por não ter lhe contado mais sobre Anna, que ela tinha mudado de nome. É minha culpa.

— Não é sua culpa. Foi ela quem mentiu, pai — Jordan conseguiu dizer. — Para você e para mim. Mesmo que tudo que ela disse seja verdade em relação aos *motivos* dela, ainda assim ela mentiu.

— Sim. Não vou dizer que não estou zangado com ela. Foi muito errado. Mas ela *sente muito*, Jordan. Ela estava se acabando de tanto chorar lá em cima, repetindo isso sem parar. — A voz dele estava rouca. — As pessoas têm seus motivos para mentir, para esconder coisas. Desde a guerra, eu vejo refugiados na minha loja toda semana vendendo o último broche antigo ou a última peça de prata. São homens com nomes que obviamente foram trocados, mulheres carregando crianças que não se parecem nada com elas. As pessoas dão desculpas para as suas cicatrizes ou seus sotaques. Toda semana eu vejo pessoas que estão envergonhadas do que fizeram na guerra ou do que seus amigos fizeram. A guerra deixa *milhões* de pessoas assim. Sim, ela errou ao mentir, mas isso não significa que eu não entenda por que ela fez isso ou que eu não a ame mais.

Não era típico do seu pai falar tão francamente, de maneira tão emocionada. *Ele está sofrendo*, Jordan pensou. *Está sofrendo muito.*

— Então você acredita nela?

Ele esticou as mãos, impotente.

— O que é mais provável, senhorita? Que ela tenha um pai e um nome dos quais tem vergonha de lembrar, e uma criança que não é dela? Ou que ela seja algum tipo de nazista ardilosa saída de Nuremberg?

— Eu nunca disse isso!

— Você disse que ela era perigosa — ele falou gentilmente. — Você disse que ela poderia ser qualquer coisa, uma assassina. Você diz que ela mentiu para encobrir algo terrível; ela diz que mentiu para encobrir algo de que *tem vergonha*. Agora, vivemos com ela há meses. Nós a conhecemos. Ela nunca foi nada além de boa com você, e comigo ela tem sido tudo que eu poderia... — Ele parou, engoliu. — *Nós a conhecemos*, Jordan. Então eu te pergunto: qual explicação é mais provável? Que ela é perigosa ou que está apenas com vergonha?

Os olhos de Jordan transbordaram. Ela se levantou com lágrimas escorrendo pelo rosto, sem nem tentar segurar o soluço. Seu pai colocou um braço ao redor de seus ombros, puxou-a para mais perto. Ele ainda soava derrotado.

— Eu não culpo você por querer respostas. Você estava certa de perguntar. Eu só gostaria que você... tivesse chegado em Anna de maneira diferente. Querendo escutar, tanto quanto questionar.

— Eu não quis que fosse assim — Jordan conseguiu dizer. — Eu só estava... seguindo o que eu vi. — *E você viu alguma coisa*, ela pensou, *mas e daí?* Seu pai estava certo, ela procurou logo a pior das explicações possíveis.

Jordan e sua imaginação incontrolável. Aonde isso a levou? Ali, vendo seu pai lutar penosamente com o desapontamento.

— Talvez eu devesse ter mandado você para a faculdade, no fim das contas — ele disse. — Anna aprova. Ela acha que isso ajudaria você a crescer, tirar sua cabeça das nuvens. Mas eu tinha tanta esperança de que você cuidasse da loja depois de mim. Talvez você e Garrett. Aquilo era só um quarto de curiosidades velhas quando eu a herdei de seu avô. Eu queria transformar aquilo em algo especial para você. Um futuro real...

A voz dele saiu do tom, mas não antes de Jordan ouvir a dor verdadeira. O tom de *o que eu fiz por você não foi bom o suficiente?* Ela sentiu como se tivesse levado um chute no estômago.

— Não sei como consertar isso — ele disse de novo, e ela viu que seu pai estava quase chorando. Dan McBride, sólido como uma rocha, que nunca tinha deixado cair uma lágrima na frente de Jordan a vida inteira.

— Sou eu quem tem que consertar isso. — Ela deixou a cabeça cair no ombro dele. — Eu... Eu vou me desculpar com Anna assim que ela acordar. Vou fazer o certo com ela, eu prometo.

— Ela vai ter que fazer o certo com você também. Ela precisa ser mais aberta, e eu e ela vamos falar sobre isso. — Ele beijou a cabeça de Jordan. — Você é minha garota e estava protegendo o seu velho pai. Eu sei disso. — Ele se virou em direção à escada. Queria esconder as lágrimas nos olhos, Jordan sabia. Ele não suportava que ela visse aquilo. — Preciso colocar Ruth na cama.

Assim que ele começou a subir a escada, Jordan viu os primeiros toques de branco em seu cabelo.

Garrett respondeu à batida de Jordan, emoldurado pela porta. O olho de Jordan automaticamente compôs a fotografia, mas ela estava sem a câmera, e de qualquer maneira o sorriso de Garret sumiu quando ele viu o rosto dela.

— O que aconteceu de errado?

— Tudo. — Jordan aqueceu as mãos geladas. Ela havia deixado a sala escura indo diretamente para um táxi, sem casaco ou luvas. — Eu só precisava ficar longe de casa um pouco.

Garrett levou-a para dentro, passando por uma sala de jantar bagunçada com pratos de torta. Jordan sentiu cheiro de torta de abóbora, canela e café. O pai de Garrett estava meio dormindo ao lado do jornal. Ele lançou um oi sonolento, e a mãe de Garrett saiu da cozinha limpando as mãos no avental.

— Jordan, querida, parece que você esteve chorando. Discussão de família? Essas coisas acontecem nos feriados. Todo Natal eu juro que vou arrancar os olhos de Katy se ela fizer mais alguma observação condescendente sobre meu molho de cranberry. Vou pegar um pouco de chocolate quente para você...

Logo Jordan e Garrett estavam sentados no quarto dele com canecas com chantili, com a porta aberta, seguindo a regra da sra. Byrne. "Não se metam em confusão, você dois!"

Garrett recolheu as peças de um modelo de avião que estava montando.

— O Travel Air 400 — ele disse, meio envergonhado. — Eu sei que kits de modelismo são para crianças, mas este é o avião em que eu aprendi a voar quando me alistei... O que aconteceu, Jor?

— Deixei minha madrasta histérica e possivelmente destruí o casamento do meu pai — Jordan se lamentou. — Está bom para uma discussão no Dia de Ação de Graças? Eu preferia que alguém arrancasse meus olhos por causa de molho de cranberry.

Garrett a puxou para seu peito, e Jordan inalou o cheiro reconfortante de chocolate e cola para modelismo. Ele não interrompeu enquanto ela contava todo o restante. Garrett nunca tentava oferecer conselhos quando alguém estava nervoso, apenas abraçava e ouvia.

— O que você vai fazer? — ele perguntou quando ela acabou.

— Me humilhar para Anna e esperar que ela me perdoe. — Jordan secou os olhos no suéter verde dele. — Você nunca acreditou nas minhas teorias malucas sobre ela, não é?

— Você não é uma dessas garotas da escola que estão sempre aprontando, Jor. Você não é louca. Você segue pistas. Talvez estivesse errada sobre o que elas significavam, mas isso não quer dizer que não estivessem lá.

— Não, eu *estava* certa. Anneliese estava escondendo algo. Mas eu fiquei com ciúme quando meu pai quis trazê-la para a nossa família, por mais que não quisesse admitir, e foi isso que me fez mais interessada na minha teoria de que ela era perigosa do que na possibilidade de haver outra explicação. Uma explicação inofensiva. Então eu acabei machucando todo mundo. — A humilhação picou e deixou sua marca quente e vermelha. *Eu realmente não fui muito longe daquela garotinha que dizia a si mesma que sua mãe tinha ido embora para se transformar em uma estrela de cinema porque essa era uma história melhor que a verdade.*

— Veja pelo lado bom — disse Garrett. — Sua madrasta não é uma nazista assustadora, mas uma boa senhora que faz *punschkrapfen*.

— Fui muito estúpida. — Espreitando da sala escura e criando teorias dramáticas, imaginando ser tão inteligente e observadora. Pensando ser J. Bryde, futura vencedora do prêmio Pulitzer... Que *piada*.

— Vai passar. — Garrett soava desamparado.

— Tenho várias reparações a fazer — *E é melhor começar logo*, Jordan disse a si mesma. *Porque você não vai se tornar a nova Margaret Bourke-White ou Gerda Taro. Você não passa de uma garota idiota que acha que pode ver como uma câmera, e tudo o que conseguiu fazer foi machucar quem você ama. Mas você tem uma boa família, se não arruinar as coisas com eles, e um bom futuro. Então vá para casa e comece a agradecer.*

— Preciso voltar. — Ela colocou de lado seu chocolate, agora frio.

— Eu levo você.

Mas acabaram parando na metade do caminho. Garrett estacionou seu Chevrolet perto do rio quando percebeu que Jordan estava chorando de novo. Porque ela estava se lembrando da primeira fotografia de Anneliese, a foto que deu início a tudo, perguntando-se como aquela sensação tinha sido tão errada — o baque, o reconhecimento, o *entendimento*. Sabendo que havia tirado uma das melhores fotos de sua vida, sabendo que tinha visto alguma coisa oculta, verdadeira e importante. Mas estava tudo errado. Ela não tinha visto absolutamente nada.

— Venha aqui — disse Garrett, beijando-a no carro escuro como uma maneira de confortar, seus lábios quentes com gosto de chocolate. Jordan envolveu as mãos ao redor do pescoço dele, fechando os olhos com força. Em mais alguns minutos ela precisaria voltar para casa, encarar o pai novamente, começar a pensar no pedido de desculpas para Anneliese, mas ainda não. Garrett estava abrindo o colarinho dela. Jordan hesitou um momento, então abriu os botões de sua blusa até embaixo e puxou as mãos dele em direção ao fecho do sutiã. Ela sentiu a surpresa dele, pois era onde os dois normalmente paravam, mas o puxou para mais perto para outro beijo, e ele deu um leve gemido e colocou as mãos dela debaixo do suéter dele. Se fosse uma noite quente de verão, Jordan pensou, seria muito provável que eles tivessem continuado ali mesmo, com o som do rio Charles se movendo lentamente do lado de fora. Mas era novembro, um frio de congelar, e as buzinas do tráfego de férias soavam ao redor. Por fim, se separaram, ofegantes.

— Humm. — Garrett se atrapalhou com o cinto. — Eu não queria, hum, forçar...

— Você não forçou — Jordan respondeu, apesar de aquilo não ser o que as meninas diziam. Os garotos forçavam e as meninas seguravam. — Fui eu que forcei — ela completou, apesar de as garotas não deverem dizer aquilo também, muito menos *fazer* aquilo. Mas ela não se sentiu culpada, sentada ali arrumando o sutiã no banco da frente do Chevrolet de Garrett. Ela queria que estivesse quente o bastante apenas para ir para o banco de trás e continuar, beijar, adiando o momento em que deveria voltar para casa. Ela olhou para a lua na superfície do Charles e afastou o medo. — Preciso voltar agora.

— Sim — disse Garrett, aproximando a cabeça para outro longo beijo. Ele pegou a mão de Jordan e a guiou, não para debaixo de seu suéter dessa vez, mas para sua outra mão, onde ela sentiu a rigidez e o frio de seu anel da faculdade. — Queria que você usasse isso — ele sussurrou. — Você sabe que levo você a sério.

— Tudo bem — Jordan ouviu-se dizer. Por que não? Era o próximo passo. Ela usaria o anel da faculdade dele pelos próximos anos, uma segurança para o passo depois daquele: o anel real que viria em algum momento durante o último ano dele na faculdade, depois o passo seguinte seria um casamento em junho. Os pais dele ficariam realizados. O pai dela ficaria realizado. *Eu tinha tanta esperança de que você cuidasse da loja depois de mim,* seu pai tinha dito. *Talvez você e Garrett. Um futuro real.* — Tudo bem — ela disse de novo e sentiu-se bem.

20

Ian

Maio de 1950
Viena

No dia 1º de maio, Ian desceu correndo as escadas de seu apartamento minúsculo para o escritório logo abaixo e encontrou sua esposa sentada em sua cadeira.

Ele parou, ainda abotoando a camisa.

— Eu tranquei a porta.

Nina fez movimentos indicando o arrombamento, baixando o livro que estava lendo. Alguma coisa escandalosa com o título *Sedução na Regência*. Ian olhou a porta aberta, a maçaneta pendurada. *Ela lê romances baratos e arromba portas,* pensou. *É tudo que um homem quer numa esposa.*

— O que você está fazendo aqui? — ele perguntou, virando de costas e indo arrumar a porta. Fazia algumas semanas desde que ela e Tony haviam ido embora, e ele não tivera mais notícias deles.

— Tony sente muito — disse Nina. — Ele quer pedir desculpas, as coisas que ele falou.

— Então por que é você quem está aqui e não ele?

— Ele diz que você é Aquiles na sua tenda e ele espera até você sair. Eu digo que ele é um *mudak* estúpido e vim no lugar, e ele falou que Agamenon enviou Briseida e talvez isso funcione. Eu não conheço nenhuma dessas pessoas.

— Ele perdeu o juízo. Eu não sou Aquiles, ele não é Agamenon, e você não é o prêmio de ninguém. — Ian encaixou a maçaneta no lugar de novo.

— Se Homero tivesse dado a Briseida uma navalha, Aquiles teria morrido muito antes.

— Quem é Homero?

— Ele não escreveu *Sedução na Regência*. Por que você lê esse tipo de besteira? — Ian perguntou, desviando-se do assunto. Navalhas não parecia combinar com romances.

— Eu fui à biblioteca no meu primeiro mês em Manchester... Precisava de livros para aprender sobre Inglaterra, praticar leitura. A bibliotecária, ela diz: "Georgette Heyer *é* a Inglaterra". Não é muito parecida com a Inglaterra que eu vejo, mas talvez seja a guerra? — Nina guardou o livro no bolso do casaco. — De qualquer jeito, eu vim porque Tony sente muito.

— Nós todos dissemos coisas de que, eu imagino, nos arrependemos. — Ian não se surpreendeu com o alívio que sentiu no peito. Ele e Tony tinham trabalhado juntos durante anos, afinal de contas. Haviam sido amigos tanto quanto parceiros. *Talvez ainda sejamos.* — Percebo que *você* não está pedindo desculpa — Ian não pôde deixar de observar.

Nina piscou demoradamente. *Eu mato*, sua esposa tinha dito sobre Lorelei Vogt, como algo normal. Ela tinha dito aquilo intencionalmente, não estava arrependida, e ele se recusava a pedir desculpas por tê-la expulsado de seu escritório por isso.

Os olhos dela brilharam, como se ela estivesse lendo a mente dele, e a hostilidade do último encontro entre os dois pairou por um momento. Não demoraria muito para a tensão retornar.

Mas Nina mudou de assunto.

— Tony e eu, nós fomos a Heidelberg por uma semana. Procuramos velhos amigos de faculdade de *die Jägerin*, registros de estudantes. — Um balançar de cabeça. — Nada.

Ian tinha conseguido tirar *die Jägerin* da cabeça, principalmente por ter trabalhado vinte horas por dia. Ele era o único no escritório agora. Precisava dar conta da parte de Tony.

— Você acredita em mim agora? Não há sentido em persegui-la...

— Vamos para Boston de qualquer jeito — Nina argumentou. — Tony e eu. Venha com a gente.

— Eu já disse. — Ian inclinou-se sobre a mesa, olhando para ela. — Não vou trabalhar com um esquadrão de vingadores. Não vou trabalhar ao seu lado enquanto você planeja matá-la.

— *Bozhe moi*, não seja dramático — Nina retrucou. — Eu quero ela presa, condenada, morta, não importa. Tony disse que você é bom em encontrá-los. Se Tony e eu tentarmos sozinhos, talvez falhamos... Eu não conheço os Estados Unidos, eu caço focas e veados, não nazistas. Se você vier, prometo agora: nós a encontramos e eu não tento matá-la.

— Como vou saber se posso confiar em você? — Ian perguntou.

— *Poshol nakhui, govno.* — Nina pegou Ian pelo colarinho e o puxou para baixo. Os olhos azuis dela lançavam facas. — Não sou uma simples selvagem da taiga — ela despejou. — Sou a tenente N. B. Markova da Força Aérea Vermelha. Eu faço uma promessa e eu cumpro. *Blyadt* — ela cuspiu, empurrando-o para trás com intensidade, tão forte que ele cambaleou. — Vai se foder.

Ela lê romances baratos, ela arromba portas e ela é uma tenente da Força Aérea Vermelha, Ian pensou. *O que todo homem deseja em uma esposa!* Ele sentiu uma estranha vontade de rir. Não porque pensasse que ela estava mentindo, mas porque...

— Que diabos, Nina. Quando você vai parar de virar meu mundo de cabeça para baixo?

Ela colocou as mãos nos quadris, sorrindo.

— Venha com a gente, eu prometo fazer tudo como você quer. Recompensa, punição, sem navalha. — *Que tédio,* os olhos dela diziam.

Ian não se preocupou em mencionar as poucas chances que tinham. Nina claramente não se importava com as dificuldades para extraditar **Lorelei Vogt**, muito menos Tony.

— Eu sei como essa perseguição mexe com você — ele disse. — Mexe comigo também. Tony falou que Lorelei Vogt era minha baleia branca, e ele não está errado. Mas, em *Moby Dick*, todos que caçam a baleia branca morrem.

— É difícil me matar. E é difícil matar você... Tony me contou os lugares em que você esteve na guerra. Vamos para Boston.

— Tenho outros casos. Tão importantes quanto...

— *Ian* — sua mulher disse, seu nome na voz dela quase o convencendo. — Você quer a Caçadora. Por Seb e pelas crianças, você a quer. Eu a quero por Seb e pelas crianças e por mim. Não é só por vingança, mas também é por justiça. Pode ser os dois. Não está errado se for os dois.

Ela estendeu a mão para um aperto, e a comichão da irresponsabilidade correu pelos nervos de Ian novamente. Jogar tudo para o alto porque as bombas estavam chegando perto. Quem sabia quais seriam as possibilidades? *Você desperta isso em mim*, ele pensou, olhando para sua esposa. O lado imprudente que o fez ir para a guerra com uma máquina de escrever em vez de uma arma, arriscando tudo pela história certa, pela coluna certa. A caçada certa.

Esta caçada continua se você se juntar a ela ou não, a voz da razão sussurrou. Aquela que se recusava a torturar suspeitos ou a fazer justiça pelas próprias mãos. *De um jeito ou de outro, ela vai seguir* die Jägerin. *Se você não for com ela, quem sabe como a perseguição pode acabar?* Nina certamente não seria contida por nenhuma promessa de jogo limpo se ele não estivesse lá.

Ele não sabia o que era aquela pontada no estômago, se estava seguindo o caminho correto ou não. Mas, com a fome, veio o sussurro: *Pode me chamar de Ishmael.*

— Boston. — A pequena mão de Nina ainda estava estendida. — Está dentro ou fora?

PARTE II

21

Nina

Setembro de 1942
Front do norte do Cáucaso

A noite havia caído, e com ela a caçada.
    Na frente de Nina, Yelena estava correndo. Braços balançando, pernas faiscando, cabeça baixa enquanto ela gastava a última gota de energia para se manter à frente da multidão que vinha atrás. A piloto de Nina pisou com um salto na asa inferior do *Rusalka* e já estava ao lado do cockpit, a mão socando o ar em comemoração, no céu um filete de lua.

— Muito lentas, coelhas! O primeiro lugar é do *Rusalka*!

Ela estava magnífica, agachada no alto do avião na ponta das botas, apoiada nas mãos como uma gata. O coração de Nina se apertou, até que um coro de gemidos cresceu vindo das outras pilotos, que corriam em direção a seus U-2, assim como fizera Yelena.

— Vá se foder, Yelena Vassilovna — Dusia Nosal rosnou, chegando a seu avião. — Vaca de pernas compridas...

— Também te amo, Dushenka — disse Yelena, mandando um beijo, ao entrar no cockpit do *Rusalka*. Nina sorriu, correndo atrás, com as navegadoras. A primeira piloto em seu avião todas as noites ganhava o direito de decolar primeiro, e Yelena tinha as pernas mais longas do regimento. A não ser que alguém a derrubasse para fora da corrida (Dusia seria capaz de pôr a bota no meio do caminho), o *Rusalka* faria a primeira decolagem em cinco noites de um total de sete.

Quando Nina se ajeitou na parte de trás do cockpit, Yelena já tinha afivelado o cinto e feito as checagens.

— Partida! — a ordem veio do chão.

— Partida!

— Girar hélice!

A hélice girou, funcionando. O pequeno e barulhento motor radial estava ligado, espirrando fumaça. O *Rusalka* fez um estrondo compassado enquanto Nina checava a bússola e o mapa. Elas estavam na região montanhosa havia apenas algumas semanas, mas era um mundo diferente das noites de verão em que voavam no front sul. Ali no Cáucaso os ventos podiam chegar gritando entre os picos agudos das montanhas e jogar o U-2 contra uma encosta de uma hora para a outra. E, se os ventos não o atrapalhassem, a névoa pesada e grudenta faria isso. Dois U-2 tinham colidido em uma dessas névoas mortíferas na semana anterior. Apenas um sobrevivente.

As luzes ao longo do campo piscavam, sinalizando a pista de apoio. Tão perto da linha do front, Nina podia ouvir o barulho da não tão distante artilharia, e, assim que decolassem, ali estaria à frente delas o horizonte azul-meia-noite e o cobertor infinito de estrelas. Não havia nuvens naquela noite, apenas um filete de lua — uma noite perfeita para voar. *Não para dormir*, Nina pensou, batendo os dentes quando o *Rusalka* começou a ganhar velocidade sob as ordens de Yelena. O alvo delas eram bunkers de soldados, todos recheados de alemães que tinham acabado de chegar ao front. "Vamos dar calorosas boas-vindas aos novos rapazes, senhoras", a major Bershanskaia tinha dito naquela tarde. Nina olhou ao redor e viu todas as *sestry* estampando o mesmo sorriso selvagem. *Ninguém dorme esta noite.*

O trem de pouso do U-2 levantou da grama esmagada e o *Rusalka* voou. O coração de Nina voou junto — não importava quantas vezes ela tivesse feito aquilo, era sempre o mesmo gosto doce na garganta. Ela aproveitou o momento para saborear o ar gelado e então voltou ao trabalho. Yelena estava esperando.

— Um pouquinho para leste... mire na passagem sudoeste... — O *Rusalka* virou para a direção dada por Nina enquanto ela passava os olhos pelas montanhas ao redor. Algumas navegadoras dependiam de sinalizadores, lançando-os pelo lado e acertando o curso pelo brilho vermelho que caía, mas Nina desprezava sinalizadores. Mapa e bússola, lua e estrelas eram suficientes para ela.

O primeiro bombardeio sempre passava rápido como um raio. Foram trinta minutos de voo até alcançarem o alvo, mas parecia que tinham se passado apenas alguns segundos antes de elas descerem em meio a uma nuvem de fumaça prateada.

— Um minuto — Yelena avisou, nivelando, e Nina ficou rígida como mármore. O frio lá no alto era de bater os dentes, os ventos de outono mordiam cruéis no cockpit, mas, sempre que entravam em formação para um ataque, Nina ficava tão quente como se estivesse diante de uma fogueira.

O *Rusalka* pegou uma corrente ascendente e se estabilizou. E então o mundo congelou, imóvel, enquanto Yelena desligava o motor.

Aquele era o momento de que Nina mais gostava, quando o nariz do U-2 caía e ela começava a deslizar em queda livre. Era como uma *rusalka* mergulhando no negro espelhado do seu lago, Nina pensou, os dedos com membranas pegando as correntes de água enquanto os dedos dentro da luva pegavam as correntes de ar... Silenciosa, invisível, indetectável, até ser tarde demais. Aqueles soldados alemães bocejantes lá embaixo não tinham ideia do que estava chegando até eles dentro da noite. *Vocês estão em nosso território agora, seus menininhos estúpidos,* Nina pensou. *Vocês têm o seu Führer, mas nós temos nossa Mãe Pátria, e ela tem a nós.*

— Seiscentos metros — Yelena avisou. Nina posicionou a mão. Um zumbido encheu o vento assim que Yelena ligou novamente o motor. Elas estavam tão baixo que Nina conseguia ver as luzes, as silhuetas escuras dos abrigos, os caminhões alemães. No momento em que começaram a subir, Nina soltou a trava. O carregamento de bombas foi derrubado na noite de veludo negro, enquanto Yelena se afastava das luzes que penetravam o céu segundos depois do começo das explosões em terra. A luz as caçava como um dedo branco, mas Yelena já estava fora de alcance, atingindo nova altitude. Em menos de três minutos o U-2 seguinte estaria entrando em formação com elas, Dusia Nosal com seu rosto esticado de ódio relaxando depois de soltar sua carga. E o seguinte e o seguinte e, quando todos os U-2 do regimento tivessem concluído o primeiro ataque, Nina e Yelena voltariam para o segundo.

— O primeiro já foi — Yelena falou pelo comunicador, com satisfação em todas as palavras.

— Muito bem, coelha.

O *Rusalka* mal tinha tocado o chão de grama lisa quando o primeiro grupo de terra chegou, animado, para atendê-las. Garotas de macacão corriam com latas de combustível, armeiras cambaleavam debaixo de trinta e dois quilos de explosivos, mecânicas se arrastavam sobre hélice e motor usando lanternas. Yelena virou no cockpit, esticando a mão para Nina.

— Sem fogo inimigo — ela disse. — Mas eles estarão mais acordados da próxima vez.

Nina deu de ombros.

— Já fomos atingidas antes. — As duas tiveram noites difíceis no front sul quando o *Rusalka* ficou coalhado de balas e suas asas revestidas de tecido ficaram parecendo um queijo depois que os ratos o estraçalharam. Mesmo assim ela estava sempre pronta para voar no crepúsculo seguinte. — Balas não vão derrubar um U-2, a não ser que acertem nós duas. Mesmo assim, este pássaro provavelmente poderia aterrissar sozinho. — Nina apertou os dedos de Yelena, substituindo o beijo que não podiam trocar em público, e pulou do cockpit para o chão. Duas armeiras penduraram uma bomba, uma garota segurando uma lanterna para a outra, que estava agachada com luvas presas entre os dentes enquanto ligava o fusível com dedos azuis de frio, e Nina as contornou para ir fazer seu relatório. A major Bershanskaia sempre ouvia ela mesma a primeira rodada de relatórios.

— Bom, camarada tenente Markova. Continue.

Nina a cumprimentou, tomou um pouco de chá com gosto de óleo de motor e correu de volta com uma xícara para Yelena.

— Beba — ordenou, pisando na asa sobre a armeira que arrastava uma bomba sob os joelhos para encaixar na posição. Yelena virou a xícara em um só gole, assinando o formulário de liberação que uma pequena mecânica estava segurando debaixo do nariz dela, e em alguns minutos as duas estavam taxiando para decolar novamente. Atrás delas, mecânicas e armeiras já trabalhavam no U-2 de Dusia como abelhas-operárias ao redor da rainha, enquanto Dusia se largava no cockpit e sua navegadora entrava para fazer seu relatório e trazer chá para a piloto.

— Vamos bater nosso recorde hoje à noite — Nina anunciou quando a mecânica deu sinal para girar a hélice. — Dez ataques?

— Dez — Yelena concordou conforme o zumbido do motor aumentava, e Nina ouviu a exaltação em sua voz. No sexto, sétimo, oitavo ataque a voz dela estaria rouca de cansaço, mas nos primeiros todas estavam com os olhos bem brilhantes. Mais uma vez, o *Rusalka* lançou-se na noite costurada de diamantes, em direção ao front.

Alguém morrerá hoje?, Nina se perguntou. O 588 já tinha sofrido perdas. Três só na semana anterior em uma colisão no ar... Mas não havia sentido em pensar em munição traçante passando pelo cockpit ou no terror profundo de uma queda. Havia um trabalho a ser feito. Na primeira semana de voo, em junho, Nina e Yelena tinham conseguido fazer quatro bombardeios por noite. Agora que as noites estavam mais longas, Nina considerou que seria possível aumentar para dez. Mas, quando as noites brancas sem fim do inverno rigoroso chegassem e a escuridão avidamente devorasse tudo como Baba Yaga engolindo crianças, quem saberia o que elas conseguiriam?

— Já faz quanto tempo? — Yelena perguntou quando fazia a sexta aterrissagem. — Desde a primeira vez que estivemos no front sul?

Nina precisou parar para pensar. As noites se confundiam, os dias mais ainda.

— Três meses.

Yelena deu um bocejo enorme.

— Parece mais.

Aquelas primeiras semanas tinham dado a Nina a sensação de ter sido arremessada na parte mais profunda do Velho com pedras amarradas aos pés. Elas decolavam para o primeiro ataque da noite com a linha fascista tão próxima que Nina se perguntava se o campo de aviação não estaria nas mãos dos alemães quando pousassem. Bombardeando as colunas de tanques alemãs enquanto avançavam, as pilotos voavam sobre plantações de grãos maduros, prontos para serem colhidos, e viam chamas tomando as fileiras douradas. Em vez da agitação de foices colhendo trigo, o que havia eram ondas de fogo, não deixando nada para alimentar os soldados alemães. Nuvens negras rolavam pelo céu, e os U-2 do regimento pousavam com as asas pretas de fumaça e as pilotos de olhos vermelhos. Corriam notícias de que os Fritzes haviam tomado mais um vilarejo, mais uma cidade, mais um rio, um depois do outro sendo derrotado pela suástica. Elas ouviram a voz lúgubre da major Bershanskaia lendo a Ordem nº 227 diretamente de Moscou: "Está na hora de parar com os recuos. Nem um passo para trás".

Nem um passo para trás?, Nina pensou, sentindo-se pesada de cansaço, como um cobertor de cobre. *Experimente você mesmo, camarada Stálin. Veja quanto você gostaria de avançar por aqueles campos de trigo em chamas.* Ou pelos holofotes que circundam a artilharia antiaérea, aquele sentimento de ser pendurado e exposto como uma borboleta presa em um quadro. Na primeira vez que elas foram pegas pelos holofotes de busca, o *Rusalka* escapou pela lateral, caindo na direção de uma tenda, e por um momento de confusão Nina perdeu a noção de onde estava o horizonte, só sabia que estava cega e que bombas estouravam por todo lado. Quando sua bússola interna se aprumou, ela se viu gritando: *Gire, Yelena, nós estamos de ponta-cabeça, GIRE*, e cegamente Yelena manobrou fazendo o giro para cima, fugindo das luzes e seguindo para casa. Nina não tinha conseguido sair do cockpit quando aterrissaram. Suas pernas simplesmente não respondiam. Ficou ali até elas voltarem a funcionar, sem saber o que mais poderia fazer, então se jogou do cockpit como um saco de nabo para sair dali, vomitou com vontade na margem da pista e depois fez seu relatório.

Enfrente uma barreira de artilharia antiaérea, camarada Stálin, Nina pensou ao escutar a Ordem nº 227, quando foi lido que soldados flagrados recuando seriam fuzilados. *Depois disso vamos falar do tal "nem um passo para trás."*

Sim, parecia muito mais de três meses. Toda noite elas voltavam e pensavam naquelas que não conseguiram, como as três que tinham morrido na semana anterior com a colisão dos U-2 em uma névoa forte — dois aviões tinham se partido ao meio e se espatifado no chão. Pétalas de flores em chamas flutuando pelo ar.

E mesmo assim, Nina pensou. *E mesmo assim...* Todo fim de tarde pilotos e navegadoras se reuniam com os olhos brilhando, ansiosas enquanto esperavam para embarcar em suas aeronaves. Todas elas subindo para o céu.

Quando o *Rusalka* voltava de seu décimo ataque, listras cor-de-rosa do nascer do sol apareciam e a major Bershanskaia as convocava para parar. "De volta para o aeródromo base, senhoras." Os U-2 decolavam de novo em uma formação cansada, balançando as asas um para o outro, como um bando de gansos voltando para casa.

Annisovskaia era a casa naquele momento: um pequeno vilarejo no Cáucaso, na região de Grozny, cuja escola secundária local tinha sido requisitada e abarrotada de camas de dobrar. No começo as mulheres da vila olhavam para elas com receio, mas agora já estavam acostumadas com pilotos mulheres. Uma *babushka* atarracada levantou a mão rugosa quando Nina e as outras passaram.

— Mataram muitos alemães, *dousha*? — ela perguntou para Nina, como fazia todas as noites, mostrando as gengivas quase sem dentes em um sorriso sem piedade, e Nina respondeu de volta:

— Quase o suficiente, vovó.

Elas entraram na cantina, resmungando ao ver o café da manhã.

— Biscoitos velhos e beterrabas — Yelena disse com um suspiro, pegando um prato. — Um dia eles vão nos dar algo diferente para comer e vamos todas cair mortas em choque antes de termos engolido a primeira garfada.

— *Kasha* quente com cogumelos — Dusia lembrou com tristeza. — É disso que mais sinto falta.

— *Borscht* com muito creme azedo...

— Repolho cru — divagou Nina, fazendo pequenos ruídos como um coelho, e todas riram. — Alguém acorde a Zoya. Ela dormiu de novo em cima das beterrabas.

Ninguém, Nina observou, conseguia dormir logo depois de uma noite de bombardeios. Não importava que estivessem cansadas a ponto de terem cochilado no manche durante o último ataque. Depois que se ia da cantina para a cama, as pálpebras que antes estavam pesadas como pedra de repente se abriam como cortinas soltas na janela, e as garotas que tinham entrado no campo em silêncio retumbante agora tagarelavam.

— ... ia caindo sobre uma tenda, eu juro que minha asa bateu no arbusto antes de eu puxar para cima...

— ... uma corrente de ar nos levou quase até Stalingrado antes que Irushka nos colocasse de volta no caminho...

Nina tirou o macacão, deitando-se na cama.

— Botas, coelha — ela chamou Yelena, colocando os pés para fora. — Não consigo me curvar.

— Claro. — Yelena fez uma reverência, tirando a bota direita de Nina. — A *tsaritsa* deseja mais alguma coisa?

Nina mexeu os dedões assim que ficou sem as botas.

— Um balde de vodca.

— É pra já, *tsaritsa* — Yelena mergulhou na cama próxima da de Nina e segurou os próprios pés. — Ouvi dizer que ficaremos em Annisovskaia por alguns meses. Até o Ano-Novo, pelo menos.

— Que bom. Estou cansada de ficar me mudando, dormindo em abrigos. — Nina dobrou seu cachecol com estrelas bordadas no pé da cama, o mesmo que Yelena estava bordando na noite da primeira saída. A piloto de Nina agora trabalhava em outro, com suas agulhas e linhas. Na cama seguinte, uma jovem de Stalingrado remendava suas meias, e outra garota estava tirando lama das botas. Do outro lado da sala, quatro pilotos formavam uma fila para usar a única pia. Alguém cantarolava baixinho. Uma garota estava chorando, quase sem fazer som.

— Olhe para eles de novo. — Yelena contemplou seus longos e esbeltos pés nas meias de lã, reagindo como se estivessem recebendo uma corrente elétrica. Seus joelhos também. — Eu queria saber por que eles ficam assim.

Nina deu de ombros. Depois de uma noite de ataques, todas apresentavam reações diferentes. Yelena ficava agitada por horas. Dusia mantinha-se em completo silêncio, dobrada sobre si mesma na cama, olhando para a parede. Algumas delas falavam até de repente caírem no sono no meio de uma palavra. Outras gritavam, algumas pulavam ao menor ruído... Uma noite depois da outra, eram sempre diferentes.

— Você é feita de pedra, Ninochka. — Yelena dobrou os pés agitados. — Não tem nenhuma reação.

— Eu tenho. — Batendo na testa. — Sempre tenho uma dor atrás do olho.

— Mas você nunca fica de mau humor, chorosa ou grosseira.

— Porque eu não tenho medo.

Um olhar curioso veio de uma garota que engraxava suas botas.

— Nunca?

Nina balançou a cabeça, com naturalidade.

— Só de me afogar. Está vendo algum lago por perto?

— Você é louca. — Yelena estava admirada. — Uma pequena siberiana lunática.

— Provavelmente. — Nina voltou a deitar em seu travesseiro. — Os Markov são loucos, está no sangue. Mas a loucura me faz ser boa nisso, então não me importo.

Fossem quais fossem as reações pós-voo, tremores, agitação ou dor de cabeça, todas passavam a manhã seguinte cuidando delas. Era sempre assim, Nina pensou, massageando as têmporas até que a dor de cabeça melhorasse. Aos poucos, músculos fadigados paravam de tremer, quem falava parava de falar, e o quarto era tomado pelos ruídos do sono. Durava pelo menos três horas, tempo para a exaustão ir embora e todas começarem a se mexer... porque a outra constante que Nina percebia era que todas tinham um sono de merda. Até mesmo ela. *Ser um pouco louca e quase não ter medo não ajuda com o sono.*

Foi nesse doce cenário de mortas de puro sono, quando todas estavam quietas, deitadas como cadáveres, que Nina pulou da cama e saiu pela porta, enfiando-se em suas botas. Ela caminhou em direção a um galpão no fim do vilarejo e entrou, esperando. A luz brilhante do sol fazia dedos de luz penetrarem pelas frestas, como se uma dúzia de pequenas lanternas tentassem localizar aviões. Nina observou partículas de poeira dançarem na luz, meio hipnotizada, meio cochilando. Partículas de poeira dançando como os Yak-1...

A porta do galpão se abriu com um barulho, depois foi fechada. Escutou-se o ruído de madeira caindo, bloqueando a porta, e então os braços de Yelena deslizaram por sua cintura. Quando Nina percebeu, estava completamente acordada.

— Olá, coelha. — Ela apoiou a cabeça no ombro de Yelena. — Bom voo hoje.

— Odeio ser pega por aquelas luzes. — Um tremor passou pelo corpo de Yelena, e ela pressionou a bochecha no cabelo de Nina. — Aquele momento em que não sei o que é céu e o que é chão...

— Simplesmente escute sua navegadora de confiança. — Nina levou a mão suja de óleo de Yelena até seus lábios. — Eu sempre acho o céu.

— Você está sendo desperdiçada como navegadora, Ninochka. Com esses nervos, você deveria estar pilotando o seu próprio avião.

— Mas nesse caso quem manteria você longe de problemas, srta. Careta de Moscou?

— Não tem mais caretice nenhuma!

— Então diga: *Eu odeio aquelas luzes de merda.* — Nina chegou a *ouvir* Yelena ficando corada. — Diga, Yelena Vassilovna.

— Eu não gosto nada daquelas luzes — Yelena declarou, pudica, e as duas caíram em uma gargalhada muda. Ficaram paradas durante um momento, a cabeça de Nina no ombro de Yelena, os braços de Yelena na cintura de Nina. Nina teve a mesma sensação de estar flutuando que experimentava quando os motores eram desligados e ela planava livremente e em silêncio pelo ar parado, puro. — Você ainda está tremendo — ela disse, passando os dedos para cima e para baixo sobre os de Yelena.

— Vai parar daqui a uma hora. É sempre assim.

— Posso fazer isso passar antes. — Nina se virou, puxando a cabeça de Yelena para um beijo, empurrando as costas dela em direção às sombras da parede, onde ela já havia jogado seu casaco. Alguns dias elas estavam tão cansadas que só conseguiam trocar meia dúzia de beijos sonolentos, mas, naquela manhã, suas mãos estavam empolgadas, os dedos de Nina ajudando os trêmulos de Yelena com os botões, listras de sol pintando a pele de marfim de Yelena, que ficava cor-de-rosa como o interior de uma concha quando as mãos de Nina escorregavam por ela. A cabeça de Yelena caiu para trás quando os lábios de Nina percorreram o lado de dentro de seus cotovelos, o espaço atrás de suas orelhas, a pele sobre os ossos dos quadris, a parte interna do joelho, subindo em direção à coxa, todos os lugares que a deixavam em pedaços. Nina sentiu sua piloto se desmanchar silenciosamente, mordendo com força a própria mão para não fazer barulho, e o último tremor percorreu Yelena, deixando aqueles dedos agitados quietos e em paz. — Viu? — disse Nina docemente, e Yelena sentou-se e a pegou com braços firmes.

— Venha aqui...

Yelena beijava tão intensamente quanto voava, mas no começo ela tinha sido tímida. Debaixo da asa do *Rusalka* naquela primeira noite, corou tanto que quase iluminou a escuridão da noite.

— Eu não conhecia garotas... — ela falou. — Você conhecia?

Nina deu de ombros.

— A gente ouve coisas. — Na maioria das vezes sobre homens que usam um ao outro na falta de mulheres. Havia alguns assim onde Nina tinha crescido. Mulheres jovens bonitas não eram comuns perto do Velho, pelo menos não em um vilarejo tão pequeno. Os homens faziam outras combinações. Olhando as coisas de outro ângulo, parecia razoável aceitar que as mulheres também fizessem.

Não que alguém falasse sobre isso, homens ou mulheres. Para os homens, Nina sabia, ser pego nessa situação significava cadeia. Para as mulheres, bem, ela não estava tão certa, mas não seria bom. Manicômio, talvez. Ser expulsa do 588, com certeza.

— ... Você já? — A bochecha de Yelena queimava como ferro quente no ombro de Nina quando ela perguntou. — Antes de mim, quero dizer. Você alguma vez...

— Claro — Nina respondeu. — Alguns homens no aeroclube.

— Eu nunca quis. Acho que agora sei por quê. — Suspirou. — Os homens sempre me quiseram e eu nunca os quis. Foi assim com você?

— Não, eu gosto de homens. — Ela se lembrou de Vladimir Ilyich, em Irkutsk. Ele era um cabeça-dura, mas entre os cobertores a deixava louca. — Teve um ou dois dos quais eu gostava bastante.

— Mais que de mim? — Yelena pareceu ansiosa.

— Não — beijou-a fazendo barulho —, porque ninguém voa melhor que você.

— É só nisso que você pensa, Ninochka? — Yelena riu, ainda corada. — Você nem se dá o trabalho de olhar para uma pessoa até descobrir se ela sabe voar ou não?

— Até descobrir que sabe voar e que é corajosa. — Nina ficou em silêncio, considerando. Existia alguma outra coisa, alguma qualidade que poderia talvez ser somada à carne humana, que fizesse valer a pena se apaixonar? Coragem. Habilidade de voar. Essas eram as coisas que a deixavam de pernas bambas; essas eram as coisas que a atraíam toda vez que se aproximava de alguém. Antes eram sempre homens, porque a maioria dos pilotos do aeroclube em Irkutsk era formada por homens. Não havia outra mulher no ar com a garra e a habilidade e a coragem para se equiparar com Nina, por isso ela não dava bola para as garotas.

Então, talvez se entregar a Yelena não fosse difícil de entender, no fim das contas. Ela era generosa e intensa, inteligente e corajosa, a melhor piloto do regimento. Com qualidades como essas, Nina teria perdido a cabeça por Yelena se ela fosse mulher, homem ou planta. Para Nina era simples assim e não valia qualquer consideração além dessa, mas Yelena se preocupava de verdade naquele momento com o motivo que as tinha unido. "Isso não é natural. Não pode ser", ela às vezes cismava, mencionando um discurso ou um livro que Nina nunca tinha lido. 'As mulheres, enquanto cidadãs diplomadas do país mais livre do mundo, receberam da natureza o presente de poder ser mães. Deixe-as cuidar desse presente precioso para trazer heróis soviéticos ao mundo.' Esperam que nos casemos e sejamos mães e operárias, acima de tudo que tenhamos filhos. Então isso não pode estar certo, isso que nós fazemos. Será apenas a guerra transtornando nossa cabeça?"

"Talvez", Nina bocejou. "Quem se importa?" Era a guerra: dia era noite, vida era morte, sofrimento era diversão. Quem se importava com alguma coisa que não fosse o instante?

Quando estiveram no front sul, elas se encontravam na parte de trás do depósito onde as mecânicas estocavam as ferramentas sobressalentes, e estava quente o bastante para aproveitar com calma o toque de pele sobre pele. Ali em Annisovskaia estava frio a ponto de a respiração se tornar nuvens dentro do galpão, e elas mergulhavam rapidamente de volta nas calças e casacos.

— Não vamos conseguir nos encontrar ao ar livre por muito tempo mais — Yelena disse. Ela suspirou, estremecendo enquanto a camisa caía sobre seus ombros. — Você arranha mais que coelhos! Eu devia chamar você de *gatinha*.

— Alguma coisa mais perigosa que uma gatinha — Nina respondeu.

— Vou arranjar um lugar mais quente para nos encontrarmos. — Era mais fácil passar um tempo juntas do que elas tinham imaginado. Todas estavam muito cansadas depois de uma noite voando para se preocupar se uma colega piloto dava uma escapada. Ninguém sequer levantaria a sobrancelha se Nina e Yelena se dessem as mãos enquanto andavam para o aeroporto, ou se Yelena bordasse os cachecóis de Nina ou Nina cochilasse com a cabeça nas pernas de Yelena. O regimento inteiro trocava beijos e abraços sempre que as garotas estavam fora de serviço, trocavam presentes e nomes carinhosos. O tempo era muito curto para não demonstrar para suas irmãs de armas que elas eram amadas. Nina tinha visto outras pilotos saindo discretamente, e quem sabia para onde iam...? Talvez para encontros privados com colegas pilotos ou com a equipe de terra masculina do regimento vizinho.

Mesmo assim as duas eram bastante cuidadosas.

— Você vai primeiro — Nina disse para Yelena. — Vou esperar três minutos para ir.

— Mandona — Yelena provocou. — Parece uma mãe.

— Sou pior. Porque uma mãe diz para você encontrar um bom garoto e se casar, não ir para a guerra e se tornar uma piloto, e você não escutou. Mas eu sou sua navegadora, camarada tenente Vetsina, e, ao contrário do que acontece com sua mãe, você precisa me ouvir.

Yelena fez uma rápida saudação de brincadeira. Seus cachos estavam embaraçados e suas bochechas tão rosadas quanto as pequenas orquídeas rosas que floresciam ao redor do Velho, deslizando sua inflorescência para fora quando a neve derretia. Nina mal conseguia respirar, olhando para ela. *Quero te abraçar*, ela pensou. *Eu enfrentaria o mundo todo por você, Yelena Vassilovna.* Era alguma coisa nova, essa tremenda onda de necessidade de proteger. Não era parecido com nada que Nina já tivesse sentido. Isso a arrebatava com algo que parecia medo.

Talvez ela tivesse medo de duas coisas, então.

Yelena lhe soprou um beijo, saindo. Nina esperou três minutos e então se afastou devagar. Quando entrou de volta no dormitório, ouviu a respiração macia de Yelena já desacelerando em direção a um ritmo mais profundo. Ela dormiria como um bebê, talvez por quatro horas. Nina não ficava muito atrás, caindo da borda do precipício da vigília como se fosse uma pedra em um desfiladeiro.

— Em pé, coelhas! Os hitleristas não vão se bombardear sozinhos. — A voz da major Bershanskaia estava obscenamente animada. — Levantem-se! Em pé! Levantem-se!!

— Foda-se a sua mãe — Nina murmurou. — Foda-se a sua mãe no inferno. — Abrindo os olhos que pareciam estar colados com cimento. — Foda-se a sua mãe no inferno *assobiando*. — Bershanskaia já havia caminhado para o prédio seguinte, acordando as outras pilotos. — Um dia desses vou cortar a garganta dela por ser tão escandalosamente alegre, mesmo que tenha de ficar de pé contra uma parede e ser morta, mas terá valido a pena — Nina anunciou, puxando o cobertor até o queixo.

— Não vá levar um tiro, Ninochka. — Yelena já estava em pé e com metade de seu macacão vestido, enquanto o quarto se enchia de bocejos e barulhos, os pentes nos cabelos embaraçados. — Eu não quero uma nova navegadora, não quando você sabe exatamente como eu gosto do meu chá.

— Frio como uma pedra e com gosto de óleo de motor?

— Isso mesmo. — Yelena arrancou os cobertores, fazendo Nina gritar e voar para fora da cama. — Em pé! Em pé! Em pé!

— Vou cortar a sua garganta também, Yelenushka — Nina avisou, arrancando a camisa pela cabeça e colocando sua navalha na cintura. Yelena tinha uma arma em seu cockpit, como a maioria dos pilotos, mas Nina nunca iria para o céu sem sua navalha.

Outra refeição monótona, o sol descendo para o horizonte. Enquanto caminhavam para as instruções, Nina viu caminhões sendo carregados com armamento e latas de combustível. Os caminhões iriam em direção ao aeroporto auxiliar mais perto das linhas do front, os U-2 seguiriam pelo ar. As mulheres do 588 se aglomeraram para ouvir a major Bershanskaia dar os detalhes do dia. O alvo naquela noite era a ponte usada pelos alemães para transportar suplementos e feridos. Mapas foram distribuídos. Os dedos de Nina passaram sobre o terreno desenhado.

— Camarada major — uma das pilotos chamou quando a fala tinha terminado. — Meu avião teve uma falha na noite passada na quarta incursão e praticamente raspei a grama na hora em que o motor voltou. Estava tão baixo que eu pude ouvir os gritos dos alemães correndo para se proteger.

— O que eles gritaram? — Tudo era importante para Bershanskaia; seus olhos eram os mais agudos que Nina já tinha visto. Sua comandante robusta que não gostava de papo-furado podia não ter o brilho heroico de Marina Raskova, no entanto Nina tinha quase certeza de que cortaria uma perna por Bershanskaia também. Mesmo querendo cortar a garganta dela todos os dias por ser tão alegre nos momentos de despertar. — O que eles gritaram, camarada tenente?

— *Nachthexen* — informou a piloto —, mas então o motor encobriu as palavras.

Bershanskaia pronunciou a palavra cuidadosamente. Nina também. *Nachthexen*. Uma das outras pilotos falou, uma que tinha sido professora de línguas antes da guerra.

— Bruxas da noite — ela traduziu.

Ficaram todas imóveis. Bruxas da noite. Por alguma razão, Nina pensou em seu pai, bêbado e furioso nas margens geladas do Velho.

"O que é uma *rusalka*, papai?", uma menininha tinha perguntado a ele, sem nunca imaginar que um dia estaria voando pelos céus em um avião batizado com o mesmo nome.

"Uma bruxa do lago", seu pai tinha respondido.

E mais tarde, nas ruas de Irkutsk: "Eu consigo rastrear lobos, garota. Você acha que não consigo rastrear minha filha bruxa do lago?"

"Bruxa do céu agora", Nina tinha respondido.

Talvez não.

Não exatamente uma bruxa do céu, ou mesmo uma bruxa do lago contida. Alguma coisa mais. Alguma coisa nova. Nina olhou ao redor para as mulheres do 588, todas haviam feito alguma coisa que o mundo nunca tinha visto antes, e viu lábios se estendendo em sorrisos, os dentes à mostra, satisfeitos. *Bruxas da Noite*.

— Bem — uma das navegadoras disse por fim. — Eu gostei.

Uma explosão de risadas, e a major Bershanskaia bateu as mãos.

— Para a pista, senhoras.

Uma fila de U-2 decolou no céu que escurecia para o novo aeródromo, um pouco melhor que o velho e destruído de antes. As pilotos desceram, dando espaço para armeiras e mecânicas. Todas saltavam na ponta dos pés, os olhos no céu. Exaustão esquecida, fome esquecida. Tremores e arrepios e sonhos ruins esquecidos. A lua estava subindo, um pouco mais crescente que na noite anterior. Nina aspirou o vento noturno, estonteante e com cheiro de montanhas, e isso fez seu sangue ferver como um rio em chamas. Yelena estava tensa, pronta para a incursão, delineando o *Rusalka* na pista.

Bershanskaia bateu as mãos e silenciou todas as conversas.

"Senhoras, para seus aviões", ela normalmente dizia. Mas naquela noite foi:

— *Nachthexen*, para seus aviões.

E todas elas correram para salvar a própria vida, correram para seus aviões, as risadas cruzando as linhas como uma onda feroz. Yelena ia na frente, e Nina estava quase botando o pulmão para fora em algum lugar no meio do grupo. Vinte e quatro horas tinham se passado muito rápido e ali estavam elas, de volta ao cinturão. Em algum lugar em cima de seu avião, Yelena gritou:

— Muito devagar, coelhas! O *Rusalka* primeiro!

Depois de alguns segundos, Nina assumiu seu posto e se atirou em seu cockpit.

E uma a uma as Bruxas da Noite levantaram voo.

22

Jordan

Maio de 1950
Boston

— Caramba, Jor. — Garrett riu enquanto descia do cockpit do pequeno biplano. — Eu pensei que você fosse tentar pular lá de cima.

— Não acredito que você treinou para a guerra em um avião como este. É de tecido e madeira compensada! — Jordan colocou uma perna cuidadosamente sobre a beirada de seu cockpit. — Eu me pergunto se algum dos meus cliques vai dar certo. Tentando focar através dos óculos e com vento...

— Eu não via você fotografar desse jeito fazia tempo. — Garrett a desceu da asa.

— Estive ocupada. E não é como se eu fosse fazer carreira com isso. — Esse costumava ser um pensamento difícil, mas Jordan supunha que todos os sonhos doíam quando finalmente murchavam sob o brilho da vida real. Qual era o sentido de carregar uma câmera para todo lado, fazer cursos, mergulhar por horas em ensaios fotográficos que ninguém compraria? Ela tinha uma loja onde trabalhar, uma irmã para ajudar a criar. Um casamento a ser planejado.

— Mamãe queria falar com você sobre as flores para a igreja — Garrett disse como se estivesse lendo a mente dela, calçando os pneus do biplano. — Ela quer saber o que você acha de orquídeas.

— Hum. — Jordan não tinha opinião formada sobre orquídeas, mas, na condição de quase noiva, achava que deveria ter uma. No Natal anterior, Garrett substituíra o anel da faculdade pelo esperado diamante... uma pedra lapidada presa a uma aliança dourada, bonita e graciosa. Eles pensaram que um casamento no outono depois da graduação de Garrett estava a uma distância segura, mas o anel tinha sido o primeiro passo de um movimento em que os planos começaram a ser postos no lugar a uma velocidade assustadora: a cerimônia em setembro, a lua de mel em Nova York, Ruth vestida de rosa como dama de honra. A irmã mais nova de Jordan estava extasiada. Todos estavam extasiados.

Jordan afastou os pensamentos sobre orquídeas e centros de mesa e levantou sua Leica, registrando Garrett ao lado do avião.

— É melhor irmos embora. Vou abrir a loja à uma.

O pequeno campo de aviação ficava a nordeste de Boston: um negócio em ruínas que se mantinha, dizia Garrett, alugando sua pequena coleção de biplanos antigos para instrução de voo, pulverização de lavouras e passeios. Jordan voltou para o carro e, enquanto Garrett acertava as coisas com o mecânico, tentou afofar o cabelo no retrovisor. Quando completou vinte e um anos, em junho, ela decidira que era hora de trocar o rabo de cavalo escolar por algo mais adulto, mas tinha ficado em dúvida se a cabeleireira havia trabalhado direito. "Vamos encurtar um pouco", a mulher tinha dito, "depois cachear atrás. Você vai ficar parecendo a Rita Hayworth em *Os amores de Carmen*. Viu esse, querida?" Mas o efeito Rita Hayworth pedia muitos grampos e bobes, e, não importava quanto Jordan curvasse e puxasse pela manhã, uma brisa qualquer deixava toda a confusão loiro-escura murcha e caída.

Tire tudo isso e use uma boina como Gerda Taro, sussurrou a voz reprimida de J. Bryde, a parte de Jordan que ainda tinha sonhos bobos sobre trocar seus prendedores e crinolina por uma jaqueta de couro e seguir para Nova York com a Leica no ombro. Mas Jordan tinha colocado esses pensamentos no lugar deles, virando-se para Garrett enquanto ele se aproximava em uma corrida.

— Quando podemos voltar? Foi divertido.

— Quando você quiser. — Ele entrou pela porta do motorista. — Tenho trabalhado aqui sábado sim, sábado não. Pat... o sr. Hatterson, o dono do lugar... está quebrado. Eu o encaixo duas vezes por mês, dou um passeio de fim de semana com os clientes, alguns giros e loops, e ele me paga em horas de voo. — Um rápido olhar. — Isso não te assusta, me ver voando? Mamãe diz que fica arrepiada agora que tenho minha licença. Ela insiste em dizer que eu já quebrei a perna voando uma vez, e um homem que vai se casar precisa pensar na família.

— Voe quanto quiser quando estivermos casados — Jordan disse, usando a palavra que ela normalmente conseguia evitar. — Não me incomoda nem um pouco.

Garrett curvou-se e lhe deu um bom e longo beijo.

— Você é uma garota e tanto, sabia?

— Sabia. — Jordan curvou-se para a frente e murmurou no ouvido dele: — Você ainda tem aquele cobertor no porta-malas?

Ela sentiu o sorriso dele contra sua bochecha.

— Sim.

— Tem algum lugar por aqui onde uma garota e seu parceiro podem se perder?

— Sim.

Logo depois de o anel da faculdade ter sido trocado por outro de meio quilate, Jordan decidiu que um tipo diferente de negócio estava em curso. *Você já desejou viajar pelo mundo com uma série de amantes europeus a tiracolo*, ela pensou. *No mínimo, você pode se formar em amassos no banco de trás de um Chevrolet.*

Foi com algumas risadas que eles partiram levantando poeira, não de volta para Boston, mas para além do campo de aviação, descendo uma pequena rua sem saída. Garrett pegou o cobertor no porta-malas, fazendo uma reverência elaborada em direção às árvores.

— Por favor, senhorita.

— Você tem... — Jordan se esforçava para ser uma mulher do mundo, mas não passava dos eufemismos quando o assunto era o que suas amigas de escola chamavam simplesmente de *aquelas coisas*. — Você sabe.

Ele procurou em sua carteira.

— Fui escoteiro, lembra? *Sempre alerta*.

— Espero que isso não esteja no manual do escoteiro.

— Se estivesse, eu teria prestado muito mais atenção no meu chefe de tropa...

Os dois encontraram um lugar com árvores e arbustos densos, bem fora de vista, então estenderam o cobertor e se deitaram sobre ele. Na primeira vez deles (quatro meses antes, em um apartamento emprestado de um amigo de Garrett), Jordan tinha gastado tempo considerável pensando em exatamente como alguém parte de totalmente vestido e beijando para livre das roupas. Dados todos os fechos nas peças que a moda exigia de uma mulher que queria estar bem-vestida, não havia um jeito gracioso de tirar tudo.

"Aqui está o exemplar de *Entre o amor e o pecado* da minha irmã." Sua amiga Ginny entregara um livro gasto para ela. "Eu peguei embaixo do colchão dela. Dez descrições de mulheres tirando a roupa diante de homens, de acordo com o procurador-geral de Massachusetts."

"Ele prestou muita atenção, considerando que declarou que o livro era obsceno", Jordan tinha comentado.

"Ele também notou que há setenta referências a relações sexuais. Só encontrei sessenta e duas, mas eu li com pressa antes que minha irmã desse pela falta do livro."

No fim, *Entre o amor e o pecado* não tinha sido terrivelmente útil. Tirar a roupa não foi um problema, não havia nenhuma arte naquilo, desde que as roupas chegassem ao chão o mais depressa possível. Tinha sido tudo desajeitado, mas, mesmo que não tivessem acontecido ondas de êxtase, os dois riram muito, o suficiente para relaxar e os deixar prontos para enfrentar qualquer coisa desconfortável. E não tinha doído horrivelmente, o que algumas de suas amigas disseram que aconteceria. Talvez não se devesse acreditar nem em livros nem em amigas para conselhos sobre sexo, Jordan refletiu, contorcendo-se para escapar de um graveto que cutucava suas costas através do cobertor enquanto Garrett tirava a camisa. As amigas, se sabiam mais que você, diziam coisas contraditórias. ("Os homens gostam mais que nós" ou "É maravilhoso quando você está apaixonada!"), e os livros ou não diziam nada (o herói e a heroína desapareciam em elipses abrangentes) ou prometiam êxtase automático com palavras vagas.

Ainda assim, aquela era a sétima ou oitava vez, e ela e Garrett tinham acertado os ponteiros. Rolaram prazerosamente no cobertor, a luz do sol manchando o cabelo de Garrett quando ele baixou a cabeça para beijar o pescoço dela, depois um intenso emaranhar de membros e suspiros e suor, e eles se afastaram sorrindo.

Jordan se sentou, pegando a blusa.

— Garrett — ela disse, rindo, quando o olhou sobre um dos ombros. — Não durma.

— Não vou dormir — ele respondeu de olhos fechados, esticado no cobertor.

— Você está dormindo. — Ela deu um beijo na orelha dele. — Vista-se! Tenho de abrir a loja.

Ele se sentou, bocejando.

— Como quiser, sra. Byrne.

— Não fale isso antes de setembro. Dá azar.

Jordan endireitou o diamante em seu dedo, vendo-o brilhar à luz do sol que passava pelas árvores. Parecia tão delicado, mas era um pesado pedaço de pedra. Quem diria que um anel de meio quilate pesaria como uma rocha?

O sino sobre a porta da loja tocou menos de dez minutos depois que Jordan virou a placa para Aberto. Era uma mulher de aparência atormentada secando a testa.

— Bem-vinda à McBride Antiguidades, senhora. Posso lhe oferecer algo para beber? — Ela colocou água gelada em um cálice de Murano de haste longa e ofereceu biscoitos de limão em uma bandeja eduardiana. Durante o inverno, os biscoitos eram de hortelã e o chá quente era servido em xícaras Minton floridas. "Os clientes gostam de se sentir bem-vindos", Anneliese tinha falado. Essa foi uma das ideias dela que tiveram um bom resultado na loja ou, pelo menos, que Jordan supôs que tiveram um bom resultado, tendo em vista a quantidade maior de estoque que seu pai estava comprando. "Não há razão para você não ser o mais próspero negociante de antiguidades em Boston", a madrasta de Jordan sempre dizia.

"Nós estamos nos saindo bem o suficiente assim", ele observava, mas Anneliese mantinha-se tranquilamente fazendo sugestões, e nem Jordan nem seu pai podiam negar o instinto dela para pequenas coisas que se traduziam em lucro. Anneliese nunca assumia um turno atrás do balcão — o pai de Jordan se orgulhava de que sua mulher não precisasse trabalhar —, mas ela tinha seus meios de ajudar.

A primeira cliente saiu com uma bandeja envernizada e um relógio de mesa georgiano, e o sino tocou de novo antes de a porta se fechar atrás dela. A expressão de boas-vindas transformou-se em um sorriso assim que Ruth entrou correndo, as tranças loiras balançando por cima de seu uniforme da escola.

— Olá, passarinha.

Ruth jogou os braços ao redor de Jordan em um abraço. Tinha oito anos e era uma pequena tagarela, não a coisinha silenciosa de olhos grandes de quando tinha quatro anos. *Minha irmã*, Jordan pensou apertando-a com amor, e era verdade: Ruth Weber tinha se tornado Ruth McBride.

— Pode dar uma olhada por aí? — A loja era a caixa de tesouros de Ruth, seu lugar favorito no mundo.

— *Posso* dar uma olhada por aí — a voz de Anneliese soou. — E, sim, você pode.

Jordan cumprimentou sua madrasta com um sorriso. Os sorrisos entre elas tinham ficado estranhos durante um tempo — o Dia de Ação de

Graças depois daquele primeiro evento horrível não foi exatamente uma noite livre de tensões, todo mundo sabendo exatamente o que os outros estavam pensando enquanto saboreavam o peru, mas felizmente tudo tinha ficado no passado. Jordan abraçou Anneliese, sentindo seu doce aroma de lavanda.

— Como você está sempre bem e arrumada? — ela perguntou, observando as luvas impecáveis e o casaco de linho creme que parecia ter vindo das páginas da *Vogue* e não da sala de costura de Anneliese. — Estou tão amarrotada quanto um esfregão.

— Moças jovens estão sempre bem com um pouco de casualidade. Matronas de meia-idade como eu precisam se esforçar para estar bem arrumadas e apresentáveis. — Anneliese procurou em sua bolsa e retirou dela uma amostra de tecido. — Olhe este adorável algodão amarelo. Estava imaginando um vestido para você...

— Melhor fazer para você. Eu fico parecendo um queijo quando uso amarelo.

— Desde quando eu me engano sobre roupas? — Anneliese sorriu. Três anos e meio antes ela recebeu as constrangidas desculpas de Jordan apenas para oferecer os olhos marejados. As duas tinham chorado um pouco no ombro uma da outra e nunca mais tocaram no assunto. Agora, sempre que Jordan pensava naquele Dia de Ação de Graças, dava uma sincera e profunda olhada na própria estupidez e se perguntava: *O que eu estava pensando?*

— O que a traz aqui? — Jordan quis saber. — Você nunca vem à loja quando está aberta.

— Dan quer o catálogo do leilão para a viagem de amanhã. Ele selecionou um conjunto de cadeiras Hope...

— Talvez esta seja a última viagem de compras durante um tempo.

O pai dela parecia estar sempre fora, semana sim, semana não, em Nova York ou Connecticut, usando um de seus ternos espinha de peixe que Anneliese tinha escolhido. Ele não passava muitas horas atrás do balcão da loja ou na sala dos fundos, onde o trabalho de restauração era feito. Jordan agora gerenciava o balcão a maior parte dos dias, e no quarto dos fundos...

— O sr. Kolb está trabalhando hoje? — Anneliese enfiou o catálogo do leilão em sua bolsa.

— Aqui, *Frau* McBride. — A porta da sala dos fundos se abriu e um homem de aparência frágil, com mechas de cabelo cinza acima das orelhas, saiu. Ele sempre chegava cedo, bem antes de Jordan abrir. — Eu estava esperando senhora. — O sotaque do sr. Kolb era tão carregado que Jordan levou semanas para conseguir entendê-lo. — A mesa Hepplewhite precisa de polimento... — Ele entrou em detalhes técnicos, misturando alemão e inglês. Tinha começado na loja um ano antes, outro refugiado que chegara com as ondas de imigrações que vinham da Europa depois da Lei dos Deslocados de Guerra,* mal-arrumado em um terno barato e se esquivando visivelmente quando um estranho se dirigia a ele.

"Você não encontrará ninguém melhor para ajudar na restauração", Anneliese tinha falado para o pai de Jordan quando propôs que eles patrocinassem a entrada de Kolb nos Estados Unidos. "Livros e documentos antigos são a especialidade dele. Ele tinha uma loja em Salzburgo quando eu era criança. Estou tão feliz de ter pensado em procurá-lo."

"Ele não pode ficar no balcão, com um inglês tão ruim. E ele é muito nervoso."

"Ele passou por tempos difíceis durante a guerra, Dan. Um dos campos..." A voz de Anneliese tinha se transformado em um discreto murmúrio, e o pequeno alemão foi alojado na salinha dos fundos desde então, sempre com uma bala de hortelã no bolso para Ruth e um sorriso tímido para Jordan.

— Em inglês, sr. Kolb — Anneliese lembrou-lhe quando ele mudou para alemão. — Aquele negociante do qual o senhor me falou, aquele que decidiu ficar em Ames...?

---

* Lei de 1948 que autorizou a admissão nos Estados Unidos de duzentas mil pessoas emigradas da Europa. (N. do T.)

— Sim, *Frau* McBride. Pagamento final feito.

— Excelente. Ele enviou aquela minha carta para Salzburgo?

— Sim, *Frau* McBride.

— Para uma mulher que eu conhecia lá — Anneliese contou a Jordan. — Estou com esperança de que ela considere vir para Boston. Tive muita sorte de chegar aqui, de construir uma vida diferente. Quero ajudar outros como eu a fazer o mesmo. — O inglês dela era perfeito, nem sinal do sotaque alemão. Na verdade, ela começou a comer os Rs, como alguém natural de Boston. Parecia tão satisfeita quando alguém assumia que ela era nascida e crescida ali que nunca corrigia. Tinha até cortado a segunda metade de *Anneliese* quando adquiriu a cidadania americana: Anna McBride era como se apresentava.

O pai de Jordan entrou, parecendo mal-humorado.

— Nova-iorquinos — ele resmungou. — Obstruindo a rua, não sabem estacionar...

— Como é que todo turista que não sabe estacionar vira nova-iorquino? — provocou Jordan.

— Conheço um fã dos Yankees quando vejo um. — Ele deixou seu chapéu no balcão, elegante no terno que tinha vestido para ir à estação de trem naquela tarde. — Anna, você contou a Jordan sobre...

— Imaginei que você gostaria de fazer isso. — Anneliese sorriu. — Ruth, venha comigo enquanto converso com o sr. Kolb.

A irmã de Jordan ignorou o chamado, em pé, maravilhada por um broche que estava na vitrine — um pequeno violino feito de prata para ser usado na lapela de um amante da música.

— Posso pegar? — ela sussurrou.

— Claro que não, Ruth. É muito antigo e valioso.

— Mas...

— Não seja gananciosa. É uma qualidade pouco atraente em uma criança. — Anneliese levou Ruth para os fundos, e Jordan olhou para seu pai.

— O que é, pai?

— Apenas alguns planos para o casamento. Anna queria levar você para comprar um vestido.

Jordan ajustou o diamante em seu dedo. Escolher um vestido de casamento... Parecia um passo muito grande. Muito decisivo. Ela soltou um suspiro.

— Eu me coloco inteiramente nas mãos dela. Até vamos tirar fotos das provas.

— Tire uma foto dela enquanto você experimenta o vestido. Você sabe que ela está sempre evitando a câmera.

— Hummm — Jordan considerou. Lamentavelmente, a melhor foto que ela tinha tirado de Anneliese ainda era aquela primeira, o retrato na cozinha em que ela estava com a cabeça meio virada e os olhos afiados como navalhas.

— Eu queria falar com você sobre um presente de casamento. — Ele pegou uma pequena caixa do bolso, ficando cor-de-rosa ao redor das orelhas. — Para usar no grande dia... "Uma coisa velha", você sabe...

— Ah, pai. — Jordan tocou os brincos com a ponta dos dedos: asas de ouro estilo art déco com grandes pérolas penduradas.

— Lalique, 1932. Guarnição de ouro rosé, pérolas de água doce. — Sua voz embargou um pouco. — Sua pedra de nascimento. Uma menina boa e inteligente como você, que escolheu um homem bom, inteligente e de futuro... Uma filha como essa merece ganhar pérolas.

Jordan o abraçou, sua garganta ficando apertada quando sentiu a loção pós-barba dele.

— Obrigada.

Ele a abraçou de volta.

— Toda essa conversa sobre casamento, flores e vestido... Não falamos nada sobre as coisas depois do casamento, as coisas importantes. Se você quer cuidar da casa para Garrett, ou se quer continuar dando uma mão aqui na loja.

Pensar no *depois* do casamento era quase impossível, como o topo de uma montanha além do qual ela não podia enxergar. Ela sabia que o pai de Garrett falara com ele sobre ajudá-los com um apartamento e depois uma casa. E sabia que seu pai provavelmente fizera parte da conversa, apesar de ninguém ter falado com ela. Mas exatamente como a vida ao lado de Garrett continuaria depois da lua de mel era ainda, em muitos aspectos, um ponto de interrogação.

— Eu quero trabalhar — ela respondeu, firme.

— Bom, tire alguns dias depois da lua de mel. Vou colocar uma placa na porta da loja procurando outro funcionário. Algum rapaz tranquilo ou uma jovem bonita para trabalhar no balcão. O sr. Kolb não tem inglês para isso. — O pai de Jordan hesitou, mexendo na lapela do terno. — Alguma coisa já lhe chamou a atenção sobre o sr. Kolb, senhorita?

— Como o quê?

— Não sei. Ele parece sempre furtivo quando entro na sala para verificar o trabalho de restauração. E, com o inglês dele tão enrolado, não consigo perguntar nada a não ser coisas simples. É claro que Anna traduz qualquer coisa que exija mais detalhes. — Uma pausa, olhando na direção da porta por onde Anneliese, Ruth e o sr. Kolb tinham entrado. — Só queria saber o que você acha, já que trabalha perto dele mais tempo que eu.

A última coisa que Jordan queria fazer era especulações malucas sobre o passado de qualquer um.

— Tenho certeza de que são apenas os nervos dele, pai. A guerra, você sabe.

— Ele traz pessoas para a loja? Não clientes. Quero dizer, ele leva pessoas lá para o fundo?

— Não que eu tenha percebido. Por quê? — O sol da tarde estava entrando pela janela, forte e dourado, iluminando seu pai de maneira muito bonita. Jordan foi buscar sua câmera, pendurada atrás da porta. — Fique bem aí...

— Eu vim outro dia e Kolb estava com um colega alemão na sala dele. Mais velho, um berlinense, não falava uma palavra em inglês. Kolb disparou a falar, e eu só consegui entender que era um especialista em livros raros que ele trouxe para fazer uma consulta.

— Ele traz especialistas de vez em quando. — Jordan checou seu filme, levantou a Leica. — Anna lhe deu permissão. — *Clique.*

— Foi o que ela disse. Eu só estava pensando. A gente precisa tomar cuidado quando tem um negócio que atrai trapaceiros. — Deu de ombros.

— Bem, Kolb me deixa em paz, mesmo que me faça ficar nervoso às vezes. Quero dizer a ele que relaxe antes que tenha um ataque cardíaco.

— Você é que nunca relaxa! — Jordan baixou a câmera. — Você prometeu que ia tirar uma tarde para pescar no lago nesta primavera, e não foi nem uma vez.

Ele riu.

— Eu vou em breve, senhorita. Prometo.

A porta da sala dos fundos se abriu, e a cabeça escura de Anneliese reapareceu.

— Ela gostou dos brincos?

— Ela gostou. — Jordan sorriu. — Você ajudou a escolher?

— Não. — Anneliese fechou a porta da sala do sr. Kolb. Ruth olhava o livro de lombada quebrada que ele estava restaurando. — Eu acho que no próximo sábado devemos ir comprar o vestido de casamento. Posso costurar um vestido de verão elegante, mas vestidos de noiva são demais para mim. Vi um na vitrine da Priscilla of Boston, busto imperial, minipérolas...

— Acho que já escolhi em qual fim de semana vou ao lago — o pai de Jordan decidiu. — De repente me deu vontade de caçar um peru de primavera.

— Você caça perus. — Anneliese deu a Jordan um sorriso de mulher para mulher. — Nós vamos caçar renda chantilly e chapéus delicados. Já sei qual caçada vai ser mais implacável.

Uma semana depois, Jordan estava na sala luxuosa de provas da Priscilla of Boston, na Boylston Street, quando a notícia chegou.

Enrolada em cetim marfim, explodindo em um vestido enorme e rodado, virando a cabeça para sentir as pérolas Lalique balançarem enquanto Anneliese dispensava a vendedora que tentava sugerir babados — "Minha enteada não é uma noiva do tipo que usa babados" —, virando-se para provocar Anneliese com alguma piada de mãe da noiva, pensando em quão alegres estavam as duas, que podiam agora rir e se alfinetar. Foi quando Jordan viu o olhar de Anneliese ir em direção à porta, pela qual um homem de terno preto entrava.

— Sra. Daniel McBride? — Esperando pela confirmação de Anneliese. — A recepcionista da sua loja me disse que eu a encontraria aqui. É sobre seu marido.

Jordan desceu da plataforma da estilista, sentindo o cetim marfim se enrolar em seus pés. Seus olhos estavam registrando as imagens em pequenos cliques espasmódicos. O homem de terno parecendo desconfortável — *clique*. Anneliese congelada, o rosto ficando sem cor, um véu de renda chantilly caindo de suas mãos — *clique*.

O homem pigarreou.

— Sinto informar que aconteceu um acidente.

23

Ian

Maio de 1950
A bordo do SS *Conte Biancamano*

Era a primeira distração de que Ian desfrutava em anos. Sentado no salão cinematográfico do magnífico transatlântico, sem nada para fazer a não ser assistir ao desfile de passageiros usando smokings e vestidos de noite com lantejoulas, fumaça de cigarro e jazz soando juntos em uma ociosa sedução, as águas escuras do Atlântico passando lá embaixo. *Aproveite*, o navio parecia sussurrar. *Um breve período de prazer antes de a caçada iniciar em Boston.*

— Estou tão entediado que poderia pular pela grade — ele disse para sua companheira.

Ela sorriu: uma mulher alta e magra em torno de cinquenta anos, calça folgada e braceletes feitos com marfim de presas de javali, uma leve gagueira e mãos que pareciam retorcidas e chamavam atenção.

— Mais uma b-bebida?

Ian verificou seu copo.

— Não, obrigado.

— O que aconteceu com as histórias que ouvi sobre você bebendo com Hemingway secretamente?

— Isso é coisa antiga.

— Você também vai ficar antigo, e então o q-que vai ter para lembrar?

— Menos ressacas, Eve. Menos ressacas.

Ian sempre achou que uma das grandes vantagens de viver cruzando o mapa para tentar captar a guerra seguinte era nunca saber quando encontraria um velho amigo visto pela última vez no aeroporto da Espanha, ou em um bar tunisiano, ou no deque de uma embarcação de transporte francesa. Seu último encontro com Eve Gardiner tinha sido durante a Blitz em Londres, vendo-a se livrar de lascas de vidro que caíram em seu cabelo no meio de um pub bombardeado. Todo mundo correu para um abrigo antiaéreo quando o alarme tocou, mas Eve continuou lendo a coluna "Notícias de Londres". "'É o bom humor deles que me surpreende'", ela leu em voz alta quando Ian voltou depois do ataque. "'Como esta cidade consegue grudar um sorriso em seu rosto coletivo e ainda sair para trabalhar mais ou menos no horário...' Miss Ruby Sutton escreve bem. Já fizeram todo o trabalho p-por você, Graham. Tente viver à altura dessa boa imprensa e vá trabalhar com um sorriso no rosto, está bem?"

E agora ali estavam eles, bebendo uísque em meio ao luxo indolente, em direção aos Estados Unidos. Para trás ficava a lúgubre e bombardeada Viena, com o escritório de Ian temporariamente fechado. Adiante, a nova caçada. E, no meio de tudo, havia o limbo e uma velha amiga encontrada por acaso.

— Foi bom rever você, G-Graham. — Eve terminou o seu drinque, levantando-se. — Eu ficaria, mas tenho um coronel bem alto na minha c--cabine que cura o meu tédio quando cruzo os oceanos.

— Esse é o segredo de sobreviver a uma viagem de navio? — Ian levantou-se e deu um beijo em sua bochecha. — Eu devia ter trazido uma oficial do exército.

— Você trouxe uma anarquista russa. — Eve fez um gesto para o outro lado do salão, onde a cabeça loira de Nina se aproximava em meio à multidão. — Ela é p-piloto?

— Não tenho ideia. Por quê?

— Eu a vi o-olhar para o céu no momento em que saiu para o deque. Todos os aviadores fazem isso. Como você não s-sabe se sua m-mulher é piloto?

— É complicado. Quer que eu a acompanhe de volta para sua cabine? Eu odiaria se você cruzasse com um passageiro bêbado num deque escuro.

— Tenho uma Luger P08 nas minhas c-costas, Graham. Se um passageiro bêbado me causar problemas num deque escuro, eu a-a-atiro nele.

Eve desapareceu na multidão.

— Quem é aquela? — Nina perguntou, sentando-se na cadeira que Eve deixara vaga.

— Uma velha amiga. — Ian olhou para sua esposa, especulando. — Ela disse que você é piloto, tenente Markova.

— Sim. — As sobrancelhas de Nina se ergueram. Com sua calça remendada e botas, ela se destacava feito uma craca do restante da multidão elegantemente vestida, e não parecia se importar. — Como ela sabe?

— Ela trabalhava em algo inacreditavelmente vago na Inteligência britânica, e pessoas assim são muito boas em observar coisas. Basta um bom-dia e já sabem sua ocupação, a data do aniversário, seu livro favorito e como você gosta de tomar chá. Quando é seu aniversário?

— Por quê?

— Porque eu sei qual é a sua ocupação, camarada tenente Markova, e conheço sua predileção repugnante por geleia no chá e por romances de época, mas não tenho ideia de quando é seu aniversário. Na certidão de casamento, acho que vi alguma coisa.

— Vinte e dois de março. Nasci um ano depois da revolução.

Tinha completado trinta e dois não fazia muito tempo.

— Eu lhe devo um presente, camarada.

— O coração de *die Jägerin* em um espeto?

— Já ouvi dizer que casamento significa entregar o coração, mas não pensaria em algo tão literal. E obviamente a resposta é *não* — Ian retrucou.

— Antochka vem se juntar a nós?

— Aquela milanesa divorciada que ele conheceu há duas noites ainda não o libertou da cabine dela.

Os pernoites tinham sido acertados nos arranjos mais simples possíveis: Nina ficou com uma pequena cabine para sr. e sra. Graham, enquanto Ian se ajeitou com Tony. Ian chegou a se perguntar se seria estranho, tendo em vista a discussão que tiveram no escritório de Viena, mas Tony não tocou mais no assunto e os dois voltaram à antiga camaradagem. Ian ainda estava agradecido quando o parceiro começou a passar o tempo com a loira italiana, com sua pele de marta e unhas postiças escarlates. As cabines que conseguiram reservar com a modesta parcela de maio da pensão de Ian não eram nada confortáveis.

— É sua culpa estarmos perdendo tempo neste navio, você sabe — Nina se queixou. — Se não fosse o seu maldito medo de altura, teríamos percorrido essa distância de avião num tempo muito menor. Eu tenho medo de água, mas você me ouviu reclamar deste navio?

— Sim — disse Ian. — Você está reclamar desde Cannes.

— Mas eu ainda estou aqui. Não consegue entrar em um avião? É tão sensível assim? Covardia ocidental. Ninguém na União Soviética é *sensível*.

— Claramente — Ian respondeu sorrindo.

— *Mat tvoyu cherez sem'vorot s prisvistom.*

— O que *isso* significa?

— Foda-se a sua mãe no inferno assobiando.

— Caramba, mulher. Essa sua boca...

Eles saíram da mesa e andaram a esmo pelo deque. A noite era fria, a luz fraca de uma lua minguante refletindo no oceano.

Nina olhou para o céu fixamente.

— Eu odeio lua minguante.

— Isso é muito aleatório — Ian observou.

Silêncio. O rosto dela tinha ficado tenso.

— Você viu o friso no teto do salão deste navio, não viu? — ele perguntou, encarando-a. — Jasão e os Argonautas partindo em busca do velo de ouro. A cena original do "é claro que nunca vamos encontrar nada". Mas eles o acharam. Talvez nós também encontremos o nosso velo de ouro.

— Não quero conversar — Nina declarou abruptamente.

— Tudo bem. — Ian acendeu um cigarro e se apoiou na balaustrada, olhando para a água. Aos poucos a multidão foi diminuindo, rumando para a cama. A silhueta de Nina era luz na escuridão, bastante bonita. *Ela foi feita para ser apreciada à luz da lua,* foi o pensamento que atravessou sua mente. Normalmente ele teria posto de lado aquela fantasia, mas agora estava na balaustrada do navio pensando que nunca tinha beijado sua esposa e deu-se conta de que de repente a desejava visceralmente. Ela era um redemoinho russo que roubava as camisas dele e apoiava as botas em cima da mesa, mas, debaixo das estrelas, parecia ser feita de prata.

Diabos, Ian pensou, meio com raiva, meio se divertindo. Ele não tinha nenhum desejo de ser atraído por uma mulher de quem logo estaria divorciado. Mesmo assim lá estava ele, batendo o cigarro sobre a água lá embaixo e dizendo:

— Você cortaria minha garganta se eu tentasse te beijar?

Os olhos de Nina deixaram a lua, escuros com a lembrança de uma dor. Levou um momento para olhar para Ian.

— Deixe para lá — ele disse tranquilamente e começou a se virar, mas ela o impediu, puxou-o para o nível de seus olhos e colou a boca na dele. Não foi um beijo, mas um furacão. Os dedos fortes dela o seguraram atrás do pescoço, o tornozelo enganchou-se no joelho dele, e Ian se viu afundando a mão no cabelo dela e puxando-a com força. Ele sentiu a silhueta compacta quase subindo por ele enquanto os dentes dela mordiam seu lábio. Ele a mordeu de volta, bebendo-a como gelo, sal e violência. Sua esposa o beijava como se estivesse tentando sorver seu coração pela garganta.

— Caramba, mulher — ele conseguiu dizer, o coração pulsando. — Essa sua boca...

Ela o encarou com frieza, como se não tivessem quase se devorado naquele deque.

— Não quero conversar.

Ele ainda sentia o gosto dela, como o queimar gelado e elétrico da vodca em sua garganta.

— Eu também não.

Os dois se arrastaram para a pequena cabine reservada em nome de sr. e sra. Graham, onde Ian ainda não tinha posto os pés. *É uma boa ideia?*, ele pensou. *Não*, respondeu para si mesmo imediatamente. *Mas eu não ligo.* Depois de fechar a porta, ele puxou sua esposa e a beijou de novo.

— *Chyort* — ela balbuciou, torcendo com força a camisa dele quando os dois se deitaram na cama. — O que você está fazendo?

— Confiscando suas armas. — Ian puxou a navalha pelo cano da bota dela. — Me recuso a levar uma mulher armada para a cama.

— Você vai ter que lutar comigo por isso.

Ela rosnou como um lobo, seus braços e pernas fortes emaranhando-se nos dele. Estava entre o riso e a raiva, de si mesma ou dele, Ian não sabia, mas ela estava quase soltando faíscas de fúria quando se beijaram e se arranharam ao se aproximar. Havia faíscas guardadas na memória dele também, capazes de rebater as dela, o antagonismo surgido na discussão em seu escritório queimando agora em um tipo diferente de chama enquanto ele enrolava o cabelo dela na mão e o puxava com vigor, e ela deixava dentadas nos ombros dele e ao mesmo tempo abraçava sua cintura com as pernas. A navalha saiu meio aberta e picou o braço de Ian antes que ele a pegasse.

— Eu sei lutar, Ameaça Vermelha. — Ian arremessou a navalha para o outro lado da cabine e a beijou de novo, bebendo seu sabor de gelo e vento ártico, sangue e doçura. As unhas dela arranharam as costas dele, e ele mergulhou nela como se estivesse afundando em um vento contrário, sendo empurrado e jogado através do caos.

A primeira coisa que ela disse depois que terminaram foi:

— Mesmo assim nós vamos nos divorciar.

Ian explodiu em uma gargalhada. Os dois ainda estavam ofegantes, suando, lençol e pele com respingos de sangue do corte no braço dele, que Ian ainda não tinha sentido.

— Eu diria que isso elimina o argumento de casamento não consumado.

— Isso é... — Nina caçou a palavra, balbuciou alguma coisa em russo. Retorcendo-se e saindo de perto dele, apoiou as costas nos pés da cama, encarando-o, de cara fechada. A chama de ódio de Ian tinha se apagado, mas a dela ainda estava crepitando e faiscando, ardendo precavida na escuridão. — Estamos na caçada. Buscamos, lutamos, o sangue sobe, transamos. Só isso.

Ian se inclinou para a frente, tentando passar a mão na curva suave da perna dela, ainda emaranhada na dele, até o arco forte de sua panturrilha. Ela tinha uma tatuagem na sola do pé, ele observou com fascínio. Algumas letras pontiagudas do alfabeto cirílico, Шестьсот шестнадцать. A atração visceral que ele sentira por sua esposa no deque ainda não tinha sido superada; pelo contrário, havia se aprofundado. Ele passou a mão ao redor de seu tornozelo.

— Se é o que você quer, camarada.

— É.

Ela parecia feroz, e ele se perguntou do que Nina estaria se lembrando. Que lembrança ela reprimira quando tirou os olhos da lua e o puxou para o beijo?

— Em quem você estava pensando quando me beijou? — ele perguntou, passando o polegar sobre as letras cirílicas em seu pé pequeno.

Ela o olhou nos olhos.

— Ninguém.

Mentirosa, Ian pensou, puxando-a de volta e beijando sua boca, apesar da cara feia. *O que está se passando em sua cabeça, Nina? Quem é você?* Ele ainda não tinha ideia, só sabia que a resposta estava ficando cada vez mais complicada.

24

Nina

Janeiro de 1943
Front do norte do Cáucaso

— Com esse completamos treze — Yelena observou. Àquela altura, elas já estavam habituadas a decifrar as palavras ditas pelos pequenos intercomunicadores. — Pegue o manche.

Nina assumiu, tremendo mesmo dentro de seu macacão de forro peludo e de sua máscara de pele de toupeira. Nada mantém você aquecido num cockpit aberto debaixo do luar gelado. *Melhor que a vida das armeiras*, Nina falou para si mesma. Elas trabalhavam com as mãos desprotegidas mesmo no pior inverno, pois não conseguiam ligar os fusíveis com luvas grossas. Não sentiam a ponta dos dedos, trabalhando com o rosto branco e impassível e mãos azuis como violetas-selvagens cheias de bandagens, mas não diminuíam o ritmo. Com mais de seis meses de prática, o regimento conseguiu uma proeza: um U-2 podia pousar, ser abastecido, rearmado e decolar novamente em menos de dez minutos. "É contra o regulamento", Bershanskaia admitiu. "Mas é o nosso jeito e funciona."

Nina viu a cabeça de Yelena se inclinar dormindo no cockpit da frente. Nesses longos turnos de inverno, quando oito incursões por noitem se tornavam doze ou mais, todas as pilotos e navegadoras passaram a dormir durante o voo. Normalmente Yelena cochilava na ida, e Nina, na volta. *Melhor que arriscar cochilarmos as duas ao mesmo tempo.* O sono era o inimigo nas longas noites de inverno; o sedutor sono, atraindo você para um cochilo e a queda.

Nina lutou contra os bocejos até que o alvo ficasse visível.

— Acorde, coelha — ela chamou Yelena, batendo com os nós dos dedos enluvados em sua cabeça. — Dusia está em formação. — Bombardear os prédios que funcionavam como quartéis-generais era sempre um inferno. Os holofotes e o fogo antiaéreo eram duas vezes mais intensos.

— Estou acordada. — Yelena balançou a cabeça para despertar, então assumiu o controle novamente e as jogou bem para baixo atrás do U-2 de Dusia. Em noites como aquela, elas voavam em pares: Dusia passou primeiro e saiu pela lateral enquanto a artilharia tentava pegá-la... e o *Rusalka* veio flutuando silenciosamente na sequência, enquanto as luzes e as armas estavam ocupadas. Yelena levou o *Rusalka* para um nível abaixo do holofote que não acompanhara o avião de Dusia, seguindo na escuridão perfeita. Nina armou as bombas, e Yelena fez o retorno.

— Descanse, Ninochka — ela falou pelo intercomunicador. — Acordo você no pouso...

Mas ela interrompeu a fala quando o avião rolou para a esquerda, não respondendo a seus comandos para nivelá-lo. Nina xingou, curvando-se sobre o cockpit, de repente muito, muito acordada.

— Nos leve de volta! Ainda temos vinte e cinco quilos armados.

Todo traço de cansaço sumiu da voz de Yelena:

— Você consegue enxergar?

— Sim, a última bomba não caiu.

Yelena já estava voltando, passando além do alvo em direção à escuridão. Nina viu de relance o U-2 seguinte em formação para atacar, a piloto provavelmente se perguntando se tinham se perdido. Não havia tempo para se preocupar com aquilo. Nina acionou a liberação da bomba, mas nada caiu.

— Emperrou. Nivele e volte.

— Por quê? — Yelena quis saber, mesmo lutando contra o peso maior à esquerda. Ela acionou um *aileron* no sentido oposto, se firmando para mantê-las alinhadas e estáveis. Nina desafivelou seu cinto. — Ninochka, o que você está fazendo?

— Dando um empurrãozinho — Nina respondeu, parecendo sensata, e ficou em pé.

— *Nina Borisovna. Volte para o avião!*

— Apenas se mantenha na menor velocidade possível — Nina a ignorou — e *estável*. — Então ela jogou uma perna para a lateral.

O ar estava rígido e gelado como uma corrente de água, cortando pelas laterais, quando ela colocou uma bota e depois a outra na asa mais baixa. Seu corpo ficou preso no frio do vento, e seus dentes começaram a bater. Nina se agarrou, os dedos enluvados apertados na borda do cockpit, por um momento incapaz de se mover. Não era medo; ela estava congelando, como se tivesse sido engolida por gelo. O vento era uma puta malvada, querendo cuspi-la em direção ao chão, flutuando a oitocentos metros de altura. Ela giraria e giraria através das nuvens e Yelena não poderia fazer nada a não ser assistir.

Mexa-se, Bruxa da Noite. A voz de seu pai. Nina cerrou os dentes, que batiam, então escorregou o corpo pela asa mais baixa entre os fios. O *Rusalka* balançou e por um momento Nina achou que escorregaria no vazio, mas Yelena estabilizou a aeronave. Avançando devagar pela asa, sentindo o fluxo congelante que passava por suas costas, Nina tateou embaixo, mas não sentiu nada. Tirando uma das luvas com os dentes, ela se atrapalhou, os dedos nus batendo dolorosamente na estrutura de metal congelado que prendia a bomba. Àquela altitude, a sensação na pele sem proteção era de estar em chamas, não mergulhada no gelo. Quanto tempo até que seus dedos parassem de funcionar? Nina arrancou o suporte que não conseguia ver, mais imaginando que sentindo a bomba se soltar, a asa balançando embaixo de seu corpo. Se as duas pegassem uma corrente ascendente de uma montanha enquanto ela estava se segurando com apenas uma mão, Nina voaria como uma linha de pesca deslizando em um lago...

Alguma coisa espetou seus dedos e abriu caminho. Nina viu a bomba cair silenciosamente na escuridão. Uma pena desperdiçá-la onde talvez não houvesse nada além de montanha. Ela deslizou de volta pela asa, depois se apoiou e entrou, praticamente de cabeça, em seu cockpit. O vento pareceu dar um assobio maldoso quando ela ficou fora de alcance. A voz de Yelena grasnou pelo intercomunicador, e Nina segurou a sua de volta no lugar.

— Podemos dar a volta... — ela disse para sua piloto, com os dentes batendo. E então: — *D-Droga*.

— O quê? — Yelena gritou.

— Deixei minha luva cair.

— É tudo o que você tem a dizer? Suba na minha asa de novo e eu te derrubo da porra do avião, sua pequena siberiana lunática!

— Você x-xingou.

— O quê? — Yelena estava levando o avião de volta.

— Você falou um palavrão, srta. Careta de Moscou. — Nina enfiou a mão sem luva embaixo do braço. Seus dentes estavam batendo, mas ela ainda conseguiu sorrir. — Yelena Vassilovna, você falou um palavrão!

— Vá para o inferno — disse Yelena. Um segundo depois, através do intercomunicador, uma risada abafada.

Nina se recostou, o sono já arrulhando em seu ouvido de novo, dizendo a ela para fechar os olhos.

— Onde estamos?

— Ao sul do alvo.

— Certo. — O céu já estava clareando, era quase de manhã. — Ajuste norte-nordeste e nós...

Os tiros vieram do nada, atravessando a asa do U-2 com um som brutal como o de aço acertando papelão. A silhueta negra passou acima delas enquanto Yelena gritava "Messerschmitt..." e jogou o avião para baixo. Nina virou-se no cockpit, olhando para a cauda do *Rusalka*, a boca seca como papel. Elas nunca tinham enfrentado aviões de caça alemães, apenas artilharia antiaérea. Ele desapareceu na escuridão, mas os Messer eram tão rápidos... muito rápidos para um U-2, que velejava tão lentamente que qualquer caça desistiria de tentar igualar a velocidade e simplesmente passaria metralhando.

Outra passagem barulhenta, outra rajada rasgando uma asa. Se Nina ainda estivesse deitada ali tentando soltar a bomba do suporte, ela se deu conta, teria sido furada no sentido da coluna.

O *Rusalka* balançou quando Yelena o levou em um mergulho direto. Não havia nuvens suficientes para se esconder, Nina sabia, e manobras evasivas consumiam combustível — àquela altura já tinham queimado muito, circulando o lugar para soltar a última bomba. "Pousem e se dispersem", era a ordem de Bershanskaia para essas ocasiões. "Pousem e se dispersem, senhoras; eles não vão persegui-las no chão." O Rusalka já estava saindo em disparada para baixo a duzentos metros.

Abatidas, Nina pensou com uma clareza curiosa, *estamos sendo abatidas.* Melhor que queimar no ar com o combustível... melhor que bater e ficar com tantos ossos quebrados que não restaria nada a não ser uma morte lenta pendurada no cockpit. Pousar e se dispersar seria uma chance.

— Campo — Nina ouviu-se gritando no intercomunicador. Onde estava o Messer? — Campo, trinta graus à direita...

Yelena viu e levou o avião naquela direção. *Abatidas.* As outras colocariam os pratos para o café da manhã de Nina e Yelena no lugar de sempre, esperando a volta delas. Era o que o 588 sempre fazia quando um U-2 não voltava. Dois dias, talvez três, e só então os pratos deixavam de ser colocados na mesa, quando ninguém mais poderia fingir que ainda era provável que você entrasse mancando, viva...

O Messer varreu acima delas como uma pipa negra, outra rajada. Yelena derrubou o U-2 de duzentos metros para cento e cinquenta, o movimento mais rápido e duro que Nina já a tinha visto fazer. Outro segundo e os pneus bateram no solo congelado do inverno.

— FORA — Nina gritou, livrando-se de seu cinto de segurança pela segunda vez naquele voo. Yelena ainda estava saindo do cockpit, as bochechas vermelhas ardendo; as botas de ambas encostaram no solo ao mesmo tempo. Era algum tipo de campo grosseiro, com silhuetas de arbustos por toda a volta. O dia chegava cruelmente rápido, uma luz pálida jogando as sombras delas para a frente. Um som de corte seco foi ficando mais forte e o Messerschmitt voltou, as suásticas brilhando como aranhas.

Elas se viraram e se jogaram dentro dos arbustos. Nina nunca tinha se sentido tão parecida com uma coelha correndo atrás de abrigo. Uma linha de balas cruzou o campo, e Nina não teve consciência de ter se jogado... simplesmente se viu no chão, os braços ao redor da cabeça enquanto o solo se desmanchava em poeira ao redor. Não tinha ideia se havia sido atingida ou não. Ela não sentia nada além do rugido em seu sangue.

O avião passou acima. Os ouvidos de Nina registraram. Ela se levantou, o coração pulando em um pânico repentino ao ver o corpo comprido de Yelena atirado no chão logo à frente, mas então a piloto virou a cabeça.

— Ninochka... — ela chamou, e as duas ficaram em pé, tropeçando pelos arbustos. Rastejaram e, quando o som do motor do Messer zumbiu no alto novamente, elas gelaram e se abraçaram, o rosto de Nina enterrado no ombro de Yelena, e o de Yelena no dela.

O Messer passou mais uma vez sobre o campo.

— Espere — Nina murmurou.

Elas abafaram a nuvem formada por suas respirações com os cachecóis cobertos de estrelas. Outro zumbido, outra rajada de balas.

— Se os alemães nos capturarem — Yelena sussurrou —, prometa que você vai me matar.

— Eles não vão nos capturar.

— Se eles...

— Pare!

Um terceiro rasante.

— Você sabe o que eles fazem com pilotos mulheres. Eles vão nos estuprar e nos matar. — O sussurro de Yelena corria mais rápido, como granizo no telhado. — E nós vamos ficar marcadas como traidoras por termos permitido que eles nos pegassem...

— Não somos traidoras. Seguimos ordens...

— Ninguém vê dessa forma quando somos pegas. — A respiração de Yelena acelerou. — Deixei minha arma no cockpit.

— *Shhhh!*

— Se eles nos pegarem, corte minha garganta com sua navalha, Ninochka. Prometa.

O rosto de Yelena, branco como gelo e aterrorizado, a coisa mais preciosa do mundo.

— Eu te amo — Nina sussurrou. Ela colocou as mãos nas bochechas de Yelena. — Eu te amo e vou matá-la antes de deixar os Fritzes pegarem você, se isso é o que deseja. — *Qualquer coisa que você deseje. Eu te amo o bastante para qualquer coisa, até isso.*

Yelena apertou os olhos com força. Nina a puxou para perto. O zumbido do motor do Messerschmitt se foi.

Elas esperaram.

— Seu coração está batendo firme como um tambor — Yelena cochichou. — Você não está com medo, está?

— Não. Porque estamos seguras. Ninguém nunca pega uma *rusalka*, muito menos um par delas. Nós escorremos das mãos deles como água.

Yelena enterrou o rosto no macacão de pele de Nina. Nina mexeu no cabelo dela, olhando para o céu. Estrelas geladas se apagavam com a chegada do dia. *Tão frio.* Ela fechou os olhos e viu a água turquesa do Velho subindo para pegá-la, então seus olhos se abriram com um solavanco.

— Você estava cochilando — Yelena sussurrou. — Enquanto esperava para ver se seria metralhada até a morte por um Messerschmitt, você *cochilou.*

— Foi uma noite longa. — Nina aguçou seus ouvidos ao máximo. Nenhum zumbido de motor, nenhum som de balas. — Podemos arriscar?

— Precisamos. O dia está clareando.

— Eles podem estar esperando...

— Teríamos ouvido eles pousarem.

Elas saíram do arbusto. Era tão estranho estar no chão, a neve quebrando debaixo dos pés, morros estranhos, árvores dentadas não familiares no horizonte. No alto, em um avião, você esquece como é ficar embaixo no meio das coisas. A vida era ou um cockpit ou uma série de aeródromos e pistas intercambiáveis.

Yelena expirou profundamente.

— Se o *Rusalka* estiver quebrado, teremos de voltar andando.

— Então voltaremos andando, como Larisa Radchikova e sua piloto fizeram no mês passado. — Elas saltaram na zona neutra e voltaram caminhando através da linha ativa, as duas feridas da cabeça aos pés por estilhaços.

Nina e Yelena prenderam a respiração quando voltaram para o *Rusalka*, inclinado feito um bêbado no meio do campo. As asas estavam tão furadas que pareciam uma tela. Yelena foi inspecionar o motor, enquanto Nina subiu para checar os cockpits.

— Bem, ainda temos um motor — a voz de Yelena flutuou enquanto colocava a cabeça entre os fios. — E uma hélice... a maior parte de uma hélice.

Nina avaliou os estilhaços onde costumava ser o painel dos instrumentos.

— Temos controles. Não muito mais, mas cada uma de nós tem um manche.

— Tudo que um U-2 precisa é de um manche, um motor e um piloto. — Yelena pegou sua pistola e se afastou. — Confio mais no *Rusalka* para nos levar para casa do que em tentar fazer o caminho a pé. — Elas não tinham como saber se estavam em território alemão ou não; poderiam andar em direção a sua própria tropa ou ir parar dentro de um ninho de Fritzes.

Nina juntou-se a ela, que estava examinando a hélice. Faltava um terço da lâmina em um dos lados.

— Vamos quebrar uma parte do lado oposto da lâmina para equilibrar? — Nina perguntou por fim. — Já está perfurada de balas. Conseguimos quebrar a ponta dela sem ferramentas.

Yelena parecia um pouco pálida, mas concordou.

Nina a puxou para o nível de seus olhos.

— Yelenushka. Está tudo bem?

Sua piloto concordou com a cabeça. Nina não tinha certeza se acreditava nela, mas devolveu o movimento com a cabeça. Elas trabalharam o mais rápido que puderam, quebrando a lâmina da hélice até que ficasse igualada à menor. Nina girou a hélice enquanto Yelena trazia o motor à vida. E quinze minutos mais tarde estavam renascidas no ar, subindo bem devagar depois de uma decolagem duas vezes mais demorada do que o ágil avião delas normalmente requeria.

— Precisamos de altitude — Nina alertou enquanto balançavam. Ela se sentia nua voando de dia. Pelo menos estavam no auge do inverno, quando a aurora parecia mais um crepúsculo azul profundo. Yelena levou o *Rusalka* para cima, o motor grasnando como se estivesse mortalmente ferido. *É apenas um ferimento superficial*, Nina falou para seu avião. *Alguns dias de reparo e você estará novo em folha.*

— Eu estava falando sério — a voz de Yelena soou metálica, e Nina não achou que fossem os intercomunicadores. — Se por acaso formos abatidas, prefiro que você me mate a ser feita prisioneira.

— Ninguém será abatido. Estamos quase em casa. — No máximo, vinte minutos.

— Ele ainda pode estar lá. O Messerschmitt.

— Ele não está lá.

— Ele pode ter esperado até que voltássemos para o ar...

— Não há ninguém ali!

Nenhuma resposta. Nina podia ver os ombros de Yelena se movendo como se estivesse respirando em solavancos incertos. O *Rusalka* balançava, jogando Nina para a frente e para trás em seu cockpit como uma noz em uma frigideira. *Uma frigideira cheia de óleo quente,* ela pensou e então imaginou que pelo menos a noz estaria quente. Ela ainda sentia o sono soando em seus ouvidos, aquela terrível necessidade de fechar os olhos e deixar-se ir. *Vá embora, sua vadia da noite,* Nina disse ao sono. *Nós estamos perto de cair como uma bola de fogo.*

A densa névoa noturna estava ficando mais fina.

— A pista deve estar aqui embaixo — Nina avisou. — Acerte quinze graus leste... — Os voos noturnos tinham terminado fazia tempo, mas as garotas ainda estariam ali, com os olhos no céu. Elas sempre esperavam quando um avião estava atrasado.

Um brilho surgiu, vermelho e bem-vindo: *Ali está a pista.* Nina deu um longo e trêmulo suspiro de alívio, e foi então que Yelena gritou e jogou o U-2 de lado.

O *Rusalka* gemeu como se estivesse sendo degolado. O avião tremia tão violentamente que Nina pensou que as asas iam ser arrancadas.

— *Yelena...*

— Ele está nos colocando na mira... — a voz de Yelena veio através do intercomunicador, aumentando cada vez mais. — Estou vendo ele acima...

— São apenas luzes de pouso. — Nina soltou seu cinto de segurança, a terceira vez na última hora. — Ninguém vai atirar.

— Ele vai atirar em nós... — O *Rusalka* tremeu de maneira doentia, o nariz para baixo. — Fomos atingidas!

— Não fomos atingidas. Você está alucinando. — Tinha acontecido com outros pilotos; sobrecarga invocando perigo do nada, sinalização tornando-se fogo inimigo. Lançando-se para a frente sobre o que sobrara do para-brisa, Nina agarrou o cabelo de Yelena onde ele estava fora do gorro. Empurrou-a para longe dos controles, levando a cabeça dela para trás, encostando-a no banco. — *Pare!* — Nina gritou, pegando com a outra mão o seu próprio manche. Seus dedos da mão sem a luva estavam tão dormentes que ela não os sentia. Ela deu um empurrão cego e o motor crepitou. O *Rusalka* endireitou-se de sua espiral cambaleante, lutando contra Nina com todas as forças. Ela não ousou soltar Yelena; se sua piloto pegasse o manche de volta e as mandasse para mais um giro, aquele pássaro ferido morreria. Nina fez força para baixar o nariz, ainda se mantendo em uma posição estranha, metade dentro e metade fora de seu cockpit, uma mão ancorando sua piloto e a outra agarrada ao manche pela vida delas. Seu ombro gritou com o esforço de assumir a descida. O *Rusalka* mergulhou em direção ao chão, bateu com força suficiente para fazer os dentes de Nina se chocarem com violência, depois a jogou para a frente sobre o para-brisa quebrado. Uma lasca branca e quente de agonia penetrou em seu braço, mas Nina não ligou. Elas estavam no chão, rodando em segurança na terra gelada, e Yelena estava bem. Ela estava chorando, "Sinto muito, sinto muito mesmo", e não estaria dizendo isso se ainda estivesse alucinando de pânico.

Nina voltou para seu assento, sentindo dor no braço, encharcada de suor, tremendo toda porque as gotas de suor já estavam congelando em sua pele úmida. Não sentia a mão direita e não conseguia soltá-la do manche, mas não importava. Elas estavam no chão. Atordoada, Nina bateu no painel de instrumentos quebrado.

— Boa garota. — O mundo inclinou-se.

Nos trinta segundos que levou para a multidão de pilotos chegar ao *Rusalka*, Nina ficou inconsciente.

— Quem vai navegar para você?

— Zoya Buzina — Yelena respondeu. — A piloto dela levou uma bala no joelho. Fogo antiaéreo.

— Zoya Buzina? — Nina olhou de sua cama com um jeito ameaçador. — A ruiva de Kiev com dentes de coelho?

— Não fique brava, ela é boa!

— Não tão boa quanto eu. — O ciúme espetou Nina, vendo Yelena sair para voar com outra pessoa enquanto ela ficava na cama. Duas semanas no chão, só porque uma lasca do para-brisa atravessou seu braço! — Se ela não trouxer você de volta sem um arranhão, vou fazer aqueles dentes de coelho descerem pela garganta dela.

Aquilo arrancou uma risada de Yelena. O dormitório estava vazio, a não ser pelas duas — Nina irritada em sua cama, o braço em uma tipoia, Yelena empoleirada no outro canto em seu macacão de pele. As outras tinham seguido para as orientações da noite.

"Mantenha o buraco no seu braço aquecido", Dusia havia dito, bagunçando o cabelo de Nina. "Combina com o buraco na sua cabeça, sua coelha louca."

Todas faziam piadas, mas com empatia. Elas sabiam quanto era sofrido ser proibida de voar.

Yelena respirou fundo, e Nina se preparou.

— Eu quase matei nós duas...

Nina curvou-se para a frente e a beijou, lábios quentes vagando por um quarto frio.

— Pare com isso, Yelena Vassilovna.

— Por um instante, achei que os sinalizadores de pouso fossem luzes de um Messer. Eu *sabia* que não eram, mas pareceu tão real por um instante. Não consegui impedir... — Um calafrio percorreu seu corpo. — Se eu tivesse nos jogado em mais um giro...

— Você não nos jogou.

— Porque você puxou a minha cabeça. — Yelena tentou sorrir, mas seus olhos carregavam muitas sombras naquele rosto estreito. *Quando foi que você ficou tão magra?*, Nina se perguntou, um aperto no estômago.

— Você entrou em pânico, Yelenushka. Teve uma alucinação. Todos têm. — Até os melhores pilotos e os melhores navegadores. A questão era saber se o momento de pânico foi fatal ou não.

No dia anterior, para elas, não tinha sido. Para Nina, isso bastava.

— Você não contou para Bershanskaia — Yelena disse. — Se ela soubesse, teria me mantido em solo também.

— Você precisa voltar a voar. — Nina conhecia sua piloto como a palma da mão, todas as dúvidas e preocupações. — Se ficar em solo uma noite, você enlouquece. Volte a voar, faça dez boas incursões sem erros e ficará boa. Agora vá se juntar às outras antes que Bershanskaia dê pela sua falta.

Outro beijo leve nos lábios de Nina, e Yelena saiu. Nina deitou-se, olhando para o teto. Fechou os olhos, mas tudo o que via era Yelena em um U-2 emprestado, decolando pelo céu noturno sem ela.

Tem certeza de que ela está bem para voar?, sua mente sussurrou.

Nina lutou para sair da cama assim que amanheceu. No caminho para a pista, passou pela chamada para uma reunião do Komsomol ("Ajuda mútua em combate é a lei do membro do Komsomol!"). Os U-2 já tinham voltado e estavam sendo cobertos com as tiras de camuflagem. Nina chamou o membro da equipe de solo que estava mais perto dela.

— Onde está Yelena Vetsina?

A garota se virou, os olhos vermelhos, os lábios tremendo. Nina de repente se deu conta de que todo o campo estava em silêncio, a equipe de chão trabalhando com ombros curvados. De algum lugar, ela ouviu o som abafado de alguém chorando. A lua minguante no alto estava desaparecendo em um bonito amanhecer, mas o mundo tinha se tornado algo assustador como um pesadelo.

Nina ouviu sua própria voz e não soube dizer se foi um rugido ou um sussurro.

— O que aconteceu?

25

Jordan

Maio de 1950
Boston

— *Entregamos, ó Senhor, a alma de Daniel, seu servo...*
O caixão de Dan McBride estava coberto de lilases e rosas. Eram os lilases que cheiravam mais forte, seu aroma flutuando no dia quente de primavera como se alguém tivesse quebrado um vidro de perfume. A garganta de Jordan fechou-se de náusea. Quem tinha pedido a coroa enorme de lilases para o caixão, como um doentio arco de papel de seda roxo?
— *Aos olhos deste mundo, ele está morto; que aos Seus olhos ele viva para sempre...*
Na verdade, Jordan pensou, os olhos vagando sem expressão pelo caixão cheio de flores, sobre as cabeças curvadas e de chapéu preto andando ao redor do túmulo, quem inventou que flores deviam ser amontoadas dentro de um caixão? O caixão de seu pai deveria ter sido enfeitado com iscas de pesca, cartões dos jogos do Red Sox, garrafas de seu uísque preferido. Jordan deveria ter tirado os pratos Minton que usavam para o almoço de domingo desde que podia lembrar e arremessado cada prato contra a tampa do caixão...

— *Perdoe qualquer pecado que ele tenha cometido por fraqueza humana e, em sua bondade, conceda-lhe a paz eterna...*

Paz, Jordan pensou. *Paz.* Que bem ela traria para seu pai se Jordan não a tinha, se Ruth e Anneliese não a tinham também?

Ele era o centro da família e trazia a paz. Elas, entretanto, estavam agrupadas ao redor do lugar onde ele deveria estar: Anneliese um passo para o lado, como se estivesse segurando no braço direito dele, uma coluna delgada vestida de preto, uma faixa de *voile* caindo da borda do chapéu preto sobre sua face; Ruth tremendo onde deveria ter sido o lado esquerdo dele, dando a mão para Jordan.

— Está quase acabando, passarinha — ela conseguiu sussurrar enquanto o padre entoava:

— *Pedimos isso por intermédio de Cristo, nosso Senhor.* — Uma série de *Amém* ecoou, seguida de uma onda de outro tipo de burburinho enquanto o caixão ia sendo baixado.

Eu menti, Ruth, Jordan pensou em contar para sua irmã. *Isto nunca vai acabar. Este dia vai durar para sempre.* Depois seriam as condolências à beira do túmulo, então a volta sombria para casa, onde bolos e doces, uísque e café seriam servidos. Mais condolências e lembranças e lenços nos olhos, todos querendo saber *o que aconteceu,* todos querendo detalhes da *tragédia.* Quantas vezes Jordan e Anneliese teriam de repetir para aquelas pessoas? *Um acidente de caça. Não, não foi culpa de ninguém. A arma dele explodiu...*

"O seu pai mesmo cuidava da arma dele, senhorita?", o policial tinha perguntado a Jordan naquele dia no corredor do hospital — Anneliese estava abalada demais para responder a perguntas, congelada ao lado do leito de seu marido, ouvindo sua respiração difícil.

"Sim." Quando ela ia para o lago com o pai, Jordan se lembrava de vê-lo limpando a arma cuidadosamente antes de pendurá-la de volta na parede. "Era do meu avô. Ele considerava um tesouro. Nunca deixava ninguém usar, e quando voltava para a parede precisava estar do mesmo jeito. Como..."

"O problema não foi a arma, senhorita, foi a munição. Parece que ele comprou cápsulas com pólvora sem fumaça. Com uma velha LC Smith de doze como a que ele tinha, de tambor Damascus, o aço racha se você usa esse tipo de munição mais nova. Muitos não sabem disso, infelizmente. Os cartuchos são *parecidos*, e as pessoas não se dão conta. Ele comprava a própria munição?"

"Sempre." Jordan mexeu no fecho torto em sua cintura. Ela tinha arrancado o vestido de noiva cor marfim da loja e enfiado seu vestido de verão rapidamente. Todos os fechos estavam tortos. "Eu não sei atirar, Anna também não."

"Então, ou ele comprou a variedade errada, ou não percebeu que o novo tipo não servia para sua arma. Já vi isso acontecer antes." Um olhar simpático. "Sinto muito, senhorita."

Todos *sentiam muito*.

— *Que ele descanse eternamente, ó Senhor* — o padre Harris finalmente terminou. Jordan se juntou ao coro em resposta:

— *Permita que a alma dele, e todas as almas dos que partiram com fé na verdade de Deus, descanse em paz.*

Amém.

— Que tragédia, Jordan querida. E no auge da vida!

— Sim. — Jordan manteve a expressão educada, agarrando o prato com bolo de chocolate alemão em que ela nem tinha tocado. A mulher era uma prima distante de seu pai; funerais sempre atraem hordas de primos.

— Como exatamente *aconteceu*, querida?

— Um acidente de caça, não foi culpa de ninguém — Jordan repetiu. — A arma dele explodiu quando ele estava caçando perus no lago. Ele usou a munição errada.

— Já falei para o meu marido e vou repetir uma centena de vezes: *sempre* cheque a munição. E eles escutam, esses homens?

A sala de visitas da casa estava atulhada de gente de preto servindo-se de comida e biscoitos de uma mesa repleta, bebendo licor ou uísque. Anneliese estava perto da lareira, parecia feita de cera. Jordan nunca esqueceria o som que ela fez quando viu o marido na cama do hospital. Foi antes de as bandagens esconderem a extensão completa de seus ferimentos, os dedos perdidos na mão direita, o machucado no pescoço, o horror que estava o lado direito de seu rosto. Anneliese deixou escapar um choro abafado com a visão, como um animal preso em uma armadilha. Se houvesse a mais remota suspeita de que ela não amava seu pai, aquela reação teria tirado todas as dúvidas. Jordan viu as lágrimas cobrirem os olhos de sua madrasta enquanto o médico continuou falando sobre *o estrago dos estilhaços para a mandíbula e os dentes e a destruição da órbita ocular e do arco zigomático*. Ela não parecia ter mais lágrimas sobrando. Anneliese e Jordan ficaram na sala, secas, separadas, como pilares de sal.

— Pelo menos seu querido pai não sofreu — alguma boa alma disse.

— Não — Jordan respondeu com os dentes cerrados.

— Como aconteceu, querida?

— Um acidente de caça, não foi culpa de ninguém — Jordan repetiu, todas as vezes querendo gritar: *É claro que ele sofreu! Ele ficou vivo por duas semanas depois do acidente, você acha que ele não sofreu?* O grupo de caçadores que tinha encontrado o pai dela logo depois do acidente salvou Dan de sangrar até a morte na floresta, mas não tinha evitado o *sofrimento*. Os médicos continuaram a dizer, em tom alegre: "Seu pai é um cara durão!", como se isso ajudasse a vê-lo deitado na cama do hospital parecendo mais e mais magro enquanto a infecção tomava conta.

— Pelo menos a família estava com ele no final.

— Sim. — Todas aquelas horas elas ficaram segurando as mãos dele, Anneliese de um lado e Jordan do outro. "Ele consegue nos ouvir?", Jordan perguntou aos médicos, e eles responderam alguma coisa sobre ferimentos da explosão no ouvido, o que parecia ser o jeito de explicarem que não tinham certeza. Ele parecia perder e então recobrar a consciência... não podia falar, não com a mandíbula quebrada e a língua mutilada, mas algumas vezes tentava se mexer. "Ele afastou minha mão", tinha chorado uma vez Anneliese. Jordan havia subido na cama e colocado os braços ao redor do pai até que ele se acalmasse. "Não aguento vê-lo com dor", Anneliese dissera, branca como gelo na vidraça. "Mantenha-o dormindo. Toda a sedação que for necessária."

Valeu apenas por duas semanas, como se percebeu.

A campainha soou. Jordan saiu, cumprimentou mais pessoas que vieram prestar condolências, levou outra panela para a cozinha. Todo o lugar já estava lotado de cozido e salada de batata. *Vão embora, todos vocês, e levem a comida junto.* Mas aquelas pessoas estavam ali pelo pai dela, ela lembrou a si mesma. Negociantes de livros raros e donos de casas de leilão; vizinhos e conhecidos da igreja; um grupo de antiquários veio de Nova York com palavras como "Amigo querido, Dan McBride. Uma coisa dessas acontecer, um homem tão cuidadoso...".

A voz de Garrett no ouvido dela quando a abraçou:

— Como você está? — *Não quero ser abraçada,* Jordan queria gritar, *não quero que ninguém me pergunte como estou me sentindo. Quero ficar sozinha...* Mas aquilo não era justo. Ela se forçou a abraçá-lo de volta, tentando não se sentir sufocada.

— Que pecado — disse um vizinho. — Jordan, pobre criança, não ter seu pai para conduzi-la em seu casamento...

A mão de Jordan tocou as pérolas Lalique em suas orelhas. Dadas para serem usadas no casamento, tinham sido usadas no funeral. Garrett, ao perceber que ela não ia falar, anunciou:

— O casamento foi adiado até a próxima primavera.

Uma repentina explosão de lágrimas do outro lado da sala. Era a voz de Ruth, tão inesperada, porque Ruth nunca dava chiliques.

— ... ela quer entrar! — Com o rosto vermelho e cheio de lágrimas, forçando a porta para o quarto dos fundos, onde Taro gemia e arranhava, trancada naquela tarde. — Quero a *minha cachorra*... — A voz dela crescendo num gemido enquanto Anneliese passava rapidamente pelas pessoas e a pegava pelo braço.

— Está na hora de ir para o seu quarto, Ruth.

— Não sem a *minha cachorra* — a menina gritou, tentando escapar.

Jordan livrou-se do braço de Garrett e foi até sua irmã.

— Eu a coloco na cama, Anna.

— Obrigada — Anneliese respondeu em um murmúrio sentido, afastando um grupo de vizinhos enquanto Jordan levava Ruth para o andar de cima. A menina estava soluçando, vermelha de calor e emoção.

— Não tem problema chorar, passarinha. Tire esse vestido pesado e se deite.

— Posso ver a Taro?

— Você pode tudo o que quiser, querida Ruth.

Ruth e Taro estavam logo aconchegadas juntas. Os olhos inchados da garotinha se fecharam.

— *Hund* — ela sussurrou enquanto Taro se aconchegava sob seu cotovelo. — *Hübscher Hund...* — Jordan fez uma pausa enquanto puxava a cortina do quarto, intrigada. Fazia anos que Ruth não falava alemão.

— Obrigada — Anneliese disse, cansada, quando Jordan voltou para a sala. — Não sabia o que fazer quando ela começou a gritar.

— Ela vai dormir agora. — Jordan esfregou os olhos. — Ruth tem sorte, ganhou um pouco de paz e silêncio. Quanto tempo você acha que isso ainda vai durar?

— Horas. — Anneliese massageou a testa. — Por que você não dá uma escapada? Uma caminhada pelo quarteirão? Peça para Garrett te levar para uma volta.

— Não posso deixá-la com tudo isso.

— Jordan. — Os olhos azuis de Anneliese estavam parados. — Eu não teria conseguido ficar no hospital nessas duas semanas sem que você tomasse conta das coisas. Deixe-me cuidar disso. — Um pequeno sorriso. — Não é tão difícil, apesar de tudo. Manter um lenço e o agradecimento prontos e responder a todas as questões com "um acidente de caça, não foi culpa de ninguém".

Jordan sentiu seus olhos queimarem.

— Anna...

— Vá. — Dando um pequeno empurrão. — Vá procurar Garrett. Eu recebo as condolências.

Mas Jordan não foi procurar Garrett. Ela viu seus ombros largos do outro lado da sala e, com um olhar culpado, saiu, pegando sua carteira enquanto abria a porta da frente.

— Jordan, querida — uma vizinha gorducha de aparência maternal chamou, com o dedo dentro de uma luva negra pousado sobre a campainha. — Eu trouxe merengue de limão, o favorito de seu pai.

— Muito obrigada, sra. Dunne. Minha madrasta está logo ali.

— Publicaram um artigo tão bom no jornal sobre o seu pai. Que pilar da comunidade ele foi. Uma pena que erraram bem na data...

— Sim eu vi.

Havia um erro na idade de seu pai, além de dizer que Anna McBride tinha nascido e crescido em Boston, e não que ela e Dan tinham *se conhecido* em Boston. "Provavelmente minha culpa", Anneliese tinha dito. "Eu estava naquele estado quando me perguntaram sobre os detalhes."

— Apenas pegue esta torta, querida. Volto logo.

Por um instante, Jordan ficou na entrada de casa com a torta nas mãos. Ela queria correr para a sala escura e se esconder até que todos fossem embora, mas Garrett certamente a procuraria se ela entrasse lá, e ela não suportaria mais um abraço de urso.

— Quer um carro para algum lugar, senhorita? — O taxista que tinha trazido a sra. Dunne até a porta da casa curvou-se pela janela do carro.

— Sim — Jordan respondeu, meio passada. — Sim, quero. Clarendon com Newbury.

Foi só no meio do caminho para a loja que ela saiu de sua confusão no banco de trás e se deu conta de que ainda estava segurando uma torta de merengue de limão. Quase gargalhou, ou melhor, quase caiu no choro. *A favorita do papai*. Jordan pegou os trocados para pagar o motorista e desceu em frente à McBride Antiguidades, a torta ainda na mão.

A porta tinha um laço preto na fechadura. Jordan o rasgou, pegando suas chaves na bolsa. A loja estava empoeirada no sol daquele fim de tarde. Estava fechada fazia quase três semanas. Jordan virou a placa para Aberta sem pensar, colocando a torta sobre uma banheira de passarinho de cerâmica antiga, e caminhou para trás do balcão. Escreveu as iniciais de seu pai na poeira, combatendo uma irresistível vontade de gritar "pai?", porque certamente isso significaria que a porta dos fundos se abriria e ela o veria de novo sorrindo enquanto dizia "Em que posso ajudar, senhorita?" Tudo o que tinha de fazer era chamar. Não tinha sido ele na cama do hospital. Fora tudo um engano.

E ela começou a soluçar fazendo um barulho alto, o eco reverberando na loja silenciosa como em uma tumba. Jordan se agarrou ao balcão, aceitando as lágrimas.

— Por Deus, pai — ela sussurrou. — Por que você não comprou os cartuchos certos? Por que tinha que usar uma arma antiga em vez de uma nova que não explodiria na sua cara?

O sino da porta da loja tocou.

— Com licença...

Ela olhou do balcão, arfando como se tivesse uma parede em seu peito.

— Sim? — Através do borrão em seus olhos, Jordan viu um jovem na entrada, com as mãos nos bolsos.

— A senhorita trabalha aqui? — Ele fechou a porta atrás de si, fazendo soar a campainha novamente. O pai dela polia aquele sino todas as semanas, mantendo-o sempre brilhante. — Estou aqui por conta de um emprego.

— Emprego? — Jordan parecia não conseguir se concentrar. Piscou forte uma, duas vezes. *Por que vim aqui?*

— Há uma placa lá fora. "Precisa-se." — O rapaz apontou o dedão para a vitrine. — Eu vi um alemão na semana passada, quando ele estava entrando...

— O sr. Kolb?

— Isso. Mas ele disse que eu teria de falar com os proprietários.

Precisa-se. Seu pai tinha colocado aquela placa na semana do acidente, procurando um recepcionista. "Um rapaz tranquilo ou uma jovem bonita para trabalhar no balcão." Jordan piscou de novo, prestando atenção no homem do outro lado do balcão agora. Pele cor de oliva, cabelo preto, magro, mais ou menos a altura de Jordan, talvez quatro ou cinco anos mais velho. Anneliese não teria gostado do colarinho aberto, do cabelo despenteado embaixo do chapéu. *Relaxado*, ela teria dito, desaprovando.

— Anton Rodomovsky. — Ele estendeu a mão. — Tony.

— Jordan McBride. — Ela a apertou automaticamente.

— Que cargo vocês estão oferecendo? — ele perguntou depois de um momento de silêncio. — Você tem o seu funcionário alemão. O que ele faz?

— O sr. Kolb faz o trabalho de restauração. Meu pai... — Ela parou de novo.

— Então talvez você precise de um balconista? — Tony sorriu, marcando as bochechas. — Não sei absolutamente nada sobre o negócio de antiguidades, srta. McBride. Mas eu posso trabalhar no caixa e consigo vender gelo para esquimós.

— Eu não sei... se estamos contratando. Houve uma morte. O proprietário... — Jordan parou, olhando para o balcão empoeirado. — Volte na semana que vem.

Tony olhou para ela durante um longo período, o sorriso se apagando.

— Seu pai?

Jordan confirmou.

— Sinto muito — ele disse. — Realmente sinto muito.

Ela fez outro movimento com a cabeça, mas não parecia se mover, estava parada como um pilar em seu feio vestido preto atrás do balcão.

— Tem uma torta sobre a banheira de pássaros ali — ele finalmente comentou.

— As pessoas ficam me trazendo tortas — Jordan ouviu-se responder. — Desde que ele morreu. Como se merengue de limão resolvesse alguma coisa.

Ele pegou a torta da sra. Dunne, apoiou-a no vidro do balcão, depois foi até uma maleta que estava em exposição na qual havia um conjunto de treze colheres, correspondentes aos apóstolos, arrumadas em leque. Pegou duas colheres e ofereceu uma para Jordan. O peito dela parecia que ia explodir. Ela tirou uma colher cheia do meio da torta e a levou direto para a boca. Não tinha gosto de absolutamente nada. Cinzas. Sabão. *Meu pai está morto.* Comeu outra colher cheia.

Tony comeu uma colherada. Mastigou, engoliu.

— A torta está boa...

— Não precisa mentir. — Jordan continuou comendo. — Está horrível. A sra. Dunne nunca usa açúcar suficiente.

— Onde se pode comer uma boa torta em Boston? Sou novo na cidade.

— A doceria do Mike é muito boa. Em North End.

Tony enfiou a colher de apóstolo de volta no merengue.

— Acho que eu vou até o Mike pegar algo decente para você.

— Não precisa...

— Não posso trazer seu pai de volta. Não posso fazê-la sentir nada além de tristeza. Mas posso pelo menos garantir que você não tenha que comer uma torta ruim.

— Não quero mais nenhuma porcaria de torta — disse Jordan e desabou em lágrimas. Ela ficou ali chorando sobre o merengue da sra. Dunne, soluçando. Tony Rodomovsky pegou um lenço de seu bolso e o empurrou discretamente pelo balcão, depois virou a placa da loja de Aberta para Fechada. Jordan secou os olhos, os ombros balançando. *Meu pai está morto.*

— Sinto muito por me intrometer, srta. McBride. Vou deixá-la em paz agora.

— Obrigada. — Uma nova onda de soluços se preparava para escapar, abrindo caminho pela fenda na parede de seu peito. Tudo o que ela queria era gritar. Mas ela se segurou por um momento, tirando o cabelo da testa e olhando para seu bom samaritano. — Volte na segunda, sr. Rodomovsky.

— Desculpe?

— Minha madrasta vai querer um currículo apropriado e referências — Jordan disse, limpando os olhos. — Mas, no que depender de mim, o emprego é seu.

26

Ian

Maio de 1950
Boston

— Sucesso! — Tony entrou pela porta de seu recém-alugado apartamento. — Consegui fazer contato oficialmente.

Ian grunhiu, esticando-se no chão entre a janela e a mesa, no meio de sua série diária de cem flexões.

— Como? — perguntou enquanto contava. *Noventa e dois, noventa e três...* Seus ombros estavam queimando.

— Que alvo? — Nina sentou-se no parapeito da janela aberta com os pés pendurados de uma altura de quatro andares, comendo sardinhas direto da lata.

— McBride Antiguidades. — Tony colocou sua jaqueta num prego perto da porta, que era tudo o que tinham como mancebo. — *Frau* Vogt disse que o nome da loja em Boston que negocia documentos para criminosos de guerra por baixo do pano era McCall *Antiguidades, McBrain Antiguidades, Mc-alguma coisa Antiguidades*. A única loja com o nome perto disso é McBride Antiguidades. E vocês estão olhando para o mais novo balconista dela.

Ian começou a se levantar, mas Nina jogou as pernas de volta para dentro, apoiando as botas nas costas dele.

— Mais sete.

— Cai fora — ele disse, mas abaixou-se de novo. *Noventa e quatro... noventa e cinco...*

Tony jogou-se à mesa, pegando um livro de Nina com o título *A noiva espanhola*.

— Preciso levar referências. Pode escrever alguma coisa boa para mim, chefe?

Ian terminou a última flexão, afastou as botas de sua esposa para longe e deitou-se de barriga para cima no chão.

— Qual o nome?

— O meu nome real. Tony R, nascido e criado no Queens, alistado logo após a formatura no colégio Grover Cleveland, um dia depois de Pearl Harbor... O que pode ser mais confiável que isso? — Tony fez uma pose patriótica. — Eu posso vigiar a loja, e nós podemos usar o salário.

— Sim, podemos. — Com a pensão de Ian e as economias de Tony, eles tinham conseguido um apartamento de um quarto no último andar com vista para a Scollay Square, que na maior parte do tempo parecia tomada de universitários bêbados brigando para entrar no Joe & Nemo's para comprar cachorros-quentes e de marinheiros bêbados de passagem tentando entrar no Half Dollar Bar. O apartamento cheirava a gordura e graxa de sapato, mas era mais barato que o hotel e valia a pena mesmo com a fechadura quebrada e a mesa de três pernas encostada em um aquecedor que não funcionava. Qualquer renda seria, Ian tinha de admitir, bem-vinda.

— Sabe o alemão nervoso que eu encontrei na semana passada na loja McBride? — Tony pegou um bloco e começou a escrever. — Tem um nome agora: *Kolb*. Odeio jogar o jogo do *vamos automaticamente culpar o Kraut*, mas esse Kraut estava nervoso como o diabo. Ele trabalha com restauração na loja.

— Como você descobriu? — Nina jogou as pernas para fora de novo. Ian ficou enjoado ao vê-la balançar as botas àquela altura. — Ainda nem começou a trabalhar.

— A filha do dono me contou. Foi ela quem me ofereceu o emprego. Um sujeito bom em restaurar peças deve ser bom com documentos. Esse Kolb deve ter um caminho paralelo por baixo do pano, pegando dinheiro de criminosos de guerra. A mãe de Lorelei Vogt nos disse que pessoas como a filha poderiam conseguir documentos lá, identificações, nomes novos.

— Por que eles precisariam de documentos novos para recomeçar? — Ian se levantou, pensando em voz alta sobre algo que o incomodava desde que a perseguição seguira para a América. — Os Estados Unidos são mais obsessivos com comunistas que com nazistas. Eu não soube de nenhum criminoso de guerra extraditado, e eles estão recebendo refugiados de guerra da Europa desde 1948...

— Desde que não sejam *judeus* refugiados de guerra — Tony completou. — Não, não queremos judeus aqui. Os outros, tudo bem. Eles não...

— ... então, qualquer um que chegar aqui com seu próprio nome não precisa se preocupar com novos documentos.

— Os espertos se preocupariam — Nina retrucou, como se fosse óbvio. — Você mantém seu nome, ele está registrado. Se alguém quiser, é só procurar, e isso vale para o seu histórico de guerra. Hoje ninguém se importa em procurar. Amanhã, quem saberá? Ano que vem, em cinco anos, dez anos... ainda vai estar lá se qualquer um procurar.

— Minha esposa é uma paranoica profissional — Ian observou.

— Sou soviética.

— É a mesma coisa, profanadora de chá.

— Um nome vai para a lista, fica lá para sempre numa gaveta. Talvez ninguém nunca o procure. Ou talvez alguém decida fazer uma lista dos problemas. Então a van preta chega para pegar você. — Nina dá de ombros. — Se eu deixasse meu país com coisas para esconder, trocaria meu nome, formação, tudo, para ficar segura.

Você deixou seu país com coisas a esconder, Ian pensou. Ele e sua mulher tinham passado a maior parte do cruzeiro pelo Atlântico rolando nos lençóis, mas isso não significava que ele soubesse muito sobre ela. Ela não dormia ao lado dele, parecia precavida para não demonstrar afeto fora da cama e não estava interessada em responder à maioria das perguntas que ele quisera fazer. Por exemplo, por que ela tinha deixado sua terra natal?

— Bem, seja o que for que a McBride Antiguidades esteja negociando na sala dos fundos para criminosos de guerra paranoicos — disse Tony —, aposto meu próximo salário que é Kolb quem está cuidando disso.

— Veja o que você consegue descobrir. — Ian se sentou, balançando nas duas pernas de trás da cadeira. — Cheque os donos também. Eles podem ser cúmplices ou não.

— Uma universitária de Boston ajudou a Caçadora a conseguir uma nova identidade e desaparecer? — Tony colocou as duas mãos atrás da cabeça. — Duvido.

— Você acha que garotas de vinte e um anos não podem ser perigosas? — Nina bebeu o restante do óleo que havia sobrado na lata de sardinha. — Na guerra eu conheci várias, as chamava de *sestry*. Não dê um desconto só porque ela é bonita.

— Quem disse que ela é bonita? — Tony rebateu. — Não tenho ideia se ela é bonita ou não. Ela estava se desmanchando em lágrimas por causa do pai. Fiquei passando lenços para ela, não tive tempo de medi-la de cima a baixo como um sedutor de esquina.

— Mas você já acha que ela não pode estar envolvida. É isso que você *quer* pensar. — Nina olhou para Ian. — Significa que ela é bonita, não?

— Definitivamente — ele disse, sacando as anotações que haviam feito sobre a família McBride.

— Estou ofendido — Tony se queixou. — Não sou um tipo de soldado tarado que se derrete diante do primeiro par de pernas bem torneadas. Sou perfeitamente capaz de ser objetivo.

— "Bem torneadas"— Nina arremedou.

— Significativo — Ian concordou.

— Agora que vocês dois estão dormindo juntos, ficam se unindo contra mim. Completamente injusto. — Tony atirou um pedaço de papel rabiscado em Ian. Nina atirou a lata de sardinha do peito dele. — Tudo bem, vou ficar de olho na filha.

— Cuide da mãe também. — As notas de Ian sobre a viúva McBride eram breves, vindas do obituário e do pequeno artigo de jornal sobre a morte do antiquário e sua família, incluindo a sra. Anna McBride, nascida e criada em Boston. — E dos arquivos da loja... Ali podem estar os registros de outros que foram ajudados por baixo do pano. Sabemos que existem mais envolvidos, além de *die Jägerin*.

— Eles seriam estúpidos a ponto de guardar registros de algo ilícito? — Tony continuou tomando nota.

— Você sempre guarda — Nina observou, firme. — Não é estúpido, é só alguma coisa para *negociar*. Alguém para jogar para os lobos no caso de a polícia chegar.

— Mais paranoia stalinista...

Apesar de toda a brincadeira, Ian sentia a energia correndo pela sala agora que a perseguição estava acontecendo. Era um novo escritório, uma nova sensação no ar. Em Viena havia uma separação entre trabalho e lazer: à noite, Tony ia para casa, para seu quarto alugado, e Ian seguia para o andar de cima, para sua cama e violino. Em Boston não existia separação, eles ficavam juntos de manhã a noite. Depois de esgotarem o assunto sobre *Herr* Kolb e como proceder, deixaram as notas de lado e deram lugar às vasilhas de sopa em lata tomadas com os cotovelos se batendo... e mesmo assim se mantinha a concentração viva no ar. Lorelei Vogt pertencia igualmente aos três, e agora já não havia um oceano no caminho.

Nós vamos encontrá-la, Ian pensou. *Ela não é páreo para nós três.*

Era quase de manhã, e Nina estava em cima do telhado.

Ian e Tony dividiam o quarto, que tinha duas camas encostadas nas paredes opostas. Nina insistira em ficar com o sofá debaixo da claraboia na sala. "Não durmo perto de ninguém", ela tinha dito a Ian quando ele lhe oferecera a outra cama do quarto, na esperança de que pudessem juntar as duas. Agora eram quatro da manhã, a sala estava vazia e a claraboia estava aberta. Ian subiu no braço do sofá. Seria um pulo para Nina, mas ele segurou na borda da claraboia e fez força para se erguer.

O telhado era um quadrado plano e árido com um muro construído por toda a volta na altura dos joelhos. O céu ainda estava escuro, uma borda rosa começando a despontar no horizonte da cidade. Nina estava deitada no peitoril, olhando para as estrelas que se apagavam. Ela vestia, Ian achou engraçado, uma calça remendada, um dos velhos suéteres de Tony e um par de meias de Ian.

— Poderia parar de coletivizar a roupa? — ele perguntou, sem se mover em direção a ela. Ele não chegaria perto da beirada. Seu estômago já estava agitado pelo fato de Nina estar com parte do corpo para fora do prédio.

— Você tem meias melhores que as minhas.

— Harrods — ele disse. — O segredo para sobreviver à maior parte das coisas que a vida joga em você é cuidar dos seus pés. Foi algo que aprendi andando na lama pela Espanha nos anos 30. Você vai cair daí — ele alertou quando ela ergueu os pés no ar, esticando e arqueando os dedos como a cauda de um pássaro.

— Não, não vou. — Nina abriu os braços para os lados, movendo-os para cima e para baixo como se estivessem em uma corrente de ar. Ian desviou os olhos da borda. Os sons do tráfego matinal aumentavam: pneus no asfalto, o grito ocasional de um bêbado voltando para casa, gritos em resposta de pessoas respeitáveis indo trabalhar. Era uma cidade jovem, grosseira e confiante, e Ian gostava daquilo.

Os olhos de Nina ainda estavam nas estrelas.

— *Tvoyu mat.* — Ela suspirou. — Sinto saudade do céu noturno.

— De seus dias de piloto? — Tirar informação de Nina era como entrevistar um porco-espinho. Espinhos e uma cauda defensiva que chicoteava, mas ele não podia deixar de tentar. A necessidade do jornalista de fazer perguntas não tinha morrido com a necessidade de escrever artigos.

— Você não fala muito sobre o período em que voou na guerra.

— Eu era navegadora. Voava em incursões de bombardeio no 588º Regimento de Bombardeiros Noturnos. Mais tarde conhecido como 46º Regimento de Aviação de Bombardeiros Noturnos da Guarda Taman. — Ela se sentou, curvando uma sobrancelha. — Você parece surpreso.

— E estou — ele disse, honestamente.

— O quê? Você acha que garotas não voam?

— Eu sei muito bem que mulheres voam. Estou surpreso por você ter sido uma *navegadora*, porque é uma posição que requer obediência, trabalho em equipe e precisão. Não são as qualidades que me vêm à mente de cara quando eu olho para você, sua pequena anarquista.

— Eu era boa navegadora! — Provocada a reagir, como ele esperava, ela tirou as meias dele, mostrando as tatuagens na sola dos pés... a estrela vermelha no arco de um, as letras pontudas no arco do outro. Ian tinha perguntado sobre elas antes, mas recebera apenas um resmungo. Agora, ela esticou o pé esquerdo, colocando-o nas mãos dele quando ele chegou mais perto, traduzindo as palavras. — Seiscentos e dezesseis — disse Nina. — Essa foi a quantidade de incursões que eu voei na guerra.

— Você não pode estar falando sério. — Pilotos bombardeiros ingleses eram considerados sortudos se tivessem sobrevivido a vinte incursões.

— Seiscentas e dezesseis. — Nina deu um sorriso afetado. — Nós, garotas soviéticas, trabalhamos mais duro que seus ingleses voadores. — Ian pensou em uma resposta mordaz... Ele havia gastado muita tinta de jornal com esses ingleses voadores. Mas Nina puxou o pé das mãos dele e o substituiu com o que tinha a estrela vermelha. — Ordem da Estrela Vermelha, recebida em janeiro de 1943.

Ian olhou do pé tatuado de sua mulher para o olhar divertido dela.

— Estou... impressionado, camarada.

— Os hitleritas disseram que um esquadrão de U-2 durante a noite soava como bruxas em vassouras. — Os dentes afiados dela mostraram-se em um sorriso enquanto ela tirava o pé das mãos dele. — Então eles nos chamaram de *Nachthexen*.

— Bruxas da noite? Parece meio grandioso para ter vindo da imaginação pragmática dos alemães.

— Nós os assustamos. — Ela dobrou os pés debaixo de si no peitoril do telhado, encostando cotovelos e joelhos. Tinha uma cicatriz no antebraço, a marca de um antigo ferimento, como se algo tivesse atravessado seu braço. Ian sabia como fazer as costas dela arquearem passando os lábios sobre aquela cicatriz, e nada mais.

— E isso? — ele perguntou. — Já que estamos contando histórias.

— Estamos?

— Espero que sim, Scherazade.

— Quem é essa?

— A fascinante esposa contadora de histórias de mais um homem que não sabia onde estava se metendo quando se casou.

Nina bufou e examinou a cicatriz.

— Só um acidente de voo. Duas semanas fiquei proibida de voar. Também foi a razão pela qual me encontrei com o camarada Stálin.

27

Nina

Janeiro de 1943
Moscou

Todas elas tinham chorado nos ombros umas das outras no campo de aviação do front do norte do Cáucaso. Da major Bershanskaia à mais nova mecânica, elas choraram.

— A Marina Mikhailovna Raskova — disse Bershanskaia ao final.

Encolhido de dor, o regimento que ela tinha formado fez o brinde.

— A Marina Mikhailovna Raskova.

Morta aos trinta e três anos, seu Pe-2 caíra no percurso para um campo de aviação perto de Stalingrado. Sobrevivera a tantos outros perigos, para morrer em um acidente comum de aviação nas margens do Volga.

— Ela será enterrada em dois dias — Bershanskaia disse depois. — Honras militares completas na Praça Vermelha. É o primeiro funeral estatal da guerra a acontecer em Moscou, e é o da *nossa* comandante.

Três movimentos de cabeça responderam a ela. Nina e duas outras pilotos do regimento afastadas por ferimento tinham sido convocadas ao escritório de Bershanskaia. Ela estava escrevendo uma série de passes. As Bruxas da Noite tinham partido para o alvo definido. Uma missão não poderia ser cancelada só porque sua fundadora tinha morrido. Raskova em pessoa se sentiria desrespeitada com esse pensamento. Bershanskaia não tinha lágrimas nos olhos quando se dirigiu a Nina e às outras duas.

— Uma guarda de honra velará os restos mortais dela durante a vigília — Bershanskaia continuou. — Impensável que os regimentos dela não sejam representados. Não vou tirar pilotos ativas de seus deveres, mas as três oficiais feridas com as melhores marcas de cada regimento serão enviadas. Vocês três partem amanhã.

Um novo uniforme pousou na cama de Nina ao amanhecer. Ela o desdobrou e olhou com horror.

— Foda-se a sua mãe... — Ela estava lutando para vesti-lo, puxando os botões duros, quando as Bruxas da Noite voltaram, exaustas e quase congeladas.

— O que é isso? — Yelena andou ao redor de Nina. — Estão finalmente nos dando uniformes feitos para *mulheres*?

Sorrisos se abriram em rostos manchados quando uma dúzia de mulheres em macacões pesados contemplaram Nina em seu uniforme completo, com saia e salto alto. Nina olhou de volta para elas em completo pânico.

— Nunca tive um par de sapatos de salto na vida — ela disse. — Vou cair no meio da *Praça Vermelha*!

Aquilo lhes trouxe a risada de que elas tanto precisavam. Uma risada chorosa, mas mesmo assim uma risada.

— Ninochka precisa de nós, coelhas — Yelena anunciou, indo em direção a suas agulhas de costura. — É hora de as Bruxas da Noite fazerem um pouco de mágica.

Dusia encurtou a barra da saia comprida do uniforme, Zoya dente de coelho pegou a insígnia de Nina e poliu até ficar brilhando como diamante, e uma navegadora magricela que tinha sido cabeleireira em Novgorod trouxe escovas e toalhas.

— Vamos fazer alguma coisa com esse cabelo, Nina Borisovna. — E afofou a juba que tinha crescido até a gola de Nina. — Você não vai representar o 588 com essa palha marrom. Irusha, eu sei que você está escondendo um frasco de peróxido, passe aqui.

— Quem liga para o cabelo desde que esteja em ordem? — Nina perguntou, balançando em seus novos saltos. Mas as garotas decidiram fazer o que tinham de fazer; a tristeza por Raskova era muito recente para mais lágrimas, o que exigia algum tipo de foco.

— Deixe que elas arrumem — Yelena disse. — Elas precisam de algo em que ajudar, mesmo que seja apenas o cabelo.

Nina se entregou e, na hora de partir, estava resplandecente e firme em seus saltos, o cabelo agora loiro preso em um coque, os lábios avermelhados com lápis de navegação. Suas duas companheiras escaladas para a guarda de honra também estavam esplêndidas; as garotas no dormitório delas também haviam trabalhado duro.

— Vocês três vão nos deixar orgulhosas — todas disseram. — Vão *deixá-la* orgulhosa.

Entregaram a Nina e às outras flores secas para juntarem nas coroas que a agradecida Mãe Pátria iria oferecer em memória de Marina Raskova.

— Me traga algo de Moscou — pediu Yelena. — Qualquer coisa, mesmo que seja uma pedra. Sinto saudade de lá.

— Por quê? — Nina se lembrou de seu primeiro olhar fortuito sobre Moscou quando chegara de Irkutsk. — É uma cidade feia.

— Você precisa ver como ela *será*, não como é. É uma cidade a caminho da glória. Nossa futura casa depois da guerra!

O estômago de Nina virou. Ela não conseguia olhar além de sua próxima incursão, e Yelena estava fazendo planos para *depois da guerra*. Nina tentou falar as palavras, para experimentar.

— Depois da guerra nós vamos morar em Moscou?

— Onde alguém viveria se não em Moscou, se tivesse a oportunidade?

— Em algum lugar que não seja um buraco?

Yelena deu um tapa nela. O trem estava apitando.

— Você vai ver Moscou em toda a sua glória desta vez, e tudo por Raskova. Prometa que você vai amar.

Nina abriu a boca para prometer, mas estava na hora de partir. Um aperto de mão e Yelena já tinha ido.

Nina pretendia dar uma olhada nos campos entre o norte do Cáucaso e a cidade, mas a exaustão a pegou e ela dormiu quase a viagem toda. As três dormiram, as bochechas pressionadas contra o vidro dos compartimentos e as divisórias de ardósia com madeira. Tropeçando com os olhos turvos na Praça das Três Estações em Moscou, Nina teve a sensação de que o tempo estava voltando. Ela estava descendo do trem da Sibéria, não do front do Cáucaso... o 588 ainda não tinha sido formado, apenas o Grupo de Aviação 122... Marina Raskova estava liderando em algum lugar, viva e bem, esperando para dar uma oportunidade a Nina.

Mas Marina Raskova não era nada além de uma urna cheia de cinzas colocada na grande sala do domo do Clube de Aviação Civil. E, aos olhos de Nina, Moscou ainda parecia uma ruína cinzenta.

— O médico me deu isto. — Uma de suas companheiras sacou um vidro de comprimidos, vendo Nina bocejar. — Para nos mante alertas durante a vigília. Pílulas de Coca-Cola... — A genuína gíria americana.

Nina engoliu duas e, depois de o mundo ter ficado colorido e nebuloso, os eventos do funeral ficaram tão confusos como confete jogado no ar. Elas seguiram para um escritório apenas para serem cumprimentadas por uma enxurrada de funcionários aborrecidos que latiam ordens. O braço de Nina latejou na tipoia enquanto ela e as duas colegas eram conduzidas para a sala do domo do Clube de Aviação Civil, passando pela urna onde a guarda de honra de Raskova ficaria respirando o perfume sufocante das rosas do grande número de coroas funerárias. Não tinham tempo para trocar mais do que um murmúrio com as outras mulheres da guarda de honra, mulheres que Nina não via desde Engels. "Marina", elas sussurravam umas para as outras, um cumprimento e uma saudação ao mesmo tempo.

Nina manteve-se firme durante toda a longa vigília, os olhos fixos à frente enquanto a maior parte de Moscou passava por ela: mulheres de ombros curvados, crianças muito magras, homens usando botas amarradas com barbante... Depois veio outro grupo de funcionários de terno, e de repente já era o dia seguinte, o mundo ainda brilhando e flutuando enquanto Nina assumia seu lugar na enorme procissão estatal na Praça Vermelha, passando por bandeiras a meio mastro e mais coroas de flores. O único rosto distinto no meio das massas era o de Raskova, seu cabelo preto e sorriso largo reproduzidos uma centena de vezes em grandes fotografias impressas erguidas sobre a multidão, do jeito que o pai de Nina tinha dito que os camponeses costumavam exibir seus ícones.

O efeito da Coca-Cola estava acabando no momento em que as cinzas de Raskova foram deixadas em paz. Nina estava se equilibrando em seus saltos quando o tenente-general Shcherbakov fez o discurso no funeral, ecoando por todo o país. Falava sobre *os mais altos padrões das mulheres soviéticas* e *o crédito da Mãe Pátria*. De quem eles estavam falando mesmo? Discursos assim poderiam ser feitos em qualquer funeral. Nina se lembrou da comandante do esquadrão que tinha morrido na primeira saída. Como as Bruxas da Noite tinham celebrado sua memória sob as estrelas, cantando músicas suaves que ecoaram pelo campo de aviação. Era assim que Raskova deveria ter sido lembrada, não com retórica e a transmissão das tristes notas da "Internacional". As mulheres deveriam ter falado sobre Raskova, não aqueles velhos.

Duas baixas, Nina viu-se pensando. Primeiro a comandante do esquadrão, depois Raskova. *Quem será a próxima?* O que era estúpido, porque o regimento tinha perdido outras além dessas duas. Mas o pensamento ainda ecoou no cérebro de Nina: *Quem será a próxima?*

O rosto de Yelena brilhou diante de seus olhos, com um sentimento de terror que fez seu coração parar.

As cinzas de Marina Raskova foram formalmente sepultadas no Kremlin. Flâmulas penduradas, oficiais fazendo a saudação, um avião zumbindo baixo e triste sobre a Praça Vermelha. E foi isso.

— As pequenas águias de Raskova.

Ao som da famosa voz, ouvida em tantas transmissões e alto-falantes, Nina pensou que as *sestry* ao seu lado iriam desmaiar. Mulheres que mantinham a calma enquanto eram salpicadas pela artilharia antiaérea estavam ficando vermelhas e confusas como colegiais, quase sem conseguir olhar para o grande camarada Stálin.

Houve intermináveis recepções depois do funeral — mais ternos, mais zumbidos. Nina tinha engolido outro trio de pílulas de Coca-Cola, e agora o mundo reluzia com cores vivas de novo. Elas foram mantidas em uma antessala vazia, onde esperaram mais de uma hora — Nina conseguira ouvir rolhas de champanhe estourando em algum lugar próximo. De repente, uma porta foi aberta e pessoas entraram, os flashes fazendo todas piscarem, com exceção de Nina. *Estou acostumada com a luz dos inimigos, não serei ofuscada por uma câmera.* Ela olhou através do flash e lá estava o camarada Stálin saindo do grupo de dignitários como um lobo de um arbusto baixo, o corpo firme como concreto em um uniforme brilhante.

Mais sussurros quando um assessor entrou. As guardas de honra de Marina Mikhailovna Raskova seriam condecoradas com a Ordem da Estrela Vermelha; aplausos explodiram. Nina encolheu os ombros internamente. O que importava uma medalha? Uma dúzia de mulheres do 588 voando agora mesmo tinham marcas melhores; ela só estava recebendo aquilo porque havia sido ferida quando Raskova morreu. Nina achou que o camarada Stálin também não ligava muito para as medalhas que estava entregando. Ele ficava rabiscando no caderno com um toco de lápis. Talvez fazendo anotações sobre as últimas centenas de milhares de mortes em Leningrado. Tão esquisito olhar para uma pessoa que lhe era muito familiar e, ao mesmo tempo, estranha. Como camponeses na época tsarista tendo um vislumbre de Deus, embora o camarada Stálin tivesse mais poder que Deus.

Nove flashes, a câmera clicando cada uma das mulheres radiantes que davam um passo à frente para receber a estrela de cinco pontas esmaltadas de vermelho. O flash bateu nos olhos de Nina quando o alfinete a picou através do uniforme. *Um pouco parecido com dar um passo adiante, uma por uma, para ser fuzilada.* Se o camarada Stálin tivesse decidido fazer aquilo bem ali na antessala, acertando uma bala em vez de pendurar uma medalha no peito de cada mulher, ninguém o teria detido.

Nina olhou para o secretário-geral por sobre o ombro do assessor que prendia a medalha nela. Seu bigode era mais cinza do que parecia nos retratos, e ele tinha marcas de varíola nas bochechas pesadas, dentes manchados pela fumaça do cachimbo. Os olhos estavam quase fechados, sonolentos, enquanto as assistia receber suas medalhas. *Mas você não está com sono*, Nina pensou, *de jeito nenhum.* Em alguma sala próxima, outra rolha de champanhe estourou. Todo mundo receberia champanhe ou apenas os membros do partido? *Apenas os membros do partido*, Nina adivinhou.

O camarada Stálin se aproximou para pegar cada mulher pelos ombros em uma felicitação afetiva.

— Você honra o Estado.

Um beijo em cada bochecha à maneira dos camponeses, do jeito proletário. Então a próxima da fila. Ninguém disse nada em resposta. As bochechas queimando vermelhas como fogo e os olhos brilhando. Nina olhou além delas para o assessor, que tinha pegado o caderno de anotações do camarada Stálin e agora estava organizando uma quantidade enorme de folhetos. O caderno de anotações caiu no chão, o assessor o pegou, mas não antes de Nina conseguir dar uma olhada. O secretário-geral, com sua expressão importante, rabiscando como se vidas dependessem de cada traço do lápis, estava desenhando lobos. Lobos em vermelho e preto babando na página.

Mãos pesadas pegaram os ombros dela.

— Você honra o Estado. — O bigode duro como corda do camarada Stálin roçou suas bochechas. Com os saltos, Nina tinha quase a altura dele. *Um gigante nos retratos*, ela pensou, *e você quase não é mais alto que eu.* O pensamento a fez sorrir genuinamente, e ela viu um rápido sorriso em resposta debaixo do bigode acinzentado. — Esta — o grande homem disse para seu assessor —, esta pequena águia olha diretamente nos olhos do camarada Stálin.

O camarada Stálin é um porco mentiroso que caga sobre o homem comum, o pai de Nina comentou dentro de sua cabeça, tão alto que ela se perguntou se o homem exalando tabaco no rosto dela poderia ouvir. *Diga que ele é um saco de merda assassino,* seu pai aconselhou.

Não ajudaria, papai, Nina pensou.

As mãos pesadas ainda estavam sobre os ombros dela.

— O que faz você sorrir, camarada tenente Markova?

Esse lobo podia sentir o cheiro de mentiras, disso ela tinha certeza.

— Meu pai falava sempre e de maneira apaixonada sobre o camarada Stálin — ela disse, com verdade.

Ele gostou.

— Seu pai foi um grande patriota?

— Ele cortou muitas gargantas tsaristas, camarada Stálin. — Também era verdade.

— Um bom servidor do Estado, então. — O camarada Stálin sorriu. O branco de seus olhos era amarelado como o de seu pai. Nina pensou no pai olhando para ela de maneira especulativa, logo antes de tentar afogá-la. O olhar do camarada Stálin também era especulativo. — Quantos inimigos do Estado você matou, Nina Borisovna?

— Não o suficiente, camarada Stálin.

Porra de porco georgiano, seu pai sussurrou. *Arraste-o para baixo, puta rusalka.* E Nina não pôde evitar pensar quão facilmente *poderia* matar o homem mais poderoso da Mãe Pátria bem ali, naquele momento. Ela estava com sua navalha na manga; nunca ia a lugar algum sem ela. Poderia deixá-la cair na palma de sua mão, abri-la e cortar a garganta pesada com um único golpe. Nina sorriu, entretida com o pensamento.

— Boa caçada, pequena águia. — O camarada Stálin a beijou de novo em cada uma das bochechas, depois se afastou. O olhar dele se moveu como uma agulha, mais flashes dispararam. Então ele se foi.

— Estrelas vermelhas! — O grito tomou conta do quartel, e elas foram saudadas como se três *tsarevnas* tivessem voltado para o regimento.

— É tudo culpa de vocês — Nina gritou no meio do tumulto. — O camarada Stálin me deu uma Estrela Vermelha porque gostou do meu cabelo.

— Gostei de seu novo cabelo. — Yelena admirou no galpão mais tarde, quando conseguiram escapar e ficar sozinhas. Elas deitaram juntas em um canto, as costas de Yelena contra o peito de Nina. Enfiada em sua gola estava uma rosa seca arrancada de uma das coroas funerárias atrás da urna de Marina Raskova, a única lembrança de Moscou que Nina havia tido tempo de pegar e levar para ela. — Você ficou bem com o cabelo loiro, Ninochka. Faz você se destacar, e você *deve* se destacar.

— Então vou deixá-lo loiro só para você. — Nina puxou a cabeça de Yelena para um beijo. A respiração delas ficava branca no ar gelado. — Sentiu saudade?

— Nem um pouco! Zoya nunca tenta escalar a asa. — Yelena sorriu, e Nina lhe deu um tapa. — Você viu as garotas dos outros regimentos... Quais as novidades?

— Os dois outros regimentos estão integrados, sabia? Homens e mulheres. Por necessidade, disseram. O 588 é o único só de mulheres.

— Melhor continuar assim. Os pilotos homens são frouxos — disse Yelena, com desdém. — Eles *comem* entre as incursões. Quando foi a última vez que alguma de nós jantou fora do cockpit? Não me surpreende que nossos números sejam tão melhores. — Contorcendo-se para ficar de frente para Nina e poder tocar a estrela, Yelena sussurrou: — Então, como ele é?

Nina nem precisava perguntar de quem ela falava.

— Baixo. E ele finge que é um grande homem!

— É a altura da alma, não da cabeça dele! — Yelena sorriu. — Eu teria desmaiado se tivesse sido comigo.

Nina tinha ouvido aquele tipo de comentário de outras, mas Yelena sempre fora rápida para sorrir das confusões e contradições do partido.

— Ele não é Deus, Yelenushka. Apenas mais um saco de bosta de cavalo do partido vestindo terno.

Yelena se endireitou.

— Não fale assim.

— Eu não. Não em público. Não sou estúpida. — Nina endireitou-se também. — Não quero a van preta chegando à minha porta.

— Mas você realmente *pensa* assim? — Yelena soou horrorizada. — Que o secretário-geral é...

— Um vagabundo conspirador que pisa nas pessoas? — Nina deu de ombros. — Meu pai me disse isso durante toda a minha vida. É claro que ele dizia a mesma coisa sobre o tsar, mas...

— Exatamente. Você disse que seu pai era um maluco e um selvagem com a cara cheia de vodca. Achei que você não *concordasse* com ele em nada.

— Maluco não significa errado — saiu da boca de Nina. — Acho que o camarada Stálin é um impostor.

Yelena encolheu as pernas até encostarem no peito.

— O que você quer dizer?

Nina pensou na cidade toda decorada para Marina Raskova, que provavelmente ficaria mais feliz com a voz doce de suas pilotos harmonizando o coro de camponeses de *Eugene Onegin*, que ela cantara uma vez com elas no caminho para Engels.

— Todos aqueles desfiles e discursos... É como um palco ou... — Nina deu de ombros. — Sei lá. Sou apenas uma pequena navegadora do Velho, não sei de nada.

— Não. Você não sabe. — A voz de Yelena estava dura. — Talvez seja tudo gelo e taiga no lago e nada nunca mude, mas eu me lembro de Moscou do jeito que era, quando eu estava crescendo. E antes disso, do jeito que meu avô me contava que era. Por causa do camarada Stálin as coisas estão diferentes.

— Melhores? — Nina desafiou. — Formando filas às três da manhã para comprar sapatos, como você me contou que sua mãe fazia quando você era pequena?

— Vai melhorar. O camarada Stálin tem um plano para isso, para todos nós. Eu olho para Moscou e posso ver a cidade da maneira que ele vê. Do jeito que ela será depois da guerra.

Nina olhou para ela. *Ele é um lobo de olhos amarelos em pele de homem*, ela queria lançar para sua amante, *e você está toda deslumbrada porque o lobo decidiu pregar uma medalha em mim em vez de me comer?*

— Senti sua falta o tempo todo — ela acabou dizendo entre lábios duros. — Vamos realmente discutir uma hora depois de eu ter voltado?

— Não. — Yelena soou tão dura quanto ela. — Você não entende, é isso. Você não enxerga. Você foi criada de uma maneira muito diferente...

Não civilizada, Nina pensou. *Apenas uma pequena selvagem que não entende nada.*

Silêncio.

— Eu não estava realmente em condições de ver as coisas como você — Nina enfim admitiu. — Moscou ou o camarada Stálin... Vi tudo duplicado durante o funeral graças àquelas pílulas. — Os comprimidos provocaram uma dor de cabeça feroz em Nina quando finalmente o efeito passou. — Coca-Cola... Se é isso que os americanos servem nas refeições, não me surpreende que sejam todos loucos.

Yelena amoleceu, como Nina esperava que acontecesse.

— Eu não queria falar brava com você. — Ela soltou suas pernas e buscou as mãos de Nina. — Estou tão cansada, é isso. Estamos fazendo voos noturnos muito longos. Catorze, quinze incursões. Vão nos deslocar em breve, sabia? Para algum lugar perto de Krasnodar. — Um suspiro. — Dizem que lá será ainda pior.

Ela parecia exausta, olheiras escuras debaixo dos olhos. O único lampejo de cor que tinha era da rosa seca na gola. *Minha rosa de Moscou*, Nina pensou.

— O *Rusalka* está pronto para combater de novo?

— Sim. As mecânicas finalmente o consertaram.

Falavam tão tranquilamente sobre o *Rusalka*, sobre voar, sobre as coisas que elas amavam. *Esse é o motivo de nunca termos discutido antes?*, Nina se perguntou. *Porque só falamos da guerra e de voos e de nós?*

Bem, elas não discutiriam de novo. Não era do feitio de Nina encontrar-se às escondidas com Yelena para falar sobre política. Tudo o que ela queria era abraçar e rir e fazer amor. *Apenas me deem Yelena e o* Rusalka, ela pensou. *É tudo de que preciso neste mundo.*

Então qual de vocês é a próxima?, chegou a voz divertida do camarada Stálin. *Yelena? O Rusalka? Ou você, pequena águia?*

Nina estremeceu como se a mão verde da *rusalka* tivesse envolvido seu coração. *O que você viu?*, ela se perguntou, pensando no secretário-geral, mesmo enquanto ela e Yelena se arrumavam para sair do galpão e voltar para suas camas. *O que você viu?*

Talvez nada. Talvez tivessem sido apenas as pílulas de Coca-Cola fazendo-a sentir medo.

Ou talvez ele tenha visto que a última das pequenas águias de Marina Raskova não acreditava nas histórias de merda que ele preparava para garotas como Yelena, histórias sobre como a Mãe Pátria estava a caminho de um futuro glorioso. *Ele tinha visto?*, Nina sempre se perguntara. Ele devia ter visto algo suficiente para lembrar o nome dela. Talvez tivesse anotado em seu caderno ao lado dos lobos. Porque a investigação veio naquele ano.

28

Jordan

Junho de 1950
Boston

O pai de Jordan estava sentado segurando um pedaço de lixa, olhando por cima do ombro. A imagem tremeu através do líquido fixador, fantasmagórica à luz vermelha. Jordan ouviu sua voz daquela tarde, tão clara quanto se ele estivesse ali na sala escura. *O que você está fazendo, senhorita?*

Finja que não estou aqui, Jordan lembrou-se que respondeu. *Quero uma foto sua na oficina de restauração.*

Aquelas eram algumas das últimas imagens de seu pai que ela tinha registrado. Jordan sentiu uma lágrima escorrer pelo queixo e a secou. Na última hora, estivera chorando e parando de chorar, desde que tinha chegado à sala escura, às onze da noite, para revelar os filmes. Por que não? Ela não suportava a ideia de ficar deitada na cama olhando para o teto. Não conseguia pensar sobre o dia seguinte, outro dia trabalhando na loja, que estava aberta de novo, ajudando a treinar o novo balconista e voltando para casa, para um dos pratos do funeral que Anneliese tinha separado para elas comerem em silêncio total. Apenas três ao redor da mesa, não quatro... Jordan piscou forte, afastando-se da sua série de imagens agora impressas.

— Este — Uma foto de ângulo baixo de seu pai olhando para uma bandeja manchada. — Este é o você real. — Daniel Sean McBride trabalhando, a *essência* de Daniel Sean McBride. Aquele era ele. Estava bom.

Jordan deu-se conta de que as lágrimas estavam vindo rápidas agora. Ela as deixou cair, seguindo para as fotos que tinha tirado no pequeno aeroporto no dia em que Garrett a levara para voar. Ela sabia que devia ligar para Garrett; ele estava deixando recados. Assim como a mãe dele, dicas gentis sobre datas na primavera para reagendar o casamento. A ideia de mergulhar de volta nos planos da cerimônia fazia Jordan querer gritar.

— Vou ligar amanhã. — Ela suspirou enquanto limpava seus produtos e bandejas.

Quando Jordan se permitiu voltar para casa, uma figura pálida e magra saiu da escuridão no pé da escada.

— Você também não conseguiu dormir?

Jordan reagiu violentamente à voz de Anneliese.

— Você me assustou!

— Desculpe. — Anneliese apertou a faixa em sua camisola azul-pálido. — Estava indo preparar um chocolate quente. Quer um pouco?

— Claro. Ruth acordou você de novo?

— Os medos noturnos dela estão ficando piores. — Foi para a cozinha sem fazer barulho, pegando duas canecas. Taro entrou, mantendo os olhos alertas para qualquer comida que pudesse cair no chão. Anneliese coçou suas orelhas pretas carinhosamente. — Não sei como cuidar de Ruth quando ela está nesse estado. Ela sempre foi bem-comportada. Não sei o que fazer quando ela não é.

— Ela só está com saudade do papai. — Jordan suspirou. — Está dormindo agora?

— Sim, finalmente. Agora sou eu revirando na cama. — A madrasta de Jordan parecia frágil à luz brilhante da cozinha, o cabelo preto solto, o rosto nu, sem pó ou batom. — Não, sente-se — ela disse quando Jordan começou a ajudar com o fogão. — Você deve estar muito cansada, todos esses turnos que tem trabalhado na loja.

— O novo balconista logo vai estar preparado para cuidar de tudo. Isso vai ajudar. — Jordan conseguiu dar um sorriso, puxando uma cadeira da mesa de jantar. — Ele me disse que consegue vender gelo para esquimós. E realmente consegue.

— Qual o nome dele mesmo?

— Tony Rodomovsky. — Jordan pensou que ficaria sem jeito por trabalhar com um homem que ela conheceu enquanto estava soluçando em cima de uma torta de merengue de limão, mas não foi assim. O novo atendente pegou seu lenço de volta na semana seguinte com um bom humor leve. Não comentou sobre o choro dela e tratou Jordan como tratava todas as outras mulheres que encontrava na loja, isto é, flertou com ela. O tipo de flerte despretensioso e tranquilo. *Como você é bonita*, seu sorriso dizia. *Por favor, deixe-me cuidar dos clientes. Na verdade, deixe-me tomar conta de tudo.* As clientes certamente respondiam àquele sorriso. Ele não sabia quase nada sobre antiguidades, mas se mostrava tão envergonhado da própria ignorância que parecia não importar. — Ele conseguiu fazer a sra. Wills comprar algo, em vez de apenas gastar uma hora criticando todas as peças.

— Isso sim é charme. Eu o conheci? — Anneliese massageava a testa.

— Foi tudo tão confuso que já não consigo me lembrar.

— Ainda não. As referências dele são excelentes. Você quer conhecê-lo antes que o período de experiência termine?

— Cuido disso em breve. — Anneliese suspirou. — Por enquanto não consigo nem pisar na loja. Tenho minhas ideias para ajudar nas vendas, mas seu pai era tão orgulhoso de a esposa dele não precisar trabalhar... Ir lá agora parece ir contra a vontade dele.

— Eu posso cuidar da loja, de verdade. Você tem as outras coisas do papai para arrumar. — O que fazer com as roupas dele, os sapatos, os pertences. Tirar ou não seu pincel de barbear e navalha do banheiro. Coisas para serem decididas depois de uma morte.

— Ele era bem organizado, o que é ótimo. — Anneliese começou a aquecer o leite. — Não quero que você pense que temos que nos preocupar com dinheiro. Havia um seguro, não vamos precisar apertar o cinto. Vou me encontrar com o advogado para falar sobre o testamento.

Jordan não tinha conseguido nem mesmo começar a olhar os detalhes oficiais.

— Se eu puder ajudar...

— Entre nós duas, podemos cuidar de tudo. — Anneliese sorriu por sobre o ombro, misturando o leite. — Tenho tanta sorte por você ser uma garota competente. Mais que uma garota, na verdade. Não posso ficar te chamando assim. Ter uma mulher crescida ao meu lado é um grande conforto em um momento como este.

O elogio aqueceu Jordan mais que a caneca de chocolate que a madrasta havia colocado em suas mãos.

— Obrigada. — Anneliese sentou-se na cadeira oposta, jogando o cabelo por cima dos ombros, e Jordan viu a fraca linha rosa de uma cicatriz desaparecendo na parte de trás de seu pescoço, abaixo da gola. — Você se machucou? — Jordan indicou a cicatriz. Ela achava que não a tinha visto antes.

— Acidente de infância. — Anneliese fez uma careta. — Sempre achei que parece feia, por isso a cubro logo de manhã. A maquiagem americana é extraordinária!

— Não é feia. Mal dá para notar.

— Era o que seu pai dizia. — Anneliese bateu sua caneca na de Jordan. — Ao Dan.

— Ao papai. — Jordan saboreou o calor da bebida... O chocolate de Anneliese era o melhor que já tinha tomado, e ela se viu avaliando a madrasta do outro lado da mesa. — Como você está, Anna? Como você *realmente* está, quero dizer. Você faz cara de tudo bem para os vizinhos, mas está bebendo chocolate quente à uma da manhã.

Anneliese massageou as têmporas.

— Há um sonho que tenho faz anos, desde a guerra. Ele quase se foi completamente depois que comecei a morar nesta casa, mas agora voltou. Seu pai era um bom antídoto para sonhos ruins, muito... — Ela fez uma pausa, disse uma palavra em alemão, tentou achar uma equivalente em inglês. — Muito *pé no chão*? Eu podia acordar ao lado dele, renovada. Ele trazia segurança. Nada poderia me seguir para fora de um sonho com ele ali.

Jordan sentiu a garganta se fechar, mas era um aperto bom.

— Eu me lembro dele sentado na beira da minha cama quando eu era pequena, me dizendo que os morcegos não podiam sair do sonho para vir me pegar.

— Era com isso que você sonhava? — Anneliese alisou um cacho do cabelo. — Morcegos não são tão ruins.

— Eu tinha a idade da Ruth, morcegos eram bem ruins. Qual é o seu pesadelo? — Anneliese hesitou. — Contar para mim não fará mal nenhum.

A madrasta parecia que não ia falar, mas sua mão foi até a curva do cabelo, esfregando a parte de trás do pescoço, e as palavras saíram aparentemente sem seu consentimento.

— O sonho sempre começa ao lado de um lago. Uma mulher está correndo na minha direção. Ela é pequena e esfarrapada, e vejo o cabelo dela brilhando na sombra, e sei que ela quer me matar.

— Por quê?

— Eu não entendo o motivo. Você sabe como são os sonhos, não fazem sentido. Mas ela está cheia de ódio. — Anneliese estremeceu. — Eu persigo a mulher em direção ao lago, é um lugar aberto, ela não pode se esconder... Mas ela se esconde. Ela desaparece no lago... Ele a engole, puxa-a, como se a ajudasse a se esconder. Eu fico ali na beira, esperando que ela venha me pegar.

Jordan estremeceu. A voz de Anneliese era lenta, nebulosa, como se ela estivesse quase dormindo.

— Eu espero bastante, e finalmente sei que está tudo certo. Ela se foi. Estou segura. — Anneliese ergueu os olhos. — E é então que ela se levanta do lago, coberta de sangue, e vem pela água em minha direção. Seus dentes são muito afiados, e suas unhas brilham como navalhas. E é aí que eu acordo. Antes que a bruxa da noite corte minha garganta.

— É horripilante — Jordan não pôde deixar de comentar.

— É. — Sua madrasta levantou a caneca, tentando sorrir. — Por isso, chocolate à uma da manhã.

— Quem é a mulher no pesadelo?

— Ninguém que eu conheça. — Taro colocou o longo focinho no joelho de Anneliese, que fez carinho nela e disse alguma coisa amável em alemão. — Acho que ela vem de um desses contos de fadas horríveis que ouvi quando era muito pequena. Uma *rusalka*.

— Você já falou essa palavra antes. — Jordan buscou na memória. — Quando fomos pela primeira vez ao lago Selkie.

— Sim, é isso. — O tom de Anneliese estava mais leve agora. — A *selkie* vem de um lago também, mas é uma versão escocesa, não tão malévola. Na Alemanha existem histórias sobre a *lorelei*, uma mulher que fica sentada sobre uma pedra acima da água, penteando o cabelo. Vamos mais para leste, então, e ela se torna muito mais perigosa... uma *rusalka*. — Os olhos azuis de Anneliese se fixaram na mesa. — A *rusalka* só sai à noite, vestida com o lago. E, se você cruzar com ela, ela te mata.

Mantiveram um curto silêncio.

— Bem — Jordan disse por fim. — Eu me sinto sortuda por ter tido sonhos ruins apenas com morcegos. Ou sobre entrar na escola só de sutiã, como uma propaganda da Maidenform.

— E eu agora estou lhe dando ideias sobre bruxas da noite! Desculpe, Jordan. Eu nunca deveria ter contado sobre essas coisas horríveis. E nesta hora assustadora. — Anneliese olhou para o relógio, arrependida. — Não sou eu mesma depois desses sonhos. Eles me deixam com muito medo, e eu balbucio. O que não é muito do meu feitio.

— E isso ajuda?

— Acho que sim. — Anneliese acabou de beber seu chocolate. — Devo conseguir dormir agora.

— Então estou feliz que tenha me contado. — Jordan se levantou, recolhendo as canecas para colocar na pia. — Posso apenas dizer...

Sua madrasta parou a meio caminho da porta da cozinha, Taro atrás dela.

— Sim?

— Estou feliz por ter você aqui. — Jordan encarou aqueles olhos azuis. — Nós não começamos exatamente bem, graças à minha imaginação maluca. Mas não sei o que seria de mim sem você agora.

— Você estaria bem sem mim, Jordan. — Anneliese se aproximou e tocou seu cabelo. — Você é uma fortaleza, como seu pai.

Elas se abraçaram forte. *Só nós agora*, Jordan pensou. *Nós duas mantendo tudo em pé por Ruth, um cachorro e um negócio.* A percepção já não era tão assustadora como tinha sido.

— Talvez você possa me conduzir até o altar na primavera — disse Jordan quando se separaram. — O que você acha? Devemos quebrar a tradição?

— Claro, se você quiser. — Os lábios de Anneliese se curvaram. — Só há um pequeno problema.

— Qual?

— Você não tem vontade alguma de se casar com Garrett Byrne. — Anneliese deu um beijo de boa-noite na bochecha de Jordan. — Agora eu lhe dei algo para sonhar além de bruxas da noite rastejando para fora de lagos.

29

Ian

Junho de 1950
Boston

— Más notícias, chefe — a voz de Tony reverberou do outro lado da linha como se ele estivesse no fundo do lago siberiano de Nina, e não a uma curta distância, na Clarendon com a Newbury.

Ian trocou o aparelho de seu ouvido ruim para o bom, ainda abotoando a camisa e estremecendo com os arranhões que Nina tinha deixado em suas costas.

— Manda.

— Fazer amizade com Kolb não deu resultado. Ele não conversa. Apenas um grunhido e então alguma desculpa para sair de perto.

Desanimador, Ian pensou, *mas não surpreendente*. Os esforços de Tony para se aproximar do suspeito tinham dado em uma parede de pedra já fazia algumas semanas. Nina veio do quarto, vestindo uma das camisas de Ian e nada mais, e parecia curiosa.

— Odeio admitir derrota — Tony concluiu. — Mas a aproximação mediante recompensa falhou oficialmente.

Nina ficou na ponta dos pés, assim pôde colocar o próprio ouvido perto do aparelho.

— É a nossa vez?

— Fiquem à vontade — respondeu Tony. — Por enquanto Kolb pensa que eu sou apenas um yankee burro demais para perceber que estou sendo ignorado, mas se eu continuar ele vai suspeitar. Eu estou fora da jogada, então vocês podem bater.

Ian se atrapalhou com o toco de lápis.

— Essa é uma metáfora do beisebol?

— Você está na terra dos bravos e casa dos livres agora, chefe, é hora de abandonar o críquete. Estarei aqui até dar o horário de a loja fechar, e a bela srta. McBride vai trazer a madrasta para oficializar minha contratação, mas Kolb está fora hoje. Duas horas mais, se você quiser correr até ele.

— Por que não? — Ian olhou para Nina. — Não temos ingressos para a sinfônica esta noite, temos, querida?

— Não sou sua querida, seu *mudak* capitalista.

Ian sorriu.

— Me passe o endereço de Kolb. — Quando ele desligou, Nina já tinha localizado suas calças na trilha de roupas que levava direto para o quarto. Ian as examinou, com seus remendos. — Você tem alguma coisa que a faça parecer uma secretária? — Ela o encarou como se ele estivesse falando chinês. Ele suspirou. — Como um homem casado, eu imaginei que este momento seria inevitável.

Nina demonstrou estar suspeitando.

— O quê?

— Vou levá-la para fazer compras.

— *Blyadt* — Nina sussurrou quando entraram pelas espaçosas portas duplas da Filene's em Downtown Crossing. Ian só podia imaginar quão estranho devia parecer... quão estranha a barulhenta e próspera cidade americana pareceria para uma mulher que passara quase a vida toda ou no distante limite da Terra, a leste, ou na Inglaterra racionada e destruída pela guerra. Ela acabou surpresa demais pela loja de esquina na Scollay Square, os olhos brilhando. — Tudo fica aqui? À venda, para qualquer pessoa?

— Essa é a ideia.

— Nenhuma fila do lado de fora, sem negociação, sem racionamento... — Ela olhou para o balcão de perfume. — Nem na Inglaterra é assim. As prateleiras estão vazias, as coisas faltam. Aqui é uma... — E usou uma palavra em russo.

— Cornucópia? — Ian sugeriu. — Riqueza e abundância?

— Lixo industrial decadente. Tudo que sempre foi dito em minhas reuniões no Komsomol, como o Ocidente é corrupto e esbanjador. *Der'mo*, eu queria ter vindo antes.

— Tente não comentar sobre nada capitalista ou socialista onde possam ouvi-la. — Ian deixou sua esposa com uma vendedora no departamento feminino e sorriu ao assistir a uma excessivamente indecisa Nina se enfiar em um provador com um braço cheio de saias. "Os homens sempre acham que as mulheres demoram demais", a vendedora piscou, vendo-o checar seu relógio enquanto ela saía para pegar mais roupas. Ian mal a ouvia. *Herr* Kolb estaria chegando em casa em duas horas. Se conseguissem surpreendê-lo na sua porta, cansado, de guarda baixa, depois de um dia longo...

— É isso que as secretárias vestem? — Nina saiu do provador com um vestido de verão florido de crinolina vaporosa.

— Com certeza não. Você precisa parecer uma vaca sem graça e sem espírito, que odeia tudo e todos, em especial estrangeiros ingratos que mentem sobre seu histórico de guerra. Você certamente já encontrou alguém que...

— Minha líder do Komsomol de Irkutsk — ela disse de uma vez.

— Perfeito. Transforme-se nela.

— *Nu, ladno.* — Nina desapareceu no provador, a voz vindo lá de dentro. — É outra razão de eu gostar daqui... sem reuniões políticas.

— Garanto para você que o decadente Ocidente tem reuniões, e que são totalmente maçantes. Você nunca foi um jovem jornalista tomando notas em uma galeria enquanto o parlamentar de Upper Snelgrove fala sobre combater a corrupção no distrito.

A vendedora voltou com o braço carregado de blusas.

— Ela vai ficar linda nestas...

— Cor-de-rosa não. Laço não... — Ian olhou para a pilha de peças com babados. — Você tem alguma coisa roxa?

— O tom de pele da sua esposa não combina com roxo, sr. Graham. Para ser sincera, acho que a pele de nenhuma mulher combina com roxo... — A vendedora saiu balançando a cabeça, e Nina se exibiu em uma saia marrom simples e uma blusa de mangas curtas.

— Sim?

— Mangas mais compridas. Elas podem encobrir o fato de que você passou anos sendo metralhada por Messerschmitts em vez de fazer cursos de estenografia. — Ian sabia mais sobre as histórias por trás daquelas cicatrizes... Nina achou tão divertida a surpresa dele quando lhe contou sobre seu encontro com o secretário-geral Stálin que desatou a contar histórias no telhado.

— Vejo outros homens nesta loja sentados do lado de fora dos provadores. — Nina sumiu dentro do provador, já tirando a blusa pela cabeça. — É uma coisa que os homens americanos fazem? Parecerem irritados enquanto as mulheres experimentam roupas?

— Não é tanto algo americano, mas algo do casamento. — Ian se apoiou na parede, dando-se conta de que estava se divertindo. — Os russos não esperam por quatro horas enquanto suas mulheres provam vestidos?

— Os russos só esperam por quatro horas se for uma fila para pegar vodca. — Uma risada. — Pelo menos a vodca é melhor que a daqui. Vocês, ocidentais, não sabem beber.

— Você com certeza nunca viu uma sala cheia de correspondentes de guerra jogando baralho em Weymouth.

— Traga uma boa vodca e eu bebo bem mais que você, *luchik*.

— Se for scotch você pode tentar, pequena cossaca.

Nina apareceu em uma blusa azul-marinho, mangas longas e gola alta.

— Que tal?

Ela colocou as mãos nos quadris e franziu o rosto, estreitando os olhos.

— Você parece uma carrasca que domina a estenografia — Ian admirou.

— É essa merda de blusa horrorosa — ela concordou, olhando-se no espelho. — Ela merece morrer num gulag ártico. Merece embrulhar restos de peixe num baleeiro e filtrar gasolina.

A vendedora apareceu com algo mais brilhante no braço.

— Tem certeza de que não prefere algo mais colorido, sra. Graham? — Ela segurou o vestido perto do rosto de Nina. Vermelho como uma bandeira soviética, e uma bainha que mostraria bastante de suas pernas fortes e curvas. — Ela não nasceu para vestir vermelho?

— Certamente — Ian disse, o rosto sério. — Vamos levar.

Nina reclamou.

— Por quê?

— Eu não posso comprar um vestido para minha esposa?

— Vamos nos divorciar, lembra?

— Use este no divórcio — Ian respondeu e pagou a compra. Não podia gastar tanto, mas não se importou.

Logo depois, ele e sua pseudossecretária estavam andando pela Summer Street, procurando um táxi. A rua estava molhada e brilhante; enquanto estiveram na loja, uma pancada de chuva devia ter caído em uma daquelas tempestades de verão tão comuns em Boston. Nina olhou para o céu com seu jeito usual.

— Tempo bom para voar? — Ian perguntou.

— Mais chuva vindo, não é bom. Mas nuvens para despistar Messers é *muito* bom. — Ela sorriu. — É isso, é tempo bom para caçar.

Ele lhe ofereceu o braço.

— Então vamos à caça.

Quando *Herr* Kolb abriu a porta, Ian soube exatamente o que ele viu, porque um grande número de homens culpados tinha visto a mesma coisa ao longo dos anos anteriores: um inquisidor alto em um terno bem passado, sorrindo sem nenhum humor. Kolb fez o que a maioria deles fazia quando confrontada por esse homem: um movimento de lado, nervoso, como se já quisesse se esconder.

Ian gostava quando eles se comportavam assim. *Gosto muito disso*, pensou.

— *Kann ich...* Posso ajudar? — Kolb era um homem pequeno dentro de um terno que o deixava com os ombros finos. Ele piscava rápido. Ian e Nina haviam calculado bem, e o sujeito não tinha tido tempo nem de tirar o paletó. — Senhor?

Ian deixou o silêncio se estender. A pessoa tinha de estar nervosa antes de ele falar a primeira palavra. Nervosa demais para pedir identificação, nervosa demais para pensar se ele tinha autoridade para estar ali, nervosa demais para conseguir lembrar quais eram seus direitos.

— Jurgen Kolb? — ele perguntou, em seu tom de inglês superior. A voz de seu pai, o sotaque muito alto, muito confiante, que Ian crescera ouvindo. A voz de um homem que assumira que tinha o mundo em suas mãos porque havia frequentado as escolas certas, convivido com as pessoas certas. Um homem que sabia que o sol nunca se punha no Império Britânico, e você tinha que fazer Krauts e carcamanos e comunas se lembrarem disso, por Deus. — Eu sou Ian Graham, do... — Ele lançou uma saraivada de acrônimos sem sentido para *Herr* Kolb. Este, com seu inglês precário, não entendeu e cravou os olhos no passaporte de Ian, que apresentava uma quantidade grande de selos e carimbos, suficientes para intimidar qualquer pessoa com a consciência culpada.

A mão de Kolb se estendeu em direção ao passaporte.

— Posso...

Ian o encarou com frieza.

— Acho que não é necessário, é?

Por um momento houve um impasse. Kolb poderia ter fechado a porta na cara deles, poderia ter pedido credenciais apropriadas. Mas se curvou, dando um passo para trás. Ian entrou, seguido por Nina, que tinha um olhar frio, como se preparada para enviar Kolb para um gulag imediatamente. Um apartamento alugado, muito abafado e cheirando a óleo de cozinha e ferrugem, mobiliado com pouco mais que uma cama, uma mesa e uma geladeira.

— O que é isso? — Kolb demonstrou alguma indignação. — Não fez nada errado.

— Isso é o que vamos ver. — Ian manteve o próprio ritmo, caminhando com as mãos nos bolsos. Uma garrafa de uísque barato na mesa, um copo já servido. Ele tinha se servido de um drinque logo que chegara em casa, antes mesmo de tirar o paletó... — Tenho algumas perguntas para você, Fritz. Seja um bom sujeito e colabore.

— Meu nome não é Fritz. *Ist Jurgen, Jurgen Kolb...*

— Não, não é — Ian disse com prazer. — Seu Kraut nanico.

— *Ich verstehe nicht...*

— Você *verstehe* muito bem. Mostre-me sua identificação.

Kolb lentamente remexeu na carteira, seu passaporte, vários pedaços de papel. Ian virou-se, passando tudo para Nina, que tomava nota como se estivesse copiando segredos de Estado.

— Boas falsificações — disse Ian, admirando o passaporte. — Realmente um trabalho de primeira linha. — E era mesmo. Ou Kolb era o nome verdadeiro dele, o que Ian duvidava, ou sua aposta de que o funcionário da loja McBride era algum tipo de especialista em documentos estava se confirmando mais e mais.

— *Ich verstehe nicht* — Kolb repetiu, rabugento.

Ian mudou para seu alemão com sotaque, mas fluente, o que fez Kolb se contorcer miseravelmente.

— Seus documentos são falsos. Você é um criminoso de guerra. Você veio para os Estados Unidos sem reportar seus crimes na Europa, o que põe em risco seu status legal aqui.

O homem baixou a cabeça.

— Não.

— Sim. Você está ajudando outros criminosos de guerra como você, provavelmente na sala dos fundos da loja de antiguidades que fica na Newbury com a Clarendon. — Os olhos de Kolb piscaram para a bebida na mesa, depois de volta para seu colo. — Como conseguiu o emprego, Fritzie? — Ian pegou o copo, mexendo o uísque para chamar a atenção de Kolb. — Confundiu a viúva fazendo-a pensar que você era um especialista em livros raros? Pegou a chave da sala dos fundos na bolsa da filha enquanto ela estava fora com o noivo, depois ficou à vontade para manter uma operação disfarçada pegando dinheiro de seus antigos amigos do Nacional Socialista? — Ian balançou a cabeça. — Um fato engraçado sobre os americanos. Eles não ligam muito para ex-nazistas. Ficam mais irritados hoje com os vermelhos. Mas, apesar de todo o alarde sobre *tragam esse amontoado de pessoas para cá*, os yankees de fato não gostam de refugiados, especialmente do tipo que tira vantagem de viúvas e órfãos. — Pausa. — Como você.

— Não é verdade — Kolb murmurou. Nina balançou a cabeça, como se nunca tivesse ouvido aquelas mentiras.

— É verdade. Agora é só uma questão de eu decidir o que faço com isso. — Ian engoliu o uísque, sorrindo. — Poxa. Falsificação não paga bem o suficiente para um single malt? Diga quem você ajudou. Para quem fez documentos.

O queixo de Kolb estremeceu, mas os lábios permaneceram fechados.

— Você não parece ter consciência de que está com sorte hoje. — Ian pegou a garrafa, vendo os olhos de Kolb acompanharem. — Não estou interessado em você, Fritzie. Me dê alguns nomes e eu esqueço do seu.

O alemão umedeceu os lábios.

— Não sei de nome nenhum. Vim para começar vida nova. Não era nazista...

— *Ich bin kein Nazi, ich bin kein Nazi*. — Ian olhou para Nina, devolvendo a garrafa à mesa. — Todos dizem a mesma coisa, não dizem?

Ela concordou com veemência, o lápis voando.

— Eu era membro do partido — Kolb soltou em alemão, de repente com vontade de falar. — Mas não era como você fez parecer. Você tinha de ser membro do partido para conseguir alguma coisa. Estava só fazendo o meu trabalho.

Ah, o doce som das justificativas. Quando eles começavam a se justificar, você estava chegando a algum lugar. Ian se sentou.

— Que trabalho?

— Avaliador. Livros raros, instrumentos musicais. Minhas recomendações eram requisitadas. — Arrumando a gravata. — Eu avaliava antiguidades que tinham sido reunidas e enviadas para a Áustria, a caminho de coleções privadas em Berlim. Isso é tudo.

— *Reunidas*. É uma boa palavra para *roubadas*.

— Não era meu trabalho — ele insistiu. — Eu só avaliava itens que vinham até mim. Restaurava coisas danificadas, mandava empacotar para a viagem. Eu não era responsável pelo confisco.

— Esse era o trabalho de outra pessoa — Ian disse. — Claro. Bem, um homem que consegue identificar uma falsificação não costuma ser tão ruim ao fazer a própria.

— Uso minhas habilidades honestamente para me sustentar, isso é tudo.

— Eu quero nomes. Quem você ajudou. Onde estão agora. — *Lorelei Vogt*. O nome estava na ponta da língua de Ian, mas ele o engoliu. Não queria que Kolb soubesse que tinha alguém específico que estavam procurando, se existisse a mais remota chance de ele avisá-la. *Ele pode avisá-la de qualquer jeito que alguém está farejando criminosos de guerra*. Mas era um risco que eles tinham de correr. Sem Kolb, não havia por onde começar.

O alemão umedeceu os lábios de novo.

— Não ajudei ninguém. Não estou escondendo nada.

— Então você não vai fazer nenhuma objeção se minha secretária der uma olhada por aqui. — Kolb abriu a boca, mas Ian lhe lançou um olhar congelante. — Um homem inocente daria permissão sem hesitar.

Kolb deu de ombros, rabugento.

— Não há nada para encontrar.

— Tudo completamente limpo, não? — Ian disse enquanto Nina fechava seu caderno e se dirigia ao quarto.

Kolb parecia assustado, mas seus olhos seguiram Ian, não sua secretária. As esperanças de que Nina encontrasse algo incriminador começaram a afundar.

— Tome um drinque — Ian disse, colocando mais uísque no copo. Só o bastante para molhar a língua, fazer o bêbado rugir, e, pelo jeito ansioso como Kolb pegou o copo, Ian desconfiou de que ele fosse um beberrão. — Vamos começar de novo. Seu nome verdadeiro, para início de conversa. Por que esconder isso? Não é ilegal aqui escolher um novo nome. Normalmente vocês, Jerries,* usam Smith ou Jones, mas suponho que, a julgar pelo seu inglês patético, você percebeu que fingir não ser alemão não faria sentido. — Ian deixou o filtro do desprezo agir em sua voz. — Ou talvez você só tenha usado a forma reduzida do seu nome? Era Kolbaum, Kolbmann? Há muitos judeus no negócio de antiguidades. Você é judeu? Ajudando os nazistas para conseguir passe livre...

— Não sou *judeu*. — Isso soou como um ultraje para o ariano Kolb, como Ian tinha imaginado. — Sou *austríaco*, descendente puro!

Mesmo um apartamento como aquele levava algum tempo para ser revistado inteiramente. Nina checou o piso procurando tábuas soltas, todos os armários procurando fundos falsos, a cabeceira da cama, pratos e peças de roupa, enquanto Ian pressionava Kolb. Ele enfiou um terço da garrafa de uísque no homem, enquanto alternava entre puro sarcasmo e um modo de falar que fazia Kolb se contorcer na cadeira. Ian descobriu que o nome real dele era Gerhardt Schlitterbahn. Soube de informações tediosas sobre os negócios que Kolb tinha feito na Áustria para o Terceiro Reich, avaliando pianos Blüthner e primeiras edições de Schiller confiscadas de famílias judias. Ian soube que Kolb quase morrera de fome depois da guer-

---

* Apelido dado aos alemães por soldados e civis britânicos, com origem na Primeira Guerra Mundial. (N. do E.)

ra, que Daniel McBride tinha concordado em financiar sua estada em troca de emprestar seus conhecimentos para a loja... e ali era onde o homem ficava calado.

De nada adiantou Ian ameaçar voltar com um mandado de prisão, colocar dinheiro sobre a mesa, ameaçar informar seus empregadores de que o homem que patrocinavam era um nazista. Kolb ignorava tanto o suborno quanto as ameaças, a boca selada. Ele estava ensopado de suor, meio bêbado, contorcendo-se e se esquivando sempre que Ian ficava à distância de um braço, mas não admitia ter ajudado qualquer nazista e não listaria nomes.

Nina ficou parada atrás dele, as mãos nos quadris, balançando a cabeça. Ela tinha virado o apartamento do avesso com o tipo de eficiência brutal que Ian imaginava para as missões da polícia secreta e não encontrara nada. Se Kolb tinha listas ou documentos que o incriminavam, não estavam ali. A decepção cresceu forte e amarga na boca de Ian.

Kolb mordeu o lábio, olhos fixos no uísque. *Você sabe*, Ian pensou. *Você sabe onde ela está.* Tanto conhecimento guardado atrás daquela boca fechada.

— Você está realmente esgotando a minha paciência, Fritz — ele disse afinal.

— Não tenho nada para contar — Kolb repetiu, em um gemido crescente. Tão injustamente tratado. Um grande *engano*. — Eu não fiz nada, nada...

Ian não queria se mover. Ele não se deu conta de que tinha se levantado até derrubar a garrafa de uísque, espalhando vidro para todo lado, e mergulhar a mão na gola de Kolb, arrastando-o de sua cadeira e encostando-o contra a parede.

— Você catalogava livros roubados enquanto os proprietários deles eram despachados em vagões de transportar gado — disse Ian. — Não me diga que não fez nada, seu nazista de merda. — Kolb grunhiu, os olhos esbugalhados. Ian o levantou mais um pouco do chão, então o rosto do homem começou de repente a ficar roxo. — Diga quem você ajudou a chegar aqui. — Ian ouviu o sangue correr nos ouvidos. — Diga quem você está protegendo.

Lorelei Vogt. Entregue-a.

Kolb ficou apenas olhando, choramingando, e Ian nunca tinha tido tanta vontade de machucar alguém. Jogá-lo no chão, acertar o rosto dele algumas vezes até que estivesse cuspindo sangue, os dentes pulando com os nomes.

Ele não vai falar, o pensamento murmurou. Não importava quanto Ian o assustasse, Kolb tinha mais medo de alguma outra coisa. Muito provavelmente de *die Jägerin*. *Se eu fosse um burocrata servil mamando uma garrafa de uísque, teria pavor do que uma mulher como aquela poderia fazer comigo... uma mulher que matou seis crianças a sangue-frio*, Ian ouviu o pensamento vir, tranquilo e implacável. *Você terá de machucá-lo muito para fazê-lo ter mais medo de você do que dela.*

Nesse ponto, no entanto, não se podia acreditar em nenhuma informação. Pessoas sentindo muita dor diziam qualquer coisa para fazer a dor parar.

Mas Ian não se importava. Ele queria fazer aquilo de qualquer jeito. Queria bater naquele homem até o fim.

Ele escutou um barulho atrás de si e não precisou olhar para saber que Nina tinha aberto a navalha que estava em sua manga. Qualquer coisa que ele fizesse, sua esposa não o impediria.

Ian respirou fundo e largou Kolb. Deu um passo para trás, procurando seu lenço e limpando os dedos dos respingos da garrafa de uísque, enquanto Kolb caía ofegante contra a parede.

— Talvez eu acredite em você, Fritz. — Ian lutou para manter a voz leve, em tom de conversa. — Talvez você seja apenas um homem triste abandonado depois de uma guerra tentando seguir seu caminho pelo mundo. Você tem sorte que meus colegas... — mexendo as mãos, sugerindo hordas de parceiros sem rosto, do departamento de polícia, da imigração... — têm nomes mais interessantes que o seu. — Ian pegou o chapéu; Nina, seu caderno. A navalha bem guardada. Apenas o cheiro de uísque, os estilhaços sob os pés e o medo nos olhos do pequeno alemão entregavam o que quase acontecera.

Ainda pode acontecer, Ian pensou. Um soco no estômago, então, quando Kolb se dobrasse, levar o joelho para cima e quebrar o nariz dele. O som seria glorioso.

— Eu preciso mencionar que você não deve sequer pensar em deixar Boston? — Ian perguntou.

— Não — Kolb disse de uma só vez.

— Que bom. Homens inocentes não fogem. Se você fugir, eu vou atrás. E não vou ser tão amigável da próxima vez. — Ian colocou o chapéu sobre a cabeça. A raiva estava secando, deixando um sentimento ruim no estômago. *Que diabo, Graham, o que você quase fez?* — Tenha um bom dia — conseguiu falar e saiu.

30

Nina

Julho de 1943
Front russo perto da península de Taman

— Beba sua Coca-Cola, coelha. — Nina bocejou, subindo na asa e passando para Yelena dois comprimidos estimulantes. — Vão ser oito incursões pelo menos.

Oito incursões sobre a Linha Azul, a faixa de fortificações alemãs entre Novorossisk e o mar de Azov, uma lâmina de navalha coalhada de holofotes, baterias antiaéreas, aeroportos inimigos, combatentes em alerta... As Bruxas da Noite estavam martelando naquela mesma faixa desde que foram transferidas para ali, na primavera. Estavam felizes, aproveitando o posto cheias de orgulho porque àquela altura todos já sabiam que elas estavam fazendo os Fritzes recuarem. A suástica estava caindo diante das estrelas vermelhas, e o 588 tinha participação nisso.

O 46, Nina lembrou-se enquanto o *Rusalka* se preparava para decolar. O 588 tinha sido rebatizado de 46º Regimento de Aviação de Bombardeiros Noturnos da Guarda Taman em fevereiro. "Cinco outros regimentos de U-2 em nossa próxima divisão, senhoras", Bershanskaia tinha dito, orgulhosa, "e nenhum foi batizado como regimento da guarda." "Para começar, os homens não têm os nossos números!", Nina gritou de trás da multidão, e até Bershanskaia sorriu, apesar de movimentar a mão a fim de interromper as risadas. Porque todas sabiam que era verdade. Os outros regimentos voavam duro, mas não conduziam seus aviões e a si mesmos até o limite absoluto. Elas não tinham lutado para chegar ao front apenas para serem chamadas de *princesinhas*.

Fazia bastante tempo que não chamavam uma Bruxa da Noite de princesinha, mas Nina não achava que tivessem esquecido.

Yelena estava dizendo alguma coisa, Nina percebeu, apontando para o U-2 alinhado na frente delas.

— ... preocupada com ela — Yelena disse, assentindo para a piloto do outro avião, que olhava sem expressão para fora de seu cockpit. — Irina não está bem desde que Dusia morreu.

— Irina não levou sua piloto para o chão — disse Nina. Em abril, Dusia tinha levado um tiro através do assoalho de seu cockpit, vindo de um Focke-Wulf; atravessou o crânio, morte instantânea. Sua navegadora, Irina, fora obrigada a pousar, em choque, mas na noite seguinte já estava voando de novo. — Ela acha que devia ter morrido também em vez de ocupar o lugar da piloto.

— Não me diga que você pensa isso!

— Não, mas ela sim. — A promoção do cockpit de trás para o da frente acontecia imediatamente após a perda de uma piloto. Você perdia uma *sestra*, precisava colocar outra no lugar e continuar voando. Nina estremeceu e tocou seu cachecol de estrelas bordadas para dar sorte.

Uma subida suave para o céu sem nuvens... Aquela noite elas decolariam em quarto lugar. Nina sentiu suas pílulas fazerem efeito, já que o mundo estava em câmera lenta e tão claro como uma lâmina de navalha, o alerta transparente como vidro. Ela pagaria por isso mais tarde, revirando-se, piscando e incapaz de dormir, mas valia a pena se sentir tão acordada e viva, deslizando imortal através do céu.

— Holofotes — Nina falou pelos intercomunicadores quando estavam se aproximando do alvo. Yelena já tinha visto aquelas quatro colunas de busca e tinha começado a descer. Nina viu o avião líder no feixe de luz cruzado, uma mancha sem cor...

E então se transformou de branco em vermelho em uma explosão repentina.

Por um momento, Nina achou que seus ouvidos tivessem estourado, que ela houvesse ficado surda. *As armas*, pensou, *onde elas estão?* Não havia projéteis explodindo no ar, as baterias embaixo estavam em silêncio, e um U-2 caía do céu em uma chuva de fragmentos vermelhos e dourados.

— *Soltar!* — Yelena estava gritando para o avião seguinte da formação, mas flashes estranhos já as estavam transpassando, diretamente para a escuridão e não para o chão. O segundo avião explodiu, partindo-se no alto, e mais duas garotas estavam mortas. A bile subiu pela garganta de Nina.

— Caças noturnos — ela se ouviu gritar através do intercomunicador. — Estão nos derrubando...

Nunca tinham sido atingidas por caças. O fogo estava incendiando os U-2 como gravetos secos. O terceiro U-2 na formação deveria estar saindo de lado, mergulhando fora da linha de voo, mas se manteve direto para as luzes, firme. Irina estava no cockpit, Nina pensou, Irina, que tinha levado o cadáver de Dusia para baixo, depois ficou congelada durante horas. *Ela deve estar congelada em choque agora*, Nina concluiu, gritando sem efeito para o avião. Congelada em choque da maneira que ficou Yelena quando imaginou Messerschmitts onde não havia nenhum — porque Irina nem tentou escapar do fogo traçante. Continuou voando, reto e devagar como uma pedra largada lentamente no rio, e então queimou no ar feito uma folha de papel.

O caça seguinte a fazer a passagem miraria o *Rusalka*.

Yelena já as tinha jogado em um mergulho de nariz.

— Para baixo das luzes — Nina gritou pelo intercomunicador.

Elas estavam afundando rápido em direção ao solo, e pelo canto dos olhos Nina viu os restos do avião de Irina — fuselagem carbonizada, metade de uma asa, uma horrenda chama brilhante que devia ser cabelo queimando em uma cabeça de mulher morta — chegarem ao solo em cinzas brilhantes. O altímetro do *Rusalka* despencou, Yelena forçando-as para baixo a menos de seiscentos metros, quinhentos, quatrocentos...

— Estamos sobre o alvo! — Nina continuou — Mantenha firme... — Normalmente Nina teria soltado as bombas, mas elas estavam voando muito baixo. Duzentos metros e caindo. Nina olhou para trás e viu um U-2 em queda no meio de sua manobra evasiva, uma hélice em chamas girando na noite como uma estrela, os sinalizadores da navegadora explodindo em cores mesmo com as asas se partindo. Nina viu a silhueta do caça noturno alemão pela primeira vez, iluminado levemente pela luz verde dos sinalizadores.

— Menos de cem metros — Yelena anunciou, ligando o motor outra vez enquanto o ponteiro do altímetro chegava ao nível mais baixo. O *Rusalka* rugiu, o nariz subindo conforme Yelena o trazia de volta. — Não consigo *ver*...

Nina lutou para conseguir os ajustes para a nova direção, de volta para o aeroporto. Aquela missão tinha terminado. Os holofotes ainda estavam cravados no céu, mas as Bruxas da Noite tinham se espalhado pelo vento, corrido para se esconder entre as nuvens, virado para casa. O chão abaixo brilhava com fragmentos em chamas. *Quatro aviões*, Nina pensou, anestesiada. Nunca tinham perdido tantos de uma vez só. As baixas vinham devagar, um avião por vez, talvez dois. Não quatro.

Ela ouviu Yelena chorando no cockpit da frente, enquanto as levava para cima para abandonar as bombas.

— Me diga para onde ir — ela estava chorando. — Me mostre a direção. Me leve para *casa*.

— Como os Fritzes sabiam o nosso alvo?

— Talvez tenham tido sorte. Quem sabe?

Dez minutos. Oito garotas. Em um momento elas eram imortais, as Bruxas da Noite descendo sobre seus alvos. No momento seguinte, queimavam como velas.

— Fui promovida a piloto — Nina murmurou a notícia nos cabelos de Yelena, do lado de fora da escola que servia de abrigo. — Promovida com outras três navegadoras. — Ela deveria estar com raiva por ter sido separada de Yelena, mas toda a raiva parecia ter saído de seu corpo.

— É o que você é — disse Yelena, valentemente. — O regimento precisa de você num cockpit de piloto, não me levando por aí. — Mas o rosto dela se entristeceu. Nina a puxou para perto, beijando abertamente seus olhos molhados e suas bochechas, não se incomodando em buscar privacidade. Desde que voltaram para o dormitório e viram as oito camas dobradas contra a parede que não seriam usadas naquela noite, todas as mulheres estavam se abraçando, beijando, confortando-se umas às outras. A noite mais desastrosa da história do regimento tinha florescido em uma linda manhã de verão, e todas sabiam que voariam de novo naquela noite. Os rumores eram de que elas teriam caças noturnos aquela noite, para o caso de os caças alemães aparecerem por trás com seus focinhos de novo.

— Já te deram um U-2? — Yelena perguntou, secando os olhos. — Para hoje à noite?

Nina confirmou com a cabeça.

— Bershanskaia vai colocar você com Zoya de navegadora. Ela é boa... Você estava certa sobre isso. Ela vai cuidar de você.

Não como eu, mas ela não disse isso. Era o momento de encher sua piloto de confiança.

— Quem é sua navegadora? — Yelena perguntou.

— Galina Zelenko.

— A pequena Galya? Como aquela magrela idiota vai conseguir manter você longe de problemas? — Yelena soava selvagem como não costumava ser. — Ela parece ter doze anos!

— Dezoito, e morre de medo de mim. Eu dou medo assim? — A tentativa de Nina de ser leve não deu certo. *Não quero deixar você*, ela queria gritar. *Não posso voar com ninguém a não ser com você*. Mas assim eram as coisas: uma *sestra* se vai, outra é colocada no cockpit dela e continue voando.

Elas ficaram sob o sol, abraçadas.

— Eu só quero que esta guerra termine — Yelena sussurrou. — Eu quero um apartamento em Moscou com vista para o rio, Ninochka. Quero sentar na janela com uma xícara de chá, segurando sua mão, e ver bebês brincando no chão. Quero dormir dez horas todas as noites. E não quero nunca mais matar nem mesmo uma aranha.

Paz, chá e luz do sol. Nina tentou imaginar isso, um apartamento com um grande rio cinza do lado de fora, crianças rindo, chá adoçado com geleia de cereja, mas tudo o que ela podia ver eram aviões caindo pela noite como flores queimando. *Eu quero matar nazistas*, Nina pensou. *Mesmo que esta guerra acabe amanhã ou daqui a cem anos, acho que nunca vou deixar de querer matar nazistas.*

— Você não está cansada disso, Nina? Da escuridão, do nervosismo, dos pesadelos?

Nunca, Nina pensou. Ela estava deprimida, sentindo-se fracassada e cambaleando de exaustão. Estava com a rotineira dor de cabeça pós-voo, e uma enxaqueca terrível prestes a acontecer quando suas pílulas de Coca-Cola parassem de fazer efeito, mas mesmo assim queria voltar a voar.

De volta à caçada.

— Como está? — Galina perguntou, ansiosa, passando o chá para Nina. Ela realmente parecia ter doze anos.

— Como assim? É chá de aeroporto, está gelado e tem gosto de gasolina. — Nina assinou a liberação que a mecânica estava enfiando debaixo de seu nariz.

— Podemos dar um nome para o avião? — Galina bateu a mão na fuselagem quando subiu em seu lugar de navegadora. — Algumas pilotos dão.

— É só um U-2. Assuma o manche quando ganharmos altitude, vamos te dar um pouco de prática... — E lá foram elas, seguindo Yelena e o *Rusalka* para as nuvens. — Toque de leve, sem puxar...

Elas estavam em missões sobre a península durante todo aquele mês, voltando para o quartel perto de Krasnodar. Nem mesmo um abrigo reaproveitado desta vez, mas uma trincheira com camas de madeira, fios pendurados para secar roupas íntimas e meias acima da lama. Nina passou a dormir na pista embaixo de velhos aviões, o braço sobre os olhos para evitar a luz, esperando que Yelena fosse se encontrar com ela. Dias longos e a falta de um quartel apropriado significavam menos lugares onde pudessem se encontrar sozinhas.

— Estou indo com um destacamento — Yelena disse em agosto, parecendo desanimada. — Oito equipes vão se juntar aos batalhões da Frota do Mar Negro.

O coração de Nina pulou.

— Quando você volta?

— Quando tomarmos Novorossisk. — Yelena a beijou, suave e reconfortante, mas Nina não estava tranquila. Era difícil voar entre mar e montanhas, tempestades vindo da água... Ela puxou Yelena para si com força, enterrando o rosto no pescoço dela. *Prometa que vai voltar*, pensou, mas ninguém prometia isso. Yelena partiu para Novorossisk; Nina manteve as incursões sobre a península, a Crimeia, a costa arrasada pelas ondas ao longo do mar de Azov.

— Nina Borisovna, você vai acompanhar o treinamento do esquadrão em suas horas de folga — Bershanskaia informou, rabiscando em uma pilha de papel. O 46 treinava substitutos dentro do regimento, pilotos treinando suas navegadoras, navegadoras treinando suas mecânicas, mecânicas treinando suas armeiras. Qualquer posição poderia ser ocupada por pessoas de dentro do regimento; elas tinham orgulho disso. — Quatro mecânicas acabaram de ser promovidas.

Nina bateu continência.

— Durma um pouco, camarada major. — Elas eram sempre francas umas com as outras, independentemente da patente. Isso chocava os oficiais dos outros regimentos, mas as Bruxas da Noite não se importavam.

Bershanskaia sorriu, amassando seu cigarro em um cinzeiro feito de uma cápsula aplainada.

— Vamos dormir quando estivermos mortas.

Estamos morrendo bem rápido agora, Nina pensou. Naquela noite, quase tinha sido ela.

Galina leu as coordenadas naquela noite, indicando o alvo noturno ao longo da costa da península. Nina ainda se sentia estranha por ser quem escutava as direções em vez de passá-las. Uma noite sem nenhum acontecimento diferente, sete incursões.

— Pequena nebulosidade vindo da água — Galina começou enquanto Nina fazia a longa volta para a última incursão.

— Estou vendo. — Nina mergulhou, mas as massas cinza de nuvens passaram na frente de seus olhos quando o vento as levou para cima. Ela empurrou o U-2 para baixo através da densa nuvem... para baixo...

— Corrigir rota sessenta graus a oeste. — Galina parecia nervosa. — Estamos ficando muito longe...

— Preciso ir para baixo desta nuvem. — O U-2 balançou como uma bola sendo chutada. Trezentos metros, duzentos e finalmente o avião saiu por baixo da nuvem. *Vá se foder*, Nina pensou, em uma onda repentina de pânico. Elas estavam sobre o *mar*. Nina moveu a cabeça freneticamente, mas não havia nada à vista a não ser montes, água agitada, nenhuma terra visível no denso balanço. — Encontre uma direção. Encontre *terra*...

— Viemos muito para leste, sobre a água, em vez de...

— Não me importa onde a água *está*, só me *tire daqui*!

As nuvens rodopiaram, balançando o U-2, pressionando-as para baixo. Menos de cem metros, cinquenta... Nina olhou para o altímetro, hipnotizada. *Oeste*, Galina estava gritando pelo intercomunicador, *fixe direção oeste...* mas os ventos levavam para leste, empurrando-as de volta conforme tentavam seguir em frente, os controles lutando contra o movimento de Nina. O U-2 ficou quase parado no ar, o impulso do motor para a frente anulado pelo puxão do vento para trás, balançando apenas o suficiente para manter a altitude.

Se ficarmos sem combustível e cairmos no mar, ela pensou em terror extremo, *vamos afundar e nos afogar antes de conseguirmos sair do cockpit.*

Aprume-se, puta rusalka, seu pai gritou. Mas tudo em que Nina pôde pensar era que havia corrido milhares de quilômetros a oeste para se livrar do lago, tinha ido para o céu para se livrar do lago, e mesmo assim acabaria morrendo afogada.

O ponteiro do altímetro estava nivelado na base do mostrador. *Oito metros*, ela pensou, *estamos a oito metros de altitude*. Elas estavam planando sobre a turbulenta água escura, com nuvens densas vindas de cima empurrando para baixo, premidas entre a palma das mãos de um gigante...

— Não vamos nos afogar — Galina gritou pelo intercomunicador. Ela, Nina se deu conta de repente, estava gritando aquilo fazia algum tempo. — Não vamos nos afogar.

Sim, nós vamos, Nina pensou. As ondas maiores estavam estourando e molhando as asas do avião, ela podia ver isso.

— Não vamos nos afogar.

Sim, nós vamos. Seu braço no manche era um grito de dor até o ombro. Seria mais fácil parar de lutar contra o vento, dar ao leme uma boa puxada para o lado e enfiar a hélice primeiro na água. Fazendo assim, as duas ficariam inconscientes antes de se afogarem. Nina olhou para o mar, hipnotizada.

— Não vamos nos afogar — Galina repetiu, um monótono canto rítmico. — *Nãovamosnosafogar*. — Ela repetiu até que a força do vento diminuiu um pouco, repetiu enquanto Nina ainda estava paralisada. Foi Galina quem levou o U-2 para o caminho da brisa e conseguiu alguma altitude, ainda cantando: — Não vamos nos afogar. — Ela ainda repetia isso quando Nina saiu de sua terrível confusão e assumiu o manche, levando-as para baixo no primeiro espaço disponível na costa. As duas ficaram largadas no cockpit quando o motor desligou, e finalmente Galina calou a boca. Nina se livrou do cinto de segurança e se virou para olhar para sua navegadora. A menina estava pálida como um fantasma, a cabeça jogada para trás e os olhos fechados; o cockpit dela estava cheio de vômito.

— Não nos afogamos — Nina disse, com a voz fraca.

Mas não foi graças a você, rusalka, seu pai disse. Nina sabia que merecia o desprezo. Ela ainda sentia arrepios de terror pelo corpo, mas o bloqueio terrível e profundo que a tinha deixado sem ação olhando para a água já havia passado. Ela se perguntou se Yelena se sentira daquele jeito quando alucinou com o Messerschmitt.

Você entrou em pânico. Todo mundo passa por isso. Nina fora uma das que tinham dito isso para Yelena.

— Obrigada — ela disse para sua nova navegadora.

— Yelena Vassilovna me contou que você odeia voar sobre a água — Galina explicou, surpreendendo-a. — Ela disse que, se alguma vez tivéssemos problemas sobre o mar, eu deveria dizer a você que não nos afogaríamos e ficar pronta para assumir o manche.

— Ela falou isso?

— Eu perguntei a ela sobre tudo o que me ajudaria a voar com você. Você é minha piloto — Galina esclareceu, como se fosse óbvio.

Nina se pegou sorrindo.

— Do que você tem medo, Galya? — Ela chamou sua navegadora pelo apelido pela primeira vez.

Uma longa pausa.

— Das vans pretas.

Nina concordou com a cabeça. Normalmente ninguém falava dessas coisas, mas ali na beira do mar não havia orelhas envenenadas para ouvir e reportar.

— Elas buscaram o meu tio há sete anos — Galya continuou. — O chefe da fábrica o denunciou como agitador. Ele foi para Lubyanka e nunca mais voltou. Minha tia precisou denunciá-lo também ou seria levada. Esse é o meu medo, a van parando na minha porta.

— Não posso protegê-la disso — disse Nina. A van poderia surgir para qualquer um, pela menor das razões ou por razão nenhuma. — A van não pode ir até você no ar, Galya, então o que você teme lá no alto?

— Aquela nova munição alemã, que deixa rastros vermelhos, verdes e brancos. Quando elas estouram em dezenas de pequenos projéteis no escuro, eu penso em flores... — Galya estremeceu.

— Bom, se nós virmos flores e você ficar paralisada, eu tiro você dessa — Nina prometeu. — Se formos para cima da água de novo, você me tira dessa. Agora, pode nos levar para casa.

Galina se iluminou. Elas foram balançando de volta, e só quando chegaram ficaram sabendo que outro U-2 tinha desaparecido no mar, na mesma nuvem baixa que enfrentaram.

Dezesseis mulheres tinham morrido no total, entre o verão e o outono. Nina esperava que todo aquele território valesse a pena, aquela terra invisível que elas estavam pegando de volta dos alemães. Ela não podia nem ver pelo que estavam morrendo, só sabia que as terras estavam mergulhadas em sangue.

— Quem são essas novas garotas? — Yelena perguntou, perplexa, quando voltou de Novorossisk em outubro, olhando o quartel. — Elas são tão jovens!

— Recém-chegadas. — Voluntárias para o front, todas de olhos arregalados ao verem as pilotos em seus pesados macacões, cada vez mais cheios de condecorações da Ordem da Bandeira Vermelha e da Ordem da Estrela Vermelha. Nina e Yelena tinham uma de cada, e havia boatos de que a primeira leva de títulos de Herói da União Soviética seria dada em breve, as estrelas douradas, a maior condecoração da Mãe Pátria.

— Minha piloto dorme com uma navalha embaixo do travesseiro e conhece o camarada Stálin — Nina escutou Galina contar para uma das novas recrutas, que pareceu ao mesmo tempo aterrorizada e impressionada, e Nina teria rido até ficar enjoada se já não estivesse enjoada de preocupação com Yelena.

— Você está horrível — ela comentou com franqueza.

— É uma coisa boa de se falar para uma garota — Yelena provocou, com uma careta. Ela era pele e osso, estava cinza. A manhã de outono estava gelada, mas o frio era bom para elas, pois ninguém saía pelo aeroporto quando terminavam os voos noturnos. Todas se recolhiam no abrigo, esquentando as mãos no fogo, e Nina e Yelena voltavam para o *Rusalka*, deitando-se enroscadas debaixo da asa do avião. Sempre o *Rusalka*, nunca o novo U-2 sem nome de Nina. Era uma boa máquina, forte e confiável, mas não era o avião delas.

— Foi ruim voar sobre Novorossisk? — Nina insistiu, virando-se de forma que ficassem frente a frente. As mãos de Yelena tremiam de leve, e não estavam assim dois meses antes.

— Não tão ruim. Eu soube que as coisas ficaram difíceis aqui...

— Não tão difíceis — disse Nina.

Elas sorriram uma para outra. As duas estavam mentindo, Nina sabia. *Sobre o que mais nós mentimos uma para a outra?*, ela pensou, mas afastou o pensamento para longe.

— A guerra logo vai acabar. — Yelena parecia ter mais certeza do que no verão. — E então nós teremos.

— O quê?

— Nós duas juntas em Moscou. Imagino isso sempre que preciso de algo para me manter na rota. Você não? — Ela cutucou Nina. — Imagine poder dormir de novo à noite e não durante o dia, atrás de bebês pelo chão depois do café da manhã...

— Será que eu preciso contar para você como os bebês são feitos, srta. Careta de Moscou? Porque, se você estiver pensando que alguma coisa que nós fazemos pode resultar nisso... — E fez cócegas entre os seios de Yelena.

Yelena riu, empurrando a mão dela para longe.

— Serão tantos órfãos depois da guerra que vão precisar de mães... Você não quer ter filhos? — ela perguntou, como se fosse a coisa mais natural do mundo.

Não, Nina mentalizou.

— Nunca pensei sobre isso — ela disfarçou.

— Eu sei o que você está pensando...

Duvido.

— ... você está pensando que não conseguiremos esconder as coisas na vida real. Esconder isto. — Um pequeno gesto entre as duas, o mundo privado delas sob a asa do *Rusalka*. — Mas nós vamos conseguir, acredite em mim. Não é como quando os homens se juntam, que as pessoas desconfiam. Serão muitas viúvas morando juntas depois da guerra, dividindo suprimentos e pensões... Enquanto estivermos criando filhos para a Mãe Pátria e cada uma de nós tiver uma história sobre um noivo que morreu na guerra, ninguém vai nos olhar duas vezes porque dividimos um apartamento. Podemos ser pilotos civis ou instrutoras de aviação.

A voz dela estava ansiosa, suas bochechas coradas. Ela vinha pensando sobre aquilo fazia bastante tempo, Nina percebeu, com enjoo no estômago.

— Não vai ser como quando éramos crianças, Ninochka... racionamentos, filas para combustível, nunca conseguindo sapatos. O mundo vai ser diferente depois da guerra, Moscou vai ser diferente...

Pior, pensou Nina. *Depois de anos de fome e guerra, será pior.*

— ... e não somos mais apenas pilotos de aeroclube. Somos oficiais condecoradas das pequenas águias de Marina Raskova. Você se encontrou com o *camarada Stálin*. — Aquela maldita admiração na voz de Yelena novamente. — Teremos muitas recomendações quando nos inscrevermos para nos filiar ao partido, você vai ver. Então podemos mexer alguns pauzinhos para conseguir um apartamento que não precisemos dividir com três outras famílias, conseguir um emprego na Academia Zhukovsky ou qualquer outro lugar que quisermos.

Ela estava falando sozinha, cheia de esperança. Coisas boas, comuns, coisas que normalmente se desejam. Era bem provável que a maioria das mulheres do regimento tivesse sonhos semelhantes para depois que a guerra acabasse.

— Não é querer muito, Ninochka. Você, eu, um lar, um bebê ou dois, um emprego voando rotas civis, e não incursões de bombardeio. — Yelena curvou-se para a frente, roçou os lábios nos de Nina. — Tudo o que temos que fazer é sobreviver à guerra, e poderemos ter isso.

— Talvez não seja muita coisa para desejar — Nina disse. — Mas e se eu quiser algo diferente?

— O quê? — Yelena acariciou a bochecha dela. — Você não quer morar em Moscou? Não precisamos, eu sei que você não gosta...

Eu não gosto de Moscou, ou de Irkutsk, ou do Velho, Nina pensou. *Andei milhares de quilômetros pela Rússia e não encontrei nenhuma parte de que eu goste a não ser o céu.* Ela estava feliz por voar sobre a terra, porque assim não tinha que olhar para ela: a terra de multidões implacáveis, bandeiras ondulantes, filas de pão e o zumbido eterno dos alto-falantes, comandada por um lobo.

Quando a guerra acabar, o que você vai querer? Yelena ainda estava esperando a resposta. Uma pergunta simples, com certeza a pergunta mais simples a ser feita para qualquer soldado na guerra. Todos sonhavam com o que viria depois que o massacre tivesse acabado. Todos, aparentemente, com exceção de Nina, que podia honestamente dizer que nunca tinha parado para pensar nisso. Ela nunca tinha pensado além do presente, além de uma noite passada voando, de uma manhã gasta beijando Yelena. Quem colocaria a estranha e perigosa vida noturna no regimento acima de todas as outras no mundo, mesmo com todo o sofrimento e terror?

O que eu quero, Yelenushka?, Nina pensou, olhando para o sorriso ansioso de sua amante. *Eu quero voar em missões, caçar alemães e amar você. E a única coisa que está na minha lista e na sua é você.*

31

Jordan

Junho de 1950
Boston

Você não tem vontade alguma de se casar com Garrett Byrne. O comentário irônico de Anneliese ainda reverberava enquanto Jordan tentava se ocupar atrás do balcão da loja.

Claro que quero me casar com Garrett, ela disse a si mesma. *Eu tenho uma pedra de meio quilate na mão esquerda para provar quanto eu quero me casar com ele.*

A voz de Ruth veio de perto da vitrine.

— Posso pegar o violino?

— Não é um brinquedo, passarinha — disse Jordan, distraidamente. — É a réplica de um Mayr do final do século XIX.

— Mas é pequeno — implorou Ruth. — É do *meu* tamanho.

— É um violino 1/2, segundo o sr. Kolb.

— Muito prazer em conhecê-la, finalmente, sra. McBride. — A voz de Tony veio da frente da loja, onde ele estava com Anneliese, que usava um tailleur preto. — Meus sentimentos pela sua perda.

Anneliese murmurou alguma coisa enquanto Jordan se inclinava sobre seu trabalho: aparar uma das fotos do pai que ela revelara na noite anterior. Era um bom retrato, muito bom. Ela podia julgar seu próprio trabalho bem o suficiente para saber disso.

Você poderia fazer algo com essa foto, o pensamento sussurrou. *Algo profissional.*

Como o quê?, respondeu a si mesma. *Você não é uma profissional.* Ela era uma garota com um bom emprego atrás de um balcão e um hobby divertido no porão. Na primavera, seria uma esposa com um bom marido que sairia para trabalhar todas as manhãs e um hobby divertido mantido no quarto de hóspedes.

— Eu preparei o relatório semanal, se quiser vê-lo, sra. McBride. — Tony voltou à caixa registradora atrás de Anneliese, toda vestida de preto: saia, blazer e chapeuzinho com rede elegantemente inclinado sobre os olhos. — Só um momento.

— O que você acha? — Jordan perguntou à madrasta quando Tony foi para a sala dos fundos, lembrando que Anneliese tinha ido até lá para dar uma olhada no novo funcionário.

— Ele parece bastante agradável. Se você estiver satisfeita com as referências dele, não vejo razão para não mantê-lo. Você é boa em avaliar o caráter das pessoas. — Anneliese deu um abraço em Ruth e olhou para o relógio da loja. — Vou me encontrar com o advogado do seu pai para falar sobre o testamento. Você pode ficar com Ruth até fechar? Ah, meu... — Vendo a fotografia de Dan McBride.

— Não é como ele realmente era?

Anneliese assentiu, com lágrimas nos olhos. Jordan segurou as mãos dela nas luvas pretas por cima do balcão. Tony voltou com o relatório, e Anneliese o pegou distraidamente.

— Estamos felizes por você se juntar a nós, sr. Rodomovsky... — E ela se foi em uma lufada de perfume de lilases.

— Ufa — disse Tony. — Eu estava tremendo.

— Estava nada. Você acredita que não existe uma mulher na terra que resista ao seu charme, sr. Rodomovsky.

— Tony — ele corrigiu, como costumava fazer. — Toda vez que você diz *sr. Rodomovsky*, procuro meu pai e começo a fazer uma lista dos meus pecados mais recentes.

Ele estava encostado no balcão, dando a Jordan o mesmo sorriso que dava a todas as mulheres que entravam na loja — embora, ela tinha notado, com variações. O sorriso de menino era para as senhoras acima dos sessenta, que beliscavam sua bochecha (depois compravam algo). O sorriso malandro era destinado às mulheres com mais de quarenta anos, que arregalavam os olhos para examiná-lo (e depois compravam algo). O sorriso completo, que incluía tanto os olhos quanto as marcas nas bochechas, era para mulheres com mais de vinte, que coravam (e depois compravam algo). Até Anneliese havia conseguido o sorriso modificado com um toque de empatia, dada a sua viuvez, e tinha reagido a ele. *Tony Rodomovsky provavelmente flerta com um mancebo se não houver mais nada por perto*, pensou Jordan, divertindo-se. Ela estava feliz por Anneliese ter gostado dele, porque ele certamente era bom para os negócios.

— Princesa Ruth — Tony exclamou ao ver o nariz pequeno pressionado contra a caixa de vidro do violino. — Você vai fazer um recital para nós?

Ruth era geralmente tímida com homens estranhos, mas Tony, ao conhecê-la, caiu de joelhos e entoou que era sabido por todos que a princesa Ruth de Boston não falava com seus cavaleiros errantes até que eles ganhassem esse direito com feitos supremos de galantaria, e que ele cavalgaria até os confins da Terra para receber a atenção dela. Foi nesse ponto que Ruth deu um sorriso cauteloso, saindo de trás de seus cabelos. Ela o deixou beijar sua mão, então pegou um violino imaginário e começou a tocar. Jordan se perguntou onde a menina tinha visto alguém tocar violino; ela certamente fazia a postura certa.

Sua mãe, Jordan respondeu à própria pergunta. *Sua mãe* verdadeira Ruth devia ter visto a mãe tocar. Elas nunca saberiam como ou onde alguém tão jovem como Ruth já tinha estado. A garotinha parecia ter esquecido aquilo durante anos, mas estava voltando, fazendo-a olhar o pequeno violino como se hipnotizada. Será que Ruth estava se lembrando disso agora porque o único homem que ela conhecera como pai tinha desaparecido de repente, do mesmo modo que tinha acontecido com sua mãe misteriosa e musical?

O olhar de Jordan se voltou para os olhos do pai na foto. *Ele trazia segurança,* Anneliese tinha dito sobre ele na noite anterior, enquanto tomavam chocolate quente. *Nada poderia me seguir para fora de um sonho com ele ali.* Talvez por isso Ruth viesse tendo pesadelos. O sólido pai que servira de âncora para seu mundo nos últimos anos tinha partido.

— Você está atordoada esta tarde, srta. McBride. — O olhar de Tony ficou sério. Jordan preparou-se para o habitual e solícito *Você está bem?* que tinha ouvido de vizinhos e conhecidos e amigos todos os dias desde a morte de seu pai, ao que ela respondia com um habitual e animado *Estou bem!*

Mas Tony perguntou:

— Você gostaria que eu fosse embora? Eu tenho um lenço e um ouvido, se quiser, mas também posso deixar você sozinha, com paz, sossego e um bom choro, qualquer que seja a ordem que você precise. *Ficar sozinha* é a parte importante.

Jordan não pôde deixar de rir, surpresa.

— Eu... tenho desejado isso bastante nas últimas semanas. — Era por isso que ela continuava indo à sala escura. As pessoas geralmente não a seguiam até lá.

— Certo, então. — Tony se endireitou. — Devo me evadir?

— Evadir? De repente você virou inglês?

— Passei muitos anos trabalhando com um Limey.* — Um pequeno sorriso. — Uma ideia: por que você não vai embora? Leve a princesa Ruth para casa mais cedo, tire um tempo para si mesma.

Jordan abriu a boca para recusar, mas a campainha tocou e a voz de Garrett soou.

---

* Gíria norte-americana para designar um britânico. (N. do E.)

— Jor, aí está você. — Ele passou o braço ao redor dos ombros dela, dando uma olhada para ter certeza de que ela não estava chorando. — Você está...

— Estou bem.

— Estou tentando convencer a srta. McBride a voltar para casa mais cedo — Tony interrompeu. — Talvez você tenha mais sorte, senhor...

— Byrne. Garrett Byrne. — Estendendo a mão. — Você é o novo funcionário?

— O próprio. Tony Rodomovsky. Você é o noivo?

— O próprio.

Um aperto de mãos. Jordan se perguntou se havia dois homens em qualquer lugar do mundo que pudessem apertar as mãos sem a disputa que acompanhava o gesto: quem tinha mais força, quem era mais alto. Garrett se estendeu até mais que o seu um metro e oitenta. Tony se encostou no balcão, parecendo divertido.

— Não posso ir para casa mais cedo, Garrett — interrompeu Jordan antes que eles começassem a próxima parte do ritual, que era descobrir quem estivera na guerra e quem não. — Anna foi ver o advogado, e vou ter que ficar até fechar.

— Eu posso fechar para você — Tony ofereceu.

— Está vendo? — Garrett se abaixou, despenteando os cabelos de Ruth. Ela o ignorou, ainda tocando seu violino imaginário. — Nós poderíamos ir ao cinema, levar a Ruth. Estou com saudade de você.

— Eu também senti sua falta. — *Eu senti*, Jordan pensou. *Eu senti*.

— O sr. Kolb já foi — disse Tony. — Não há muito o que fazer aqui.

Jordan hesitou. O pai dela não deixaria nenhum funcionário novo sozinho na loja até que completasse um bom mês de experiência e ele estivesse absolutamente certo de que não havia contratado um ladrão. Mas Tony trabalhara três semanas sem falhas, e Anneliese dera seu selo de aprovação.

— Você sabe como fechar — ela disse a Tony, entregando as chaves. — Vamos, Ruthie. Quer ir ao cinema?

O arco imaginário de Ruth parou no meio do movimento. Ela ficara hipnotizada pela *Cinderela* no início daquele ano, enlouquecera Anneliese implorando para ter ratos de estimação.

— Cinderela?

— Pegue seus sapatinhos de cristal, princesa. — Tony colocou seu violino imaginário em um estojo com muito cuidado. — Isto fica comigo. Vou guardar para suas aulas de violino.

Garrett estava segurando a porta, sorrindo, mas Jordan fez uma pausa, com uma ideia repentina.

— Não esqueça isto, srta. McBride. — Tony estendeu a fotografia do pai de Jordan que ela tinha deixado no balcão, aparada e pronta para emoldurar. Ele ficou um minuto olhando para o retrato. — Seu pai?

— Sim. — Jordan sentiu um nó na garganta. Ela poderia mencioná-lo com facilidade cem vezes, e na centésima primeira, sem motivo, a garganta dela se fechar. Queria entender isso. Talvez doesse menos. *Provavelmente não.*

— É uma boa foto. — Tony a passou por cima do balcão. — Você devia mantê-la aqui.

— Por quê?

— Esta era a loja dele. — Balançando a cabeça para a imagem. — Nesta fotografia, ele parece o antiquário por excelência no trabalho.

— O que ele era de fato — disse Jordan, e, *clique*, outra ideia. Lentamente, ela sorriu.

— Jor? — Garrett parecia confuso.

— Srta. McBride? — Tony inclinou a cabeça. — Eu gosto de fazer uma garota sorrir, mas normalmente tenho uma ideia do motivo.

Se os dois não tivessem um balcão entre eles, Jordan o teria abraçado. Ela sorriu, pegando o chapéu de palha preto e colocando-o.

— Tony — disse, esquecendo o *sr. Rodomovsky* —, obrigada. Duas vezes!

∽

— Anna, eu tive a *melhor* ideia... — Jordan parou, saindo para a pequena varanda onde sua madrasta estava olhando para a rua. — Eu não sabia que você fumava.

— Eu costumava gostar de um cigarro antes do jantar. — Anneliese deu uma tragada, inclinando o rosto para o longo crepúsculo do verão. Ainda usava o terninho preto que vestira para visitar o advogado, mas seus sapatos estavam no chão, ao lado da bolsa. — Você sabe o que seu pai achava de mulheres que fumam, então eu parei. Gostaria de um?

— Com certeza.

Anneliese pegou um estojo de prata e acendeu um cigarro novo no dela.

— Onde está Ruth?

— Brincando com Taro no andar de cima. Garrett acabou de nos deixar. Ele queria nos levar ao cinema, mas não estava passando nada. — Jordan inalou fumaça, inclinando-se sobre o parapeito da varanda. — Eu tive uma ideia hoje, algo que Tony disse. Vamos colocar Ruth para aprender violino.

Por um momento, Anneliese pareceu quase chocada.

— Por quê?

— Ela não pode olhar para um violino sem ficar hipnotizada. Isso a faria tão feliz.

— Uma criança que grita e faz birra não precisa de recompensas, precisa de disciplina. Temos sido muito relaxadas com Ruth.

— Ela não é mimada — protestou Jordan. — Ela está triste e com raiva, e sente falta do papai. Por que não tentar algo diferente, algo para mostrar que ela pode ser feliz?

— Mas não o violino. — Anneliese deu outra tragada. — Quaisquer que sejam essas lembranças da mãe dela, não são agradáveis. Não quero que ela fique ainda mais agitada. Melhor se ela esquecer violinos completamente.

— Se ela não gostar, tiramos ela das aulas. Mas...

— Não, Jordan. Não quero que ela se lembre mais. — Anneliese sorriu, como se pedisse desculpas pela recusa. — Além disso, é uma coisa meio *judaica* demais, não é? Ser obcecada por música? Uma das melhores qualidades deles, é claro, eles formam bons músicos. Mas nós não queremos Ruth com essa marca. Com um nome como *Ruth Weber*, não há dúvidas de que ela era judia. Graças a Deus, pelo menos, ela não tem a aparência.

— Anna, sério! — Jordan exclamou. — Todas as outras garotinhas de Boston têm aulas de piano. Música não é uma *coisa judaica*. E mesmo se fosse...

— O mundo todo simpatizou com os judeus depois da guerra, mas isso não significa que queiram morar ao lado deles. Eu não quero isso para Ruth. — Anneliese seguiu em frente, claramente encerrando o assunto. — Há uma coisa que devo lhe dizer, Jordan. Você sabe que eu fui ao advogado hoje tratar do testamento do seu pai. Está tudo em ordem... a loja para mim por toda a vida ou até eu me casar novamente, depois para você e Ruth juntas.

— Sim. — A voz do pai dela: *Eu queria transformar aquilo em algo especial para você. Um futuro real...* — O que você queria me dizer?

— Que você não precisa querer.

Jordan ergueu a cabeça, surpresa.

— O quê?

— Os pais sempre querem construir algo que possam deixar para os filhos. Às vezes eles não param para pensar se o que construíram é algo que interessa a seus filhos. — Os olhos azuis de Anneliese estavam firmes, compreensivos. — Você tem sido uma filha dedicada trabalhando na loja, mas eu sei que você nunca quis isso. Você deveria ter ido para a faculdade. Eu defendi isso, mas seu pai não gostava da ideia, como você sabe. Não era certo contradizer meu marido, então deixei o assunto morrer. Mas eu achava que ele estava errado. E ainda acho.

— Ele não estava errado — disse Jordan, na defensiva. — Eu não precisava da faculdade. Já tinha um futuro, tinha Garrett, tinha...

Anneliese esperou que ela nomeasse tudo o que já tinha. Quando Jordan parou, ela continuou:

— Vou manter a loja como seu pai teria desejado, não se preocupe. Uma renda para mim, uma herança no futuro para você e Ruth. — Acendendo outro cigarro. — Mas isso não significa que isso deva preocupá-la agora, Jordan. Você não quer ficar presa atrás de um balcão vendendo colheres de apóstolo para velhinhas. Eu sei que não. O que você prefere fazer?

— Vou me casar com Garrett na primavera — saiu automaticamente da boca de Jordan.

Anneliese sorriu. Jordan sentiu-se corar.

— E a faculdade? — Anneliese continuou, ignorando gentilmente os temas casamento e Garrett. — Você poderia tentar Radcliffe ou a Universidade de Boston, mas acho que uma jovem ganha mais saindo de sua cidade natal. Você poderia ir até para a Califórnia, se fosse a sua vontade. Uma nova escola, um novo estado.

Faculdade. Jordan pensou em quanto queria isso aos dezessete anos.

— Eu não... Acho que não quero mais isso — disse, lentamente. — Eu tenho vinte e dois anos. Começar ao lado de todas aquelas garotas de dezoito, metade das quais está lá apenas para conseguir um noivo...

Anneliese não pareceu surpresa.

— Você poderia ir para Nova York, então. Conseguir um emprego de que goste, não um trabalho do qual você acha que deve gostar.

Jordan sentiu as mãos apertarem a grade da varanda. Aquela conversa estava acontecendo? Estava *realmente* acontecendo?

— Não pense que estou tentando afastar você. — Anneliese sorriu. — Esta é a sua casa. Mas você não precisa ficar amarrada aqui por causa da loja e dos desejos do seu pai. Eu quero que você seja *feliz*. Ir para o exterior faria você feliz? Encontrar trabalho como fotógrafa?

— Não sei se sou boa o suficiente para isso — Jordan ouviu-se dizer.

— Você não saberá a menos que tente. — Anneliese descansou o braço vestido de preto próximo ao cinzeiro. — Pegue sua câmera e encontre coisas para registrar na Europa. É outra maneira de aprender, fora da universidade.

— Não posso abandonar... — Jordan disse, pensativa.

— Abandonar o quê? A loja? — Anneliese fez um movimento com a mão. — Para começar, você na verdade não quer a loja. Além disso, ela funcionará bem sem você. Abandonar Garrett? Se ele te ama, vai esperar. Abandonar Ruth? Se você se casar na primavera, ela terá que se adaptar a ficar sem você, de qualquer maneira.

— Mas eu ainda estaria em Boston, poderia vê-la. Não é um estado de distância. — *Ou um oceano de distância.* — Ruth já perdeu muitas pessoas.

— Ela se acostuma. As crianças têm essa capacidade. Ela é sua irmã, não sua filha, você não precisa construir sua vida em torno dela. — Pausa. — E você não precisa achar que está sendo desleal por querer algo diferente do que seu pai queria para você.

Eu quero, Jordan desejava dizer. *Mudei tudo o que eu queria por causa do que meu pai disse.* Mas a imaginação dela já estava correndo muito, muito à frente. Pensou em pendurar a Leica no ombro e pegar um ônibus para Nova York, caminhar pelos grandes escritórios da *Life* e candidatar-se a um emprego como garota de recados, assistente de fotografia, qualquer coisa para pôr os pés naquele lugar. Pensou em viajar pela Espanha para ver onde Robert Capa tinha batido sua famosa foto *O soldado caído*. Pensou no projeto que havia surgido em sua mente naquela tarde após o comentário casual de Tony vendo a fotografia do pai, a segunda ideia pela qual ela o agradecera — o projeto estava tamborilando em sua cabeça, com urgência para ser iniciado. Dedicar um tempo para aquilo, não dizer a si mesma que não havia tempo, porque fazer um ensaio fotográfico ambicioso era bobo quando a câmera era *apenas um hobby*.

Nunca mais pensar nas palavras *apenas um hobby*.

— O que estou dizendo é que posso ajudá-la. — A voz de Anneliese soou calorosa. — Esta é a sua herança, Jordan, e você tem direito a isso. Você quer viajar? Eu posso te dar uma mesada. Você quer alugar um apartamento em Nova York, trabalhar como fotógrafa? Eu posso ajudar com as despesas até você começar a receber um salário adequado. Não é uma oferta que eu faria a qualquer garota de vinte e dois anos, mas você é maior de idade e tem uma boa cabeça. Deixe a loja comigo, deixe Ruth comigo, deixe *Boston* comigo... É uma cidade pequena demais para você. — Sua madrasta a encarou, sorrindo. — O que você quer?

Jordan abriu a boca para responder e, em vez disso, caiu em prantos. Ouviu Anneliese apagar o cigarro e depois se aproximar, abraçando-a com seus braços finos. Jordan chorou naquele pequeno ombro enquanto o céu escurecia do crepúsculo à noite, uma meia-lua começando a subir. E, com tudo isso, uma pontada final de ressentimento. Pois Anneliese, que ela conhecera aos dezessete anos, a conhecia tão bem, e não seu pai, que a conhecera a vida inteira.

O que você quer?

Pela primeira vez em muito tempo, Jordan pensou: *Eu quero o mundo.*

32

Ian

Junho de 1950
Boston

— Como foi com Kolb? — a voz de Tony estalou através do telefone público.

— Nada — Ian disse, categórico, observando a meia-lua nascente. No tempo em que ele e Nina ficaram no apartamento de Kolb, a tarde tinha virado noite. — Enfim você conheceu a viúva McBride. Alguma coisa chamou atenção? — Tecnicamente, eles não descartavam os donos da loja estarem envolvidos nas atividades de Kolb.

— Mulher agradável, olhos azuis, cabelo escuro, sotaque clássico de Boston. Nenhuma cicatriz no pescoço... Ei, não custa checar. Ela veio com algumas perguntas, mas nenhuma tentativa de conversar com os funcionários ou com os clientes. Vou ficar de olho, ver se Kolb faz algum esforço para falar com ela ou lhe dar qualquer coisa, mas ela parece não interferir na loja, e meu palpite é que ela não saberia se ele tem um negócio ilegal.

— Ele tem — disse Ian. — Nós só não podemos provar ainda.

Ele desligou, voltando para a lanchonete na esquina, onde Nina já estava sentada com uma Coca-Cola, vigiando pela janela. O lugar estava vazio, exceto por uma garçonete idosa, de cujo cigarro as cinzas quase caíram sobre o café de cinco centavos de Ian. Mas a mesa de canto, perto da janela, tinha uma vista discreta do prédio de Kolb, e esse mesmo prédio não tinha entrada de fundos, a não ser uma escada de incêndio destruída. Ian não imaginava o velho falsificador balançando pendurado em uma escada de incêndio. Por isso a lanchonete era onde tinham resolvido ficar para vigiar.

— Você deveria ir para casa — Ian disse para Nina. Havia uma parte dele que sentia muito, muito mesmo, por não ter batido em Kolb até transformá-lo em uma massa de sangue e ossos: ele queria sentar ali e beber café ruim até que essa parte fosse completamente estrangulada. — Você trabalhou bem esta noite — ele disse. Ian temia que o talento dela para o caos se espalhasse no trabalho, mas Nina se apegara ao plano, procurara pistas e tinha sido útil.

— *Spasibo*. — Nina começou a tirar grampos do cabelo, sacudindo-o e desfazendo o coque. — E se Kolb fugir?

— Vou segui-lo, ver quem ele encontra. Observá-lo até que ele nos leve a algo ou alguém novo.

Nina pegou o menu.

— E se ele não fizer isso?

— Em outros casos, em algum momento tomaríamos a decisão de seguir em frente.

Os olhos dela se estreitaram.

— Aqui não.

— Não. — Havia um oceano no caminho, sem mencionar uma obsessão. Ian tomou um gole de café, fazendo uma careta. — Provavelmente serão muitas horas sentados aqui.

— Eles têm hambúrguer. Pelo menos é alguma coisa. — Nina chamou a garçonete. Ian sabia que ela achava hambúrguer um milagre da vida americana, mais atraente que a liberdade de expressão. — Se Kolb foge, talvez fuja para sempre — disse Nina quando a garçonete se arrastou para fora do alcance da voz. — Nova cidade, novo nome. Ele é um falsário, pode fazer novos documentos.

Ian assentiu, lembrando-se de várias operações fracassadas do passado. Não era fácil para uma equipe pequena montar uma vigilância abrangente.

— Somos apenas três. — Nina leu sua mente. — Não podemos concentrar nele todos os nossos esforços.

— Nós podemos tentar. Vou acompanhá-lo do amanhecer até que ele chegue ao trabalho. — Ian não estava dormindo muito de qualquer maneira, podia muito bem ficar ali a partir das quatro da manhã olhando para uma porta. — Tony vai vigiá-lo no trabalho. E você...

— Eu fico com as noites.

— Combinado, Bruxa da Noite. — Ian sentiu a raiva ir embora, sendo substituída por vergonha. *Você perdeu a paciência. Você jogou uma testemunha contra a parede e a sufocou.* Ele nunca tinha feito aquilo antes, não importava quanto fosse provocado. Inferno, tinha sido bom.

Ian olhou para a esposa.

— Acredito que lhe devo um pedido de desculpas.

Ela levantou as sobrancelhas.

— Eu expulsei você do meu escritório em Viena porque você disse que ficaria com a violência no lugar da legalidade. No entanto, fui eu que joguei um homem contra a parede simplesmente porque ele me deixou com raiva. Existe uma analogia sobre o roto e o rasgado que não está me deixando particularmente feliz no momento.

— Rasgado? Kolb não tinha nada rasgado.

— Deixa pra lá.

O hambúrguer de Nina chegou. Ian assistiu enquanto ela o devorava. A porta do prédio de Kolb permanecia fechada. Era sempre um mistério o que um homem culpado fazia depois de ser acusado: cerca de metade deles fugia na primeira hora, e a outra metade decidia ficar e fingir que não tinha nada a esconder. Ele teria apostado que Kolb fugiria.

Ian suspirou. Seria uma longa noite, ele sabia. Uma das insones, em que o paraquedas flutuava em seu ombro.

— Eu sonho com o lago — disse Nina.

Ian piscou.

— O quê?

— O lago. Me afogando nele. Às vezes meu pai está me segurando debaixo da água, às vezes é *die Jägerin*. Sempre o lago. — Ela encolheu os ombros. — E o seu lago... o que é?

— Não há lago. Assim como não há nada rasgado. Seu inglês é muito peculiar, camarada.

Nina deu outra grande mordida no hambúrguer.

— Paraquedas? — ela perguntou, firme. O sangue dele ficou gelado. — Antochka diz que você murmura enquanto dorme. Algo sobre paraquedas.

— Não é nada. — Saiu mais agudo do que Ian pretendia.

— É alguma coisa — ela respondeu. — Ou então não seria o seu lago.

Ele não disse nada. Nina também não, apenas olhou para ele.

— O nome dele era Donald Luncey — Ian disse, perguntando-se por que estava contando a ela. Ele não contara a ninguém. — Soldado do exército vindo de San Francisco, dezoito anos. Ele me chamava de vovô. Eu provavelmente parecia velho para ele. Ele parecia ter doze anos para mim.

— Igual a minha navegadora depois que fui promovida a piloto. — Nina sorriu. — A pequena Galya parecia mais apta para estar nas caminhadas dos Jovens Pioneiros que para voar sobre o mar Negro.

— O que aconteceu com ela? — Ian perguntou.

O sorriso de Nina desapareceu.

— Morta.

— Donald Luncey também. Em março de 1945, tropas americanas saltando de paraquedas na Alemanha. Implorei permissão para pegar uma carona no salto.

— Por quê?

— É o que você faz, se quer ser um bom correspondente de guerra. — Ian tentou explicar. — Ninguém gosta de jornalistas no front. Há uma preocupação de que você veja algo que não deveria e os faça parecer idiotas. Os pobres coitados das fileiras acham que você é um maldito *ghoul*, enfiando o bloco de notas na cara deles, procurando uma história enquanto eles tentam permanecer vivos. A única maneira de eles não te odiarem é se você estiver envolvido nisso também. Divida o beliche com eles, beba com eles, pule de aviões com eles, corra para o fogo com eles. Você compartilha o perigo, eles compartilham suas histórias. É a única maneira de fazer o trabalho corretamente. — Ian conversara com o soldado Luncey quando eles estavam na fila para pular. Era um daqueles rostos longos e estreitos, orelhas que se destacavam como alças de jarro, um grande sorriso. — Nós saltamos — ele continuou. — O restante do grupo desceu em segurança e prosseguiu com a missão, mas Donald Luncey e eu saímos do curso. Enroscamos o paraquedas em alguma árvore alemã.

Outra mulher teria pegado sua mão. Mas a esposa de Ian apenas olhou para ele com firmeza.

Ian se enfiou nos galhos de um carvalho maciço e ficou pendurado a cerca de doze metros do chão, sem fôlego e emaranhado nos fios do paraquedas. Tinha uma faca, mas o ângulo de cima era tão estranho que a lâmina escorregou, girando para o chão antes que ele pudesse cortar uma única linha. Suas alças estavam em um nó difícil de desfazer sem cortar. Mas ele tivera sorte em comparação com o soldado Luncey, que tinha acertado todos os galhos no caminho através da árvore que no final o segurou brevemente. Uma costela quebrada havia perfurado seu pulmão, ou pelo menos Ian imaginou que era o que tinha acontecido. Isso o matou bem devagar, ao longo de sete horas, rasgando seu pulmão enquanto ele ficava lá pendurado, gritando. Ian se lembrava de cada momento daquelas horas: primeiro dizendo para ele ficar parado, para não piorar a lesão; então tentando e falhando ao fazer um movimento de pêndulo; até que ele finalmente ficou ali ouvindo enquanto a voz do garoto expirava, indo de gritos a ocasionais murmúrios monótonos de *vovô*...

— Quando ele morreu, eu estava alucinando — Ian conseguiu dizer. — A desidratação e o choque tinham transformado Donald Luncey no meu irmão, no Seb. Eu sabia que não era ele, sabia que Seb estava em um campo de prisioneiros na Polônia, mas ainda era ele, até a última sarda.

Meu irmão mais novo estava pendurado morto na árvore ao meu lado. — Luncey ficou suspenso ali por quase um dia enquanto Ian, com a boca seca, tremendo e suando de frio e horror, encarava seu cadáver. Ian tentou se concentrar no chão abaixo, e aqueles doze metros sob suas botas pareciam ser dobrados, uma queda impossivelmente longa na escuridão.

— Ah — disse Nina. — É por isso que você tem aquela coisa, a coisa com altura.

— Idiota, não é? Eu nem cheguei a cair. Fui encontrado logo depois, e conseguiram me tirar em segurança. Muita sorte. — *Tive sorte, mas talvez não tenha continuado totalmente são*, Ian às vezes pensava. Mesmo cinco anos após a guerra, ele sonhava, e no sonho era sempre Seb, desde o começo. Donald Luncey nem estava lá. Do começo ao fim, era o irmão que ele não podia salvar.

— Não fique remoendo, *luchik*. — Nina virou ketchup sobre seu hambúrguer como se o estivesse afogando em sangue. — Remoer não é bom.

— Você nunca remói, não é? — Por tudo o que provocava em sua nuvem de anarquia, Nina era muito equilibrada, algo notável, Ian pensou, considerando o que havia vivido. Ele ficava se perguntando se voar em combate tinha criado aquilo nela, ou se Nina já tinha isso em si, assim como suas companheiras Bruxas da Noite. — Muitos assumem que as mulheres não têm lugar nas linhas de frente, mas, depois de ouvir sobre suas amigas no regimento...

— As mulheres são boas em combate — disse Nina, com naturalidade. — Nós não competimos como fazem os homens. É tudo pela missão, não há prova de quem é melhor com acrobacias estúpidas.

— Você me disse que uma vez subiu em uma asa de avião a oitocentos metros, sua pequena cossaca. Se você quer falar sobre acrobacias.

— Foi necessário! — Ela sorriu, mas havia uma sombra atrás desse sorriso. — Minha piloto gritou comigo por isso.

— Bom para ela. — Ian estudou o rosto animado de Nina, que de repente desapareceu. — Eu percebo como você sente falta delas. Suas amigas.

— *Sestry* — ela o corrigiu suavemente.

Ele adivinhou que a palavra significava *irmãs*.

— Elas eram todas como você?

Ela deu de ombros, e ele imaginou centenas de Ninas comandando aviões e bombardeando a frente oriental do *Führer*. Puta merda. Não admirava que Hitler tivesse perdido a guerra.

— Ninguém nunca fez o que nós fizemos. — Nina segurou seu hambúrguer, pingando ketchup. — Nós pagamos por isso, o que fizemos. Sonhos, espasmos, dores de cabeça...

— Eu sei o que você quer dizer. — Ian bateu na orelha esquerda. — Nunca mais ficou bom depois daquele bombardeio na Espanha.

— Meus ouvidos também nunca voltaram a ser como eram. O cockpit do U-2 é barulhento. E aqueles anos acordada a noite inteira, todas as noites... eu ainda acordo várias vezes durante a noite.

— Não tenha vergonha disso. Você era um soldado. — *Não é como eu com meus pesadelos sem sentido*, Ian pensou, irônico.

Ela pareceu captar seu pensamento.

— Você foi à guerra também, *luchik*. Você vai para a guerra, depois tem um lago ou um paraquedas. Todo mundo tem.

— Soldados têm. Eles têm justificativa. Eu não era um soldado. Pesadelos são para quem luta, não para quem rabisca. Talvez eu estivesse no front, mas eu podia sair quando quisesse. Eles não podiam.

— E daí? — Nina perguntou. — Mesmos riscos para soldado ou caçador.

— Caçador?

— Caçadores — disse Nina. — Você. E eu... bem, eu era soldado *e* caçadora, mas a parte importante é a de caçadora. Muito diferente da de soldado.

— Não entendi muito bem.

— Soldados lutam guerras. Isso lhes dá pesadelos... um lago, um paraquedas. Isso os faz querer parar, ir para casa. — O hambúrguer já tinha acabado, e ela estava sentada comendo ketchup puro, como sopa. —

Caçadores na guerra enfrentam os mesmos riscos, a mesma luta, então acabam com um lago ou um paraquedas também. Mas não temos o que os soldados têm, o que outras pessoas têm... a coisa que diz *pare*. Temos um pesadelo, odiamos isso, mas, se a guerra termina, os soldados voltam para casa, enquanto nós precisamos de uma nova caçada.

Ian olhou para ela.

— Isso não faz sentido.

— Faz. — Calmamente. — Soldados são feitos. Caçadores nascem. Ou você precisa rastrear o perigo, ou não.

— Eu não *preciso* rastrear o perigo, Nina. Nem todos os ingleses saem atacando os campos com espingardas.

Nina suspirou, impaciente.

— Aqueles garotos sobre quem você escreveu, soldados, aviadores... o que eles queriam?

— Eles conversavam sobre a casa deles, como todos os soldados. Filmes, churrasco no quintal, sair com meninas...

— Então a guerra termina e eles voltam a isso, sim?

— Os sortudos. — Os azarados acabavam como o soldado Luncey. Como Seb.

— Mas alguns não. Como o Tony; ele não vai para casa se casar, encontrar trabalho. Ele fica, encontra uma caçada. Você também não vai para casa. Quando sua guerra termina, você começa a rastrear os hitleristas. — Nina lambeu ketchup de seu polegar. — As garotas com quem voei são na maioria como os seus soldados. Elas têm sonhos de paz, bebês, todo o *borscht* que podem comer. A guerra delas termina, elas têm paz, são felizes. Mas eu? — Uma careta. — Durante a guerra, eu tenho minhas noites ruins, eu sonho com o lago, mas isso nunca me faz querer *borscht* e bebês. Minha guerra termina, você me leva para a Inglaterra, eu acabo no aeroporto de Manchester. Loops em biplanos antigos, sem alvo, ficando louca. Até eu receber a mensagem sobre *die Jägerin*. É bom então, porque eu tenho um alvo de novo. — Nina apontou para Ian e depois para a porta de Kolb. — Você, durante a guerra, caça histórias; em paz, você caça homens como ele. — Apontando para si mesma e depois para a porta de Kolb. — Eu, em guerra, caço nazistas para bombardear. Em paz, caço nazistas para dar o troco.

Ian balançou a cabeça.

— Se você e eu somos caçadores, se temos vontade de caçar presas e cedemos a essa vontade, isso não nos faz melhores do que *die Jägerin*. E, se essa é a verdade, então eu vou para casa colocar uma bala na minha cabeça.

— *Nyet*. — Nina tinha muita certeza. — *Die Jägerin*, ela é um tipo diferente de caçadora. Uma assassina que caça coisas porque gosta. Talvez ela tenha desculpas, são ordens do Reich, seu *mudak* de amante diz a ela para fazer, mas são apenas desculpas. Ela mata porque gosta, e ela caça o que acha que são alvos fáceis... crianças, pessoas em fuga, aqueles que não podem lutar com ela. Você faria isso?

— Inferno, Nina, não!

— Eu também não. Não caçamos os indefesos, *luchik*. Nós caçamos os assassinos. É como aldeões indo atrás de um lobo enlouquecido. Somente quando o lobo está morto eles voltam para casa e encontram o próximo lobo louco. Porque nós podemos continuar. Outros, eles tentam continuar, mas apenas... — Ela imitou uma explosão. — É demais para eles; eles se despedaçam. Nós não. Caçadores são diferentes. Não podemos parar, não por dormir mal ou ter sonhos com paraquedas ou pessoas que dizem que devemos querer paz e bebês. É um mundo cheio de lobos loucos, e nós os caçamos até morrer.

Foi a coisa mais elaborada que ele já ouvira Nina dizer. Ian se reclinou na cadeira, encarando-a.

— Eu não tinha ideia de que minha esposa era uma filósofa.

— É uma coisa russa. Sente-se, beba demais, fale sobre a morte. — Ela empurrou o prato vazio para longe. — Isso nos deixa alegres.

— Caçadores perseguindo uma caçadora... — Ian girou sua xícara de café agora frio. — Esta é a sua primeira perseguição, Nina. Normalmente nossos alvos não são terrivelmente impressionantes. Eles podem ter feito coisas terríveis, mas são homens patéticos cheios de desculpas, não muito diferentes de Kolb. *Die Jägerin* não. Ela teve a coragem de se esconder à vista de todos em Altaussee, mesmo enquanto a cidade era revirada em busca de nazistas. Ela conseguiu vir para os Estados Unidos com uma nova identidade. Ela encobriu seus rastros.

— E agora ela é um alvo — disse Nina.

— Ela é um alvo muito inteligente — afirmou Ian, sem rodeios. — Não vai ser fácil pegá-la.

— Caçadores perseguindo uma caçadora? — Nina estendeu a mão sobre a mesa, enganchando o dedo no dele. — Acho que temos chances.

Foi a primeira vez que ela o tocou fora de um quarto. Normalmente Nina era uma planta espinhosa quando se tratava de dar ou receber qualquer afeto. Ian sorriu. Dedos ainda ligados, ele ficou em silêncio, observando a porta imóvel de *Herr* Kolb. A lua estava mais alta no céu; eles estavam sentados naquele lugar fazia muito tempo.

— Acho que Kolb fica onde está hoje à noite — disse Nina, também olhando para a porta.

Ian concordou.

— Vá para casa. Não faz sentido nós dois ficarmos entediados aqui.

— Não é entediante.

— Ficar olhando para uma porta? Faça as comparações que quiser entre fazer bombardeios e rastrear nazistas, mas esse tipo de caça envolve muito mais papelada e espera. Estou surpreso que você não esteja completamente entediada. Ou... — ele teve uma ideia — você gosta de estar em uma equipe de novo, não? Não é como o seu regimento de *sestry*, é claro. Mas você tem Tony e a mim, e todos compartilhamos um objetivo. É isso que você...

Ela afastou a mão da dele, algo sinistro disparando através dos olhos dela rápido demais para ele seguir.

— Não sou da sua *equipe* — ela atirou, cada palavra como uma bala de gelo. — É uma única caçada. Apenas por causa de *die Jägerin*. Nós a encontramos e está tudo acabado. Nos divorciamos, eu vou para casa, está feito.

— Não precisa ser assim — Ian ouviu-se dizer. — Mesmo depois do divórcio, você ainda pode ficar no escritório com a gente, Nina. Você trabalha bem com Tony e comigo; você gosta disso. Eu sei. Por que não ficar? — Ele percebeu quanto queria isso. Sob a capa da sua imprudência, ela tinha disciplina e dedicação total de navegadora. E, tendo uma mulher na equipe, os lugares a que ela podia ir, aonde um homem não podia... — Fique com a gente depois que pegarmos Lorelei Vogt — Ian insistiu, colocando toda a veemência que podia nas palavras. — Fique, Nina.

— Não é uma equipe — ela repetiu, os olhos como pedras, e saiu da lanchonete.

33

Jordan

Junho de 1950
Boston

Garrett olhou de uma fotografia para a outra sobre a mesa da sala escura.
— Você trabalhou a semana toda em duas fotos?
— Eu finalmente acertei. — Uma semana de escravidão na sala escura, revelando, ampliando, cortando, para então desmanchar e começar tudo de novo. Duas impressões. Mas duas impressões para se orgulhar.
— Huh. — Garrett olhou de novo de uma para a outra. Ele tinha vindo do escritório, alto e apertado dentro do terno de verão. Jordan sabia que, em comparação, ela parecia uma ruína completa, cabelo amarrado com um fio de lã e o short velho salpicado de fluido de revelação. — Ficaram boas — disse Garrett, claramente esperando que fosse a coisa certa a dizer.
Primeiro, uma imagem em ângulo baixo de seu pai na oficina da loja, segurando uma bandeja prateada. Ela brincou com a exposição e cortou a imagem para mostrar apenas as mãos dele, sua testa enrugada demonstrando concentração, a parte de trás da bandeja, o canto de seu sorriso. *Um antiquário no trabalho*, ela a nomeou com um rápido rabisco a lápis.

— Essa é a essência do meu pai no trabalho, mas também é a essência de *qualquer* negociante de antiguidades no trabalho. Foi por isso que eu cortei a imagem para mostrar apenas uma parte do seu rosto. Não é só *ele*; é qualquer um nesse trabalho.

A segunda fotografia era de Garrett, no aeroporto perto de Boston, gesticulando em frente ao biplano. Ela também cortou a imagem até sua essência; não era o clique do noivo bonito dela, mas de um *piloto*, qualquer piloto, todo piloto: um pedaço de imagem que mostrava o braço alongado de Garrett contra a asa, o sorriso dele conforme homem e máquina ansiavam pelo ar. *Um piloto no trabalho.*

— Muito bom — disse Garrett novamente, parecendo confuso.

Jordan olhou para as duas fotografias por um momento, perguntando-se se estava perdendo tempo. *Você está vendo coisas que não estão aí*, a velha voz crítica a repreendeu, aquela que lhe dizia para não sonhar coisas malucas. Contudo, uma voz mais fria e analítica disse: *Estão boas*.

— O ensaio fotográfico terá o título de *Boston no trabalho*. Uma série de quinze ou vinte retratos, todos reduzidos a closes. — A ideia tinha sido lapidada na semana anterior, depois da noite na varanda com Anneliese. *O que você quer?* — Vou passar o verão inteiro trabalhando nisso.

Garrett coçou o queixo.

— E a loja?

— A antiga secretária do papai, a sra. Weir, se ofereceu, depois do funeral, para voltar para a loja se precisássemos de ajuda. E Anneliese me deu licença e vai contratá-la em tempo integral para me substituir. — Jordan já estava cheia de ideias. Pessoas trabalhando por toda Boston, apenas esperando ser fotografadas: os padeiros na confeitaria do Mike em North End, algum recorte pictórico da farinha e dos dedos sovando a massa; padre Harris na missa, o modo como suas mãos se erguiam quando ele elevava a hóstia...

Garrett tocou o biplano em sua foto, parecendo melancólico.

— Para que serve isso?

— Meu portfólio. Ainda não tenho experiência profissional, por isso preciso de trabalhos concretos para mostrar. Vou passar o verão fotografando tudo em que eu puder pôr as mãos. — Jordan respirou fundo. — No outono, vou para Nova York tentar trabalhar como fotógrafa.

— Neste outono? — Garrett pareceu intrigado. — Mas o nosso casamento é na primavera.

Jordan olhou para cima e encontrou os olhos dele.

— Eu gostaria de adiar o casamento por um tempo.

Ela se preparou, mas o rosto dele ficou sem expressão.

— Você só está nervosa — ele a tranquilizou. — Minha mãe diz que é natural ficar nervosa com o casamento. Ela quer que você vá logo escolher as flores. Ela falou alguma coisa sobre petúnias, ou quem sabe flox...

— Não estou pronta para flox, Garrett. Não estou pronta para marcar a data. Não estou *pronta*. — Que alívio dizer aquelas palavras e não precisar ficar reprimindo-as ou expulsando-as da vista e da mente. — Eu não quero me casar ainda. Quero trabalhar. Quero ser fotógrafa. Quero descobrir se eu sou boa...

Jordan ficou sem fôlego antes que ficasse sem todas as coisas que só havia percebido que queria naquela semana. Ir para a França e enquadrar a Torre Eiffel, mesmo que fosse a fotografia mais clichê do mundo. Saber como é trabalhar com prazo, olhos queimando e café frio, porque algum editor, ainda a ser encontrado, queria alguma coisa pronta *às oito em ponto*. Ela desejava colegas em quem esbarrar na sala escura, compartilhando cigarros e ideias. Ela queria ver o nome dela assinado como crédito: *J. Bryde.*

Garrett parecia perdido.

— Temos tantos planos...

— Planos podem mudar. Venha comigo — ela disse, entrelaçando os dedos nos dele. — Venha para Nova York, viva uma aventura. Trabalhe para a TWA em vez de...

— Vamos, pare de brincar.

— Eu não estou brincando. Você *quer* mesmo trabalhar com seu pai no escritório? Você vive entediado lá.

Garrett puxou a mão livre, cruzando os braços sobre o peito.

— Você está cancelando o noivado?

— Não. Estou dizendo que deveríamos adiar...

— Estamos juntos há cinco anos. Mamãe vai ficar com o coração partido se adiarmos novamente.

Jordan se sentiu mal com aquilo, realmente sentiu, mas tirou o sentimento da frente sem dó. Ela não ia mudar de ideia por causa da culpa.

— Somos nós que vamos nos casar. Você não quer ter certeza antes de dizermos *sim*?

— Eu tenho certeza.

— De verdade? — Jordan fez uma pausa. — Você nunca disse que me ama.

Ele pareceu confuso.

— Sim, eu disse.

— Quando foi a última vez que você me olhou nos olhos e disse *eu te amo* longe da cama e sem ser no meio do...

— Fale mais baixo!

— Estamos no subsolo, não há como Anna nos ouvir.

— E o que ela tem a dizer sobre isso? — Carrancudo.

— Absolutamente nada. — E que sentimento glorioso era aquele. Tomar suas próprias decisões, sem nenhuma contribuição de adultos que diziam saber com certeza absoluta o que seria melhor que ela fizesse com sua vida. — Vou receber uma ajuda de custo, a mesma que teria recebido se eu fosse para a faculdade. E tenho algumas economias. Vou alugar um apartamento...

Jordan parou. Eram muitos detalhes para Garrett, que parecia zangado novamente.

— Sabe de uma coisa? — Ele apontou um dedo para ela. — Você também nunca disse que me ama.

Jordan inclinou-se sobre a mesa da sala escura, passando o dedo pela borda. Seu diamante em forma de gota brilhava sob a luz forte.

— Você foi fiel a mim, Garrett? — ela perguntou. — Quando foi para a guerra, você me deu seu anel do ensino médio e me fez prometer não sair com mais ninguém. *Você* fez isso?

Ele começou a dizer alguma coisa. Jordan ergueu as sobrancelhas. Ele pigarreou.

— Eu não saí com ninguém — murmurou.

Ela esperou.

— Mas alguns dos caras disseram que aqueles que tinham saído direto da escola mereciam se divertir. Para que não fôssemos...

Enviados para o exterior e morressem sem transar, Jordan completou silenciosamente.

— Foi o que eu pensei.

— Foi a única vez... Tudo bem, foram duas vezes. Mas eu pensei que você ficaria brava, então...

— Eu não estou brava. — Jordan suspirou.

Ele se animou.

— Mesmo?

— Garrett — disse Jordan gentilmente —, não é um problema eu não me importar? Se eu te amasse loucamente, não me magoaria, ou ficaria com ciúme, ou *alguma coisa*?

O silêncio pairou no ar.

— Você gosta muito de mim — ela continuou. — Eu gosto de beisebol e nós sempre nos divertimos no banco de trás do seu carro, mas eu nunca pressionei você por um anel ou pedi para você parar de voar. Você gostava disso. — Tantas coisas tinham ficado claras para Jordan naquela semana ali, embaixo do brilho vermelho da luz de segurança, enquanto trabalhava. Tantas coisas. — Eu gosto de você, Garrett. Eu realmente gosto. Você é gentil e doce e me faz rir, e nunca me disse que eu tinha que parar de tirar fotos... ou pensou que eu era uma vagabunda porque gosto de rolar no banco de trás tanto quanto você. Mas...

— Aonde você quer chegar?

— Nós somos bons juntos. — Jordan se obrigou a continuar antes que perdesse a coragem. — Mas é amor ou hábito?

Um longo silêncio. Jordan olhou para ele com firmeza. Garrett olhou para seus braços cruzados. Finalmente, ele ergueu os olhos.

— Gostaria do meu anel de volta.

Bem, Jordan pensou, *isso responde*. Ela tirou o diamante do dedo, sentindo um nó na garganta.

— Desculpe — começou, mas ele se virou e começou a subir as escadas, sem olhar para trás, irritado.

Ele parou na porta, olhando do alto da escada.

— Vou contar para a minha família se você contar para a sua.

— Diga a sua mãe que eu sinto muito. Ela sempre foi maravilhosa comigo, eu...

Jordan parou antes que as vozes que a culpavam se aproximassem. Ela desviou o olhar, observando *Um piloto no trabalho*.

— Garrett...

— O quê? — Sua voz era tão dura quanto suas costas.

— Quando você me levou para voar, parecia tão feliz. — Ela apontou para a fotografia dele. — Esse é o verdadeiro Garrett Byrne. O rapaz de macacão, não esse que está na minha frente agora, de terno. Você deveria voltar a voar, não...

— Pode enfiar o seu conselho naquele lugar — disse Garrett e bateu a porta com força.

Jordan soltou um longo suspiro, olhando para seu dedo sem o anel. Seus olhos ardiam, e ela se perguntou se iria chorar. *Cinco anos*, pensou. *Cinco anos.*

— De volta ao trabalho, J. Bryde — disse em voz alta, enxugando os olhos. — Esta carreira não vai começar sozinha.

34

Nina

Julho de 1944
Front polonês

— Os alemães estão recuando! Vá para a Polônia... — Mas os Fritzes brigavam por cada passo.

Um inverno gelado havia passado, os dentes batendo atrás das máscaras de pele de toupeira nas incursões noturnas. A navegadora de Nina, Galya, perdera o dedo do pé congelado e tentava rir da situação: "Como minhas sandálias de dança vão ficar?" Yelena tinha levado fogo antiaéreo na panturrilha logo na virada do ano, e o coração de Nina subira pela garganta ao ver a amante sair mancando do campo com um braço em volta do pescoço de sua navegadora, Zoya. "Não é nada", tinha assegurado Yelena, mesmo quando Nina caíra de joelhos e começara a passar os dedos sobre a ferida. "Atravessou o músculo. Pare de se mexer!"

A primavera derreteu até se tornar verão, menos voos, mais sono, mas todas pareciam ter perdido a capacidade de dormir por mais de algumas horas seguidas.

— Estou com tanta dor de cabeça — Zoya choramingou, e Nina tentou não sentir a picada de ciúme quando Yelena a abraçou com força e a confortou. Você ficava próxima de sua navegadora quando era uma piloto; era inevitável. Você a amava. *Não a ame mais do que a mim, Yelenushka.* A ruiva Zoya, cujo marido morrera combatendo em Stalingrado, tinha dois filhos vivendo com a mãe em Moscou, filhos sobre cujas fotos Yelena soltara uma exclamação melancólica.

Ela não ama ninguém mais do que você, disse Nina a si mesma. Elas ainda escapavam às escondidas para ficar juntas sob a asa do *Rusalka*, se beijando e falando bobagem. Nada havia mudado. *Só porque você não menciona nada que possa perturbar o equilíbrio.*

Elas estavam sobrevoando a Polônia no verão: uma terra de fumaça, ruína e lama. Uma terra que tinha sido estuprada, Nina pensou. As chuvas de verão tinham transformado o chão em uma cola profunda e malévola que sugava as rodas do U-2 e deixava caminhões de combustível atolados. Em seus abrigos rústicos, escorria água das paredes e a lama subia até as canelas.

— Mas olhe para isto... — Yelena estendeu uma frágil flor vermelha. — Papoulas. Encontrei algumas florescendo no campo atrás do aeroporto.

Emocionada, quase às lágrimas, Nina olhou para a papoula já murchando no caule. *Estou tão cansada.*

Alguém se importa, rusalka?, o pai de Nina zombou. Então ela beijou Yelena, enfiou a papoula em seu macacão, engoliu outra pílula de Coca-Cola e continuou.

— Deveria ser um copo de cristal, não uma lata de sopa...

— Não temos copo de cristal. Temos sorte que Bershanskaia nos deixe tomar vodca!

As Bruxas da Noite riram, manchadas de óleo e radiantes, a exaustão evaporando. A notícia tinha chegado quando elas entraram na cantina ao amanhecer: Nina Markova e outras quatro pilotos se tornariam Heroínas da União Soviética.

Não seria oficial até a cerimônia, mas isso não significava que não podiam fazer o brinde tradicional. Yelena e mais quatro foram as primeiras a receber suas HUS alguns meses antes; agora elas se apressaram até a frente e arrancaram suas estrelas. Yelena deixou cair a dela com um tilintar na pequena lata de sopa vazia nas mãos de Nina, e suas quatro colegas pilotos estenderam latas de sopa para receber estrelas emprestadas também.

O regimento inteiro entrou sorrindo, todas carregando um copo de lata com os duzentos gramas diários de vodca a que as pilotos tinham direito. Normalmente elas deixavam o álcool para os homens, ordens de Bershanskaia, mas naquele dia as Bruxas da Noite derramaram toda a sua vodca nas latas das futuras Heroínas, até as estrelas douradas serem cobertas.

— Beba, beba! — os gritos aumentaram, e Nina esvaziou a lata de vodca em um só gole, a estrela dourada de Yelena batendo nos dentes. Ela veio à tona vertiginosamente, e Yelena e as outras Heroínas levantaram suas latas gritando "Bem-vinda, *sestra*!", servindo o restante da vodca do regimento. As outras não ficaram ressentidas, cercaram-na em comemoração. Nina sentiu-se ser beijada tantas vezes que suas bochechas brilhavam. Ela estava tonta de vodca e amor. *É só uma medalha*, pensou enquanto tentava pressionar a estrela de volta na mão de Yelena, que a prendeu torta na frente do macacão de Nina, rindo. *Use-a hoje, acostume-se com o peso!* Yelena estava tão linda com as bochechas coradas como papoulas. "Você está linda também", Yelena sussurrou de volta. Nina percebeu que devia ter dito em voz alta.

Quando o alarme tocou, ela olhou meio sonolenta, quente e satisfeita demais para se assustar. Mas as portas da cantina se abriram e havia três membros da equipe de solo.

— Aviões de caça vindo pelo campo, os U-2 ainda não foram camuflados, levem-nos para o alto... — E pilotos e navegadoras saíram da cantina, correndo para o alvorecer cor-de-rosa. Nina deixou cair a lata de sopa e correu às cegas atrás dos cabelos escuros esvoaçantes de sua piloto. Yelena já estava no cockpit, e o motor do *Rusalka* rugia quando Nina entrou de cabeça em seu lugar. Alguém gritou, e a primeira forma de aranha de um Messerschmitt apareceu. Um U-2 à esquerda decolou para leste, sobre a linha de árvores mais próxima, outro decolou para o norte e mer gulhou para se esconder nas nuvens, e então havia U-2 subindo em todas as direções. Nenhuma ordem, todas simplesmente arremessando os aviões no ar e escapando por todos os lados. O *Rusalka* subiu como um pássaro, direto para o sol nascente.

— Temos as coordenadas da noite? — Nina quase perguntou, por puro hábito, e piscou. Algo não estava certo ali. Ela se atrapalhou com os intercomunicadores.

— O quêêêê? — Yelena parecia curiosamente nebulosa. O Messerschmitt passou por cima do aeroporto, seguido de seu estrondoso rugido, e Yelena puxou o *Rusalka* para cima o mais rápido que pôde. — O quê?

— Ah. — Nina deu-se conta. — Estou no avião errado. — Galya tinha ido para o seu U-2, mas Nina havia seguido às cegas atrás de Yelena e do *Rusalka*. Pareceu engraçado, e ela riu.

— Nina?

Os ouvidos de Nina zumbiram. O avião estava balançando?

— Foda-se a sua mãe — ela disse. — Estou bêbada. — Ela sempre fora capaz de aguentar vodca como uma siberiana, como uma Markov, mas não tomava uma gota havia meses. O mundo inteiro estava escorregando e deslizando. — Você está bêbada?

— Não — Yelena respondeu.

O *Rusalka* definitivamente estava balançando. O aeroporto havia desaparecido depressa, elas estavam subindo entre farrapos de nuvens cor-de-rosa. Se desaparecessem no céu, estariam a salvo de mais Messers. Elas tinham combustível para esperar no ar, não era como quando foram perseguidas. *A salvo*, Nina pensou enquanto o aeroporto desaparecia.

— Qual a nossa posição?

Pausa.

— Eu não sei.

— A bússola...

— A bússola está toda embaçada. — Outra pausa. — Estou bêbada — Yelena disse, e de repente as duas estavam uivando de tanto rir nos cockpits. Uma lata de vodca com o estômago vazio depois de uma longa noite voando e sem dormir... *Estamos bêbadas como doninhas*, pensou Nina, e isso foi ainda mais engraçado. Voar com Yelena em vez de Galya; voo diurno em vez de noturno; tudo estava de cabeça para baixo. Então Nina percebeu que elas, na verdade, estavam de cabeça para baixo: Yelena estava dando loops na cauda de uma nuvem.

— Percebi! — ela gritou.

Elas estavam acima do chão de nuvens, voando juntas na manhã rosada. Nina olhou de soslaio para o lado da cabine, imaginando quanto demoraria para que os Messers abandonassem o ataque.

— Outro U-2 abaixo.

Yelena balançou a ponta das asas, e o avião de baixo acenou de volta. Nina pegou o manche — por que não? Elas teriam de gastar algum tempo antes de se arriscarem a descer. E brincaram com o outro U-2 por um tempo, perseguindo para a frente e para trás. O outro avião sempre ficava embaixo, ondulando ao longo do chão das nuvens.

— Ah — Nina percebeu. — Não é outro avião. É a nossa sombra.

Elas caíram na gargalhada de novo, e Nina soltou o cinto de segurança e se levantou, inclinando-se na corrente de ar.

— Não suba na asa novamente — Yelena gritou, mas Nina se levantou o suficiente para puxar o cabelo dela para trás e beijá-la vertiginosamente, calorosamente, com entusiasmo no vento da manhã.

— Vamos pousar — ela gritou de volta. — Estamos tão bêbadas que acabaremos em Berlim.

Yelena levou-as para baixo, pulando ao longo da pista enlameada até parar.

— Isso foi um pouso? — Nina perguntou, saindo do avião. — Ou um alemão nos derrubou?

— Cale a boca. — Yelena deu uma risadinha, saindo de seu cockpit e deslizando direto para uma poça no chão, se Nina não a tivesse pegado pela cintura.

— Levante-se, coelha! — Nina arrastou Yelena pela pista enquanto a equipe de terra transportava a camuflagem em direção ao *Rusalka*. — Não podemos voltar à cantina assim, não vou conseguir olhar Bershanskaia nos olhos!

Elas conseguiram assinar o que era necessário e depois caíram na gargalhada atrás do aeroporto temporário.

— Papoulas! — Yelena sussurrou. O campo atrás do aeroporto era um canteiro de ervas daninhas, mas flores vermelhas haviam brotado entre elas. Yelena inclinou-se sobre um ramo delas e cambaleou, tombando de cabeça entre as papoulas e levando Nina com ela. Elas não conseguiam pensar em uma razão para se levantar, então ficaram lá, no chão, enroscadas e se beijando, Nina de costas olhando para o céu. Tudo que ela tinha visto da Polônia era horrível, coberto de lama e fumaça e ruínas, mas dali, daquele pequeno enquadramento, olhando para cima, estava bonito. Um céu azul puro, emoldurado de cada lado por folhas de centeio e papoulas balançando, a cabeça de Yelena apoiada pesadamente sobre seu peito.

— Precisamos voltar — Yelena sussurrou.

— Não quero. — Nina enfiou os dedos nos cabelos dela.

— Precisamos, coelha.

Elas se desembaraçaram e retornaram ao aeroporto. O efeito da vodca tinha passado para a maioria.

— Eu poderia dormir por uma semana — Nina disse com um bocejo, mas, antes que pudessem começar a voltar para o quartel, ela ouviu alguém a chamar.

— Camarada tenente Markova!

Ela se virou, viu a vice-comandante do regimento se aproximando e a saudou com um sorriso. A outra mulher não sorriu de volta. Ela era séria na maioria das vezes — Nina não queria ter de carregar o fardo de ser vice-comandante e chefe da equipe —, mas agora seu rosto estava fechado como o inverno. Nina sentiu a última gota de euforia provocada pela vodca se esvair e tentáculos frios de medo rastejarem por suas veias.

— Você deve ir ver a camarada major Bershanskaia imediatamente.

— O que há de errado? — Nina deu um passo à frente. Ela não conseguia pensar em algo que pudesse causar tal expressão, exceto a morte: um U-2 caído ou desaparecido. — Alguém não voltou? Galya fez...

— Reporte-se à camarada major Bershanskaia — a ordem foi repetida.

Nina de repente percebeu olhares sobre ela por todo o aeroporto. Com o coração disparado, puxou sua mão livre do braço de Yelena e dirigiu-se ao escritório temporário de Bershanskaia. Lá ela ficou em alerta em seu macacão de voo, que tinha uma estrela dourada emprestada, pétalas de papoula esmagadas ainda emaranhadas nos cabelos, e soube que seu mundo tinha acabado.

A princípio ela não sabia o que estava acontecendo. Ficou confusa enquanto Bershanskaia olhava para a mesa e fazia rodeios.

— Tenho certeza de que você entende que em tempos de guerra há um aumento da vigilância, Nina Borisovna. Inimigos do Estado são descobertos todos os dias.

Nina assentiu, pois parecia necessária uma resposta.

— Inimigos da Mãe Pátria são encontrados mesmo nos lugares mais remotos. Distância não é proteção. Todos nós devemos manter continuamente extrema vigilância... — ela estava claramente citando alguém, Nina não sabia quem — em relação aos inimigos e espiões que penetram secretamente em nossas fileiras.

Pausa. Nina assentiu mais uma vez, sua confusão aumentando.

— Muito recentemente, houve uma denúncia no extremo leste de Baikal. Um homem foi denunciado como inimigo do Estado. — Bershanskaia ainda não cruzava o olhar com o de Nina. — Uma pequena vila, não muito longe de Listvyanka.

Os alarmes começaram a tocar na cabeça de Nina.

— Ah, é?

— Talvez você o tenha conhecido. — Bershanskaia finalmente levantou a cabeça; os olhos dela perfuraram Nina. — Tenho certeza que sim. Não é todo mundo que tem família em lugares tão pequenos, não é?

Ela enfatizou *família* com um brilho nos olhos. Nina ficou segurando seu gorro de pele de foca conforme as implicações daquilo caíam como uma explosão.

— Nem todo mundo é parente no Velho — ela conseguiu dizer. — É um lago enorme, afinal. Muitas aldeias. O homem tem esposa, filhos?

— Filhos crescidos, pelo que eu soube. — Novamente a ênfase com os olhos. *Filhos.* — Embora qualquer filho certamente seria sensato de se distanciar de um pai acusado de fazer retórica anticomunista e declarações infladas sobre o camarada Stálin.

Seu pai foi denunciado. As palavras ficaram ali, silenciosas e hediondas. *Papai*, Nina pensou. Muitas vezes ele falava na cabeça dela, rosnando e cuspindo. Agora ele estava calado. *O que você disse? Finalmente uma pessoa que não devia ouviu um de seus comentários?* Nina supôs, remotamente, que ele teve sorte de ter demorado tanto tempo para morrer pela boca.

— Um mandado foi emitido para a prisão do homem. — Bershanskaia pigarreou. — Os inimigos do Estado devem ser punidos com a maior severidade.

— Já... Já se sabe quem denunciou o homem?

— Não.

Foi minha culpa? Nina tinha olhado nos olhos do camarada Stálin no funeral de Marina Raskova, pensara em cortar sua garganta, e ele fizera uma pausa. Não por muito tempo, mas fizera. Ele tinha anotado o nome dela ao lado dos lobos esboçados em seu caderno? Ou simplesmente se lembrara daquele nome quando o vira ao lado de um prêmio de estrela dourada? Tudo aquilo estava acontecendo só porque o secretário-geral não gostara da maneira como a menor das pequenas águias de Raskova tinha olhado em seus olhos? Ele ordenava que homens fossem mortos por menos.

Nina tirou esse pensamento da cabeça. *O que importa como aconteceu? Aconteceu.* Fosse em razão da intervenção do chefe ou do simples relato de um vizinho, seu pai havia sido denunciado.

Os ouvidos de Nina zumbiram com o som dessa palavra, como se ela tivesse ficado surda pela munição traçante. A voz de Bershanskaia sumiu e apareceu de novo.

— ... os inocentes, é claro, não têm nada a temer nas mãos do...

Nina quase riu. Inocência não significava segurança, todos sabiam. O pai dela estava condenado; Bershanskaia sabia disso. E o pai de Nina *não era* inocente. Qualquer um de seus monólogos raivosos ao longo dos anos eram ruins o suficiente para merecer uma bala.

Papai...

— Onde ele está? — As palavras saíram da boca Nina, cortando Bershanskaia. — Meu... Esse inimigo do Estado. — Não diga nomes, apenas generalidades vagas; era assim que se falava dessas coisas. Uma conversa poderia acontecer e, ao mesmo tempo, não acontecer em absoluto.

Bershanskaia hesitou.

— Às vezes há dificuldades, como quando os inimigos do Estado procuram fugir da sua devida prisão e punição.

Nina riu, uma única nota de riso que machucou sua garganta. Então eles não tinham conseguido pegar seu pai lobo. Ele provavelmente havia desaparecido na taiga assim que os vira chegando. Será que o encontrariam, aqueles homens produzidos em massa pelo Estado, com seus quepes azuis e papelada sem fim? *Corra, papai. Corra como o vento.*

Seus ouvidos ainda estavam zumbindo, mas ela podia ouvir as gotas de água pingando em algum vazamento no telhado. *Pinga, pinga.*

— O que isso significa? — ela conseguiu dizer. — Para aqueles... com alguma relação com ele?

— Você entende que, nesses casos, mandados são frequentemente emitidos para a prisão da família de um inimigo do Estado. — O olhar de Bershanskaia perfurou Nina novamente, sem piscar. — Devido a preocupações de que atitudes antissoviéticas possam ter se enraizado na unidade familiar.

— Seria... Seria esse o caso aqui?

— Sim. Sim, seria.

Pinga. Pinga. Pinga. O vazamento estava diminuindo, e Nina ficou congelada. Um momento atrás, ela desejara sorte ao pai — agora pensava: *Eu devia ter cortado sua garganta antes de sair de casa.* O pai dela escapara da prisão, então eles levariam sua família. Pela primeira vez em anos, Nina pensou em seus irmãos. Espalhados aos quatro ventos, provavelmente agora sendo presos e arremessados para dentro de celas. Ela não imaginava que a troika teria pena da prole Markov, a descendência selvagem de um inimigo declarado do Estado. Vândalos: era assim que eles seriam categorizados. O Estado ficava melhor sem vândalos.

— Os filhos não são todos como o pai — ela conseguiu dizer. — Um registro de guerra falaria por si, certamente. — Tenente N. B. Markova, Ordem da Bandeira Vermelha, Ordem da Estrela Vermelha, seiscentos e quinze bombardeios bem-sucedidos em seu nome, em breve Heroína da União Soviética. Certamente isso contava para alguma coisa. — Com um registro substancial de serviço...

Mas Bershanskaia estava balançando a cabeça.

— O Estado não se arrisca.

Bem, então, Nina pensou.

Por um momento elas se entreolharam, então a major suspirou, entrelaçando as mãos sobre a mesa.

— Até um bom cidadão soviético sente medo com a perspectiva de uma prisão — disse ela, mais eloquente. — Mas uma boa cidadã soviética saberia se curvar à vontade da sentença, participar denunciando o pai e, assim, ter uma chance de se salvar.

— Para quê? — Nina perguntou. Em vez de uma bala, conseguir dez ou vinte anos em um campo de trabalho perto de Norilsk ou Kolyma?

Bershanskaia mudou de postura.

— Temos a sorte de ter excelentes marcas no regimento. Se alguma das minhas pilotos transgredisse, eu não seria capaz de falar por ela. — Ela não se encolheu diante do olhar de Nina. — Embora isso me entristecesse.

Nina assentiu com a cabeça. O regimento vinha primeiro. Para qualquer oficial, era assim. Bershanskaia já estava doente de preocupação com o futuro do regimento. Desde o início, as mulheres do 46 tinham de justificar sua existência a cada incursão de bombardeio, tinham de ser *perfeitas* — e agora havia uma maçã podre no meio delas, a filha contaminada de um inimigo do Estado. O que isso significaria para o regimento? Já não tinham Marina Raskova para falar por elas, como aviadora favorita do camarada Stálin. Nina assentiu novamente, sem amargura. Bershanskaia não podia falar por ela, nem uma palavra.

— A absolvição, claro, é inteiramente possível. Você não está errada. Um excelente registro de serviço contará a favor.

Não importa, Nina pensou. Mesmo absolvida, ela nunca voltaria para o 46 — estava contaminada por associação com traição. Ela pararia ali. Nunca mais voaria com Galya; nunca mais tomaria chá com gosto de óleo no cockpit entre as incursões; nunca mais miraria um alvo atrás de Yelena e do *Rusalka*.

Foi quando a agonia atingiu seu estômago, como se ela estivesse sendo esfaqueada. Yelena. O que ela faria quando a van chegasse para pegar Nina? Quando viria? Deveria ser em breve, se Bershanskaia tinha farejado o aviso prévio da prisão. Era sempre na calada da noite que os inimigos do Estado eram tratados — o barulho do carro parando, a batida ofensiva na porta. Yelena e as Bruxas da Noite estariam no meio do bombardeio noturno quando Nina fosse levada, com um guarda de cada lado.

Vagamente, ela se perguntou como aquilo estava acontecendo. Como um dia que tinha começado com vodca, risadas e beijos em um amanhecer cor-de-rosa tinha chegado a esse anúncio evasivo de horror e condenação.

— Para o regimento — disse Bershanskaia, em tom cauteloso —, as coisas devem acontecer... discretamente. Não deve haver problemas.

As palavras desencadearam em Nina seu puro reflexo. Ela sentiu todos os músculos distenderem, os fios de cabelo esquentarem. Seus dentes travaram um silvo feroz antes que pudesse escapar. Ela se lembrou da frase do camarada Stálin: *Nem um passo para trás.* Sentiu o peso da navalha do pai dentro da manga — com um movimento do pulso, Nina a faria cair em sua mão. Não sabia o que Bershanskaia viu em seu rosto, mas a major endureceu.

Nina forçou as palavras através dos dentes cerrados:

— Eu não sou boa em discrição, camarada major.

Mas você é boa em encrenca, o pai dela sussurrou com venenosa diversão, evidentemente decidindo falar de novo. *Você é uma Markov. As encrencas sempre nos encontram, mas nós as engolimos vivas.* Nina não iria se sentar humildemente na prisão, impedida de voar, até seus acusadores chegarem para levá-la. No momento em que um bandido de quepe azul aparecesse para pegá-la pelo braço e levá-la para o leste, a navalha cairia em sua mão e ela pintaria o quarto de vermelho. Eles a pegariam no fim — ao contrário de seu pai, ela não tinha para onde correr —, mas não seria fácil, não seria limpo, não seria discreto. Bershanskaia viu isso muito claramente; ela bufou atrás de sua mesa.

Nina ficou ali tremendo, a fúria brilhando como cobre em sua boca. *Então,* ela pensou. *Não mudou muito, mudou?* Todo o calor e a camaradagem do 46, todo o amolecimento do amor de Yelena... e não havia demorado muito para a filha de Markov aparecer, a cadela *rusalka* nascida na água e na loucura do lago. Não havia demorado nada.

Seus joelhos cederam e ela se sentou abruptamente na cadeira na frente da mesa de Bershanskaia. Olhando para o relógio na parede, ficou espantada ao ver que era fim de tarde. As orientações para a missão da noite seriam passadas em breve.

Ela soltou um suspiro trêmulo.

— Foi uma conversa muito informativa, camarada major. Eu entendo que a senhora esteja entrevistando *todas* as suas pilotos para pedir vigilância constante contra sabotadores e inimigos do Estado.

— Claro. — A voz de Bershanskaia era cautelosa. — Todas vocês.

— Minha navegadora está sentindo tonturas — disse Nina. — A camarada tenente Zelenko está doente e se beneficiaria de uma noite de descanso. — Nina levantou o queixo, olhou Bershanskaia nos olhos. — Como ex-navegadora, sou perfeitamente capaz de voar sozinha hoje à noite.

O silêncio se expandiu em torno das palavras. A boca de Nina secou e, de repente, seu pulso estava vibrando.

— Você pode voar sozinha hoje à noite, camarada tenente Markova. Informe sua navegadora para se reportar à enfermaria.

— Obrigada, camarada major Bershanskaia — disse Nina, com os lábios entorpecidos. Saudou-a, pela última vez.

Gravemente, lentamente, Bershanskaia a saudou de volta.

E Nina foi embora.

A história já havia se espalhado.

Ninguém se aproximou de Nina quando ela saiu do escritório de Bershanskaia quase sem sentir a lama polonesa. Todas as olhavam com um silêncio grave, os olhos gritando conforme ela passava. Ninguém estendeu a mão, ninguém falou — até que ela entrou no celeiro abandonado que servia como abrigo, e Yelena levantou-se da cama de Nina com os olhos inchados.

— Ah, Ninochka...

A pressão violenta daqueles braços fortes quase quebrou Nina ao meio. Ela caiu no abraço de Yelena, engolindo em seco, instável, quando Yelena acariciou seus cabelos.

— Já saiu a notícia de que Galya está de castigo. — Yelena sabia claramente o que aquilo significava; sua voz estava cheia de pavor. — Você vai... Você vai subir sozinha?

Nina assentiu, sem confiar em si mesma para falar.

— Não vá — Yelena sussurrou. — Lute contra as acusações. É tudo um erro. Eles não vão condenar uma Heroína da União Soviética! Se você apelar...

É claro que Yelena, com sua crença brilhante no sistema, pensaria na absolvição como uma simples questão de inocência. Nina apenas sacudiu a cabeça.

— Não.

— Por que você não...

— Vou subir hoje à noite, Yelenushka. — Seu 616º bombardeio, Nina pensou. O último.

Yelena se afastou, os olhos cheios de lágrimas.

— Não caia — ela implorou. — Não jogue seu avião nas armas dos Fritzes. Não me faça ver chamas saindo dos seus destroços...

— Eu não vou cair — disse Nina, firme.

Ela se soltou dos braços de Yelena. Não havia tempo a perder: forçando o caos de seus pensamentos para o lado, ela vasculhou debaixo da cama entre suas poucas coisas. Uma piloto em guerra precisava de tão pouco — uma pistola, um saco de suprimentos de emergência para o caso de colisão. Um velho cachecol branco bordado com estrelas azuis... Nina enfiou tudo em uma mochila e recolheu pelo quartel toda a comida que pôde encontrar. No escritório de Bershanskaia, tinha ficado chocada demais para organizar um plano; seus pensamentos não iam além do pedido de voar sozinha. *Decole*, era tudo o que seus instintos lhe haviam dito. *Vá para o céu antes que as algemas cheguem.*

E agora?

Apesar de tudo, ela se imaginou voando para uma bateria de artilharia antiaérea, o brilho branco do holofote enchendo seu mundo como um sol quando ela mergulhasse nele de uma vez. A imagem cantarolou. Melhor dormir em fogo e glória.

Estou tão cansada.

Mas Nina afastou a visão. Olhou para Yelena, em pé em seu macacão, tentando não chorar, e abriu a boca para falar. Mas pensou em quem poderia estar ouvindo e apoiou um dedo nos lábios. Colocando a mochila no ombro, Nina agarrou o braço de Yelena e a levou para fora sem dizer nada, atravessando o campo pisoteado até o meio da pista. O sol da tarde morria, os insetos zumbiam, e não havia ninguém em um raio de cinquenta metros para ouvir qualquer coisa que elas tivessem para dizer.

— Não vou bater meu avião. — Nina finalmente se virou de frente para Yelena. — Vou fugir. Vou para o oeste.

O tremor desenfreado da afirmação dentro de seu estômago era tudo de que ela precisava. Oeste, não leste. O sonho da menina crescendo perto do Velho.

Ela olhou para os olhos arregalados de Yelena e segurou o tão amado rosto entre as mãos.

— Venha comigo — Nina ouviu-se dizer, o coração batendo na garganta.

Isso também não fora planejado, mas, entre a torrente de emoções que corria em seu peito — choque pela própria prisão, raiva do pai, dor profunda pela perda de seu regimento —, algo mais ameno juntou-se ao turbilhão: um leve toque de esperança.

— Venha comigo — ela repetiu, e de repente as palavras foram saindo, ansiosas e sem rodeios. Não havia como falar em vagas generalidades naquele momento. Ali, sob o céu aberto, Nina encerrou os eufemismos do partido. — Espere até o último instante e corra para o cockpit da navegadora. Elas não serão capazes de nos parar. Vão nos reportar como mortas antes de o meu mandado de prisão chegar, e estaremos livres como pássaros sem desonrar o regimento. Quão longe para oeste podemos chegar, nós duas e um U-2 cheio de combustível?

— Na Polônia? — Yelena apontou para o feio chão pisoteado ao redor delas, as manchas de fumaça no horizonte ocidental. — O país está cheio de alemães...

— Para onde mais eu posso ir? Em qualquer lugar atrás das nossas próprias linhas, serei encontrada. É oeste para mim, ou mergulhar de cabeça na bateria antiaérea mais próxima.

Yelena estremeceu, afastando-se de Nina.

— Você não precisa ir. Será absolvida...

— Não — interrompeu Nina. — Eu fujo agora ou morro depois, em poucos dias, algumas semanas, alguns anos, mas vou morrer. Posso ir embora através da Polônia, talvez até mais longe. Para um mundo novo. —

Ela não tinha ideia do que ia fazer na arruinada Polônia, mas sabia que ela e Yelena poderiam sobreviver juntas. — Venha comigo — repetiu, segurando as mãos de Yelena. — Para o *Ocidente*, Yelenushka. Onde vans pretas não chegam na calada da noite porque seu vizinho quer seu apartamento...

— Não diga isso! — Yelena gritou de medo, mas Nina jogou a cabeça para trás em desafio.

— Por que não? Eles já me denunciaram. Não podem fazer isso duas vezes. — A satisfação disso era profunda. *Querem me levar para longe do meu regimento, do meu avião, das minhas amigas?*, Nina pensou no vasto país estéril que a tinha gerado. *Eu te darei as costas sem um segundo olhar, sua cadela congelada sem coração. E vou levar a sua melhor Heroína comigo.* Ela e Yelena estariam muito bem se pudessem escapar da Mãe Pátria e esperar a guerra acabar. Sem discussões sobre a política do partido ou sobre o camarada Stálin. Nada para dividi-las. *Ela vai enxergar o que é este lugar, se o vir do lado de fora. Vou dar a ela tudo o que ela quiser — um apartamento com vista para o rio e bebês brincando no chão.* Nina estava pronta para arrancar essas coisas com as próprias mãos do mundo capitalista desconhecido. Se fosse necessário, as arrancaria e as deixaria aos pés de Yelena, se ela a seguisse para oeste naquela noite.

Mas seu coração parou, porque Yelena sacudia a cabeça com firmeza.

— Minha mãe está em Moscou — ela disse. — Minhas tias e tios estão na Ucrânia. Não posso deixá-los... Eles serão todos denunciados e presos se houver um mero sussurro de que eu desertei.

— Bershanskaia nos reportará como abatidas, heroínas que morreram lutando...

— E deixar que eles pensem que estou morta? Deixá-los sofrer? Eu sou a única filha que minha mãe ainda tem.

Não me importo com a sua família, pensou Nina. *Eu só me importo com você.* Mas ela não disse isso.

— Não é só a minha família — continuou Yelena. — Eu não posso deixar o regimento.

— Eu estou saindo do regimento! — Nina atacou de volta. — Você acha que é fácil?

— Não, não, eu não quis dizer... — O rosto de Yelena se contorceu, lágrimas brilhavam em seus cílios escuros. — Ninochka, não posso deixá-las por você. Eu não posso traí-las. Elas precisam de mim.

— Eu preciso de você. — Nina queria gritar, mas saiu um sussurro. Suas mãos estavam tão frias, agarrando as de Yelena ao sol. — Elas vão continuar voando sem você. Nenhuma de nós é insubstituível. Vão colocar outra *sestra* no cockpit e continuar voando, é assim que o regimento funciona. Mas você é insubstituível para mim.

Yelena se desvencilhou das mãos dela.

— Você está pedindo demais — ela chorou. — Deixar minha família, meu regimento, meu juramento, meu *país*...

— Seu país está me jogando fora — Nina gritou de volta. — Seiscentos e quinze bombardeios bem-sucedidos, e eles vão colocar uma bala na minha cabeça ou me levar à morte num gulag, tudo porque meu pai é um bêbado boca-mole. Eu não tenho família, regimento ou juramento, graças a este país. Você é *tudo* o que me resta.

Yelena ainda estava balançando a cabeça, com uma teimosia cega.

— Eles não vão atirar em você. É tudo um erro.

— Acorde! Este lugar está podre...

— Como você pode pensar isso? Você lutou pela pátria por mais de dois anos.

— Porque é tudo o que alguém como eu sabe fazer. — Nina percebeu que estava gritando, mas não conseguia parar. — Eu sou boa no ar, sou boa na caçada e sou boa em sobreviver, então dei tudo a este regimento por causa das mulheres nele. Eu arrancaria meu coração do peito por qualquer uma delas, mas tudo o que posso fazer por elas agora é sair e deixá-las dizer ao mundo que estou morta. Eu não ligo para a pátria, Yelena. Ela é uma massa congelada de terra que estava aqui muito antes de eu chegar e ficará aqui por muito tempo depois que eu me for. Ela recebeu dois anos do meu serviço, mas não terá a minha morte. A pátria e o camarada Stálin e todo o resto podem ir se foder.

Sua rosa de Moscou não pôde deixar de recuar. Nina segurou Yelena, puxou-a para o nível dos olhos e a beijou selvagemente.

— Venha comigo — disse de novo, contra o tremor na boca de Yelena. — Venha comigo e deixe tudo para trás, ou você vai morrer aqui.

Ela colocou todo o seu coração naquelas palavras, tudo o que tinha, tudo o que era. Podia sentir sua pulsação como o pequeno motor galante do *Rusalka* começando a se preparar para a luta. Yelena ia explodir em lágrimas, choraria de dor nos braços de Nina, e depois tudo ficaria bem. Era questão de tempo. Elas podiam ir.

Mas, embora os longos cílios escuros de Yelena estivessem molhados, nenhuma lágrima caiu.

— Talvez esteja tudo podre — disse ela, tão suavemente que era quase inaudível. — Mas, se os bons partirem, quem estará aqui para fazer tudo melhorar depois da guerra?

No peito de Nina, o motor parou.

Yelena se inclinou, encostando a testa na de Nina.

— Eu sei por que você tem que sair, Ninochka. É sair ou nada. Mas eu não posso desistir da minha terra e do meu juramento por amor. — Ela conseguiu dar um pequeno sorriso sob os olhos molhados. — Esse é o tipo de coisa que faz os homens dizerem que princesinhas não têm lugar no front.

O silêncio se estendeu entre elas, tão vasto e congelado quanto o Velho. Os lábios de Nina se abriram, mas ela não tinha mais palavras. Sem *Não me deixe*. Sem *Vá para o inferno*. Sem *Eu te amo*. Nada. Deu um passo cambaleante para trás, tropeçando em um torrão de terra.

Yelena a segurou com um braço estendido, tentou puxá-la para perto.

— Ninochka...

Nina se afastou. Mais um beijo e o enorme soluço se formando em seu peito se soltaria. Mais um beijo e seria ela que choraria de soluçar nos braços de Yelena, prometendo ficar, jurando denunciar o pai, prometendo aguentar dez ou vinte anos no gulag se sua piloto esperasse por ela. Mais um beijo e ela desmontaria. Nas lendas antigas, a *rusalka* podia deixar um mortal de joelhos, perecendo em êxtase, com um único beijo que queimava como gelo.

Talvez Yelena tivesse sido a *rusalka* o tempo todo. Não a pequena e trêmula Nina Markova, que parecia estar morrendo.

— Nina — Yelena pediu de novo, suavemente. Nina não olhou para trás. Cambaleou até a beira do campo de aviação, cega pelas lágrimas, os lábios selados com seus próprios apelos, e ficou em pé ali, com a cabeça inclinada. Viu a estrela dourada presa no próprio peito — a medalha de Yelena — e a arrancou, jogando-a na lama. O alarme disparou para indicar que era hora das instruções; as pilotos sairiam da cantina e do abrigo para ouvir a missão da noite. Nina ficou enraizada onde estava, com os olhos fechados. Ouviu Yelena passar por ela, passos leves em botas grossas, e pensou desesperadamente: *Não me toque. Eu vou me despedaçar se você me tocar.*

Nina inspirou profundamente quando Yelena se inclinou para pegar a estrela de ouro e então se foi. Ela ficou parada na borda do campo de aviação, vendo o sol desaparecer e a lua minguante começar a subir enquanto Bershanskaia passava as instruções da noite em algum lugar lá dentro. *Eu vou me despedaçar*, Nina continuou, o pensamento dando voltas como uma correia de U-2. Mas ela não se despedaçou. Ficou entorpecida, esperando o coração acabar de se partir, aquela odiosa lua minguante terminar de subir, a hora de começar seu último voo como uma Bruxa da Noite.

35

Ian

Julho de 1950
Boston

Tony voltou de seu turno na McBride Antiguidades parecendo muito satisfeito.

— Boas notícias.

— Kolb tentou fugir? — Ian ergueu os olhos dos papéis espalhados pela mesa, esperançoso. Tinha passado uma semana esquivo e estava cansado.

— Não é tão boa assim. Kolb está indo para casa, como de costume, Nina colada nele. Sua pequena soviética é boa nisso.

Minha pequena soviética pelo menos está falando comigo, Ian pensou. O temperamento de Nina parecia ser da variedade barril de pólvora: facilmente inflamado e facilmente acalmado. Na manhã depois de sair da lanchonete com raiva, ela o cumprimentara com sua tranquilidade habitual e não mostrara escrúpulos ao arrastá-lo para o sofá quando Tony saíra. Caramba, era complicado ter um caso com a própria esposa.

Ian deixou isso de lado, olhando para Tony.

— O que você encontrou?

— Uma *pistola de tatuagem*. Escondida com muito cuidado na oficina de Kolb.

Tony usava seus turnos de trabalho para vasculhar discretamente as instalações atrás de qualquer coisa que Kolb pudesse ter ocultado. Se ele mantivesse informações de seus ex-clientes e fosse cauteloso o suficiente para não escondê-las em casa, que lugar melhor que a loja McBride?

— Aprendi bastante sobre o negócio de antiguidades nas últimas semanas, e não há razão para que se use uma pistola de tatuagem.

— Ele provavelmente está cobrindo as tatuagens de tipo sanguíneo. — Alguém paranoico o suficiente para pagar por um nome e um passado novos seria paranoico o suficiente para cobrir uma tatuagem. — Algo para jogar em cima dele se o pegarmos de novo.

— Quando?

— Ainda não. Não quero que ele avise ninguém, só quero ele nervoso.

— Pessoas nervosas cometem erros.

— Comece com isto enquanto espera. — Tony tirou alguns papéis do bolso.

— Caramba, ainda não terminei seu primeiro lote...

— Pise no acelerador, chefe. — Listas eram a principal coisa que Tony procurava em suas pesquisas cuidadosas nos arquivos McBride. "Se eu estivesse escondendo informações naquela loja sobre o paradeiro e a identidade de criminosos de guerra", Ian tinha especulado na semana anterior, "listaria os nomes e endereços como se fossem de compradores, clientes ou revendedores. Nomes falsos enfiados no meio de nomes reais." O novo nome e o endereço de Lorelei Vogt poderiam muito bem estar em uma daquelas gavetas, escondidos à vista de todos.

Tony deixou uma pilha de listas copiadas com seu garrancho. Ele nunca pegava os originais — se e quando a polícia se envolvesse, Ian não tinha intenção de ver suas evidências maculadas com acusações de roubo. Tony pedia permissão toda vez que acessava os arquivos e não levava nada que não fosse devolvido. Território nebuloso, mas eles estavam acostumados a trabalhar nas sombras. "Além disso", Tony havia ressaltado, "se precisarmos agir legalmente com alguma informação que encontrarmos, podemos recorrer à família McBride, explicar tudo, apontar seu dever cívico de colaborar com a prisão de um criminoso e obter permissão total para agir com base nas informações que encontrarmos. Minha persuasão, sua seriedade... sempre funcionam como magia."

Folheando as novas listas, Ian pegou o telefone. Nomes de vendedores e clientes: todos eles precisavam ser verificados para confirmar que eram o que a lista dizia que eram. Até agora, todos os nomes tinham sido considerados legítimos, mas fazia apenas uma semana. A conta telefônica seria astronômica. *Lento e constante*, Ian lembrou a si mesmo. A maioria das perseguições levava meses.

— Não vou vasculhar nenhum arquivo na loja datado de antes do ano passado. — Tony estava tentando impor alguma ordem à mesa de trabalho, onde havia camadas de mapas e notas, como uma escavação arqueológica. — Kolb chegou a Boston com as primeiras ondas de refugiados, após o deslocamento previsto pela Lei dos Deslocados de Guerra. Arranquei isso da srta. McBride. Então é improvável que ele tenha ajudado a nossa Caçadora até o início de 1949, no mínimo.

— De acordo com *Frau* Vogt, a filha dela deixou a Europa no fim de 1945. — Ian riscou o nome de uma casa de leilões no condado de Dutchess. — Mas, se *die Jägerin* chegou a Boston antes da Lei dos Deslocados de Guerra...

— ... provavelmente foi por meio de algo obscuro, pela Itália ou pelas rotas da Igreja — Tony completou. — Ela não teria nenhum patrocinador ou família aqui, e deve ter tido dificuldade para se estabelecer.

— A menos que ela tenha vindo com maços de dinheiro, o que não é provável. — Ian nunca tinha encontrado um criminoso de guerra que tenha conseguido fugir de sua terra natal e, em seguida, estabelecer-se com luxo. — Então Lorelei Vogt passou alguns anos com dificuldades. Kolb chegou no fim de 1948 ou início de 1949, ela o encontrou e soube que ele poderia ajudar.

— Só então *die Jägerin* escreveu pedindo à mãe que se juntasse a ela. Você acha... Não — Tony interrompeu-se, apontando um dedo para Ian. — Absolutamente não.

Ian fez uma pausa, estendendo a mão para fixar a lista mais recente na parede.

— Estamos ficando sem espaço.

— Daqui a pouco vai ter fotografias coladas e cordões coloridos cruzados para relacionar diferentes teorias, e, antes que você perceba, estaremos presos em um daqueles filmes horríveis com um general cutucando um mapa e dizendo: "Os yankees estão aqui, os Limeys aqui e os Jerries aqui". Não — repetiu Tony, e Ian sorriu.

— Você assume o telefone, então. — Fazia tempo que Ian não pegava seu violino e tocava para ajudar sua mente a encontrar o caminho através de um emaranhado de possibilidades. Ele puxou o instrumento, meditando enquanto Tony discava um número e iniciava sua tagarelice persuasiva. *Um desses nomes, listado inocentemente sob o título de* negociante de antiguidades do condado de Dutchess *ou* vendedor de louça de Becket, Massachusetts, *pode ser um ex-criminoso de guerra*, pensou Ian. Um guarda de campo de concentração fugindo de um legado de violência em Belsen, um burocrata que documentou a captura de socialistas em Berlim... ou *die Jägerin*. Aquilo era entediante e podia não dar em nada, mas a perseguição havia parado enquanto esperavam Kolb levá-los a algo novo, e a regra era que, quando uma perseguição parava, era preciso peneirar o comum, encontrar algo que não se encaixasse e então segui-lo.

Tony passou de uma ligação para a seguinte quando Ian começou a tocar, tentando lembrar a música que Nina estava cantando no telhado duas noites antes. Ele tinha se sentado lá com ela e ficara ouvindo, apoiado nos cotovelos, perguntando-se por que ela se recusava a pensar em ficar com eles no escritório se tinha claramente gostado do trabalho em equipe, sabendo que não deveria perguntar. Ela não poderia sair de um prédio de quatro andares como saíra da lanchonete, mas poderia, quem sabe, tentar.

Abandonando a pergunta, ele focou a atenção em Saint-Saëns. A música e a conversa de Tony ao telefone deviam ter abafado o som da porta se abrindo. Quando Ian tocou a nota final e se virou, viu uma garotinha na porta, magra como um passarinho e de olhos enormes.

Enquanto abaixava o arco, perplexo, e Tony se virava no meio do telefonema, a criança loira deu um passo para dentro da sala, olhando fixamente para o violino, como se estivesse procurando para onde a música tinha ido.

— Ruth! — a voz de uma mulher chegou de fora, flutuando pelas escadas, mas a garota a ignorou, olhando para Ian. Ele olhou de volta.

O nome que ele estava ouvindo era Ruth, mas o nome impresso em sua mente era *Seb*.

— O que era aquilo? — a menina perguntou. Sete ou oito anos, cabelos loiros caindo sobre a blusa impecável. O irmão mais novo de Ian tinha olhos escuros e cabelos escuros, não se parecia em nada com ela. Por que, então, aquela dolorosa facada de familiaridade?

Então Ian se lembrou de Sebastian diante do pai deles em um Natal, parecendo arrasado ao ouvir que seria mandado para a escola um ano mais cedo, *Você não é um cara de sorte?* Esta era a semelhança: o irmão e a garotinha eram crianças arrumadinhas, com sapatos brilhantes, mas a perplexidade desolada em seus olhos era como a dos órfãos de guerra que Ian veria mais tarde em Nápoles, em Londres... Crianças presas no meio do conflito, amontoadas em berços de hospitais ou em edifícios bombardeados, os olhos procurando suas casas. Sebastian tinha olhado para o pai dizendo: "Não posso ir morar com Ian?" Seb conseguira um tapa na orelha por isso, e um sermão sobre não decepcionar como um maricas.

"Eu gostaria que você pudesse ir morar comigo, Seb", Ian havia dito. "Mas ele é nosso pai. Até você ser maior de idade, está sob o teto dele."

"Mas não é minha casa", Seb havia murmurado.

A garotinha na frente de Ian agora estava olhando para o violino como se pensasse que estava em casa.

— Qual era a música? — ela sussurrou.

— Saint-Saëns — Ian ouviu-se responder. — O movimento "O cisne", do *Carnaval dos animais*. Sol maior, seis por quatro. Quem é você?

Alguém que já sofreu em sua curta vida, Ian não pôde deixar de pensar, mesmo que não soubesse nada sobre a garota. Ele percebeu depois que já estava predisposto naquele momento a dizer sim a qualquer coisa que Ruth McBride pedisse.

36

Jordan

Julho de 1950
Boston

Ruth ultrapassou Jordan na porta do apartamento de Tony Rodomovsky, subindo as escadas correndo assim que ouviu a tênue melodia. Quando Jordan chegou ao alto, Tony estava parado na porta, olhando para a garotinha de maneira confusa. Atrás dele havia um homem que Jordan não conhecia, em pé com um violino sob o queixo. Jordan deu um sorriso de desculpas por interromper, virando-se para Tony.

— Lamento invadir...

— De modo algum. A fechadura da porta é tão frágil que se abre com um esbarrão. — Ele sorriu, ainda intrigado.

— Eu estava tão ocupada mostrando a minha rotina para a nova gerente da loja que não vi que você saiu sem receber o seu salário — disse Jordan. — Você teve sorte de eu ter seu endereço registrado e de não me importar em me desviar do meu caminho para casa. — Entregando o cheque, ela se virou para chamar Ruth, já pensando na tarde livre que acenava para ela agora que a competente sra. Weir retornara para administrar a loja, não só naquele dia, mas pelo restante do verão. Jordan poderia finalmente mergulhar nos rolos de filme que esperavam para ser revelados:

os padeiros da confeitaria do Mike, todos aqueles cliques dos aventais brancos e das mãos na massa... Mas então Jordan viu o rosto de Ruth e parou.

Há quanto tempo você não sorri assim?

O homem mais velho tinha abaixado o violino, respondendo claramente a algumas perguntas de Ruth. Sua voz era profunda, grave, com um sotaque inglês nítido. Ruth irrompera com mais perguntas, o rosto aceso. Aquela era Ruth, a tagarela feliz, pensou Jordan, não a criança triste e silenciosa que se tornara desde que o pai delas morrera. A criança que acordava choramingando à noite, murmurando, meio adormecida, fragmentos de alemão, recusando-se a ser acalmada. "Não sei se viajo no outono", Jordan confessara para Anneliese duas noites antes, preocupada. "Vai ser tão difícil para Ruth." Ao que Anneliese, em uma incomum explosão de frustração, exclamou: "Ruth vai ficar bem. Faça seus planos e vá, Jordan, é melhor para vocês duas".

Jordan não podia negar que também era o que ela queria, mais e mais a cada dia. Mas deixar Ruth tão infeliz...

A garotinha não parecia infeliz naquele momento, enquanto bombardeava o estranho com perguntas.

Jordan pegou a mão dela.

— Desculpe se minha irmã está incomodando, senhor...?

— Ian Graham, um amigo de Tony de Viena. Ele está nos hospedando aqui, minha esposa e eu. Eu a apresentaria, mas ela saiu. — O inglês apertou a mão dela: olhos atentos, cabelos escuros, magro como um chicote, não chegava a quarenta anos. Jordan teve a impressão de que seu nome lhe soava familiar. Antes que ela pudesse se lembrar de onde, Ruth estendeu o braço — Ruth, tão tímida com estranhos — e apontou para o arco na outra mão do sr. Graham.

— Por favor?

Tony sorriu.

— A princesa Ruth quer uma música.

— Se você quer — disse o sr. Graham. — Mas já aviso, eu não toco particularmente bem. — Levantando o violino até o queixo, ele tocou a melodia lenta novamente. Ruth avançou como se a música a estivesse atraindo, os olhos fixos nos dedos longos no braço do instrumento, e o coração de Jordan apertou. Ela ouviu Tony mexer em alguns papéis na mesa atrás dela, mas ignorou o barulho e levantou sua Leica. *Clique*. O pequeno rosto arrebatado da irmã...

— Eu ouvi isso no rádio — Ruth soltou quando a nota final suspirou. — Parecia diferente. Um pouco... mais forte?

— Muito bem. Esta peça de Saint-Saëns foi escrita para violoncelo.

— É um violino maior?

— Eles são parentes, digamos. Ele é tocado entre os joelhos e não debaixo do queixo... — O inglês demonstrou.

Ela o imitou, balbuciando perguntas. Jordan tirou outra foto, emocionada. Logo Ruth estava com o grande instrumento de Graham em suas pequenas mãos, e ele lhe mostrava como ela devia colocá-lo debaixo do queixo e então o apoiou no ombro dela enquanto segurava seu corpo com firmeza.

— Você precisa de um violino menor, mas tente assim mesmo. Uma escala, de lá a si, assim...

Concentrada, Ruth tentou.

— Não está certo!

Ele corrigiu o dedo dela no arco.

— Isso. Agora, primeiro dedo si, segundo dedo dó sustenido na corda lá... — Ele explicou o que aqueles nomes significavam, uma pequena lição de violino em cinco minutos. Ruth mal piscava, muito concentrada. Jordan apenas admirou.

— Ruthie — disse ela quando o violino foi finalmente devolvido. — Eu vou encontrar um professor para você.

Os olhos da menina se iluminaram quando ela olhou para o sr. Graham.

— Ele?

— Não, passarinha. Ele foi muito gentil em mostrar para você, mas ele não é professor.

— Eu quero ele — disse Ruth.

— Ruth, isso não é educado. Você não conhece o sr. Graham...

— Eu posso lhe dar uma aula ou duas, se quiser. — A oferta pareceu sair do inglês antes que ele pudesse pensar. Ele pareceu tão surpreso quanto Jordan.

— Não, eu não poderia... Você não me conhece, nem à minha irmã.

— Não me importo de mostrar a ela algumas escalas e conceitos básicos. Não sou um profissional. — O inglês olhou para Ruth, que mirava avidamente o instrumento, e sorriu. Seu sorriso foi algo especial, um flash rápido de sol iluminando o rosto austero do inglês. — Devemos incentivar os jovens a se aproximarem da cultura.

Aceitar um favor de um completo estranho não era o tipo de coisa que Anneliese ou o pai de Jordan aprovariam. Jordan não ligava. Ruth nunca se comportava daquele jeito com um desconhecido... e ela a tinha visto puxando o punho do inglês, fazendo perguntas. Por alguma razão, ela gostava do homem.

— Muito obrigada, sr. Graham. — Radiante. — É claro que pagarei pelo seu tempo.

— Esqueça isso. Você consegue um violino menor para ela?

— Sim. — Jordan pensou no instrumento da loja, réplica do Mayr do século XIX. — Não deveria sair da loja, mas está segurado para ser tocado. — Anneliese a mataria por sugerir, mas ela não precisava saber.

— O *Mayr* — Ruth sussurrou, emocionada. O sr. Graham levantou uma sobrancelha, comentando:

— Você sabia que Mozart tocava um Mayr?

Quando Jordan terminou de combinar a aula e se despediu, Ruth estava quase levitando.

— Vou acompanhá-la, srta. McBride. — Tony a seguiu, fechando a porta do apartamento. Do outro lado, o violino recomeçou. A cabeça de Ruth se virou, rastreando a música, mas tudo o que Jordan disse foi:

— Terça à noite será você. — E Ruth dançou enquanto descia o primeiro lance de escada.

Jordan pegou a mão dela.

— Não conte para sua mãe, Ruthie. — Anneliese só queria o bem da filha, mas, nesse caso, ela estava errada. — É o nosso segredo, está bem?

Ruth assentiu, seu sorriso brilhando.

— Eu gosto de vê-la sorrir — disse Tony. — E você também, srta. McBride.

— Jordan. Me chame assim — Impulsivamente. — Eu agora lhe devo um favor por me apresentar ao seu amigo. Como vocês se conheceram?

— Nada muito interessante... — Eles seguiram conversando sobre escritórios em Viena e montanhas de papelada sem graça, enquanto Ruth pulava passo a passo, cantarolando a melodia de Saint-Saëns em perfeita sintonia.

— Por que você ficou na Europa depois que saiu do exército? — Jordan perguntou.

— Porque eu não estava pronto para ficar ouvindo minha mãe dizer que eu precisava me estabelecer com uma garota legal. E porque é o que eu faço... deixo a vida me levar. Falta um propósito para mim, ou pelo menos é o que as tias que me reprovavam e os treinadores de futebol da escola sempre me disseram. Eu saí do exército sem muito propósito, vaguei por Viena trabalhando para Ian, e então voltei para casa.

— Onde a vida o levou para o negócio de antiguidades?

— Exatamente. Quem sabe por quanto tempo vou me deixar levar com vocês.

Jordan sorriu.

— Está se movendo bem rápido para quem simplesmente se deixa levar.

— Eu posso acelerar bastante se estiver atrás de algo que eu queira.

O sorriso dela se transformou em uma risada quando saíram na agitada Scollay Square. Jordan foi em direção a Tremont, onde sabia que haveria táxis, Tony caminhando ao lado dela enquanto Ruth pulava entre eles.

— Você não precisa nos acompanhar por todo o caminho, Tony.

— Mas estou sendo galante — protestou ele. — Estou flertando com você, ou você não percebeu?

— Ah, eu notei. — Agora que estava sem noivo pela primeira vez em cinco anos, Jordan estava livre para perceber... e flertar de volta se quisesse. Uma sensação agradável. — Você flerta com todas as mulheres que atravessam a porta da loja.

— Eu flerto com elas porque quero vender as urnas Ming. Eu flerto com você porque quero levá-la para jantar hoje à noite.

Lamentando, Jordan balançou a cabeça.

— Eu tenho planos.

— Não com o seu namorado Clark Kent.

— Ele não se parece com Clark Kent.

— Mandíbula quadrada, relógio do papai, espinha dorsal da nação. Fui para a guerra com cerca de mil deles.

— Não seja rude. Garrett foi simpático daquela vez, quando você o conheceu.

— Garotos bonzinhos são chatos — disse Tony. — Saia comigo.

Ela ergueu uma sobrancelha.

— Eu sou sua patroa, você sabe.

— E você disse que me devia um favor...

— Foi por isso que você interveio, dizendo ao sr. Graham para tocar para Ruth? Assim você poderia me fazer aceitar um encontro? — Jordan esperava que sim.

— Estou tentando fazê-la aceitar um encontro porque é sexta à noite, e prefiro gastá-la com você do que com um britânico sarcástico reclamando que os americanos servem cerveja muito gelada. — Tony pegou a mão esquerda de Jordan de repente, o polegar deslizando sobre o dedo anelar. — E eu não pude deixar de perceber que você está cerca de meio quilate mais leve do que há uma semana.

— Percebeu, é? — A mão dele era forte e quente sobre a dela, sem transpiração nervosa. Apenas o polegar passando sobre seu dedo anelar.

— Percebi no dia seguinte, para ser honesto. — Tony soltou sua mão antes que ela a puxasse, levantando o braço para um táxi que vinha na direção deles. — Então, jantar?

— Acabei de sair de um longo noivado, Tony.

— Isso significa que você não pode jantar?

O táxi passou sem parar.

— Significa que talvez seja um pouco cedo para novos encontros.

— Não precisa ser um encontro. — Seu olhar era direto. — Pode ser apenas um jantar.

Jordan olhou para ele, especulativa.

— Me responda uma pergunta primeiro.

— Pode falar.

— Você torce pelos Yankees?

— O melhor time de beisebol.

Jordan sorriu.

— Não saio para jantar com torcedores dos Yankees.

Ele bateu a mão no coração.

— Estou arrasado.

— Como nós vamos arrasar com vocês em outubro?

— Me deixe levá-la ao Fenway e faremos uma aposta.

Jordan deixou as farpas de lado.

— Não posso jantar nem ir ao jogo. Vou trabalhar. Três rolos de filme. Ficarei acordada até meia-noite. — Ela gostou de trocar provocações com ele, gostou de perceber que não havia sinais de namorada no apartamento... mas não deixaria o trabalho de lado por um encontro. O ensaio fotográfico precisava ser terminado; havia muito o que fazer, e o verão estava passando rápido.

Ele não discutiu.

— E amanhã?

— Sábado é noite de cinema com Anna e a passarinha aqui, e almoço de domingo no dia seguinte. Tradição semanal. — Domingo era o dia em que todas elas mais sentiam a falta de Dan McBride.

— Segunda-feira?

— Trabalhando também, desculpe. Vou ao estúdio de balé para tirar fotos dos dançarinos. — Ela descreveu seu projeto *Boston no trabalho*. — Você ajudou a me dar a ideia, sabia? Foi algo que você falou sobre o meu pai parecer o antiquário por excelência.

— Então foi isso que aconteceu — disse Tony. — Daquela vez que você saiu da loja com Clark Kent depois de me dar o maior sorriso que eu já recebi de uma garota que ainda não estava na horizontal. Fiquei me perguntando o que eu tinha feito para merecê-lo.

— Sr. Rodomovsky! — Jordan fingiu estar chocada. — Mantenha a mente longe da malícia, por favor. — Ela tentou compor uma expressão severa, mas Tony levantou uma sobrancelha e ela caiu na risada.

Ele sorriu.

— Me deixe acompanhá-la ao estúdio na segunda-feira. Eu carrego sua mala, entrego seu filme. Você não quer um lacaio? Achei que todos os fotógrafos tinham assistentes.

— Os famosos.

— Eu vi o seu trabalho. Você está no caminho.

Ele a estava bajulando, Jordan sabia disso. Mas o calor ainda se espalhava em seu estômago com os elogios. Um táxi finalmente parou. Tony abriu a porta, entregando Ruth com um floreio, e Jordan cedeu à tentação.

— Me encontre no estúdio — ela disse, dando-lhe o endereço.

— Estarei lá. — Ele não tentou apertar a mão dela ou tocá-la, apenas ficou ali com as mãos nos bolsos, sorrindo. Algo um pouco acima do seu automático sorriso *você é tão bonita*, algo vagamente travesso. Jordan estava achando divertido sentir aquela vibração no estômago. *Ele não quer dizer nada com isso*, ela pensou. *Você pode tirar uma foto do charme escorrendo dele como moedas de uma máquina caça-níqueis e intitulá-la* Um conquistador no trabalho!

Bem, e daí? Ela tinha meio verão sobrando ali e estava livre para apreciá-lo com o conquistador que ela quisesse.

— Vejo você na segunda-feira — Jordan disse e se certificou de não olhar por cima do ombro quando o táxi se afastou.

— Você está com a cabeça nas nuvens hoje — disse Anneliese naquela noite depois do jantar. — É a segunda vez que eu peço um pano de prato.

— Desculpe. — Jordan passou-lhe o pano, depois enfiou a mão na pia de água com sabão para pegar outro prato.

Anneliese a estudou.

— Parece que você está pensando em alguém.

Jordan segurou um sorriso.

— Eu sabia! — Anneliese riu, a luz do sol na janela da cozinha brilhando em seus cabelos escuros e em seu vestido azul-marinho. — Ele a convidou para sair?

— Sim. — Jordan hesitou, o prato na mão. — Você não acha que é muito rápido, acha? Para eu pensar em alguém novo, quando acabei de terminar com Garrett...

— E quem terminou com quem? — Anneliese perguntou. — Quem realmente disse as palavras?

— Bem, ele. — Jordan não havia contado os detalhes, apenas que tinha acabado. — Perguntei se realmente nos amávamos, e Garrett pediu o anel de volta.

— Então *ele* terminou. Se seu coração não está em pedaços... e estou feliz que não esteja... por que você não deveria pensar em alguém novo se sente vontade?

— As pessoas usam palavras pesadas para uma garota que entra em um novo relacionamento logo depois de acabar um noivado. — Jordan sabia exatamente quais eram essas palavras. Ela não pôde deixar de pensar nelas naquela tarde depois de deixar a companhia de Tony, mesmo dizendo a si mesma que estava livre para sair com quem tivesse vontade. Por mais que Jordan quisesse ser uma mulher do mundo, era difícil se livrar do modelo de boa moça. — Não quero que as pessoas pensem que eu sou uma...

— Não vão pensar isso de Garrett Byrne se ele decidir superar a situação namorando todas as garotas de Boston — Anneliese retrucou.

— As coisas são diferentes para os homens, e você sabe disso. — Jordan colocou mais sabão na água da louça. — Certamente era assim na Áustria quando você era jovem.

— Sim. — Anneliese se inclinou sobre a pia, pensativa. — Possivelmente seu pai não aprovaria você sair com alguém logo depois de ter terminado um noivado de cinco anos, mas...

— E você? O que você acha? — *Por favor, não desaprove*, Jordan pensou. Ela não tinha percebido quanto valorizava a opinião de Anneliese.

A mulher sorriu, parecendo completamente travessa.

— Eu acho que, se o fim de um noivado de cinco anos não é o momento para um romance de verão, então quando é?

Jordan riu, alívio e prazer aquecendo suas bochechas.

— Você às vezes é perversa, Anna.

— E você é uma mulher de vinte e dois anos que deve desfrutar da liberdade. Sensatamente — completou Anneliese, levantando um pires ensaboado da água. — Sou mãe o suficiente para pedir que você aproveite esse romance de verão sem esquecer de tomar os devidos cuidados.

Jordan esperava que Anneliese não fosse iniciar uma conversa sobre os fatos da vida. Há algumas coisas que não se quer discutir com sua madrasta, não importa quão maravilhosa e levemente perversa ela seja. Mas Anneliese acabou de secar o pires e perguntou:

— E esse novo rapaz que a convidou para sair... é bonito como uma estrela de cinema?

Jordan pensou no rosto magro e alegre de Tony.

— Não exatamente.

— Alto?

— Não, da minha altura.

— Ele a salvou heroicamente de ser atropelada por um carro ou engolida por um dragão?

— Não, nós nos conhecemos comendo torta.

Outra risada.

— Ele deve ter *algo* especial. Não é só a torta!

Jordan considerou.

— Ele sabe olhar. Realmente olhar quando uma mulher está falando.

— Ah. — A madrasta suspirou. — Alguns homens cobiçam, outros *olham*. O primeiro tipo nos faz arrepiar, o segundo nos faz derreter, e os homens não conseguem saber a diferença. Mas nós sabemos, e sabemos de primeira.

— Exatamente. — Jordan entregou-lhe um prato para secar. — Papai sabia olhar?

— Foi a primeira coisa que notei nele. Ele podia admirar uma mulher como se estivesse admirando um lindo vaso de porcelana, sem fazê-la se sentir uma mercadoria.

— Que bom. — Por mais que Anneliese não falasse muito sobre sua vida pregressa, ela falava abertamente sobre o pai de Jordan. Isso aliviava a dor que a falta dele provocava.

— Eu estava me perguntando se poderia ser o nosso novo funcionário com aqueles olhos negros que estava fazendo você sonhar, mas certamente você não o conheceu comendo torta. — Anneliese virou-se para guardar a molheira e não viu o sorriso reprimido de Jordan. — Melhor assim... O novo funcionário é polonês, não é? Os poloneses são esforçados, mas muito emotivos e nem um pouco confiáveis em alguns sentidos.

Justamente quando parece ser uma mulher do mundo, Jordan pensou, *ela se transforma no sr. Avery da esquina, avisando a todos que os carcamanos são escorregadios e os irlandeses são preguiçosos.* Jordan sempre mordia a língua quando ouvia comentários desse tipo de Anneliese, porque o pai dela a tinha repreendido: "É rude contradizer sua madrasta, mesmo que você discorde dela". Mas ele não estava mais ali, e Jordan disse severamente:

— Anna, essa opinião é ridícula.

Mas Anneliese já havia mudado de assunto, pegando mais sabão e parecendo pensativa.

— Eu não acho que seu admirador misterioso seja inglês, é? O sr. Kolb me telefonou sobre um inglês que fez algumas perguntas para ele. Gostaria de saber se você viu alguém rondando.

Jordan supôs que devia ter sido Ian Graham que fora encontrar Tony no trabalho — ela fizera menção de lhe explicar como chegar à loja para a aula de Ruth, e ele disse que já tinha estado lá.

— Não vou sair com nenhum inglês. Pelo menos não que eu saiba! — Fez uma piada para tirar a atenção de cima do sr. Graham, considerando que ela o contratara pelas costas de Anneliese.

— Bem, talvez o sr. Kolb estivesse sendo desnecessariamente medroso. Ou — Anneliese acrescentou secamente — estivesse bêbado de novo.

— Eu sinto o hálito dele de manhã — admitiu Jordan. — Não quis comentar nada, considerando que isso não afeta o trabalho dele.

— Ele teve experiências ruins na guerra. Isso faz algumas pessoas beberem e outras verem problemas onde não há. — Anneliese secou as mãos no avental, ainda pensativa. — Me conte se alguém for fazer perguntas. Se o sr. Kolb estiver com algum tipo de problema, eu gostaria de saber.

Jordan piscou.

— Com que tipo de problema ele estaria?

— Um homem que bebe sempre pode encontrar problemas.

Anneliese ainda parecia pensativa, a luz quente da cozinha banhando seu cabelo e vestido escuros. A cena capturou Jordan.

— Fique aí e me deixe tirar uma foto sua.

— Você sabe que eu odeio isso!

— *Por favor*, me deixe fotografar você para a minha série. A sua essência no trabalho.

— E que trabalho seria esse?

Jordan fez uma pausa. O que Anneliese fazia que resumia sua essência? Cozinhar, como quando preparava sua densa e deliciosa torta Linzer? Costurar, seus dedos rápidos se movendo sobre uma gola de renda? Nenhum dos dois parecia bem certo. Na rara fotografia que Anneliese permitiu, ela parecia exatamente a mesma: anônima e bonita, o rosto virado para o flash como um escudo. Qual era a essência de Anneliese?

— Eu vou descobrir — prometeu Jordan.

Anneliese pareceu se divertir um pouco, então seu sorriso deu lugar a algo mais sombrio.

— Jordan, nós falamos sobre você cuidar de Ruth se eu tivesse de viajar para fazer compras para a loja...

Jordan desamarrou o avental.

— Eu pensei que você quisesse contratar alguém para fazer as compras.

— Depois de quatro anos com seu pai, acho que posso separar um pouco o joio do trigo. Eu gostaria de ir a Nova York para alguns leilões.

— Eu posso cuidar de Ruth, especialmente agora, com a sra. Weir me cobrindo na loja. Ela cuidou das coisas para o papai anos atrás, então vai continuar funcionando como um relógio. Você *deveria* ir para Nova York, Anna. — Jordan gostou da ideia de Anneliese partir para assumir as rédeas do negócio. Talvez a madrasta também estivesse ansiosa para abrir as asas, ser mais que uma dona de casa costurando no quarto. *Gostaria de ver você tentar*, pensou Jordan, não sem sentir um pouco de culpa por seu pai. Seu amor tinha sido tão amplo, mas era também... confinante. Jordan sabia que nunca, jamais diria esse pensamento em voz alta, mas não podia deixar de tê-lo.

— Então vou planejar mais ou menos uma semana em Nova York — disse Anneliese, com a decisão tomada. — E, se você não se importar de cuidar de Ruth, vou passar mais duas semanas em Concord depois.

Jordan fez uma pausa, pendurando o avental.

— Por que Concord?

— Porque seu pai e eu passamos a lua de mel lá. — Anneliese passou o dedo no balcão. — Eu... queria me despedir dessa lembrança.

— Ah, Anna. — Jordan tocou a mão dela. Sim, havia culpa no olhar azul de Anneliese. Talvez ela também se sentisse enjaulada pela mão afetuosa e firme de Dan McBride sobre sua vida.

Anneliese agarrou os dedos de Jordan, as pálpebras abaixadas.

— Eu vou ter que ser forte pela Ruth depois que você for embora. Não posso perder a paciência com ela como tenho feito ultimamente. Se eu puder... ter um pouco de tempo para pôr a mim mesma em ordem, estarei pronta.

— Qualquer coisa de que você precise. — A mão fria de Anneliese estava na de Jordan.

Muito bem, J. Bryde. Muito ocupada sonhando com um encontro em potencial para perceber como sua pobre madrasta está esgotada. Jordan deu um beijo cheio de remorso na bochecha de Anneliese, disse-lhe para tomar um xerez e levou Ruth e Taro para aproveitar o crepúsculo. Reafirmando para Ruth que, sim, sua mãe ficaria fora por algumas semanas, mas Jordan estaria lá para tudo. E, sim, a aula da próxima semana realmente aconteceria, Graham não esqueceria.

E como seria mais fácil conseguir as aulas de música de Ruth se Anneliese não estivesse por perto.

37

Ian

Julho de 1950
Boston

— Quando acordei hoje de manhã, eu não teria apostado que ao anoitecer você teria uma aluna de música e eu um encontro com uma fã do Red Sox. — Tony voltou para o apartamento depois de colocar Jordan McBride e sua irmã em um táxi.

Ian guardou o violino de volta no estojo.

— Eu deveria saber que você daria em cima da primeira garota bonita que cruzasse seu caminho nesta caçada.

— Quero que ela vá para casa se perguntando se vou roubar um beijo na segunda-feira, não querendo saber por que o balconista dela mora com um Limey inexplicável e tem uma mesa ainda mais inexplicável repleta de papéis que, se ela tivesse olhado mais de perto, teria percebido que são cópias de documentos de sua loja. — Tony caiu em uma cadeira, apoiando as botas no aquecedor quebrado.

— Sim, eu vi você guardando os papéis atrás dela enquanto eu estava tocando. — Essa tinha sido a razão pela qual Ian se oferecera para tocar, quer dizer, parcialmente. Ele fechou a tampa do estojo, ainda bastante impressionado com a reação de Ruth McBride à música. Normalmente, se alguém chorava quando Ian tocava, era porque ele estava massacrando a composição. — Foi por isso que você ficou fazendo sinais com as sobrancelhas para eu aceitar a garotinha como aluna? Para que a irmã não parasse de falar e começasse a olhar ao redor?

— Em parte. — Tony colocou as mãos atrás da cabeça, estudando Ian. — Embora você tenha me surpreendido por ter se oferecido. Por que fez isso?

— Eu não sei exatamente. — Aquela lembrança visceral de Seb, quando Ruth olhara para cima com seu olhar devastado... a oferta simplesmente escapara. — Tentei ensinar Seb a tocar quando tinha a idade dela, mas ele preferia livros de pássaros e trens de montar. — Ian sorriu com a lembrança, e Tony também.

— Bem, você fez a menina muito feliz.

A mesma melodia que encontrou lugar no triste coração de Ruth, Ian pensou, o velho verso de Keats vindo-lhe à mente. *Quando, com saudade de casa, ela chorou entre o trigo estrangeiro...* A primeira impressão ainda continuava: *saudade de casa*. Não, Ian não se arrependera de gastar tempo fazendo aqueles olhos brilharem naquela tarde. Mesmo no meio da busca por uma assassina, podia-se ser gentil com uma criança. Do contrário, qual era a porcaria do sentido de tudo aquilo?

— Eu gosto de Ruthie — disse Tony. — Coisinha triste, por algum motivo. Mas não recuse o dinheiro de Jordan quando ela se oferecer para pagar pela aula. Vamos ter uma conta de telefone enorme.

Ian levantou as sobrancelhas.

— Desde quando é *Jordan* e não *srta. McBride*? — Tony sorriu. — Bem, se você vai sair com ela, veja se consegue algo de novo sobre Kolb. E não pise em nenhum coração em nome da coleta de informações. — Embora Tony parecesse andar naquela linha muito bem, leve o suficiente para que as mulheres não se importassem quando ele se afastava.

— Agora você é o especialista em não partir corações? — Tony levantou o gancho do telefone. — Você vai flertar com a próxima garota que aparecer no trabalho, então.

— Certamente não. — Ian percorreu a página seguinte de endereços. — Sou um homem casado.

— Pensei que estivesse se divorciando.

— Estou. Estamos. Quando houver tempo.

Tony fez uma pausa e desligou o telefone com um sorriso calmo.

— Ian, você ainda não percebeu que está se apaixonando por sua esposa?

Ian ergueu a cabeça.

— Não seja ridículo.

— Olha, fiquei feliz quando vocês começaram a compartilhar mais do que apenas o sobrenome. Você precisa de algo em sua vida além de criminosos de guerra e esse violino, porque, quer você admita ou não, é completamente sozinho. E Nina é exatamente a sua ideia de diversão, porque, por baixo dessa gola engomada, você gosta de viver perigosamente, e sua esposa é a mulher mais perigosa que você ou eu já conhecemos. Mas agora já é mais do que diversão, não é? — Tony fez uma pausa. — Porque, depois de cinco anos esquecendo que você tinha uma esposa, de repente você é *um homem casado*.

Ian cruzou os braços sobre o peito, várias respostas em conflito dentro dele.

— Não consigo entender que parte disso é da sua conta — ele disse finalmente.

— Porque você é meu amigo, seu inglês filho da mãe, e, se sua esposa voar para as nuvens novamente quando terminarmos aqui, vai deixar você em pedaços espalhados pelo chão.

38

Nina

Agosto de 1944
Front polonês

Uma voz solitária ergueu-se no céu, abafada, tremendo. A voz de Yelena vindo de algum lugar na multidão de pilotos, cantando a antiga canção de ninar das margens do Velho, a música que Nina havia cantado no campo de aviação naquela primeira noite. Aos poucos, as outras pilotos começaram a cantar também, quando Nina fechou os olhos ardentes. Elas sabiam. Fosse por alguma palavra sussurrada em fofoca ou pelo fio que as unia como uma estação de rádio compartilhada, todas sabiam.

A lua minguante ainda estava nascendo sobre o campo de pouso auxiliar, as pilotos aguardando a ordem para voar. Nina estava na lama polonesa, com seu gorro de pele de foca pendurado em uma mão e a mochila na outra, um nó na garganta como uma pedra.

Isso não pode estar acontecendo, ela pensou.

A música sumiu.

Com um esforço enorme, Nina ergueu os olhos. Suas colegas pilotos haviam se aproximado enquanto cantavam, enquanto ela ficava de cabeça baixa, negando o inevitável. Elas se aglomeraram ao redor de Nina, escondendo instintivamente a angústia do regimento de qualquer olhar externo. Muitas choraram silenciosamente, os rostos voltados para ela como flores: olhos escuros e azuis, cabelos ruivos, castanhos e loiros.

Nina inspirou com dificuldade, inalando o cheiro de graxa de motor e suor, barro e lápis de navegação. O perfume que pertencia às mulheres que viviam pelo céu. Ela não conseguia ver Yelena, mas em sua mente ouvia a voz dela. Não a voz implacável de uma hora antes, gritando *Você está pedindo demais!* A voz risonha de quase três anos atrás, quando ela agarrara o braço de Nina e dissera: *Bem-vinda,* sestra!

Então a lembrança foi apagada pelas palavras calmas de Bershanskaia.

— Para seus aviões, senhoras.

Nina engoliu em seco, empurrou um pé para a frente e depois o outro. Um sussurro sem palavras se espalhou pela multidão, e por um momento todas as Bruxas da Noite se aproximaram. Dedos silenciosos tocaram os ombros de Nina, as costas e os cabelos enquanto ela passava por suas irmãs. Alguém apertou sua mão forte e rápido, ela não soube quem.

— Diga a Galya para manter a mão mais leve no manche — Nina pediu não muito claramente e partiu pelo campo de pouso para o avião dela, primeiro andando, depois correndo. Pelo canto do olho, viu Yelena pela última vez, o rosto contorcido, amparada pelos braços reconfortantes da ruiva Zoya. Então o regimento a envolveu, escondendo-a antes que os olhos errados pudessem perceber sua dor, puxando-a junto na massa de botas e macacões correndo para a linha de U-2. O coração de Nina batia forte, mas ela não olhou para trás. Nunca mais olharia para trás, para o leste, na direção do Velho. Olhar para trás era se afogar. Olhar para a frente era voar.

Ela se viu subindo na asa do *Rusalka*. Não havia decidido conscientemente pegar seu antigo avião, mas deveria deixar seu próprio U-2 para a navegadora — Galya ia precisar de todas as vantagens que um avião familiar poderia lhe dar, agora que se tornaria uma piloto. Yelena não ficaria intimidada com um novo avião desconhecido, poderia pilotar qualquer coisa... Nenhum protesto surgiu atrás dela, então Nina caiu no cockpit do *Rusalka*. Tinha o cheiro dos cabelos macios de Yelena, e Nina mordeu o lábio até provar o sangue. Ela ligou o motor, e a agonia diminuiu um pouco com aquele som familiar.

Ao seu redor, os outros U-2 estavam acordando. Nenhum estranho seria capaz de dizer amanhã que o regimento se desviara de sua rotina: muitas vezes elas cantavam no campo de aviação, sempre corriam para os aviões, e mesmo agora as verificações pré-voo prosseguiam exatamente como de costume. E, se alguém fizesse perguntas depois sobre lágrimas e rostos tristes, Nina não tinha dúvida de que Bershanskaia contaria uma história plausível sobre o regimento estar abatido por causa de perdas recentes perto de Ostrołęka. As Bruxas da Noite guardariam o segredo.

A equipe de terra correu para iluminar a pista, apenas uma piscada para marcar o ponto de decolagem. Nina lembrou de Yelena reclamando no mês anterior: *Logo vão querer que aterrissemos à luz do cigarro de Bershanskaia!*

Chega, Nina pensou quando o *Rusalka* se moveu para a frente. *Chega.*

Mande para a frente. Velocidade se acumulando sob as rodas. Nina pegou o ar, sentindo os braços desaparecerem nas asas, seu sangue na linha de combustível. Atrás dela, as Bruxas da Noite a seguiam, uma seta em linha reta na lua nascente. Nina sabia que Yelena estaria voando em segundo, logo atrás dela.

Voo número seiscentos e dezesseis. O último voo.

Última vez saindo do campo de aviação. Última vez nivelando em altitude, percorrendo as nuvens prateadas. Última vez descendo em direção ao alvo. Última vez que desligaria o motor, deslizando silenciosamente como a morte. Nina respirou fundo, segurou o ar. Com a chave, os motores voltaram a rugir, ela sentiu o nariz subir e, quando os dedos brancos dos holofotes apunhalaram o céu, a provocaram a soltar as bombas do suporte. Ela lançou o U-2 pela ponta da asa e partiu além do alvo, atraindo o fogo antiaéreo e as luzes para segui-la e deixar o chão escuro em seu rastro, perfeitamente definido para Yelena, invisível com sua própria carga mortal. Nina sentiu a familiar cegueira das luzes prendendo-a contra a abóbada do céu, ouviu a sequência de explosões abaixo e viu bombas florescendo em rajadas de vermelho e verde e branco.

Nina soltou um longo suspiro, afundando para baixo e para baixo e para baixo, para que as pilotos atrás dela pudessem testemunhar de verdade que a piloto principal não conseguira parar e desaparecera na descida. Torcendo-se, pôde ver Yelena fugir das luzes, voltando. Nina nivelou o *Rusalka* e continuou voando baixo e direto na escuridão.

O que há a oeste?, uma garotinha se perguntou à margem congelada de um vasto lago. *O que há a oeste toda a vida?*

Gostasse ou não, Nina iria descobrir.

Enquanto voltava para cima das nuvens e a fraca luz da lua enchia o cockpit, ela viu a rosa seca presa no painel. A rosa que arrancara de uma das coroas no funeral de Marina Raskova e levara para Yelena. A flor estava seca, enfiada cuidadosamente ao lado do altímetro. *Minha rosa de Moscou.*

Nina soltou seu primeiro soluço. Arrancou a rosa e a desfez, levantando a mão e deixando o vento rígido levar as pétalas desfiadas. Chorou sozinha no cockpit em seu voo número seiscentos e dezesseis, voando para oeste, sem nunca olhar para trás.

Ao amanhecer, grupos de ataque de Messerschmitts e Focke-Wulfs estariam cruzando aquele espaço aéreo. Até então, Nina tinha vantagem. *Ainda sou uma Bruxa da Noite.* Enquanto a escuridão durasse, ela poderia se esconder do mundo inteiro.

Quanto tempo levaria para atravessar a Polônia? Além estava a Alemanha, a barriga da besta — seria mais seguro virar para o sul, em direção à Tchecoslováquia? Onde quer que ela descesse, como conseguiria ficar segura se não falava nenhum idioma que não fosse o russo e não tinha dinheiro? Ela voava através de um mundo dilacerado pela guerra, cheio de sangue e arame farpado, e, assim que o combustível terminasse e tivesse de pôr os pés no chão, provavelmente morreria. Essa convicção tinha brilhado nos olhos cheios de lágrimas de suas colegas pilotos: havia problemas dos quais nem mesmo a pequena siberiana maluca conseguiria fugir.

Sem parar, ela voou na escuridão das nuvens, curvada sobre seus controles. Oeste e oeste e oeste. Abaixo, em algum lugar, estava Varsóvia, com seus espasmos agonizantes — então atrás dela, ou pelo menos ela assumira isso. Um vento malicioso se levantou, e o *Rusalka* trabalhou. Nina checou a quantidade de combustível no tanque. A altitude e a velocidade já consumiam seu tanque. O vento ficou mais forte, e seu coração apertou. Um U-2 poderia cobrir mais de seiscentos quilômetros com um tanque em boas condições de voo, mas, com esse vento odioso, Nina não faria nem quatrocentos.

— Foda-se a sua mãe — ela murmurou, mas a raiva não a levaria mais a oeste. Nada a levaria a não ser o combustível, e ela estava quase sem. A noite estava longe de terminar, e o ponteiro no painel já raspava no vazio quando Nina baixou o *Rusalka* das nuvens. Nenhuma luz de cidades ou vilas, nem mesmo casas de fazenda espalhadas. Nada além de uma faixa escura de floresta, que se estendia até onde os olhos treinados de Nina podiam ver. Ela levou o avião para baixo, navegando pelas copas das árvores, procurando uma clareira. Um U-2 podia pousar em um prato, dizia o ditado, mas você ainda precisava de um prato. Ela supunha remotamente que, se não conseguisse encontrar um, iria colidir com os pinheiros e morrer cravada por galhos ou queimando em seu cockpit.

O motor parou. O medidor de combustível indicou vazio. O U-2 começou a cair.

Nina deslizou silenciosamente em sua última incursão, só que dessa vez não havia bombas para soltar, nenhum rugido do motor a impulsionando de volta para as nuvens. Apenas para baixo e para baixo e para baixo entre as copas das árvores.

Então... uma clareira. Parte de Nina ficou decepcionada. O canto de sereia do apagamento não tinha desaparecido por completo; no fundo de sua mente, ele mantinha seu sussurro sedutor. Mas ela não poderia pegar a saída dos covardes quando uma pista se estendia à sua frente. Alinhou o *Rusalka* e o levou para baixo em uma aterrissagem perfeita de três pontos, galhos estalando quando as asas roçaram a parede de árvores. Fios estalaram. Algo mais quebrou com a trepidação, como uma espinha rachando. Então, enfim, eles estavam parados, e Nina ficou sentada no cockpit dando suspiros curtos. Ouviu o farfalhar dos galhos, sentiu o cheiro podre de folhas e cascas. Seu nariz se acostumara com cheiros mais severos, gasolina e graxa de motor, mas, ao inspirar, era como se voltasse para a vasta floresta ao redor do Velho, seguindo seu pai enquanto ele a ensinava a rastrear na taiga.

Nina saiu da cabine com dificuldade e pulou no chão. O parco luar era suficiente para mostrar que uma lâmina de sua hélice tinha se partido.

— Então é isso — disse ela em voz alta. Sua pouca esperança de roubar algumas latas de gasolina de algum lugar e abastecer o *Rusalka* desapareceu. Sem uma oficina, não havia como consertar uma hélice quebrada ao meio. Nina tinha passado no céu a maior parte do tempo em que estivera acordada desde os dezenove anos, quando deslizara pela primeira vez para dentro de uma cabine de comando, mas agora teria de se contentar com a frágil forma humana e seus pés inadequados: o *Rusalka* nunca mais voaria.

Saia, Nina pensou, *saia daqui*. Qualquer pessoa — patrulhas alemãs, poloneses à procura de inimigos, fugitivos farejando viajantes para roubar — poderia ter ouvido o U-2. Qualquer um poderia decidir investigar, e, até que se provasse o contrário, Nina assumiria que todos com quem cruzasse eram inimigos. *Saia daqui antes que alguém a encontre*. Mas ela não conseguia se mexer. Nina pensou que já havia deixado tudo o que tinha que deixar para trás, seu regimento, suas irmãs, sua amante, mas, afinal, havia mais uma coisa: seu galante *Rusalka*, com sua fuselagem pintada e seu pequeno motor, cujas asas a tinham carregado em tantas missões, cuja sombra abraçara ela e Yelena na grama nos longos dias de verão. O *Rusalka*, tão vivo ao toque de Nina que praticamente cantou. Nina tinha pensado que não havia mais dor para sentir naquela noite, mas abraçou sua máquina, o máximo que seus braços podiam segurar, e lamentou sua agonia.

Então ela esfregou os olhos que ardiam e começou a rasgar o U-2 com as mãos nuas, descascando o cockpit e a fuselagem como se arrancasse a carne dos ossos, canibalizando-o de qualquer coisa que pudesse ser útil. Encheu a mochila, depois foi até o mato e carregou os braços com folhas e galhos secos. A floresta estava úmida e enlameada devido a uma chuva recente, mas, mesmo se não estivesse, ela não se importava com o risco de queimar as árvores. O sofrimento se esvaía para ser substituído por uma fúria incandescente típica dos Markov, a fúria de seu pai, que destruía tudo sem se importar com sentido ou autopreservação. Nina não se importava se queimasse metade da Polônia e transformasse seus próprios ossos em cinzas; ela não deixaria o *Rusalka* abandonado lá até apodrecer. Cobrindo o cockpit com mato, ela acendeu um fósforo e o jogou no pavio. O fogo pegou, acendeu, cresceu. Nina recuou, observando a fumaça. Só se afastou quando o *Rusalka* estava envolto em chamas, o tecido enrijecido se enrolando para revelar o esqueleto de madeira. Colocou a mochila no ombro e seguiu sua própria sombra saltando para o oeste, enquanto o *Rusalka* se contorcia e morria em sua pira funerária.

Uma bússola. Uma pistola carregada. Fósforos. Um saco com suprimentos de emergência — leite açucarado, uma barra de chocolate, a comida extra que ela tinha recolhido no quartel. O cachecol bordado com estrelas azuis. Um rolo de tecido enrijecido, suportes e fios arrancados do *Rusalka*. A navalha.

Isso era tudo.

Nina deu um suspiro trêmulo.

— Nem tudo — disse ela em voz alta. Ela tinha boas botas e um macacão pesado, seu gorro de pele de foca. Tinha o calor do verão. E aprendera tudo crescendo às margens do Velho.

Nina andou até ouvir um riacho, bebeu com as mãos em concha, comeu meia barra de chocolate e depois montou um abrigo com o tecido e os suportes levados do *Rusalka*. Dormiu com a navalha em punho, o sono caindo como uma avalanche, e acordou durante a noite banhada em suor, cãibra nas coxas, os dentes batendo como se fosse inverno. Nina nunca tinha ficado doente um dia em sua vida, mas estava doente, nariz escorrendo e olhos lacrimejando, mãos trêmulas demais para acender uma fogueira. Ela se enfiou debaixo do abrigo, tentando esfregar a cãibra das coxas, sentindo o cheiro de seu próprio suor e, quando olhou para cima, viu o pai olhando para ela com olhos amarelados.

— Você não está aqui — disse ela entredentes. — Estou sonhando.

Ele se agachou.

— Faz quanto tempo que você tomou a última pílula de Coca-Cola, pequena caçadora?

Dois dias — ou mais? De alguma forma, outro dia chegou e se foi. Nina poderia jurar que fazia apenas uma hora desde os tremores que a acordaram à noite, mas, entre uma onda de arrepios e outra, de alguma forma ela perdera um dia. Fazia pelo menos três dias que não engolia um daqueles comprimidos que inundavam suas veias com mercúrio e, por meses e meses, não tinha vivido um dia sem eles.

O pai dela bufou, desdenhoso.

— Vá embora. — Por que ela tinha de ter uma alucinação logo com ele? — Eu não quero você. Quero Yelena. — Ela queria tanto Yelena, seus olhos brilhantes e beijos ferozes.

— Você está presa comigo, *rusalka* — disse seu pai. — Aquela cadela não queria você.

— Vá embora. — Nina chorou, depois gritou de novo com a dor da cãibra. Ela fechou os olhos por um instante e, quando os abriu novamente, era meio-dia claro. Nunca tinha tido tanta fome; bebeu todo o leite açucarado e estremeceu ao ver que a comida tinha quase desaparecido. Conseguiu cambalear contra o vento em seu pequeno abrigo para fazer algumas armadilhas de caça, as mãos tremendo muito para montar algo além da mais simples das armadilhas com a fiação do avião.

O tempo continuava dobrando e se fundindo. Suas horas de vigília eram cheias de cãibras musculares e diarreia, indo para o riacho beber água e depois voltar ao abrigo para se enrolar em torno de seus membros trêmulos. Suas horas de sono eram repletas de pesadelos. Repetidamente, ela perdia o controle do *Rusalka* sobre a superfície do lago, afundando através da água com os pulmões estourando. Imaginou passos do lado de fora do abrigo e explodiu em gritos, apertando o gatilho de sua pistola sem parar enquanto apontava para a escuridão. Percebeu tarde demais que não havia ninguém e acabou desperdiçando toda a sua munição. Ela poderia ter chorado, mas lágrimas não serviam para nada. Rasteou de volta para o abrigo apenas para sonhar com Yelena morrendo, caindo em uma flor de chamas. *Se ela morrer, você nunca saberá.* Yelena se fora. Nina nunca saberia se ela estava viva, morta ou apaixonada por outra. Ela sucumbiu às lágrimas, então, soluçando na noite assombrada.

Não tinha ideia de quanto tempo ficara naquele estado — dias e noites pareciam voar em ciclos. Em algum momento seu pai desapareceu, e a letargia de Nina diminuiu o suficiente para que ela tirasse a roupa e lavasse o macacão imundo. Sentada nua na margem do rio, esperando suas roupas secarem, flexionou os dedos à luz do sol. Finos, mas não estavam mais tremendo. *Maldita Coca-Cola*, ela pensou. Seus sonhos ainda eram terríveis, ela ainda estava atormentada por acreditar que a estavam vigiando, que havia alguém atrás dela, mas as cãibras tinham quase desaparecido e ela estava forte o suficiente para acender o fogo e cozinhar o coelho que encontrara na armadilha.

— Hora de se mexer — disse em voz alta, porque Nina Markova podia até querer morrer, mas era muito teimosa para morrer de fome em uma floresta polonesa. Ela vestiu seu macacão úmido, derrubou o abrigo e começou a caminhar para oeste novamente.

E, na segunda semana, ela conheceu Sebastian.

39

Jordan

Julho de 1950
Boston

Dançarinos refletidos ao infinito atrás da barra desgastada — *clique*. Sapatilhas de ponta se esfregando na caixa de breu — *clique*. Em silêncio, Jordan se movimentava pelos cantos da sala de aula avançada da Academia de Dança Copley. Um coque se soltando durante um *plié*, uma testa apoiada contra um pé arqueado. *Clique. Clique.*

— Conseguiu o que queria? — Tony perguntou quando saíram do estúdio.

— Acho que sim. Nunca sei ao certo até olhar os negativos. — Jordan pendurou a Leica no ombro. — Você foi muito útil.

Surpreendeu-a *quanto* ele tinha sido útil. Tirar fotos com Garrett muitas vezes a deixava irritada. Ele sempre a beijava sorrateiramente ou então conversava quando ela estava tentando se concentrar. Com Tony tinha sido diferente. Ele flertara escandalosamente, não com as bailarinas, mas com madame Tamara, a instrutora de oitenta anos que o chamara de menino travesso em russo e acabara deixando Jordan ficar durante a aula toda em vez de enxotá-la depois de dez minutos. Quando começaram, Tony imitou os *pliés* das bailarinas, que riram tanto que esqueceram que

Jordan estava lá. Por isso, ela conseguiu começar a clicar sem esperar que elas relaxassem. Tony então se encostou silenciosamente contra a parede, passando o filme antes que ela precisasse pedir.

— Você foi um ótimo assistente — disse Jordan enquanto viravam a esquina na Copley Square.

Ele sorriu, largando-se sem chapéu sob o sol do verão. O calor fazia a calçada brilhar, e, pela praça, mulheres esfregavam a palma das mãos dentro de luvas suadas e homens puxavam as golas molengas.

— Podemos discutir minha taxa pelas horas de trabalho matinal?

— Ah, há uma taxa? — Jordan ajustou seu chapéu de abas largas. — Quanto você vai me custar?

— Um passeio de pedalinho.

— Nenhum nativo de Boston se deixaria ser pego em um pedalinho, a menos que fosse arrastado por sua irmãzinha. Isso é para turistas.

— Sou turista e minha taxa por carregar sua mala e amolecer aquela velha dama que alegou ser uma condessa russa que fugiu dos bolcheviques é um passeio de pedalinho.

Jordan pegou o braço dele, seguindo para o Jardim Público, a alguns quarteirões de distância.

— Condessa russa?

— O sotaque dela era ucraniano, mas fui muito educado em não chamá-la de mentirosa.

— Então você falou russo com madame Tamara e francês com os turistas parisienses que entraram na loja há três semanas. — Jordan inclinou a cabeça. — E tenho certeza de que ouvi você falar alemão com o sr. Kolb...

— Ele não gostou muito. Cara estranho, aquele. Como seu pai o encontrou?

— Ele estava vindo do exterior e precisava de ajuda financeira. Ele é nervoso — Jordan admitiu —, mas teve experiências ruins na guerra, foi o que Anna disse.

— Ela é uma madrasta malvada, a sra. Anna? Maçãs envenenadas, faz você dormir no borralho?

Jordan sorriu.

— Não, ela é maravilhosa.

— Que pena, sempre gostei de histórias de madrastas más. Minha avó húngara me contava histórias macabras quando criança, daquelas em que a madrasta malvada vence no final, não a Cinderela. Quanto mais ao leste do Reno, mais obscuros os contos de fadas.

— Húngaro agora. Sério, quantas línguas você fala?

— Seis ou sete. Oito? — Tony deu de ombros. — Os pais da minha mãe eram uma húngara e um polonês, e os pais do meu pai uma romena e um alemão, e todo mundo veio para o Queens para agarrar o sonho americano. Havia muitos idiomas indo e vindo sobre a mesa de jantar enquanto eu crescia.

— E você acabou aprendendo todos?

— Existem duas maneiras de aprender um idioma rapidamente, e uma delas é você ter menos de dez anos e um cérebro jovem e flexível.

— Qual é a outra?

Ele sorriu.

— Sobre o travesseiro.

Jordan lhe lançou um olhar. Ele tirou um chapéu imaginário em desculpas.

— Sinto muito. *Es tut mir leid. Je suis désolé. Sajnálom. Imi pare rau. Przepraszam...*

Ela parou, fascinada, avaliando-o.

Ele deixou de lado sua avalanche multilíngue de desculpas.

— Normalmente, quando uma garota encara meus lábios, acho que ela quer um beijo. Você está compondo mentalmente uma foto, não está?

Ela levantou a Leica.

— *Um intérprete no trabalho.* — Um close daquela boca sorridente, com a mão gesticulando.

Tony gemeu, puxando-a para o Jardim Público, onde as árvores derramavam sombras manchando os caminhos cruzados.

— Você foi cruel por me dar esperança e depois me fotografar em vez de me beijar...

— Preciso de uma foto de movimento, então fale! — Jordan escolheu um banco perto da entrada, próximo dos pedalinhos, onde os turistas normalmente se concentravam. — Me conte algo sobre você. Qualquer coisa.

— Prefiro falar sobre você. — Ele apoiou um cotovelo nas costas do banco. — Quando você pegou uma câmera pela primeira vez?

— Eu tinha nove anos. Fiquei fascinada com as árvores no inverno e uma pequena Kodak.

Ele sorriu e ela disparou três cliques, já sabendo que aquele seria um bom rolo. Tony Rodomovsky não era bonito, mas tinha um rosto que fotografava bem: coloração escura, nariz arrojado, o tipo de cílios escuros que era absolutamente desperdiçado em homens, que nunca precisariam pegar um pincel de rímel.

— Quando você entrou para o exército?

— Um dia depois de Pearl Harbor. Um clichê ambulante aos dezessete anos, piscando para o recrutador. *Sim, senhor, eu sou maior de idade!* Então eu fui para a guerra e descobri que era tão chata quanto o ensino médio. Chata quando você fica preso como intérprete. Como foi a sua guerra?

— Dirigir procurando sucata de metal e simulações de emergência sobre o que fazer se os japoneses invadissem, como se eles fossem invadir *Boston*, pelo amor de Deus. — Uma foto de Tony ouvindo, *clique*. Ele ouviu muito atentamente, as costas dos dedos roçando o braço dela de vez em quando. — Na maior parte do tempo, minha guerra foi sonhar acordada. Devorei histórias sobre mulheres jornalistas e fotógrafas que viajavam para o exterior. Margaret Bourke-White foi atingida por um torpedo e teve que voltar em um barco salva-vidas, e eu quase morri de inveja. Desejava ser atingida por um torpedo.

— Desde que conseguisse uma boa foto disso?

— Que seria a capa da *Life*, sim. Essa era exatamente a fantasia. Então eu me casaria com Ernest Hemingway e viveria uma vida de ação e glamour. — Jordan fez uma pausa, como se estivesse em outro lugar. Os jornalistas e fotógrafos que ela idolatrava, todas as zonas de perigo e guerra, os nomes que ela podia recitar como suas amigas recitavam nomes de estrelas de cinema. Capa e Taro, Martha Gellhorn e Slim Aarons e... — Graham. O seu amigo inglês é *o* Ian Graham?

Tony parecia estar se divertindo.

— Em carne e osso.

— E ele se ofereceu para ensinar escalas para a minha irmãzinha? — Jordan sacudiu a cabeça. — Eu sempre lia a coluna dele durante a guerra, depois que começou a ser distribuída nacionalmente!

— Eu vou ficar com ciúme se você continuar falando sobre o meu chefe.

— Por que, uma garota não pode ter uma queda por um homem mais velho? — Jordan brincou. — Especialmente se ele tem boa aparência, um sotaque devastador e já esteve em todos os lugares em que ela já quis estar?

— Ele é casado. Além disso, prefiro que você tenha uma queda por mim.

— Então me encante. Me fale como é ser um intérprete em um centro de documentação. — Levantando a Leica de novo.

— *Não* é uma vida de ação e glamour. Uma inundação de refugiados espalhados por Viena... que contavam suas histórias para Ian por intermédio da minha pessoa.

— Ele estava escrevendo artigos ou...

— Não, ele diz que parou de escrever. Começou a fazer trabalhos práticos para refugiados e não escreveu um artigo desde os julgamentos de Nuremberg.

— Eu entendo que isso pode desgastar a alma — disse Jordan, pensativa. — Ano após ano vendo o sofrimento humano e usando-o para encher páginas de jornal. Era assim para você enquanto traduzia? Ouvir histórias de guerra dia após dia, enquanto o restante do mundo só quer deixar a guerra para trás?

— Não. — Tony colocou as mãos entre os joelhos, o sorriso desaparecendo e transformando-se em algo mais pensativo. — Um intérprete tenta trabalhar recuado. Você não está de fato lá, de certa forma. Você é como um conjunto de interfones, torna possível que duas pessoas, uma de cada lado, se ouçam. E isso é tudo. Em poucas palavras, se as pessoas simplesmente se ouvissem, elas...

Tony parou.

— Elas o quê? — Jordan perguntou calmamente.

Ele deu um pequeno sorriso torto.

— Provavelmente continuariam se matando nas trincheiras.

Clique. Essa é a foto, Jordan pensou. Cinismo amargo em uma boca se mexendo, a mesma boca enrolada em um sorriso que ainda tinha um pouco de esperança, mesmo depois de tudo o que tinha visto.

— Não é tão diferente de ser uma fotógrafa — ela se viu dizendo. — Eu não sou profissional, ainda não, mas tenho um sentimento semelhante ao que você está descrevendo. A lente me tira da cena que estou registrando, em um certo sentido. Sou testemunha, mas não sou parte daquilo.

— As pessoas acham que isso o deixa sem coração. Não é verdade. — Um menino passou com um beagle na coleira. Tony estendeu a mão para o beagle, que lambeu seus dedos alegremente antes de seguir em frente. — Faz você ser um conjunto ainda melhor de interfones.

— Ou uma lente melhor. — Jordan inclinou a cabeça para Tony. Uma profundidade inesperada de seu encantador funcionário... Quem teria imaginado? — Você foi para a guerra desde Pearl Harbor, e depois ficou trabalhando com refugiados quando todo mundo voltou para casa. Por quê?

— Você sabe como foi a minha guerra? — Tony sorriu levemente. — Nada. Quatro anos de nada. E nunca dei um tiro com raiva, como nunca consegui molhar minhas botas. Toda a minha guerra foi em tendas e escritórios, traduzindo acrônimos para o alto escalão de vários exércitos que não falavam a língua um do outro.

— Então você ficou com vontade de fazer mais — disse Jordan. — Por que voltou para casa este ano? Não me parece que esteja cansado.

Ele demorou muito a responder, como se estivesse analisando o que dizer.

— Não estou cansado — respondeu finalmente. — Mas não me importaria de fazer algo... diferente. Eu quero fazer mais.

— Como o quê? — Um grupo de donas de casa agitadas carregadas de compras passou, mas Jordan as ignorou.

— Eu não sei. — Tony passou a mão pelos cabelos. — Fazer uma coleção de todas essas histórias, talvez? Então elas não serão esquecidas ou perdidas. Ninguém gosta de falar sobre a guerra quando acaba. Querem esquecer. E o que acontece quando essas pessoas morrem e levam todas as suas memórias junto? Perdemos tudo. E não podemos perder.

Você deveria falar com a minha madrasta, Jordan quase disse. *Outra refugiada que só quer esquecer.* Mas era um direito de Anneliese, certo? Pois a história dela não era apenas dor e perda, tinha vergonha... vergonha da conexão com a SS, do que seu pai tinha sido. "Sou uma americana agora", ela sempre dizia com firmeza se questionada sobre seu passado.

— Você sabe por que eu prefiro imagens a palavras? — Jordan perguntou a Tony. — As pessoas não podem ignorar as imagens. Muitos acham mais fácil esquecer as coisas que leem do que aquilo que veem. O que é capturado no filme é o que é. É isso que torna as fotos tão maravilhosas e tão devastadoras. Pegando alguém ou algo no momento certo, você pode aprender tudo sobre essa pessoa. É por isso que eu quero registrar tudo o que vejo. O bonito, o feio. Os horrores, os sonhos. Tudo, o máximo que conseguir através de uma lente.

— E há quanto tempo você sabe que é isso que quer? — Tony perguntou. — Acho que quando você ouviu o clique da pequena Kodak.

Jordan sorriu.

— Como você sabe?

— Impulso... você tem aos montes. — Os olhos dele a percorreram. — Eu não tenho nenhum, então percebo quando vejo.

Jordan devolveu o olhar, deixando seus olhos passearem por ele.

— Você é divertido quando flerta, Tony — disse ela finalmente. — Mas, quando está falando sério, é absolutamente fascinante.

— Isso é ruim. Não consigo falar sério por mais de dez minutos.

— Talvez devesse praticar. Você pode chegar aos quinze.

— Meu recorde é doze. Quem vai beijar quem? — ele perguntou.

— Quem disse que vai ter beijo?

— Você está pensando nisso. Eu estou pensando nisso. — Seus olhos negros dançaram. — Quem vai primeiro? Eu odeio quando os narizes batem.

— Por que eu preciso te beijar? Acabei de gastar meio rolo de filme focando a sua boca enquanto você falava. Quando terminar de cortar e filtrar as imagens, vou saber tudo o que há para saber sobre ela, sem ter beijado você.

— Mas isso seria um desperdício.

— O tempo na sala escura nunca é desperdiçado.

— Depende inteiramente do que você está fazendo lá.

— Trabalhando. E não ouse dizer que muito trabalho e pouca diversão fazem de Jordan uma chata — ela acrescentou. — Eu odeio esse ditado. Na maioria das vezes, as pessoas o usam porque querem que eu faça coisas por elas, não para mim mesma.

— Além disso, elas estão erradas. O trabalho não faz de você uma chata. O trabalho faz de você uma garota absolutamente fascinante. — Ele levantou a mão dela da câmera e beijou seu dedo indicador, aquele que passava a maior parte do tempo encostado no botão da Leica.

Clique, fez algo dentro de Jordan.

— Pedalinho? — ele disse. — Ou é um passeio muito maçante para você, Jordan McBride? Eu posso ser persuadido a renunciar ao meu pagamento.

Você acabou de terminar um longo noivado, uma voz dentro de Jordan a repreendeu. *Não devia ir tão rápido!* Mas ela mandou aquela voz se calar, enganchando o dedo na gola da camisa de Tony e puxando-o em direção a ela.

— Talvez uma forma alternativa de pagamento?

Um beijo longo, preguiçoso e aberto sob o sol forte, a ponta dos dedos de Jordan descansando contra a garganta quente dele, o polegar dele acariciando a linha da bochecha dela. Ele beijou com vagar, quebrando a rigidez, como se pudesse passar o dia todo ali sem se cansar, como se pudesse ficar um ano naquilo, se ela quisesse. Agora ela queria.

— Você precisa ir a algum lugar? — Tony perguntou, beijando ao longo da linha da mandíbula dela, em direção à orelha. — Ou podemos fazer isso o dia todo?

Ah, sim, por favor. Jordan pigarreou, olhando para o relógio a fim de dar uma chance para sua respiração diminuir. *Droga, Anneliese deve estar fazendo as malas para Concord e Nova York.* Ela ficou em pé rapidamente.

— Prometi ajudar em casa. E depois me resta a sala escura para... trabalhar.

Tony deu um último beijo abaixo da orelha dela, depois se afastou.

— Tudo bem. — Nenhuma argumentação que o trabalho poderia esperar. Ele apenas consentiu e lançou o inabalável olhar escuro. — Vejo você amanhã na aula de Ruth. Talvez pudéssemos ir ao cinema depois.

— Sim — disse Jordan, sem hesitar. Como era agradável desfrutar da companhia de um homem, sua atenção, seus beijos, sem sentir o peso da expectativa dos pais e dos vizinhos. *Quando vocês vão sossegar, Jordan? Quando vocês dois vão oficializar, Jordan?*

Que prazer desfrutar de um homem que não era oficial, nem um pouco oficial.

40

Ian

Julho de 1950
Boston

Ian ficara surpreso com quanto gostara de mostrar a Ruth como manusear seu violino. Talvez porque ela fosse tão voraz, tão *desesperada* por tudo o que ele podia ensinar. A maioria das crianças da idade dela não brincava com bonecas em vez de implorar para tocar escalas? Ela tinha ficado extasiada quando ele a colocara na posição e postura corretas, o básico.

— Sempre afine com um lá — Ian disse, e Ruth cantou um lá perfeito. — Muito bom. Lembra-se daquele Saint-Saëns que eu estava tocando, como começava? — Ela cantarolou a abertura em sol maior. Ian olhou para Jordan McBride, sentada atrás do balcão da loja com uma xícara de chá. — Eu não ficaria surpreso se ela tiver ouvido absoluto, srta. McBride.

A irmã de Ruth sorriu. Ela tinha entrado com a garotinha na loja quando Ian estava pendurando seu chapéu em um suporte de guarda-chuva antigo e Tony girava a placa para Fechado.

Ian tinha se sentido um pouco impaciente por ter se oferecido para as aulas tendo tanta coisa para fazer, mas Ruth havia olhado para o violino ansiosa demais, e o olhar de Jordan seguira com tamanha felicidade que suas apreensões desapareceram em um sorriso fraco.

— Pegue o seu instrumento e, por Deus, não o deixe cair. Destruir um Mayr, mesmo uma réplica, seria um crime contra a arte. — Jordan se afastou para preparar chá em xícaras Minton, e Tony se apoiou no balcão para assisti-la.

— Por enquanto é o suficiente — Ian disse depois que sua aluna seguiu pela sua primeira escala. Ruth implorou:

— Mais, por favor! — Mas Jordan chegou ao balcão para pegar o violino.

— Por você ficaríamos aqui a noite toda, passarinha, mas o sr. Graham tem outras obrigações. Trarei você de volta amanhã para praticar.

Ruth suspirou, vendo o instrumento voltar para trás do vidro. Quando a irmã perguntou "O que você diz ao sr. Graham agora?", ela olhou fixamente para Ian e falou:

— Quando você pode me ensinar mais?

— Não foi isso que eu quis dizer — protestou Jordan.

— Quando você pode me ensinar mais, senhor? — Ruth consertou.

Ian riu alto.

— O senhor não precisa fazer isso de novo — disse Jordan. — Eu não desejo impor nada.

Ian abriu a boca para pegar a saída que ela lhe dera.

— Eu não me importo — ouviu-se dizendo e olhou para Ruth. — Quinta-feira está bom, passarinha?

As duas irmãs McBride começaram a sorrir como pequenos sóis. *Droga*, Ian pensou. Ele gostava delas, e isso o fez desejar não tê-las conhecido sob pretextos um tanto quanto falsos.

— Espero não ser indelicada com uma pergunta — disse Jordan, como uma represa estourando. — O senhor esteve na Espanha com Gerda Taro, sr. Graham, ela é minha heroína, não pode imaginar. Como ela é?

— Gerda? — Ian se lembrou. — Eles a chamavam de *la pequeña rubena*, a pequena raposa vermelha. Ela tinha tanta insolência quanto coragem.

Os olhos de Jordan tinham estrelas e, atrás dela, Tony sorriu. Ele tinha avisado a Ian que ela reconhecera o nome dele, e isso surpreendera o inglês tanto quanto a paixão de Ruth por escalas. Ele sabia que jovens adoravam estrelas de cinema, não jornalistas, não era assim?

— O senhor estava na libertação de Paris — Jordan estava dizendo. — Eu me lembro de uma de suas colunas...

— Sim, entreguei meu primeiro rascunho no bar do Hotel Scribe, espremido entre uma mulher escrevendo para a *New Yorker*, acho que era Janet Flanner, e John, que parecia estar com a pior ressaca da França.

— Que John? — Jordan perguntou.

— Steinbeck. — Ian viu a expressão estarrecida de Jordan e apressou-se para completar: — Não é tão glamouroso quanto parece. Uma sala cheia de equipes de imprensa exaustas e preocupadas com seus prazos.

Ela não parecia acreditar naquilo.

— E depois?

Ian se apoiou no balcão, atraído para o passado.

— Houve um jogo de pôquer na carroceria de um caminhão enquanto saíamos de Paris... — Ele acabou contando uma história e depois outra. Tomava sua segunda xícara de chá enquanto Jordan o pressionava com perguntas.

— O senhor conta essas histórias e eu posso ver tudo se desenrolar como se estivesse lá — ela exclamou. — Mas Tony disse que o senhor desistiu de escrever.

Ian deu de ombros.

— Veja horrores suficientes e as palavras acabam.

Jordan parecia querer enfiar uma caneta nas mãos dele de qualquer maneira, mas Tony interveio.

— A princesa Ruth está ficando inquieta. — Ele acenou com a cabeça para a menina, que estava sentada tamborilando os pés. — E nós temos um compromisso, McBride.

Isso surpreendeu Ian.

— Eu pensei que você tivesse dito que ela não sabia nada de útil sobre Kolb — disse ele quando Jordan desapareceu na sala dos fundos para guardar as xícaras.

— Não tem a ver com trabalho. — Tony deu de ombros. — Nina vai ficar colada em Kolb até amanhecer, e já está tarde para fazer mais chamadas telefônicas. Não tem absolutamente mais nada relacionado à perseguição que eu possa fazer agora. Então vou levar uma garota bonita ao cinema.

— Se você quer uma garota bonita, não seria menos complicado escolher alguém que *não* esteja envolvida na nossa perseguição? — Ian perguntou. — Alguém para quem você não precise ficar mentindo?

— Eu gosto dela, só isso. — Tony hesitou, parecendo extraordinariamente pensativo. — Ela quer coisas, coisas grandes. Eu gosto disso. Ela me faz pensar sobre querer coisas maiores também. Não apenas ficar andando no seu bonde.

Ian tentou resistir ao deboche, mas falhou.

— Você não percebeu que está se apaixonando por uma testemunha? — Ele estava sério.

Tony lançou-lhe um olhar.

— Não é como você ficando um pouco fora de si pela nossa assassina soviética residente...

— Essa é uma ideia absurda, e você pode parar...

— ... Jordan me faz rir, isso é tudo. Eu a faço rir. É um pouco de diversão para os dois lados. O que há de mal nisso?

— Ela vai rir quando descobrir que você tinha segundas intenções ao convidá-la para um encontro? — Ian levantou uma sobrancelha. — Eu posso não saber tudo o que há para saber sobre as mulheres, mas sei que elas não gostam de ser enganadas.

Jordan saiu da sala dos fundos.

— Espero que você não se importe se Ruth for ao cinema conosco, Tony. Minha madrasta está fora da cidade.

— Eu posso pagar três ingressos. — Tony sorriu para a loira alta em seu vestido amarelo de verão, ela sorriu para ele, e Ian pôde sentir o calor entre os dois, claro como o dia.

Algo sobre essa perseguição, ele pensou, *está nos deixando todos um pouco desequilibrados*. Ele voltou inquieto para assumir o posto da madrugada de Nina e vigiar Kolb, depois atacar sua lista de telefonemas a fazer. Mas, na tarde seguinte, quando Tony chegou em casa do seu turno na loja de antiguidades, a inquietação estava esquecida.

— Saudações — Ian disse para sua equipe. — Desvendamos nosso primeiro tópico.

Os três estavam em volta da mesa, olhando para a lista.

— Sete desses endereços são falsos — Ian anunciou. — Não há nenhum padrão, eles estão misturados com os reais. Mas Antiquário Riley, em Pittsburgh, Huth & Filhos, em Woonsocket, Rhode Island... — Ele sacudiu a cabeça para o resto. — Nenhum deles é real.

— Quem atendeu quando você ligou para esses números? — Tony perguntou.

— São todas residências particulares. — Algumas vezes uma mulher tinha respondido, outras vezes um homem, em um caso foi uma criança. Mas ninguém deixou de ficar intrigado quando Ian perguntou sobre o negócio mencionado na lista. — Ouvi pelo menos três sotaques alemães também. E, quando pedi à telefonista para encontrar o número do estabelecimento, ela me disse que não há Huth & Filhos em Woonsocket, Rhode Island, ou em qualquer outro lugar de Rhode Island. O mesmo com os outros. Esses estabelecimentos não existem. — Ian podia sentir seu coração batendo em *staccato* com prazer, a emoção de quando um trabalho braçal e tedioso finalmente resultava em alguma coisa.

Tony roeu a unha.

— Alguém do outro lado suspeitou?

— Alguns pareceram confusos. Um desligou na minha cara. Na maioria das vezes, expliquei que era engano e desliguei antes.

Nina não falou nada. Mas seus olhos brilhavam e, quando Ian olhou dela para Tony, sentiu a mesma carga elétrica entre os três.

Sete endereços. *Die Jägerin* pode estar morando em um deles.

— Carro ou trem? — Ian perguntou. — Temos algumas viagens curtas pela frente.

— Puta merda... — Ian olhou ao redor, para o mar de placas de sinalização desconhecidas, parando com um guincho de freada. Tony tinha pegado o trem para o Queens para ver um primo e voltara com um Ford enferrujado emprestado. — Me dê esse mapa, Nina. — Ela procurou por ele, seus dentes brancos afiados esmagando uma casca de beterraba. Ela comia beterraba crua como maçã, até seus dentes ficarem cor-de-rosa. Ian esperava que não fossem presos por sua tendência de desviar para o lado direito (ou seja, inglês) da estrada, porque a mulher ao seu lado parecia uma pequena loira canibal. — Você está segurando o mapa de cabeça para baixo, camarada. Que tipo de navegadora você é?

— Navego pelos céus cheios de estrelas — retrucou Nina, irritada. — Não por lugares chamados Woonsocket.

— Eu nunca vou entrar em um avião com você, então por favor comece aprendendo a navegar em duas dimensões, em vez de três.

— *Mat tvoyu cherez sem'vorot s prisvistom.*

— Deixe a minha mãe fora disso.

Levaram duas horas entre Boston e seu primeiro alvo, deixando Tony para trás para vigiar Kolb. Nina tinha passado a maior parte do caminho contando a Ian como havia deixado a União Soviética, voando para a Polônia dois passos à frente de um mandado de prisão antes de conhecer Sebastian. Os mapas americanos podiam ser um mistério, mas Ian estava tendo uma ideia de como navegar no campo minado que era sua esposa: pergunte qualquer coisa sobre o lago Rusalka ou o que aconteceu lá com *die Jägerin*, ou mostre qualquer sinal de afeto, e ela cai em um silêncio espinhoso ou explode completamente. Mas ela não se importava de contar a ele sobre Seb, e Ian guardava suas histórias afetuosas como moedas. Novas lembranças de seu irmão mais novo, cada uma com preço inestimável... mas agora era hora de trabalhar.

O Ford logo entrou em um subúrbio tranquilo, com jardins verdes e bicicletas nas calçadas. O número 12 era uma pequena casa amarela com um jardim modesto e bem cuidado. Com certeza não era uma loja de antiguidades chamada Huth & Filhos. Ver o lugar, tão claramente uma residência, fez o pulso de Ian acelerar. Alguém que não era quem dizia ser vivia ali.

Nina também ficou em silêncio, vibrando como um arame arrancado. Ele passou pelo número 12 e estacionou na esquina. Nina deslizou para fora, voltando à severa respeitabilidade em sua blusa de gola alta que usara para interrogar Kolb e um grande chapéu de verão que escondia seu rosto. Pegou o braço de Ian e os dois caminharam pela rua como um casal decente. Como combinado, Nina soltou o cotovelo e continuou vagando pela rua, e Ian virou como que por impulso na frente do número 12.

Se não houvesse resposta à sua batida, Ian e Nina iriam voltar para o carro e esperar, mas a porta se abriu. Um homem de meia-idade atarracado, cabelos divididos e barbeado com precisão (prussiano?).

— Olá — Ian disse, com seu sotaque mais atraente da escola pública, removendo seu chapéu com um sorriso depreciativo. — Desculpe incomodar, mas minha esposa e eu estamos pensando em mudar para este bairro.

Ele acenou para Nina, de pé uma casa abaixo com o mapa levantado perto do nariz, como se fosse míope. Era fundamental que ela ficasse distante, para o caso de *die Jägerin* abrir a porta e se lembrar do rosto de Nina, assim como Nina se lembrava do dela. A esposa de Ian retribuiu o aceno, distraída, ocultando habilmente a maioria de seus traços entre a borda do mapa e a aba larga do chapéu, mas sem parecer que estava tentando se esconder. *Caramba, você é boa nisso*, Ian pensou com admiração.

— Estamos considerando uma casa a apenas uma quadra. Graham é o meu nome. — Ian estendeu a mão, apostando como sempre em duas coisas: que a maioria das pessoas era incapaz de recusar um aperto de mãos e que a maioria das pessoas instintivamente confiava em um sotaque inglês agradável. Funcionou, como normalmente acontecia: o homem apertou sua mão, firme e sem hesitar.

— Vernon Waggoner. Minha esposa e eu moramos aqui há um ano.

Definitivamente alemão, Ian pensou. O sotaque inconfundível, o W como um V, o V como um F. Ian estabeleceu uma conversa agradável, perguntando se os vizinhos eram amigáveis, que escolas havia para suas inexistentes filhas. O sr. Waggoner tinha filhos? Não, eram apenas a esposa e ele. Waggoner foi educado, mas formal.

— E sua esposa gosta do bairro? — Ian perguntou. — A minha está ansiosa para fazer amigos aqui. — Era possível que *die Jägerin* tivesse se estabelecido com um novo marido. As opções dela para trabalhar seriam poucas como refugiada. Ian queria dar uma boa olhada em qualquer mulher que morasse na casa, mas não dava para esticar muito o bate-papo na varanda.

— Vernon? — Outra voz flutuou do corredor, e uma mulher apareceu secando as mãos em um pano de prato. — Nós temos visitas?

O sotaque alemão era muito mais pesado que o do marido. Os olhos de Ian percorreram seu rosto enquanto ele pedia desculpas pela intromissão. Gorda, loira, olhos azuis. Mais ou menos a idade certa para *die Jägerin* — era como se a jovem mulher em sua antiga fotografia tivesse engordado e tingido os cabelos. Ian se inclinou enquanto apertava a mão da mulher, puxando-a para a varanda para que Nina pudesse vê-la. Seu coração batia forte.

Mas Nina colocou o mapa debaixo do braço e atravessou o gramado para subir os degraus, oferecendo a mão enluvada. As esperanças de Ian acabaram. Se ela mantivesse distância, estaria sinalizando: *Sim, é ela.*

— A senhora é da Áustria ou da Alemanha, sra. Waggoner? — Ian continuou, escondendo a decepção. — Passei alguns anos em Viena na juventude, lembro-me com carinho.

— De Weimar — disse a sra. Waggoner com um sorriso rápido e aliviado, pelo sotaque alemão não ser respondido com um olhar desagradável.

— Na verdade, eu tinha uma boa amiga de Weimar... O nome Lorelei Vogt soa familiar para vocês?

Os dois não tiveram nem mesmo uma pequena reação. Bem, tinha sido um tiro no escuro. Ainda que eles a tivessem conhecido, quem saberia sob que nome?

— Não vou mais tomar seu tempo — disse Ian, pegando no braço de Nina. Ela murmurou algo educadamente inaudível. — Vocês foram muito gentis.

— Não por isso — disse Waggoner jovialmente, mas não havia escapado a Ian que, mesmo em terra de esmagadora simpatia, o homem não os convidara para entrar. Ele permanecera na porta, com um sorriso agradável e olhos que não revelavam nada. *Eu me pergunto o que você era*, Ian pensou, *antes de se tornar Vernon Waggoner de Woonsocket, Rhode Island*.

— Obrigado de novo — Ian disse e recuou. A mão de Nina segurou seu cotovelo como aço.

— Não é ela — Nina murmurou.

— Eu sei. — Eles viraram a esquina e Ian abriu a porta do carro para ela. — Mas ele era alguém. Ele esconde coisas, o suficiente para pagar Kolb por um novo nome. — Ian fechou a porta de Nina e deslizou para seu lado. — Um funcionário de campo? Um guarda da Gestapo? Um daqueles médicos do Reich que selecionavam os inaptos nas filas?

Ian ouviu sua voz ficando mais alta e se deteve. Ele queria tanto que fosse Lorelei Vogt. Queria que aquela porta tivesse aberto e mostrado a mulher que tinha matado seu irmão.

— Voltamos para este *mudak* outra hora — disse Nina, tirando os sapatos de salto. — Nós sabemos onde ele está, como ele é. Mais tarde, depois de pegar *die Jägerin*, nós o pegamos. Seja ele quem for.

— Ele é um maldito nazista — disse Ian. — Mas não aquele que estamos procurando. — Ele não percebeu que estava apertando as mãos até que as colocou no volante.

— Sete nomes na lista — lembrou Nina. — Mais seis chances.

Ele flexionou os dedos doloridos e Nina fez o gesto que havia feito na lanchonete, enlaçando o dedo no que ele usava para apertar o gatilho. Não foi um gesto destinado a confortar, ao contrário, foi um lembrete. Uma promessa de que os caçadores ainda tinham de disparar. Ian olhou para o dedo dela contornando o seu, depois para seus calmos olhos azuis. Nina Markova, um furacão em forma feminina compacta, o caos exterior girando em torno dos olhos de serenidade silenciosa e surpreendente. Ele sentiu pela primeira vez essa serenidade quando percebeu que os dois podiam se sentar a uma mesa de jantar sem trocar uma palavra, e a sentiu pulsando em seus ossos agora, apesar da frustração da caçada. Ele apertou, e ela apertou em seguida, antes de pegar os mapas. De volta aos negócios.

Estou me apaixonando por minha esposa, Ian pensou. *Maldito seja, Tony...*

Com muito esforço, ele deixou essa revelação de lado para mais tarde. Tinham trabalho a fazer.

— Me dê essa lista, camarada. Mais seis endereços, mais seis chances.

Mas Lorelei Vogt também não estava no endereço do Maine, nem em Nova York, Connecticut ou New Hampshire. Foram duas semanas infrutíferas que acabaram com quase todos os centavos que tinham. Xingando, Ian e Nina tiveram de voltar para Boston.

41

Nina

Setembro de 1944
Polônia ocidental

O tempo ainda tinha uma tendência a mudar e derreter quando Nina não estava prestando atenção, então ela não sabia dizer se foram dez dias ou duas semanas antes de ver o primeiro alemão.

Ela estava de volta à floresta, depois de uma série tensa de dias em que as árvores sumiram e ela precisou se movimentar pelo campo aberto, afastando-se de sinais que indicavam cidades, invadindo jardins de casas isoladas para pegar cenouras e nabos para comer com a carne assada de qualquer pequeno animal que tivesse conseguido capturar. Ela considerou bater discretamente em um daqueles chalés poloneses para tentar trocar caça por pão, mas olhou para si mesma, macacão sujo, unhas quebradas e com sangue seco. A primeira coisa que qualquer dona de casa polonesa faria se visse Nina à sua porta seria gritar, e quem poderia vir correndo então? Um fazendeiro corpulento com um forcado, ou um soldado alemão? Nina ficou aliviada quando os campos habitados começaram a se transformar em bosques. *Apenas fique longe das pessoas*, pensou, e naquele dia, é claro, encontrou cinco.

Nina estava lutando para subir um caminho inclinado cheio de espinhos quando ouviu um grito agudo e parou congelada no lugar. Aquele não era um animal apanhado pelas mandíbulas de um predador. Aquele som viera da garganta de um homem.

Outro grito, uma série deles, então a voz de um jovem em pânico ficou nítida:

— *Nicht schiessen, nicht schiessen...*

"Não atire." Até mesmo Nina entendia aquele alemão. Se não conseguisse voltar às fileiras amigas ou se matar antes de ser capturado, você levantava as mãos e dizia: *Nicht schiessen*. Não que funcionasse muito, porque todo mundo sabia o que os alemães faziam com os prisioneiros.

Nina estava recuando no momento em que ouviu vozes humanas, mas, agora que sabia que um alemão armado estava em algum lugar à frente, seguiu adiante. *Todas as missões que voei*, ela pensou, *todas as bombas que joguei, e nunca vi um alemão cara a cara*. Eles eram anônimos: pilotos sem rosto nos cockpits de Messerschmitts, dedos invisíveis que acionavam os projéteis traçantes no céu.

À sua frente, Nina ouviu um tiro. Um choro. O barulho carnudo de um corpo batendo no chão.

Ela abaixou a mochila e acelerou, a navalha em uma mão e a pistola na outra, xingando-se por desperdiçar suas balas em um grupo de arbustos quando tinha delírios de febre. Prendeu a respiração, espiando.

Quatro homens estavam na clareira. Um quinto estava no chão, magro, de braços abertos, perfurado entre os olhos por um buraco de bala. Os dois companheiros estavam atrás dele, mãos levantadas, magros como estacas, vestindo um uniforme que Nina não reconheceu. Dois alemães os mantinham congelados no lugar, bem barbeados e uniformizados. O mais próximo de Nina ainda afastava sua pistola do homem morto, o outro mantinha a arma apontada para os dois prisioneiros. Todo mundo gritando em alemão e alguma outra língua que Nina não conhecia, o prisioneiro mais jovem tentando negociar, o loiro maior indo adiante com alguma ideia de atacar, os Fritzes gritando para eles voltarem. Todo mundo estava berrando alto demais para ouvir Nina sair do arbusto.

Seus pés a carregaram para a frente antes mesmo que ela decidisse se mover. Ela foi direto para o alemão mais próximo, aquele que atirara no homem no chão, e ele não percebeu até ver os olhos do prisioneiro mais jovem se arregalarem para algo atrás dele. O alemão girou, e Nina captou um flash fotograficamente claro de seu rosto: jovem, cabelos escuros, garganta gorda empurrando a gola alta. Ele recuou, levantando a pistola, mas era tarde demais: ela já estava sobre ele como um lobo. Para Nina, ele poderia muito bem ter sido todos os hitleristas que as Bruxas da Noite já enfrentaram. O avião de caça noturno que atirara em oito mulheres no céu, o piloto de Messerschmitt que perseguira o *Rusalka* e furara suas asas como uma tela — esse garoto alemão complacente com a suástica agarrada ao braço como uma aranha eram todos eles. Nina sentiu um uivo crescendo em sua garganta quando pegou a navalha e abriu a bochecha dele até o osso. Sangue se espalhou repentino e escarlate no ar. O alemão gritou, e um tiro soou em algum lugar enquanto o segundo alemão atacava e o prisioneiro mais velho pegava sua arma, mas Nina só via flashes além do inimigo à sua frente. Ele caiu ajoelhado no chão da floresta e o braço dela não parava, ceifando o homem em grandes cortes. Quando ela ergueu os olhos, ele era uma massa despolpada deitado nas agulhas de um pinheiro, e tudo ficou em silêncio.

Lentamente, Nina piscou e o sangue saiu dos cílios. Sua garganta doía. O segundo alemão também estava morto; o prisioneiro mais velho, loiro e ossudo, segurava sua pistola. O jovem prisioneiro de cabelos escuros tinha a palma das duas mãos presa às pernas. Ambos a encararam, e Nina viu que a lâmina ainda pingava em sua mão entorpecida. Tentou limpá-la na manga e percebeu que o macacão estava encharcado de sangue. Ela se inclinou, vasculhando o corpo do alemão, e encontrou um lenço surpreendentemente intocado. Limpando a navalha e o rosto, deixou cair o trapo vermelho que virou o lenço no que sobrou da garganta do homem, sentindo a alma flutuar de volta para seu corpo de algum lugar remoto.

— Tenente N. B. Markova, do 46º Regimento de Aviação de Bombardeiros Noturnos da Guarda Taman — ela se ouviu dizer, distante. — Heroína da União Soviética, Ordem da Bandeira Vermelha, Ordem da Estrela Vermelha.

Os dois homens a encararam, e a sensação de Nina de estar distante desapareceu sob uma onda de desespero. Quem sabia se eram ingleses ou franceses, holandeses ou americanos, mas eles não a entendiam — não faria diferença se eles fossem pedras, por toda a conversa que aconteceria naquele descampado marcado de sangue. Nina se perguntou sombriamente se voltaria a ter uma conversa com um ser humano... se morreria na próxima vez que encontrasse um alemão, e se as últimas palavras que tinham saído de seus lábios seriam aquelas trocadas com Yelena na terrível noite em um campo de aviação lamacento onde a piloto tinha partido seu coração.

Então o prisioneiro mais jovem mancou para a frente, ainda segurando a perna — tinha cabelos escuros e era magro como um trilho de trem, o rosto longo e sério.

— Artilheiro Sebastian Graham, 6º Batalhão Royal West Kents, recentemente do Stalag XXI-D, em Posen — ele disse, em um russo lento e claro. — Hum... encantado em conhecê-la.

— Bill, Sam e eu escapamos esta manhã. Fomos levados para um grupo de trabalho para consertar estradas... corremos com tudo direto para as árvores. Andamos tropeçando em círculos por horas, tentando encontrar trilhos de trem onde pudéssemos pegar carona em um vagão. Eles provavelmente perceberam o nosso rastro. — Sebastian Graham balançou a cabeça. — Por sorte, encontramos você.

Bill — William Digby, de um regimento e patente que Nina não compreendeu — grunhiu algo em inglês que Nina teria apostado que foi: *Sam não teve a mesma sorte*. Os três não demoraram na clareira entre os corpos. Sebastian atou trapos em sua perna, onde o segundo tiro do alemão o ferira, enquanto Nina e Bill tiraram dos dois nazistas mortos roupas, armas e qualquer coisa útil. Sebastian teve de apoiar o braço no ombro de Bill enquanto Nina puxava a mochila lotada, guiando-os de volta a uma clareira silenciosa com um riacho por onde ela havia passado naquela manhã. Todos desabaram ofegantes, bebendo de seus cantis, e agora Bill devorava uma barra de chocolate encontrada no corpo do segundo alemão, enquanto Sebastian enrolava a calça para examinava seu ferimento e Nina vasculhava o resto dos despojos alemães. Naquela manhã ela era uma, e agora se tornara três. Era confuso.

— Onde estamos? — ela perguntou. Era a coisa que mais a enlouquecia, depois de anos navegando por mapas e coordenadas, ficar sem nenhuma referência em um mundo de árvores e placas em polonês, sobrando apenas os pontos da bússola. — Ainda estamos na Polônia ou...

— Estamos perto de Posen. Que é como os Jerries rebatizaram Poznan. Forte Rauch no Stalag XXI-D, a menos de trezentos quilômetros de Berlim. — Sebastian Graham inclinou-se para a frente, ansioso. Sua perna devia estar doendo, mas vertigem e liberdade pareciam estar bloqueando a dor. — O Exército Vermelho está perto? Nós tínhamos um rádio recebendo notícias do front oriental, mas, se houve algum avanço mais próximo do que pensávamos...

— Não. Sou só eu. — Nina olhou para a pilhagem alemã, caixas de fósforos, canivetes, munição, e se perguntou quanto diria sobre como chegara ali. — Eu saí da rota e caí — ela simplificou, por fim. — Tive que abandonar meu avião.

Sebastian olhou para a perna ensanguentada.

— Bom, lá se vai meu sonho de ser conduzido a uma tenda de hospital soviética e receber um litro de vodca.

— Sorte sua — brincou Nina. — Os médicos soviéticos lhe dariam vodca e depois cortariam essa perna. — Sua voz estava rouca, em parte por gritar ao atacar o alemão, em parte porque não falava com ninguém havia semanas. Ela não fazia ideia de como estava com vontade de ter alguém com quem conversar até aquele garoto inglês bilíngue aparecer estranhamente do nada. — Como está essa perna? — Ela se aproximou, mas Bill lhe lançou um olhar e agachou-se sobre o pé de Sebastian ele mesmo.

— Seu amigo não gosta de mim — observou Nina. O homem tinha passado um tempo ao lado de seu amigo morto abaixado e só se levantara depois de um deles argumentar que não havia tempo para cavar uma cova. Nina suspeitava de que estivesse sendo responsabilizada por não brotar dos arbustos com a navalha alguns batimentos cardíacos mais cedo. *Eu ajudei a salvar vocês dois*, ela pensou, retornando o olhar de Bill. *Eu poderia ter continuado andando e deixado vocês três serem baleados.*

— Não o culpe demais — disse Sebastian. — Nosso grupo foi dividido entre os que esperavam ver o Tio Joe vindo sobre a colina para libertar o acampamento e aqueles que acham que o Tio Joe e todas as suas tropas são bárbaros.

— Nós somos bárbaros. — Nina sorriu com genuína diversão. — É por isso que estamos vencendo os Fritzes.

Sebastian sorriu de volta. Ele não parecia ter mais de dezesseis ou dezessete anos para Nina, magricela e de olhos grandes com a barba densa por fazer. Até os ingleses estavam mandando bebês para o front agora. O russo dele era lento, cheio de gírias inglesas estranhas que ela não entendia, mas seu sotaque era surpreendentemente bom.

— Onde você aprendeu a falar russo?

— Antes de eu chegar ao stalag em Posen, me jogaram em outro campo, e havia prisioneiros soviéticos no complexo próximo ao nosso. Fiquei lá por um bom tempo e não havia muito o que fazer além de jogar cartas e ouvir o estômago roncar, então por que não pagar alguns cigarros a Piotr Ivanovich de Kiev para ele ensinar sua língua? Sempre tive um bom ouvido para idiomas.

— O que aconteceu com Piotr Ivanovich?

— Enforcado por roubar. — Sebastian fez uma careta, não por causa da água que Bill estava jogando sobre o ferimento. — Deixaram o corpo dele apodrecer. Eles sempre fazem isso com os soviéticos. — Ele respirou fundo. — Não é divertido ser um Limey em mãos alemãs, acredite, mas é melhor do que vocês, russos. Pobres demônios.

— No 46, todas juramos colocar balas em nossa cabeça antes de sermos presas. — Nina olhou para o ferimento de Sebastian. O tiro havia atravessado a panturrilha. Não havia muito a fazer com uma ferida como aquela a não ser limpar, enfaixar e esperar que a infecção não se espalhasse. Bill, com o cabelo cor de linho, já estava rasgando em tiras a camiseta de um dos alemães; ele começou a amarrar a perna de Sebastian e o garoto ficou cinza. Nina estendeu a mão para ajudar, mas Bill a afastou novamente, murmurando algo. — O quê? — Nina perguntou.

— Ele não acredita que você é piloto. Diz que nem os vermelhos são idiotas o suficiente para colocar mulheres em bombardeiros.

Nina ergueu as sobrancelhas. Arrancando a bota direita, enfiou a mão no calcanhar e tirou seus cartões de identificação e sua insígnia.

— Diga a ele que, se ele duvida de mim, eu posso pegar minha estrela vermelha e enfiá-la na garganta dele até ele cagar esmalte vermelho.

Sebastian não traduziu isso. Bill pegou a identificação de Nina com rancor, depois a jogou no chão. Sebastian a recuperou e a entregou de volta.

— Meu amigo não está inclinado a pedir desculpas porque não gosta de estar errado, mas eu peço por ele. Devemos nossa vida à sua intervenção, tenente Markova, e eu lhe ofereço nossa sincera gratidão.

Nina quase riu. Os ingleses realmente eram uma raça diferente. Como conseguiam sobreviver àquela guerra, tropeçando em todas aquelas boas maneiras?

— Eu teria cortado a garganta daquele alemão mesmo se vocês não estivessem lá para ser salvos. Mas de nada.

Sebastian parecia alarmado, mas se virou e teve outra discussão em inglês com seu companheiro.

— Bill e eu vamos acampar aqui esta noite — a tréplica chegou finalmente. — Você gostaria de se juntar a nós, ou quer continuar para o leste o mais rápido possível?

Ele pensou que ela pretendesse se juntar ao seu regimento, é claro.

— Vou ficar esta noite — ela ponderou, relutante em deixar a única pessoa naquele deserto com quem podia manter uma conversa.

Ainda bem que você ficou, ela pensou sobre sua decisão algumas horas depois. *Esses dois são inúteis.* Eles teriam usado todos os fósforos que tinham para tentar para fazer uma fogueira se Nina não houvesse lhes ensinado a alimentar a brasa até a chama vingar. Pareceram confusos quando ela trouxe cascas de bétula e explicou que poderiam ser mastigadas para servir de alimento. Nina saiu para caçar com a pistola dos alemães e voltou arrastando uma corça jovem e magra, e Seb ficou completamente enjoado quando Nina cortou a barriga do animal e enfiou a mão lá dentro para retirar as entranhas.

— Você limpa a cavidade e enterra as tripas — explicou ela, puxando os filamentos azuis e vermelhos. — Depois assa a carne boa. Você nunca caçou?

— Bill é de Cheapside — disse Sebastian —, e eu estudei em Harrow.

— Onde é isso?

— Deixa pra lá. — O garoto olhou para a pilha escorregadia de vísceras. — Tudo em que eu consigo pensar há quatro anos é comida, e de repente estou sem fome.

— Espere até sentir o cheiro. — Nina sentou-se sobre os calcanhares, limpando a navalha. — Faz quatro anos que você é prisioneiro? Com quantos anos você se alistou, doze?

— Dezessete — ele protestou. — Alguns meses depois, minha unidade foi apanhada perto de Doullens.

— Você se rendeu? — Nina não pôde deixar de dizer, lembrando do camarada Stálin, *Nem um passo para trás,* e os boatos sobre os homens baleados por seus próprios oficiais se recuassem, imagine se se rendessem.

Um lampejo de vergonha passou pelo rosto de Sebastian, mesmo quatro anos após o fato.

— Não foi uma decisão minha. — Rigidamente. — Eu era apenas um artilheiro. Deveríamos estar lutando contra uma ação de retaguarda, mantendo os Fritzes fora da estrada Doullens-Arras, e tínhamos um rifle e cinquenta balas por homem, e apenas dezoito metralhadoras. Não há muito o que fazer quando a munição acaba e os tanques estão entrando. — Ele olhou ao redor, para a floresta alta, que estava começando a escurecer no crepúsculo. — Quatro anos atrás de arame farpado... e agora estou fora.

Seu rosto ossudo estava cheio de admiração suave e atordoada, e o coração de Nina apertou. Quatro anos preso convivendo com o medo e a inquietação e a fome, e ele ainda era capaz de admiração. Nina não conseguia decidir se isso era tolice ou não.

A noite caiu, e os dois ingleses pulavam a cada barulho da floresta enquanto Nina preparava o jantar. Bill ainda estava inclinado a ficar com raiva sempre que ela lhe dava uma ordem — soldados ingleses claramente não estavam acostumados com tenentes mulheres, Nina percebeu, divertida —, mas ele a encarava quando pensava que ela não estava olhando, e Sebastian também.

— Desculpe — o garoto mais novo disse quando Nina o pegou observando-a com aquele ar de leve descrença. — Não queremos ser rudes. Você não pode imaginar como é estranho ver o rosto de uma mulher depois de quarenta e oito meses não vendo nada além de barbudos.

Nina fez uma pausa, rodando tiras de carne de veado sobre as chamas.

— Vou ter problemas com algum de vocês? — perguntou, sem rodeios.

Os ombros de Sebastian começaram a vibrar. Nina ficou tensa, então percebeu que ele estava tremendo de tanto rir.

— Tenente Markova — disse ele entre rajadas de alegria —, eu fui criado como um cavalheiro. A versão de um cavalheiro para meu pai é aquele que puxa cadeiras para as damas e não se acha bom por isso, mas a versão do meu irmão mais velho puxa cadeiras, pergunta a uma dama sua opinião, em vez de imaginá-la, e nunca põe a mão onde não é convidado. No entanto, mesmo se eu não fosse um cavalheiro, não sou um completo idiota. E só o maior idiota do mundo forçaria qualquer coisa com uma mulher que ele conheceu quando ela pulou de um arbusto para retalhar com uma navalha um homem armado.

O riso dele era contagiante, e Nina não pôde deixar de sorrir.

Os três devoravam pedaços de carne de veado, carbonizados por fora e meio crus por dentro, até que a gordura escorresse pelo queixo.

— Não me importo se for pego e mandado de volta — disse Sebastian, mastigando a cartilagem de veado. — Isso supera qualquer refeição que tive nos últimos quatro anos. É verdade que Varsóvia está em plena rebelião?

— Foi a última notícia que ouvi. É verdade que Paris foi libertada?

Eles trocaram notícias de guerra ansiosamente em dois idiomas. Depois que a comida acabou, Sebastian tentou mancar ao redor do fogo, mas só conseguiu dar alguns passos vacilantes.

— Faz cócegas — ele brincou, os lábios apertados de dor, e Bill lançou-lhe um olhar comprido. Sebastian devolveu o olhar e os dois começaram uma discussão silenciosa. Nina teve a sensação de que sabia o que eles estavam decidindo. Ela se levantou para verificar se o macacão estava seco, pendurado sobre um galho próximo depois de ter sido lavado para tirar o máximo de sangue alemão possível. Quando o puxou sobre a calça e a camisa sem sangue e voltou para a fogueira, Bill estava mexendo no que tinha pegado dos soldados mortos.

— Ele está deixando você. — Nina sentou-se ao lado de Sebastian. — Não está?

— Eu disse que ele teria mais chance de se libertar se não estivesse arrastando um sujeito manco. Se usar o uniforme do Kraut, o que não está ensopado de sangue, ele pode ir para a estação de trem mais próxima, tentar blefar com a identificação do alemão e ir para a França libertada. — Sebastian jogou um graveto na fogueira. — Eu faria o mesmo.

— Você iria? — Nina não podia conceber deixar uma *sestra* ferida para trás.

— É o que todo mundo faz ao planejar fugas. Vocês se separam quando estiverem do lado de fora dos portões, para equilibrar as chances de um dos dois ficar livre.

O garoto estava tentando parecer sensato, mas não era tão bom em esconder suas emoções em russo, enquanto escondia seu sotaque. Eles viram Bill experimentar o uniforme do alemão. Coube em seus ombros magros, mas não estava ajustado. Bill sorriu pela primeira vez e começou a puxar as botas ainda brilhantes do alemão.

— Ele vai ser pego em um dia — disse Nina.

— Provavelmente. A maioria é quando tenta escapar. Eles percebem, nos prendem e nos levam de volta em um ou dois dias. Mas alguns conseguem. Um cara da minha unidade chamado Wolfe, Allan Wolfe, conseguiu escapar na terceira tentativa e não é visto desde então.

— Porque ele provavelmente está jogado em uma vala.

— Ou está de volta à Inglaterra, livre como um pássaro. Alguém tem que ter sorte. — Sebastian virou um graveto nas mãos ossudas. — Se Allan Wolfe conseguiu, por que não Bill Digby?

— Ele não deveria te deixar — afirmou Nina, observando o homem mexer nos cartões de identidade do alemão.

Silêncio de Sebastian.

— Eu nem deveria fazer parte disso — ele disse depois de um tempo, suavemente. Uma conversa curiosa para se ter na frente do alheio Bill, mas com a barreira da linguagem eles podiam falar à vontade. — Foi um plano de Bill e Sam, eles estavam juntos, companheiros de Dunkirk. Os Jerries me jogaram com eles no último minuto, fazendo os trabalhos nas estradas em três, e foi um: "Me leve junto ou desfaça o plano". Eles achavam que eu era meio inútil, e... — deu de ombros... — bem, eu me machuquei enquanto Bill matava um Kraut e você matava o outro, então eles não estavam errados, estavam? De qualquer forma, não sou responsabilidade do Bill.

Não agora que Bill me conheceu, Nina pensou amargamente. Ocidentais... Mostre-lhes uma mulher armada com o peito cheio de medalhas e seiscentas e dezesseis incursões de bombardeio em seu nome, e o que eles pensam? *Maravilhoso, uma enfermeira!* Despeje o homem ferido em cima da mulher e siga seu caminho com a consciência limpa, porque, naturalmente, ela vai cuidar dele.

Bem, a tenente N. B. Markova não iria cuidar de ninguém além dela mesma. Ela estava indo para oeste, sem tempo de ser babá.

— Durma um pouco — ela disse a Sebastian Graham e se retirou para seu próprio lado do fogo. Ouviu uma respiração irregular ou duas, mas desligou os ouvidos. *Oeste.*

Bill foi embora assim que clareou. Seb apertou sua mão e Nina deu a ele instruções, colocando a bússola de volta dentro da blusa quando percebeu que ele a estava olhando. Eles viram Bill caminhar através das árvores, sem dúvida já sonhando com a Inglaterra, e Sebastian voltou-se para Nina com um ar de quem quer acabar com tudo.

— Eu imagino que você queira se juntar ao seu regimento o mais rápido possível, tenente — ele disse formalmente. — Não vou atrapalhá-la de seguir para Varsóvia. Serei pego em breve, eu acho. De volta a tempo de um jantar adequado de café falso e sopa de nabo desidratado. — Ele tentou sorrir. — Francamente, tudo isso valeu apenas para ter a barriga cheia de carne de veado e uma noite de sono sob as estrelas.

Ele ficou lá mancando de um lado, tentando esconder o fato de que sua ferida estava doendo. *Foda-se a sua mãe*, Nina pensou. *Foda-se. A sua. Mãe.*

— Nina Borisovna — disse ela.

— O quê?

— Não sou sua tenente, me chame de Nina Borisovna. Vou ficar com você por um tempo. — Ela olhou feio para ele, enfiando as mãos nos bolsos. — Só até que sua perna esteja melhor. Depois disso, vou para oeste.

— Oeste? — Ele pareceu intrigado. — Por que você não está voltando...?

— Não posso voltar ao meu regimento porque serei presa. Eu não sou desertora — ela explodiu, vendo o movimento dos olhos dele — e não sou covarde também. Meu pai falou contra o camarada Stálin, e toda a minha família foi denunciada.

Ela podia vê-lo duvidando dela. Qualquer um duvidaria. Ela esperava que ele fizesse a coisa cautelosa, que pedisse a ela para deixá-lo. Então ela não ficaria presa cuidando de um menino ingênuo com uma perna ruim quando tudo o que queria fazer era fugir.

— Eu acredito em você — disse ele.

Nina quase gemeu.

— *Por quê?*

— Você matou aquele alemão e salvou a minha vida — ele respondeu simplesmente. — Você não é covarde. E, se não foi capaz de abandonar um estranho como eu, não abandonaria seu regimento a menos que fosse obrigada.

Nina gemeu depois disso.

— Não acredito que alguém tão crédulo quanto você conseguiu sobreviver por tanto tempo, inglês!

Ele sorriu.

— Meus amigos me chamam de Seb.

42

Jordan

Agosto de 1950
Boston

Bem, Jordan pensou, *isso é estranho*. De fato, ela poderia tirar uma foto do grupo em pé ali no campo de aviação e legendar: *Ex-noivos: um estudo sobre o constrangimento*.

— Olá — disse ela o mais cordialmente possível, considerando que não via Garrett Byrne desde que devolvera seu anel de diamante e ele lhe mandara enfiar seu conselho naquele lugar. E agora eles se esbarravam no minúsculo aeroporto nos arredores de Boston, onde Garrett a tinha levado para voar. Não teria sido tão ruim se Jordan estivesse sozinha, mas Tony estava a seu lado, parado com olhos que dançavam, divertindo-se com todas as coisas que não estavam sendo ditas. Para um homem que passara anos interpretando a palavra falada, Tony era extraordinariamente bom em interpretar *o não dito*. — Eu não sabia que você estaria aqui, Garrett.

Seu ex-noivo usava um macacão com manchas de óleo, muito diferente do terno de verão que vestia para trabalhar com o pai.

— Eu trabalho aqui em tempo integral agora, ajudando no hangar e pilotando nos passeios. Comprei uma parte das ações — enfatizou. — Estou querendo fazer alguma coisa com este lugar, mais para a frente comprar a parte do sr. Hatterson. Papai não ficou muito feliz no começo, mas de certa forma já superou.

No fim, você seguiu meu conselho, pensou Jordan. Garrett parecia muito mais natural de macacão que de terno. Ela conseguiu não soltar um *Eu te disse!*, mas ele provavelmente podia adivinhar que ela estava pensando nessa frase.

— O que você está fazendo aqui? — Garrett cruzou os braços, deixando os olhos derivarem para Tony, que havia abraçado Jordan pela cintura. — Nós nos conhecemos, não é? Timmy?

— Tony. Rodomovsky. Prazer em vê-lo novamente, Gary.

— Garrett. Byrne.

— Certo.

Jordan se livrou do braço de Tony. Homens.

— Eu queria fazer algumas fotos dos mecânicos, se concordarem. — *Um mecânico no trabalho.* Suas fotos dos rapazes na oficina da família Clancy não funcionaram, não havia muita grandeza visual em motores de carros. — Será que eles se importariam se eu entrasse no hangar e gastasse um rolo de filme?

Outro homem, ela pensou, poderia ter sido rancoroso e dito não. Garrett apenas deu um aceno duro, os olhos passando de Tony para a pessoa pairando impacientemente atrás.

— Você vai me apresentar sua amiga?

Jordan abriu a boca, mas Nina Graham se adiantou.

— Vocês têm aviões? — ela perguntou com seu sotaque estranho, avançando e fazendo barulho com as botas. — Vamos ver.

Jordan ficara surpresa ao ver uma cabeça loira no banco de trás do Ford de Tony quando ele foi buscá-la.

"Lamento dizer que temos uma vela", dissera Tony com um olhar para sua passageira. "Jordan McBride, esta é Nina Graham, esposa de Ian. Quando ouviu hoje de manhã que eu ia levar você para um aeroporto, ela se convidou."

"Prazer em conhecê-la, sra. Graham", Jordan começou, mas ela a cortou.

"Nina. Então você é a garota de quem Antochka gosta." Ela olhou para Jordan, especulativa, e Jordan murmurou gentilezas enquanto pensava *Que droga*. Uma vela no banco de trás — definitivamente não haveria parada para beijos no caminho até o aeroporto.

Com Anneliese ainda em Concord, Ruth indo todas as tardes à casa de uma vizinha para brincar, a loja segura nas mãos capazes da sra. Weir e Ian Graham e a esposa ausentes em algum tipo de viagem nas últimas semanas, Jordan e Tony tiveram liberdade para muitos beijos. Ela estava ansiosa por mais, porque Tony beijava como um homem que realmente gostava daquilo, não um que se apressava durante cinco minutos como um prelúdio para desabotoar a blusa da garota. Só que agora havia essa mulher no banco traseiro que Jordan não conhecia, no entanto o que ela ouvira tinha sido interessante.

"A noiva de guerra vermelha de Ian", dissera Tony. "Não pergunte nada."

Jordan imaginara uma beleza exótica vestida em pele de marta, não essa mulher compacta calçando botas surradas. Agora, Nina Graham estava apertando a mão de Garrett no estilo homem de negócios e disparando perguntas.

— Vocês têm o que, um Travel Air 4000? O que mais? Stearman, Aeronca, Waco...

— Principalmente aeronaves americanas. — Garrett se endireitou, listando os modelos, e Jordan se divertiu ao ver seu sorriso mais encantador piscar como um holofote. — É uma entusiasta, sra. Graham?

Nina sorriu modestamente.

— Eu voo um pouco.

— Bem, me deixe mostrar algumas coisas enquanto Jordan e o Timmy aqui olham por aí...

— Que inferno — Tony sussurrou no ouvido de Jordan quando Garrett saiu com Nina em seu cotovelo, olhando séria enquanto ele falava. — Ele está flertando com ela.

— Está tentando me deixar com ciúme. — Jordan sorriu enquanto procurava o filme em sua bolsa, aliviada ao perceber que não estava enciumada. A última prova, se ela precisasse, de que tinha sido certo cancelar o casamento.

A voz de Garrett flutuou.

— ... este Travel Air aqui, o nome dele é *Olive*. Os pilotos gostam de batizar seus aviões, sabia? Eu poderia levá-la para uma volta rápida, posso pilotar de um jeito mais suave com você...

Tony refreou uma gargalhada.

— Ela vai engoli-lo vivo.

— Aproveite o espetáculo — disse Jordan, rindo também. — Vou fazer minhas fotos.

Tony carregou a bolsa dela para dentro do hangar, olhou em volta para os mecânicos e, sem pressa, a arrastou para a sombra de um avião pulverizador e lhe deu um longo beijo.

— Para mais tarde — ele murmurou —, quando perdermos a vela, depois que ela engolir Gary com botas, ossos e macacão.

Outro beijo, ainda mais longo. Jordan se afastou, tentando se lembrar do motivo de estar ali. *Um mecânico no trabalho.* Certo.

Ela encontrou os mecânicos e se apresentou, conversou brevemente, elogiando e os fazendo rir. Jordan tinha aprendido alguns truques de Tony, a maneira como ele conseguia assuntos para relaxar. Ela acenou para que os mecânicos voltassem ao trabalho, fazendo perguntas interessadas e os repreendendo quando tentavam encontrar o olho da câmera, clicando quando estavam absorvidos no trabalho. Dois rolos de filme, sem problemas. *Estou melhorando nisso*, ela pensou, grata. Seu ensaio fotográfico estava tomando uma forma maravilhosa, a peça central do trabalho que ela mostraria quando começasse a procurar emprego em Nova York. Logo teria de começar a pensar em apartamento, entrevistas de emprego...

E anunciar a Ruth que, sim, sua irmã realmente estava indo embora, mas voltaria todos os meses para visitá-la. Jordan fez uma careta. Ruth sabia do plano de Nova York, mas não reconhecia isso, e ultimamente estava tão obcecada com música que mal percebia qualquer coisa que não tivesse o formato de violino. Toda noite, sem Anneliese para bisbilhotar,

Jordan levava a menina para praticar na loja fechada; ela tocaria mesmo passada a hora do jantar se Jordan não a arrastasse para casa. "Ruth está muito bem", disse cuidadosamente quando Anneliese ligou de Concord.

"Sem pesadelos?"

"Não, ultimamente não." Com a prática diária e aula toda vez que o sr. Graham conseguia encaixar, Ruth estava florescendo. "Você vai querer um professor adequado para ela em breve", dissera Graham depois da última lição, logo que ele voltara da viagem. "Eu consigo ensinar escalas e melodias simples, mas ela absorve tudo como uma pequena esponja. Está até tentando tocar músicas que ela me ouviu tocar ou se lembrou do rádio."

Se Ruth tiver a música, pensou Jordan, *vai se adaptar muito bem quando eu for embora no outono*. O que significava que Anneliese precisava ser informada. Em breve. Ainda não.

"Está se divertindo?", Jordan perguntou para a madrasta ao telefone, sentindo tensão na voz de Anneliese.

"Fazendo planos", ela suspirou. "Foi um verão muito bom para fazer planos, não foi?"

E o verão estava passando tão rápido, Jordan pensou, saindo para o campo de aviação. Em breve seria outono e ela estaria fazendo as malas para Nova York. Não haveria mais noites na loja, assistindo a um famoso correspondente de guerra ensinar sua irmã a tocar uma canção de ninar simples e assustadora da Sibéria, onde Nina Graham havia crescido. Não haveria mais a conversa enquanto o sr. Graham fazia o chá e contava uma história em seu barítono inglês sobre como Maggie Bourke-White estava tão focada com sua câmera que uma vez sua blusa frente única caiu em volta da cintura e ela nem percebeu. Não haveria mais Tony...

Ele olhou por cima do ombro com um sorriso, apontando para o biplano azul e creme chamado *Olive*, agora subindo na pista para um loop lento ao redor do campo. Jordan não conseguiu impedir o frio na barriga com aquele sorriso, nem tentou. *Aproveite agora, aproveite tudo. Antes de o verão terminar.*

— Gary levou Nina para dar uma volta. — Tony riu. — Ele disse que ela poderia experimentar os controles dos alunos. Isso vai ser bom.

No alto, o *Olive* saiu de seu ciclo tranquilo com um mergulho repentino para baixo, deu uma guinada gritante pelo campo de pouso e depois ficou invertido e passou íngreme e rápido. O avião quase desapareceu no azul, então voltou rugindo, passando muito perto do teto do hangar, a barriga pintada brilhando no alto, aparentemente perto o suficiente para ser tocado. Um golpe final, depois Nina pousou o *Olive* usando cerca de metade da pista que Garrett usara para decolar.

Jordan olhou para Tony. Os dois caíram na gargalhada. Ela mal conseguiu se controlar quando Garrett saiu do cockpit do instrutor parecendo um pouco verde. Nina saltou em um movimento ágil como um gato pulando de um telhado, tirando seu gorro de aviadora.

— ... um pouco pesado nos controles — ela estava dizendo quando Tony e Jordan se aproximaram. — Mas é um bom aviãozinho. Agradável. — Afagando a asa, profissional. — Você tem algo mais rápido?

— Hum. Bem, ainda não, somos pequenos...

Garrett se recompôs, sua expressão variando entre o constrangimento e a admiração. A admiração venceu quando ele perguntou:

— Você poderia me ensinar algumas coisas, sra. Graham?

— Ela foi piloto da *Força Aérea Vermelha*?

Tony contara discretamente algumas coisas para Jordan depois de deixar Nina no apartamento da Scollay Square.

— Sim. Nós não espalhamos isso por aí, com a loucura das pessoas em relação a comunistas. — Tony parou em frente à casa de Jordan e saltou do carro. — Aqui está. Presumo que você vá desaparecer na sala escura por algumas horas para revelar todos esses filmes?

— Como você adivinhou? — Mas Jordan fez uma pausa. Ruth estava brincando na casa da vizinha, e levaria horas até que tivesse de buscá-la. *Horas*, ela pensou, olhando para Tony.

Ele a conduziu para fora do carro, erguendo uma sobrancelha para ela ao ver seu olhar.

— Em que você está pensando?

Nada de decente, Jordan disse a si mesma. *Mas para o inferno com a decência.* Ela estava cansada do caminho certinho de encontros e beijos na porta, e das luvas brancas usadas para conhecer os pais; da lenta progressão em estágios aprovados que a faziam se sentir tão presa com Garrett. Ela queria algo particular e perverso e apenas para ela, algo absolutamente, gloriosamente *indecente*. Respirou fundo.

— Você gostaria de conhecer minha sala escura?

Ele deu um sorriso lento, estreitando os olhos.

— Eu ficaria honrado.

Foi a primeira vez que Jordan levou alguém de fora da família pelos degraus íngremes para seu enclave particular. Ela acendeu a luz e apontou Gerda e Margaret olhando da parede, indicou seu equipamento. Tony andou pelo lugar, olhando para tudo.

— Então é aqui que você passa as suas melhores horas.

— Algumas horas ruins também. Sempre que choro pelo meu pai, é aqui. Não é tão frequente agora. — O sofrimento estava começando a ser recoberto pela primeira camada de pele e tempo. Jordan supôs que essa camada ficaria cada vez mais espessa e, de certa forma, sentia por isso. O luto machuca, mas também faz lembrar. — Bom ou ruim, tudo o que é importante acontece aqui — disse ela, inalando os cheiros familiares.

Tony tocou a mesa comprida, olhou para as luzes.

— Eu gosto disso.

— Quero algo com o dobro do tamanho. Quero assistentes de impressão, quero que outros fotógrafos compartilhem o espaço. — Jordan tirou os sapatos. — Há tantas coisas que eu quero.

— Eu diria que posso te dar, mas você quer conquistá-las. — Tony se apoiou na parede. — Vá em frente, comece a trabalhar.

— Quando começo a trabalhar, perco a noção do tempo — ela alertou.

— Eu tenho tempo. Nina está assumindo o turno de trabalho de Ian, e ele está monopolizando nosso único telefone. Não tenho nada a fazer além de ficar com você. — Ele colocou as mãos atrás da cabeça. — E você é inacreditavelmente tentadora quando está perdida no trabalho.

— É sério. — Jordan pegou o fio de lã que costumava usar para manter o cabelo longe do rosto. Fazendo um rabo de cavalo, sentiu os olhos dele em sua nuca como um beijo e olhou por cima do ombro com um sorriso. — É monótono ver filmes sendo revelados. Você vai ficar completamente entediado.

— Você morde o lábio quando está concentrada — Tony respondeu. — Eu posso ser feliz por horas observando você fazer isso.

— Você é um mentiroso encantador, Tony Rodomovsky.

O sorriso dele desapareceu.

— Eu tento não ser.

Parte de Jordan queria cruzar o espaço entre eles e baixar o rosto de Tony para o dela ali mesmo. A outra parte estava gostando demais da crescente expectativa para se apressar.

— Bom, vamos ver quão bem eu posso trabalhar com alguém assistindo e tendo pensamentos impuros.

O sorriso dele voltou.

— Pensamentos *muito* impuros.

Ela acendeu a luz vermelha, tirou o filme e conseguiu começar, felizmente consciente dos olhos dele. Ao levantar as impressões e pendurá-las no varal, uma por uma, ela se afastou.

— Veredito? — Tony perguntou atrás dela.

— Aquela, talvez. Possivelmente esta. — Apontando. — Preciso ampliar enquadrando apenas as mãos contra a lâmina da hélice.

Ele passou os braços em volta da cintura dela por trás, olhando para as impressões sobre o ombro de Jordan.

— Como você sabe?

— Como alguém sabe fazer alguma coisa? — Jordan prendeu a respiração quando a mandíbula dele raspou a lateral do seu pescoço. — Aulas. Prática. Anos de trabalho duro.

Ele mordiscou o lóbulo da orelha dela.

— Justo.

Ela inclinou a cabeça contra a dele.

— Me conte um segredo.
— Por quê?
— Porque estamos no escuro e as pessoas trocam segredos no escuro.
— Você primeiro.
— Às vezes me chamo de J. Bryde. É o nome que eu quero usar como assinatura, mas eu falo com ela como se ela fosse real, de vez em quando. A famosa J. Bryde, que viaja pelo mundo com uma câmera e um revólver, homens e Prêmios Pulitzer caindo aos pés dela.
— Eu não sou um Pulitzer, mas vou cair aos seus pés.

Ele beijou o outro lado do pescoço dela, e Jordan deslizou a mão pelos cabelos macios dele.

— Sua vez. Qual é o seu segredo?

Ele ficou parado por um tempo, o queixo apoiado no ombro dela, os braços firmes em volta da cintura.

— Há um que eu quero lhe contar — ele disse lentamente —, mas não posso.
— Por que não?
— Não é um segredo meu, então não posso contar. Ainda não.
— Você tem uma esposa e seis filhos no Queens?
— Sem esposa. Sem namorada. Sem filhos. Isso eu posso garantir.
— Registro de prisão? Mandado de prisão?
— Não.
— Tudo bem, então. — Jordan podia ser curiosa, mas, no calor vertiginoso da luz vermelha, ela não se importava. Não estava levando Tony para casa para fazer uma investigação, como se ele precisasse de credenciais para ser seu futuro marido. Ele poderia guardar tantos segredos quanto quisesse; ela tinha alguns também. — Só me conte um segredo. Se não puder ser esse.
— Sou judeu — ele disse.
— Sério?
— Sim. Quer que eu vá embora?

Jordan esticou o braço e deu um tapa nele.

— Não!

A voz dele estava cautelosa.

— Algumas pessoas não gostam quando ouvem.

— Alguma garota não gostou de ouvir? — Jordan adivinhou.

— Uma garota na Inglaterra que achei que era importante por um tempo. Ela parou de retornar minhas ligações depois que eu disse a ela que a mãe da minha mãe era uma judia da Cracóvia. — Um encolher de ombros. — Fui criado como católico, mas ser um quarto judeu é o suficiente para muitas pessoas.

Jordan recostou-se contra ele, os braços quentes ao redor da cintura dela.

— Você é Tony Rodomovsky. Eu gosto de todas as suas partes... e não ouse transformar isso em uma piada obscena.

— Não sonharia com isso. — Eles ficaram por um momento entrelaçados e silenciosos, então Tony beijou a curva do ombro dela e recuou. — Você tem mais um filme para revelar.

— Sim — ela conseguiu dizer.

O ar havia ficado denso. Jordan trabalhou no segundo rolo, sabendo que não estava sendo meticulosa como sempre, mas não se importou. Ela pendurou as impressões e limpou os produtos químicos, sentindo o olhar de Tony redobrado.

— Acabou? — veio a voz atrás dela.

Jordan empurrou a última das bandejas para o lado, virou-se para encontrar o olhar dele e teve a sensação de ceder completamente. Não de parar e perguntar *Isso é sensato?* Mas de pensar *Não me importo* e aproveitar.

— Venha aqui.

— Graças a Deus. Mais um rolo teria me matado. — Ele caminhou em direção a ela à luz vermelha, pegando a ponta do fio que prendia seu cabelo, soltando-o lentamente. Ela tinha abandonado os cachos de Rita Hayworth havia muito tempo, e Jordan sentiu o cabelo solto deslizar reto e fácil por entre os dedos dele.

— Vou para Nova York no outono — ela anunciou antes que a conversa parasse completamente. — Até lá, eu vou trabalhar duro nesta sala escura e cuidar da minha irmã... e, espero, ter um caso louco e apaixonado com você. — Enrolando os braços ao redor do pescoço de Tony, ela o olhou nos olhos. Ele tinha olhos para se afogar. — O que você acha disso?

A voz dele era rouca.

— Parece o paraíso.

Suas bocas se encontraram sob o brilho vermelho da luz, mãos soltando botões, camisas sendo puxadas para fora da calça. Jordan estendeu a mão para trás, ergueu-se para sentar na mesa de trabalho, puxando Tony consigo. A camisa dele caiu no chão, depois a blusa de Jordan.

— Eu sempre quis colocar uma cama aqui para as noites em que trabalho até tarde e fico cansada... — Jordan murmurou entre beijos. — Mas nunca tive tempo para isso.

— É um descuido sério — ele concordou, tirando o sutiã dela e deitando-a de costas.

— Você... — Jordan parou, ofegando. Ele estava beijando muito lentamente a linha de suas costelas, e isso estava impedindo que ela falasse. Ela não tinha ideia de que a pele sobre as costelas era tão sensível. Por outro lado, nunca namorara nenhum homem na vida, incluindo Garrett, que se preocupasse em prestar atenção nisso. — Você tem um...

— No meu bolso — Tony respondeu, e ela o sentiu sorrir contra o umbigo. — Não tenho nenhum desejo de ser pai ainda.

— Que bom. Rápido... — Estendendo a mão para puxá-lo para mais perto.

— Não. — Ele prendeu os pulsos dela, dando aquele sorriso que fazia sua barriga gelar. — Você teve horas para trabalhar, J. Bryde. Agora é a minha vez.

43

Ian

Agosto de 1950
Boston

— Cinco endereços e nada? — o rosnado rouco de cigarro de Fritz Bauer soou no ouvido de Ian pelo telefone.

— Nada de *die Jägerin*, pelo menos. — Ian teria apostado um bom dinheiro que todos os cinco homens que o atenderam e ouviram sua história de "mudança para o bairro" tinham um histórico de guerra que valia a pena esconder. — Nina conseguiu fotografar com uma pequena Kodak, fingindo tirar fotos do bairro, registrando nossos companheiros no canto das imagens. As fotos ficaram relativamente nítidas. Vocês podem fazer algum trabalho de correspondência nos seus arquivos, ver se conseguimos encontrar nomes para os rostos? Se forem criminosos de guerra identificáveis...

— O que eu lhe disse sobre travar uma batalha de extradição nos Estados Unidos, Graham?

— Alguém tem que lutar — Ian disse com um sorriso sombrio. — Mandarei o pacote para você. Estarei na Pensilvânia amanhã.

Sexto endereço da lista e o percurso mais longo até agora, mais de seis horas. Se *die Jägerin* não estivesse lá, a última chance seria o endereço na

Flórida. *Que ela esteja na Pensilvânia*, Ian rezou. Ele não tinha certeza de que o orçamento daria para mais viagens. A razão pela qual estavam em agosto — agosto! — e ainda com dois endereços para verificar foi porque, entre o telefone, o aluguel e as viagens para os cinco primeiros endereços, tiveram que esperar a pensão de Ian cair. *A busca por uma assassina morre por falta de dez dólares na conta.*

— É minha imaginação — ele disse para Nina enquanto atravessavam o estado da Pensilvânia — ou Tony parecia bastante interessado em nos ver na estrada hoje?

— Ele está fazendo sexo — disse Nina, como se fosse óbvio.

— Inferno — disse Ian, pensando em seu parceiro e Jordan McBride.

— Você está chocado? — Sua esposa parecia estar se divertindo. — Acha que ele deveria se casar com ela primeiro?

— Não, não sou hipócrita. — Ele passara anos em zonas de guerra onde cada dia que você sobrevivia significava uma noite em que podia beber e decidir quem levar para a cama, sem ninguém se importar com decência ou casamento. — Mas é melhor Tony não partir o coração daquela garota — acrescentou, ameaçadoramente.

— Você gosta dela.

— Gosto das duas garotas McBride. — Surpreendia Ian quanto ele estava aproveitando a meia hora na loja de antiguidades depois das aulas de Ruth. Era quando ele fazia chá e Jordan implorava por histórias de guerra e Tony contava piadas. Tinha sido uma maneira de passar o tempo, esperando até que ele e Nina tivessem dinheiro para investigar os últimos endereços da lista, mas era mais que isso.

— Eu ainda não imagino você ensinando crianças, *luchik* — observou Nina, enrolando as pernas debaixo de si. Ela nunca assistira às aulas de Ruth, já que as noites eram sempre o seu turno de vigia de Kolb. — É muito... como é a palavra? Domado? Doméstico?

— Ruth é uma criança boazinha. Crianças como ela me fazem pensar sobre o futuro. — Nina inclinou a cabeça, indagando. Ian tentou elaborar, dirigindo o Ford através de um subúrbio em ruínas. — Ela nasceu durante a última guerra e, graças a Deus, teve muito mais sorte do que aquelas pobres crianças que Lorelei Vogt baleou à beira do lago. Ela está viva para tocar música, crescer inteira e saudável. Outras crianças nascidas na mesma época vão crescer para começar mais guerras... Esse é o caminho da raça humana, mas Ruth não será uma delas. Ela trará música para o mundo. Ela tem pelo menos uma coisa certa e deve ir adiante. Construir uma geração é como construir um muro, um bom muro de tijolos por vez, uma boa criança por vez. Com tijolos bons o suficiente, você tem uma boa parede. Com crianças boas o suficiente, você terá uma geração que não vai começar uma guerra mundial.

— Muito para pensar sobre uma criança que sabe tocar algumas notas — Nina disse, encarando-o. — É algo que você quer? Filhos?

— Deus, não. Eu acho a maioria das crianças muito chata. — Um pensamento o atingiu. — Você não está tentando me dizer algo, está?

— *Der'mo*, não. — Nina acenou com a mão e Ian expirou. Eles tomavam cuidado, mas acidentes acontecem. — Eu não quero bebês — ela continuou. — Nunca quis. É estranho? Parecia que toda *sestra* no meu regimento queria bebês.

— Acho que pessoas como nós não são bons pais e mães. Sempre perseguindo alguém...

— E nós preferimos a caçada a bebês.

A esposa dele tinha dito *nós*. Ian sorriu.

Uma longa e cansativa viagem, sem resposta na casa onde eles bateram, várias horas perambulando pelos subúrbios da Pensilvânia esperando os moradores retornarem... e então o sinal negativo de cabeça de Nina quando um homem forte e careca e sua esposa grisalha voltaram para casa com seus chapéus respeitáveis. Eles fizeram a pequena encenação, de qualquer maneira, para que Nina pudesse tirar sua foto com a Kodak, mas foi oficialmente outra viagem inútil. Ian não bateu no volante dessa vez quando voltaram para o carro, mas se recostou no banco e fechou os olhos de cansaço.

— Flórida — disse ele categoricamente. — Não posso dizer que já esteve na minha lista de lugares para ver antes de morrer.

— *Tvoyu mat.* — Nina suspirou.

— De fato — disse Ian, voltando para Boston. Estaria escuro quando chegassem, mesmo com os longos dias de verão. Um dia para dormir fora da estrada e depois decidir se seria mais barato dirigir para a Flórida ou pegar o trem.

— Ou voar — Nina choramingou. — Pego um avião do pequeno campo de Garrett Byrne, é voo fácil.

— Você não pode simplesmente pegar um avião emprestado como se fosse uma xícara de açúcar!

— Nós o trancamos no armário — explicou Nina, achando-se razoável. — Então ele não pode dizer não.

— Foda-se a sua mãe — disse Ian, rindo. — *Não.*

O problema não veio até que eles parassem para comer. O crepúsculo chegava em longas sombras roxas, e, enquanto deslizavam pelos arredores de uma cidade abandonada a várias horas de Boston, Nina insistiu em parar.

— Preciso comer algo ou vou mastigar o volante.

Ian estacionou no restaurante mais próximo, um estabelecimento chamado Bill's, que fez a lanchonete onde passavam tanto tempo vigiando o apartamento de Kolb parecer um palácio de alta gastronomia.

— Não vamos demorar — Ian murmurou, olhando a multidão de clientes. Havia alguns homens com suas cervejas, lançando olhares nem um pouco amigáveis para os recém-chegados.

A garçonete tinha o olhar fixo enquanto anotava o pedido, sobrancelhas subindo com o sotaque de Nina.

— De onde a senhora é?

— Boston — disse Ian, ao mesmo tempo em que Nina disse "Polônia". A garçonete encarou um pouco mais. Ian encarou de volta friamente. — Dois hambúrgueres, ketchup extra — ele repetiu, e ela lançou outro olhar de soslaio. Nina parecia se divertir mais que qualquer coisa, inclinando-

-se além de Ian para dirigir um longo olhar para um sujeito corpulento que a estava analisando.

— Vou lavar a mão — ela anunciou e se levantou para passear sem pressa entre as cabines sujas. Dois homens usando botas de operário disseram algo que Ian não conseguiu ouvir, embora pudesse imaginar. Nina riu e disse algo longo e *pausado*, acompanhado de um gesto de mão. Os dois homens se irritaram, e ela entrou no banheiro. Um deles se levantou e caminhou pesadamente em direção ao lugar onde Nina estava sentada. Ian recostou-se, desdobrando os braços.

— Sua esposa fala engraçado — disse o homem, sem preâmbulos.

— Ela é polonesa — retrucou Ian.

— Conheci muitos polacos durante a guerra — ele rebateu. — Eles não falam assim.

— Você viajou por toda a Polônia? Experimentou pessoalmente a rica variedade de dialetos regionais de Poznan a Varsóvia? — Ian empregou seu sotaque mais desdenhoso. — Cai fora.

As sobrancelhas do homem se abaixaram.

— Não me diga para cair fora.

Ian olhou para ele com os olhos estreitados.

— Sai fora, então.

A voz de Nina veio detrás dele.

— Algum problema, *luchik*?

— Não — Ian disse sem desviar o olhar. — Não tem problema nenhum, querida.

Ela passou pelo sujeito musculoso parecendo totalmente relaxada. Ian supôs que bêbados beligerantes do oeste de Massachusetts não impressionariam alguém que tinha olhado Josef Stálin nos olhos.

— Chegamos a Boston até meia-noite? — ela perguntou, como se o visitante fosse invisível. — Demora muito dirigir nessas viagens. Eu ainda digo que é melhor tomar emprestado um avião.

— Ela não parece uma polaca — o homem musculoso murmurou, retornando para sua mesa com um olhar sombrio. Ian voltou a respirar quando os hambúrgueres chegaram, ficando em guarda mesmo quando o valentão e seus dois amigos se levantaram e foram embora. Nina ainda estava recebendo olhares estranhos — mesmo usando blusa e saia sociais, ela não se parecia com uma turista comum. Talvez fosse o olhar fixo com que ela devolvia os olhares furtivos, ou talvez o jeito como ela comia hambúrgueres, que fazia Ian se lembrar de um filme sobre os hábitos alimentares dos canibais das tribos de Fiji.

A garçonete os enganou quando deu o troco, mas Ian não reclamou, agarrou seu chapéu e segurou o braço de Nina. Eles saíram para a rua, agora totalmente escura, e Ian não ficou surpreso ao ver três figuras saírem das sombras.

Ele ficou tenso, trocando o peso de um pé para o outro. A seu lado, pôde sentir sua esposa relaxar completamente, o corpo fluindo com tranquilidade. Ian viu que ela estava sorrindo.

— Posso ajudar? — ele perguntou friamente aos três homens.

— Eu também conheci russos na guerra — disse o homem musculoso com bafo de cerveja. — Ela fala como eles, não como um maldito polaco. A sua esposa é comunista?

— *Da, tovarische* — disse Nina, e tudo aconteceu ao mesmo tempo. O homem musculoso se aproximou dela; Ian entrou em seu caminho e lançou um gancho de direita contra sua mandíbula. O homem gritou, seu amigo atrás gritou também e se lançou sobre Ian, levando-o pelas costelas. Ian ouviu o inconfundível som da navalha de Nina sendo aberta.

— Não mate ninguém — ele conseguiu gritar antes que um punho batesse nele e respirou fundo. O homem musculoso deu um soco selvagem que acertou sua orelha. Ian podia ver flashes de Nina lutando com o terceiro homem, que a abraçou como um urso e a levantou do chão. O gelado de medo e o quente de fúria tomaram conta de Ian ao ver a cabeça loira de Nina se mover para a frente e acertar o nariz de quem a atacava. Um grito rasgou a noite. Ian acertou a bota na canela do homem musculoso antes que ele pudesse dar outro soco. Em seguida, bateu o cotovelo no rim do homem que segurava suas costelas. Finalmente se libertando, viu a navalha de Nina movimentar-se rápido, abrindo um corte na camisa e na pele do braço que a segurava no alto. O homem deu um grito agudo e jogou Nina no cascalho. Ela se levantou e levou um tapa no rosto.

Ian saltou sobre o homem que batera nela e socou seu pomo de adão, derrubou-o com uma rasteira e chutou suas costelas duas vezes. Quando viu que Nina estava em pé, ele gritou:

— Para o *carro*!

Ela voou a seu lado, mergulhando no banco do passageiro, enquanto Ian se atrapalhava com as chaves e a partida, mostradores e configurações. Ele ouviu um grito, sentiu o carro estremecer quando um chute bateu no para-choque, e então se afastaram com um guincho de pneus, enquanto Nina soltava um riso selvagem.

— Você é louca — Ian gritou. — Droga, perdi meu chapéu.

— Você sabe lutar! — Ela estava sorrindo. — Você disse que sabia, eu não acreditei...

— Eu tinha esse chapéu desde antes da Blitz — Ian reclamou, mas estava sorrindo também. Eles estavam saindo rapidamente da pequena e desagradável aldeia na escuridão. A mão com que ele dera os socos estava doendo, ele podia sentir o sangue escorrer pela lateral do rosto, e mesmo assim não conseguia parar de sorrir. Olhou para sua esposa. — Você está machucada?

— Acho que ele quebrou meu nariz. — Ela parecia despreocupada.

— Puta merda. — O sorriso dele desapareceu. — Vou encostar.

— Não é a primeira vez. Meu pai quebrou meu nariz quando eu tinha onze anos. Eu derramei uma garrafa de vodca.

— Eu sei, você é dura como pedra, foi criada por lobos. Me deixe ver isso.

O acostamento estava escuro como breu, cortado pelos faróis do Ford e, em seguida, pela luz da lanterna de Ian. Os pés de Nina trituraram pedras quando ela deslizou para fora e o deixou examinar seus ferimentos ao lado do carro. Seu nariz pequeno estava inchando rapidamente e sangrando, mas, apesar de ela xingar quando Ian beliscou os ossos nasais, nada que não devesse ter se movido se moveu.

— Não está quebrado. Da próxima vez, é melhor não provocar os bêbados que estiverem procurando briga.

— Qual a diversão nisso? — Ela limpou o sangue com o lado da mão. — Então, onde um inglês certinho como você aprendeu briga de rua? — Ela imitou a cotovelada que ele deu no segundo oponente.

— Todo garoto de escola pública aprende a boxear. Golpear com o cotovelo e dar socos nos rins eu aprendi com alguns guerrilheiros na Espanha. — O sangue de Ian ainda estava bombeando em um ritmo que era o dobro do normal, a onda de adrenalina começando a drenar. — Eu não arrumo briga, mas, se alguém arrumar comigo, não jogo limpo.

— Eu gosto disso em você, *luchik* — Nina aprovou, os olhos azuis brilhando no escuro.

Ian visualizou o flash de seus cabelos loiros do lado de fora do restaurante quando o homem lhe deu o tapa. Ele a puxou de repente em um abraço duro. Queria voltar e quebrar a cabeça do canalha.

— *Nu, ladno...* — Nina se contorceu, parecendo impaciente. — Está bem, ninguém está ferido, nós continuamos.

Está decidido, Ian pensou, lutando contra todo o seu tumulto interior enquanto deslizava de volta para dentro do carro. *Não vou deixar você ir embora. Não sei o que tenho que fazer para convencer você a ficar, Nina Markova, mas vou descobrir.*

44

Nina

Setembro de 1944
Arredores de Poznan

Nina cruzou os braços.
— Faz duas semanas. Melhorou bem.
Sebastian estremeceu ao apoiar o peso na perna ferida.
— Dói para caminhar.
— Você está fingindo — ela afirmou.
O garoto inglês suspirou. Ele era apenas cinco anos mais novo, vinte e um contra os vinte e seis anos de Nina, mas ela não podia deixar de pensar nele como um garoto. Havia algo franco e confiante nele, e mesmo os anos em cativeiro não tinham ofuscado aquilo.
— Podemos nos sentar? Por favor.
Nina sentou-se, carrancuda. O acampamento deles parecia consideravelmente mais habitado agora que estavam havia duas semanas ali, esperando Seb se recuperar: a roupa lavada no córrego e pendurada para secar, a fogueira forrada com pedras e equipada com um espeto bruto. Nina não via a hora de partir.
— Você sabe que eu quero ir para oeste.

— Isso é loucura, Nina — ele disse, envergonhado, odiando contradizê-la. — Sem destino, sem planos...

— Eu quero sair da Polônia.

— Você acha que a *Alemanha* vai ser melhor? Não temos documentos nem roupas. — Apontando para sua roupa de batalha suja. — São grandes as chances de sermos apanhados, e você seria presa ao meu lado. A única mulher em um campo cheio de homens e, acredite em mim, nem todos são cavalheiros.

— Seguimos para oeste através da floresta, então.

— Você vai pegar trilhas pela floresta por toda a Alemanha, sem mapas? E quando chegar o frio?

Nina riu.

— Eu sou da Sibéria, *malysh*. Não vai ficar frio o suficiente para me matar.

— Não me chame de *garotinho*. Tudo o que eu quero é não ser pego, e que *você* não seja pega. — Seu olhar sustentou o dela. — Eu lhe devo a minha vida, Nina. Se você não tivesse aparecido, aquele alemão teria atirado em mim ou, se eu conseguisse escapar dele, teria tropeçado nessas árvores até morrer de sede ou até outro Kraut me pegar. Devo isso a você, e, se nós dois formos pegos, nunca vou poder lhe pagar.

Nina abriu a boca. *O molenga inglês tem razão em uma coisa*, observou seu pai. *Seu plano é louco.*

— Nós nos escondemos aqui — insistiu Seb. — Na floresta, em algum lugar melhor que uma clareira. Perto o suficiente de Posen para conseguir alimento, manter os ouvidos atentos às notícias. Por que seguir em frente? Não vamos encontrar nenhum lugar melhor para esperar a guerra acabar.

— Esperar acabar...!

— Não deve demorar muito agora — Seb se apressou. — Alguns meses, talvez antes do fim do ano, e este país estará tomado de Aliados, em vez de sentinelas alemãs...

— Atropelar soviéticos, quando nossas forças chegarem. Não vou esperar por isso.

— Diremos a todos que você é polonesa. Você perdeu seus documentos. A Cruz Vermelha vai ajudar, pelo menos.

— O que fazemos até lá? Ficamos sentados bordando? — Aquilo trouxe Yelena dolorosamente à mente, retirando linhas azuis das cuecas masculinas para que pudesse bordar estrelas em um cachecol.

— Passei quatro anos sem fazer nada além de ver o tempo correr. Se pudermos ficar aquecidos, nos manter escondidos e nos alimentar...

— *Nós*. — Nina o encarou novamente. — Você quer dizer *eu*. — Duas semanas no bosque, e esse garoto da cidade ainda não fazia a fogueira sem desperdiçar fósforo.

— Até a guerra terminar, eu preciso de você — Seb reconheceu. — Depois da guerra, você vai precisar de mim.

Nina levantou as sobrancelhas.

— Eu sou um cidadão britânico. Quando os alemães estiverem acabados, vou ser enviado de volta para a Inglaterra. E levo você comigo.

Nina piscou.

— Como?

Ele encolheu os ombros.

— Meu irmão tem conexões em todos os lugares, ele pode patrocinar você. Você poderia conseguir a cidadania britânica no fim. É sempre bom conhecer pessoas, e, acredite, nós, os Graham, conhecemos. Me mantenha vivo até o fim da guerra — Sebastian Graham repetiu. — E eu vou levá-la para a Inglaterra e ajudá-la a se estabelecer lá. Eu lhe devo isso.

Nina hesitou. O que ela sabia sobre a Inglaterra, exceto que tinha muita névoa e capitalistas?

— Inglaterra — Seb a tentou. — O ponto mais longe a oeste a que você pode chegar sem sair da Europa. Sem mencionar que temos Piccadilly. A seção do Egito no Museu Britânico. Peixe com batata frita... Você não sabe o que é viver até comer peixe com batata frita, Nina. Sem Komsomol, sem gulags, sem apartamentos coletivos. Um bom rei gago que não se dedica a execuções em massa. É uma grande melhoria em relação à União Soviética, acredite em mim, e você pode chamá-la de lar. Tudo o que precisamos fazer é nos esconder e ficar juntos.

Nina não tinha ideia do que era *peixe com batata frita* ou *Piccadilly*. Ela ficou pensando nas palavras *o mais longe a oeste sem sair da Europa*.

— Sobrevivência agora pela cidadania mais tarde — disse Sebastian. — O que você acha?

Era estranho, Nina refletiu, não ter nada no mundo a não ser um único parceiro. Ela vivera tanto tempo entre centenas de mulheres, e então sozinha entre as árvores em companhia apenas das alucinações. Agora tinha Sebastian Graham, e uma relação poderia ser mais estranha que aquela?

— Eu queria ingressar na Força Aérea Britânica — disse Seb. — Spitfires e glamour. Mas o filho da mãe do recrutador riu na minha cara.

— Bombardeios aéreos não são glamourosos. — Nina empurrou uma folha através da pedra plana entre eles. Seb estava ensinando pôquer a ela e tinha marcado pacientemente uma variedade de folhas com uma vara carbonizada para fazer um baralho de cartas. — A folha de carvalho é copas ou espadas?

— Espadas. — Ele inclinou a cabeça, ouvindo. — Isso é um pica-pau.

— O quê?

Ele imitou um canto de pássaro.

— Você não sabe nada sobre floresta, mas sabe sobre pássaros? — Nina deslizou pela rocha uma folha de carvalho que era a rainha de espadas.

— Eu gosto de pássaros. — Ele uniu as mãos, fez um pequeno e curioso gesto imitando voo. — Meu irmão Ian me deu meu primeiro livro sobre pássaros. Os outros meninos disseram que era coisa de maricas, até eu dar um soco neles. Ian me ensinou a dar um soco no mesmo dia em que me deu o livro. Ele disse que eu poderia gostar do que quisesse, mas seria melhor me preparar para bater nas pessoas se elas me importunassem por isso. — Seb inclinou a cabeça para trás, ouvindo os cantos vindos das árvores. — Tantos pássaros aqui... pica-paus, estorninhos, socós... No campo de prisioneiros havia apenas aqueles corvos esfarrapados.

Eles ainda estavam no mesmo acampamento. Precisariam de um abrigo melhor em breve, mas o tempo ainda estava quente. Seb não tinha habilidade para fazer armadilhas ou rastrear, mas, depois que sua perna cicatrizara, ele era firme nas horas em que precisava procurar alimentos, e o polonês dele era bom o suficiente para torná-lo útil sempre que se dirigiam aos arredores de uma das aldeias para trocar caça por pão. Nina tinha conseguido afanar uma calça, gorro e casaco de um varal da vila, roupa áspera camponesa que transformara Seb em um viajante desalinhado em vez de um soldado fugido. "Não podemos nos arriscar com muita frequência", alertara ela no dia em que os dois quase saíram das árvores em direção a um grupo de sentinelas alemãs. "Nunca na mesma vila duas vezes e nunca nas cidades maiores. Estarão cheias de Fritzes, isso sem falar nos moradores famintos que entregam viajantes suspeitos."

— Você não tem muita fé na humanidade, não é, Nina?

— Você tem? — ela perguntou, surpresa. Os dois estavam lavando roupas no riacho, Seb inteiramente disposto a bater meias molhadas contra uma rocha sem reclamar, como a maioria dos russos faria, que era trabalho de mulher. Talvez fosse algo inglês, especulou Nina, ou talvez, quando você já estava contando com uma mulher para sobreviver, não houvesse muito o que dizer sobre *trabalho de mulheres*.

— Tenho muita fé na humanidade. — Seb torceu uma meia. — Os rapazes no campo... eles não eram todos santos, mas havia regras. Não se podia roubar. Você compartilhava comida, quando tinha, com seus colegas. E nem os alemães eram todos brutos. Eles tinham suas regras também, e a maioria tentava ser justa. — Seb colocou as meias para secar na rocha ensolarada. — Havia muita generosidade entre aquelas paredes. Mais do que eu vi na escola pública.

— O que é essa *escola pública*? As escolas não são todas públicas?

— Não é educação coletiva, com certeza. — Seb riu. — Meus pais teriam morrido de vergonha se um Graham ficasse lado a lado na escola com os camponeses.

— Você está lado a lado com uma camponesa agora — disse Nina.

— E se meu pai estivesse vivo eu te levaria para casa para o chá, só para ver a cara dele. — Seb sorriu. — Agora, Ian nem se importaria, nem se você mostrasse sua navalha para ele sobre a mesa de chá. Nada choca meu irmão mais velho. Mas meu pai faria uma expressão de surpresa. Daria uma olhada em você e engasgaria com um bolinho. — O sorriso de Seb era raro e surpreendentemente doce e, com o cabelo escuro agora crescendo desgrenhado e aqueles cílios longos, provavelmente já tinha feito muitos corações palpitarem em sua pequena ilha enevoada. O coração de Nina não palpitava nem um pouco. Ele era um garoto bonito, mas a lembrava muito de Yelena. *Já chega de amar pessoas de alma doce, cílios longos, idealistas que sonham voar*, pensou Nina, torcendo as próprias meias violentamente, *porque são essas que arrancam seu coração e o levam consigo quando voam para longe*. E quem gosta deve ser correspondido. Que Seb e Yelena encontrassem alguém doce e valente que os adorasse todos os dias. Nina estava farta de casos amorosos. Ela dormiria sozinha ou encontraria algum caçador de olhos claros com um coração duro como um diamante, alguém que não cavasse sua alma e deixasse um oco nela.

— Deixou alguma garota para trás? — Nina perguntou, espantando sua desolação. — Antes de se alistar.

Os olhos dele se afastaram.

— Não.

— Um garoto? — Nina perguntou e viu o rosto de Seb perder a cor. — Eu não me importo, apenas estava me perguntando... — Pelo menos ela estava aliviada, sabendo que ele provavelmente não tentaria nada com ela.

Ele não falou por quase uma hora. Até Nina quebrar o silêncio:

— Eu tinha alguém. Uma garota. E aí...

— Ah — disse Seb.

— Pensei que fosse normal para os ingleses, meninos com meninos. Isso é o que dizem, que todos os ingleses se namoram e por isso não conseguem lutar.

— Não. — O rosto de Seb quase recuperou a palidez normal. — Eles dizem que é uma coisa que acontece na escola, porque não tem meninas. E que você supera isso.

— E você não superou?

— Não. Eu não tinha ninguém, só sabia que não era... — Ele desviou o olhar. — Eu sempre pensei que, quando conhecesse mulheres, seria diferente. Crescendo apenas com meu pai e meu irmão, depois a escola só de meninos, depois o exército, depois quatro anos como prisioneiro...

— Você não precisa saber nada sobre mulheres para descobrir se as quer na cama ou não — Nina retrucou, divertida.

— Suponho que sim. — Seb corou. — Sua garota, quando você soube...

— Não falo sobre ela — disse Nina, e eles encerraram o assunto.

Os dias ficaram mais curtos, uma nota de outono tocando o ar conforme setembro se aproximava de outubro. Colocando armadilhas, limpando a caça, lavando meias e camisas e o próprio corpo sujo no córrego. Nina ainda tinha crises de tremores, desejando suas pílulas de Coca-Cola, e não conseguia dormir mais que algumas horas rasas por vez. Seb tinha inúmeras maneiras de passar as horas: jogava pôquer com suas folhas, praticava cantos de pássaros, tentava ensinar inglês a Nina.

— Você terá que aprender se vai para a Inglaterra.

— Inglês é uma língua estúpida.

— Vá devagar. *Deus. Salve. O. Rei.*

Ela repetiu, tentando imaginar uma vida em meio ao nevoeiro, comendo aquelas coisas estranhas que Seb chamava de *pudim* e *bolinho*, bebendo chá de um bule e não de um samovar. Talvez pudesse trabalhar em um aeroporto? Mesmo que pudesse, não haveria mulheres como as Bruxas da Noite. Nenhuma mecânica cantando enquanto passava as chaves, sem armeiras soprando a ponta dos dedos azuis, sem pilotos correndo em direção a seus aviões, brigando pela honra de ser a primeira a decolar. O cabelo escuro esvoaçante de Yelena, sua boca macia.

Nina levantou-se abruptamente.

— Vamos buscar comida?

Eles sempre evitavam estradas e cidades movimentadas, esperando escondidos atrás de árvores ou arbustos até que houvesse refugiados solitários ou camponesas com cestas que pudessem ser abordadas. Seb preparara uma história sobre como eles haviam fugido de Varsóvia e agora estavam vivendo uma vida difícil; havia muitas histórias assim. Todas as encruzilhadas estavam cobertas com detritos descartados de refugiados que buscavam segurança: malas de viagem emborcadas, um carrinho de mão vazio, pacotes saqueados abandonados por viajantes seguindo as placas para cidades que Nina não desejava procurar. Poucos olhavam desconfiados para Seb e Nina quando eles iam trocar produtos básicos; Seb falava, e Nina se mantinha em alerta.

Seb segurou o prêmio do dia, um saco de batatas.

— Esta noite teremos um banquete. Melhor do que tentar passar por Berlim, hein?

Não sei, pensou Nina, tentando se livrar da superstição de que aquele país destruído tinha sido amaldiçoado. Não havia lógica para se encontrarem naquela paisagem sombria e arrasada de uma terra onde a mão da guerra varrera, arrastara suas garras afiadas e seguira em frente. Ela ergueu o nariz para o vento enquanto os dois caminhavam de volta em direção ao acampamento, farejando.

— O inverno está chegando.

Em novembro, o frio começou a esgotar Sebastian. As árvores estavam totalmente sem folhas, películas de gelo brilhavam aqui e ali nas cavidades mais escuras, a terra estava endurecendo, mas o inverno só estava começando a fechar as mandíbulas.

— Isso não é nada — disse Nina, tentando dar forças para ele. — Você deveria ver os ventos uivando através do Velho.

Seb estava sentado, encolhido em suas roupas. Ele estava mais magro, seus olhos tinham sombras.

— Podemos acender uma fogueira?

— Não está nem congelando. Guarde para a noite, quando a temperatura cair.

Ele não reclamou, nunca reclamava. Nina gostava disso nele. Mas Seb fechou a boca, frustrado.

— Você não se acostumou a sentir frio no campo de prisioneiros? — Nina perguntou, sua própria frustração crescendo.

— Quarenta homens dormindo em uma cabana aquecem o ambiente com sua respiração. Era tudo fechado. — Seb gesticulou para o abrigo deles.

Haviam deixado o acampamento antigo, procurando algo mais protegido para o inverno. Seb argumentou que deveriam entrar em Poznan, a ampla faixa de floresta que atravessava a cidade adicionando um toque selvagem — lagos calmos e bosques espessos — em meio à civilização. "Mais perto dos alemães", Nina argumentou de volta. "Perto da cidade é mais fácil conseguir comida", ele respondeu, e ela concordou, relutante, encontrando uma rocha oca de bom tamanho e um amontoado de pedregulhos a nordeste de um dos lagos artificiais, abrigados entre pinheiros e protegidos por uma saliência de três lados. Com uma fogueira escavada e seus cobertores roubados de varais, era o abrigo mais seco e aconchegante que eles iriam encontrar. Mas não impedia o frio.

— Não vou dizer que sinto falta do meu beliche no campo de prisioneiros — disse Seb, tentando brincar. — Mas pelo menos tinha um teto!

Nina lutou contra uma onda de exasperação, pensando em Marina Raskova, que sobrevivera dez dias na taiga sem um kit de emergência; na moscovita Yelena, que minimizava a temperatura congelante em Engels com piadas sobre a geada fazer seus cílios parecerem mais longos. Mas não era culpa de Sebastian Graham; era civilizado demais para saber o que realmente era frio. Ele estava ali, era tudo o que ela tinha, e Nina percebeu, olhando seu rosto emaciado, como gostava dele.

— *Malysh* — ela disse baixinho, pegando a mão dele embrulhada em pano. — Vai piorar. Haverá neve. Nossos dentes vão parecer estar soltos, porque não vou encontrar verduras ou frutas suficientes. Vamos gastar mais do nosso tempo procurando lenha, e mesmo assim não nos manterá aquecidos. Haverá momentos em que você vai querer morrer, mas você não vai morrer, porque eu sei como sobreviver a um inverno na natureza... e nós não estamos no mundo selvagem, Seb. Estamos em uma floresta desbravada em Poznan, a civilização está apenas alguns quilômetros além das árvores. Nós vamos sobreviver, só que não vai ser divertido. Você me entende?

— Sim. — Ele fez um esforço para sorrir. — Fui eu que convenci você a acampar durante o inverno em vez de seguir para oeste. Vou me controlar, eu prometo.

Mas, pela maneira como o sorriso dele se transformou em reflexão silenciosa, Nina ainda sentiu uma pontada de inquietação.

Foram procurar comida na tarde seguinte ao longo da borda do lago artificial. Um corpo longo e estreito de água, com juncos comestíveis para serem puxados, lugares a serem marcados para a pesca se pudessem fazer anzóis e linhas.

— O que é aquilo? — Seb apontou para uma entrada a uma boa distância descendo a costa. Nunca haviam ido tão longe procurar alimentos. — Alguma coisa amarela.

Nina estreitou os olhos, distinguindo um telhado pontudo, janelas de vidro. Uma casa, e não um chalé de fazendeiro.

— Um refúgio de Fritzes à beira do lago. — Qualquer coisa graciosa ou ampla em Poznan naqueles dias só podia ser de um alemão. Pelo menos por enquanto; havia mais e mais rumores (sempre que Nina e Seb encontravam refugiados com quem ousavam falar de notícias) sobre a possibilidade de um recuo alemão em direção a Berlim.

— Uma casa grande como aquela, eles devem ter uma despensa ou porão para invadir.

— Muito arriscado — contrapôs Nina.

— Se houver muitas pessoas, recuamos — Seb argumentou. — Palavra de honra.

Nina tocou a navalha no bolso, o revólver na cintura. Não havia mais munição, tinha se esgotado fazia muito tempo. Mas Seb estava certo, eles não precisavam tentar. Apenas olhar.

Seu estômago estava roncando quando partiram ao longo da margem do lago. Praias se espalhavam pela margem oposta; talvez nadadores fossem até ali no verão, mas naquele momento tudo estava quieto, com exceção dos pássaros conversando. Seb conhecia todos e imitava seu canto, a cor voltando a suas bochechas. Nina ficou feliz com isso. Quando chegaram à parede ocre da casa, era fim de tarde. Longa, baixa, suave ao sol, a residência tinha uma vista deslumbrante para a água e as árvores, um deque se estendia diante deles para a extensão azul do lago. Nina desviou o olhar. Mesmo um lago tão azul e calmo — tão oposto ao Velho, que o vento chicoteava e o gelo amarrava — lhe dava calafrios.

Ninguém parecia estar andando pela casa. As persianas estavam fechadas, mas a fumaça flutuava de uma chaminé alta. Seb e Nina se esgueiraram em direção à parte de trás, onde as árvores haviam sido cortadas e embelezadas para emoldurar a casa como braços escuros. Nenhum gado ou galinheiro, sem varais de roupas, nada que pudesse ser facilmente pego. Eles trocaram olhares mudos, e Nina balançou a cabeça. Seb levantou-se para segui-la de volta para as árvores, e então uma mulher pigarreou atrás deles.

Como ela chegou tão perto sem eu ouvir? O pensamento passou por Nina como uma bala enquanto ela girava. As folhas espalhadas no chão não fizeram barulho, mas lá estava a mulher: esbelta, cabelos escuros, olhos azuis, mais ou menos da idade de Nina, envolta em um casaco azul e um cachecol xadrez, as mãos estendidas. Ela sorriu, mas os dedos de Nina buscaram a navalha. *Como você chegou tão perto?*

Ela falava polonês em uma voz baixa e agradável. Seb respondeu cautelosamente, com seu próprio polonês enrolado. A mulher franziu a testa, trocou de língua. Inglês? Nina conseguia juntar frases simples e truncadas àquela altura, mas estava longe de ser fluente. Seb começou surpreso, mudou de idioma também, falando rápido demais para Nina. Ela manteve os olhos fixos na mulher de azul, seus pés silenciosos nos finos sapatos de couro, os olhos calmos.

— Ela disse que este é o lago Rusalka. — Seb finalmente explicou, voltando ao russo.

Rusalka. A palavra correu sobre a pele de Nina como um rato. Ela deu um passo para trás. A mulher sorriu, deu um passo atrás também, as mãos vazias levantadas. Ela disse mais alguma coisa. Seb traduziu, seu rosto mostrando uma esperança cautelosa.

— Ela perguntou se estamos com fome.

— Por quê? — Os sentidos de Nina estavam em alerta.

— Ela quer ajudar. — A expressão de Seb era conflituosa, cuidado contra esperança, e a esperança estava vencendo. — Disse que não precisamos ter medo.

45

Jordan

Agosto de 1950
Boston

— Anna! — Jordan exclamou, abrindo a porta da sala escura. — Eu pensei que você ficaria fora mais uma semana.

— Senti falta das minhas meninas. — Anneliese lhe deu um abraço, arrumada à perfeição, em seu chapéu de meio véu, vestido preto de saia rodada e casaco. — Ruth está brincando na casa dos Dunne?

— Sim. — Jordan manteve os olhos escrupulosamente fixos na madrasta, tossindo rapidamente para esconder o som que vinha da sala escura abaixo. — Como foi sua viagem de compras?

— Vamos lá para cima. Vou preparar um chá gelado e te contar. — As sobrancelhas de Anneliese se ergueram. — A menos que eu esteja interrompendo seu trabalho.

— De jeito nenhum — disse Jordan, ciente de que Tony estava fora de vista sob a escada, abotoando a camisa. — Me dê dez minutos.

Os saltos de Anneliese bateram conforme Jordan fechava e trancava a porta.

— Essa foi por pouco — ela disse com uma risada. — Você está decente?

— Nunca. — Tony saiu de sob a escada encolhendo os ombros nos suspensórios, sorrindo. — Você vai tomar chá gelado?

— Sim, eu devo ser uma boa filha. — Ele pegou Jordan ao redor da cintura quando ela desceu os degraus, e ela colocou os braços em volta do pescoço dele. — Tive algumas semanas para brincar, afinal.

— Eu venho brincar quando você quiser. — Ele beijou o pescoço dela, em seguida começou a procurar seus sapatos. — Quer que eu suba, seja respeitável, com o meu chapéu na mão?

— Não. — Jordan encontrou um dos sapatos dele debaixo da mesa da sala escura. Tiveram pressa de chegar à cama que ela tinha improvisado com cobertores sobressalentes. — Absolutamente não.

— As mães gostam de mim. Eu sei como parecer um rapaz agradável do Queens, não um sedutor sem-vergonha escondido debaixo de escadas escuras. — Ele falou com seu habitual tom provocador, mas Jordan percebeu a cautela que às vezes tomava conta dele em um reflexo. A mesma cautela que ela notara em sua voz na primeira noite ali, quando ele contara a ela sobre a garota que parara de retornar suas chamadas quando soube que ele era judeu.

Jordan se aproximou, enroscando os dedos nos dele.

— Sabe por que eu não quero apresentá-lo lá em cima? — ela perguntou. — Não é porque Anna não gostaria de você. Não é porque você não é o mais encantador e apresentável cavalheiro que eu poderia esperar. É por causa de Ruth.

— A princesa Ruth me ama.

— Exato. Você a chama de princesa Ruth e aplaude descontroladamente cada vez que ela domina uma nova nota, e, se você subir e começar a ser encantador com a mãe dela durante o chá gelado, ela vai ficar empolgada com a ideia que você é o *meu rapaz*. E eu não vou fazer isso com Ruth novamente, porque ela também adorava Garrett e ficou de coração partido quando tive que lhe contar que ele não ia mais ser seu irmão mais velho. Não vou deixá-la achar que alguém é da família a menos que eu tenha certeza de que essa pessoa vai ficar por perto durante muito, *muito* tempo. — Jordan apertou os dedos. — É por isso que eu não vou levá-lo lá para cima para um chá gelado.

A leve cautela desapareceu.

— Eu amo chá gelado — disse Tony. — Talvez valha a pena ficar por um longo, *longo* tempo, se o chá gelado for bom.

— Pensei que estivéssemos tendo um louco e livre caso de verão.

— Podem ser introduzidas alterações no contrato original. Uma possível prorrogação para um louco caso de outono, se ambas as partes estiverem de acordo.

— Talvez você se canse de mim até o outono — Jordan respondeu.

— Nem pensar, J. Bryde.

— Ou talvez eu me canse de você — ela sugeriu. — Estarei em Nova York, conhecendo todos os tipos de homens fascinantes.

— Acontece que eu tenho família em Nova York. Muitas razões para ir visitá-la... e ninguém nunca se cansa de mim.

— Não sei como vai ser dormir com um torcedor dos Yankees depois de setembro. O que vai acontecer quando os Red Sox vencerem em outubro... vai se recusar a falar comigo?

— Eu sou um vencedor muito gracioso. Vou secar suas lágrimas, e você terá toda a temporada para aprender com suas escolhas erradas.

— Nem pensar, Rodomovsky. — Ela lhe deu um beijo forte e rápido de despedida e o deixou transformar seu beijo em três, quatro, contra a parede e com as mãos enterradas em seu cabelo e os dedos deslizando para abrir os botões que ela tinha fechado apressadamente para atender Anneliese. — Não temos tempo — ela murmurou, mas ainda assim se passaram mais vinte minutos antes de ela subir para a cozinha ajeitando o cabelo e espreitando pela janela da frente para ver Tony sair da sala escura.

Eu não me importaria de ter você como amante de outono, depois de ser meu amante de verão, Jordan pensou, vendo a silhueta magra subir a rua enquanto, atrás dela, Anneliese servia chá gelado. Não era como nos tempos com Garrett, quando tinha sido um pouco desajeitado, embora agradável, e havia a sensação de ser puxada inexoravelmente para o altar a cada beijo. Isso com Tony era algo mais solto e mais bem encaixado. Eles não estavam firmes, não estavam presos, não tinham oficializado nada... Eram apenas amantes, trabalho e brincadeira e paixão e amizade se misturando em algo muito simples.

— Você está com um brilho nos olhos. — Anneliese lhe entregou um copo frio, afastando Taro, cuja cauda ainda estava chicoteando feliz com a volta dela. — Quem pôs essa cor nas suas bochechas?

Um homem que me dá prazer, Jordan pensou, *que me faz rir, que até me ajuda a trabalhar melhor. E talvez seja apenas uma aventura de verão e ele perca o interesse quando eu for embora, ou talvez seja eu a seguir em frente. Mas agora...* Jordan enterrou o sorriso no chá gelado. Possivelmente algum vizinho intrometido contaria a Anneliese sobre um jovem visto saindo do porão, mas Jordan conhecia a madrasta e sabia que ela não faria uma inquisição.

— O que você comprou nos leilões?

— Nada — disse Anneliese, com tristeza. — Não é uma coisa simples. Seu pai fazia parecer tão fácil... Com um olhar para um armário estilo rainha Ana, ele sabia se era uma reprodução ou um original, se a restauração tinha sido bem feita ou era de má qualidade. Foi tolice pensar que eu tinha aprendido o suficiente para fazê-lo. Vou ter que deixar isso para alguém mais qualificado.

— Pelo menos você teve umas férias. — Jordan cruzou as mãos ao redor do copo. — E sua semana em Concord?

O rosto de Anneliese se suavizou.

— Seu pai estava lá comigo, eu poderia jurar. Até consegui o mesmo quarto em que ficamos na nossa lua de mel. Como você e Ruth estão?

Jordan a informou, omitindo, por enquanto, os detalhes sobre o amante na sala escura e as aulas de música.

— Meu ensaio fotográfico está quase pronto também. Tenho catorze impressões, mas eu quero quinze.

— Então você deve começar a pensar em um lugar para morar em Nova York. Pesquisei um pouco sobre apartamentos enquanto estava lá. Você não vai poder dormir em um quarto cheio de pulgas com banheiro compartilhado.

— Ainda é um pouco cedo para procurar apartamento.

— Por quê? Seu projeto está quase pronto, que época melhor para procurar trabalho? E você disse que queria se mudar no outono. Você vai precisar de um tailleur elegante para entrevistas. Eu acho o padrão Butterick perfeito.

— Eu ia esperar até Ruth se instalar na escola. Vai ser difícil para ela.

— Bobagem, ela ainda terá a mim, as amiguinhas, a cachorra. Ela não deveria segurar você. A menos que... — Anneliese lançou um olhar astuto e bem-humorado para Jordan — ... você tenha algum outro motivo.

Jordan riu.

— Não há como esconder nada desse seu sexto sentido, há? — Ela deveria saber que Anneliese era perspicaz demais para não discernir a verdadeira razão para as bochechas coradas e os olhos brilhantes.

— Ele deve ser incrível. — Anneliese deslizou um dedo pela borda do copo. — Mas eu odiaria vê-la mudar seus planos por um jovem, por mais que ele seja especial.

— Ele não vai me impedir de viajar. — Por mais que as coisas estivessem bem com Tony, Jordan não iria adiar uma chance de trabalho, trabalho de verdade. Ela não faria isso por ninguém... exceto uma pessoa. — Eu não posso partir até Ruth se habituar à ideia. Simplesmente não posso.

— Ah, eu realmente não vou permitir isso — Anneliese repreendeu. — Vamos definir uma data, Jordan. A data em que a sua nova vida se inicia, o dia em que você parte e começa a ser dona da sua vida. Não quero deixar nada no seu caminho.

— No meu caminhou ou no seu? — Jordan sorriu, brincando. — Se eu não soubesse, acharia que está tentando se livrar de mim!

O sorriso de Anneliese escorregou por apenas uma fração de segundo, mostrando uma expressão diferente, e, no colo de Jordan, o dedo da câmara se contraiu. *Clique.*

— Bem — Anneliese respondeu com calma. — Eu certamente não quis dizer isso.

— Anna, desculpe. — Tentando tocar a mão da madrasta. — Eu não quis dizer do jeito que saiu, de jeito nenhum.

— Claro. — Anneliese se levantou, levando os copos de volta para a cozinha. — Gostaria de mais chá gelado?

— Sim. — Jordan tentou sorrir. — Talvez devêssemos olhar anúncios de apartamentos juntas. Você realmente não precisava fazer isso por mim quando estava em Nova York.

Anneliese deu seu habitual sorriso simpático sobre o ombro.

— Foi um prazer.

Especialmente se você de fato me quer longe daqui o mais rápido possível, o pensamento veio.

Mas Jordan tirou isso da cabeça, porque Anneliese estava se sentando e parecendo mais uma vez inteiramente amigável, perguntando:

— Sua última fotografia para o ensaio, o que vai ser?

Jordan não tinha certeza ainda... Ruth em seu violino, os dedos pequenos nas cordas, a linha marcada entre as sobrancelhas enquanto tocava com cuidado a simples canção de ninar russa? Mas Jordan não podia dizer isso para Anneliese, então falou algo sobre ir à estação mais próxima fotografar bombeiros no trabalho, e Anneliese brincou que talvez fosse um bombeiro bonito que estivesse colocando o cor-de-rosa em suas bochechas. E, mesmo enquanto Jordan brincava de volta, outro pensamento não pôde deixar de surgir em sua mente, como a imagem sombria de uma impressão saindo do líquido de revelação. Quando exatamente ela começara a esconder tantos segredos de Anneliese?

Ela poderia ter esquecido isso, mas quatro dias depois Jordan entrou na loja para encontrar Anneliese e o sr. Kolb gritando um com o outro em alemão.

Ou melhor, Kolb estava gritando — tremendo, indo e vindo, cuspindo alemão e bafo de conhaque. *Completamente embriagado*, Jordan pensou, afastando-se da raiva naquele rosto geralmente afável. Anneliese estava parada, serena diante dele, respondendo em um alemão que cortava o ar.

Ambos ficaram em silêncio ao som da campainha, encarando Jordan, que estava ali usando o vestido de verão amarelo que a madrasta tinha feito para ela no quarto de costura.

— Jordan — Anneliese disse finalmente, mudando de volta para o inglês. — Não esperava por você.

Jordan tinha ido ver Tony, mas ele estava claramente no intervalo de almoço. Ela cruzou para o lado da madrasta, olhando para o sr. Kolb.

— Temos algum problema?

Ele não olhou para Jordan, ainda encarando Anneliese.

— Fazendo bom dinheiro, bom trabalho para você...

— Você não pode vir trabalhar bêbado, não importa quão bom seja o trabalho que faça para mim — Anneliese disse. — Vá para casa. Fique sóbrio. *Acalme-se.*

Ele disse algo mais pastoso e espinhoso em alemão, e Anneliese o cortou com uma resposta seca, olhos em chamas. A boca do homem se fechou em um aperto, e ele olhou para o chão. Quando olhou de volta, seus ombros estavam caídos.

— Pegue seu paletó — disse Anneliese.

— Eu pego — disse Jordan. Ela não o queria balançando bêbado pela sala dos fundos, com tantas coisas frágeis esperando para serem derrubadas. Encontrou o paletó de Kolb pendurado na cadeira, franzindo o nariz com o tilintar do que parecia uma garrafa no bolso, e se virou para vê-lo logo atrás dela, cambaleando. Ela pulou.

— Tanto dinheiro — disse ele. — Aquela vadia...

Jordan recuou.

— Não fale assim da sra. McBride...

Ele a interrompeu, cuspindo mais insultos. *Hure, Scheissekopf, Jägerin*, balançando em seus pés. Ele mal parecia perceber que ela estava ali.

A voz de Anneliese estalou como um chicote atrás deles.

— *Herr Kolb.*

Ele se encolheu, e Jordan se calou. Ela achava que nunca tinha visto um homem parecer mais amedrontado.

— Não vou permitir que você assuste a minha enteada — disse Anneliese. — Vá para casa.

Kolb pegou seu paletó e saiu cambaleando. Anneliese abriu a porta para ele, depois a fechou de novo. A campainha da loja tocou timidamente no súbito silêncio.

— Demita-o — disse Jordan, encontrando a língua novamente.

— Eu não posso me dar ao luxo de demiti-lo. — Um pequeno sorriso acre. — Ele trouxe muito dinheiro para nós, Jordan; ele tem razão sobre isso. Kolb é muito bom em seu trabalho.

— Podemos encontrar outra pessoa. Papai nunca suportaria esse tipo de conversa.

— Ele não ousaria falar com seu pai dessa maneira. É o que é, uma mulher que dirige um negócio. — Anneliese deu de ombros. — Amanhã ele vai voltar se desculpando. Os bêbados sempre fazem isso.

— Isso não justifica como ele a chamou. — *Hure* Jordan tinha certeza do que significava. *Scheisskopfe Jägerin* ela não sabia. "Vadia", bem, isso certamente não precisava de tradução.

— Acredite, eu não tenho prazer em ser insultada por funcionários. — Anneliese suspirou. — Por enquanto ele é inofensivo.

— Tem certeza?

Aquele sorriso curvado retornou.

— Eu não tenho medo de um homem como *Herr* Kolb.

Não, Jordan pensou. *Ele é que se apavorou com você*. Ela tinha visto o rosto dele, perto o suficiente para estender a mão e tocar as gotas de suor.

Anneliese pegou as luvas.

— Vamos para casa?

Alguma coisa estava perturbando Jordan, como um alfinete espetando no fundo de sua mente. Algo que ela não conseguia saber o que era. Kolb dissera alguma coisa, ou fora algo que seu pai havia dito...? Ela mal comeu o excelente bolo de carne de Anneliese naquela noite, perplexa demais com aquele pensamento que se recusava a clarear.

— Você deveria sair — Anneliese disse a ela. — Peça para o seu rapaz levá-la a algum lugar!

As palavras ecoaram, tudo na voz de Anneliese.

Você deveria sair.

A data em que a sua nova vida se inicia, o dia em que você parte e começa a ser dona da sua vida!

Vá.

Mas isso era ridículo. Anneliese não estava tentando se livrar dela, pelo amor de Deus.

Algo mais a incomodava, mesmo enquanto Jordan olhava para os olhos azuis sinceros de sua madrasta. Usando a desculpa de um filme para revelar, ela foi para a sala escura, onde podia sentir o cheiro fraco da loção pós-barba de Tony. Desejou que ele estivesse ali. Ele tinha um jeito de encontrar a pergunta que, de alguma forma, trazia a resposta certa para o que estava obscuro.

Lentamente, Jordan folheou seu ensaio fotográfico. O mecânico do aeroporto, a bailarina. *O que estou procurando?* O padeiro, o piloto. *O quê?* De volta ao primeiro: Dan McBride, suas mãos emoldurando a bandeja. Apenas um pedaço de seus olhos, sábios e divertidos.

Aquilo caiu em sua cabeça com um clique longo e prolongado, como uma porta pesada se abrindo bem devagar, deixando entrar um raio de luz por vez.

Alguma coisa já lhe chamou a atenção sobre o sr. Kolb, senhorita?

Como o quê?

Não sei. Ele parece sempre furtivo quando entro na sala para verificar o trabalho de restauração. E, com o inglês dele tão enrolado, não consigo perguntar nada a não ser coisas simples. É claro que Anna traduz qualquer coisa que exija mais detalhes.

O pai de Jordan, no dia em que deu a ela os brincos de pérola para o casamento. O casamento que nunca aconteceu.

Ele traz pessoas para a loja? Não clientes. Quero dizer, ele leva pessoas lá para o fundo?

Não que eu tenha percebido, Jordan se lembrou de ter respondido. *Por quê?*

Eu vim outro dia e Kolb estava com um colega alemão na sala dele... Kolb disparou a falar.

Ele traz especialistas de vez em quando. Jordan lembrou-se de ter dito isso também. *Anna lhe deu permissão.*

Foi o que ela disse.

Jordan ficou parada, olhando para a foto de seu pai. Nunca mais havia pensado naquela conversa. Ela se distraiu com seu casamento, correndo até ela como um trem. O pai não parecia preocupado, nenhum tom de alarme na voz.

Mas, se estivesse preocupado, ele teria falado? A pergunta respondeu a si mesma, com frieza. *Não, ele teria dito a si mesmo que você não deveria se preocupar com isso.*

E a situação era realmente suspeita? Anneliese traduzindo para Kolb, deixando-o trazer pessoas para ajudar na restauração de livros estropiados ou mesas lascadas?

Kolb hoje, bravo. *Fazendo bom dinheiro, bom trabalho para você. Tanto dinheiro. Aquela vadia...*

— Ele fez dinheiro para nós — disse Jordan em voz alta. — De modo legal. — Os negócios haviam florescido com Kolb assumindo a restauração. Anneliese foi quem sugerira patrociná-lo, sua voz carinhosa quando descrevera a antiga loja dele em Salzburgo, onde lhe dava balas de hortelã, assim como agora as dava a Ruth.

Então, por que ele pareceu tão assustado quando Anneliese lhe pediu para ficar sóbrio e se acalmar?

Ele teve experiências ruins na guerra, diria Anneliese. Uma guerra ruim poderia fazer um homem ficar retraído e medroso. Perfeitamente plausível.

Só que Jordan não acreditava naquilo.

Examinar o livro-caixa no dia seguinte estabilizou os nervos de Jordan. Ela sempre cuidara das contas da família; sabia até os centavos que havia no banco. A movimentação financeira não mostrava dinheiro que não deveria estar lá. Um equilíbrio saudável, certamente, mostrando o tipo de aumento constante de que qualquer empresa próspera poderia se orgulhar. Nada suspeito. Mas, de alguma forma, o pico de alívio tinha desaparecido e, sem examinar completamente os próprios pensamentos, Jordan se viu pegando seu chapéu e sua bolsa e indo para o banco do qual o pai dela tinha sido cliente a vida toda.

— Jordan McBride! — a funcionária exclamou, uma espécie de avó com mechas nevadas no cabelo. Jordan tinha esperado a fila dela ficar livre. Muito melhor tentar isso com a srta. Fenton, que via Jordan entrar com o pai desde que era pequena, do que um dos novos funcionários que se aborreceriam em responder a uma garota se o pai dela não estivesse junto. Jordan passou alguns minutos conversando.

— Sua sobrinha já tem seis anos, srta. Fenton? Ela é preciosa! — Então contou uma história sobre esquecer-se de anotar um depósito no talão de cheques em casa. Havia algum grande depósito feito recentemente? Não na conta-corrente nem na poupança? Que alívio. — Eu sei que o papai se foi, mas estremeço só de pensar nele olhando para mim e achando que fui descuidada — Jordan disse tristemente.

— Que Deus o tenha, ele jogou o molde fora depois que fez Dan McBride.

— Com certeza. A conta da minha madrasta tem novos depósitos? Talvez seja nessa conta que o depósito foi feito. — Jordan prendeu a respiração. Porque Anneliese *não tinha* uma conta própria. O pai de Jordan lhe dava dinheiro para manter a casa sempre que era preciso, mas as contas sempre foram dele.

— Sacaram tudo dessa conta, querida.

— Ah — Jordan conseguiu dizer. — Quando?

A srta. Fenton estreitou os olhos.

— Mais ou menos um mês atrás.

Logo antes de Anneliese partir para Nova York e Concord.

— Quanto tinha? — Jordan perguntou, mantendo seu tom casual. Não era o tipo de pergunta que um funcionário deveria responder, não quando o nome dela não estava na conta, mas a srta. Fenton nunca hesitaria. Ela deu o número imediatamente, e foi um número que fez Jordan engolir em seco. Não era uma fortuna, talvez, mas um pé de meia de fato.

— A sra. McBride disse que era uma apólice de seguro extra do seu pai — Fenton falou, distraída. — Uma mulher tão adorável, sua madrasta! Sempre desejei conhecê-la melhor.

A sra. Dunne disse a mesma coisa uma vez, quando Jordan estava deixando Ruth para brincar. "Fico feliz em ajudar sua madrasta! Ela deveria vir ao meu grupo de costura, todas as minhas amigas gostariam de conhecê-la melhor..." Anneliese morava naquele bairro havia anos, mas quantas pessoas a conheciam bem?

Eu conheço, Jordan não pôde deixar de pensar. Era a mulher que ficara agonizando ao lado do leito de hospital de Dan McBride e confessara seus pesadelos com a *rusalka* enquanto tomavam chocolate quente. Era a mulher que tinha dedicado horas incontáveis a costurar para Jordan novas saias e vestidos de verão e que ria vendo Taro correr atrás de uma bola. Era a mulher que oferecera a Jordan cigarros e independência, carinho e liberdade. *Eu a conheço*, pensou Jordan, impotente. *Eu a conheço e a amo.*

E mesmo assim. O medo no rosto de Kolb. Aquele *dinheiro*, que poderia perfeitamente ser uma apólice de seguro adicional... mas Jordan não acreditava nisso.

E ela não se surpreendeu quando, mais tarde, depois de se despedir da srta. Fenton, ir para casa e garantir que Anneliese realmente havia ido fazer compras, telefonou para o hotel em Concord aonde seu pai levara a esposa para a lua de mel. O hotel onde Anneliese havia ficado na mesma viagem de compras para Nova York. "Nenhuma sra. McBride ficou aqui no mês passado, senhorita." Jordan a descreveu com cuidado: "cabelos escuros, olhos azuis, na casa dos trinta, muito chique e bonita". "Ninguém assim, senhorita."

Demorou mais tempo para desencavar no caderno de endereços com capa de couro de seu pai os números de telefone de seus colegas em Nova York. Outros lojistas, negociantes de antiguidades, encadernadores, homens que estiveram no funeral de Dan McBride, com quem ele discutia e negociava nos leilões, como os que Anneliese tinha acabado de assistir. Só que nenhum deles, pelo menos aqueles com os quais Jordan conseguiu entrar em contato, se lembrava de tê-la visto lá. "Eu teria reparado nela", disse o coproprietário da Chadwick & Black, soando alegre, efeito que Jordan suspeitava ser o de um ou dois martínis no almoço. "Sua madrasta é bastante atraente. O seu pai era um homem de sorte, que Deus o tenha."

— Que Deus o tenha — ecoou Jordan, desligando. Então Anneliese não tinha estado nem em Concord, nem em Nova York.

O que foi que você fez, Anneliese? Para onde foi? O que está planejando? Jordan balançou a cabeça com uma recusa reflexiva, mas não pôde evitar a volta de todas as suspeitas que já alimentara sobre Anneliese desde o dia em que a madrasta se virara da pia da cozinha com um pano de prato na mão perguntando ao pai de Jordan "Você caça?", enquanto o obturador da Leica registrava. Mistérios sobre nomes, datas, suásticas entre as rosas.

Chega disso, Jordan quase podia ouvir seu pai repreendê-la. *Basta de inventar histórias malucas, senhorita!* Mas ele estava morto, e não havia nada de maluco ou imaginário no fato de Anneliese ter mentido sobre suas viagens recentes, de que havia algo de suspeito entre ela e Kolb, e de que ela tinha uma grande quantidade de dinheiro não explicada.

Suásticas. Jordan se forçou a pensar nelas novamente. E em todo o resto.

O que você fez, Anneliese?

Quem é você, Anneliese?

Quem?

46

Ian

Setembro de 1950
Costa da Flórida

— Kolb foi mandado para casa embriagado ontem, de acordo com Jordan — disse Tony, em uma ligação cheia de ruídos. — Eu acho que ele pode estar prestes a desmoronar.

— Que bom. — Ian apoiou o cotovelo na porta da cabine telefônica, olhando para o outro lado da rua, onde Nina estava entrando em uma loja na praia. O sol estava se pondo rápido. — Porque nossa presa na Flórida era um homem de cinquenta e dois anos que pode ter sido um funcionário de campo ou do Partido Nazista, mas, definitivamente, não era Lorelei Vogt.

Tony xingou, mas Ian contemporizou.

— Eram possibilidades. Nós tínhamos que conferir.

Ele e Nina haviam pegado um ônibus até a pequena cidade nos arredores de Cocoa Beach, na Flórida. Era o último nome. Assim que conseguiram passagens de ônibus mais baratas e rápidas do que dirigir o Ford, resolveram ir, mas a suspeita já vinha crescendo em Ian de que, com seis endereços já riscados da lista, o último nome não seria mais proveitoso.

— Quem sabe eu volte um dia para ajudar a prender o sujeito de meia-idade com sotaque de Berlim e olhar nervoso que abriu a porta para nós uma hora atrás — ele disse quando o parceiro parou de falar palavrões.

Uma pausa do outro lado e depois a voz de Tony, mais pensativa.

— Você já pensou em fazer mais com o centro de documentação do que se concentrar em prisões, chefe?

— Como o quê?

— Criar um repositório. Um museu, quem sabe, ou talvez não seja essa a palavra certa. Não sei, mas tenho ideias.

— Jordan McBride as colocou aí? — Ian perguntou, irônico.

— Ela me faz pensar. Me faz pensar muito, na verdade. — Tony respirou profundamente. — E se a trouxéssemos para a caçada?

— O quê?

— Nós não temos nada a esconder; não estamos fazendo nada vergonhoso. Ela pode até ser capaz de ajudar. Ela conhece Kolb e a loja. Pode ter algum ponto de vista que não conhecemos.

— Ou talvez ela te demitisse por mentir para ela, e lá se vai o nosso acesso ao local de trabalho de Kolb — disse Ian.

A voz de Tony estava tensa.

— Eu odeio mentir para ela.

— Vamos falar sobre isso. — Ian passou a mão pelos cabelos. — Primeiro item para discussão quando Nina e eu voltarmos amanhã. — Aquela cidade era uma aldeia, não haveria outro ônibus até o dia seguinte.

Ian desligou quando Nina saiu da loja com um pequeno pacote. O sol estava se pondo, a noite caindo rapidamente.

— Suponho que devemos tentar encontrar um hotel, se é que há hotéis por aqui. — Não havia muita coisa naquele pequeno povoado, exceto o calor pegajoso e o som das ondas.

— Por que se preocupar com hotel? — Nina olhou para o céu escuro. — É uma noite boa.

Para qualquer outra mulher, Ian pensou, isso significaria que haveria um lindo pôr do sol e lua cheia, uma noite para romance. Para Nina, significava um céu sem nuvens e apenas uma lasca de lua — em outras palavras, clima perfeito para explodir coisas.

— Você quer ficar na areia a noite toda?

— Economizaria dinheiro, e não dormimos mesmo depois de uma caçada. É muita adrenalina.

— Isso é verdade. — Ian não sabia se havia dois insones piores que Nina e ele próprio. Na estrada, a economia ditava e os dois dividiam um quarto. Ele ficou surpreso com quão melhor a insônia se tornava ao ser compartilhada. Ele acordava à uma da manhã com o sonho do paraquedas e acalmava seu coração agitado acendendo a luz e lendo (sub-repticiamente) um dos livros de Georgette Heyer de sua esposa apoiado no ombro nu de Nina enquanto ela dormia. Após um tempo, se enrolava ao redor dela e voltava a dormir vagamente, sentindo-a acordar uma hora depois e rondar a cama, sentar na janela do hotel e beber no ar da noite. Quando ela vinha de volta, deslizava sob as cobertas e começava a mordiscar sua orelha.

— Estou sem sono, *luchik*, me canse. — E, depois que ele fazia a vontade dela, ambos geralmente conseguiam cochilar após o amanhecer, as pernas emaranhadas, o braço de Nina jogado sobre as costelas de Ian, o rosto dele enterrado nos cabelos dela.

Não vou desistir, pensou Ian. *Vou descobrir algo que vai fazer você querer ficar.* Como diabos seduzir uma mulher tão insensível quanto uma bala?

Eles comeram cachorro-quente em uma lanchonete à beira-mar, depois Nina encontrou um banheiro público e desapareceu com o pacote que tinha comprado. Ian esperou do lado de fora, abanando-se com o panamá de palha que comprara para substituir o velho fedora, amassando-o e batendo-o até que se ajustasse à cabeça. Por fim, Nina saiu com o cabelo molhado cheirando a peróxido.

— Melhor — disse contente, passando os dedos por suas raízes recém-loiras enquanto seguiam em direção à praia.

— Por que você pinta o cabelo? — Ian quis saber. — Não quero ser rude, eu gosto. Mas, considerando que a sua única outra vaidade são as tatuagens com a estrela e seu registro de aviação na sola dos pés...

Nina deu de ombros. Outra daquelas perguntas arbitrárias que ela se recusava a responder. Ian deixou para lá, e eles caminharam pela praia longa e deserta, lado a lado. Estava escuro, apenas o brilho fraco das estrelas acima e a areia escorregadia sob os sapatos de Ian. Nina parou e tirou as sandálias quando chegaram à beira da água. Seu perfil estava brilhante contra a escuridão, e Ian pensou na noite no convés do navio.

— Nina — ele perguntou —, nesses cinco anos que você passou na Inglaterra... havia alguém? Eu não a culparia se houvesse — ele acrescentou, não totalmente sincero. Apaixonar-se por sua esposa tinha trazido um sentimento de posse que ele estava descobrindo, mas não significava que ele tinha de ceder a isso. — Não foi bem um casamento de verdade.

— Houve algumas pessoas — disse Nina, com naturalidade. — Foram cinco anos. E você?

— Algumas — Ian admitiu. — Ninguém duradouro. Algum dos seus companheiros está esperando por você? — ele se forçou a perguntar. Se ela respondesse que sim, ele não diria mais nada.

— Não. Peter, ele sai para voar com a equipe acrobática. Simone, ela é casada...

Ian tropeçou na areia.

— *Simone?*

— Meu chefe no aeroporto de Manchester trouxe uma esposa francesa da guerra. Mas ele está na cidade todas as noites com a amante, e Simone fica sozinha. *Bozhe moi*, ela poderia cansar um tigre. Se um dia você precisar dormir — Nina disse —, consiga uma francesa, quarenta e cinco anos, que use *eau de violette* e não tenha tido uma boa transa em anos.

Ian digeriu aquilo.

— Caramba, Nina...

Ela riu.

— Choquei você?

— Um pouco, sim. — Não era como se ele não estivesse familiarizado com a ideia de mulheres que gostavam de companhia feminina. Foi um pouco estranho, no entanto, perceber que sua esposa, como a navalha dela, cortava dos dois lados.

— Você está pensando agora se isso significa que eu não gosto de você? — Nina sorriu, puxando a cabeça dele para um de seus beijos vorazes. — Eu gosto.

— Eu tenho evidências bastante convincentes de que você gosta de mim, camarada. — Ian retribuiu o beijo, a mão deslizando pela umidade do cabelo de Nina, depois tirou o paletó, jogou-o sobre a areia e a deitou. Não havia ninguém esperando por ela em Manchester, fosse um piloto britânico ou uma francesa que cheirava a água de violeta, e isso foi o suficiente para enchê-lo de alívio e fome, colocando os lábios no pescoço de Nina e beijando-a lentamente. *Vamos, camarada*, ele pensou. *Temos a luz das estrelas, a areia e o cheiro do mar, e eu estou fazendo amor com você. Seja tocada pelo maldito romance de tudo isso. Vamos, Nina. Me dê uma chance.*

— Fique comigo — ele disse de maneira simples, nos momentos seguintes, quando os dois ainda estavam retorcidos e respirando com dificuldade entre a dispersão de roupas, antes que sua esposa pudesse se apressar e se afastar. — Eu não quero me divorciar de você, Nina. Fique comigo.

Ela olhou para ele, e ele a sentiu se afastar sem mover um músculo.

— Espere um ano — ele propôs, passando o polegar por sua maçã do rosto saliente. — Você gosta deste trabalho, você gosta da perseguição, você gosta de mim. Por que não ficar? Tente por um ano ser minha esposa mais do que apenas no nome. Não seria como a maioria dos casamentos, filhos e almoços de domingo e paz. Isso te aborreceria e me aborreceria. Em vez disso, teríamos a estrada e a caçada e uma cama no final de tudo. Dê um ano para a gente. — Ian pôs tudo em palavras. — Depois, se você quiser mesmo ir embora, nos divorciamos. Mas por que não tentar?

Nina sentou-se, enlaçando os braços nos joelhos, o rosto como um pequeno escudo endurecido.

— Eu não amo — disse ela. — Não é algo que eu faça.

Seja emotivo com Nina e ela vai espanar, Ian pensou.

— Amor não é a palavra — ele respondeu. — Não sei se há uma palavra no mundo para o que você é para mim, Nina. Talvez *camarada* expresse melhor. Camaradas que são marido e mulher... Por que não valeria a pena manter isso?

Ela balançou a cabeça bruscamente.

— Por quê? — Ian sentou-se também, tentando não deixar a raiva tomar conta de sua voz. — Me fale o motivo. Me fale *alguma coisa*. Não fique de cara fechada e cheia de defesas.

Nina o encarou, furiosa. Ele a olhou através da escuridão. Ela desviou o olhar para as ondas arrastadas do Atlântico quebrando sob o céu noturno e finalmente puxou uma mecha de seu cabelo úmido.

— Sabe por que eu tinjo o cabelo? — ela disse, esculpindo as palavras como pedaços de gelo. — Yelenushka gostava... minha piloto. Eu faço por ela. Yelena Vassilovna Vetsina, tenente sênior no 46. Quase três anos com ela, e eu a amo até morrer.

Ian viu o brilho de lágrimas nos olhos de sua esposa, mesmo à luz das estrelas. *Afinal, não é um coração duro*, ele pensou, com uma sensação de afundamento. *É um coração partido*.

— Yelena — ele repetiu, mantendo a voz firme. — A versão russa de Helena, não é? Como ela era?

— Morena. Alta. Cílios até aqui. E, *tvoyu mat*, ela sabia voar. Nada mais bonito no ar.

— O que aconteceu?

Ela contou a ele, laconicamente. Difícil imaginar sua dura, arrojada Nina como uma garota de coração partido soluçando em um cockpit. Ele a teria abraçado, mas ela teria odiado isso.

— Você sabe o que aconteceu com ela depois? — Ian perguntou sobre o som das ondas. — Sua Helena de Troia.

— Sim.

Ele esperou. Sua esposa olhou para as ondas negras.

— Depois da guerra, houve um tempo em que ainda dava para mandar cartas para a Mãe Pátria. Antes de tudo se fechar e o Ocidente ser proibido. Era como mandar mensagens em garrafas pelo mar, tentando encontrar pessoas. Eu não sabia onde encontrar Yelenushka, mas encontrei minha antiga comandante.

— Bershanska?

— Bershanskaia. Foi um alívio saber que ela estava viva. O regimento, elas chegaram até Berlim! — Um lampejo de orgulho feroz e momentâneo soou na voz de Nina. — E foi dissolvido depois, é claro. Ninguém quer princesinhas no ar, a menos que seja a guerra e você realmente precise delas.

— Quem quer que tenha decidido isso — disse Ian, tentando desanuviar o rosto petrificado de Nina e seu próprio coração de chumbo — pode ir se foder sobre sete portões assobiando.

Nina sorriu brevemente, mas logo o sorriso desapareceu.

— Não podia escrever para Bershanskaia sendo eu, a tenente N. B. Markova, declarada morta na Polônia. Eu escrevi como um primo de Kiev que agora mora na Inglaterra, alguém imaginário, e incluí detalhes para que Bershanskaia soubesse que era eu. Pedi notícias das minhas *sestry*. — Um longo suspiro. — Recebi uma carta de volta.

O lento bater das ondas, um, dois, três. O farfalhar de vegetação perfumada. *Manguezais, talvez*, pensou Ian, com o estômago pesado como uma pedra.

— Bershanskaia listou as baixas, aquelas que morreram depois de mim. — Ian não pensou que fosse um lapso da linguagem; em um sentido muito real, a tenente N. B. Markova *tinha* morrido na pira funerária que havia feito de seu avião na floresta úmida da Polônia. — Minha navegadora, a pobre Galya, ela sobreviveu até o final da guerra e morreu em um acidente nos arredores de Berlim. Outras também... muitas noites ruins, no fim.

Ian se enrijeceu.

— E a sua Yelena...?

— Não. Ela viveu.

Isso o surpreendeu. Pela tristeza na voz de Nina, ele tinha certeza de que sua amante havia morrido.

— Heroína da União Soviética, integrante de uma das dez equipes que marcharam em Moscou no desfile da vitória no Dia da Força Aérea, em junho de 1945. Eu a imagino marchando pela Praça Vermelha, flores caindo em seus cabelos. — Outro longo momento silencioso; Nina parecia ter virado gelo. — Bershanskaia me disse que ela mora em Moscou, é instrutora de pilotos de aviação civil. Ela divide um apartamento com a navegadora que depois de mim, Zoya. Eu sempre me pergunto se ela se apaixonou por Zoya. Aquela *suka* com dentes de coelho tem cabelo ruivo, é viúva e tem dois filhos. Yelena sempre quis filhos. Ela se apaixonou por uma navegadora, talvez agora duas? — Suspiro. — Ou talvez esteja apenas dividindo o apartamento.

— Imagino que ela pense em você — disse Ian. — Não consigo imaginar alguém *não* pensando em você. — Ele não tinha nenhuma esperança agora de que sua esposa ficasse com ele. Surpreendente quanto isso doía.

— Bershanskaia escreveu uma vez — continuou Nina. — Me desejou felicidades, terminando assim: "Não escreva novamente". É muito perigoso, eu sei disso. E dali em diante não foram mais permitidas cartas do oeste para o leste, então não importa. — Pausa. — Eu acho que Yelenushka está viva, ensinando meninos a voar, brincando com os filhos de Zoya. Feliz. Talvez seja verdade. Eu nunca vou saber.

— O que você faria — Ian se obrigou a perguntar — se a visse vindo por esta praia em sua direção?

— Eu a beijaria até que ela ficasse sem ar, pediria para ela ficar. Mas ela não ia querer.

— Não?

— Ela ama a Mãe Pátria mais do que a mim. Isso é tudo que há para falar. — Nina olhou para Ian. — Eu a amei, eu a perdi. E não amo ninguém mais. É melhor.

Para quem?, Ian queria rebater. Mas escondeu a raiva e, embaixo dela, a dor. Havia uma rosa de Moscou de olhos escuros em um cockpit de treinamento em algum lugar atrás da Cortina de Ferro, e contra ela não tinha chance.

— Eu não teria perguntado se soubesse — disse ele finalmente. — Sinto muito.

Ela assentiu.

— Vou entrar com o processo de divórcio — Ian continuou, mantendo a voz sem emoção. — Não faz sentido esperar até que esta perseguição acabe. Isso pode se arrastar por meses.

Outro aceno.

— É melhor.

Ian se levantou, enfiando-se em suas roupas. Nina vestiu as dela. Eles não disseram mais nada.

47

Jordan

Setembro de 1950
Boston

Jordan não pretendia ir ao apartamento da Scollay Square. Caminhara sem pensar pelas trilhas do Common a manhã toda, esquecendo o chapéu em um banco em algum lugar, segurando a Leica como uma tábua de salvação. Segurando sua bolsa também, onde tinha escondido as antigas fotografias de Anneliese na cozinha, o buquê dela com a suástica, Anneliese com o homem que ela disse ser seu pai, porque Jordan não se atreveu a deixá-las na sala escura. Anneliese nunca descia até lá, ou dizia que não, mas Jordan não tinha mais certeza de nada. O que Anneliese de fato fazia o dia todo? Jordan estava horrorizada com as especulações que agora rodavam sua mente.

Ela conseguiu evitar encarar a madrasta durante o jantar nas últimas noites, alegando trabalho. "Se eu vou mesmo para Nova York em pouco tempo, preciso ter tudo pronto..." E Anneliese calorosamente encorajava tudo o que fizesse *esse* plano avançar. "Vou fazer um chocolate quente para você levar lá para baixo." Jordan não conseguia trabalhar depois disso, apenas olhava para a caneca que Anneliese sempre cobria com uma pitada de canela, porque sabia que era assim que ela gostava, e tentava decifrar aquilo tudo.

"Olhe para isso com lógica, J. Bryde", ela murmurava em voz alta no silêncio da sala escura. "Passo a passo. E acerte desta vez." Ela já tinha seguido o caminho da suspeita antes, afinal, e aquilo tinha explodido em seu rosto. *Não vou fazer isso de novo.*

Então. Uma ausência inexplicável, Anneliese não estivera em Concord nem em Nova York, mas em algum lugar desconhecido. *Talvez Anna tenha ido encontrar um homem,* Jordan pensou. *Se ela estiver de olho em alguém novo, logo depois de papai, esconderia isso de mim.* Mas um novo pretendente em sua vida não explicava aquela cena estranha com Kolb. *Algum tipo de fraude na loja?* Havia todo tipo de fraude que poderia ocorrer no negócio de antiguidades. Talvez Kolb a tivesse arrastado para algo desagradável. *Mas eu vi o olhar no rosto do homem. Ele tem pavor dela,* não *ousaria tentar arrastá-la para qualquer coisa que ela não queira.* Anneliese poderia ser quem havia iniciado alguma fraude na loja e arrastado Kolb junto? *Que problemas financeiros ela poderia ter que a fariam arriscar tudo por um pouco de dinheiro extra?* Arriscar a reputação da loja, arriscar acusações legais, arriscar que o pai de Jordan descobrisse?

Papai suspeitava, o pensamento frio sussurrou. *Ele disse que tinha suas dúvidas sobre Kolb, e logo depois...*

Mas esse pensamento parou, levando-a para fora da sala escura para caminhar pelo Common no restante da manhã. *Anneliese estava comigo quando papai saiu para aquela viagem de caça,* Jordan pensou, vagando sem rumo em direção ao coreto. *Ela ficou comigo a manhã toda enquanto eu experimentava vestidos de noiva.*

Isso não silenciou a voz fria. Que coisa terrível é a suspeita. Se você deixar, ela toma conta de tudo. Jordan achava que jamais seria capaz de colocar essa fera na coleira novamente, e não poderia evitar Anneliese para sempre, esquivando-se do jantar e escondendo-se de manhã atrás do jornal. Mais cedo ou mais tarde, Anneliese iria perceber que algo estava errado.

E o que você vai fazer, J. Bryde? Não pode correr para o seu pai com suas suspeitas agora. Para quem você vai contar? Não há ninguém além de você.

Jordan percebeu que havia parado no coreto com colunas de mármore. Tony a tinha beijado ali, no terceiro encontro. Passou a mão no mármore, desejando-o visceralmente — não para beijar, não para se agarrar, mas para ouvir. Ninguém ouvia como ele; sob todos os sorrisos e piadas, ele não perdia nada.

Conte a Tony.

Ela sentiu uma pontada ao pensar em abrir o assunto familiar com alguém de fora. Mesmo sendo um amante em quem ela confiava. Mas Jordan hesitou apenas por um momento antes de deixar seus pés a levarem em direção ao apartamento dele.

Ela passou por um par de jovens desgrenhados sentados na escada suja com uma garrafa trocando de mãos, até subir os últimos degraus para bater na porta. Ninguém respondeu. Ela sacudiu a maçaneta e a porta se abriu — Tony disse que era frágil. Ela hesitou. Normalmente não se convidaria para entrar, mas Tony havia dito que o sr. Graham e sua esposa estavam fora da cidade... e Jordan não gostava daqueles caras na escada, conversando alto demais enquanto bebiam da mesma garrafa. Ela entrou e fechou a porta atrás de si. Tony não se importaria.

A sala estava quente, a mesa quebrada cheia de papéis e canecas de chá. Jordan pegou o pedaço de papel mais próximo e se abanou. *Volte para casa*, falou em pensamento para Tony, olhando para o relógio. Ela queria muito falar com ele.

O pedaço de papel na mão dela deslizou entre a ponta dos dedos suados e caiu no chão. Jordan pegou de novo. A escrita de Tony, firme e angulosa, algum tipo de lista — as palavras *Chadwick & Black* saltaram a seus olhos. Ela tinha telefonado para aquele número fazia poucos dias. Era uma lista de negociantes de antiguidades.

Intrigada, ela olhou para os papéis empilhados sobre a mesa. Mais escritos com a letra de Tony. Mapas americanos e europeus. Listas, todas com a letra de Tony, parecendo ter sido copiadas às pressas — séries e mais séries de nomes de pessoas e empresas, muitas das quais Jordan conhecia dos documentos da loja. Copiados na loja.

Um recorte de jornal flutuou para fora da mesa enquanto ela examinava a papelada, e Jordan se inclinou para pegá-lo. Era o obituário de Dan McBride, circulado.

Jordan sentou-se, o coração batendo forte, e começou a mexer nas camadas de papéis. Notas rabiscadas que pareciam estar em alemão e polonês. Mapas anotados por todo lado com escritos na vertical que ela reconheceu como de Ian Graham, pois já o tinha visto escrever nomes de música para Ruth ouvir. Um arquivo grosso com uma etiqueta: "*Die Jägerin*/Lorelei Vogt".

Jordan o abriu. Ali dentro havia a fotografia de uma família nos degraus de uma igreja, a figura em um dos extremos circulada em vermelho.

Ela olhou mais de perto. Uma jovem de mãos enluvadas e cruzadas, olhos serenos sobre lábios sorridentes. Jordan conhecia aqueles olhos. Os ouvidos dela rugiram, e ela fechou os olhos com força. Abriu-os novamente, trouxe a fotografia mais perto.

Anneliese. Mais jovem do que Jordan agora, quase irreconhecível em sua juventude gordinha e sem forma, mas não para Jordan, que a conhecia tão bem. *Era* Anneliese.

Jordan olhou pela mesa as evidências amontoadas de uma longa investigação.

— O que é isso? — ela sussurrou em voz alta no ar silencioso. Tony Rodomovsky aparecera na loja perguntando sobre trabalho. Ian Graham nunca dissera o que estava fazendo em Boston, mas tinha todo o tempo do mundo para ensinar escalas a Ruth. Sua estranha esposa soviética, com seu inconfundível lado perigoso. A foto de Anneliese em um arquivo com o nome de outra mulher...

Jordan empurrou a fotografia para o lado com dedos trêmulos e começou a ler.

48

Ian

Setembro de 1950
Boston

— Vocês dois parecem a morte requentada — Tony bocejou, pegando Ian e Nina na estação de ônibus com o barulhento Ford. — Eu dormi umas três horas, seguindo Kolb sozinho.

— *Poshol nakhui* — Nina rosnou. — Passei dois anos seguidos dormindo três horas, pode calar a boca.

— Você não pode vencer um russo quando se trata de sofrer — Tony resmungou, olhando para o trânsito de Boston. — Eles *sempre* sofreram mais, e a menos vinte graus em um gulag. Não tem como vencer. — Ele examinou seus dois passageiros, Ian olhando por uma janela, Nina pela outra. — Aconteceu alguma coisa que eu deva...

— Não — Ian retrucou com uma pedra na garganta, e o silêncio continuou enquanto subiam as escadas para o apartamento. Normalmente, Nina saltava os degraus na frente de Ian até que ele a mandasse sair da merda do caminho. Agora ela subia dois degraus por vez, sem olhar para trás, estranhamente silenciosa. *Melhor assim*, Ian pensou, já ansioso para afundar de volta na rotina de verificações cruzadas, telefonemas e vigias na lanchonete. Melhor o trabalho penoso de uma perseguição paralisada do que esse emaranhado de dor e raiva com o qual ele não tinha tempo de lidar.

No patamar superior, Ian viu a porta entreaberta. Estendeu a mão, abriu-a por completo, e todos os pensamentos sobre Nina e sua amante de Moscou e o fim de suas esperanças em uma praia sombria da Flórida desapareceram.

Sua mesa de trabalho estava vazia, papéis, mapas e lápis jogados no chão como se alguém tivesse derrubado tudo com violência. A pegada empoeirada de uma mulher aparecia claramente na parte de trás de um mapa, apontando para a porta. Na mesa vazia, uma folha de papel rasgada e duas fotografias.

— *Der'mo* — Nina xingou, e todos correram para dentro.

A fotografia da jovem Lorelei Vogt, arrancada do arquivo de Ian com tanta força que a ponta tinha rasgado. Outra fotografia de uma mulher com um pano de prato, de pé ao lado de uma pia, olhando para trás por cima do ombro, olhos estranhamente iluminados.

A respiração de Nina ficou presa na garganta, Ian ouviu. Ele a encarou, sua boca de repente seca.

— É...

Sua esposa esticou a ponta do dedo na direção da nova fotografia, os olhos de súbito incandescentes.

— É ela. — Não havia dúvida em sua voz.

Ian pegou a folha de papel ao lado das fotografias. Era a caligrafia de Jordan McBride, Ian a tinha visto na papelada da loja. Ela tinha rabiscado cinco palavras a lápis, quase furando o papel.

Lorelei Vogt é Anna McBride.

PARTE III

49

Jordan

Setembro de 1950
Boston

— Você pode dirigir mais rápido?

O taxista pareceu ofendido.

— O tráfego está lento, senhorita.

O coração de Jordan estava disparado, seus pés pressionando o piso do carro, como se pudesse empurrá-lo adiante. O horror tinha assentado frio e pesado em seu estômago, como uma bola de pedra.

Ela chorou no apartamento da Scollay Square, soluços sufocados rasgando sua garganta enquanto se sentava cercada pela pilha de papel cheia de derramamento de sangue e horror do passado de Anneliese. Mas apenas por um momento. Não havia tempo para chorar, nem tempo para gritar, nem tempo para ficar ali e enfrentar Tony quando ele voltasse. Não havia tempo para cair sobre ele e gritar *por que, por que* ele a tinha levado para os estúdios de balé e a tinha beijado na sala escura quando no andar de cima uma assassina de fala mansa cantarolava na máquina de costura. Jordan engoliu os soluços, derrubou tudo da mesa com um movimento violento, deixou ali com um tapa a fotografia que ela não ousara deixar em casa, escreveu um bilhete e correu para as escadas. A equipe de Ian não sabia quem era Anneliese, isso estava claro no arquivo, e Jordan não iria esperar para contar a eles, por mais que quisesse. Ela queria ficar e exigir respostas e, caramba, ela iria voltar e consegui-las, mas não tinha ideia de quando Tony e seus amigos retornariam — e Ruth estava em casa *agora* com a assassina que se aninhara em sua família como uma aranha venenosa. Não importava que Ruth tivesse passado anos ilesa na companhia de Anneliese, Jordan não podia demorar mais um minuto para tirar sua irmã das garras de uma mulher que tinha matado seis crianças a sangue-frio.

Sua respiração saiu com um arranhão áspero e gutural. O taxista olhou por cima do ombro, mas Jordan virou o rosto para a janela. Uma linda manhã de verão estava passando lá fora, tantas pessoas passeando — casais de braços dados, garotas rindo, homens de camisa xadrez discutindo sobre os Red Sox, ninguém nem sonhando que havia monstros escondidos naquele paraíso americano de que se orgulhavam tanto. Jordan olhou para a rua ensolarada, mas viu o belo lago artificial no oeste da Polônia, tão claramente evocado nas anotações de Ian Graham, escritas em estilo jornalístico. Anneliese em pé ao lado, não muito mais velha que Jordan. As crianças amontoadas...

Jordan lera no arquivo sobre os outros crimes de sua madrasta. O irmão mais novo de Ian, um prisioneiro de guerra assassinado. Os poloneses sem nome caçados por esporte entre as árvores, como em um jogo. Mas Jordan voltava às crianças. Crianças como Ruth.

Por que ela não matou você?, Jordan se perguntou, horrorizada. *Ela matou sua mãe. Por que não você?*

As anotações sobre o tempo de Anneliese/Lorelei em Altaussee haviam sido feitas coloquialmente na letra manuscrita de Tony, como se ele estivesse pensando em voz alta. "Nossa garota estava morando com *Frau* Eichmann depois da guerra. Sem dinheiro, nenhum lugar para ir, o amante morto. *Frau* Eichmann não gosta dela, diz para ela ir embora no outono de 1945. Com medo de solicitar um visto no caso de o nome ser identificado, aterrorizada por poder ser encontrada/presa. Como ela consegue ir de Altaussee para os Estados Unidos???"

Acho que posso dizer como, Jordan pensou, lembrando as duas histórias muito diferentes de Anneliese sobre seu tempo em Altaussee. Depois do Dia de Ação de Graças, quando ela não pôde negar que não havia dado à luz Ruth, inventou a história de tê-la encontrado órfã e abandonada à margem do lago... mas no começo, quando estava explicando os pesadelos de Ruth, não havia uma história sobre como uma refugiada as tinha atacado na margem do lago e assustado Ruth? Anneliese estava dizendo a verdade, pelo menos a parte que podia? Era a maneira mais inteligente de mentir, afinal.

Ela não foi atacada, pensou Jordan. *Foi ela quem atacou*. Desesperada para ir embora, desesperada para não ser pega, desesperada para fugir, ela conheceu uma mulher à beira do lago — uma mulher chamada Anneliese Weber, que tinha documentos, passagens de barco, status de refugiada e uma menina. A resposta para todas as orações. *Bastava matá-la e levar tudo*. Ruth — com seus olhos tensos, sua musicalidade, sua súbita vacilação entre riso e medo, atraída em direção a Anneliese e depois se afastando — vira a mãe ser assassinada pela mulher que então se tornou sua mãe.

— Por que ela pegou você? — Jordan sussurrou em voz alta. Seria mais fácil viajar sozinha, certamente. *E ela não teve escrúpulos de matar crianças antes*.

Entorpecida, ela balançou a cabeça. A antiga advertência tocou em seu cérebro: *Jordan e sua imaginação maluca!* No espaço de uma única manhã, o mundo se transformara em um lugar mais selvagem e horrível do que sua imaginação poderia ter criado.

— Aqui estamos, senhorita.

Jordan jogou um punhado de trocados para o motorista e saiu do táxi. O carro estava ali, então Anneliese estava em casa. Claro que sim. Jordan respirou fundo. *Finja que nada aconteceu*, ela pensou. *Invente uma história, tire Ruth de casa. Apenas faça.*

Ela endureceu os ombros e foi encarar a Caçadora.

— Não chore, Jordan — Anneliese abriu os braços, franzindo as sobrancelhas. — Ele não vale a pena.

Não havia como esconder os olhos vermelhos, não do olhar penetrante de Anneliese, então Jordan nem sequer tentou. No momento em que Anneliese saiu de seu ateliê de costura com Taro balançando em seus calcanhares, Jordan liberou o soluço que estava preso em sua garganta e explodiu em lágrimas, soltando, o mais incoerentemente possível, que *ele partiu meu coração*.

— Seu rapaz desapontou você? — O abraço de Anneliese era suave e perfumado, e Jordan conseguiu não estremecer. — Eu pensei que não fosse nada sério.

— Eu me apaixonei por ele mais do que pretendia — Jordan engasgou, percebendo que estava dizendo a verdade. Em algum lugar nessa confusão de horror e medo, havia ainda o golpe da traição de Tony. Tony na sala escura, os braços em volta de sua cintura, querendo falar quando ela perguntou se ele lhe contaria um segredo. *Há um que eu quero lhe contar, mas não posso.* Deixá-la pensar que, desde que não houvesse esposas ou crianças ou mandados, estava tudo bem. E o tempo todo ele e seus amigos vigiavam sua loja, sua família, sua vida.

Use isso, J. Bryde, Jordan disse a si mesma, enquanto chorava no colo da madrasta. *Use as lágrimas, use a raiva, use tudo*. Ela levantou a cabeça por fim, enxugando os olhos, um sorriso trêmulo nem um pouco falso.

— Desculpe a choradeira, Anna. Você tem razão, ele não vale a pena.

— Você vai conhecer outra pessoa em Nova York. Alguns jovens arrojados, homens que levam rosas. — As sobrancelhas dela estavam enrugadas de preocupação.

Você matou seis crianças a sangue-frio, pensou Jordan. *Agora se preocupa com os problemas do meu namoro*. Mas empurrou o pensamento para longe, com dificuldade.

— Pensei em sair para tomar um sorvete, levar Ruth comigo. Eu preciso de alguma coisa doce.

— Um coração machucado definitivamente pede sorvete. Ruth acabou de entrar no banho, mas vou apressá-la. — Anneliese sorriu, com o braço ainda em volta dos ombros da enteada, e o coração de Jordan se partiu porque aquele sorriso era tão quente e reconfortante que ela ainda tinha vontade de confiar. Como Taro, que estava sentada enfiando o focinho preto adorável sob a mão livre de Anneliese, Jordan sentia a mesma onda instintiva de conforto enquanto sua madrasta passava os dedos macios e assassinos em seus cabelos.

Primeiro o horror, depois o medo por Ruth tinham pesado em Jordan durante a última hora. Agora a terceira reação surgia, mais terrível que as duas primeiras, e era vergonha, porque Jordan não pôde evitar a sensação de afeto ao toque de Anneliese. *Ela é uma assassina. Uma nazista assassina*, mas ainda havia o desejo de se inclinar sobre aquela mão calma, de querer duvidar da verdade, mesmo depois de ver todas as evidências. Porque tinha sido Anneliese quem a incentivara a sonhar além de Garrett Byrne e seu diamante em forma de gota; quem admitira seus próprios medos e ouvira os de Jordan; quem adorava o cachorro da família e fazia o melhor chocolate quente de Boston.

E ainda dizem que os cães sabem diferenciar pessoas boas das más, Jordan pensou. *E que enteadas sentem de longe o cheiro de uma madrasta malvada.*

Porém parte dela suspeitara desde o início. *E se eu tivesse convencido papai...* Mas ela afastou o pensamento para longe também.

— Ah, Anna. — Jordan apertou a mão macia. — Não sei o que eu faria sem você. Vou sentir sua falta quando for para Nova York.

— Sempre estaremos aqui, Ruth, Taro e eu. Nova York não é tão longe.

Uma cela de prisão é muito mais distante, pensou Jordan. Quem quer que Ian e Tony e Nina fossem, estavam claramente tentando construir algum tipo de caso contra Anneliese. E, com uma súbita onda de implacabilidade, Jordan deixou de lado o fato de Tony ter mentido para ela. Se ele tinha feito isso para jogar Anneliese na prisão, ela iria ajudar.

— Ruth — Anneliese estava chamando pela escada —, saia depressa do banho. Sua irmã vai te levar para tomar sorvete.

Eu te amo, Anneliese, pensou Jordan, olhando para aquele perfil sereno. *Mas vou desmascarar você.*

50

Ian

Setembro de 1950
Boston

— Vamos admitir que somos idiotas. — Tony quebrou o silêncio. — Ela estava debaixo do nosso nariz o tempo todo. Eu a vi com meus próprios olhos, eu *falei* com ela...

— Ela não se parece em nada com a foto que temos — disse Ian, conciso. — A imagem era muito velha para ser útil. Somente alguém que conhecesse muito bem aquele rosto poderia... Caramba, você não pode fazer esse carro ir mais rápido?

Tony estava esmagando o pedal do acelerador do Ford, mas na hora do almoço o tráfego se derramava lento como mel.

— Eu olhei o pescoço dela no dia em que a conheci. Não havia cicatriz! — Suas mãos estavam cerradas ao redor do volante.

— Ela cobre — Nina adivinhou no banco de trás. — Maquiagem, talvez. *Blyadt*, a que distância fica a casa dos McBride...?

Não muito longe, mas quem sabia havia quanto tempo Jordan tinha saído da Scollay Square? *Ela foi atrás da irmã*, Ian pensou. *É o que eu faria se soubesse que minha madrasta é uma assassina.*

— Eu devia ter percebido quando conversamos — Tony murmurou — que ela não era nativa. O ritmo...

— Você disse que ela não tinha sotaque, até comentou que os Rs eram de alguém de Boston.

— Ainda assim você devia ter me levado para verificar — Nina retrucou. — Eu a teria reconhecido, mais do que você, que só tinha a velha fotografia...

Ian cortou os dois.

— Todos nós poderíamos ter feito melhor, sim. Mas não havia motivos para pensar que Lorelei Vogt tinha parado em Boston em vez de passado, como todos os outros. Não havia razão para achar que a madrasta de Jordan tinha conexões com a Europa... não com um nome como Anna McBride, listada como nascida em Boston, sem sotaque. Não havia nada suspeito nela para investigar, e tínhamos Kolb à nossa frente, parecendo desconfiado como um peixe podre.

— E ela mantém distância da loja — Tony completou. — Jordan disse que o pai se orgulhava de que a esposa não precisasse trabalhar, e eu não desconfiei de nada. Mas ela fica longe, então, se alguém desse uma segunda olhada nos negócios obscuros, o que veria seria Kolb. E foi o que nós fizemos, maldição...

— Parem com isso. Parem com isso agora. — Ian endureceu a voz, cortando a discussão. — Finalmente sabemos quem ela é e onde está. Vamos nos concentrar nisso e atribuir culpa mais tarde.

— Santo Deus, espero que Jordan tenha pegado Ruthie e saído de casa — Tony murmurou. — Se ela tivesse esperado...

— Por que deveria? — Nina disse. — Ela não tem motivo para confiar em nós, nem sabe o que fazemos.

— Nós devíamos ter contado tudo a ela. Ter trazido a Jordan para o nosso lado.

— Não vimos motivo para isso. Nunca trouxemos estranhos antes. De uma vez por todas, pare com os *se* e *devíamos ter*. A última coisa que esta equipe precisa é se envolver em recriminações. — Mas as mãos de Ian estavam tão apertadas ao redor de seu panamá que a aba havia amassado como papel, e o mesmo medo tenso não pronunciado vibrava pelo carro entre todos eles.

Se Jordan ou sua irmã fossem prejudicadas por causa disso, a equipe estaria acabada.

Com um guincho dos pneus, Tony virou o carro na esquina da casa dos McBride.

— Se Lorelei Vogt estiver aí — Ian disse —, vamos confrontá-la e apreendê-la no local.

— Com autoridade de quem? Não temos mandado!

Ian achava que poderia blefar com isso. Ele tentaria. Não era assim que eles normalmente lidavam com confrontos; geralmente havia um plano cuidadoso estabelecido e autoridades de apoio notificadas. Mas não havia tempo para isso. Ian olhou para seu parceiro e para Nina, o sangue faiscando em suas veias.

— Estejam atentos a cada maldito minuto. Nunca enfrentamos alguém assim. A maioria dos homens que rastreamos não são mais perigosos do que ratos do campo sem o Terceiro Reich, mas ela é diferente. Se ela levantar um dedo em sua direção ou na de qualquer outra pessoa, nós a impedimos. Por qualquer meio necessário.

Nina sacudiu a navalha, e pela primeira vez Ian ficou feliz em vê-la.

Eles começaram a descer do carro antes mesmo de ele parar na frente da residência dos McBride... e foram recebidos por uma porta aberta e uma casa vazia.

51

Jordan

Setembro de 1950
Boston

Rápido, Ruth, Jordan rezou.

Sua irmã finalmente saiu do banho, dizendo:

— Posso tomar sorvete de morango? — E indo para o quarto enrolada na toalha.

Jordan não podia apressá-la sem levantar suspeitas e não podia se mostrar na defensiva com Anneliese, então se ocupou primeiro em amarrar Taro — ela não deixaria mais sua cachorra ou sua irmã naquela casa — e depois murmurou sobre pegar algo na sala escura.

— Vá rasgar todas as fotos que você tirou daquele jovem — Anneliese aconselhou. — Isso fará você se sentir melhor!

Uma vez na sala escura, Jordan se apoiou contra a porta, percebendo que estava suando como se tivesse corrido.

— Acalme-se, J. Bryde. Fique calma... — ela disse a si mesma enquanto procurava um pano para enxugar o rosto. *Para onde você vai?*, o pensamento martelou. *Para onde vai levar Ruth?*

Voltar ao apartamento de Tony para obter algumas respostas. Era um começo.

Ela se virou e quase pulou para fora do corpo. Anneliese estava em pé no topo da escada da sala escura, olhando para ela com um sorriso caloroso. Sem fazer nenhum som.

— Anna, você me assustou! — Jordan sorriu, o coração quase pulando para fora do peito. — Ruth está pronta?

— Amarrando os sapatos.

— Não lembro a última vez que você esteve aqui.

— Sempre foi seu santuário. — Anneliese olhou ao redor, o equipamento, as paredes, as luzes. Ela estava com a bolsa pendurada no ombro. — Eu estava pensando em ir com vocês, meninas. Faz muito tempo que não tomo sorvete.

— Pensei que você tivesse de terminar aquela saia em que estava trabalhando na Singer. — Jordan manteve o sorriso no lugar.

— A costura sempre pode esperar.

— Tem certeza? Eu posso trazer uma casquinha para você... — Jordan interrompeu-se. Muito suspeito continuar levantando objeções. — Sabe de uma coisa? Qualquer coisa que eu traga, vai derreter com esse sol. Venha conosco. — Ela tiraria Ruth dali quando voltassem.

— Vou pegar meu chapéu. — Mas Anneliese não se mexeu, apenas ficou olhando, pensativa. — Você sabe que eu fui ao banco hoje de manhã? A srta. Fenton disse que você esteve lá perguntando sobre as nossas contas.

Jordan manteve seu tom normal, relaxado.

— Eu sei que você diz que não preciso me preocupar com dinheiro, mas não consigo. Foi um alívio ouvir sobre a apólice de seguro extra.

— A srta. Fenton disse que você parecia um pouco chateada.

— Senti o cheiro da loção pós-barba do papai... um dos caixas estava usando a mesma marca que ele usava. Sabe como é... Saí rápido, antes de começar a chorar.

— Humm. Bem, isso parece razoável. — Anneliese olhou para o corrimão embaixo de sua palma. — Conhece algum inglês alto, Jordan? Um homem que faz perguntas?

— O quê? Não, eu já te disse isso. — O coração de Jordan começou a bater rápido. — Semanas atrás.

— Eu sei. — Anneliese parecia se desculpar. — Mas existe um sujeito, não é? Kolb foi bastante claro sobre isso. Ele também parece pensar que foi seguido, e eu estava inclinada a culpar a bebida pela paranoia, mas talvez não. Então você aparece no banco perguntando sobre as minhas contas de poupança, e agora você está chateada por causa de um namorado, e você explica tudo muito bem, Jordan, mas me deixa desconfortável. Realmente.

— Por quê? — Jordan se forçou a olhar para cima e dar um sorriso intrigado.

— Porque, quando você viveu uma guerra — Anneliese retrucou —, quando você foi *caçado*, presta atenção em pequenas coisas fora do comum. Por mais que sejam explicadas, elas ainda... reverberam.

O silêncio caiu entre elas, escuro e pesado como a água do lago. Jordan ficou parada com as mãos para trás, segurando a borda da mesa de trabalho. Anneliese ficou parada com seu vestido preto e coque escuro e lábios perfeitamente pintados. Jordan não conseguia pensar no que fazer, exceto parecer confusa e inocente. Seu coração batia forte.

— *Scheisse*. — Anneliese suspirou. Tirando a bolsa do ombro, ela mexeu lá dentro e puxou uma pistola com a mão firme e experiente, e a mente de Jordan ficou branca de terror quando um tiro foi disparado.

A bandeja de metal à direita de Jordan girou sobre a mesa fazendo barulho, e ela se encolheu com um grito sufocado. Levou um momento para ela perceber que não havia sido ferida.

— Vamos falar honestamente agora — Anneliese disse, direta.

Os joelhos de Jordan pareciam pudim. Ela olhou para Anneliese, a pistola em sua mão, e quis gritar, mas, com a parede espessa daquele espaço situado abaixo do solo, ninguém na rua ouviria. Ela duvidava de que alguém tivesse ouvido o tiro também. Abriu a boca.

— O que quer que você vá dizer, é melhor não mentir — Anneliese avisou. — Não quero atirar em você, Jordan, mas vou, se for preciso.

— Eu acredito — disse Jordan em uma voz fina. — Você matou a mãe de Ruth a sangue-frio para ficar com o passaporte dela, matou um jovem prisioneiro de guerra inglês à beira de um lago e matou seis crianças polonesas depois de alimentá-las. Acho que não vai hesitar em me matar.

Ela esperava que Anneliese negasse, chorasse, protestasse pela sua inocência, alguma reação emotiva, parecida com a que tivera no Dia de Ação de Graças, quando olhara para a fotografia de seu amante da SS e conseguira convencer Dan McBride e Jordan de que era o pai dela. Mas Anneliese se limitou a descer a escada para a sala escura com um suspiro.

— Estou vendo que você soube de algumas coisas.

Jordan percebeu que estava tremendo.

— *O que* você é? — ela precisou fazer a pergunta, o grande grito que tomara conta de sua mente desde que descobrira a verdade... e, apesar desse grito, conseguiu pensar friamente: *Se eu puder distraí-la, talvez consiga fugir. Ou talvez alguém chegue.* Não havia muita esperança, mas, olhando para o cano de uma pistola, uma pequena chance parecia melhor que nada.

— Como você pôde fazer essas coisas?

Anneliese não respondeu. Apenas suspirou outra vez, um som tão mortalmente exausto que parecia ter sido arrancado da sola dos pés, e sentou-se na beira da cama amarrotada da sala escura.

— Estou tão cansada de fugir... — Olhando para Jordan, sua boca tremeu. — Por que você não deixou isso para lá?

— Por que eu não deixei... — Jordan se afastou da mesa, apenas para congelar quando o cano da pistola subiu.

— Sente-se no chão. Em cima das suas mãos. — O tremor se fora. A voz de Anneliese estava cansada, mas sua mão estava firme.

Jordan afundou no chão, colocando as mãos debaixo do corpo, sentindo o frio penetrar em sua carne. Ela esperava que Anneliese erguesse e nivelasse a arma, mas a mulher permaneceu sentada na cama e apoiou a pistola no joelho, aparentemente cansada demais para se mexer. Talvez ela não fugisse. Talvez estivesse pronta para se entregar. Jordan não acreditava nisso de fato, mas tentou uma abordagem diferente.

— Faça o que quiser comigo, mas não machuque Ruth.

Anneliese pareceu surpresa.

— Que motivo eu teria para fazer algo com ela?

— Ela não é sua filha. Você a ama?

— Minha pobre *Mäuschen*. — Anneliese correu um dedo ao longo do cobertor. — Eu não queria gostar dela, você sabe. Um criança judia... Eu só a trouxe comigo porque uma mãe com uma linda filha, bem, ninguém desconfia de uma mulher assim. E Ruth era tão bonita. O cabelo loiro e nenhuma das características que se costuma ver, o nariz, a brutalidade, talvez ela não estivesse tão contaminada pelo sangue judeu. Achei que poderia libertá-la de tudo isso. Um jeito de me redimir.

— Se redimir — disse Jordan. — Por assassinar a mãe dela.

— Eu não tive escolha.

— Você acredita mesmo nisso? — Jordan a enfrentou. — Você *não teve escolha* a não ser matar uma mulher e empurrá-la em um lago depois de roubar tudo o que ela possuía? *Não teve escolha?*

— Você não tem ideia do que uma presa encurralada pode fazer quando está desesperada. Anneliese tocou as pérolas cinzentas no pescoço. — Eu senti muito por ter que fazer isso. Ela não sofreu, pelo menos. Eu uso suas pérolas para me lembrar dela.

Por um momento, Jordan achou que vomitaria.

— Você não vai negar nada — ela conseguiu sussurrar.

— Eu realmente não vejo por quê. Está claro que você já sabe o bastante. — Anneliese se endireitou. — Como você descobriu? Quem tem falado sobre mim? — O cano da arma tremeu no joelho. — Tem alguém vindo para cá?

— Sim. Uma equipe de caçadores de nazistas que rastreou você desde a Áustria. — Jordan usou o termo melodramático sem hesitação. Qualquer coisa para fazer Anneliese recuar. — Você nunca vai escapar deles.

— Quem são eles? A polícia está com eles? Não minta — Anneliese disse enquanto Jordan hesitava. — Eu a conheço muito bem, Jordan. Eu sei quando você está mentindo.

— Um jornalista inglês. Os parceiros dele. — Jordan ficou indignada com o tremor em sua voz. — Eles estão vindo para pegar você.

— E o que eles vão fazer, me arrastar para um julgamento? Me extraditar? — Anneliese balançou a cabeça antes que Jordan pudesse responder. — Suponho que isso não importe. Seja o que for, duvido que seja agradável. As pessoas são cruéis demais para julgar certas coisas.

— Coisas como matar crianças e prisioneiros de guerra? — Jordan atirou de volta, voz trêmula ou não.

— Eu tenho trinta e dois anos e minha vida é a soma de muitos momentos. Por que alguns momentos superam todos os outros, melhores? Quando já houve bastante fuga e punição suficiente?

— Você acha que foi punida? — Jordan quase engasgou com um inchaço de fúria incandescente. — Você roubou o nome, a vida e a filha de outra mulher, depois se infiltrou na minha família para que pudesse viver todos os dias com total facilidade e conforto, e acha que foi *punida*?

— Você tem alguma ideia de quanto eu perdi? — Anneliese devolveu. — Uma vida que eu amava, um homem que eu amava, minha mãe, com quem só faço contato ocasional por carta, que eu nem ouso postar pessoalmente. Todo dia eu tenho medo e toda noite eu sonho. — Ela estremeceu. — Estranho quantos pesadelos eu tenho nesta casa, onde tudo é tão seguro. Minha casa no lago em Posen era tão isolada... sem empregados no fim de 1944, tudo caindo aos pedaços, Manfred ficava fora por dias seguidos, mas eu dormia tão profundamente lá. Era tão bonito. E eu nunca poderei voltar. — Olhando para Jordan. — Você acha que isso não é punição?

Não o suficiente.

— Então se entregue e lute contra as acusações — Jordan disse, mudando o rumo da conversa. — Defenda-se. O que quer que você seja, nunca pensei que você fosse covarde.

Ela esperava que isso doesse, mas Anneliese apenas deu um leve sorriso.

— A covardia não existe, você sabe. Nem a bravura. Apenas a natureza. Se você é o caçador, você persegue. Se você é a presa, você corre, e eu sou realista o suficiente para saber que sou a presa desde que a guerra terminou e os vencedores decidiram que eu era um monstro.

— Você é um monstro.

— Por causa daquelas crianças? — Anneliese balançou a cabeça. — Aquilo foi um ato de misericórdia. Elas eram polonesas, talvez judias, e a diretriz em Posen era eliminar os judeus primeiro, depois os poloneses.

— A guerra estava terminando e vocês estavam perdendo. Por que obedecer à diretriz, quando tudo estava desmoronando?

— Porque as execuções e extradições ainda estavam em andamento. Aquelas crianças morreram muito mais tranquilas pelas minhas mãos, de forma rápida e indolor, com a barriga cheia. Teriam passado fome até a morte em cabanas ou morreriam de sede em trens lotados. Não sinto prazer com o sofrimento. Se algo deve morrer, mate-o de maneira limpa.

Jordan pensou que gritaria se tivesse que ouvir mais daquilo, mas se forçou a continuar. *Mantenha-a falando.*

— Por que você matou aquele jovem prisioneiro de guerra? — Sebastian Graham, irmão mais novo de Ian, cujo nome ela tinha lido pela manhã. — Existem regras sobre prisioneiros, e você devia tê-lo devolvido vivo ao campo. Por que matá-lo?

— Os guardas não gostam quando prisioneiros escapam. Eu provavelmente o salvei de uma morte muito mais desagradável. — Anneliese levantou-se, profissional. *Não a perca.*

— Eu amava você, sabia? — Jordan lançou, desafiadora. — Eu realmente amava. E pensei que você me amasse. Era tudo mentira, não era?

Um olhar de surpresa.

— Por que você acha isso?

— Desde que papai morreu, você está tentando me despachar. Para a faculdade, para trabalhar, para Nova York, para qualquer lugar, desde que você pudesse me colocar para fora.

— Só porque eu preciso estar precavida quando você está por perto, o tempo todo. Pensei que seria mais fácil se você estivesse em outra cidade.

Mas isso não significa que eu não gosto de você. — O velho sorriso, aquela facilidade de comunicação de mulher para mulher que tiveram nos últimos meses, contando uma com a outra. — Você é esperta, equilibrada e talentosa; você quer coisas para si mesma; você sonha. Eu também sonhava quando tinha a sua idade. Eu queria mais do que um marido *advokat* austríaco, não importava o que minha mãe disssesse, e você queria mais do que aquele pateta do Garrett Byrne, não importava o que seu pai lhe dissesse. Eu a encorajei a mirar mais alto porque queria ver você voar. Foi um prazer assistir.

— Eu não acredito em você, Anna — Jordan disse, desafiadora, mas por dentro se encolheu. — Anna, Anneliese, Lorelei, seja lá qual for o seu nome.

— Eu odeio esse nome. — Um calafrio. — *Lorelei*. Como *rusalka*. Outra bruxa da água.

— Quem realmente saiu daquele lago e lhe deu a *rusalka* como pesadelo? — Jordan atacou de um novo ângulo. — Alguém que não concordava com a sua definição de misericórdia?

— Eu lhe contei sobre esse sonho, não contei? — Um piscar de olhos. — Ela não era ninguém realmente. Apenas uma refugiada em Posen.

— Ela machucou você e não o contrário? — *O que um monstro teme?* — É por isso que ela te dá medo? É por isso que você sonha com ela?

— Eu não tenho medo dela. Por que deveria? — A mão de Anneliese subiu até o pescoço, inconscientemente. *A velha cicatriz*, pensou Jordan, *escondida com maquiagem*. — Ela provavelmente está morta há muito tempo.

Mas o rosto dela tremeu, e Jordan soube que era de medo. *Eu consigo ler você também, sabia?* Por que Anneliese tinha lhe contado o pesadelo com a *rusalka*?

Porque era meia-noite, e ela estava assustada, e eu estava lá. Porque às vezes até os monstros precisam conversar.

Jordan suavizou a voz, juntando os pés.

— Anna, você me deixa...

A pistola subiu novamente.

— Sente-se. — Jordan obedeceu. — Estou ciente de que você está tentando me segurar aqui — disse Anneliese. — Confesso que é tentador ficar sentada e aguardar até que seus amigos cheguem. Eu realmente estou muito cansada de fugir. Mas isso seria desistir, e a minha última promessa para Manfred foi que eu não desistiria. Ele morreu em um tiroteio em Altaussee em vez de se deixar levar, e o mínimo que posso fazer é fugir. — Ela olhou para Jordan, muito direta. — Não me procure. Você não me encontrará, não desta vez, e que mal posso fazer? Não quero machucar ninguém. Eu só quero viver tranquila.

— Você não quer machucar ninguém, mas o fará se pensar que está sob ameaça. Papai suspeitou de algo na loja, não foi? Percebeu vestígios do seu esquema com Kolb. Ele pensou que fosse uma simples fraude, não que tivesse algo a ver com criminosos de guerra, mas morreu antes de descobrir mais. Como isso aconteceu, Anna? — Os olhos de Jordan estavam cravados em sua madrasta. — Você matou o meu pai?

Essa era a outra suspeita que vinha crescendo como uma flor monstruosa no fundo da mente de Jordan. Mesmo em seu frenético esforço para chegar até Ruth, uma parte dela refletia baixinho que, embora Anna McBride não soubesse nada sobre armas de fogo, uma mulher apelidada de Caçadora certamente saberia que tipo de munição faria uma espingarda calibre doze com tambor Damascus explodir. Ela poderia ter dirigido até o chalé do lago, deixado um punhado de cartuchos mortais entre os inocentes, então levado a enteada para comprar um vestido de noiva enquanto o marido saía para caçar peru...

— Você o matou? — Jordan perguntou, a voz quebrada. — Foi você?

O rosto de Anna não se mexeu, nem um pouco.

Ah, pai. A mente de Jordan, congelada de horror, gaguejou. *Papai...*

— Eu gostava muito dele, saiba disso — Anneliese disse finalmente. — Se você não tivesse mexido nas coisas... Depois do Dia de Ação de Graças ele não confiou mais em mim. Lá no fundo, não. Eu o pegava olhando para mim na cama, quando ele achava que eu estava dormindo... Suponho que foi por isso que ele desconfiou de Kolb, começou a fazer perguntas. — Anneliese sacudiu a cabeça. — Ainda me pergunto como você fez aquilo. Juntando tudo, só tinha dezessete anos... Bem, eu disse que você é esperta, não disse? Nunca ousei guardar nada em casa depois daquilo, por medo de que você desconfiasse.

— Não se atreva a me dizer que a morte do papai foi minha culpa — Jordan se revoltou.

— Eu não vou lhe dizer nada. Vá viver sua vida, me deixe viver a minha. Eu só quero desaparecer com Ruth.

Uma onda de terror tomou conta de Jordan novamente.

— Você não vai levar Ruth!

— Claro que vou. Ela é minha responsabilidade... e também minha segurança, Jordan. Porque, se eu sentir que estou sendo rastreada de novo, vou atirar nela e depois vou me matar. — O olhar de Anneliese era sincero, realista.

Jordan ficou presa por ele, sua boca seca.

— Por favor... — ela começou, mas Anneliese a interrompeu.

— Não vou fugir pela terceira vez. Eu não aguento. Vou seguir o caminho mais fácil, e levarei Ruth comigo. Não se deixa uma criança sozinha, seria uma grande crueldade. Então não tente me encontrar novamente, você e seus amigos. Será muito melhor para Ruth se não fizer isso. — Anneliese subiu a escada, a pistola brilhando ao seu lado. No topo, olhou por cima do ombro. — Vou sentir sua falta, sabia? Muito. Eu realmente gostaria que você tivesse deixado isso para lá.

A porta se fechou, o ferrolho do lado de fora fez barulho ao ser girado e os passos recuaram para longe conforme Jordan subia a escada, atirava-se contra a porta trancada e começava a gritar.

52

Ian

Setembro de 1950
Boston

— Ela não levou nada. — Jordan estava vasculhando o armário de roupas de sua madrasta. Um quarto florido e feminino, cheio de paisagens alpinas e arranjos de flores secas. *Tarde demais*, Ian continuou pensando. *Chegamos tarde demais*. — A única coisa que sumiu foi o carro do papai. A mala de viagem ainda está aqui, as roupas e peças de baixo, até o talão de cheques e a carteira de motorista...

Porque ela está deixando tudo para trás, Ian pensou. Lorelei Vogt tinha se livrado de Anna McBride e saíra com alguma nova identidade, sem nada mais do que as roupas no corpo. A raiva o varreu em uma onda fria. *Não chegamos tão longe para começar tudo de novo do zero.*

— Ela não levou nada — repetiu Jordan. Ela estava branca e destruída, seu tom rosado sufocado pelo choque. Ian nunca tinha ficado tão aliviado na vida como quando eles abriram o trinco da porta da sala escura e ela saiu cambaleando, o rosto marcado de lágrimas, usando uma velha camisa xadrez vermelha, os cabelos loiros bagunçados, as mãos trêmulas, mas *viva*. O alívio de Ian não foi nada perto do de Tony, cujo rosto de pele morena tinha ficado cinza quando a porta se abriu. Jordan passou direto por ele, correndo para dentro, chamando o nome da irmã, e foi quando perceberam que Lorelei Vogt tinha levado algo, afinal.

Ruth.

— *Suka* — Nina murmurou. Ela abriu e fechou a navalha, ansiando visivelmente por uma garganta para cortar. Taro seguiu atrás dela, choramingando nervosamente. Ian conseguiu não correr, mas já havia deixado marcas brancas de unha em suas próprias palmas.

— Tem que haver algo que nos mostre para onde ela foi. Alguma coisa... — Jordan vasculhava os lenços de sua madrasta agora, os olhos brilhando para fixar Ian e Tony com um olhar pedregoso. — Se vocês tivessem *me contado*...

— Eu queria. — Tony estava mexendo na gaveta ao lado dela. Ele estendeu a mão e a tocou no ombro. — Eu queria que você fizesse parte. Mas não sabíamos se seu pai poderia estar envolvido e...

Ela se afastou.

— Papai *nunca*... — A voz dela engasgou. — Por que Anna começou esse negócio com Kolb, ajudando criminosos de guerra? Se não fosse por isso, nada teria vindo à tona e vocês não a rastreariam até Boston. Por que ela arriscaria?

— Talvez fossem amigos dela — sugeriu Tony. — Ela queria trazer a mãe também.

— Ela poderia ter trazido essa gente por meios legais, patrocinando todos como refugiados. Ninguém teria se importado.

— Dinheiro — Ian disse laconicamente, começando a caminhar pelo lugar. — Ela queria ter seu próprio dinheiro para o caso de precisar fugir de novo.

E agora ela tem, ele pensou, em outra onda de gelo e fúria. Dinheiro suficiente para percorrer um longo caminho.

Não. Você não vai escapar de nós. Você não vai levar outra criança inocente. Não desta vez.

— Eu não quero que vocês pensem que meu pai era estúpido por se apaixonar por ela. — As palavras saíram de Jordan quando ela se agachou para olhar debaixo da cama da madrasta. — Ela estava tão ansiosa para perder o sotaque e entrar na igreja dele, ser uma dona de casa americana. Tão orgulhosa de aprender as gírias de Boston, mudar o nome de *Anneliese* para *Anna* quando conseguiu a cidadania. Ela enganou todo mundo.

— Não enganou você. — Tony vasculhou as roupas de cama. — Você tinha dezessete anos e a farejou desde o primeiro dia, que é mais do que nós três, profissionais, conseguimos fazer. Você é genial, J. Bryde.

— Meu pai morreu. Eu não consegui fazê-lo perceber...

— Não. — Ian a pegou pelos ombros enquanto ela se endireitava depois de olhar embaixo da cama, fixando seus olhos nos dela. — Essa estrada leva à loucura, acredite em mim. Ponha a culpa no lugar certo... nela.

— *Para onde você fugiu desta vez?*

— Ela chorou por ele no hospital. Ficou tão arrasada. Eu me pergunto o que ela teria feito se ele se recuperasse dos ferimentos...

— Ela tinha um plano para isso — afirmou Nina, sem um pingo de dúvida na voz.

Também não faltava nada no quarto de Ruth. Jordan esfregou as impotentes mãos vazias para cima e para baixo em seu velho jeans azul.

— Ela não levou sequer um par de sapatos extra para Ruth.

— O que significa que ela tem um lugar secreto. — Tony estava rondando toda a extensão do pequeno e acolhedor quarto. — Ela deve ter escondido roupas, o dinheiro da poupança e uma nova identificação, cortesia de Kolb.

— Sim. — Jordan esfregou a mão na lateral do rosto. — Na sala escura, ela disse que não ousava guardar nada em casa depois que eu vasculhei o quarto dela, anos atrás.

— E onde seria esse lugar secreto? — Ian perguntou.

Os quatro se entreolharam.

— Ela ficou em algum lugar por um mês, quando me disse que estava em Concord e Nova York — disse Jordan finalmente. — Deve ter se antecipado e feito os preparativos para fugir caso fosse necessário.

— Deve ser algum lugar próximo — disse Nina. — Algum lugar em que ela poderia ficar sem ninguém fazer perguntas. Temos que pegá-la nesse lugar, ou...

— Ou ela desaparece — concluiu Jordan. — Ela e Ruth, quem sabe para onde. Ela pode até sair do país. — Seu rosto desabou. Tony a puxou para seus braços. Nina e Ian apenas se entreolharam, impotentes e furiosos. *Ruth*, Ian não parava de pensar. Pobre pequena peregrina tropeçando pelo caminho alheio. Perdida para sempre, a menos que...

— Esse lugar secreto dela precisa ser próximo, mas reservado. — Ian tamborilou com os dedos na cama de Ruth. — Um lugar para se esconder, mudar a aparência. Um lugar onde ninguém poderia vê-la indo e vindo ou questionar por que ela está lá. Você conhece algum...

— Talvez nosso chalé de caça no lago Selkie. São mais de três horas de Boston, isolado, sem praias para banho ou passeios. Apenas um grande lago no meio da floresta, na verdade. Nós paramos de ir depois que papai morreu, o deixamos fechado. Há uma grande chave velha... — Jordan correu para o andar de baixo, no escritório de seu pai, os outros se empurrando atrás, e começou a abrir as gavetas da mesa. Um chalé em um lago, emoldurado por um bosque... — Ian se perguntou se poderia ter lembrado Lorelei Vogt de sua preciosa casa no lago Rusalka, onde Seb morrera.

Jordan vasculhou cada gaveta aberta e finalmente disse, com as bochechas vermelhas:

— A chave não está aqui. Ela foi para o chalé. — Lábios tremendo. — Mas não vai demorar. Ela sabe que eu me lembraria disso. E está pelo menos uma hora e meia na nossa frente.

Nunca vamos chegar a tempo. Ian ouviu toda a sua equipe pensar isso. Tony procurou as chaves do Ford.

— Vamos tentar.

— Não vamos conseguir. Precisamos ser mais rápidos. — Ian sabia como fazer isso acontecer, embora tudo nele se transformasse em gelo com o pensamento. — Eu conto no caminho, mas primeiro, Jordan, nos fale sobre o tal sonho com a *rusalka* que sua madrasta tem. Todos os detalhes.

Eles se dirigiram para a porta, Jordan narrando com detalhes surpreendentes o pesadelo nascido no lago do qual aparentemente padecia *die Jägerin*. *Então a Caçadora não dorme bem*, pensou Ian, com grande satisfação. *Fico feliz*.

Quando Jordan terminou, Ian olhou para sua esposa, que descia os degraus da frente.

— Lorelei Vogt tem medo da *rusalka*. — Silêncio. — É você, não é?

Um pequeno aceno de cabeça enquanto Nina seguia para o carro, de cabeça baixa. Tony e Jordan trocaram olhares.

— Podemos usar isso — continuou Ian —, se soubermos exatamente do que ela tem medo.

Nina alcançou a maçaneta da porta. Ian pôde ver toda a fúria que ela guardava dentro de si, mas não se afastaria dessa vez.

— Desembuche, Nina. — Ele colocou a mão sobre a dela antes que ela pudesse abrir a porta. — Eu sei que você não quer falar sobre o que aconteceu naquele lago, mas não temos mais tempo. Conte-nos.

53

Nina

Novembro de 1944
Lago Rusalka

A sopa tinha batatas e creme. A mulher de casaco azul havia trazido duas tigelas fumegantes para trás da parede ocre da casa, já que Nina recusara categoricamente o convite para entrar na cozinha. Sebastian pegou a tigela sem disfarçar a ansiedade, mas Nina ficou de braços cruzados.

— Não seja rude — Seb sussurrou em russo, sua boca cheia com a sopa. Nina salivava, mas ainda não pegara a tigela.

— Ela tem uma casa de veraneio no lago e creme de verdade para o ensopado. — Olhando para a mulher magra de olhos azuis. — Isso significa que ela é amiga dos alemães.

— Eu te disse, ela é viúva. O marido dela era alemão e morreu antes do início da guerra, a administração de Posen não a perturba. — Seb e a mulher tinham tido uma longa conversa em inglês, que a mulher falava bem. — Ela estudou inglês na universidade, nunca teve simpatia pelo Reich.

— Isso é o que ela diz.

A mulher parecia tão suave, seu sorriso tão acolhedor. Como se lesse a suspeita de Nina, ela inclinou a cabeça e tomou um gole da tigela de sopa restante. Engoliu, estendendo-a novamente, como se dissesse: *Está vendo? Sem veneno.*

Nina olhou com raiva, mas pegou a tigela. A primeira colherada quase explodiu sua boca com o sabor, o calor ondulando em sua barriga. Ela não resistiu a tomar o restante. A mulher sorriu e disse algo para Seb. Houve outra conversa ansiosa.

— O quê? — Nina perguntou, engolindo a última gota da tigela. — Agradeça a ela pela refeição e vamos seguir em frente.

— Ela está oferecendo para passarmos a noite aqui. — O rosto de Seb brilhava. — Diz que podemos dormir na cozinha, lá é quente, ela arruma as camas.

Nina pegou o braço de Seb e o arrastou um passo ou dois para longe da mulher.

— *Não.*

— Por que não? Dormir sob um teto para variar, debaixo de cobertores limpos...

— Seb, nenhuma mulher morando sozinha traria pessoas como nós para a casa dela! — Nina gesticulou para suas roupas imundas. — O que significa que ou ela não está sozinha, ou vai telefonar para os Fritzes e nos entregar...

— Não é possível acreditar que alguém possa ter pena de nós? Que poderia oferecer ajuda apenas para ser gentil?

— É impossível acreditar nisso. E não precisamos da ajuda dela.

— Você não confia em ninguém. Esse é o seu problema. — Seb tinha o rosto magro corado, e as maçãs afinadas pela fome. — E nós precisamos de ajuda. Estamos sempre com fome, esgotando nossas entranhas porque não comemos nada além de caça e raízes. Por que não podemos aceitar ajuda quando nos oferecem?

— Porque, se ela for amigável, tudo o que temos é uma noite de sono confortável, mas, caso contrário, somos *apanhados pelos alemães.*

— Talvez mais de uma noite. Talvez ela concorde em nos esconder por um tempo. — A teimosia estava caindo sobre o rosto de Seb em uma onda.

Ele queria muito acreditar. Queria *confiar*. — Nem todos nesta guerra pensam apenas em si. Tente ter um pouco de fé na natureza humana pela primeira vez.

— Não — disse Nina novamente.

Ele tentou uma tática diferente.

— O que ela poderia fazer, uma mulher contra nós dois?

Nina o encarou.

— Você me conhece e pergunta o que uma mulher poderia fazer?

— É diferente.

Porque eu sou uma selvagem, ela pensou. Porque, para um jovem honorável como Sebastian Graham, bem-educado e bem-intencionado e totalmente ignorante sobre o sexo feminino, uma mulher pequena de cabelos macios e unhas esmaltadas simplesmente não poderia ser considerada perigosa. Nina olhou por cima do ombro para a mulher de azul. Ela deu um leve sorriso, contente em deixá-los sussurrar.

— Vou voltar para o nosso acampamento — disse Nina a Seb. — Eu não vou me arriscar.

Ele cruzou os braços.

— Eu vou.

Nina recuou um passo, surpresa com a pontada de dor. *Eu alimentei você, cacei para você, fiquei com você, e agora isso?*

Ele corou novamente.

— Nina...

— Vejo você amanhã no nosso acampamento. — Cortando-o. — E, se você não aparecer, saberei que você está voltando para o cativeiro algemado.

— Ou ajudando a boa *Frau* no jardim em troca de me esconder no porão dela — ele disse calmamente. — Existem pessoas boas no mundo, Nina. Eu confiei em você, não foi? A única coisa que eu sabia era que você seria baleada se voltasse ao seu regimento, e ainda assim confiei em você.

Nina levantou a navalha.

— Eu só confio nisto.

— Estranho quanto você me lembra meu irmão. Frio como gelo e quase tão confiante quanto você — Seb comentou.

— Homem inteligente.

— Mas não feliz.

— *Feliz* não importa. Vou me contentar com *viva*. — Nina hesitou. — Venha comigo, Seb.

Mas ele não quis. E Nina partiu para as árvores, brava demais para olhar para trás e vê-lo desaparecer no amarelo ocre da casa.

Meio quilômetro de passos furiosos em direção à margem, e Nina foi se acalmando. O crepúsculo estava chegando, a escuridão de uma lua nova despontando. *Tempo bom para voar*, Nina pensou. *Tempo bom para caçar*. Ela parou, arrastando as botas gastas pelas folhas mortas. Algo não encaixava, algo estava errado, ela não fazia ideia do quê.

Sim, você faz. Aquela mulher poder estar telefonando para os Krauts agora, dizendo que tem um prisioneiro de guerra fugitivo em sua cozinha.

Não. Algo ainda mais errado que isso. Ela poderia entregar Seb sem convidá-lo para entrar. Por que ela fizera aquilo?

Nina olhou para o céu. Crepúsculo azul, olhos azuis... os olhos daquela mulher, sem nenhum medo quando viu os dois refugiados esfarrapados aparecerem na sua porta. O cabelo emaranhado de Nina, a barba escura de Seb, suas unhas sujas. Qualquer um teria sido mais cauteloso, mas não havia medo em sua postura calma. Alguém completamente destemido quando em desvantagem numérica entre estranhos imundos em uma zona de guerra era idiota, santo ou perigoso. A mulher não parecia uma idiota. Restava santa ou perigosa. Nina sabia qual Seb iria escolher. *Sei o que eu escolheria também.*

Estava escuro quando ela chegou à casa novamente. A luz passava por algumas das janelas sem cortinas, jogando quadrados quentes na floresta atrás. Nina se agachou à sombra de um pinheiro delgado, assistindo. Ela esperara, de certa forma, ver carros estacionados, sentinelas alemãs postadas para ficar de guarda quando o prisioneiro inglês fosse recapturado, mas tudo estava quieto.

Isso não significava que não houvesse uma armadilha lá dentro. Talvez Seb já tivesse sido recapturado, e a mulher poderia ter dito às autoridades que havia uma jovem também. Nina esperou mais uma hora, ouvindo o som da água do lago lambendo a praia diante da casa, a navalha aberta na mão com o laço de couro em volta do pulso. *Seb, onde você está?*

Provavelmente enrolado sob uma colcha diante de uma lareira, sem pensar em Nina.

Ela não tinha se mexido. Sem luar, a fraca luz das estrelas prateava o lago. *Tempo bom para caçar.* O pensamento continuou ecoando. *Tempo bom para caçar...*

A porta se abriu. Uma luz oscilante se derramou através da escuridão como vinho, a silhueta de duas figuras apareceu ao entrarem na noite.

Nina piscou. Sua visão noturna estava arruinada, mas ela reconheceu Seb, os cabelos caindo na testa. A mulher ao lado dele se movia com leveza, as mãos nos bolsos do casaco. Ela pegou algo e Nina se levantou rapidamente, mas depois ouviu o pequeno arranhão de um fósforo, Seb se inclinando como um cavalheiro para proteger a chama e o brilho de um cigarro aceso. A mulher ofereceu um para ele, vozes murmurando enquanto caminhavam em direção ao lago. Nina assistia, ainda desconfortável. As pranchas rangeram quando o par subiu o longo deque que se estendia sobre as águas mais profundas. Nina não confiava em nada que permitisse que você andasse sobre um lago, fossem tábuas de pinho ou dois metros sólidos de gelo, mas Seb caminhou sem hesitar, a barriga cheia, uma boa noite de sono pela frente, um cigarro na mão, admirando a luz das estrelas em águas calmas ao lado de uma mulher que tinha sido gentil com ele, em vez de admoestá-lo sobre manter as botas secas e perguntar se algum dia ele saberia dizer para que lado ficava o norte.

Vá até lá, Nina disse a si mesma, olhando para a dupla em pé no fim do deque. *Junte-se a eles.* Talvez a mulher realmente fosse apenas gentil. Nina saiu da sombra do pinheiro, foi em direção ao deque, mas não conseguiu dar o primeiro passo sobre a água. Ela hesitou, vacilou e amaldiçoou-se por vacilar quando o mundo estava cheio de tantas outras coisas mais aterrorizantes... e, no final do deque, quando Seb inclinou a cabeça para trás a fim de olhar o céu noturno, Nina viu a mulher jogar o cigarro no lago, enfiar a mão no bolso do casaco e puxar algo metálico que brilhava à luz das estrelas.

Nina se jogou no deque enquanto o braço da mulher se endireitava em um ângulo... Tarde demais. O tiro estalou na água.

Sebastian caiu.

Em sua mente, Nina gritou.

Na neve ou na terra, ela teria ficado tão silenciosa quanto um U-2 deslizando para fora do céu. Teria cortado a garganta da mulher de orelha a orelha antes que ela percebesse que havia alguém atrás dela. Mas o deque rangeu sob os pés de Nina, e a mulher já estava virando antes que a fumaça de seu tiro desaparecesse. Os olhos treinados de Nina a viram sob a fraca luz das estrelas como se ela estivesse embaixo do sol do meio-dia: distante, calma, impiedosa, o olhar apenas um pouco surpreso pelo reaparecimento de Nina. O braço subiu novamente, reto e sem hesitação, o olho da pistola encarando o de Nina.

Outro ruído; ao mesmo tempo, Nina se jogou para a esquerda, como se estivesse se desviando de fogo antiaéreo, e levantou a navalha como se fosse um chicote. A mulher girou para trás, a ponta afiada cortando a lateral de seu pescoço até a nuca, em vez de abrir a traqueia, e Nina gritou então, vendo aqueles impiedosos olhos azuis se abrirem em choque. A mulher bateu a mão no pescoço, o sangue escuro vazando entre os dedos, mas a pistola estava subindo novamente, e a corrida de Nina levou seu corpo além do de Seb e fora de alcance. Àquela distância, a cadela não poderia errar e Nina não poderia desviar, e a decisão foi tomada em um banho gelado de terror. Nina continuou correndo, mais dois passos rápidos, e, quando o terceiro tiro rasgou a noite, ela se jogou nos braços do lago.

O frio a atravessou como mil pequenas facas de prata. O cheiro ferroso da água do lago invadiu seus olhos, ouvidos, nariz. O pânico arranhou Nina, deixando-a cega, a sensação da água movendo-se através de seus cabelos. Ela não tinha afundado sob a superfície nem mesmo de uma banheira desde o dia em que completara dezesseis anos, deitada meio afogada na superfície congelada do Velho enquanto seu pai falava: "Você é uma *rusalka*, o lago não vai te machucar". Nina abriu a boca para gritar — ela não pôde evitar —, e o lago forçou caminho pela sua garganta como uma garra de gelo.

Entre em pânico e você se afoga, *cadela* rusalka, seu pai rosnou, e de alguma forma ela manteve os membros sob controle, mesmo enquanto sua mente derreteria de terror. Ela sabia nadar — não havia uma criança que crescera no Velho e não soubesse — e se empurrou para a frente, contorcendo-se como uma foca no lago. Até a superfície, pulmões estourando, ar abrasadoramente quente enquanto ela o engolia.

O som aterrorizante de outro tiro.

Nina mergulhou sob a superfície mais uma vez, sem ter certeza se tinha sido atingida ou não. O medo a segurava com uma força elétrica, e não havia espaço para a dor se mostrar. Atingida ou não pela bala, Nina fez uma escolha gritante em meio àquele emaranhado de horror: lutar para chegar até a parte mais funda do lago, fora de alcance, até a água entorpecer seus membros e ela afundar de exaustão e frio, o que não demoraria muito... ou se debater ali em pânico total, como um U-2 preso pelo brilho branco de um holofote e levando um tiro toda vez que aparecesse. Ou...

Nina se virou embaixo d'água, avançando antes que pudesse mudar de ideia e chutando cegamente de volta na direção do deque. Pulmões quase explodindo de novo, ela deslizou entre as estacas, levantando na lama macia, emergindo com um suspiro silencioso em busca de ar. O deque tinha sido construído perto da água; não havia nem dez centímetros de espaço entre a superfície do lago e a parte de baixo das tábuas. Nina se agarrou à estaca, uma lasca perfurando sua mão como uma agulha, a cabeça inclinada para trás para manter a boca acima da água. Seus membros já estavam entorpecidos. As tábuas de pinho rangeram e houve o som de metal batendo em metal.

Ela está em cima de mim, Nina pensou, *e está recarregando*. Se ela atirasse diretamente entre os pés no deque, a bala atingiria Nina no olho.

O terror a despedaçou como gelo.

Entregue-se, o lago sussurrou. *Afunde no azul. Deixe a* rusalka *levar você.*

Imagens desconexas tremulavam como em um filme ruim. O rosto risonho de Yelena. A pequena Galya resmungando em tom monótono e aterrorizado: *Não vamos nos afogar*. O pai dela arreganhando os dentes amarelados. O camarada Stálin, seu bigode e seu cheiro forte e selvagem... Nina manteve o rosto acima da superfície gelada, ouvindo a assassina mover os pés apenas centímetros acima, enquanto o lago continuava cantando.

Entregue-se, Ninochka.

Nina continuou mexendo as pernas, mas não as sentia.

Entregue-se. Deixe a rusalka *levar você. Ela é a primeira bruxa da noite, a que vem do lago com braços gelados e um beijo que mata.*

Não, Nina pensou. *Eu sou a* rusalka. *Nascida do lago para encontrar um lar no céu e voltar para o lago.*

Então morra aqui em seu lago. Mais fácil aqui que lá em cima, nas mãos dessa mulher.

Não, Nina pensou de novo. *Posso ter pânico da água, mas lutar com uma nazista na escuridão da lua não me dá nenhum medo.*

Ela não tinha ideia de quanto tempo ficou ali pendurada no prisma escuro do lago Rusalka, o rosto para fora da água, os dedos lutando para segurar as estacas viscosas, os pés entorpecidos com espasmos para mantê-la flutuando, a Caçadora acima vigiando. Apenas alguns minutos, com certeza. Pareceram horas.

Sobre o marulho da água, ela ouviu a mulher gritar em alemão. Até mesmo Nina entendeu as três palavras simples e desesperadas.

— Onde você está?

Nina apertou os dentes, que batiam.

Os sapatos da mulher se embaralharam. A respiração dela saiu irregular. Nina ouviu o assobio de dor. *Eu a cortei.* A linha vermelha que se abriu na nuca, um beijo da navalha. A Caçadora estava sangrando, a mão livre segurando o pescoço.

— Por favor, esteja morta — a mulher murmurou em oração. Tinha a voz grossa de medo. — Por favor, esteja morta...

Uma rusalka *não pode morrer*, Nina pensou, o frio fazendo o pensamento gaguejar. *E você foi beijada por uma* rusalka, *o que significa que é minha para sempre, cadela.*

Uma respiração longa e irregular da mulher no alto, outro assobio de dor, e então os passos recuaram, instáveis, pelo deque em direção à margem. *A Caçadora deve estar tonta com a perda de sangue*, Nina pensou. Ela teria de entrar, fazer um curativo. Nina não fez nenhum movimento, permaneceu flutuando sob o deque. A mulher acima dela tinha a cabeça fria, mesmo que estivesse sangrando e com medo. Ela poderia recuar e esperar nas sombras da praia, assistindo para ver o que surgiria do lago. Era o que Nina teria feito.

Ela ficou lá no escuro, no lago, mal respirando.

Mexa-se agora, seu pai disse finalmente, *ou você vai congelar e se afogar.*

Ela ainda pode estar lá, pensou Nina. *Esperando.*

Mexa-se agora.

Nina quase não tinha forças para se arrastar do lago para o deque. Estava flácida, tentando flexionar os dedos das mãos e dos pés, quase muito duros para se mover. Ela poderia ter ficado estirada lá para sempre, mas se forçou de joelhos para olhar em volta. Sem forma feminina à espera, sem olhos azuis vigiando. A casa de parede ocre estava escura. Mas não iria permanecer assim. A Caçadora certamente tinha amigos, e eles viriam para ajudá-la.

Mexa-se.

Mas Nina não podia. O corpo de Sebastian Graham estava escuro e silencioso no deque. Ainda quente.

Ela sabia que era impossível, mas se arrastou tremendo para o lado dele. O tiro fora disparado à queima-roupa na parte de trás da cabeça. Não sobrara muito do rosto. Que garoto bonito, cavalheiresco, com seus cílios longos e testa alta. Agora era uma ruína vermelha.

— Pobre *malysh* — Nina sussurrou através dos lábios congelados. — Eu deveria ter entrado com você. Deixei você ir e o perdi. — A culpa tomou conta dela, arranhando sua alma até ficar escarlate, mas ela não podia jogar a cabeça para trás e uivar sob as estrelas do jeito que queria, não podia afundar em seu peito morto e chorar. Não podia nem enterrá-lo. Seu prazo ali estava acabando; quem sabia quanto tempo levaria a assassina para cuidar do pescoço e pedir ajuda, e, embora Nina pensasse que devia ter ficado na água por menos de dez minutos, possivelmente nem cinco, estava encharcada em uma noite escura de outono e seus membros pareciam feitos de gelo. Para sua surpresa, ainda tinha a navalha girando em volta do pulso. Ela ficou com a arma, suas botas e calças, mas arrancou a jaqueta e as outras peças de Seb, jogou seu macacão no lago e se enfiou nas roupas manchadas de sangue porém secas do garoto. Nina se encolheu de agonia por deixá-lo seminu sob as estrelas, mas sem roupas secas ela morreria. Obrigou-se a pegar a identificação de prisioneiro dele, o anel em sua mão. Seu irmão mais velho ia querer. "Frio como gelo", Seb dissera dele, "e quase tão confiante quanto você."

— Vou dizer a ele que você morreu como um herói — prometeu Nina ao garoto que havia sido seu amigo por alguns meses curtos e desesperados. — Vou dizer a ele que você salvou a minha vida, que lutou com uma assassina nazista e a fez sangrar. — Ela o faria mais do que ele era, um garoto afetuoso que morreu porque confiava que as pessoas eram boas.

Não, ela pensou. *Ele morreu porque teve a má sorte de conhecer você, Nina Markova. Porque você falha com todas as equipes em que entra, e então você os perde. Você perdeu seu regimento de duzentas* sestry, *depois encontrou Seb e, mesmo que seu time fosse apenas um, você o perdeu também.*

Chorando, Nina beijou os cabelos ensanguentados de Seb e cambaleou sem olhar para trás. Ela olhou uma vez para a casa amarela, sentindo o desejo primordial de rastejar para dentro, encontrar os olhos azuis da cadela alemã com o pescoço retalhado e terminar o que tinha começado. Mas seria preciso tudo o que ela tinha apenas para voltar ao acampamento viva.

Eu sou a rusalka *do lago mais profundo do mundo, no canto mais distante do mundo*, ela disse a si mesma, delirando e sangrando sob a luz da lua nova. *Eu sou uma Bruxa da Noite do 46º Regimento de Aviação de Bombardeiros Noturnos da Guarda Taman. Não tenho medo dos alemães, ou da noite, ou de qualquer lago do mundo.* Ela não achou que teria medo de se afogar novamente.

Estava com medo de outra coisa agora.

Ela quase se afogou em seus próprios pulmões no fim do inverno, quando a pneumonia se instalou e a sacudiu com o barulho de ossos e espasmos. Mas Nina Markova sobreviveu, tossindo e emaciada, imunda e faminta, até que os alemães se afastaram de Poznan em janeiro do novo ano — até que ela pôde emergir piscando e cambaleando de sua floresta para os braços brancos estéreis da Cruz Vermelha polonesa, atravessando os campos e stalags liberados. Passou meses com termômetros e medicamentos, meses sendo transferida de um leito de hospital a outro, sendo jogada e virada enquanto sonhava com uma caçadora de olhos azuis, até conhecer aquele rosto melhor que o dela.

Nina estava pensando naquele rosto enquanto se sentava ereta no último hospital, traçando delirantemente uma estrela na sola do pé com um lápis de navegação e prometendo fazê-lo com tinta de tatuagem, quando o inglês magro de olhos desesperados veio correndo até ela com uma torrente de perguntas, e ela conseguiu recitar a primeira linha da história, do mito. Não *Seu irmão está morto porque eu falhei com ele,* mas *Seu irmão morreu um herói.*

54

Ian

Setembro de 1950
Boston

Nina evitou os olhos de Ian. A mulher que encarou o camarada Stálin, Ian pensou, agora olhava para as próprias mãos para evitar os olhos dele. O Ford abria caminho dolorosamente para fora de Boston e seguia para nordeste.

— Eu menti para você — disse Nina, ignorando Jordan e Tony sentados na frente, falando apenas com Ian, seu sotaque russo ficando mais denso. — É minha culpa Seb morrer.

Ian não respondeu. Jordan e Tony trocaram olhares, mas não disseram nada também.

— Eu devia ter ficado com ele. *Die Jägerin*, ela não me pegaria desprevenida. Ou eu devia ser mais rápida, me juntar a ele naquele deque. Eu hesitei por muito tempo, está feito. — Nina suspirou e Ian ouviu as camadas de culpa e dor naquele suspiro, as longas noites em que ela pensara sobre isso nos anos depois da guerra.

— Você fez o seu melhor — ele conseguiu dizer.

— Insuficiente. Seb devia estar vivo. — Nina olhou para ele então, sem piscar. — É o que você está pensando.

Parte de Ian achava isso. A raiva impensada de um irmão inundado pela perda: *Você sabia que ele confiava demais e o deixou ser massacrado.* E então a raiva de um amante traído: *Eu dormi ao seu lado, confiei em você, contei sobre o paraquedas, e você escondeu isso de mim?*

— Eu falhei com ele — ela disse novamente, mais baixo. — É o que eu faço quando tenho uma equipe. Eu falho com o meu regimento, eu o perco. Eu falhei com Seb, eu o perdi. É por isso que não tenho mais equipe. Eu não devia ter entrado na de vocês... — Olhando de Tony para Ian. — Mas quero encontrar a Caçadora. Desde que eu me afastei dela à beira do lago, quero encontrá-la outra vez. Isso me faz egoísta, então eu me juntei a vocês. E não devia ter feito isso.

Esse é o seu único medo agora, Ian pensou. Não lagos. Não o afogamento. Falhar com outra *sestra*, outro companheiro de equipe, outro camarada.

Ele respirou fundo, empurrou o choque e a raiva para longe. Estendeu a mão e enganchou o dedo que usava para apertar o gatilho no de Nina, olhando nos olhos azuis dela, que continham tanta tristeza desesperada escondida atrás de seu escudo opaco.

— Você não falhou com ele, Nina. E não vai falhar conosco agora. Acredite. Esta equipe não vai salvar Ruth sem você. Esta equipe não pode pegar *die Jägerin* sem você. Se seu medo é perder outra equipe, o único medo dela é você, e nós vamos usar isso.

Os olhos de Nina brilharam.

— Precisamos chegar lá primeiro e estamos pelo menos uma hora e meia atrasados — disse Tony, sombriamente, ao volante.

Ian soltou o dedo de Nina com um aperto feroz.

— Nós vamos alcançá-la.

O Ford parou jogando cascalho. Ian nunca o tinha visto, mas Tony o havia descrito: o pequeno aeroporto onde Nina havia feito um passeio aéreo divertido. Ian olhou para um biplano azul e creme zumbindo no alto, preparando-se para pousar, e sentiu uma onda de puro terror. Ele reprimiu a sensação.

— Jordan, você pode convencer seu ex-noivo a nos fazer um enorme favor?

Garrett Byrne olhou para eles, pasmo.

— Vocês querem um *avião* emprestado?

— *Olive* — disse Nina. — Eu gosto do *Olive*.

— Ruth está correndo perigo, Garrett — disse Jordan. — É pela Ruth.

— Se ela está em perigo, entre em contato com a polícia e...

— Ideia brilhante, Gary — Tony retrucou. — Ligue para a polícia e relate que uma criança está *com a mãe*. Isso vai mandá-los correndo, tudo certo. Perfeito.

— Não posso deixar uma piloto sem licença sair com uma das minhas aeronaves...

— Tony, pegue o outro braço dele. — Ian deu a volta na mesa para pegar Garrett Byrne pelo cotovelo. — Vamos trancar você no armário. — *Lá se vai a linha que não cruzaremos*, pensou Ian. Ele não estava apenas pisando sobre essa linha, estava saltando sobre ela, perfeitamente disposto a trancar Garrett Byrne com o material de limpeza. Garrett pareceu se dar conta de que o trancariam mesmo.

— Jesus... — Ele se livrou das garras de Ian. — Jordan, é verdade? Você estava certa o tempo todo, sua madrasta é...

Ela assentiu, pálida.

— Jesus. — Ele engoliu em seco dessa vez, olhando para Nina. Ela encarou de volta, olhos semicerrados. — Sra. Graham, é melhor trazer o *Olive* de volta sem um arranhão, ou...

Mas Jordan já estava arremessando os braços ao seu redor em um violento obrigado, Nina estava pedindo mapas e Garrett se soltou e saiu correndo para abastecer o Travel Air 4000.

Tony olhou para Ian.

— Isso vai funcionar mesmo? Ir para o resgate em um biplano. Parece coisa dessas séries em que donzelas são amarradas a trilhos de trem.

— Vai funcionar — Ian disse, com toda a convicção que pôde reunir.

— É a única maneira de vencer um carro — Nina disse calmamente, olhando os mapas. A dúvida e a culpa se foram, e Ian ficou aliviado. Nina tinha a missão de voar, e sua parte navegadora aflorou. — Se eu conseguir pousar. Jordan, você disse que há uma área plana por perto, sem árvores? Me mostre...

Logo eles estavam correndo para a pista, o *Olive* orgulhoso em sua pintura azul e creme. Nina colocou os óculos de voo. Outra pessoa talvez ficasse ridícula de óculos e botas e um vestido de verão da Filene's, mas Nina era toda competência.

— O avião pode levar quatro. Dois em cada cockpit.

— Isso não é seguro... — começou Garrett.

Nina o ignorou.

— É apertado, mas possível. — Ela olhou por cima do ombro para Ian. — Jordan com Tony na frente, você voa comigo.

Ian temia que ela dissesse algo assim.

— Seria muito mais seguro você voar com Tony, enquanto Jordan e eu seguimos de carro...

— Eu levei quatro de Taman uma vez, quando o U-2 atrás de mim foi perseguido e teve o motor furado. Galya e eu tivemos que transportar a piloto e a navegadora. Era como pilotar um tijolo, mas ele aguenta. Na maioria das vezes.

Tony já estava se instalando no cockpit do passageiro na frente, Jordan tropeçando atrás dele. Nina cutucou Ian com o dedo. Ele lutava contra a onda de pânico mais profunda que já experimentara na vida.

Nina sentiu o mesmo pânico quando se jogou no lago Rusalka, ele pensou. *Ela poderia ter deixado o sentimento dominá-la, se deixado afundar, e então não haveria ninguém para dar testemunho do assassinato de Seb.*

Ian lutou contra o coração gaguejante que quase saiu da garganta e saltou para a asa do biplano.

— Não falhe comigo, camarada — disse ele, os dentes apertados, e caiu no cockpit.

∽

Quando os pneus do *Olive* levantaram do chão e Ian teve o primeiro vislumbre aterrorizante da terra caindo abaixo, ele quis fechar os olhos e enterrar o rosto no cabelo da esposa. Era tudo cheiro, toque e barulho ali no minúsculo mundo de vento e metal, tecido e céu. Isso devastou seus ouvidos.

O cockpit era tão pequeno que parecia estar preso dentro de um cartucho. Ian estava dobrado no assento e Nina se apertou contra ele, suas costas no peito dele, os braços dele soldados em volta da cintura dela, todos os membros em contato, cada contração muscular compartilhada. *Não ficamos tão perto assim nem quando estamos fazendo amor*, Ian pensou. Ele não tinha ideia de como Nina estava gerenciando os controles, tão perto deles como estava, mas fazia isso com total confiança. Ian manteve os olhos nela, em vez de no céu aterrorizante, as mãos de sua esposa movendo os mostradores e alavancas estranhos como uma pianista, e sentiu um lampejo de orgulho por sua habilidade.

Ela gritou algo que ele não conseguiu entender. Quanto tempo o voo durou, Ian não fazia ideia. Para ele tinha durado uma eternidade, mas depois a palavra *eternidade* ganhou um novo significado quando o motor apagou.

Ela está fazendo isso de propósito. Ela sabe o que está fazendo. Levando-os para baixo em direção ao lago Selkie sem o motor, para que não houvesse barulho que revelasse sua presença. Mas tudo o que seu instinto sabia era que o motor estava desligado e eles estavam caindo do céu como uma pedra, e de repente o mundo ficou cheio de um terrível silêncio. Contra a força do vento, Ian ouviu Jordan ofegar, Tony xingar... e Nina rir.

Eu me casei com uma louca, pensou Ian. Como se ela pudesse ouvi-lo, Nina estendeu a mão para trás da própria cabeça e tocou em sua bochecha. Dessa vez ele escutou quando ela disse:

— Não vamos bater.

— Claro que não vamos — Ian murmurou em seus cabelos. Nina esticou os braços ao vento, arqueando as costas contra ele como se pudesse se fundir às asas do avião, e Ian agarrou suas mãos de volta para dentro. O *Olive* ainda estava caindo. — Mãos nos controles, caramba!

Ela riu de novo. Abaixo os pinheiros estavam se aproximando rapidamente, e o brilho prateado do que devia ser o lago Selkie. Nina pegou o manche e, por um momento, o corpo de sua esposa se uniu ao dele, e Ian sentiu o que ela sentia. *Não há lugar onde ela acabe e o avião comece*, ele pensou. *Mulher e máquina, mestres do ar*. E um homem aterrorizado agarrado às penas de sua cauda.

— Ali está — Nina estava dizendo, calma como a água —, um trecho sem árvores. É longo o bastante.

Ian sentiu as mãos dela se moverem, mas não olhou para baixo para ver a queda, apenas se enterrou na graxa do motor e no vento norte com a fragrância dos cabelos dela enquanto o biplano continuava a cair do céu. Ele atirara a si mesmo e a sua equipe no vazio, e confiaria em sua esposa para trazer todos para baixo.

Não falhe comigo, camarada.

Um último balanço doentio e as rodas saltaram no chão. Cada dente de Ian estremeceu. *Meu Deus, estamos vivos*, ele repetiu como um mantra, e depois um mantra diferente: *Que die Jägerin esteja aqui.*

55

Jordan

Setembro de 1950
Lago Selkie

Nina viu o chalé primeiro, o modesto telhado inclinado mostrando-se entre o tronco das árvores, e, com um gesto dela, todos ficaram em silêncio. Jordan sentiu o coração bater forte enquanto eles se arrastavam para perto, tomando cuidado com as folhas secas sob os pés. A expansão prata do lago aberto entre as árvores, a pequena corda do barco no deque estendida...

E, sentada na ponta do deque, Ruth.

O alívio tomou violentamente Jordan quando ela viu a pequena figura. Os pés de Ruth balançavam sobre a água e sua cabeça loira curvava-se enquanto olhava para o colo. *Espere, passarinha. Estou chegando.*

No ombro de Jordan, Tony apontou. O velho e robusto Ford que pertencia ao pai de Jordan estava estacionado ao lado do chalé, com o porta-malas aberto. Enquanto observavam, a porta do chalé se abriu e Anneliese saiu com um par de malas de viagem. Ela estava com uma aparência muito diferente, Jordan reparou. Muito menos da moda *Vogue*, agora em um casaco velho e calça em vez de saia ondulante de crinolina. Os cabelos tinham sido clareados em um apagado loiro e estavam molhados sobre os ombros. Jordan percebeu que o restante da equipe ficara totalmente quieto ao vê-la. — Tony não piscava enquanto flexionava os dedos, Ian tornou-se pedra, se uma pedra pudesse emanar ondas de ferocidade, e Nina fluiu para um relaxamento estranho, os lábios curvados como uma lua. A sobreposição de três perfis devorando sua primeira visão real da mulher que eles estavam caçando.

— Ruth — eles ouviram Anneliese chamar, fechando o porta-malas do Ford e jogando as chaves no banco da frente. — Vamos embora.

Por pouco, Jordan pensou. Mesmo voando, eles quase não chegaram ali a tempo. De carro, nunca teriam conseguido. Alguns murmúrios rápidos e os planos foram decididos. A primeira parte era pegar Ruth. Até que Ruth estivesse a salvo, eles não conseguiriam fazer nada, ou Anneliese poderia matá-la.

Nina saiu para leste, para longe do chalé e do deque. Tony partiu para a esquerda, na direção do lado oposto do chalé, onde Jordan tinha dito a ele sobre a janela de trás. Ian e Jordan continuaram em linha reta, parando bem em meio às árvores, onde Ian segurou as mãos em volta da boca e assobiou: a assombrosa abertura de quatro notas da canção de ninar siberiana que ele havia aprendido com Nina e ensinara Ruth a tocar no violino.

Anneliese, batendo a porta do carro, não ouviu. Na ponta do deque, Ruth ergueu a cabeça.

Ian assobiou a sequência de abertura de novo, baixo, chamando. Jordan mordeu o lábio, vendo os olhos de Ruth procurarem a música. Anneliese parou, claramente confusa, mas não tocava violino, não conhecia a antiga canção de ninar que Ruth tocava tão bem. Anneliese pisou no deque, de costas para o chalé, enquanto caminhava sobre o lago.

— Ruth, para dentro do carro. Chega desse mau humor.

No final do deque, Ruth se levantou. Jordan achou que podia ver dali a expressão de teimosia no rostinho frágil. Anneliese estendeu a mão, mas a menina passou direto por ela, correndo. *Isso, passarinha*, Jordan queria torcer enquanto Ian assobiava mais uma vez e sua irmã disparava para fora do deque.

Nesse momento, Tony saiu do chalé em disparada, a porta se abrindo com um estrondo, com algo comprido na mão. Ele pegou Ruth como uma bola de futebol, jogando-a por cima do ombro e correndo para o carro. Anneliese remexeu no bolso do casaco, mas sua pistola se enroscou por uma fração de segundo e Tony estava se movendo rápido demais. Ele abriu a porta do carro e mergulhou para dentro, puxando Ruth para deixá-la fora de vista. Jordan pôde ouvi-lo instruindo Ruth a deitar no chão do carro, enquanto ele direcionava algo longo e brilhante pela janela aberta do motorista: a espingarda sobressalente de Dan McBride, tirada do chalé e agora apontada para Anneliese.

Jordan tremeu como uma corda de violino, vendo Ruth desaparecer dentro do carro. Tony jurara que, se tudo desse errado, ele iria embora com Ruth e a colocaria em segurança antes de qualquer coisa. O peão mais precioso estava fora do jogo.

Agora, olhando para o tabuleiro de xadrez, eles encaravam apenas a rainha.

Anneliese tinha congelado no meio do deque, a pistola finalmente na mão, parecendo indecisa entre correr em direção à margem ou atirar de onde estava. Ela permanecia de costas para as árvores enquanto olhava para o carro, e Jordan saiu da cobertura do bosque para a praia.

Ian passou como uma flecha ao lado dela.

— Fique para trás — ele disse em voz baixa. — Desta vez ela pode atirar em você.

— Eu sei como fazer Anna baixar a guarda — Jordan murmurou de volta, sentindo a Leica em sua alça no pescoço. Por puro instinto, ela a tinha apanhado quando saíram de casa... Talvez o mesmo instinto que fazia Ian ir para sua máquina de escrever, Nina para um avião, Tony para sua língua ágil. Ao se preparar para enfrentar um inimigo, você pegava sua melhor arma. — Anneliese não quer realmente me matar e, depois de anos se escondendo, ela tem medo da câmera. Eu posso usar esses dois fatos contra ela. Se eu não fizer isso, ela vai atirar em *você*... você é o desconhecido. Ela vai mirar na sua cabeça.

Os passos de Ian não diminuíram, o sol brilhava em seus cabelos enquanto ele seguia para o deque. Jordan também não parou.

De dentro do carro, Tony estava gritando com Anneliese em alemão e inglês, dizendo para ela ficar parada ou ele atiraria, mantendo-a na mira. Jordan podia vê-lo pelo canto do olho. Ela não se virou para olhar diretamente; Ian também não. O mundo se resumia aos dois e Anneliese. *Tem que ser nós dois*, Jordan pensou. *Aqueles que já foram contra ela e perderam alguma coisa... eu, meu pai; Ian, seu irmão. Nós.* Aqueles que se recusavam a perder Ruth também.

Anneliese os viu quando pisaram no deque e congelou de puro choque. Ela pareceu se virar muito devagar, ou talvez aparentasse lentidão para Jordan através das lentes da Leica quando ela levantou a câmera — os fios do cabelo de Annelise esvoaçaram, o azul dos olhos se arredondou, os nós dos dedos embranqueceram ao redor da pistola. Vendo aquilo, algo em Jordan fez como um telescópio, comprimiu e se dividiu: havia o lado dela que se encolhia de medo, o lado humano... e havia a lente, que se estreitou em um foco perfeito, o olho impiedoso que abafou o caos das emoções e simplesmente observou Anneliese se arrastar como um animal encolhido perseguido para fora de um arbusto. A lente fria que não queria nada além de registrar o que acontecesse ali e mostrar ao mundo.

— *Sorria para a câmera, Lorelei.* — Foi Jordan quem sorriu ao tirar a foto.

Então o tiro soou.

56

Nina

Setembro de 1950
Lago Selkie

Nina agachou-se na margem do lago Selkie, a menos de oitocentos metros do chalé, arrancando as botas. Ela viu Tony pegar a criança, viu Jordan e Ian saírem das árvores, viu a figura esbelta da mulher agora congelada no deque. *Aí está você*, Nina pensou, puxando seu vestido de verão sobre a cabeça. A Caçadora de olhos azuis com sua Walther PPK e sua cicatriz. Meia década e meio globo tiveram que ser percorridos, e a caçada continuava. Mas, agora, quem era a caçadora e quem era a presa?

Ian estava atravessando o deque, implacável como granito, a garota americana a seu lado igualmente firme. Tony mexeu na trava da espingarda, a ameaça ecoando pelo lago, dizendo a Lorelei Vogt para não fugir. *Seus dias de fuga terminaram.*

Nina se endireitou, nua exceto pela combinação, as águas do lago Selkie lambendo os dedos dos pés, e abriu a navalha. Manipulando com cuidado dentro da boca, ela picou o interior de sua bochecha. Cuspiu sangue.

Vozes vinham do deque, mais flashes da câmera. A Caçadora meio congelada, meio pronta para atacar. *Não mate ninguém ainda*, pensou Nina para sua inimiga e sua equipe. *Esperem por mim.* Ela entrou na água, muito mais quente que a do lago Rusalka ou a do Velho. A cicatriz da Caçadora a estava chamando, o beijo da *rusalka*. *Você ainda é minha.*

Um tiro ecoou no céu perfeito de verão, e Nina foi atingida por um raio de pura raiva protetora. *Ah, sua cadela de olhos azuis, se você matou meu marido...*

E mergulhou nos braços do lago.

57

Ian

Setembro de 1950
Lago Selkie

O tiro foi disparado por Tony. Pelo canto do olho, Ian viu que seu parceiro tinha apontado para o céu, e o som fez a mulher de olhos azuis vacilar e girar, mesmo ainda se encolhendo com o flash da câmera de Jordan.

— *Sorria, Anna* — Jordan falou novamente. *Clique clique clique*. Ela tinha dito que não havia nada que sua madrasta gostasse menos do que tirar fotos, e estava certa. Ian podia ver a mulher recuar a cada flash.

Ele respirou fundo, falando em seu tom mais profundo e nítido de autoridade.

— Lorelei Vogt, fique onde está.

Ela se endireitou ao som de seu nome. Ele esperava que ela avançasse em pânico, deixando que ele chegasse à distância de um braço e a desarmasse. Mas ela deu alguns passos para trás, até a ponta do deque, recuperando-se do choque com uma velocidade assustadora. Ian nunca tinha visto alguém tão fora do eixo recuperar a postura tão rápido. A pistola pendia a seu lado, mas ele e Jordan ainda congelaram no meio do deque antes que ela pudesse levantá-la. Houve um momento estranho de quietude, quando o eco do tiro morreu e eles se observaram. Ian encontrou os olhos da assassina de seu irmão pela primeira vez, e todos os sons do mundo — soluços abafados de Ruth no carro, a voz de Tony a acalmando, o movimento monótono do lago contra as estacas — desapareceram.

Aqui está você, Ian pensou, fitando aqueles olhos azuis. *Aqui está você*. Por mais de meia década, ele pensara nela todos os dias, e ali estava ela. Ian a sorveu. Ele a achou bonita. Ele a achou obscena. Ele *a achou*.

— Aqui está você — disse ele em voz alta e sorriu.

— Quem é você? — ela perguntou, parecendo verdadeiramente intrigada, e fez Ian sorrir mais uma vez. Essa mulher pairava sobre sua vida como um rochedo, tapando o sol, mas, é claro, não tinha ideia de quem ele era.

Ian não respondeu. Em vez disso, falou as palavras que sonhava falar havia anos.

— Lorelei Vogt, você está sendo acusada de crimes de guerra.

Ele esperava justificativas, um arrastar defensivo de pés, o lamento que sempre parecia começar com *Foi há tanto tempo* ou *Eu estava apenas seguindo ordens...* Lorelei Vogt não fez nada disso. Ela apenas desviou o olhar para Jordan ao lado dele, que a estava mirando através de sua câmera.

— Como você chegou aqui? — Genuinamente curiosa. — Mesmo que você saísse da sala escura rápido, não conseguiria...

— Magia — disse Ian. Era uma explicação para Nina tão boa quanto qualquer outra. *Nina, onde você está?* Ian deu um passo mais perto, Jordan ao seu lado.

A pistola de *die Jägerin* subiu.

— Não se aproximem.

Jordan fez outro clique. Ian viu o alvo deles estremecer.

— Você realmente não gosta de tirar fotos, não é? — ele observou. — Eu também não gostaria de olhar para mim, se tivesse feito o que você fez.

Clique.

Outra vacilada.

— Jordan, pare.

— Não. — Jordan ajustou algo em sua Leica. — Você e eu já dissemos tudo o que precisávamos dizer uma para a outra, Anna. Estou apenas fazendo o meu trabalho agora. Registrando o momento. — *Clique*. — O momento em que a assassina percebe que vai pagar pelo que fez.

A voz da mulher estava calma.

— Vocês não podem me prender.

— Sim, nós podemos — disse Ian. — Pelo assassinato de Daniel McBride. Você admitiu isso para Jordan algumas horas atrás. Podemos efetuar a prisão de um cidadão e levá-lo às autoridades. Homicídio é punível com a cadeira elétrica em Massachusetts. — Ian esperou o tremor em seus olhos. — Há outra opção, é claro.

— Me matar aqui, me afundar no lago? — A pistola levantou novamente.

— Não me julgue pelo que você é, sua cadela nazista. Não tenho intenção de matar você. — Ian não sentia nenhum medo, apenas um zumbido de tensão elétrica correndo através de seu corpo. Era assim que Nina se sentia quando fazia suas incursões de bombardeio, quando desligava o motor? Ele estava deslizando para baixo agora, caindo rápido, mas com muita certeza em relação ao alvo. — Abaixe essa pistola, Lorelei Vogt. Eu sei que você pode acertar em mim ou na sua enteada entre os olhos dessa distância, mas saiba: no momento em que fizer isso, meu parceiro no carro lá atrás dispara. E, mesmo se você conseguir escapar dele... — Ian podia ver os olhos dela avaliando os arredores — ... seu tempo acabou. Meu artigo denunciando você vai sair no *Boston Globe* amanhã. Matéria de capa com fotografias. — Ian não escrevia uma palavra fazia anos, mas jogara a mentira com total segurança. — Não haverá um leitor na costa leste que não conheça seu rosto até o fim da semana, e, depois disso, os federais vão atrás de você. Em nenhum lugar você será capaz de se esconder, nenhum canto deste país imenso deixará de conhecer seu rosto e sua reputação. Isso é uma promessa.

Clique. Jordan acertou o momento em que o olhar de horror surgiu no rosto da madrasta. A pistola subiu em resposta, não apontada para Ian dessa vez, mas para ela mesma.

— *Pare.* — Jordan deu um passo à frente, cabelos loiros esvoaçando.
— Não. — *Clique.*

O disparo ensurdeceu, ecoando no lago. Ian pulou na frente de Jordan, com o coração batendo forte, mas o tiro foi para a água, um aviso. Jordan não se encolheu, apenas enfiou a mão no bolso e começou a carregar calmamente um novo rolo de filme. Ian tinha visto fotógrafos se moverem sob o fogo de artilharia no Dia D na mesma névoa intensa, o mundo se resumindo à lente, que parecia um escudo diante deles.

— Você tem Ruth. — A voz de Lorelei Vogt se ergueu. — Você tem tudo. Pegue tudo e me deixe ir...

— Não. Essa não é uma opção. — A voz de Ian subiu para um tom cortante. — Suas opções são ser acusada em Massachusetts por assassinar o pai de Jordan, ou ser acusada na Áustria por crimes de guerra. *Essa* é a sua escolha, Lorelei Vogt. A única escolha que lhe restou na vida.

Clique. Clique. Clique.

Houve um momento em que ele pensou que ela fosse desabar — um tremor naquele rosto suave, o olhar ainda mais suave. Então a determinação pareceu recobri-la em gelo, o queixo levantado, a pistola subindo em direção à própria cabeça, e Ian percebeu que ela ia escapar. Ela ia escapar da justiça e dos tribunais e do ódio do mundo com uma bala, e ele deu um grito mudo, porque a morte dela não seria suficiente, nunca seria suficiente, e, enquanto Ian corria para diminuir a distância entre eles, o cano já estava encostando embaixo do queixo dela.

Então um grito crescente rasgou o ar, e todos viram o que tinha acabado de rastejar para fora do lago até a ponta do deque.

Ela ficou agachada por um momento, como uma aranha gigante, a água do lago escorrendo de sua pele. Ian sabia perfeitamente quem ela era — Nina Markova, sua amante, sua companheira de armas, sua esposa há cinco anos —, mas, quando ela se ergueu, fez até o coração dele apertar de medo. Ela estava relaxada e reptiliana, sangue escorrendo dos cantos da boca até o pescoço, linhas vermelhas ondulando pela combinação, pelos braços, pela borda da navalha aberta na mão. Ela sorriu, os olhos brilhando como gelo no inverno, e tinha os dentes escarlates, como se tivesse rasgado carne humana.

"Ela se levanta do lago, coberta de sangue, e vem pela água em minha direção." Jordan havia descrito o pesadelo da madrasta nas palavras da Caçadora. "E é aí que eu acordo. Antes que a bruxa da noite corte minha garganta."

Não havia nenhum sonho para acordar agora, enquanto Nina seguia pelo deque.

Die Jägerin não se mexeu. Ela ficou branca como cera, tremendo, um coelho paralisado pelo olhar da serpente, um biplano soviético preso ao céu por um holofote alemão. Nina avançou sem remorso, a navalha estendida.

— *Minha* — ela estava cantando —, *minha...*

E a mulher que matara o irmão de Ian e sabia-se lá quantos outros recuou diante dela, torcendo-se em um horror frenético. Ian não viu o controle feroz dessa vez, quando ela levou a pistola de volta para a própria cabeça. Apenas medo — mas ele ainda estava muito longe para impedi-la de escapar pela bala.

Nina não estava.

Ela correu para a Caçadora como uma estrela cadente, a navalha girando em um arco sibilante. Lorelei Vogt gritou, cambaleando para trás com sangue derramando do braço dessa vez, e não do pescoço. Gotas vermelhas pintaram o deque, e Nina estendeu a mão com desprezo e a empurrou para baixo. Agachando-se sem pressa sobre a mulher encolhida, inclinando-se tão perto que elas poderiam ter se beijado, Nina arrancou a Walther PPK dos dedos inertes.

— Você não vai morrer — ela sussurrou para a mulher que havia atirado nela em um lago a meio mundo de distância e jogou a pistola na água.

O rosto de *die Jägerin* se despedaçou. Ela rastejou para longe, segurando o braço ferido, passando por Ian em direção a Jordan, e simplesmente parou. Encolhida contra a enteada, retraindo-se de Nina, chorando.

Bem devagar, Jordan se inclinou para abraçá-la.

O silêncio retornou à cena congelada. Nina parou ao lado de Ian, sem nunca tirar os olhos de *die Jägerin*. Tony saiu do carro, a espingarda pendurada em um cotovelo, o outro braço em volta de Ruth, que se agarrava, pálida, ao seu lado. O único ruído eram os sons abafados vindos da mulher nos braços de Jordan. Ian se perguntou se as crianças em que ela atirara choramingaram dessa maneira, como se quebradas ao meio de terror. Seu coração ressoou no peito.

Nina havia dito uma vez, na roda-gigante do Prater, em Viena, que era possível matar um medo. Ela tinha se jogado no lago hoje, para se tornar o pesadelo de uma caçadora e proteger sua equipe. Ian tinha se jogado dentro de um avião. Lorelei Vogt, ao que parecia, não pôde matar seu único medo quando ele rastejou para fora de seus pesadelos para olhá-la nos olhos.

Pelo menos ainda não, Ian pensou. *Então ataque com força antes que ela se recupere.*

Jordan falou antes dele.

— Anna. — Sua voz era suave, embora seu rosto não tivesse perdido aquele olhar distante, o mesmo que dizia a Ian que ela ainda via o mundo através de uma lente. Sua mão esfregou as costas trêmulas da madrasta em círculos reconfortantes, enquanto seu corpo permanecia rígido de repulsa. — Você vai fazer uma escolha agora.

58

Jordan

Setembro de 1950
Lago Selkie

—E la vai? — Ela vai. — Jordan se acomodou ao lado de Tony nos degraus do deque, onde ele estava sentado com as mangas levantadas e a espingarda ainda a seu lado. Anneliese estava sentada dentro do chalé a alguma distância, o braço com ataduras, mãos e tornozelos amarrados, imóvel. Jordan desviou o olhar dela. — Onde está Ruth?
 — Em choque. Coloquei-a no banco de trás do carro, cobri-a com cobertores e a deixei chorar até dormir.
 Ela vai fazer perguntas, pensou Jordan. *O que eu vou contar a ela?*
 Talvez, por enquanto, *Estou aqui e nunca vou embora* fosse suficiente.
 — Onde estão Ian e Nina?
 — Andando pela praia onde Nina deixou as roupas. Nossa pequena papoula soviética representou bem o pesadelo. — Tony olhou para a forma amontoada de Anneliese pela porta do chalé. Os ombros dela estavam tremendo. — Ela realmente tem tanto medo de Nina?
 — Nina é aquela que escapou. Isso a assombrava. — Jordan talvez fosse a única que percebia quanto isso amedrontava Anneliese. E não hesitou em usar essa situação, dizendo com calma à madrasta que ela poderia

ir para a Áustria e ser julgada por crimes de guerra, ou ficar ali e enfrentar o julgamento por assassinar o marido. Mas, se ela se recusasse a ir de boa vontade por um dos dois caminhos, Jordan deixaria Nina se aproximar e fazer a pergunta. — Ela escolheu a Áustria.

— Por quê?

— Porque eu disse que Nina nunca ficaria na Europa, que ela odeia. Anneliese escolheria qualquer continente que colocasse um oceano entre ela e Nina. — Essa era a medida do terror que a Caçadora sentia da *rusalka*.

Tony soltou um suspiro.

— Ao deixá-la escolher, você sabe que está desistindo da chance de fazer justiça pelo seu pai. A menos que brigue por outra extradição depois do julgamento dela na Áustria.

— Se ela for julgada aqui pelo assassinato dele, do qual temos muito menos provas, apenas minha palavra de que ela não negou quando eu a acusei, ela pode nunca enfrentar a justiça pelo irmão de Ian e pelas crianças polonesas. Isso também não está certo. — Jordan ainda sentia como se estivesse flutuando em algum lugar muito quieto. — Então fazemos o que é preciso.

Eles ficaram em silêncio por um tempo, Jordan tão vazia por dentro quanto um copo.

— Vamos levá-la para a Áustria pelo mar. — Tony esfregou o maxilar. — É muito mais difícil escapar do meio do Atlântico, se ela tiver planos de fugir. Vou ver o que está saindo do porto de Boston amanhã ou depois. Não me importo se é um navio de luxo ou um barco a remo.

— Eu pago as passagens — disse Jordan. — Custe o que custar para que isso aconteça rápido. Tenho o seguro do meu pai. Se não pudermos usá-lo para isso...

— Vai ajudar.

— Você vai ter que vigiá-la o tempo todo — alertou Jordan. — Ela está amarrada agora porque consentiu, já que significava que Nina manteria distância, mas ela não pode entrar no navio amarrada, pois vocês só terão um mandado válido quando chegarem à Áustria. Você precisa ficar atento a cada segundo, até que ela esteja presa. — Se uma ordem de prisão pudesse ser obtida... mas Jordan se recusava a enfrentar essa questão. Estava fora de seu alcance, e tudo o que ela podia fazer era confiar em Ian e seus colegas no exterior. — Acho que Anna não tentará fugir, não com Nina vigiando. Mas mesmo assim... — Jordan pensou na mulher no deque com a pistola na mão, um animal encurralado pronto para atacar, e estremeceu.

Mas também havia a mulher que tinha encorajado Jordan a querer o mundo, que a confortara enquanto ela chorava por seu pai... que havia *assassinado* seu pai. E nenhuma dessas imagens parecia ter algo a ver com a mulher encolhida no chalé naquele momento, segurando uma toalha no braço com curativos e tremendo.

— Sinto pena dela — disse Jordan. — E odeio isso. Eu a odeio, mas ainda me importo com ela. Por que não consigo desligar o que eu sentia por ela?

Tony estendeu a mão, puxando Jordan contra o ombro.

— Eu não sei.

— Não diga a Ian que eu... Para ele é tão simples. — Algo tinha sido desatado no inglês alto no momento em que Anneliese se rendera.

"Você quer ir comigo?", Jordan perguntara depois de levar Anneliese, amarrada e trêmula, até o chalé. "Perguntar por que ela fez tudo aquilo?"

"Eu sei por quê", ele respondera. "Ela fez porque quis, porque podia. Não importa quais possam ser suas outras justificativas. E eu não quero ouvir."

Eu quero, Jordan pensou, olhando para o chalé. Ela gostaria de não querer, mas não podia evitar. Tony massageou o pescoço dela por baixo do cabelo, como se estivesse tentando aliviar a dor. Ela esfregou os olhos.

— Obrigada, Tony.

— Não precisa me agradecer. Eu devo a você.

— Por quê? — Jordan deu um meio sorriso. — Por usar meu choro depois do funeral do papai para se infiltrar na loja ou por dormir comigo?

Tony ficou calado.

— Você estava rastreando uma assassina. — A raiva que ela sentira dele inicialmente tinha afundado e morrido sob a maré de choques daquele dia. Parecia algo bem pequeno agora, sua farsa inicial. — Tirar informações de mim quando nos conhecemos foi uma manipulação pelo bem da sua caçada. Mas eu tenho olhos, Tony. Você não enfrentou aulas de balé e aeroportos só para tirar informações de mim. Você não estava tirando *nada* de mim a essa altura. Quanto ao que mais você estava conseguindo, bem, se tudo o que você quisesse fosse uma garota fácil, tenho certeza de que poderia ter arranjado alguém que não o colocasse para trabalhar como fotógrafo assistente primeiro.

— Eu comecei a ficar com você porque quis. Não há nenhuma outra razão. — Seus olhos negros estavam firmes. — Eu ainda sinto muito pelas mentiras. Mais do que posso dizer.

— E eu ainda quero bater em você, um pouco — Jordan tentou brincar. — Mas vou superar isso.

— Me bata se quiser, J. Bryde. — Tony levantou a mão dela e beijou a ponta do dedo indicador, que pressionava o botão da Leica. — Você estava magnífica naquele deque. Como se tivesse caminhado através de zonas de guerra com uma Leica a vida toda.

— O olho assumiu. — Que sensação estranha tinha sido. Não o sentimento *certo*, talvez... Não poderia estar certo o olho, com sua obsessão por capturar a foto perfeita, assumir aquele momento no deque e ofuscar as coisas mais naturais, mais *importantes*: medo, amor, preocupação com Ruth. Talvez não estivesse certo, mas Jordan ainda sentiu aquilo. *E eu quero sentir de novo.*

Ian e Nina estavam voltando ao longo da margem do lago, a russa completamente vestida, sacudindo os cabelos molhados, Ian ao lado, mãos nos bolsos. *Eles vão embora amanhã ou depois*, Jordan pensou com um aperto repentino no estômago. Todos tinham se tornado parte importante de sua vida, não apenas ao se unirem contra Anneliese, mas antes: chá, piadas, reminiscências, o fio sensível da música de Ruth. Uma amizade breve e perfeita. E agora, claro, eles seguiriam em frente. *Outra caçada, outra perseguição.* Olhando para Tony, seus olhos negros fixos em Anneliese. *Outra garota.*

E eu estarei aqui, Jordan pensou, e os pensamentos que tinham ficado submersos sob a luta do que fazer com Anneliese se libertaram. Sem Nova York, sem apartamento, sem entrevistas para ver se conseguia vender seu *Boston no trabalho*. Pelo menos por enquanto. Ruth precisaria dela. O escândalo iria vazar, todo mundo iria saber o que a mãe dela tinha sido. Tudo iria recair sobre Jordan naquele momento: os vizinhos, as contas, a loja, a casa, Ruth...

Pelo menos, quando papai morreu, eu tinha Anneliese, Jordan se viu pensando, e esse pensamento era tão macabro, tão terrível, tão *verdadeiro*. Quanto tempo levaria antes que ela parasse instintivamente de buscar o baluarte tranquilo que tinha sido Anneliese, sempre cuidando dela?

Agora é só você. Vinte e dois anos, com uma loja, uma casa e uma criança de oito anos. Olhando para a Leica, Jordan se perguntou quanto tempo teria para a fotografia no futuro imediato.

— Próxima pergunta — disse Nina, chegando ao deque, e fez uma pausa para cuspir sangue no lago. — *Tvoyu mat*, um pequeno corte na bochecha e não para.

— Aparentemente, eu não notei o vampiro — Ian observou, olhando para a boca escarlate da esposa. — Qual é a pergunta, camarada?

— Eu levo *Olive* para casa. Agora temos mais duas pessoas, não cabe. — Assentindo para o carro. — Quem dirige, quem voa?

— Dirigir — disseram Ian e Tony em uníssono. — Com Anneliese — Tony completou. — Vou levar a espingarda e mantê-la na mira o tempo todo.

— Voar — disse Jordan. — Ruth pode se espremer comigo. — A menina teria medo, mas melhor do que sujeitá-la a andar no mesmo carro que Anneliese.

— Bom. — Nina mostrou os dentes, ainda levemente vermelhos, em um sorriso. — Faz muito tempo que não voo com uma *sestra*. — Para Nina também era simples, Jordan pensou: ela pegara a mulher que tinha tentado matá-la, e agora era a hora de se alegrar.

— Apenas não... desligue o *Olive* no ar desta vez — acrescentou Jordan. — Se você não se importar.

— Que sem graça — Nina resmungou, e Jordan se viu sorrindo. Um sorriso fraco, mas um sorriso.

Ela não achava que os próximos dias trariam muitos deles.

Antes de partir no dia seguinte para o transatlântico que a levaria até a Europa, Anneliese falou apenas uma vez. Ela não disse nada a Nina, sentada em vigília na frente da sua porta trancada. Não disse nada a Tony quando ele trouxe as refeições para ela em uma bandeja. E nem viu Ian, que havia assumido a máquina de escrever em uma febre de inspiração e começara a martelar o primeiro artigo que escrevia em anos.

Mas, quando Jordan entrou no quarto com uma braçada de roupas de Anneliese para a viagem, ela ergueu os olhos de onde estava sentada, na beira da cama. Jordan parou, segurando a pilha de roupas íntimas e vestidos, sentindo a pulsação acelerar.

— Posso dizer adeus para Ruth? — Anneliese perguntou.

— Não — disse Jordan.

Anneliese assentiu. Ela ficou em pé, graciosa de novo, as mãos entrelaçadas diante do corpo, embora nunca parecesse tão composta quanto costumava — não quando o primeiro movimento de seus olhos era sempre para encontrar os de Nina. Ela se esquivou do brilho dos dentes de Nina e olhou de volta para Jordan.

— Quando eu for levada a julgamento... — Ela parou, os fios em sua garganta à mostra, e um traço do antigo sotaque alemão apareceu. — Quando eu for julgada, você vai estar lá?

— Sim — Jordan ouviu-se dizer. *Por quê?* Mas... — Sim — ela repetiu.

— Obrigada. — Anneliese estendeu a mão como se quisesse tocar a de Jordan. A garota deu um passo atrás. Anneliese soltou um pequeno suspiro, pegou as roupas, vestiu-se na frente de Jordan e Nina para garantir que não tentaria esconder nada entre as camadas. Foi escoltada para baixo e para fora da casa, sem amarras, mas cercada por Tony, Ian e Nina. As pessoas estavam assistindo do outro lado da rua. Sussurrando. Que diabos poderia estar acontecendo na casa dos McBride? *Fiquem de olho na primeira página e aguardem*, pensou Jordan, feliz por ter deixado Ruth no andar de cima.

O táxi estava esperando. Ian abriu a porta para Anneliese, como um acompanhante cortês. Anneliese endireitou o chapéu com um gesto, olhou para Jordan. Os lábios dela se separaram.

Diga, pensou Jordan. *Me peça desculpa. Diga por que você fez isso. Diga... alguma coisa.*

Os lábios macios de Anneliese se fecharam. Ela afundou no táxi, sua mão enluvada bateu a porta.

E todos se foram.

Jordan não cometeu o erro de sua tia, que, quando sua mãe estava morrendo, dissera "Sua mãe foi embora", em um esforço para poupá-la da verdade.

— Há alguns anos, sua mãe fez coisas ruins — Jordan disse a Ruth simplesmente. — Ela está voltando para a Áustria para responder perguntas sobre essas coisas.

— Quando ela vai voltar? — Ruth sussurrou.

— Ela não vai voltar, Ruth.

Jordan se preparou, mas a menina não parecia querer mais informações.

— Temos que voltar para o lago? — ela quis saber, os dedos entrelaçado na coleira de Taro.

— Nunca — disse Jordan. — Nós vamos vender o chalé. — Vender ou queimar, como Nina tinha feito com seu U-2 na floresta, fazer uma pira daquilo por todas as coisas terríveis que aconteceram lá.

Ruth não disse mais nada, seu pequeno rosto fechado. Jordan não a pressionou, só a mandou para a cama com uma caneca de chocolate quente e sentou-se acariciando seus cabelos loiros até Ruth cair no sono. *Você vai dormir, mas também vai sonhar,* Jordan pensou, olhando para a irmã. Pobre Ruth, confusa toda a vida por fragmentos de memória. Às vezes se afastando de Anneliese, às vezes indo na direção dela. *Espero que ela nunca se lembre do que viu. Espero mesmo.*

Mas, se lembrasse, Jordan contaria a ela o que tinha acontecido. Ela diria a Ruth tudo o que a menina precisasse saber, tão gentil e honestamente quanto pudesse.

— Boa noite, passarinha — Jordan enfim sussurrou, saindo na ponta dos pés.

Era a primeira vez que ela descia para a sala escura desde que Anneliese a tinha trancado lá dentro. Ela parou no topo da escada por um momento, sentindo o leve perfume de lilases da madrasta, depois acendeu a luz e desceu os degraus. Apenas para ser agarrada pela cintura pelos braços de um homem e ouvir uma voz familiar em seu ouvido:

— Venha aqui, J. Bryde.

Jordan gritou, girou e lhe deu um tapa em um só movimento.

— Tony Rodomovsky, eu vou te *matar*... — E lhe deu uma chuva de tapas no pé da escada.

— Sinto muito. — Ele se ofereceu para os tapas, sem resistência. — *Es tut mir leid. Je suis désolé. Sajnálom. Imi pare rau. Przepraszam...*

— Cale-se. — Outro tapa. — Você não podia bater na porta da frente em vez de...

— Acabei de voltar. Fiquei vendo o navio partir, depois fui resolver coisas na Scollay Square. E eu sabia que você ia pôr Ruth na cama, então esperei aqui.

Jordan recuou, a palma das mãos ardendo.

— Você não está no navio — ela conseguiu dizer, bastante instável.

— Dedução brilhante, Holmes. Por que você achou que eu estaria no navio?

— Você não disse... — Jordan vacilou. — Está tudo terminado aqui. Você terminou. Nova perseguição, nova caçada...

Ele ergueu as sobrancelhas.

— Nova garota?

Ela manteve o tom de voz direto.

— Nós dois dissemos que era um caso de verão.

— Pensei que tivéssemos discutido alterações no contrato. Uma possível prorrogação de três meses para um caso de outono, se ambas as partes estivessem de acordo.

— Não provoque — implorou Jordan. — Eu vi minha madrasta ser levada algemada, ou quase isso. Em breve estará em todas as primeiras páginas...

— Que é uma das razões pelas quais vou ficar, pelo menos por um tempo. Nina e Ian podem lidar com as autoridades austríacas sem mim. Mas haverá perguntas a serem respondidas aqui, especialmente quando Ian terminar o artigo e ele for publicado. — Os olhos de Tony estavam firmes. — Eu disse que ficaria para lidar com essas coisas.

Isso deixou Jordan aliviada. Ela tentou não demonstrar, mas ele estendeu a mão para colocar o cabelo dela para trás, sorrindo sob a luz dura com ternura extra, e a puxou para perto para um beijo lento, depois outro. Jordan sentiu seus ossos se soltarem de alívio.

— Ah, meu Deus, Tony. Estou tão feliz que você voltou.

Ela desejou não ter dito isso — ele deveria ser um amigo, um amante, não uma pedra para se agarrar. Só se conheciam havia um verão. Mas seus braços pareciam maravilhosamente rochosos e tranquilizadores, e só por um momento ela se deixou agarrar.

— Você está *abraçando*? — Ele se afastou, sentiu a testa dela com uma mão ansiosa, como se estivesse checando sua temperatura. — Você nunca me abraça. Sua ideia de pós-sexo é revelar seis rolos de filme.

A risada dela foi aguda, mas era uma risada.

— Agora, assim é realmente melhor. — Ele se afastou, beijou a ponta do nariz dela e disse com leveza deliberada: — Vá mergulhar impressões nas bandejas. Vou ficar torcendo do seu lado.

Os dois ficaram em silêncio à luz vermelha enquanto Jordan revelava o rolo mais recente, confortada pelos movimentos familiares. Uma por uma, ela pendurou as impressões, deu a elas a chance de pingar enquanto limpava. Ela voltou ao varal, preparando-se, e Tony mudou de posição para se apoiar no cotovelo. Silenciosamente, eles observaram cada impressão.

— Estão boas — disse ele baixinho.

Nem todas. Algumas estavam borradas, com foco em pessoas que se deslocavam muito rápido. Mas aquela... e *aquela*...

— Sim — disse Jordan. — São as melhores que eu já fiz.

Ela pegou uma foto de Anneliese apontando a pistola diretamente para a lente da câmera. Olhos como o gelo do lago glacial e incognoscível de Nina. Jordan sabia onde colocá-la. Foi até a pasta do ensaio fotográfico e dispôs todas as fotografias em fila, começando com seu pai, terminando com Anneliese e seu olhar encurralado e impiedoso.

— Eu não tinha conseguido encontrar a imagem certa para finalizar — disse Jordan. — *Uma assassina no trabalho.*

Tony olhou de impressão em impressão.

— Você vai conseguir vender — disse ele. — Você sabe disso?

— Talvez. — E ela podia até ver essa foto como o início de um novo *ensaio*, inteiramente focado em Anneliese, a progressão de uma noiva recatada para uma assassina fria para uma prisioneira em julgamento. *Tons de uma assassina. Retratos de uma caçadora.* Algo assim poderia ajudar Ruth a entender as muitas faces da mulher que a roubara, a criara e cuidara dela. Mas Jordan se afastou da mesa de trabalho, esfregando as têmporas. — Ruth tem que vir primeiro agora. Eu não sei quanto tempo terei para isso. Não vou poder trabalhar do jeito que eu estava planejando.

— Por que não?

— Porque eu sou tudo o que Ruth tem. — Mais uma vez, Jordan sentiu o pânico disso, o medo de falhar com a irmã. — Vou ter que fazer tudo agora.

— Enquanto estiver em Boston, eu ajudo. Não por causa de você e eu, mas porque a equipe *deve* isso a você, Jordan. Essa caçada explodiu seu mundo em pedacinhos.

— Não foi culpa de vocês — afirmou Jordan. — Papai já tinha ido antes de vocês chegarem aqui, e, uma vez que vocês começaram a rastrear Anna, haveria outras consequências, não importa como ela acabasse sendo pega. Fico feliz com o desfecho de tudo, se isso significa que ela está fora da vida de Ruth.

— Não é do meu caráter sair e deixar os pedaços para você recolher. Tampouco de Ian ou Nina.

— Vocês nos ajudariam? — O forte vínculo entre todos eles tinha sido Anneliese. O que restou quando ela se foi?

Poderia ser Ruth?

Tony passou os braços em volta da cintura dela.

— Conte com isso, J. Bryde.

Eles ficaram por um longo tempo em silêncio sob a luz vermelha. Os pensamentos de Jordan estavam uma confusão, um misto de exaustão e alívio e esperança cautelosa. A ideia de continuar completamente sozinha, levando Ruth pela tempestade do escândalo iminente, lhe dava a mesma sensação do momento arrepiante em que Nina desligara o motor e o avião começara a cair. Agora parecia que Tony e seus parceiros haviam estendido a mão, apertado o botão e ligado o motor outra vez. O avião havia se nivelado.

Jordan virou a cabeça e beijou Tony levemente.

— Vamos passar a noite lá em cima.

— Tem certeza? Vizinhos intrometidos reparam quando homens saem de fininho pela manhã.

— Minha família está prestes a se tornar famosa em Boston. — Jordan jogou a alça da Leica por cima do ombro e o puxou pela escada da sala escura, acendendo a luz do teto. — Eu realmente não me importo se os vizinhos pensarem que eu sou uma vadia.

— Jordan?

Ela meio que se virou. *Clique.* Dois degraus abaixo, Tony tinha nas mãos a pequena Kodak, que havia tirado do bolso, sorrindo.

— Eu quero uma foto da minha garota.

Às vezes você tirava ótimas fotos por talento, Jordan pensou mais tarde, e às vezes ótimas fotos *aconteciam*. Aquele instantâneo barato fora a melhor foto já tirada de Jordan McBride, na opinião dela. Jeans azul e um rabo de cavalo, em movimento no meio do caminho para subir uma escada, jogando a Leica casualmente por cima do ombro enquanto olhava para a câmera. Uma mulher em movimento, com um brilho nos olhos como se fosse uma lente.

Foi a foto mais usada por J. Bryde em sua assinatura.

59

Ian

Outubro de 1950
Viena

A história era uma navalha em forma impressa.
Ian pensou que nunca mais escreveria, que a guerra tivesse esgotado todas as suas palavras. Agora, sentado em uma espreguiçadeira do lado de fora da cabine trancada da terceira classe onde Lorelei Vogt passaria a travessia do Atlântico, ele escrevia a história da captura. O texto tinha começado em Boston, na máquina de escrever de Jordan, e estava sendo terminado à mão em um bloco de notas. Ele trabalhou sua forma, o artigo com o qual estava determinado a tornar *die Jägerin* famosa.

> Lago Rusalka: um lago na Polônia recebera o nome de uma criatura da noite, e, durante os anos mais sombrios da guerra, viveu em suas margens uma mulher muito mais assustadora que qualquer bruxa que pudesse se arrastar das profundezas de suas águas.

Esse era seu lide, e, nos parágrafos seguintes, Ian dissecou a mulher nascida como Lorelei Vogt, renascida por assassinato como Anneliese Weber, rebatizada pela farsa como Anna McBride e identificada pela natureza — primitiva, original, vermelha nos dentes e nas garras — como uma caçadora. Ele conhecia cada ponto nevrálgico para incluir nos parágrafos, todos os gatilhos emocionais que podia usar. As mulheres chorariam com o artigo; os homens balançariam a cabeça; os editores de jornais veriam cédulas de dinheiro. Ian olhou para o texto final e pensou: *Dinamite impressa.*

Sentiu-se bem. Afinal, as palavras não tinham acabado para ele.

O navio parou em Nova York antes de cruzar o Atlântico. Ian aproveitou a oportunidade para telegrafar a história a Tony, dizendo a ele para oferecê-la a todos os principais jornais de Boston, e prontamente escreveu um texto em memória de seu irmão, das crianças polonesas e do pobre Daniel McBride. Ian mal dormiu, nem Nina, alternando-se na vigilância contínua diante da porta de Lorelei Vogt.

Só depois que deixaram o navio para trás em Cannes e embarcaram em uma série de trens que os levariam a Viena, a Caçadora falou com ele. Ian estava tenso demais para conversar ou escrever, uma vez que eles deixaram a segurança do navio, bastante consciente de que Lorelei Vogt poderia sair correndo em pânico a qualquer momento em que ele vacilasse — mas ela seguiu a viagem de trem passiva e silenciosa, como uma boneca de cera. No trem final para Viena, ao ouvir as rodas diminuírem a velocidade, ela olhou para Ian de repente, como se percebesse que a viagem estava chegando ao fim.

— Eu ainda não sei quem você é, sr. Graham.

Ian levantou uma sobrancelha.

— Eu não o conheço, então por que foi me procurar? — Ela parecia intrigada. — Você atravessou meio mundo para me pegar. O que eu *fiz* para você?

Quantas vezes ele imaginara se sentar com essa mulher e dizer a ela, com palavras cortantes, o que ela havia tirado dele? Contar a ela sobre um irmão mais novo que sonhava voar e não sabia o que era desconfiança.

Como ele desejara fazer aquilo. Ansiara por outra coisa também: por qualquer lembrança que ela pudesse ter de Seb, o jeito como ele a olhara tomando o ensopado quando ela o levou para dentro da casa dela, as coisas que eles haviam falado no calor de sua cozinha. O último olhar em seu rosto antes de ela atirar nele...

Mas Nina havia contado com pungência silenciosa como o último olhar no rosto de Seb tinha sido, esboçando como foi no final, enquanto ele estava ao luar, quente e bem alimentado, olhando o céu, sem imaginar que estava prestes a morrer. *Não vou substituir essa memória por qualquer imagem envenenada que você possa ter*, Ian pensou, olhando nos olhos azuis perplexos de *die Jägerin. Eu quero lembrar do meu irmão pelos olhos de Nina, não pelos seus. Os olhos de uma mulher que viu um amigo, não a uma assassina que viu sua presa.*

Então, Ian apenas deu um sorriso como a navalha de sua esposa.

— Você vai descobrir no julgamento — ele disse. — Se eu for chamado para testemunhar.

— Você deveria ter me deixado morrer — respondeu a Caçadora, em voz baixa. — Deveria ter me deixado atirar na minha cabeça.

— Você não vai morrer — disse Ian. — Eu não sou tão misericordioso.

Lorelei Vogt baixou a cabeça. E permaneceu assim ao longo de toda a comoção e a papelada que tiveram de de enfrentar ao chegar à Áustria. Fritz Bauer veio de Braunschweig com um turbilhão de ternos e uniformes para testemunhar a prisão. A saudação de Bauer tinha sido um sorriso feroz ao redor do sempre presente cigarro, mas Ian não se surpreendeu ao ver o misto de curiosidade e ressentimento com que seus colegas apontavam para eles.

— Rostos azedos — comentou Nina, intrigada.

— Ninguém mais quer prender nazistas — disse Bauer, sem se importar com os olhares. — Varra tudo para debaixo do tapete, viva e deixe viver. Sua garota talvez não fique mais do que alguns anos na prisão — ele avisou a Ian. — Talvez até o caso seja arquivado. Os juízes não gostam de trancar viúvas jovens e bonitas.

— Vou torná-la tão famosa que não haverá escolha. — Tony tinha dito no último telefonema de Ian que o artigo havia explodido Boston como um foguete V-2. Ian já tinha outros textos prontos, para pousarem como uma sequência de socos em um ringue de boxe. Uma vez que a história havia chamado a atenção dos federais, nem mesmo os austríacos, com sua aversão ao escândalo, seriam capazes de se afastar do dever.

Ian viu *die Jägerin* se distanciar, desaparecendo em uma nuvem de chapéus e quepes da Polizei quando finalmente foi tirada de suas mãos. Ele supôs que da próxima vez que a visse seria seu julgamento. Jordan McBride, ele imaginou, estaria a seu lado, o olho posicionado por trás da lente de sua câmera. *Ela precisa de respostas mais do que eu.* Ou, se não, Ruth um dia, quando tivesse idade suficiente para fazer as perguntas difíceis sobre a mulher que a havia criado.

— Eu tenho uma pergunta para você, camarada. — Ian olhou para Nina, que andava ao lado dele. Eles estavam hospedados em um hotel no Graben, mas ele não estava ansioso para voltar ainda. Realmente não tinham conversado, ele e sua esposa, desde a noite na praia da Flórida. Depois disso, a perseguição os inundara, além da necessidade tensa de vigiar sua presa. — Você poderia ter matado Lorelei Vogt no lago Selkie. Ela tinha uma pistola, estava se movendo para usá-la. Você a desarmou em vez de retalhá-la. Por quê? — A sobriedade de Nina o tinha surpreendido. Desde quando ela era contida no aspecto buscar vingança?

— Morrer seria mais fácil para ela. Ela queria isso, porque a Justiça é mais difícil. Então eu não a retalhei. Foi difícil — Nina admitiu, e um brilho de fúria tomou seus olhos azuis. — Eu achei por um momento, quando mergulhei no lago e o tiro foi disparado, que ela tivesse matado você.

Ian parou.

— E você queria retalhar a Caçadora para me vingar? — Vindo de Nina, isso era praticamente um presente de Dia dos Namorados.

— Mas eu não fiz isso — disse Nina, virtuosa. — Apenas a desarmei. Acho que talvez você esteja certo, *luchik.* Justiça antes de vingança.

— Meu Deus, mulher, eu realmente mudei você?

Ela o cutucou nas costelas.

— Eu também fiz isso com você.

Sim, você fez, Ian pensou. *E não apenas pelo fato de eu estar agora viciado em seus livros da Regência.* Ele engachou o braço dela no dele, e Nina deixou. O começo do outono beliscava o ar, e alguns vendedores de castanhas estavam na rua, mas a cidade parecia cansada e cinza. Ian sentia falta do zumbido eletrizante de Boston, da ousadia, até do sotaque.

— Você volta para Boston? — Nina perguntou, como se estivesse lendo sua mente.

— Sim. — Não para sempre, talvez, mas não havia dúvida de que sua recepção em Viena seria fria por algum tempo. Ele queimara todos os favores que havia guardado para garantir a prisão de Lorelei Vogt. Não seria ruim se ausentar e perseguir criminosos de guerra nos Estado Unidos por alguns anos. Jordan havia dito em sua última ligação que ele poderia trabalhar na sala dos fundos da loja de antiguidades sem pagar aluguel, se continuasse dando aulas ocasionais a Ruth. Com uma vibração silenciosa de deleite, Ian imaginou um espaço iluminado com janela para a Newbury Street, o cheiro de cera de abelha e esmalte prateado vindo da oficina onde o sr. Kolb não trabalhava mais. Tirar meia hora todos os dias para esticar as costas e ensinar uma nova música a Ruth quando ela saísse da escola, tomar chá depois com Tony e Jordan enquanto eles conversavam ao som das escalas, depois voltar cada um para seu trabalho. Construir um caso, talvez, contra Vernon Waggoner de Woonsocket, Rhode Island, que parecia ter enterrado alguns cadáveres em covas rasas em seu tempo. — Sim, eu vou voltar. — Ian olhou para Nina. — E você?

— É um lugar agradável, o Ocidente decadente. — Nina soou evasiva. — Eu gosto de decadência.

— Volte, Nina. Fique com a equipe. — Ian levantou a mão antes que ela pudesse se arrepiar. — Não estou pedindo para você ficar casada comigo. Estou pedindo para você ficar no Centro de Documentação. Você pertence ao time. Você sabe que sim.

— Você me quer? — Ela parecia subitamente vulnerável. Nina, que sempre enfrentava o mundo atrás de escudos de serenidade ou de espinhos, com a ocasional barbárie. — Eu acho que, como eu deixei Seb para trás, talvez você não queira que eu fique. Agora que a Caçadora foi capturada...

Essa memória doía, Ian não podia negar, mas lançar toda a culpa em Nina seria injusto.

— Meu irmão era um homem adulto. Ele tomou uma decisão e você não conseguiu dissuadi-lo. Aí está.

Ela assentiu. Havia culpa ali, e provavelmente sempre haveria, mas recoberta pelo fatalismo russo dela. *Almas agredidas como a nossa*, Ian pensou, *saindo dos destroços da guerra, sempre têm culpa. Fantasmas. Lagos e paraquedas.* Ambos podiam suportar esse peso.

— Eu quero você na equipe, Nina. Na caçada, aonde quer que ela leve. Comigo ou não, mas sempre na caçada.

Ela refletiu por um momento.

— Então eu volto para Boston.

Ian não conseguiu esconder o sorriso que apareceu em seu rosto. Nina quase sorriu de volta, mas fez uma careta.

— Ainda vamos nos divorciar — ela avisou.

— Tudo bem.

— Porque depois de Yelena eu não...

— Quem pediu para você me amar? — Ian disse levemente. — Não é isso que estou dizendo, sua ameaça vermelha.

— O que você está dizendo?

Ele procurou o que lhe dizer na praia da Flórida e saiu tudo errado. Mas algo tenso e ciumento se desenrolara nele desde a captura de *die Jägerin*, e houve muitas horas para refletir na travessia do Atlântico, olhando para as ondas.

— Só estou dizendo que vou encontrar lobos para você caçar — Ian respondeu à esposa. — E nunca vou partir seu coração. — Se parte daquele coração estaria sempre fora de alcance, parecia totalmente justo para

Ian. Ela tinha deixado de ter um coração inteiro quando se tornou uma Bruxa da Noite. A alma de Nina sempre estaria em algum lugar profundo ansiando por voar sob a lua em um bombardeiro com sua rosa de Moscou de olhos escuros, e tudo bem. Ian pensou que havia uma chance, apesar de seus espinhos, de que um pouco desse coração descongelasse o suficiente para ele.

Ou talvez eu esteja errado, ele pensou. Talvez eles se divorciassem, depois de tudo. Mas ele ainda teria uma Bruxa da Noite em seu time, e não existiria um criminoso de guerra no mundo fora de seu alcance.

Ele ficou feliz em esperar enquanto Nina decidia o que queria.

Sua esposa estava olhando para cima, sorrindo. Ele seguiu o olhar dela e viu a silhueta da grande roda-gigante do Prater, pairando acima do parque de diversões.

— Quer ir? — ela desafiou.

Sessenta e cinco metros de altura. Ian tinha quase se desfeito na última vez que subira. Mas ele tinha voado, depois daquilo, com uma Heroína da União Soviética muito acima de sessenta e cinco metros. *E com o maldito motor desligado*. Sorrindo, ele balançou a cabeça.

— Por que não? — Nina perguntou. — Mate o medo, *luchik*.

Ele enlaçou o dedo de apertar o gatilho no dela e a puxou de volta em direção ao hotel.

— Já fiz isso, camarada.

Epílogo

Nina

Abril de 1951
Parque Fenway, Boston

Nina não entendia beisebol.
— Por que eles estão discutindo?
— O rebatedor não gostou da marcação do árbitro — explicou Jordan, rabo de cavalo balançando. — A zona de strike foi *muito* generosa.
— Strike? Ele bate nele agora? — Que jogo chato, Nina decidiu. Uma briga daria uma animada.
— Não, não. Ele está apenas discutindo sobre um ponto marcado.
— Deveria acertá-lo com o bastão — Nina resmungou. — Por que ter um bastão se não for para bater nas pessoas?
— Eu vou acertar Kinder com um taco se ele não parar de avançar nos arremessos. Ele quase acertou Rizzuto. — Do outro lado de Jordan, Tony olhou feio para o arremessador do Red Sox. Entre algumas horas trabalhando para Ian e outras atrás do balcão da loja quando Jordan precisava, Tony estava frequentando a Universidade de Boston. "O escritório sempre precisou de um especialista jurídico, e por acaso eu tenho o benefício para veteranos de guerra a meu favor", ele dissera no último Natal com um brilho nos olhos. "Não podemos continuar ligando para o Bauer para pedir conselhos quando tivermos nosso primeiro caso de extradição."

"Você, advogado?", Nina bufou.

"Eu posso vender gelo no Alasca e atrair os pássaros nas árvores. Ou viro advogado, ou vendedor de sapatos."

— Continue choramingando — Jordan riu, enquanto Tony resmungava sobre a zona de strike. — Seus preciosos Yankees estão cinco pontos atrás.

— Não por muito tempo, J. Bryde...

— Este jogo é estúpido — Nina disse ao marido.

— Concordo. — Ian estava esticado e relaxado em seu assento, chapéu inclinado para trás, gola desabotoada. O cheiro de grama cortada e giz subia do campo, e a multidão zumbia com aplausos e gemidos, cascas de amendoim se quebrando e lápis marcando cartões de pontuação. Era um raro dia de folga para todos eles: a equipe estava preparando o dossiê de Vernon Waggoner, de Woonsocket, Rhode Island, cruzando informações sobre a identidade dele com a de um escriturário que tinha trabalhado em Belsen, e Jordan (quando não estava cuidando da parte fotográfica da equipe) vinha prestando serviço para uma agência de turismo. "Trabalho fácil, dinheiro decente", ela tinha dito, tirando fotos clássicas do horizonte em torno de Boston. "Fotos para prospectos compram os assados de domingo até eu vender *Boston no trabalho*." Havia interesse. As fotografias que acompanharam os artigos de Ian sobre a captura de Lorelei Vogt/Anna McBride receberam atenção razoável.

A bola voou, o que, aos olhos de Nina, fazia todos os homens de uniforme correrem de maneiras inexplicáveis e Ruth saltar para cima e para baixo de emoção. Nina olhou de soslaio para o campo.

— Você entende isso, *malyshka*?

Ruth conversava com Tony em inglês misturado com iídiche, que ele começara a ensinar a ela informalmente no inverno. "A verdadeira mãe dela era judia... Ruth nunca a conhecerá, mas pode saber algo sobre o povo de sua mãe." A menina voltou para o inglês, dizendo a Nina:

— É a regra da bola no campo interno. — E deu mais detalhes do que Nina desejava saber. Crianças podiam ser muito chatas, Nina pensou, mesmo quando você gostava delas. Ruth parecia rosada ao sol, tinha perdido a aparência de galinha magricela que uma dona de casa não pensaria em colocar na panela. Ela tivera pesadelos durante o outono, algo sobre uma mulher escondida em seu armário à noite para roubá-la, e Jordan havia feito um estardalhaço sem necessidade. Nina pegou sua navalha, entrou no armário e bateu dando alguns gritos, como se fosse a Baba Yaga, cortou a ponta do dedo para que houvesse sangue na navalha e depois saiu segurando-a para Ruth inspecionar, anunciando: "Está morta agora." Os pesadelos tinham diminuído desde então.

— Inferno, Nina, você comeu todos os meus amendoins. — Ian sacudiu o saco vazio.

— O que é meu é seu, o que é seu é meu.

— Estamos nos divorciando — disse ele. — Então isso não é verdade.

— Eu trago mais. — Ela pulou da cadeira e subiu os degraus do estádio até onde os vendedores exibiam seus lanches e petiscos, ainda maravilhada com a abundância de comida em exposição.

Sucumbindo à ganância capitalista, seu pai zombou, mas Nina o ignorou. Ela podia comprar um segundo saco de amendoins, se quisesse; ela tinha sandálias que não eram feitas de bétula ou couro barato colado; ela tinha um vestido que nunca havia sido usado por outra pessoa: algodão brilhante, tão escarlate quanto a estrela no *Rusalka*. O vestido que Ian comprara para ela no ano anterior na Filene's, um vestido que faria os olhos de Yelena dançarem com segundas intenções. Se isso era ganância capitalista, Nina aceitaria.

Prostituta ocidental, o pai resmungou, mas sua voz veio mais fraca agora que de costume. Talvez porque ela não pudesse imaginá-lo em sua pele de lobo, comendo amendoim e desfrutando de um lindo dia de abril. Nina olhou para o campo externo gramado, que se estendia até a alta parede verde no campo esquerdo, e imaginou o mês de abril no Velho. O lago ainda estaria congelado, a *rusalka* de cabelos verdes dormindo debaixo do gelo, mas o ar estaria esquentando, olhando para junho, quando o gelo se quebraria em agulhas de arco-íris, blocos turquesa, estilhaços afiados o suficiente para cortar uma garganta. Nina se lembrava de estar naquela costa congelada com botas de pele de foca, odiando, fazendo perguntas furiosas sobre o mundo, que parecia tão frio e limitado.

Qual é o oposto de um lago? Qual é o contrário de afogamento? O que há a oeste toda a vida?

Com Yelena e as Bruxas da Noite, ela tinha encontrado as duas primeiras respostas. Mas a terceira atormentara Nina nos anos ruins entre a morte de Seb e o chamado de Tony para rastrear a Caçadora. Lutando para se sustentar em uma Inglaterra arruinada e exausta, sentindo falta de Yelena, dizendo a si mesma para nunca mais chegar tão perto de alguém. Pensando, enquanto se arrastava através de dias chuvosos no aeroporto caindo aos pedaços, que aquilo era o que ela merecia por ter falhado primeiro com seu regimento e depois com Seb. Era melhor estar sozinha; não importava se *a oeste toda a vida* que ela tanto queria acabou sendo um mundo não tão frio, mas tão limitado quanto aquele do qual ela fugira.

Não, Nina pensou naquele momento, olhando para o campo, a grama verde e os homens correndo em quadrados sem sentido. *Isto aqui é a oeste toda a vida.* Ela olhou para as fileiras de assentos e encontrou Tony dizendo algo para Ruth; Ruth escutando enquanto desembrulhava um chiclete; Jordan tirando uma foto do campo... e Ian se abanando preguiçosamente com seu panamá surrado.

— Este é o nosso ano — previu o homem que vendeu os amendoins para Nina. — Nós vamos até o fim este ano, eu posso sentir. Este é o nosso time.

— Sim — Nina concordou, sorrindo para as duas cabeças loiras abaixo, uma cabeça escura e a escura com um pouco de cinza. Talvez eles não fossem as Bruxas da Noite, não fossem um regimento, mas... — É o nosso time.

Ela segurou o saco de amendoins, vagando de volta. Os homens no campo estavam correndo de novo, as pessoas estavam em pé gritando, quem sabia por quê.

— Bata nele com o bastão! — Nina gritou, apenas para não ficar de fora, e deslizou em seu assento ao lado de Ian, que largou o chapéu e pu-

xou um livro da bolsa de Nina: *A magnífica Sophy*, de Georgette Heyer. —
Você roubou meu livro de novo, Vanya — reclamou Nina.

— Sophia Stanton-Lacy está sendo atormentada pela rancorosa sra. Wraxton, mas estou confiante de que ela vai aguentar. — Ian removeu um marcador de página. — E desde quando eu sou *Vanya*? O que houve com *pequeno raio de sol*?

— Ian, em russo, seria Ivan. O apelido adequado para Ivan é *Vanya*.

— Os apelidos devem *diminuir*. Você não encurta um nome de três letras para um de quatro letras e para um de cinco letras.

— Em russo se faz assim — ela disse, serenamente.

Ele levantou uma sobrancelha, estudando-a.

— O que você está pensando, camarada?

— Acho que talvez devamos adiar o divórcio por um ano. — Ela vinha remoendo as palavras havia um tempo, sem ter certeza sobre elas. E as seguiu com um olhar. — Só por um ano. Depois talvez...

— Talvez — ele concordou, indiferente. Ingleses, eles não conseguiam ser indiferentes. Ou talvez apenas o inglês dela. Ele estava lutando contra o sorriso que repuxava seus lábios, o sorriso de que ela gostara desde o início, quando não conseguia entender nada do que ele dizia. Não era muito como o sorriso que torcia o nariz de Yelena tão docemente, mas devia ter algo igual ali, porque tinha um efeito semelhante no estômago de Nina.

— Um ano — ele disse, como se gostasse do som.

Nina gostou também. Não era muito confinante, um ano. Não a fazia querer se arrepiar e recuar. Não a impediria de olhar para uma lua minguante querendo Yelena de volta, sentindo mais a falta dela do que da vida... Nina não achava que aquela sensação a deixaria. Mas ela podia suportar.

Nina pegou o panamá de Ian e colocou na própria cabeça, inclinando o rosto para o sol, que estava mais forte.

— *Tvoyu mat* — disse ela, piscando para o céu azul. — Tempo bom para voar.

ASSASSINA NAZISTA CONDENADA
por IAN GRAHAM
9 de outubro de 1959

O julgamento da criminosa de guerra nazista Lorelei Vogt chegou ao seu último ato quando a mulher conhecida como *die Jägerin* foi levada ontem a um tribunal austríaco para receber sua sentença. Apesar de ter sido presa em 1950, seu julgamento só foi iniciado em 1953 e se arrastou por mais seis anos. Uma multidão se reuniu em frente ao tribunal para ver a chegada da ré, conhecida pelo premiado ensaio fotográfico *Retratos do mal* (J. Bryde), publicado na edição de outubro de 1956 da revista *Life*. Lorelei Vogt não demonstrou emoção quando sua sentença foi lida: prisão perpétua. Então a roda da Justiça girou.

Aqueles que esperavam ler respostas em seu rosto certamente se desapontaram. A face do mal permanece incognoscível, e as perguntas perduram: Quem é ela? O que é ela? Como ela pôde? A memória de suas vítimas será mantida pelo Centro de Documentação Rodomovsky, em Boston, Massachusetts (dirigido por Anton Rodomovsky, advogado de direitos humanos), sobre cujas portas podem-se ler as palavras: "Os vivos esquecem. Os mortos lembram".

Os mortos estão além de qualquer luta, por isso os vivos devem lutar por eles. Devemos lembrar, porque há outras rodas que giram além da roda da Justiça. O tempo é uma roda, vasta e indiferente, e, quando ela gira e os homens esquecem, corremos o risco de andar em círculos. Preguiçosamente bocejamos para um novo horizonte e nos flagramos olhando para antigos ódios semeados e regados pelo esquecimento, florescendo em novas guerras. Novos massacres. Novos monstros como *die Jägerin*.

Que essa roda pare.

Não vamos esquecer desta vez.

Vamos lembrar.

NOTA DA AUTORA

— O Serviço de Imigração e Naturalização sabe de algum criminoso de guerra nazista vivendo nos Estados Unidos neste momento?
— Sim. Cinquenta e três.

Essa pergunta foi feita em 1973 pela congressista democrata Elizabeth Holtzman em uma audiência de rotina, e a resposta a surpreendeu tanto quanto a mim, durante as pesquisas para este romance. Realmente se sabia que havia criminosos de guerra vivendo nos Estados Unidos desde o fim da Segunda Guerra Mundial?

Sim. Simplesmente não havia recursos ou organizações para investigá-los. Mais tarde, Holtzman pressionou pela criação do Escritório de Investigações Especiais no Departamento de Justiça, mas, antes disso, qualquer criminoso de guerra nazista que chegasse aos Estados Unidos tinha boas chances de viver em paz... incluindo a mulher em quem baseei parcialmente *die Jägerin*.

Hermine Braunsteiner foi uma brutal guarda de campo em Ravensbrück e Majdanek, que cumpriu uma breve sentença de prisão no pós-guerra na Europa, depois se casou com um norte-americano e se tornou cidadã dos Estados Unidos, morando no Queens, em Nova York. Seus vizinhos ficaram perplexos quando ela foi rastreada em 1964 e acusada de crimes de guerra, e seu marido, estupefato, protestou: "Minha esposa não faria mal a uma mosca!" Anneliese Weber/Lorelei Vogt é uma combinação ficcional de Hermine Braunsteiner e outra mulher, Erna Petri, esposa de um oficial da SS, a qual, durante a guerra, encontrou seis crianças judias fugitivas perto de sua casa na Ucrânia, levou-as para casa para alimentá-las e depois as matou a tiros. Petri foi julgada em 1962 e condenada a prisão perpétua, e Braunsteiner se tornou a primeira criminosa de guerra nazista a ser extraditada dos Estados Unidos.

O que levou essas mulheres a fazerem coisas tão terríveis? Não há resposta para essa pergunta. Petri manteve-se na defensiva, dizendo que fora condicionada pelas leis raciais nazistas e que endurecera pela convivência entre homens da SS que praticavam execuções frequentes. Por fim, admitiu que queria mostrar que podia se portar como um homem. Braunsteiner, por sua vez, ficou cheia de autocomiseração, repetindo entre lágrimas: "Já fui punida o suficiente". As duas mulheres enfrentaram a Justiça depois de um longo e árduo caminho burocrático e legal — foram necessários dezessete anos para que Braunsteiner fosse extraditada, julgada e condenada a prisão perpétua. Eu queria que *A caçadora* tivesse um clímax mais ágil do que uma batalha legal de décadas, e também não gostaria, claro, que meus personagens ficcionais recebessem os créditos dos jornalistas e investigadores reais que levaram Petri e Braunsteiner à Justiça. Por isso, decidi criar uma criminosa de guerra fictícia a partir dos registros das duas mulheres.

Fale "caçador de nazistas" em voz alta e a maioria dos verdadeiros caçadores de nazistas estremecerá. O termo evoca aventuras emocionantes ao estilo de Hollywood, mas a realidade é bem diferente. As primeiras equipes que investigaram crimes de guerra já estavam trabalhando duro antes de as champanhes do Dia da Vitória na Europa começarem a estourar. Eles colhiam depoimentos de sobreviventes e das pessoas que libertaram os campos de concentração, rastreavam os culpados em campos de prisioneiros de guerra e esconderijos e procuravam os assassinos de aviadores aliados abatidos e de prisioneiros fugitivos, bem como os responsáveis pela condução da Solução Final. Homens como William Denson, promotor-chefe do Exército dos Estados Unidos nos julgamentos de Dachau, e Benjamin Ferencz, promotor-chefe no julgamento dos assassinos dos Einsatzgruppen, eram heróis sobrecarregados de trabalho, responsáveis por processar centenas de pessoas. Mas, depois dos julgamentos de Nuremberg, houve um sentimento público de "Bem, agora acabou" em relação aos criminosos de guerra nazistas. Embora uma porcentagem ínfima dos culpados tivesse sido processada, não havia muito interesse em mais julgamentos de crimes de guerra — a União Soviética havia se tornado o inimigo a temer, substituindo o extinto Terceiro Reich. Nos anos 70 e 80, com o fim da Guerra Fria, as pessoas perceberam que o tempo estava se esgotando, enquanto os veteranos e as testemunhas da Segunda Guerra Mundial envelheciam. Foi quando se voltou a falar em levar nazistas à Justiça. No entanto, as equipes de investigação pós-Nuremberg enfrentaram uma verdadeira batalha.

Havia equipes financiadas pelo governo, outras administradas por centros de documentação de refugiados, como os iniciados por Tuviah Friedman, em Viena, e Simon Wiesenthal, em Linz, ou ainda administradas de forma privada. Não havia estratégia comum ou acordo sobre táticas, e esses grupos muitas vezes discordavam (ou até brigavam!). Sempre subfinanciados e sobrecarregados, eles rastreavam criminosos de guerra cruzando tediosamente registros, fazendo entrevistas cautelosas com vizinhos ou familiares de suspeitos — que não tinham a obrigação legal de cooperar —, além de seguirem por horas amigos e conhecidos do suspeito, muitas vezes tentando confirmar identidades com base apenas em fotografias antigas e depoimentos desatualizados de testemunhas. Muito desse trabalho dependia de suborno, charme, astúcia — e paciência, porque a maioria das caçadas levava meses ou anos.

E pegar um criminoso de guerra era apenas o começo. Não havia garantia de que uma captura levaria a um julgamento. Na Europa, muitos ex-nazistas ainda ocupavam cargos importantes, e julgamentos de crimes de guerra eram evitados de todas as maneiras, de resistência passiva a ameaças diretas de morte. Perseguir criminosos em outro continente era um pesadelo ainda maior, e algumas equipes recorriam a meios ilegais nesses casos: desde um sequestro para contornar a extradição (a operação clandestina do Mossad para raptar Adolf Eichmann e levá-lo da Argentina para Israel, onde ele foi julgado e condenado à morte) até execução pura e simples (o assassinato de Herberts Cukurs, chamado de "Eichmann da Letônia", no Uruguai).

Ian e Nina Graham são caçadores de nazistas da ficção, mas foram inspirados em parte pelo famoso casal Serge e Beate Klarsfeld, marido e mulher cuja parceria é um emocionante romance pós-guerra e uma dedicação inspiradora à justiça — a captura mais notória deles foi a de Klaus Barbie, o "açougueiro de Lyon". Hoje na casa dos oitenta anos, eles ainda se dedicam incansavelmente a lutar contra o fascismo. Tony Rodomovsky também é ficcional, assim como seu centro de documentação em Boston e o de Ian, em Viena, embora centros como esses tenham sido recursos inestimáveis não apenas na caça a criminosos de guerra, mas também na coleta de testemunhos de sobreviventes do Holocausto. Sem o trabalho deles de preservação dos relatos das testemunhas e das evidências de campo, muitas informações sobre as atrocidades nazistas teriam se perdido. Fritz Bauer, por outro lado, foi um homem real: um refugiado judeu que voltou ao seu país no pós-guerra e processou incansavelmente criminosos de guerra, apesar da hostilidade do governo da Alemanha Ocidental, que queria esquecer seus crimes do passado. Os tempos mudaram desde então, a Alemanha assumiu responsabilidade por sua terrível história, e Fritz Bauer é honrado como um dos primeiros caçadores de nazistas.

Escrevendo *A caçadora*, percebi que eu precisava de uma ligação entre meu time de caçadores de nazistas e sua presa elusiva — e, ao ler sobre as Bruxas da Noite, soube que eu tinha encontrado essa ligação. A União Soviética foi a única nação envolvida na Segunda Guerra Mundial a colocar mulheres no céu como pilotos de aviões de caça e bombardeiros. E que mulheres! Produtos do desenvolvimento da aviação soviética na década de 30, as jovens pilotos eram patrocinadas por Marina Raskova, a Amelia Earhart da União Soviética. As responsáveis pelos bombardeios diurnos e as pilotos de caça — entre elas Lilia Litvyak, que aparece brevemente aqui, no campo de treinamento em Engels, morta em uma batalha aérea durante a guerra e a primeira mulher ás da aviação da história — acabaram sendo integradas ao grupo masculino. No entanto, os bombardeiros noturnos permaneceram exclusivamente femininos durante todo o período das operações, e as pilotos e navegadoras eram extremamente orgulhosas disso.

As moças do 46º Regimento de Aviação de Bombardeiros Noturnos da Guarda Taman entraram na guerra com o ultrapassado Polikarpov U-2, um biplano de tecido e madeira compensada com cockpit aberto, dolorosamente lento e altamente inflamável, construído sem rádio, paraquedas ou freios. (Ele foi remodelado como Po-2 após 1943; como não consegui encontrar a data exata da mudança, continuei a usar o termo U-2 em prol da clareza.) As mulheres voavam fizesse chuva ou sol, de cinco a dezoito voos por noite, usando estimulantes que destruíam sua capacidade de descansar quando não estavam em serviço. Voaram nessas condições durante três anos, sobrevivendo à base de sonecas e camaradagem. Desenvolveram uma rotina de pouso e reabastecimento que lhes garantiu as melhores marcas entre os regimentos de bombardeiros noturnos semelhantes. A eficiência implacável dessas mulheres incomodava os alemães, que achavam que sua manobra de planar silenciosamente para baixo soava como vassouras de bruxas e por isso as apelidaram de Bruxas da Noite (*die Nachthexen*). A dedicação das pilotos e navegadoras, no entanto, teve um preço: o regimento perdeu aproximadamente vinte e sete por cento delas em acidentes e fogo inimigo. As Bruxas da Noite receberam a maior porcentagem das medalhas de Heroínas da União Soviética, a mais alta condecoração da pátria.

Nina Markova é fictícia, mas não suas façanhas. A tenente Serafima Amosova-Taranenko nasceu na remota Sibéria, onde viu um Pe-5 realizar um pouso forçado e jurou se tornar piloto. A tenente sênior Yevgeniya Zhigulenko conseguiu entrar para o grupo de treinamento amolando um coronel qualquer do departamento de aviação até que ele aceitasse recebê-la e depois se recusou a ir embora até que ele a encaminhasse para Raskova. A navegadora Irina Kashirina fez um pouso bem-sucedido manejando o manche com apenas uma das mãos, enquanto, com a outra, afastava a piloto ferida de sobre os controles do cockpit dianteiro. A capitã Larisa Litvinova-Rozanova descreveu a maneira como a piloto e a navegadora se alternavam nas sonecas em pleno voo, bem como o horror de ver três aviões à sua frente e um atrás serem abatidos por um caça noturno (foi a noite com mais derrotas do regimento). A major Mariya Smirnova foi empurrada para o mar de Azov por nuvens baixas e quase se afogou. Várias Bruxas da Noite descreveram experiências como subir na asa para soltar uma bomba enroscada que não tinha caído, ser perseguidas por aviões alemães, cantar, dançar e bordar durante as esperas nos campos de aviação, receber trotes dos pilotos homens e — o pior de tudo! — o ultraje de ter que usar roupas íntimas masculinas.

Yelena também é uma personagem fictícia; não se sabe se houve algum relacionamento romântico entre mulheres no 46º. Na atmosfera opressiva da União Soviética, ninguém teria falado uma palavra sobre uma relação assim, se tivesse existido. As memórias e as entrevistas das pilotos tampouco trazem críticas ao regime dominante — mesmo após a queda da União Soviética, apenas uma Bruxa da Noite admitiu abertamente odiar Stálin e seu governo. Sem dúvida havia outras que não eram comunistas fervorosas, mesmo lutando para defender a pátria, mas, como Nina, devem ter se lembrado dos ouvidos atentos da polícia secreta e se mantiveram caladas. Não há registro de que alguma mulher do 46º tenha desertado em um bombardeio, mas a Força Aérea Vermelha evidentemente temia que isso acontecesse, já que fazia questão de recusar honras póstumas a qualquer piloto falecido cujo corpo não fosse encontrado. Os mandachuvas soviéticos estavam claramente cientes do risco de que algum piloto habilidoso levasse seu avião na direção oposta para encontrar uma nova vida no Ocidente.

A Polônia, onde Nina caiu em agosto de 1944, teria sido um lugar infernal para sobreviver. A malfadada Revolta de Varsóvia estava em pleno curso, e o exército soviético avançava do leste enquanto os nazistas começavam a fugir para oeste. Poznan, rebatizada de Posen pelos alemães, era um lugar mergulhado em tragédia: muitos cidadãos poloneses foram desalojados, presos e executados quando colonos alemães se mudaram para formar uma nova província ariana. O lago Rusalka foi criado com trabalho escravo polonês e, embora não houvesse nenhuma caçadora morando em uma mansão de paredes ocres em suas margens, foi o local de vários massacres. Os memoriais aos mortos são hoje um testemunho silencioso entre as árvores daquela bela paisagem. Poznan também foi o local de um campo de prisioneiros de guerra, o Stalag XXI-D, lar de muitos prisioneiros aliados que passaram o período todo sentados, frustrados e ociosos. Muitos foram capturados durante a retirada para Dunquerque, incluindo membros do Sexto Batalhão Royal West Kents, em cujas fileiras coloquei o fictício Sebastian Graham. Tentativas de fuga do stalag eram comuns. A maioria dos fugitivos era recapturada ou morta, mas pelo menos um homem — Allan Wolfe, citado por Sebastian — conseguiu caminhar até a Tchecoslováquia e sobreviver na natureza até o fim da guerra, portanto a sobrevivência na selva era possível, ainda que difícil.

A bela cidade termal de Altaussee serviu de refúgio para muitos oficiais nazistas de alto escalão no período imediatamente posterior à guerra, entre eles Adolf Eichmann. Sua esposa continuou a morar no número 8 da Fischerndorf com os filhos. Em 1952, alguns anos depois de sua entrevista fictícia com Ian e equipe neste livro, a verdadeira Vera Eichmann arrumou silenciosamente as malas, pegou seus filhos e juntou-se ao marido no exílio. Se alguém a estivesse vigiando, Eichmann provavelmente teria sido capturado muito antes de 1960.

Como sempre, tomei algumas liberdades com os fatos históricos para servir à história. Não consegui confirmar se havia um clube de aviação em Irkutsk, embora houvesse centenas em toda a União Soviética na época em que Nina aprendeu a voar. Não se sabe se representantes dos regimentos femininos de aviação estiveram presentes no funeral de Marina Raskova na Praça Vermelha, ou se o próprio Stálin esteve lá — mas, dada a profunda afeição que tanto o Chefe quanto as mulheres pilotos tinham por Raskova, parece provável. (Além disso, não pude resistir à oportunidade de mostrar Stálin e seu hábito verdadeiro de rabiscar lobos em documentos!) A passagem em que as Bruxas da Noite tiveram que decolar com seus aviões quando tinham acabado de se sentar para tomar café da manhã aconteceu na Crimeia, não na Polônia, e foi combinada no livro com uma outra ocasião, relatada pela tenente Polina Gelman, que se lembra de ter ficado bêbada durante um jantar de feriado, pois estava desacostumada a beber, e então teve de sair para o ataque.

Ian Graham é fictício, e também sua presença como correspondente de guerra em eventos históricos como a praia de Omaha e as execuções de Nuremberg. Ele é baseado em vários jornalistas, como Ernie Pyle, Richard Dimbleby e o fotógrafo de guerra Robert Capa, que passaram a guerra pulando entre as zonas mais perigosas das linhas de frente em busca de notícias. Esses homens podem não ter sido soldados, mas arriscavam a vida pulando de paraquedas em bombardeiros, correndo com tropas de guerrilha e entrando nas praias da Normandia armados apenas com blocos de notas e câmeras. Sua bravura é impressionante, e, depois da guerra, muitos sofreram de transtorno de estresse pós-traumático, como qualquer soldado. Entre os correspondentes e fotógrafos de guerra do sexo masculino, também havia algumas mulheres verdadeiramente heroicas, incluindo as ídolas de Jordan McBride: Margaret Bourke-White (fotógrafa estrela da revista *Life*) e Gerda Taro (a primeira fotógrafa mulher a cobrir uma zona de guerra). Jordan é fictícia, mas suas heroínas não são e merecem ser lembradas.

O SS *Conte Biancamano*, que traz Ian e sua equipe para os Estados Unidos, foi um transatlântico real de passageiros, que operava a rota Gênova-Nápoles-Cannes-Nova York, mas as datas exatas da viagem foram ajustadas para a história. Eve Gardiner, conhecida de Ian da Inteligência Britânica com quem ele toma um drinque durante a viagem, talvez seja reconhecida por quem leu meu romance *A rede de Alice*. Ruby Sutton e sua coluna no jornal, mencionadas por Eve durante a Blitz, vêm do livro *Goodnight from London*, de Jennifer Robson, citado com permissão da autora, que estava em turnê comigo enquanto eu escrevia.

Por fim, uma palavra sobre lagos e espíritos do lago. Não há lago Selkie em Massachusetts, mas Altaussee, o lago Rusalka e o lago Baikal são reais. Esta história começou para mim com a ideia de lagos, das ninfas aquáticas que dizem que os habitam (algumas benevolentes e outras malévolas, dependendo do folclore) e das três mulheres tão diferentes que iniciam a história em margens muito distantes umas das outras. Seriam precisos os destroços da guerra, um inglês determinado e seu parceiro judeu para estabelecer as conexões entre essas mulheres, e tudo isso levaria a uma aventura mais emocionante do que a que os verdadeiros caçadores de nazistas normalmente enfrentavam. Foi assim que a Musa me deu a história, e eu raramente discuto com ela (porque sempre perco!).

Devo agradecimentos sinceros a muitas pessoas que ajudaram a escrever e a pesquisar para este livro. Minha mãe e meu marido, sempre meus primeiros leitores e minha primeira torcida. Minhas maravilhosas parceiras críticas: Stephanie Dray, Annalori Ferrell, Sophie Perinot, Aimie Runyan e Stephanie Thornton, cujas perspicazes canetas vermelhas salvaram este livro de ser um lixo completo. Minha agente, Kevan Lyon, e minha editora, Tessa Woodward — obrigada por me darem aquele mês extra para terminar, vocês têm a paciência de santas. Brian Swift, pelos conselhos de especialista sobre o mau funcionamento de armas de fogo, e Aaron Orkin, pelos conselhos de especialista sobre os tipos de ferimentos que resultam do mau funcionamento de armas de fogo — esperemos não acabar nas listas de alerta do FBI depois daquelas longas trocas de e-mail. Jennifer Robson, por responder a perguntas sobre os meandros do jornalismo, e seu pai, Stuart Robson, pela paciência em explicar questões complicadas sobre a hierarquia do exército na Segunda Guerra Mundial e os campos de prisioneiros de guerra. Anne Hooper, pelos insights sobre crianças aprendendo violino, e Julie Alexander, Shelby Miksch e Svetlana Libenson, pelas aulas de gíria russa (especialmente os palavrões!). Muito obrigada a Danielle Gibeault e a Janene e Brian "Biggles" Shepherd, da Fun

Flights, em San Diego, por verificar todos os detalhes sobre aviação e responder a inúmeras perguntas sobre voos. E, finalmente, obrigada ao *Olive* — não uma aeronave fictícia, mas um Travel Air 4000 muito real da época da Segunda Guerra Mundial, que me levou em um passeio pelas nuvens acima de San Diego, com Biggles no manche. O *Olive* mostrou a esta autora tão terrena como voar pode ser emocionante!

Impresso no Brasil pelo Sistema Cameron da Divisão Gráfica da
DISTRIBUIDORA RECORD DE SERVIÇOS DE IMPRENSA S.A.